Die Erbin der Teufelsbibel

Die Teufelsbibel-Trilogie

Band 1: Die Teufelsbibel
Band 2: Die Wächter der Teufelsbibel
Band 3: Die Erbin der Teufelsbibel

Über den Autor:
Richard Dübell, geboren 1962, lebt mit seiner Frau und zwei Söhnen bei Landshut und zählt zu den beliebtesten deutschsprachigen Autoren historischer Romane. 2007 erschien sein bisher größter Erfolg, DIE TEUFELSBIBEL, der Auftakt zu einer spannungsgeladenen Trilogie um den *Codex Gigas*, die größte Handschrift der Welt. Seine Bücher sind in vierzehn Sprachen übersetzt.

Besuchen Sie auch die Website des Autors:

www.duebell.de

RICHARD DÜBELL

Die Erbin der Teufelsbibel

HISTORISCHER ROMAN

Weltbild

Besuchen Sie uns im Internet:
www.weltbild.de

Genehmigte Lizenzausgabe für Verlagsgruppe Weltbild GmbH,
Steinerne Furt, 86167 Augsburg
Copyright der Originalausgabe © 2010 by Richard Dübell, Ergolding
© 2010 by Bastei Lübbe GmbH & Co. KG, Köln
Umschlaggestaltung: Zero Werbeagentur, München
Umschlagmotiv: bridgemanart.com (© Caylus Anticuario, Madrid, Spain)
Gesamtherstellung: CPI Moravia Books s.r.o., Pohorelice
Printed in the EU
ISBN 978-3-86365-633-1

2016 2015 2014 2013
Die letzte Jahreszahl gibt die aktuelle Lizenzausgabe an.

*Für die vier Millionen Toten des Dreißigjährigen Krieges
und die neunhundert aus Würzburg*

*Jeder Tod beraubt uns einer einzigartigen Seele,
und sie kehrt nie wieder zurück.*

Wer Hoffnung besitzt, besitzt alles.
Arabisches Sprichwort

DRAMATIS PERSONAE
(ein Ausschnitt)

CYPRIAN KHLESL
Ein alter Hund lernt vielleicht keine neuen Tricks,
aber er hat seine alten auch nicht verlernt

AGNES KHLESL
Cyprians Frau erkennt, dass das Ende und der Anfang
manchmal dasselbe sind

ALEXANDRA RYTÍŘ, GEB. KHLESL
Sie hat viele Jahre lang gelernt, wie man dem Tod
ein Schnippchen schlägt, aber der Tod ist zuweilen
schneller

KARINA KHLESL
Alexandras Schwägerin verschließt eine verzweifelte
Liebe in ihrem Herzen

ANDREJ VON LANGENFELS
Agnes' Bruder hat alle Geheimnisse mit ihr geteilt,
nur eines nicht

PATER GIUFFRIDO SILVICOLA S.J.
Er will ein Versprechen einlösen, das er als Kind gegeben
hat: die Welt zu retten

WENZEL VON LANGENFELS
Er hat das Erbe von Kardinal Khlesl angetreten, doch der
Preis dafür ist hoch

MELCHIOR KHLESL
Cyprians und Agnes' jüngster Sohn muss sich entscheiden,
wo sein Platz ist

ANDREAS KHLESL
Cyprians und Agnes' älterer Sohn ist sein Leben lang
davongelaufen

RITTMEISTER SAMUEL BRAHE
Ein Elitesoldat hat alles verloren, doch eines will er sich
zurückholen: seine Ehre

WACHTMEISTER ALFRED ALFREDSSON
Was ihn betrifft, ist sein Platz an Samuel Brahes Seite;
einer muss ja den Überblick behalten

SEBASTIAN WILFING
Agnes' ehemaliger Verlobter hat einen neuen Platz im Leben
gefunden; einen neuen, keinen besseren!

BRUDER BONIFÁC, BRUDER ČESTMÍR, BRUDER
DANIEL, BRUDER ROBERT, BRUDER TADEÁŠ
Wer sich ihnen in den Weg stellt, sollte das Elfte Gebot
kennen

CORPORAL GERD BRANDESTEIN, REITER
BJÖRN SPIRGER, REITER MAGNUS KARLSSON
Sie haben den halben Krieg in der Hölle zugebracht; warum
sollten sie nicht am Ende versuchen, den Teufel bei den
Hörnern zu packen?

BRUDER BUH
Ein Riese, ein Mörder, ein reiner Tor – und ein Mann, an
dem die Schrecken der Vergangenheit kleben wie das Blut
an seinen Händen

HISTORISCHE PERSÖNLICHKEITEN
(ein Ausschnitt)

EBBA SPARRE
Die junge schwedische Gräfin begibt sich in die Hölle – auf einer Mission der Liebe

GENERAL HANS CHRISTOPHER GRAF KÖNIGSMARCK
Später wird er einen Blumennamen tragen; jetzt nennt man ihn nur den Teufel

KRISTINA WASA, KÖNIGIN VON SCHWEDEN
Die Tochter des legendären Königs Gustav Adolf hat eine große Liebe und einen noch größeren Plan

LEGAT FABIO CHIGI
Der päpstliche Unterhändler bei den Friedensverhandlungen versucht stets herauszufinden, wo sich der nächste Abort befindet

PATER JIŘÍ PLACHÝ S.J.
Der »Schwarze Pope« verteidigt seine Heimat

GENERAL RUDOLF COLLOREDO
Der Stadtkommandant von Prag hat mehr Tapferkeit als Verstand; in der Regel eine gute Voraussetzung für einen Soldaten, nur diesmal nicht

ERZBISCHOF ERNST GRAF VON HARRACH, BÜRGERMEISTER MIKULÁŠ TUREK VON ROSENTHAL, STADTRICHTER VÁCLAV AUGUSTIN KAVKA, VÁCLAV OBYTECKÝ VON OBITETZ
Einige der Verteidiger von Prag; nicht alle von ihnen werden den Frieden erleben

VINCENZO CARAFA S.J.
Der Pater Generalis der Societas Jesu hat ein Problem

ANNA MORGIN
Das Schicksal einer Hexe überdauert die Zeit; stellvertretend für alle anderen, die ebenso unschuldig waren wie sie

»Und ich sah ein fahles Ross, und der auf ihm saß, des Name ist der Tod, und die Unterwelt war sein Gefolge.
Es wurde ihnen Macht gegeben über den vierten Teil der Erde, zu töten durch Schwert, Hunger und Pest.«

Offenbarung 6,8

Prolog

April 1632

1

DER TOD KAM im Frühling, und er glänzte wie Gold.

Der Junge, der die Schafe hütete, hörte die Reiter nicht gleich. Sie sprengten in einem unordentlichen Haufen aus dem Wald und auf die sattgrünen Weiden, aus dem blauen, lang gezogenen Schatten der Bäume hinaus in das rote Licht. Doch der Junge hatte den Blick abgewandt; er widmete sich ganz seiner Sackpfeife und der Melodie, die er aus ihr herausquälte. Er blickte erst auf, als das Donnern der Hufe seine Eingeweide zum Erzittern brachte. Die Schafe blökten und drängten sich zusammen.

Der Junge kam auf die Beine. Das Anblasrohr glitt aus seinem Mund, und als er unwillkürlich den Luftsack an sich presste, gab die Sackpfeife einen kläglichen Ton von sich. Das Hufgetrommel versetzte seinen Leib in Schwingungen und brachte seine Augen zum Tränen.

Die Reiter waren Kürassiere mit den üblichen, bis zu den Knien reichenden Trabharnischen und Sturmhauben auf den Köpfen, aber das wusste der Junge nicht. Was er sah, waren gesichtslose Wesen, die im Abendrot wie aus purem Gold gemacht schienen und deren blankgezogene Klingen Lichtreflexe schleuderten. Die Kürassiere schwärmten in einer langen, zerrissenen Reihe aus und formten einen Bogen wie eine riesige Hand, die nach der Schafherde und ihrem einsamen Hirten griff. Der Hund stürzte hinter der Herde hervor und warf sich den Reitern entgegen, das Donnern verschluckte sein Bellen, dann verschluckte ein Wirbel aus galoppierenden Beinen, hochgeschleuderten Grassoden und Dreck seinen Körper, als wäre er nie da gewesen. Die Schafe drehten sich wie auf Kommando um und flohen, eine hüfthohe Woge aus schmutzig weißem, krausem Fell, panisch glotzenden Augen und aufgerissenen Mäulern, die sich um die schmächtige, wie angewurzelt dastehende Gestalt mit der Sackpfeife im Arm teilte. Der Goldschimmer der Panzer und die tanzenden Lichtblitze waren so schön, dass es einem den Atem verschlug. Der Junge blinzelte.

Einer der Reiter schwenkte herum, lehnte sich halb aus dem Sattel, und irgendetwas im Hirn des Jungen, das von Überraschung und Staunen vollkommen überwältigt war, löste den Befehl aus, die Arme hochzuheben und dem Reiter entgegenzustrecken. Er fühlte den Anprall aus Pferdegeruch und Donnern, einen Augenblick bevor der Reiter heran war, fühlte sich emporgerissen und quer über einen Sattel geworfen, die Sackpfeife ging verloren und wurde in den Boden gestampft, er wurde durchgeschüttelt und auf- und abgeworfen, die Luft wurde aus seinen Lungen getrieben und sein Magen gequetscht, dass er sich hätte übergeben müssen, wenn er nur etwas im Bauch gehabt hätte. Er hatte das Gefühl zu fliegen. Eine gepanzerte Hand drückte ihn grob gegen einen gepanzerten Körper, doch er fühlte keinen Schmerz. Er flog! Die Pferdebeine waren ein Wirbel aus Muskeln, Sehnen und glänzendem Fell, der Dreck spritzte ihm ins Gesicht. Er renkte sich den Hals aus, um nach oben zu sehen, und starrte in ein bärtiges, schmutziges Gesicht unter dem Goldglanz der Sturmhaube. Ein Schwenk, der ihn beinahe heruntergeschleudert hätte, und die Sonne war im Rücken des Reiters, warf Reflexe um ihn herum und blendete den Jungen. Er sah, dass sich der Mund im Gesicht unter dem Helm öffnete, sah ein braunes Gebiss mit vielen Lücken. Der Mund verzog sich, und der Mann lachte laut.

Der Junge lachte mit.

Als sie den Hof erreichten, auf dem der Junge lebte, brachte der Reiter sein Pferd zum Stehen und ließ seine Beute von dessen Rücken gleiten. Die Knie waren dem Jungen so weich, dass er in sich zusammensackte, doch als er nach oben sah, lachte er erneut. Der Hof lag bereits im Schatten, das Gold verwandelte sich in Eisenglanz und den matten Schimmer der bronzierten Helme. Die Schafe wimmelten zwischen den Gebäuden herum. Der Bauer hatte nie erlaubt, dass sie frei auf dem Hof herumliefen; selbst zum Scheren waren sie in einen Pferch getrieben worden. Ihre Bocksprünge brachten den Jungen erneut zum Lachen.

Ein zweiter Reiter kam zu dem heran, auf dessen Pferd er hierhergelangt war.

»Das is' ja 'n lustiger Vogel«, sagte der zweite Reiter. »Gehört der Flick hierher?«

»Wo soll er sonst hingehören. Gibt doch weit und breit nix außer dem Hof hier.«

Der erste Reiter musterte den Jungen, der inzwischen wieder auf die Beine gekommen war und erwartungsvoll zu den Männern nach oben blinzelte. Ein breites Grinsen lag immer noch auf seinem Gesicht.

»Das is'n Idiot, wenn ich je einen gesehen hab«, sagte der zweite Reiter.

»Das is'n Bauernbalg.«

»Wo is der Unterschied?«

Beide Reiter lachten. Der Junge hörte das Krachen, mit dem Türen, die ohnehin offen waren, von Stiefeln eingetreten wurden. Er erwartete, dass der Bauer und seine Familie im nächsten Moment herauskommen würden, doch nichts tat sich. Nicht einmal die Knechte, die sich sonst mit Sensen und Dreschflegeln im Hintergrund herumzudrücken pflegten, voller Hoffnung, jemand möge einen Streit vom Zaun brechen, waren zu sehen. Er dachte an Leupold, der mit einem gebrochenen Bein im Stall lag, doch dann nahm etwas anderes seine Aufmerksamkeit gefangen: Einer der Reiter, der abgestiegen war, zog sich den Helm vom Kopf, riss an Lederbändern, die an seinem eisernen Leib herabhingen, und wand sich aus seinem Harnisch. Darunter war er nichts weiter als ein dünner Mann mit verschwitztem Hemd, zotteligem Bart und verfilztem Haar. Der Junge starrte ihn weniger enttäuscht als erstaunt an, dass eine solche Wandlung mit dem Eisenreiter vorgegangen war. Der dünne Mann schüttelte sich, bückte sich um das Rapier, dessen Klinge er in den Boden gesteckt hatte, zog es heraus und durchbohrte mit einem langen Vorwärtsschritt das ihm am nächsten stehende Schaf.

Das Blöken des Schafs hörte sich an wie ein überraschtes Husten. Es brach vorne auf die Knie, dann versuchte es wieder aufzustehen. Die anderen Schafe drängten von ihm weg. Der Mann mit dem Rapier zog die Klinge heraus und stach erneut zu. Das Schaf zuckte und fiel auf die Seite, seine Beine begannen zu schlagen.

»Kannst du nich' mal so'n blödes Vieh auf einen Streich totmachen?«, schrie einer der anderen Reiter. »Wie auf'm Schlachtfeld!«

»Leck mich«, sagte der Mann mit dem Rapier und sah sich nach seinen Sachen um.

»Keine Pistolen«, sagte der Reiter, der den Jungen mitgenommen hatte. »Spart euch das Pulver für morgen.«

»Das geht so nich'«, hörte sich der Junge sagen. Die Reiter starrten ihn an. Das Schaf auf dem Boden röchelte.

»Du musst ihm die Gurgel durchschneiden«, sagte der Junge.

»Na so was, ein Fachmann. Zeig's uns, du Hosenscheißer.«

Der Junge lief zu dem auf dem Boden liegenden Schaf hinüber, kauerte sich bei ihm nieder und packte seine Schnauze mit beiden Fäusten. Dann zog er den Kopf nach hinten und entblößte die Kehle. Er schaute den Mann mit dem Rapier aufmunternd an. Dieser stach zu. Der Körper des Schafs versteifte sich, es begann zu zittern. Blut pumpte in einzelnen Stößen hervor und prasselte hörbar auf den Boden. Der Mann hob sein Rapier erneut, diesmal zeigte die Spitze auf den Leib des Jungen.

»Lass den Buben in Ruh, Vollidiot«, schnauzte der Anführer der Reiter. Er stieg ächzend vom Pferd, reckte sich und deutete dann zu den Hühnerställen und auf die Schafe. »Holt euch die Holderkäuze und ihre Eier und stecht so viele von den Schafen ab, wie wir auf die Pferde kriegen. Wenn ihr Hornböcke findet, lasst sie leben. Die nehmen wir mit – wir können die Milch brauchen. Das hier weidet aus und richtet es her; heut Abend feiern wir das Osterfest nach!« Er blinzelte dem Jungen zu und machte eine Kopfbewegung. »Komm mal mit.«

Der Junge folgte ihm ins Haus. Mehrere Reiter waren in der Stube, und das Gepolter von oben sagte ihm, dass weitere sich in den Schlafzimmern umsahen. Er wunderte sich, dass niemand von der Familie hier war. Es sah dem Bauern gar nicht ähnlich, den Hof allein zu lassen, schon gar nicht, wenn Fremde eingetroffen waren. Die Reiter hatten Tücher, Decken und Kleidung zusammengerafft und schleuderten wahllos Kochutensilien und Werkzeug in die behelfsmäßigen Säcke. Aus dem Obergeschoss drang der Krach von zerberstender Töpferware und Federngestöber, als Zudecken und Kissen aufgeschlitzt und in Tragetaschen verwandelt wurden. Einer der Männer starrte die brennende Osterkerze im Herrgottswinkel an, als wecke sie eine verschüttete Erinnerung in ihm, von der er nicht wusste, ob er sich ihr ergeben oder sie verachten sollte; dann schlug er die Flamme mit der flachen Hand aus und steckte die teure Wachskerze in einen Sack. Aus dem Mund quollen ihm zerquetschtes Eigelb und zerbissene rote Schalen. In der Räucherkammer wurde lautes Jubelgeschrei vernehmbar – die Reiter hatten den Speck und die Würste entdeckt, die vom Osterfest vor ein paar Tagen übrig geblieben waren.

»Wer lebt hier?«, fragte der Anführer der Reiter den Jungen.

»Der Bauer und seine Leute«, antwortete dieser.

»Ist der Bauer dein Alter?«

Der Junge erinnerte sich daran, dass der Bauer ihn deutlich gröber zu behandeln pflegte als seine beiden Söhne und seine Tochter, jedoch sanfter als die Knechte oder den Gänsejungen. Er war sich nicht sicher.

»Die Christel ist meine Mutter«, sagte er. Das wenigstens stand fest.

»Das is' die Bäuerin?«

»Nö«, sagte der Junge stolz. Die Bäuerin pflegte in der Stube zu sitzen und den ganzen Tag die Hände zu ringen. Seine Mutter hingegen packte zu. »Die Magd.«

»Na, du Bastard«, grinste der Reiter. »Und wo sind sie alle hin?«

Der Junge zuckte mit den Schultern. Er sah zu, wie die Männer das Kupfer- und Zinngeschirr zerschlugen und die Bruchstücke einpackten. Andere rissen die Fenster heraus und warfen sie nach draußen und die Bänke und die Bettladen hinterher. Es roch nach Rauch; jemand vor dem Haus versuchte, ein Feuer in Gang zu bekommen.

»Wir ham Holz in der Scheune«, sagte er.

Die Reiter waren merkwürdig. Wenn sie das Schaf, das sie geschlachtet hatten, braten wollten, sollten sie lieber das gehackte Feuerholz nehmen; mit dem Hausrat würden sie nur eine hoch lodernde Flamme erzeugen, in der das Fleisch verbrannte. Er fand es erheiternd, dass diese Männer, die die Fähigkeit hatten, auf den Pferden förmlich über den Boden zu fliegen und sich in Eisen zu gewanden, zu dumm zum Feuermachen waren.

»Was is' so lustig, du Rauling?«

»Nix«, sagte der Junge und kicherte.

»Wachtmeister!«, rief eine Stimme von draußen. »Wachtmeister, wir haben was gefunden.«

Der Anführer der Reiter packte den Jungen am Arm und zog ihn hinter sich her. Leupold, der Knecht, lag zwischen drei Reitern auf dem Boden; er stöhnte und keuchte und hielt sich das Bein. Seine Nase war blutig. Einer der Reiter trat Leupold nachlässig gegen das gebrochene Gelenk, und Leupold schrie auf.

»Is' der Iltis allein?«

»Nee, 'ne Moß hat ihm das Händchen gehalten.« Der Reiter machte eine Kopfbewegung zur Scheune. Gedämpfte Geräusche drangen daraus hervor, als wenn jemand zu schreien versuchte.

Der Wachtmeister beugte sich zu Leupold hinunter. Leupolds Augen wurden weit, als er den Jungen erblickte.

»Wo sind alle?«, fragte der Wachtmeister.

»Ich sag nix«, keuchte Leupold. »Ihr Teufelsbrut.«

Ein neuerlicher Tritt gegen sein verletztes Bein ließ ihn brüllen.

»Wie war das?«, fragte der Wachtmeister.

»Lasst den Bengel laufen, er hat euch nix getan.«

»Du hast uns auch nix getan, und glaubst du, wir lassen dich laufen?«

»Bei der Liebe Gottes, ich bin nur der Knecht!«, stöhnte Leupold.

»Gebt ihm was zu trinken«, sagte der Wachtmeister.

Leupold schrie und wand sich, aber sie banden ihm Hände und Füße zusammen. Einer holte etwas aus einer Satteltasche, das wie zwei handtellergroße Brettstücke aussah, mit einer Zwinge verbunden. Sie packten Leupolds Unterkiefer und zwangen ihm den Mund auf, dann rammten sie das Holz hinein und drehten an der Zwinge. Leupold ächzte und lallte. Die Bretter öffneten sich. Sie waren ein Sperrholz, wie man es auch den Schafen ins Maul rammte, wenn man ihnen etwas einflößen musste. Ein Reiter schleppte einen Kübel herbei, und unter allgemeinem Gejohle schüttete er den Inhalt des Eimers in Leupolds Mund. Der Junge verzog das Gesicht. Jauche.

Leupold bäumte sich auf und gurgelte und spuckte die Jauche und alles aus, was er sonst noch im Magen hatte. Sie drehten ihn auf die Seite und rissen ihm das Sperrholz aus dem Mund. Leupold lag in seinem Erbrochenen und krümmte sich.

»Is' dir jetzt eingefallen, wo alle sind?«, fragte der Wachtmeister.

Leupold winselte und nickte. Der Wachtmeister kauerte sich neben ihn. »Erleichtere dich, du Sünder«, sagte er grinsend.

Der Junge blickte zum Eingang der Scheune hinüber. Mehrere Reiter standen dort dicht an dicht und betrachteten etwas, das offenbar in der Scheune vor sich ging. Sie johlten und pfiffen, dazwischen war rhythmisches Gegrunze und Klatschen zu hören. Er trat über Leupolds sich krümmenden Leib und machte sich auf den Weg zur Scheune, um ebenfalls zu schauen. Ein Reiter fing ihn ab.

»Richte das Schaf her, du Nichtsnutz«, sagte er und stieß ihn in Richtung auf den Kadaver.

Der Junge bedauerte, dass er nicht zur Scheune gelassen wurde, aber er war barsche Anweisungen gewohnt und vor allem die Folgen, wenn er nicht darauf hörte. Er machte sich an dem Schaf zu schaffen. Als bestiefelte Beine neben ihn traten, blickte er blinzelnd auf. Es war der Wachtmeister.

»Wir holen die Familie zusammen.«

Der Junge zuckte mit den Schultern. Er hielt es für keine gute Idee, den Bauern zu holen. Wenn dieser die Bescherung im Haus und das tote Schaf sah, würde er zu brüllen anfangen. Der Bauer konnte sehr laut brüllen.

»Wie heißt du?«

»Bub«, sagte der Junge stolz.

Der Wachtmeister verdrehte die Augen. »Das seh ich selber. Wie ruft dein Alter dich?«

Der Junge legte den Kopf schief.

»Der Bauer«, stieß der Wachtmeister hervor. »Wie nennt der dich, in drei Teufels Namen?«

»Taugenichts. Dumme Sau. Drecksbengel.«

»Und deine Mutter? Die Magd?«

»Bub«, sagte der Junge und wusste nicht, ob er wegen der Begriffsstutzigkeit des Wachtmeisters erneut lachen sollte.

»Bist du zu blöd, um deinen Namen zu wissen?«

»Wieso, du weißt ihn ja auch nicht.«

»Scheiße, du Frosch, werd bloß nich' frech. Was bist du, 'n Weißhulm? Kannst du den Himmelssteig aufsagen?«

Der Junge blinzelte verständnislos.

»Das Paternoster, verdammt!«

»Kann ich«, sagte der Junge.

»Sag's mir vor.«

»Unser lieber Vater, der du bist Himmel, heiliget werde dein Nam, zu kommes dein Reich, dein Will schehe Himmel ad Erden, gib uns Schuld, als wir unsern Schuldigern geba, führ uns nicht in kein bös Versucha, sondern erlös uns von dem Reich und die Kraft und die Herrlichkeit, in Ewigkeit, Ama.«

»Heilige Scheiße«, staunte der Wachtmeister.

Ein anderer Reiter war herzugekommen.

»Der Bursche is' so blöd, ich krieg nich mal aus ihm raus, wie er heißt, geschweige denn, ob seine Herrschaft Dofelmänner oder Grillen sind«, erklärte der Wachtmeister.

»Is' doch eh egal«, erwiderte der Reiter.

»Ich würd mich wohler fühlen, wenn ich wüsste, dass es Ketzer sind.«

»Ich würd mich wohler fühlen, wenn ich was zu fressen und zu saufen hätte und um die nächste Courasche Schlange stehen könnte«, sagte der Reiter und fügte hinzu: »Und wenn ich wüsste, dass der Schwed' nich' kommt. Wir sin' auf deren Seite des Flusses, Wachtmeister.«

»Scheiß auf den Schwed'. Der Schwed' schanzt irgendwo bei Rain am Lech und holt sich dort einen runter.« Der Wachtmeister richtete sich auf. »Na schön«, seufzte er. »Mal sehen, ob die anderen die Vögel einfangen können.«

Der Junge wurde allein gelassen. Nach einigen Sekunden des Nachdenkens kümmerte er sich wieder um das Schaf. Es schien ihm, dass sie das von ihm wollten.

Das Schaf war bereits geschoren und ausgenommen, als der Bauer mit seiner Familie und den Knechten kam. Die Reiter führten sie ins Haus. Da andere Männer ihm das Schaf wegnahmen und sich bemühten, es auf einen Spieß zu stecken, folgte der Junge ins Haus. Der Bauer, seine Frau, die Tochter und die beiden Söhne saßen auf dem Boden, die Knechte wurden von den Soldaten festgehalten. Der Bauer blinzelte vor Angst.

»Zwei Fragen«, sagte der Wachtmeister und hob behandschuhte Finger. »Erstens: Protestant oder Katholik?«

Das Kinn des Bauern bebte. Niemand konnte erkennen, ob er protestantische oder katholische Truppen vor sich hatte, wenn er auf Marodeure wie diese hier stieß. Im Kampf trugen die kaiserlichen Soldaten schwarz-rote und die schwedischen weiß-blaue Tuchfetzen oder Hutfedern, um von den eigenen Truppen erkannt zu werden. Abseits des Schlachtfelds war dies nicht nötig. Abseits des Schlachtfeldes war es taktisch klüger, unerkannt zu morden. Was immer der Bauer sagte, er hatte eine gute Chance, das Falsche zu sagen. Er schluckte und schwieg.

»Zweitens«, sagte der Wachtmeister. »Wo hast du deine Wertsachen versteckt?«

Der Junge sah zu, wie das Kinn des Bauern noch stärker bebte und seine Lippen weiß wurden, so fest presste er sie zusammen. Man konnte seinen Atem in der Kehle wimmern hören.

Die Reiter zwangen einen der Knechte auf die Knie, wickelten ihm blitzschnell einen Strick um den Kopf und drehten ihn dann mit einem Holzstück zusammen. Der Knecht begann zu schreien. Blut lief ihm aus Ohren, Nase und Mund. Seine Hände rissen sich los und zerrten an den Stricken, aber sie saßen zu stramm. Seine Augen traten aus den Höhlen, groß und weiß wie Hühnereier. Der Knecht heulte. Etwas knackte. Mit einem dumpfen Keuchen sackte der Unglückliche in sich zusammen. Der Junge starrte ihn an und schluckte. Leupold die Jauche in die Kehle zu schütten war irgendwie lustig gewesen, ein grober Streich, wie ihn die Knechte sich gegenseitig immer wieder spielten – aber das viele Blut hier … und die Augen … Irgendwo in seinem Innern verkümmerte das Lachen. Er versuchte ein hilfloses Lächeln und sah zu dem Wachtmeister auf, doch dieser beachtete ihn nicht.

»Fällt's dir noch nich' ein?«, fragte der Wachtmeister. »Na gut, schauen wir, was die Weiber davon halten.«

Die Tochter versuchte sich an der Bäuerin und diese am Bauern festzuhalten, als die Soldaten sie davonzerrten. Sie scharten sich in einer Ecke um sie, direkt unter dem Herrgottswinkel. Der Junge versuchte erneut zu erspähen, was sie mit ihnen trieben. Der Wachtmeister wurde auf ihn aufmerksam.

»Alch dich«, sagte er. »Kümmer dich um den Braten.«

Zögernd schlenderte der Junge zur Tür, verfolgt von Anfeuerungsrufen und panischem Kreischen aus dem Herrgottswinkel, das abrupt in abgehacktes Schmerzgeheul überging. Er blickte über die Schulter zurück. Der Wachtmeister stand über den Bauern gebeugt. Reiter zogen dem Bauern die Schuhe von den Füßen. In einer Hand des Wachtmeisters war ein langes Messer, mit der anderen griff er, ohne hinzusehen, in das Salzfass. Die bloßen Füße des Bauern zuckten. Der Junge sah, dass auch den Söhnen des Bauern die Schuhe ausgezogen wurden.

»Die Weiber wissen's nich'«, sagte der Wachtmeister.

»Oder sie ham den Mund zu voll, um was sagen zu können. Wir müssen uns wohl an die Männer in der Familie halten. Wolltet ihr in der nächsten Zeit viel zu Fuß gehen?« Ohne zu dem Jungen hinzusehen, fügte der Wachtmeister hinzu: »Bist du noch nich' draußen, Nichtsnutz? Soll'n wir dich auch fragen?«

Der Junge stolperte hinaus. Über die Geräusche aus dem Herrgottswinkel hinweg hörte er einen der Knaben erschreckt aufschreien und den Bauern keuchen: »Also gut, ich sag's euch!«, und den Wachtmeister sagen: »Schön, schön, aber lass uns dir zeigen, was los is', wenn du uns Scheiß erzählst!«, und daraufhin eine gellende Knabenstimme, die schrie und schrie ...

Er stürzte davon, zu der Feuerstelle hinüber, an lachenden oder gelangweilt aussehenden Soldaten vorbei, die ihm einen Tritt gaben, wenn er sie anrempelte. Zitternd griff er nach dem Spieß und versuchte, das Schaf herumzudrehen, das an der Unterseite schon schwarz wurde. Plötzlich fehlte ihm die Kraft.

Jemand langte an ihm vorbei und drehte den Spieß mit einem Ruck um. Eine Handfläche klatschte gegen seinen Hinterkopf.

»Hier, bring den Cavallen was zu saufen, wenn du zu dumm zum Bratendrehen bist.«

Der Junge schnappte sich blindlings einen Eimer, füllte ihn am Brunnen und torkelte mit seiner Last in die Scheune. Die Soldaten, die sich zuvor noch im Eingang gedrängt hatten, waren verschwunden, die Scheune eine schwarze Höhle in der Dämmerung. Auf einmal fühlte er die Kühle des Aprilabends und erkannte, dass sein Körper mit Schweiß überzogen war. Undeutlich nahm er zwei Gestalten unweit des Eingangs wahr, die auf dem Boden lagen. Eine richtete sich schwach auf. Sein Blick glitt zu der anderen. Der Eimer fiel aus seiner Hand.

»Lauf, Bub«, flüsterte eine heisere, von Schmerz zerrissene Stimme, die er kaum als die seiner Mutter erkannte. »Lauf, sonst tun sie mit dir das Gleiche!«

2

RITTMEISTER SAMUEL BRAHE von den Småländischen Reitern wartete nervös auf die Rückkehr des Spähers. Die Gegenwart des Königs, der umringt von Brahes Männern auf seinem Pferd saß und ein Gesicht zog, als wäre jeder Tag ein köstliches Abenteuer, machte ihn unruhig. Es war nicht die Person Gustav Adolfs an sich, dazu hatte er sich zu lange in der unmittelbaren Nähe seines Souveräns aufgehalten und mit ihm Essen, Trinken, Latrine und das Fieber des Kampfes geteilt. Was dem Rittmeister Sorgen machte, war, dass er nicht genau wusste, ob sie sich noch in dem Areal aufhielten, das vom schwedischen Heer kontrolliert wurde.

Heute Morgen waren sie bei Rain am Lech angekommen und hatten festgestellt, dass die andere Flussseite von den Kaiserlichen unter Tilly gehalten wurde. Es sah aus, als sei Tillys Heer zahlenmäßig unterlegen, aber sie hatten Kanonen in ausreichender Anzahl in Stellung gebracht. Während sich die schwedische Artillerie eingrub, hatte Gustav Adolf Erkundungsritte auf ihrer Seite des Lechs befohlen; die Taktik war, soweit Rittmeister Brahe es mitbekommen hatte, die Kaiserlichen mit dem morgigen Tagesbeginn mit Dauerfeuer zu belegen, als ob man hier den Flussübergang erzwingen wolle, und gleichzeitig zu versuchen, an anderer, besser geeigneter Stelle überzusetzen. Diese geeignete Stelle zu finden, waren mehrere Spähtrupps unterwegs. Der König hatte es sich nicht nehmen lassen, die Gegend persönlich in Augenschein zu nehmen.

Alles, was Brahe sicher wusste, war, dass sie immer noch

auf der Westseite des Lechs waren. Er hatte keine Zeit gehabt, sich genauer zu orientieren. Der König war einfach davongeprescht, und sie hatten nichts tun können, als ihm zu folgen.

Die Stellung Tillys am Ostufer des Lechs hatte den Marsch des schwedischen Heers auf Ingolstadt aufgehalten. Samuel Brahe kannte seinen König; er hasste es, aufgehalten zu werden, besonders wenn die Chance bestand, den Feind nach den Siegen vor Nürnberg und Donauwörth vor sich herzutreiben wie eine Viehherde. Wenn Gustav Adolf über den Verlauf des Feldzuges unzufrieden war, neigte er zu Leichtsinn – nicht in seiner Taktik, sondern in Bezug auf seine eigene Person. Selbst für eine Elitetruppe wie die Småländischen Reiter, die ihren König in- und auswendig kannten, war es schwer, ihm dann auf den Fersen zu bleiben. Der beleibte Monarch war ein überraschend guter Reiter und ein Draufgänger, wie es selbst in Brahes kleiner Truppe nur wenige gab.

Der Rauchgeruch war mittlerweile nicht mehr zu leugnen. König Gustav Adolf hatte ihn zuerst wahrgenommen, wie immer. Brahe hatte daraufhin den Späher losgeschickt. Der Mann war überfällig. Brahe hielt ihren Feind, den Brabanter Johan Tserclaes Graf von Tilly, für einen fähigen Feldherrn. Er würde seinen Abschnitt der Front sichern; vielleicht waren sie auf feindliches Gebiet geraten, und der Späher lag längst mit durchschnittener Kehle neben einem Baum, während sich kaiserliche Musketiere langsam näherschlichen.

Überrascht erkannte er, dass Gustav Adolf ihm zublinzelte. Das lange Gesicht mit dem üppigen blonden Knebelbart und den feisten Backen verzog sich zu einem Grinsen. Brahe wurde klar, dass der König all seine Gedanken gelesen hatte. Er räusperte sich unwillig. Gustav Adolfs junger Page August von Leublfing und sein Leibknecht Anders Jönsson sahen zu Boden; Leublfings Wangen brannten vor unterdrücktem Eifer.

»Bereithalten, Männer«, flüsterte Brahe und lockerte die zweite Sattelpistole. Er gab das breiter werdende Lächeln des Königs mit einem stoischen Kopfnicken zurück.

Ein Hakengimpel begann in einem Gebüsch ein paar Mannslängen entfernt zu rufen. Brahe entspannte sich. Es hatte eine Weile gedauert, bis er erkannt hatte, dass es das Tier zwar in seiner Heimat, aber nicht hier im Reich zu geben schien. Sein Gesang unterschied sich nicht sehr von dem anderer Finken, aber doch genug, dass es einem Småländer auffiel. Einem Kaiserlichen wäre der Unterschied nicht klar gewesen, was den Ruf des gedrungenen roten Vogels zu einem idealen Erkennungszeichen machte. Brahe warf einen Seitenblick zu Wachtmeister Alfredsson und sah diesen lächeln. Der Wachtmeister spitzte die Lippen und antwortete auf das Zeichen. Augenblicke später kam Torsten Stenbock auf bloßen Füßen aus dem Gebüsch und baute sich vor Brahe auf.

»Meldung, Kornett«, flüsterte Brahe. Er ließ sich seine Erleichterung nicht anmerken, dass der junge Offizier wohlbehalten zurückgekehrt war. Torsten Stenbock war der Neffe von Oberst Fredrik Stenbock, dem Oberbefehlshaber des Småländischen Reiterregiments. Brahes Befehle lauteten, den Kornett nicht anders zu behandeln als alle seine Männer, doch der Rittmeister hatte in den Augen des Obersten lesen können und erkannt, welche Angst dieser um den Sohn seines Bruders hatte.

Der junge Mann schluckte.

»Kaiserliche Kürassiere«, sagte er leise. Brahe spürte, wie sich König Gustav Adolf im Sattel aufrichtete.

»Späher?«

»Marodeure. Sie haben einen Bauernhof überfallen.«

»Die Bauersleute?«

»Niemand zu sehen, aber ...« Der junge Offizier schluckte erneut.

»Aber?«

»... zu hören, Rittmeister.«

Brahe nickte. Niemand brauchte ihm zu erklären, was Stenbock gehört hatte.

»Stiefel anziehen, aufsitzen«, sagte er. Er fing einen Blick seines Wachtmeisters auf. »Gut gemacht, Kornett.«

»Vielleicht können wir den Leuten helfen?«, fragte Stenbock kläglich.

Brahe schüttelte grimmig den Kopf. »Viel zu ...«

»Er hat recht, Kornett«, unterbrach ihn die Stimme des Königs. »Hat Er gezählt, wie viele Kürassiere es sind?«

»Ein Dutzend, Majestät.«

»Genau so viele wie wir.«

»Majestät ...«, begann Brahe.

»Die Kerle müssen irgendwo über den Fluss gekommen sein, Rittmeister«, sagte der König. »Meint Er nicht, wir sollten sie befragen, an welcher Stelle?«

»Natürlich, Majestät, aber doch nicht mit Majestät erlauchter Person als ...«

»Als Retter sind wir ins Reich gekommen, nicht als Zuschauer«, sagte Gustav Adolf. »Kornett Stenbock, reite Er voran. Rittmeister Brahe... mir nach!«

Der König sprengte aus dem Ring seiner Bewacher heraus, hinter dem Pferd Torsten Stenbocks her. Leublfing und Jönsson setzten ihm nach. Die Småländer warfen sich und ihrem Rittmeister unsichere Blicke zu. Brahe sah Wachtmeister Alfredsson den Kopf schütteln. Er selbst hätte am liebsten laut geflucht.

»Worauf wartet ihr?«, zischte er. »Angriff!«

Sie stoben über eine Weide, die jetzt, in der beginnenden Dunkelheit, wie eine graue Fläche vor ihnen lag. Über der nächsten Hügelkuppe stand eine Rauchsäule, von unten rot beleuchtet, dick und schwer. Der Geruch war beißend. Brahe schloss zu König Gustav Adolf auf, der Leublfing und Jönsson abgehängt hatte, und jagte neben ihm her. Er hütete sich, den König zu überholen; er hatte es einmal getan, um Kugeln, die auf seinen Herrn gezielt waren, mit seinem Körper abfangen zu können. Gustav Adolf hatte ihn mitten im Kampfgetümmel in die hinterste Reihe geschickt. Der König, ein Koloss in einem gelben Lederkoller, den Hut im Nacken, eine Spur ausgerissener Hutfedern durch die Dämmerung ziehend, als fiele in seinem Kielwasser bunter Schnee, grinste und nickte ihm zu. Seite an Seite galoppierten sie über die Hügelkuppe, eingehüllt vom Rauch, dem Schweißgeruch der Pferde und dem lauten Donnern der Hufe.

Brahe sah eine Anzahl von Gebäuden, zwischen denen Schafe hin und her liefen, halb irr vor Panik wegen des Feuers. Die Flammen schlugen aus dem größten Bau, vermutlich dem Wohnhaus, und sandten die dicke Rauchsäule in den Himmel. Soldaten standen um das Feuer herum; sie drehten sich nicht um, obwohl das Getrommel der Pferdehufe überlaut war. Das Prasseln des Feuers musste den Lärm schlucken. Brahe glaubte zu sehen, dass einer der Männer eine lange Stange in der Hand hielt und etwas in das Feuer zurückstieß, etwas, das offenbar versuchte, daraus zu entkommen, etwas, das ein Mensch sein musste ...

Wut schäumte in ihm hoch, und er ließ die Zügel fahren und ergriff die zweite Sattelpistole, stand im Sattel auf und sprengte vorwärts, beide Arme mit den Pistolen ausgestreckt, feuerbereit. Er erkannte aus dem Augenwinkel, wie seine Männer sich auffächerten, sah Wachtmeister Alfredsson an der anderen Seite des Königs auftauchen, seinen nägelbespickten Knüppel schwingend, mit dem er tödlicher war als mit jedem Rapier.

An einer zweiten Feuerstelle, über der ein geschlachtetes Tier gedreht wurde, fuhren Männer in die Höhe und starrten ihnen bestürzt entgegen. Die Ersten griffen zu ihren Musketen. Brahe sah die Bewegungen der kaiserlichen Soldaten, als handelten diese im Traum, langsam und träge. Er wünschte sich, bereits näher heran zu sein, damit er seine Pistolen abfeuern und Zeuge werden könnte, wie zwei der Mörder tot zu Boden geschleudert wurden. Das Pferd unter ihm war wie ein Teil seines eigenen Körpers, der über den Boden flog. Er federte die Stöße ab, ohne darüber nachzudenken; seine Hände waren so ruhig, als stünde er in einem Schießstand.

Ein Schatten kam ihnen entgegengerannt. Brahes Hände zuckten von allein herum, die Pistolenläufe senkten sich, er krümmte die Finger, während ein Teil von ihm schrie: Das ist ein Kind!, und ein anderer antwortete: Schütze den König, was immer es kostet!

Der Schatten fiel zu Boden und krümmte sich dort zusammen. Brahes Pferd setzte mit einem Sprung über den kleinen Körper hinweg, der Rittmeister schwang die Pistolen wieder herum und zielte auf die Soldaten, die jetzt allesamt den Angriff gehört hatten und auf der Suche nach ihren Waffen planlos herumliefen. Nirgendwo waren Pferde zu sehen; die Narren mussten sie in der Scheune untergebracht haben. Er hatte jemanden sagen hören: Wenn ein Dragoner vom Pferd fällt, steht er als Musketier wieder auf. Doch die Kaiserlichen dort vorn in dem Schlachthaus, in das sie den friedlichen Bauernhof verwandelt hatten, waren keine Dragoner, sondern Kürassiere, mit dem Kampf auf den eigenen Beinen nicht vertraut – sie hätten dem Angriff nicht einmal dann ernsthaft etwas entgegensetzen können, wenn sie darauf vorbereitet gewesen wären.

Brahe sah einen Soldaten hektisch seine Muskete laden und nahm ihn ins Visier. Gut! Er wollte nichts so sehr, als diese Männer töten. Gleich würden er und seine Reiter heran sein, gleich würde er feuern können. Die Wut war so groß, dass das Kind, auf das er im letzten Augenblick doch nicht geschossen hatte, bereits aus seinen Gedanken verdrängt war. Er brüllte laut und hörte das Kriegsgeschrei der Männer links und rechts von ihm – »Magdeburger Pardon!« –, aber die Erinnerung an die grausame Zerstörung Magdeburgs vor elf Monaten durch die tillyschen Soldaten war nur ein Name für all die Gräuel, die sie gesehen hatten, von den zu Tode geschändeten Frauen und Mädchen links und rechts der kaiserlichen Heerstraßen bis zu den Feuern von Würzburg, in denen die Kinder gebrannt hatten. Jeder der Småländer wünschte sich den Tod der Kürassiere ebenso sehr wie ihr Anführer.

Ein Dutzend apokalyptischer Reiter, die direkt in die Hölle galoppierten, um die Teufel darin abzuschlachten.

3

DER JUNGE TAUMELTE in den Schutz des Waldsaums und fiel hinter den ersten Bäumen zu Boden. Sein Körper verkrampfte sich im Schüttelfrost. Er versuchte sich das Gesicht seiner Mutter vorzustellen, aber es gelang ihm nicht – weder das rotwangige, augenzwinkernde Lächeln aus besseren Tagen noch die blutverschmierte, zerschlagene, zur Unkenntlichkeit aufgeschwollene Fratze, die ihn aus dem Dunkel der Scheune heraus angesehen hatte. Der Anblick von Leupold schob sich davor, splitternackt, auf den Boden geworfen wie totes Schlachtvieh, die grässliche Wunde zwischen den Schenkeln, das von den Tritten und Schlägen aufgeplatzte Fleisch seines Oberkörpers, die aus den Höhlen gequollenen Augen – und das unsägliche Teil, das man ihm in den Mund gestopft hatte und woran er erstickt war. Der Junge rollte sich zusammen und wimmerte.

Aus der Richtung, in der der Bauernhof lag, drang das trockene Peitschen von Schüssen, Gebrüll, Pferdewiehern, das Donnern der galoppierenden Bestien, wütende Befehle und panisches Gewimmer. Das Feuer toste und röhrte dazwischen. Er presste sich die Hände auf die Ohren, doch es nützte nichts. Er kniff die Augen zusammen, aber der Anblick des toten Leupold ließ sich nicht vertreiben. Er begann zu schreien. Als er erst damit angefangen hatte, konnte er nicht mehr aufhören.

Schließlich verstummte er doch, wenn auch nur aus purer Erschöpfung. Es war stiller geworden hinter dem Hügel, selbst das Prasseln des Feuers schien schwächer geworden zu sein. Er hörte Rufe und ein sich ständig wiederholendes Geschrei einer einzelnen, schrillen Stimme: »Quartier! Quartier!« Ein Schuss dröhnte, und die schrille Stimme war verstummt. Langsam richtete er sich auf und versuchte, durch das Gestrüpp hindurch nach draußen zu sehen. Von einer Seite näherte sich das grollende Donnern, das er nun kannte: heranstürmende Kavallerie. Er erstarrte vor Entsetzen. Er sah die Reiter, denen er auf der Flucht begegnet war, vollständig wieder über den Hügel kommen, ein dichter Pulk diesmal, der sich um einen dicken Mann mit gelbem Gewand scharte und ein halbes Dutzend zusätzlicher, reiterloser Pferde hinter sich herzog. Sie galoppierten an seinem Versteck vorbei. Wenn sie die Pferde an der Stelle in den Wald getrieben hätten, an der er lag, hätten sie ihn über den Haufen geritten, denn er war nicht fähig, sich zu bewegen. Etliche qualvoll trommelnde Herzschläge später galoppierte eine andere Gruppe Reiter den Hügel herauf, hielt aber vor dem Waldrand an. Die Pferde tänzelten und drehten sich um sich selbst, ihre gepanzerten Reiter fluchten und schwenkten die Waffen.

»Wenn wir da hineinreiten und der Schwed' steckt noch drin, knallt er uns alle ab!«, schrie jemand.

»Sollen wir die Schweinerei drunten ungesühnt lassen, du Schmalkachel?«

»Sühnen wir sie auf dem Schlachtfeld, morgen! Für jeden unserer Kameraden ein toter Schwed' und noch einer als Dreingabe!«

»Zwei als Dreingabe!«

»Und der fette Arsch von Gustav Adolf!«

Die Männer brüllten vor Lachen. Dann rissen sie die Pferde herum und stürmten den Hügel wieder hinunter.

Der Junge ließ den Atem langsam entweichen. Seine Hände hatten sich so um die Zweige gekrampft, die er vorsichtig beiseitegeschoben hatte, dass er sie nur mit Mühe lösen konnte. Er sah an sich herunter und erkannte, dass er sich vor Angst beschmutzt hatte. Ein Schluchzen stieg in seiner Kehle auf.

Dann packte ihn etwas von hinten, eine Pranke legte sich über seinen Mund, er wurde gegen etwas Raues, nach hundert Jahren Schweiß und Dreck Stinkendes gedrückt und davongeschleppt, und seine von neuerlichem Entsetzen rotierenden Sinne hörten ein Stammeln: »Teufel ... Teufel ... T...t...teufel ...!«

4

AM DRITTEN ABEND ergriff der Einsiedler zum ersten Mal das Wort. Bis dahin war der Junge ihm auf seiner scheinbar ziellosen Wanderung durch den Wald hinterhergestolpert, weniger aus dem Bewusstsein heraus, dass der hünenhafte Alte ihn gerettet hatte und es möglicherweise gut mit ihm meinte, sondern eher aus der Ratlosigkeit, wohin er sich sonst hätte wenden sollen.

»N... N... gnnnnn! ... N...name?«, fragte der alte Mann. Sein Gesicht war wettergegerbt und von einem dichten Bart überwuchert, eine Ansammlung wuchtiger Kanten und Kliffe. Das Lachen sah eher wie Zähnefletschen aus, aber der Junge fürchtete sich nach zwei Tagen schweigsamen Zusammenseins nicht mehr genug, um davon in die Flucht geschlagen zu werden.

Er zuckte mit den Schultern.

Der Einsiedler deutete auf sich. Sein Mund arbeitete. »P...
P...«

»Was?«, fragte der Junge unwillkürlich.

Der Einsiedler verdrehte die Augen und deutete erneut auf sich. »P... P...« Plötzlich brach er ab und machte eine wegwerfende Bewegung. Er beugte sich zu dem Jungen und fasste ihn am Handgelenk. Der Junge wollte sich losreißen, doch der Einsiedler legte nur dessen Faust auf seine eigene Brust. »Petr!«, sagte er halbwegs deutlich.

»Petr? Soll das dein Name sein?«

Der Einsiedler nickte. Der Junge musste lachen. Das Geräusch schien dem Einsiedler fremd vorzukommen; er legte den Kopf schief und lauschte ihm hinterher. Dann deutete er erneut auf den Jungen. »Name?«

Der Junge seufzte und ließ den Kopf hängen. Er antwortete nicht.

Diesmal zuckte der Einsiedler mit den Schultern. Dann legte er sich wortlos auf die Seite und begann nach ein paar Augenblicken zu schnarchen. Der Junge starrte den dunklen Wald um sich herum an. Falls Tiere in der näheren Umgebung herumschlichen, wurden sie jedenfalls durch das Schnarchen vertrieben. Das Gesäge hatte etwas Tröstliches, so wie der muffige Geruch des Einsiedlers und seine Struppigkeit – es erinnerte ihn an den Hütehund, wenn sie sich in einem Regenschauer aneinandergedrängt und gegenseitig gewärmt hatten. Nach einer Weile kroch er zu dem Alten hinüber und rollte sich neben ihm zusammen.

5

WENN MAN DIE Gesten, die Mimik der klobigen Gesichtszüge und das Gestammel des Einsiedlers zusammennahm und sich durch nichts ablenken ließ, war fast so etwas wie eine Unterhaltung möglich. Nicht dass der Alte viel Wert darauf gelegt hätte, eine Diskussion zu führen. Wenn er sprach, dann sprach er allein. Was er zu sagen hatte, benötigte Tage, um sich im Geist des Jungen zu formen, aber dann hatte er es verstanden. Es war eine Geschichte.

»Es ist, weil wir gesündigt haben«, sagte Petr. »Das ist schon sehr lange her, aber Sünden gehen nicht einfach weg. Man muss dafür Buße tun, und solange man nicht genug Buße getan hat, bleibt die Sünde in der Welt und vergiftet alles.«

»Was für ein Gift?«

»Das, was draußen passiert. In den Städten. In den Dörfern. Der Krieg. Dass so viele Menschen erschlagen werden. Dass keiner mehr weiß, was der wahre Glaube ist, und dass die Hoffnung stirbt. Es ist unsere Sünde. Wir haben darin versagt, die Welt vor ihr zu beschützen. Wir haben ... schreckliche Dinge getan!«

Dem Jungen wurde stets unheimlich zumute, wenn der Einsiedler zu weinen begann. Er hatte den Bauern nie weinen sehen, und auch die Knechte nicht. Weinen war den Weibern und den Kindern vorbehalten. Er fühlte sich schutzlos, sobald der Alte das Gesicht in seinen Pranken vergrub und schluchzte.

Die Geschichte, in mühsamen Wochen dem Geist des Alten entrungen, war diese:

Einst hatte der Teufel ein Buch geschrieben. Ein sündiger Mönch hatte ihn um seine Hilfe gebeten, damit er seine Buße vollenden konnte, und hatte dem Teufel seine Seele dafür versprochen. Das Buch hatte eine Sammlung all des Wissens sein sollen, das der Mönch im Laufe seines Lebens erworben hatte; doch der Teufel hatte sich einen Spaß daraus gemacht, stattdessen seine eigene Weisheit darin festzuhalten. Es war eine Weisheit ohne Erbarmen, eine Klugheit ohne Liebe, ein Wissen, das nicht zur Erleuchtung, sondern zum Erwerb der Macht diente, es war des Teufels stärkste Waffe in seinem

Plan, die Menschen zu verderben, weil die Menschen stets nach Erkenntnissen gierten, um Gott ähnlicher zu werden. Wenn man einem Narren eine Fackel in die Hand drückte, würde er das Haus abbrennen; wenn man sie einem Gelehrten gab, würde er die ganze Welt in Flammen setzen. Niemand wusste das so gut wie der Teufel.

Sieben schwarze Mönche hatten dieses Buch bewacht. Es mussten immer sieben sein, damit der Zirkel vollkommen war. Jahrhundertelang hatte dies gegolten. Doch eines Tages war ein Unwürdiger in diesen Zirkel geraten, einer, der schwach war, einer, der statt Verstand nur Vertrauen besaß, einer, der nicht misstraute, sondern liebte ... einer, der an seiner Aufgabe zerbrach.

»Ich«, schluchzte der alte Einsiedler. »Ich war dieser Mann.«

Petr – Bruder Petr, die Reste der Mönchskutte hingen immer noch an dem ausgemergelten Leib –, hatte sich auf die Jagd nach einer unschuldigen Seele hetzen lassen, hatte gemordet im Namen des Buches ... und das Buch hatte ihm alles genommen, was er geliebt hatte. Die Sünde des Mönchs, der damals den Teufel um Hilfe gebeten hatte, war durch die Jahrhunderte auf Petr gekommen; der Erschaffer des Buches hatte damals auch gemordet. Petr hatte das Buch bewacht, und es hatte ihn berührt ... beschmutzt.

»Es beschmutzt alles, was einmal rein war«, flüsterte er.

Durch Petrs Schuld war der Zirkel zerbrochen. Er war geflohen. Er hatte zugelassen, dass die Bosheit des Buches in die Welt dringen konnte, und das war das Ergebnis: ein Krieg, in dem sich das ganze Reich zerfleischte, in dem Christen gegen Christen standen, ein Armageddon auf Raten, ein langes, grässliches Sterben, nicht begleitet von den Posaunen des Jüngsten Gerichts, sondern vom Trommelschlag der marschierenden Heere und vom Flehen der Gemarterten um Barmherzigkeit.

»Warum hast du das Buch nicht verbrannt?«, fragte der Junge.

»Man kann nicht gegen das Vermächtnis des Teufels kämpfen«, erwiderte Petr. Er brauchte viele Anläufe dafür, es endlich herauszubringen.

»Man kann auch nicht immer wegrennen«, sagte der Junge. »Irgendwann geht dir die Luft aus, und dann holt es dich ein. Wenn du eine Maus in der Scheune findest und in eine Ecke jagst, dreht selbst sie sich um und kämpft.«

Petr schüttelte den Kopf.

»Wo ist das Buch?«

Petr schüttelte erneut den Kopf.

Der Junge betrachtete ihn eine lange Weile. Ein überraschendes Gefühl stieg in ihm auf. Es war Zuneigung. Es war der Wunsch, den riesenhaft gebauten alten Mann zu beschützen. Er, der kleine Kerl, wollte den alten Einsiedler behüten, der mehr als doppelt so groß war wie er? Aber hatte er es nicht auch immer geschafft, die Schafe zu beschützen, wenigstens bis die goldenen Reiter gekommen waren, und die waren ein paar Dutzend gewesen und er ganz allein?

»Ich finde das Buch«, hörte er sich sagen. »Ich finde es, und dann zerstöre ich es. Dann musst du dich nicht mehr ängstigen, Väterchen!«

»Niemand kann es zerstören. Es wird stattdessen ein Opfer verlangen.«

»Dann werde ich das Opfer bringen.«

»Es wird dich vernichten.«

»Wer sagt denn, dass ich das Opfer sein muss?«, fragte der Junge und lachte. »Sorg dich nicht, Väterchen. Sag mir nur, wo das Buch ist und wie es heißt.«

Der Einsiedler schüttelte den Kopf. »W... w... gnnnnh ... w... wir ... müssen schlafen«, krächzte er und legte sich neben dem Feuer auf den Boden.

Auch in dieser Nacht schlief der Junge schlecht, doch es

waren keine Angstträume, die ihn wach hielten. Der alte Mann stöhnte und ächzte im Schlaf. Er schien an der Grenze zwischen Schlaf und Wachen dahinzutaumeln. Seine riesigen Pranken zuckten. Der Junge brachte seinen Mund ganz vorsichtig an das Ohr des Alten.

»Wie heißt das Buch?«, flüsterte er.

Er nickte, als der Name sich den zitternden Lippen entrang. Er würde den Namen nicht vergessen. Und wenn er vor dem Scheiterhaufen stand, in dessen Flammen das Buch verzehrt wurde, würde er sagen: »Siehst du, Väterchen, jetzt ist alle Angst vorbei. Ich habe die Teufelsbibel verbrannt.«

Er schlief ein, zum ersten Mal seit seiner Flucht aus dem Bauernhof mit dem Gefühl, dass die Welt sich weiterdrehte; und zum ersten Mal in seinem Leben mit der Ahnung, dass auch eine Existenz wie die seine einen Sinn hatte.

Ein paar Tage später starben seine Träume unter den Knüppeln der Soldaten.

1. Buch
Götterdämmerung

Dezember 1647

*Wir müssen uns mit aller Kraft bemühen,
uns selbst heilen zu können.*
Marcus Tullius Cicero, Tuskulanische Gespräche

1

Er hatte gesündigt ... o Gott im Himmel, er hatte gesündigt. Er hatte gedacht, seine Tat diene einem guten Zweck, aber am Ende des Tages war sie doch nur eines gewesen: eine schreckliche, widerliche, ganz und gar unverzeihliche Sünde.

Confiteor Deo omnipotenti ...

Vor Dir, allmächtiger Gott, bekenne ich ...

Er erinnerte sich an das Feuer; an die Schreie; an das Hämmern an der verschlossenen Tür; an das Flehen um Gnade, das leiser und leiser wurde, weil es sich hinter ihm entfernte, weil er davonrannte, weil er sie ihrem Schicksal überließ: der Hölle, die sie fürchteten, der sie um jeden Preis hatten entgehen wollen ... der Hölle, die sie jetzt bei lebendigem Leib verschlang.

Confiteor Deo omnipotenti,
Quia peccavi nimis ...

... dass ich gesündigt habe ...

Aber das war es wert, oder nicht? Als sie vom Aufruf zu einem neuen Pilgerzug in das Heilige Land gehört hatten, zu dem der König von Frankreich und der Herr von Venedig aufgerufen hatten (es schien, als sei es erst gestern gewesen, und dabei war er damals ein Jüngling gewesen und jetzt ein Mann jenseits der Lebensmitte), hatten sie diskutiert. War es der Glaube wert, dafür zu sterben? Die Antwort war »Ja!« gewesen, gegeben mit blitzenden Augen und glühenden Wangen. Die Narren, die sie damals gewesen waren, er ebenso wie die anderen. Nichts hatten sie gewusst, gar nichts!

Confiteor Deo omnipotenti,
Quia peccavi nimis,
Cogitatione ...

... in Gedanken ...

Und es war die falsche Frage. Für den Glauben zu sterben war einfach. Wer glaubte, war überzeugt, dass nach dem Leben auf Erden ein besseres Leben im Himmel auf ihn wartete – warum den Eintritt darein verzögern? Nein, die wahre Frage musste lauten: War es der Glaube wert, dafür zu *töten*?

Confiteor Deo omnipotenti,
Quia peccavi nimis,
Cogitatione,
Verbo et opere.
… in Worten und Werken.
Mea culpa, mea culpa, mea maxima culpa! Kyrie eleison! Kyrie eleison …

Er blätterte … blätterte in seinem Hirn, weil er seit Langem die Schriftwerke nicht mehr benötigte, um das Wissen abzurufen. Das Streben des Daseins lag nicht in der Ordnung und erst recht nicht in der Seligkeit, sondern im Gleichgewicht der Dinge. Wenn man das akzeptiert hatte, verstand man das Leben; vor allem, dass jeglicher Anspruch auf Macht und Unterwerfung und alle Lieder vom weißen König auf dem weißen Ross völliger Unfug waren. Es ging nicht darum, zu siegen; es ging darum, ins Gleichgewicht zu kommen. Leben gab es nicht ohne Tod …

Die Worte hallten in seinem Kopf: *Nun aber bleiben Glaube, Hoffnung, Liebe, diese drei; aber die Liebe ist die größte unter ihnen.*

Das war die wahre Dreifaltigkeit, und sie hatte ihre dunkle Entsprechung. Er hörte die gleiche Stimme in seinem Kopf wispern: Nun aber bleiben Misstrauen, Verzweiflung, Hass …

Gleichgewicht. Es kam nur auf das Gleichgewicht an. Das war das Herz aller Dinge.

Kyrie eleison, denn ich habe vom Baum der Erkenntnis genossen, und ich sehe die Welt, wie Du sie geschaffen hast.

Kyrie eleison, denn ich habe gesündigt.

Kyrie eleison, kyrie eleison … denn Du hast es so gewollt, weil ich ein winziger Stein in den Waagschalen von Gut und

Böse bin, und Du, o Herr, hast mich in die Schale des Zorns gelegt.

Er hörte die Schreie hinter sich und das Prasseln der Flammen, roch den Rauch …

… es war ein Traum gewesen! Nur ein Traum …

Doch die Schreie blieben, und die Kampfgeräusche. Sie drangen bis hierher – Klingen, die aufeinanderprallten, das Peitschen der Schüsse, die verzweifelten Befehle, Pferdewiehern … das Flattern eines Geschosses, das in hohem Bogen über die Mauern flog, der Einschlag, das Beben des Bodens und das Krachen, mit dem eine Hauswand in sich zusammenstürzte … Hufgetrappel, wilde Flüche, lang gezogene Schmerzensschreie und dazwischen das schrille Gebet eines Menschen, der sich seiner Angst ergeben hatte: Heilige Maria Mutter Gottes, voll der Gnaden …! Heilige Maria Mutter Gottes …! Etwas prasselte, als stünde alles in Flammen, aber reines Mauerwerk konnte doch nicht brennen! Oder doch? Vielleicht brannten heute sogar Steine, vielleicht brannte die ganze Welt, vielleicht starb die Hoffnung hier und heute, nachdem der Glaube schon so lange tot war und zuletzt auch die Liebe gestorben war.

Dies war kein Traum. Oh, wollte Gott, es wäre einer gewesen!

2

ALEXANDRA RYTÍŘ BLIEB an der Schwelle der Ägidius-Kirche stehen und holte Luft. Der Geruch, der aus dem weiten, nüchternen Kirchenschiff drang, war einladend – Kerzenwachs und Unschlitt, Reste von Weihrauch, Ölfarbe, Staub und Alter: der ewige Kirchenduft. Für sie würde er nie mehr etwas anderes bedeuten als Abschied, Schmerz und Leere.

Ein schneeiger Windstoß ließ sie erschauern; wie passend, dachte sie unzusammenhängend, dass dieser nachdrückliche Beweis der angebrochenen Adventszeit ihr Gänsehaut verursachte. Advent war seit Jahren etwas, das durchlitten werden musste. Keine Kerzen, kein Gebäck mehr ... keine warme kleine Hand, die sich in die ihre schmiegte, um der Kälte zu entgehen. Sie straffte sich und trat ein.

Die Zeit nach dem Mittagsläuten war die beste Zeit, um die Kirche zu besuchen. Meistens war sie dort allein. Es war einfacher, die Fassung zu bewahren, wenn man sie nicht bewahren musste, um neugieriges Mitleid zu verhindern. Wenn man weinen und mit den Zähnen knirschen und Gott beschuldigen durfte, dass er einem das Beste weggenommen hatte, dann war es irgendwie einfacher, es nicht zu tun ... dann konnte man sich still niederknien und eine Kerze anzünden, hoffen, dass die kleine Flamme die noch kleinere Seele wärmte, die für so kurze Zeit das Dasein mit einem geteilt hatte und die jetzt irgendwo war, erreichbar nur in Träumen.

Und man konnte hoffen, dass man irgendwann am Morgen aufstehen und den Schmerz nicht mehr so übermächtig empfinden würde, dass jede Stunde des Tages ein Kampf gegen die Verzweiflung war. Sie hoffte seit so vielen Jahren ...

Sie holte die Kerze aus ihrem Mantel, hielt den Docht an die Flamme einer der anderen Kerzen, die in der Seitenkapelle brannten, und klebte sie auf dem Steinboden fest. Anfangs hatte sie große, wuchtige Kerzen genommen und nach ihren Besuchen stehen gelassen, doch dann hatte sie festgestellt, dass es Menschen gab, die solche teuren Kerzen stahlen, löschten und dann in einer anderen Seitenkapelle neu entzündeten, um ihre eigenen Bitten an das Emporzüngeln der Flamme zu heften. Im Gegensatz zu früher war sie nicht mehr sicher, ob Gott solche Gebete nicht genauso erhörte wie alle anderen, weil es ihm ohnehin egal war, was die Menschen taten, ob sie lebten – oder starben. Jedenfalls war sie dazu übergegangen, kleine Kerzen zu verwenden und so lange bei ihnen zu verharren, bis sie heruntergebrannt waren.

Sie blickte nach oben, in das nachgedunkelte bärtige Gesicht auf dem Gemälde.

»Behüte deinen Schützling, heiliger Mikuláš«, flüsterte sie. »Behüte ihn im Tod, wenn du ihn schon im Leben nicht schützen konntest.«

Der Heilige antwortete nicht. Die Kerzenflamme brannte stetig. Alexandra schluckte den Schmerz hinunter, der sich in ihre Kehle krallte.

»Hallo, Miku«, wisperte sie heiser. »Hier ist deine Mutter. Geht es dir gut?«

Sie konnte nicht weitersprechen. Während der Anblick der vielen Dutzend Kerzenflammen vor ihrem Gesicht verschwamm, sagte sie sich, dass sie nicht hätte kommen sollen. Immer am Namenstag ihres einzigen Kindes fand sie sich in der Kapelle vor dem Bild von Mikus Namenspatron ein und versuchte, so zu tun, als könne man mit Gott, den Heiligen und den Toten Verbindung aufnehmen. Mühsam kam sie auf die Beine und trat in das Kirchenschiff hinaus.

»Keine Mutter sollte jemals ihr Kind zu Grabe tragen müssen«, hörte sie eine Stimme sagen. Die Stimme war in ihrem Kopf, und sie gehörte Wenzel von Langenfels. Sie hatte die Bemerkung abgeschmackt empfunden und gleichzeitig gewusst, dass es ein ehrlicher Versuch von seiner Seite gewesen war, Mitgefühl auszudrücken.

Wenn du wüsstest, hatte sie damals gedacht und dachte es auch heute. Wenn du wüsstest …

Die kleine Kerze in der Kapelle brannte zügig herunter. Alexandra starrte sie an. Ihr beim Verlöschen zuzusehen war fast genauso, wie Zeuge von Mikuláš' Verlöschen zu werden, zu beobachten, wie sein schmaler Körper immer schmaler und sein Gesicht immer blasser wurde und seine Augen begannen, an ihr vorbei und durch sie hindurch an einen Ort zu schauen, zu dem sie ihm nicht folgen konnte. Panik befiel sie, sodass sie glaubte, nicht mehr atmen zu können. Sie bückte sich nach der Kerze, doch dann zuckte sie zurück. Wenn sie sie auslöschte, wäre das nicht, als ob sie Mikus Leben …? Aber das Kind war tot, es konnte nicht mehr schlimmer werden, und einfach zu gehen und dann später darüber nachzudenken, ob jemand anderes die kleine Kerze ausblasen und für seine eigenen Zwecke stehlen würde, war fast genauso unerträglich, wie zuzusehen, wie ihr Licht erlosch. Sie löste die Kerze vom Boden, hielt sie dicht vor ihr Gesicht und blies sie aus mit einem Hauch, der wie ein Kuss war. Der Rauch des erloschenen Flämmchens stieg in die Höhe und verging mit einem letzten Flackern, und auf einmal dachte sie, dass sie dieses Flackern auch als das Winken der kleinen Seele ihre Sohns nehmen konnte, die sich bei ihr meldete.

Absurd, dachte sie. Gedanken wie diese waren der letzte Strohhalm, bevor einen der Wasserfall des Schicksals in die Tiefe riss.

Dennoch fühlte sie sich auf eine seltsame Art und Weise getröstet, als sie die Kirche verließ.

Das Licht draußen war trüb. Die Schönheit der Stadt schimmerte durch die Dämmerung und berührte das Herz, auch wenn der Winter sie in ein Mosaik aus grauen und schwarzen Flächen verwandelte, über denen die Rauchsäulen aus den Kaminen hingen und der beißende Hausbrandgeruch in die Gassen sank. Alexandra tastete nach der Kerze in ihrer Tasche. Sie bedauerte es auf einmal so sehr, sie nicht bis zu Ende brennen gelassen zu haben, dass sie fast wieder umgekehrt wäre. Dann erkannte sie die Gestalt, die allein vor der Kirche auf dem Pflaster stand.

»Mama?«

Von Weitem sah Agnes Khlesl immer noch wie eine Frau in mittleren Jahren aus. Ihr langes Haar, das sich zu einem schimmernden Grau gefärbt hatte, trug sie hochgesteckt unter einem Kopftuch; ihre schlanke, hochgewachsene Statur tat ein Übriges, um den Eindruck zu verstärken, dass sie nicht Alexandras Mutter, sondern höchstens ihre ältere Schwester war.

Bestürzt erkannte Alexandra, dass Agnes geweint hatte, und die harsche Frage, ob ihre Mutter ihr gefolgt sei, weil sie ihr noch immer nicht zutraute, allein mit ihrer Trauer fertig zu werden, starb auf ihrer Zunge, zusammen mit dem leisen Gefühl des Trostes, das ihr der Kirchenbesuch geschenkt hatte.

»Was ist passiert?«

Agnes räusperte sich. »Es geht um Lýdie«, sagte sie schließlich.

»Was ist mit der Kleinen? Andreas und seine Familie sind doch auf der Rückreise aus Münster ... um Gottes willen, ist ihnen etwas zugestoßen? Der Krieg ist doch vorbei ...«

»Nein, sie sind wohlauf. Außer Lýdie.«

Alexandra starrte ihrer Mutter ins Gesicht. »Schlimm?«

»Schlimm.« Agnes' Augen begannen zu schwimmen.

»*Wie* schlimm?«

Agnes kämpfte damit, es ihr zu sagen. Eine Ahnung stieg in Alexandra hoch, und sie schnürte ihr beinahe die Stimme ab. »Nervenfieber?«

Agnes nickte und senkte den Blick.

»Sie ist die Einzige, die sich damals nicht angesteckt hat«, murmelte Alexandra. In Gedanken forderte sie ihre Mutter heraus, es zu sagen, aber Agnes schwieg, und so sprach Alexandra es aus: »So wie Miku der Einzige war, der damals daran gestorben ist.«

»Kryštof ist auch gestorben«, sagte Agnes.

Alexandra schluckte. Sie antwortete nicht. Auch heute hatte sie wieder vergessen, eine Kerze für ihren verstorbenen Ehemann zu entzünden. Sie fragte sich im Stillen, ob es wohl daran lag, dass sie ihm nicht verzeihen konnte, die

Krankheit von einer Reise mit nach Hause gebracht zu haben. Es war nicht seine Schuld gewesen. Wenn einer Schuld trug, dann Gott, und selbst von ihm konnte man nicht erwarten, dass er über jedes einzelne Leben wachte. Nein, es war zu viel verlangt von Gott. Er hatte in den letzten dreißig Jahren genug damit zu tun gehabt, die Seelen derer zu wiegen, die von den Soldaten aller Lager erschossen, erstochen, erschlagen, ertränkt, erdrosselt, zu Tode gefoltert und geschändet worden waren. Wie aber sollte man Gott die Schuld geben und danach einem neuen Tag ins Auge sehen können? Es gab Situationen, da mussten Menschen die Bürde auf sich nehmen, die der Herr der Schöpfung eigentlich zu tragen hätte.

»Er hat es nicht verdient, weißt du«, sagte Agnes leise.

Natürlich hatte er es nicht verdient. Tatsächlich war Alexandra nicht nur Miku genommen worden, sondern auch Kryštof, der Mann, dessen Namen sie trug, der Mann, den sie geheiratet hatte. Kryštof Rytíř war zwei Tage vor Miku gestorben, verzweifelt darüber, dass die Krankheit, mit der er sich angesteckt hatte, nun auch seinen Sohn dahinraffen sollte, und hoffnungslos, weil er seiner Frau ansah, dass sie ihm deswegen nicht verzeihen konnte. Wahrlich, Kryštof hatte das alles nicht verdient gehabt; nicht verdient zu sterben, nicht verdient, sich selbst dafür zu verfluchen, nicht verdient, von seiner Frau verflucht und bei den Kirchenbesuchen ein ums andere Mal vergessen zu werden. Schon gar nicht hatte er verdient gehabt, mit der Lüge zu leben und mit ihr zu sterben, dass Miku sein Kind gewesen war.

»Ich kann das nicht«, sagte Alexandra.

»Ich habe nichts von dir verlangt«, sagte Agnes.

»Du wärest nicht hierhergekommen, wenn du mich nicht darum bitten wolltest, Lýdie zu retten.«

Agnes hob den Blick und sah ihrer Tochter in die Augen. Alexandra hatte das Gefühl, durch die Jahre rückwärtszustürzen, bis sie wieder die junge Frau war, die in ihr eigenes

Verderben gerannt und nur mit dem Leben davongekommen war, weil es Menschen gegeben hatte, die sich dem größten Schrecken ihres Lebens gestellt hatten in dem festen Glauben, sie, Alexandra, dadurch retten zu können. Ihre Mutter Agnes war einer dieser Menschen gewesen.

»Ich …«, begann Alexandra.

»Du kannst deinem Bruder Andreas nicht verzeihen, dass er und seine Familie mit dem Leben davongekommen sind, während deine Familie zerstört wurde. Du kannst ihm so wenig verzeihen wie Kryštof.«

Es hatte nicht wie ein Vorwurf geklungen. Agnes' Augen waren sanft. Der Kloß in Alexandras Kehle schmerzte dennoch unerträglich.

»Das stimmt doch gar nicht …«

»Aber das ist nicht der springende Punkt. Das Hauptproblem ist, dass du dir selbst nicht verzeihen kannst, Miku nicht gerettet zu haben.«

»Wie hätte ich denn …? Ich habe doch erst danach …«

»Mir brauchst du das nicht zu erklären. Erklär es dir selbst.«

Ein Schluchzen stieg in Alexandras Kehle auf, aber sie unterdrückte es.

»Alexandra, es hat keinen Sinn, dass du dir selbst Vorwürfe machst, dich nicht eher für die Heilkunde interessiert zu haben. Manche finden ihren Weg im Leben früher, manche später. Es ist nicht dein Fehler, dass du ihn erst erkannt hast, als Miku nicht mehr bei uns war. Und selbst wenn – woher nimmst du die Gewissheit, dass du ihn hättest heilen können?«

»Du glaubst doch fest daran, dass ich Lýdie helfen kann!«

»Weil du die Beste bist. Weil es die Aufgabe einer Heilerin ist, zu heilen. Sich selbst zu heilen, ganz nebenbei, aber das sage ich dir ebenso wie alles, was ich vorhin gesagt habe, seit zehn Jahren.«

»Vielleicht musst du es mir noch mal zehn Jahre lang sagen, dumm, wie ich bin.«

Agnes lächelte mit neuen Tränen in den Augen. »Du bist nicht dumm, Liebes. Nur so tief verletzt ... so tief ...«

»Hör auf damit, Mutter!«

»Warum stellst du deinen Schmerz über den der anderen? Du kannst heilen! Talente wie dieses sind ein Geschenk für die Menschheit. Du darfst es nicht für dich behalten.«

»Sag das all den Frauen, die in den ersten Kriegsjahren verbrannt worden sind, weil sie heilen wollten und die anderen sie als Hexen verleumdet haben.«

»Wir befinden uns nicht mehr in diesen Zeiten.«

»Neunhundert waren es in Würzburg«, sagte Alexandra. »Neunhundert. Welch ein Wahnsinn! Es waren kleine Kinder darunter! Sie haben sie gefoltert und bei lebendigem Leib verbrannt, während ihre Mütter und Väter vor den Scheiterhaufen stehen und zuschauen mussten!«

»Alexandra ...«

»Neunhundert, Mutter! Und wie viele Tausend mögen es im ganzen Reich gewesen sein? Was soll das für ein Geschenk an die Menschheit sein, wenn diese hergeht und die Überbringer des Geschenks ermordet?«

»Darum geht es doch gar nicht, Alexandra.«

»Nicht, Mutter?« Alexandra atmete schwer. Sie hatte ihre eigene Stimme gellen gehört. Was rede ich da?, fragte sie sich selbst, aber etwas in ihrem Inneren hatte die Kontrolle übernommen, etwas, das sich brüllend vor Wut und Verzweiflung bei der Zumutung wand, dass sie etwas zur Rettung ihrer kleinen Nichte unternehmen sollte, während jede Hoffnung, die Alexandra geblieben war, nur noch in Gebeten an einen tauben Gott bestand.

»Nein. Es geht darum, dass Andreas' und Karinas Tochter sterben wird, wenn du ihr nicht hilfst.«

»Was, wenn ich doch schon früher damit angefangen hätte,

mich für die Heilkunde zu interessieren, und auch verbrannt worden wäre? Dann wäre ich heute nicht da, um der Kleinen zu helfen. Ich kann mich nicht erinnern, dass Andreas damals nach Würzburg gegangen wäre und versucht hätte, das Morden zu beenden. Und wir hatten sogar einen Handelsagenten in Würzburg und gute Beziehungen!«

»Das ist doch lächerlich, Alexandra. Du weißt genau, dass dein Vater, Andrej und Andreas unseren Partner dort samt seiner Familie gerettet haben und dass uns das so viel Bestechungsgelder kostete, wie das gesamte Geschäft im Bistum uns die Jahre zuvor eingebracht hatte.«

»Und wenn ich ihr nicht helfen kann?«

Alexandra erinnerte sich an ihre eigene Verzweiflung, mit der sie den behäbigen Arzt bestürmt hatte, damals, vor zehn Jahren: Die Medizin wird doch helfen, nicht wahr? Er wird doch wieder gesund werden, oder nicht? Gott kann ihn doch nicht sterben lassen, er ist doch ein unschuldiges Kind? Sie war sicher, dass sie es nicht durchstehen würde, auf dieselbe Art von ihrem Bruder und ihrer Schwägerin bestürmt zu werden und die Verantwortung zu tragen für das Leben, das so unvermittelt in ihrer Hand lag. Einen Augenblick lang war sie überzeugt, dass ihre eigene Tragödie sich an der Familie ihres Bruders wiederholen würde. Wer sollte sich schon im Namen der kleinen Lýdie zwischen das Leben und den Tod stellen? Ein gütiger Gott? Ha!

»Du hast selbst einmal gesagt, dass es die Aufgabe einer Heilerin ist, zwischen dem Tod und der Hoffnung zu stehen. Gott stellt sich nicht dazwischen. Er hat stattdessen Menschen wie dir die Fähigkeit verliehen, es zu tun.«

Ich habe keine Hoffnung, wollte Alexandra entgegnen. *Schon gar nicht an einem Tag wie diesem. Heilen zu wollen bedeutet, die Hoffnung niemals aufzugeben. Ich habe nicht die Kraft zu hoffen.*

»Alexandra, sosehr ich deinen Schmerz respektiere – du

musst helfen. Wenn du dich heraushältst, und Lýdie wird durch ein Wunder gesund, dann wird das noch schlimmer sein, als wenn du Andreas und Karina sagen musst, dass du die Kleine nicht retten kannst.«

Alexandra schnaubte. Sie erinnerte sich daran, was ihre Lehrerin gesagt hatte, die alte Hebamme Barbora, die nun längst selbst jenseits allen Hoffens und Bangens und – wollte man den Ansichten glauben, die böse alte Männer vom Schlag des Fürstbischofs von Würzburgs vertraten – im tiefsten Kreis der Hölle war: *Das Schlimmste ist nicht, dass du sie sterben siehst, sondern den Dank in ihren Augen, wenn du ihnen sagst, dass sie es schaffen werden – obwohl du ahnst, dass es nicht der Fall sein wird.* Alexandra hatte auch Miku ständig versichert, dass er wieder gesund würde. Sie hatte in seinen Augen lesen können, dass er es besser gewusst hatte, aber er hatte stets dazu genickt und gelächelt. Das todkranke Kind hatte versucht, seiner untröstlichen Mutter Hoffnung zu geben.

»Wein nicht«, sagte Agnes und begann selbst zu weinen. »Ich weiß, woran du denkst.«

Ich habe meinen Weg nach dem Abschied von meinem Kind eingeschlagen, weil ich diesem einen Tod so viele Leben wie möglich entgegensetzen wollte; weil ich dem Sensenmann ein erbittertes Gefecht um jede weitere Seele liefern wollte, dachte Alexandra. *Nicht, damit jemand die Narben auf meiner Seele aufkratzt und den Wunden, die darunterliegen und niemals verheilt sind, neue hinzufügt!*

»Wo sind Andreas und seine Familie überhaupt?«, fragte sie.

Agnes senkte den Blick erneut. »In Würzburg«, sagte sie. »Es liegt auf dem Weg von Münster nach ...«

»O mein Gott«, stieß Alexandra hervor. »Wie kannst du das von mir verlangen? O mein Gott!«

»Ich hatte unrecht«, sagte Agnes; ihre Stimme klang entmutigt. »Verzeih mir. Ich hätte es wirklich nicht von dir verlangen dürfen.« Sie zog ihren Mantel fest um ihre Schultern zusammen und wandte sich ab. Ein letztes Mal drehte sie sich zu Alexandra um. »Ich liebe dich so sehr«, sagte sie. »Ich habe damals zu Gott gebetet, dass er Cyprian und mich nehmen soll, wenn er Miku und Kryštof dafür verschont. Aber wie wir alle wissen: Handeln kann man nur mit dem Teufel.«

Alexandra nickte unter Tränen. *Auch mit ihm nicht*, schrie es in ihr. *Ich habe ihm meine Seele versprochen, wenn er Miku rettet, aber er hat mir ebenso wenig geantwortet wie Gott dir.*

Agnes schritt über den Schnee in die Düsternis der nächstgelegenen Gasse davon. Von irgendwoher kam ein Duft von Bratäpfeln und süßem Gebäck und verwehte sofort. Eine Faust krallte sich um Alexandras Herz und presste es gnadenlos zusammen. Der beständig durch die Gassen wehende Schneewind ließ sie zittern. Wie noch nie in den vergangenen Jahren wünschte sie sich, jemanden um Rat fragen zu können, jemanden, der nicht eine Freundin oder einer ihrer Brüder oder ihre Mutter war, sondern jemand, mit dem man seinen Körper und seine Seele geteilt hatte und der einen kannte wie sonst kein anderer Mensch.

Langsam, als trüge sie eine tonnenschwere Last, stapfte sie zurück in die Kirche und zündete eine weitere Kerze an, diesmal für Kryštof.

»Es tut mir leid«, flüsterte sie. »Es tut mir leid, dass dies die erste Kerze seit vielen Jahren ist, die ich für dich entzündet habe. Es tut mir leid, dass ich nicht die Kraft hatte, dir die Liebe zu schenken, die du mir gegeben hast.« Sie sah sich um. Sie war allein in der Kirche, und doch konnte sie es nicht aussprechen. *Es tut mir leid, dass ich dir zehn Jahre lang vorgelogen habe, Miku wäre dein Sohn*, fügte sie dann in Gedanken an. Ihr war so kalt, dass ihre Zähne aufeinanderschlugen. Beinahe schmerzhaft sehnte sie sich danach, mit dem Vater ihres einzigen Kindes sprechen zu können.

Agnes hatte ihr einmal erzählt, was ihre Magd ihr für einen Rat gegeben hatte, als es für Agnes darum gegangen war, sich ihrer Liebe zu Cyprian zu stellen oder für immer vor ihr fortzulaufen.

Vielleicht habt ihr nur eine einzige Stunde miteinander. Manchmal kann man sich an einer einzigen Stunde ein Leben lang festhalten.

Statt für ihre Mutter war diese Weisheit für Alexandra zur Wirklichkeit geworden. Ihr war klar, dass sie sich immer noch an dieser Stunde festhielt.

Sie sehnte sich danach, mit Wenzel von Langenfels zu sprechen und ihm die Wahrheit über ihr gemeinsames Kind zu verraten, und wusste gleichzeitig, dass sie es nie würde tun dürfen.

3

ALS WENZEL VON Langenfels durch das Tor trat und in den weiten Innenhof schritt, umfing ihn die Würde des Orts, wie sie es stets tat, und wie stets erfüllte sie ihn mit einer verwirrenden Mischung aus Frieden und Sehnsucht. Frieden, weil er hier seinen Platz gefunden hatte, und Sehnsucht, weil er das Gefühl hatte, dass es einen Platz auf der Welt gab, an den er noch besser passte. Er atmete tief ein und aus, dann marschierte er durch die lückenhafte Allee der Steinfiguren hindurch zum Hauptportal. Die Knechte am Tor hatten auf seine Weisung hin seine Rückkehr nicht angekündigt. Er liebte es, für eine Weile mit sich und den Gefühlen allein zu sein, die ihn stets überwältigten, wenn er hierherkam. Meistens gelang es ihm nicht; man war wachsam in Raigern, und man hatte allen Grund dazu.

Er verdrehte resigniert die Augen, als das Kirchenportal aufschwang, noch bevor er es hatte erreichen können, und einer der Mönche herauskam. Der Mönch verbeugte sich strahlend. »Willkommen zurück, ehrwürdiger Vater.«

Wenzel von Langenfels, seit vier Jahren Probst von Raigern, nickte. »Danke«, sagte er.

»Willst du dich erfrischen, ehrwürdiger Vater? Die beamteten Brüder stehen bereit, wenn du so weit bist, dass du ihnen berichten kannst.«

Natürlich standen die beamteten Brüder bereit. Sie standen immer bereit, wenn er zurückkehrte. Er war selbst schuld daran, dass sie so gut Bescheid wussten, wer sich im Umkreis von ein paar Meilen dem Kloster näherte; er hatte ihnen beigebracht, dass es unter den Vögeln, die Gott der Herr erschaffen hatte, auch Brieftauben gab und wie man mit ihnen eine ganze Postenkette aufbauen konnte.

»Etwas heiße Brühe vielleicht? Ich bin ganz durchgefroren.«

»In deiner Zelle, ehrwürdiger Vater?«

»Ins Refektorium, bitte.«

Seine Antwort enthielt die ungesagte Botschaft, dass er Neuigkeiten hatte, die alle betrafen. Während er sich mit den beamteten Brüdern beriet, würden nach und nach mindestens drei Viertel der Mönche unter irgendeinem Vorwand im Refektorium auftauchen und in Hörweite dort herumlungern. Wenzel hatte nichts dagegen, weil auf diese Weise die Informationen, die er brachte, allen sofort zugänglich wurden und weil es gleichzeitig die Autorität der beamteten Brüder unterstrich, die als Einzige mit ihm am Tisch saßen. Außerdem sorgte es dafür, dass die Neugier der anderen Brüder gestillt war und die Versuchung geringer wurde, das Ohr an die Tür seiner Zelle zu pressen, wenn er den Klosterbeamten etwas mitteilte, das nicht für alle bestimmt war.

»Betet zum Herrn«, sagte er, als die dampfende Brühe vor ihm stand und die ersten Mönche betont harmlos ins Refektorium schlenderten, um sich am Lesepult zu schaffen zu machen, die Bodenplatten zu fegen oder sonst etwas zu tun. Das Refektorium pflegte stets der sauberste Raum im ganzen Kloster zu sein, das ohnehin nicht unbedingt ein Opfer der Vernachlässigung war.

»Der Frieden ist so nahe wie nie zuvor – ebenso wie Armageddon.«

Die meisten der am Tisch Sitzenden bekreuzigten sich. Aus einer Ecke, aus der imaginäre Spinnweben entfernt wurden, ertönte ein unterdrückter Schreckensschrei.

»Bist du sicher, ehrwürdiger Vater?«

Wenzel seufzte. »Dieser Krieg war die schlimmste Katastrophe, die der Christenheit jemals zugestoßen ist«, sagte er. »Dreißig Jahre Tod und Verderben. Ein paar von euch waren noch nicht mal geboren, als er ausbrach.« Zwei der Bodenplattenfeger räusperten sich. »Und ich ... ich war ein junger Kerl, der über gar nichts Bescheid wusste, nur dass er Angst vor der Zukunft hatte. Doch selbst in meinen schlimmsten Albträumen hätte ich mir nicht vorgestellt, dass der Krieg ein halbes Menschenalter dauern würde.«

Er betrachtete nachdenklich seine Hand. Die Erinnerung war immer gegenwärtig, und mit ihr das Gefühl, Alexandra Khlesls Hand in der seinen zu halten. Der Himmel war blau gewesen über Prag, das Gras im verwilderten Garten unterhalb der Burg warm vom Sonnenschein, und Alexandra hatte seinen Händedruck erwidert. Sie hatte ihn um Zeit gebeten. Er hatte gewusst, dass Zeit das Einzige war, das sie nicht hatten. Dennoch war der Augenblick vollkommen gewesen – und ein Augenblick geblieben. Er war verweht wie alle Hoffnungen damals, der Krieg möge doch nicht ausbrechen oder er möge kurz sein oder er möge nicht so schlimm werden.

Nein, korrigierte er sich. Es hatte noch einen zweiten Augenblick gegeben. Er hatte eine Nacht gedauert. Er hatte in ihm die unauslöschliche Sehnsucht geweckt, dass die Nähe, die zwischen ihnen in dieser Nacht geherrscht hatte, für immer andauern möge.

»Fast alle, die damals den Krieg gewollt haben, sind mittlerweile tot«, sagte er. »Gott sei ihren Seelen gnädig, wenn sie aus dem Fegefeuer herausschauen und sehen, was sie angerichtet haben: Kaiser Ferdinand, der damals noch König von Böhmen war; Kurfürst Friedrich von der Pfalz, den die protestantischen Stände zum böhmischen Gegenkönig zu Ferdinand gewählt haben und der dann der Winterkönig genannt wurde, weil er nur einen Winter lang die Krone trug; Colonna von Fels, Matthias von Thurn, Albrecht Smiřický, der noch im Herbst 1618 an einer Lungenentzündung starb, Graf Andreas von Schlick, der nach der Schlacht am Weißen Berg hingerichtet wurde, und die allesamt am Fenstersturz der königlichen Statthalter beteiligt waren ... ist es nicht eine Ironie, dass die Männer, die sie damals töten wollten, Graf Martinitz, Wilhelm Slavata und Philipp Fabricius, dagegen noch leben ...?«

»Gott hat die Protestanten bestraft. Sie haben den Krieg begonnen!«, meldete sich jemand.

Wenzel schüttelte den Kopf. »Begonnen? Wer will sagen, wer diesen Krieg begonnen hat? Martin Luther, weil er seine Thesen an die Kirche in Wittenberg schlug? Oder Papst Leo X., weil er mit dem Ablasshandel eine Perversion aus dem heiligsten christlichen Sakrament gemacht hat, nämlich der Buße, und Luther dagegen aufbegehrte?«

»Das ist über hundert Jahre her, ehrwürdiger Vater!«

»Manchmal braucht ein Krieg hundert Jahre, um wirklich auszubrechen. So gesehen sollten wir froh sein, dass er nach dreißig Jahren schon zu Ende ist, oder nicht, Brüder?«

»Glaubst du denn wirklich, dass es vorbei ist?«

»Die Vertreter aller Krieg führenden Mächte haben seit dem Spätherbst 1644 in Münster und Osnabrück verhandelt. Nachdem die Franzosen, allen voran ihr Kardinal Richelieu, die Friedensbemühungen von 1636 hintertrieben haben, sind sie jetzt diejenigen gewesen, die sich für die neuen Verhandlungen eingesetzt haben.«

»Ist das wirklich wahr, ehrwürdiger Vater?«, fragte einer der jungen Mönche aus der vorgeblichen Putzkolonne. »Die Gräueltaten sind doch nicht weniger geworden in den letzten Jahren, nach dem, was man so gehört hat. Das kann doch nicht sein, dass die Herren am Verhandlungstisch sitzen, und ihre Heere verwüsten weiterhin das Land!«

»Na ja«, Wenzel räusperte sich, »die Herren sind die Herren, nicht wahr? Kennst du nicht die Geschichte von den Bauern, die Wurzeln und alte Knollen und die Eicheln vom Vorjahr aus der Erde gruben, um ihre Kinder vorm Verhungern zu bewahren, als eine Jagdgesellschaft ihres Herzogs vorbeikam und sich dort zum Essen niederließ, wo die Bauern mit den bloßen Händen das Feld umpflügten?«

Der junge Mönch schüttelte den Kopf.

»Die Herzogin und die Hofdamen baten die Lakaien, die Bauern zu verjagen, weil ihr Anblick die Gemüter beleidigte.«

»Mögen sie alle in der Hölle braten!«, sagte der junge Mönch.

»Nein, möge Gott ihnen verzeihen und ihnen die Sünde vor Augen führen, die sie begangen haben.«

Der junge Mann schlug die Augen nieder. Keinem von ihnen waren die Kriegshandlungen und deren Begleiterscheinungen fremd. Das Kloster von Raigern lag vor den Toren Brünns. 1643 und nochmals 1645 hatten schwedische Truppen die Stadt belagert, letztlich erfolglos; doch noch heute zeugten leere Bauernhöfe, verbrannte Dörfer und abgeholzte Wälder in der weiteren Umgebung Brünns ebenso davon wie die ruinierte Sankt-Peters-Kirche auf dem Petershügel in der Stadt, die ausgebrannt und deren Türme von den Kanonen der Schweden zum Einsturz gebracht worden waren. Nicht wenige Novizen des Klosters waren Waisen, deren Eltern während der Belagerungen ermordet worden waren. Wenzel hatte die barmherzige Aufnahmepolitik seines Vorgängers Georg von Hornstein fortgesetzt, mit dem Ergebnis, dass ein großer Teil seiner Mönche die Schrecken des Krieges am eigenen Leib erfahren hatte und entschlossen war, weitere Schandtaten nicht mehr zuzulassen. Für Wenzels Ziele war es von Vorteil, dass man in halb Mähren überzeugt war, die Mönche von Raigern seien Charaktere, die sich nichts gefallen ließen.

Wenzel hatte die Politik Georg von Hornsteins auch noch in einem anderen Zusammenhang fortgesetzt, so wie dieser wiederum von seinem Vorgänger, Daniel Kavka, eine Aufgabe geerbt hatte. Vor Daniel Kavka war das jahrhundertealte Benediktinerkloster aufgelassen gewesen und seine Güter verkauft – die protestantischen Stände hatten nach 1618 auch im bislang halbwegs neutralen Mähren die Macht übernommen und sich an den katholischen Einrichtungen gerächt. Die Niederlage am Weißen Berg hatte diese kurzlebige Vorherrschaft gebrochen, und auch Raigern war wiederauferstanden; aber mit einer Aufgabe, die es bisher noch nicht innegehabt hatte. Wenzel holte Luft. Gleich nach seiner nie erloschenen Liebe zu Alexandra und seiner Loyalität seiner Familie gegenüber besaß ein ganz besonderer Trakt des Klosters sein Herz.

»Und denk bloß mal an Jankau«, sagte einer der beamteten Mönche. »Ich meine, wenn du schon fragen musst, wie es möglich sein kann, dass die Herren Friedensverhandlungen führen und der Krieg trotzdem weitergeht. Die kaiserlichen Truppen haben vor Jankau eine Schlacht geführt, um die Schweden unter General Torstenson aufzuhalten. Über zehntausend Tote, mein Freund. Torstenson hat seine Soldaten nach dem Sieg drei volle Stunden auf dem Schlachtfeld herumlaufen und die Verwundeten und die kaiserlichen Soldaten, die sich ergeben hatten, erschlagen lassen. Auf diese

Weise wollte er vermeiden, dass sie jemals wieder gegen ihn kämpfen würden. Allein auf kaiserlicher Seite gab es achttausend Tote.«

»Wann war das?«, fragte der junge Mönch.

»Anfang 1645, ein paar Wochen bevor General Torstenson vor Brünn aufzog«, sagte Wenzel.

»Also nachdem die Verhandlungen in Münster schon begonnen hatten«, erwiderte der junge Mönch und verzog den Mund. Seine Augen waren schmal.

»Und zwar in Saus und Braus«, bestätigte der beamtete Bruder. »Während man gleichzeitig aus Pommern, Franken und der Pfalz hörte, dass die Menschen Hunde und Katzen aßen und dass, wer nicht an der Pest starb, verhungerte.«

»Ich habe sogar gehört«, erklärte einer, »dass man Reisende erschlug und kochte und dass man die Toten aus den Gräbern holte und verzehrte.«

»Das ist ein Gerücht«, erklärten mehrere Stimmen gleichzeitig.

»Es gibt einen Brief des Rats der Stadt Coburg an den schwedischen Oberst Wrangel«, sagte Wenzel, nachdem die Zwischenrufe verstummt waren. »In dem heißt es, dass die Zustände in der Gegend so schlimm seien, dass Hunde, Katzen, Mäuse, Ratten, jegliches Aas, Bucheckern, Eicheln, sogar Gras verzehrt würden – und dass Mütter ihre todgeweihten Neugeborenen schlachteten und ihren Familien zu essen gäben. Ich habe das von unseren Brüdern *in benedicto* in Münsterschwarzach gehört.«

Sie sahen ihn mit großen Augen an. Im Hintergrund würgte jemand.

»In der Pfalz«, fuhr Wenzel unbarmherzig fort, »holen sie die verurteilten Verbrecher vom Galgen oder vom Rad, um sie zu verspeisen. Bei Worms wurde eine riesige Bande von Wegelagerern aufgestöbert; in ihren Kesseln fand man die Überreste von gekochten menschlichen Gliedmaßen.«

»O Herr, schenke ihnen allen den Frieden und deine Barmherzigkeit ...!«

»Amen«, sagte Wenzel. »Ich habe das nur erzählt, um euch allen bewusst zu machen, dass in diesem Krieg Gott auf keiner Seite steht. Wenn die Friedensverhandlungen erneut scheitern, ist dies das Ende von allem, was wir kennen. Seit die Verhandlungen begonnen haben, sind die Franzosen in Württemberg und Schwaben eingefallen und haben die Schweden hier bei uns und in Bayern gewütet wie Teufel in Menschengestalt, dass sogar Kurfürst Maximilian von Bayern die Seite von Kaiser Ferdinand verließ und mit den Schweden separate Friedensverhandlungen führte. Er hat den Waffenstillstand zwar sofort wieder gebrochen, als die Schweden sich zurückzogen, und sein Bündnis mit dem Kaiser erneuert, aber ihr seht, dass die Herren mittlerweile so weit sind, dass alle Loyalität und alle Konfession ihnen nichts mehr bedeuten.«

»Aber das ist doch gut, ehrwürdiger Vater, oder nicht? Wenn sie mit ihren Kräften am Ende sind ...«

»Das habe ich nicht gesagt. Es steht eher zu befürchten, dass zuletzt alle gegeneinander kämpfen und dass alles, was jetzt noch verschont geblieben ist, in Flammen aufgeht. Sogar Kaiser Ferdinand, von allen Seiten bedrängt, hat noch versucht zu taktieren und sich zu winden und hat die Verhandlungen mit sinnlosen Forderungen verzögert ...«

»Herr, gib ihm Erleuchtung!«

»Wie ich gesagt habe – der Frieden ist zum Greifen nahe. Aber ihr seht, dass es gar nichts bedeutet, wenn die Herren miteinander verhandeln; das Sterben geht weiter. Kaiser Ferdinand will das Reich unbedingt erhalten und die Stellung seiner Dynastie sichern. Fast alles ist jetzt so weit, dass die Friedensverträge unterzeichnet werden können. Doch wenn etwas geschieht, das den Kaiser und seine Verbündeten fürchten lässt, dass man ihre Schwäche ausnutzen will, dass man vielleicht im letzten Moment noch versucht, dem Reich Ländereien abzujagen oder dass einer der Feldherren sich entschließt, noch Beute zu machen, bevor der Krieg vorüber ist und er seinen Schnitt noch nicht gemacht hat – dann flammen die Kämpfe erneut auf; und das wird dann der letzte Krieg sein, den die Menschen hier in Europa gegeneinander führen, weil danach niemand mehr übrig sein wird, der die Hand gegen seinen Nachbarn erheben kann.«

Sie starrten ihn erneut an. Wenzel stand auf und schob die halbgegessene Suppe beiseite.

»So sieht es aus«, sagte er abschließend. Er hob beide Hände und drehte sie mit den Handflächen nach oben. »Hier – Erlösung und Frieden. Hier – totale Vernichtung. Beten wir zum Herrn, dass nichts Unvorhergesehenes geschieht.«

Auf dem Weg nach draußen nahm Wenzel den Torhüter und den Kellermeister beiseite. »Wie lange habt ihr schon vor meiner Ankunft gewusst, dass ich zurückkomme?«

Der Torhüter lächelte verlegen. »Einen ganzen Tag, ehrwürdiger Vater.«

»Soso«, sagte Wenzel.

»Es wären eineinhalb Tage gewesen, ehrwürdiger Vater, wenn du nicht die halbe Nacht durchmarschiert wärst«, sagte der Torhüter, bevor ihn ein Rippenstoß des Kellermeisters zum Schweigen bringen konnte.

»Soso«, sagte Wenzel erneut. »Dann wisst ihr ja, was ihr zu tun habt.«

»Was, ehrwürdiger Vater?«

»Dass die Vorwarnung demnächst zwei Tage beträgt.«

Sie sahen Wenzel mit einem Schafslächeln an, das eine ganze Portion Stolz enthielt. Wenzel grinste zurück. Unwillkürlich dachte er an den alten Kardinal Melchior Khlesl, seinen Mentor. Der Kardinal war vor fast zwanzig Jahren gestorben. Wenzel war sicher, er hätte an diesen Halunken seine Freude gehabt.

»Übrigens«, sagte der Torhüter, »nähert sich noch jemand unserem Kloster. Ein einzelner Reiter. Er ist dir gefolgt, seit wir von ihm gehört haben.«

»Seinem Tempo nach müsste er in den nächsten Minuten hier eintreffen, wenn er nicht noch vorher angehalten hat, was wir aber nicht glauben, weil er es eilig zu haben scheint«, setzte der Kellermeister hinzu.

»Soso«, sagte Wenzel zum dritten Mal, ehrlich beeindruckt. »Freund oder Feind?«

»Das ließ sich leider nicht feststellen, ehrwürdiger Vater.«

»Und was wäre gewesen, wenn er mich eingeholt und über den Haufen geritten hätte?«

»Dann hätten wir mit eineinhalb Tagen Vorsprung darüber Bescheid gewusst, ehrwürdiger Vater.«

Ein Mönch kam mit schlappenden Sandalen in das Refektorium gerannt. »Ein Ankömmling, ehrwürdiger Vater!«, meldete er schnaufend.

Die beiden beamteten Brüder sahen sich an und strahlten vor Stolz.

»Wer?«, fragte Wenzel.

»Keine Ahnung«, sagte der Mönch. »Es ist ein Pferd ohne Reiter.«

»WAAS?«, bellte der Torhüter.

Wenzel zupfte seine Kutte zurecht. »Gehen wir nachsehen«, sagte er.

Wenzel trat beiseite, als die Brüder die Flügel des Eingangsportals aufdrückten und ins Freie hinausliefen, in Richtung auf die Klosterpforte. Sie merkten nicht, dass er zurückblieb. Als sich nach ein paar Augenblicken der eine Flügel des Portals langsam wieder nach vorn bewegte, hob er einen Fuß, an dem sich immer noch der Stiefel befand, mit dem zu marschieren es leichter fiel als mit den Sandalen, und trat mit voller Wucht zu. Der Türflügel schnappte auf und kollidierte mit etwas, das sich mit einem überraschten »Autsch!« auf den Hosenboden setzte. Wenzel war um den Türflügel herum, bevor dieser Zeit hatte, ihm erneut entgegenzukommen.

»Du hast beinahe das Talent deines Vaters geerbt«, sagte er zu dem Mann, der vor ihm auf dem Boden saß und sich eine beginnende Beule an der Stirn rieb. Sein breitkrempiger Hut lag eindellt neben ihm auf dem Boden.

Melchior Khlesl, der jüngste Sohn von Cyprian und Agnes Khlesl, blickte auf und spähte dann über die Schulter zu den beiden Brüdern, die gemerkt hatten, dass etwas nicht stimmte, und sich beim Zurückrennen gegenseitig zu überholen versuchten.

»Ich dachte, eine kleine Überraschung würde euch und eurem friedlichen Klostertrott nur guttun«, sagte er.

»Hier gibt es keinen friedlichen Klostertrott«, entgegnete Wenzel und streckte Melchior die Hand hin, der sich daran in die Höhe zog. Wenzel ging um ihn herum und hob seinen Hut auf. »Es ist alles in Ordnung«, sagte er zu den anderen. »Eine Prüfung für eure Wachsamkeit.«

»Wie haben wir abgeschnitten?«, fragte der Torhüter eifrig.

»Hervorragend«, brummte Melchior und rieb sich die Stirn. Wenzel betrachtete ihn aus dem Augenwinkel und lächelte. Melchior mit dem schlanken Wuchs, den langen Gliedern, dem hübschen Gesicht und dem kecken Kinnbart sah seinem Vater Cyprian in nichts ähnlich, und dennoch musste Wenzel manchmal blinzeln, wenn er ihn ansah, weil sich ständig Cyprians Anblick vor Melchiors schob. Er besaß die anscheinend ruhige Nachdenklichkeit seines Vaters, von der man sich täuschen lassen konnte, wenn man nicht in seine Augen sah und das lebhafte Blitzen darin erkannte. Vor allem aber war Cyprians Loyalität gegenüber seinem Onkel Kardinal Khlesl in Melchior wiedergeboren – als hätte die Namensgebung gar nichts anderes zugelassen. Nur dass das Gespann, in dem einer sich auf den anderen verließ, diesmal aus Probst Wenzel von Langenfels und Melchior Khlesl dem Jüngeren bestand.

»Du hättest mich ruhig einholen können, zu zweit marschiert es sich besser«, sagte Wenzel.

»Du hast mich abgehängt, als du beschlossen hattest, durch die halbe Nacht weiterzulaufen.«

»Gibt es Neuigkeiten?«

»Es gibt ein Gerücht, dass schwarze Mönche das Land unsicher machen … finstere Männer, völlig rücksichtslos, die jedem den Garaus machen, der sich ihnen in den Weg stellt, und die einen Menschen mit einem Blick und einem Fingerstupser töten können. Angeblich versteckt sich der Teufel selbst unter der Kutte des Anführers.«

»Davon habe ich noch nichts gehört«, erklärte Wenzel.

»Na, jetzt weißt du's«, sagte Melchior mit unbewegtem Gesicht.

»Ich werde den Burschen aus dem Weg gehen. Was gibt es aus Prag zu berichten?«

»Nichts Gutes«, sagte Melchior.

Wenzel und Melchior wechselten Blicke. »Gehen wir in die Bibliothek«, sagte Wenzel und entließ seine Mönche mit einem freundlichen Kopfnicken.

Der Raum war riesig, eine Kathedrale der Bücher, ein Dom des Wissens, ein Tempel des geschriebenen Wortes. Säulenreihen stemmten eine Decke in die Höhe, die in einem weit ausgreifenden Bogengewölbe mindestens fünf Mannslängen hoch über dem Boden hing. Es gab die üblichen Tonröhren, die eingerollte Pergamentdokumente schützten, Stöße gelochten und mit Schnüren zusammengebundenen Papiers, die oben und unten von Holzdeckeln gehalten wurden, dicke, unförmige Lederbündel, in die zerfallende Codices eingehüllt waren. Es waren Tausende. Sie lehnten zu Stapeln geschichtet an den Wänden und bildeten kleine Gebirgslandschaften aus Gelehrsamkeit, die sich vom Steinboden der Bibliothek erhoben.

»Weit seid ihr noch nicht gekommen«, sagte Melchior.

»Wir katalogisieren noch. Anfangs dachte ich, dass meine Vorgänger nicht genug Energie in die Bibliothek gesteckt hätten, weil sie immer noch so unordentlich aussah wie nach der Schlacht am Weißen Berg, als der König das Kloster an den Benediktinerorden zurückgab. Heute habe ich das Gefühl, dass sie sogar noch unordentlicher ist als damals vor fast dreißig Jahren.«

»Dein Gefühl täuscht dich nicht«, sagte Melchior.

»Na, vielen Dank.«

Es war dieser Klostertrakt, der Wenzels Herz erobert hatte; er und die Aufgabe, welche die Pröbste von Raigern übernommen hatten, seit Daniel Kavka das von protestantischen Eiferern verwüstete Kloster unter seine Obhut genommen hatte. Probst Daniel hatte damit angefangen, die Abtei zu einem Hort der Bücher zu machen, zu einer gewaltigen Bibliothek, für die das Benediktinerkloster nur die Hülle war. *Ora et labora* – für die Mönche von Raigern galt eher: Lies und arbeite! Daniel Kavka hatte seine Gemeinschaft durch Böhmen und Mähren gesandt und hatte sie Bestände aus Burgen retten lassen, die belagert wurden, aus Klöstern, die brannten, sogar aus kleinen Gutshöfen und Weilern, wo es nur ein einziges Buch gab, aus dem die Soldaten die meisten Seiten herausgerissen hatten, um sich die Hintern zu putzen, und wo dieses Buch zwischen den Erschlagenen lag, denen es einst gehört hatte – den Bewohnern der Höfe und Weiler. Kardinal Melchior Khlesl war notgedrungen auf diese Aktivitäten aufmerksam geworden. Er hatte damals mehr oder weniger schon im Sterben gelegen, aber er hatte Wenzel dazu überredet, in den Benediktinerorden einzutreten. Es war an dem Tag gewesen, an dem die Familien Khlesl und Langenfels die Hochzeit von Alexandra Khlesl mit Kryštof Rytíř gefeiert hatten. Wenzel hatte sich in die stille Kapelle des Hauses verkrochen, noch immer betäubt davon, dass er Alexandra nun endgültig verloren hatte, sein Herz entzweigerissen von der Tatsache, dass sie nicht einmal mit ihm gesprochen, sondern ihn einfach vor vollendete Tatsachen gestellt hatte, seine Seele blutend, weil er nach jener einen Nacht gedacht hatte, sie hätten nun endlich zusammengefunden, und nun, keine zwei Monate später, stand sie mit dem Oberbuchhalter der Firma vor dem Altar, Kryštof Rytíř, der kein schlechter Kerl war, aber Alexandra gehörte doch ihm, Wenzel …

Kardinal Khlesl war auf einmal in der kleinen Kapelle gestanden, gestützt auf zwei Stöcke, sein Körper so fragil wie ein Gebilde aus Spinnweben, aber seine Augen so lebendig wie eh und je.

Willst du immer noch auf sie warten?, hatte der Kardinal gefragt.

Ich werde mein ganzes Leben auf sie warten, hatte Wenzel geantwortet.

Na gut, hatte der Kardinal gesagt. *Dann habe ich in der Zwischenzeit etwas für dich zu tun.*

Wenzel blinzelte. Melchior war an eines der Bücher herangetreten, hob es hoch, blies den Staub weg und ließ es wieder auf den Stapel fallen. Es gab ein dumpfes Geräusch.

»Es werden immer mehr«, sagte Wenzel. »Je mehr Häuser, Klöster und Schlösser verwüstet werden, desto mehr haben wir zu retten. Raigern ist eine Insel in der Barbarei geworden, Melchior, aber zu mehr als zum Sammeln und vor allem zum Beten, dass wir hier nicht auch noch Opfer des Krieges werden, reicht die Zeit nicht.«

»Du weißt natürlich, warum der alte Kardinal wollte, dass du hier irgendwann das Ruder in der Hand hältst.«

Meine zweite Aufgabe, dachte Wenzel. *Die, von der kaum jemand hier weiß. In den letzten Jahren war die Bürde leicht zu tragen. Wird sie nun plötzlich ein Gewicht bekommen, das mich zerquetscht?* Die Freude, Melchior zu sehen, verkümmerte endgültig angesichts der Beklemmung, die sich in Wenzel ausbreitete.

»Es ging ihm stets darum, dass sie sicher sei – und die Menschheit vor ihr.«

Melchior schenkte ihm einen Seitenblick. »Und? Ist sie sicher?«

»Nichts ist sicher in diesen Zeiten. Warum bist du hier?«

»Wolltest du den Advent hier in Raigern verbringen?«

»Soll das eine Einladung nach Prag sein?«

»Mama und Alexandra haben Prag vor drei Tagen verlassen.«

»Ich glaube, die beiden sind alt genug, um zu wissen, was sie tun«, sagte Wenzel und versuchte zu verbergen, dass sein Körper sich plötzlich angespannt hatte.

»Mama hat Alexandra dazu überredet, Lýdie zu helfen.«

»Was ist mit der Kleinen?«

»Nervenfieber. Karina fürchtet, dass sie sterben wird. Alexandra ist ihre letzte Hoffnung.«

»Aber ... weshalb haben Agnes und Alexandra dann Prag verlassen ...?«

»Karina und die Kleine sind bei der Rückreise aus Münster aufgehalten worden. Sie sind noch gar nicht in Prag eingetroffen.«

»*Karina* und die Kleine? Ist Andreas denn vorab zurückgereist?«

Melchiors Gesicht war demonstrativ unbewegt. »Nein, nein, der ist schon auch mit dabei.«

Wenzel ließ einige Sekunden verstreichen, doch Melchior schwieg. Cyprians ältestes und jüngstes Kind, Alexandra und Melchior, hatten beide seine Angewohnheit geerbt, bedeutsame Dinge eher durch Schweigen als durch Reden zu kommunizieren und einen dabei so lange anzusehen, bis einem die Augen tränten und man sich abwenden musste. Was Cyprian anging, konnte dieser ein Blickduell mit einem steinernen Wasserspeier gewinnen. Andreas hingegen, das mittlere Kind ... manchmal fühlte Wenzel eine sonderbare Verbundenheit mit ihm, die weniger mit Zuneigung als mit der Tatsache zu tun hatte, dass Andreas so aus der Art geschlagen war, als sei er ein Fremder. Und dieser Gedanke schlug notgedrungen eine Saite in Wenzel an ... Wenzel von Langenfels, das ewige Findelkind ...

Die erbitterte Rivalität zwischen Andreas und Melchior erklärte sich jedoch nicht allein daraus, dass in Andreas eine Seite der Familie Khlesl wiedergeboren schien, die Gestalten hervorgebracht hatte wie Cyprians Vater, dessen Engherzigkeit den Sohn noch als Halbwüchsigen aus seinem Haus getrieben hatte, oder Cyprians älteren Bruder, der es geschafft hatte, die geerbte Bäckerei in Wien im Lauf seines Lebens zu ruinieren, nicht aus Faulheit, sondern aus dem völligen Unvermögen, auf andere Menschen einzugehen und schon gar nicht auf die Wünsche seiner Kunden. Wenzel hatte seine Vermutungen, was den Grund der Feindschaft betraf, umso mehr, da sie stets von dem ansonsten fröhlichen und gutmütigen Melchior ausging. Aber es hätte Daumenschrauben und spanischer Stiefel bedurft, um Wenzel auch nur erwägen zu lassen, sie jemals auszusprechen.

»Und wo sind sie?«, fragte Wenzel schließlich.

»In Würzburg.«

Wenzel hatte das Gefühl, dass die Kälte des Fußbodens in sein Herz stieg. »Ausgerechnet ...«

Melchior nickte. »Im Herzen des Reichs, im Herzen der schlimmsten Verwüstungen des ganzen Kriegs, im Herzen eines Gerichtsverfahrens, das herausbekommen soll, ob neunhundert Menschen unschuldig auf den Scheiterhaufen gewandert sind oder ob es nicht etwa doch stimmt, dass alle Frauen, die mysteriöse Heilungen zuwege bringen, Hexen sind.«

»Verdammt«, sagte Wenzel und vergaß, sich dafür zu bekreuzigen.

»Du hast Einfluss – für den Fall, dass etwas schiefgehen sollte«, meinte Melchior.

»Ich habe überhaupt keinen Einfluss.«

Melchior deutete auf die Kutte, die Wenzel auf seiner Reise getragen hatte, die Kutte, die so schwarz war, dass der normale dunkle Benediktinerhabit geradezu bunt daneben wirkte, die Kutte, für die es ein paar Jahrhunderte lang nur jeweils sieben Vorbilder gegeben hatte. »Doch, du hast.«

»*Vade retro, satanas*«, sagte Wenzel, doch es gelang ihm nicht, dabei zu lächeln.

4

LIEUTENANT ERIK WRANGEL sah auf, als der kaiserliche Offizier ins Zelt trat und ihm mit einer Kopfbewegung bedeutete, mit nach draußen zu kommen. Erik sah, dass der Offizier Eriks Rapier samt Gürtel und Gehänge in der Hand trug, und seine Hoffnung stieg.

»Ist die Antwort endlich eingetroffen?«, fragte er auf Französisch. »Löst meine Familie mich aus?«

»Wir brauchen Sie als Übersetzer«, erwiderte der Offizier ebenfalls auf Französisch. »Kommen Sie mit.«

Der Lieutenant stand auf und zerrte sein blaues Koller glatt. Er seufzte enttäuscht. Es war schon erstaunlich, wie sich der Mensch an Dinge gewöhnte. Vor sechs Wochen war er noch Teil des schwedischen Heeres seines Onkels gewesen, des Feldmarschalls Carl Gustav Wrangel, und hatte mitsamt seinen Männern die Menschen in der Gegend um Bamberg dafür bestraft, dass der bayerische Kurfürst den ein halbes Jahr zuvor ausgehandelten Waffenstillstand mit Frankreich und Schweden gebrochen und sich erneut an die Seite des Kaisers gestellt hatte. Als das Heer nach Thüringen abgezogen war und Lieutenant Wrangel mit seinem Kornett die Nachhut gesichert hatte, waren er und seine Kameraden in einen Hinterhalt der nachrückenden bayerischen Truppen geraten. Da war die Realität des Krieges dem jungen Kavallerieoffizier zum ersten Mal bewusst geworden – Musketen hatten geknallt, Pferde hatten gewiehert und waren durchgegangen, Männer hatten geschrien ... nicht dass er dies nicht schon vorher erlebt hätte, aber erstmalig waren er und seine Reiter am empfangenden Ende der Gewalt gewesen. Ihr Rittmeister hatte sich am Boden gewälzt, ein grauenhafter Anblick: Eine Kugel hatte seinen Unterkiefer abgerissen. Pferde waren zusammengebrochen und hatten ihre Herren unter sich eingeklemmt, hatten ausgeschlagen und geschrien, während die Därme aus ihren von Kugeln und Piken aufgerissenen Bäuchen gequollen waren, sich um ihre zappelnden Beine gewickelt hatten und ihre wehrlosen Reiter mit Knüppeln erschlagen worden waren. Kugeln hatten Männer aus den Sätteln gerissen, und als sie blutend wieder auf die Beine zu kommen versucht hatten, waren sie von den feindlichen Soldaten zu Tode getreten worden. Er selbst, Lieutenant Erik Wrangel, nach dem Ausfall des Rittmeisters der Anführer des Kornetts, hatte sich heiser geplärrt auf einem wild im Kreis tanzenden Gaul und hatte keinen vernünftigen Befehl herausgebracht. Man hatte ihn vom Pferd gezerrt und auf den Boden geworfen, direkt neben den Rittmeister, der noch immer am Leben gewesen war, aus dessen grässlicher Wunde Blut herausgespritzt war und dessen weit aufgerissene Augen Erik ins Gesicht gestarrt hatten; er hatte einen Strick um den Hals gefühlt und sich zu befreien versucht, während Fäuste auf ihn eingedroschen hatten, hatte gesehen, wie das andere Ende des Seils am Sattel seines eigenen Pferdes festgemacht worden war, und gewusst, dass man es im nächsten Moment mit einem Stich in die Hinterhand zum Durchgehen bringen würde, seinen ehemaligen Herrn hinter sich herzerrend und ihn gleichzeitig zu Tode schleifend und erdrosselnd ... Dann hatte jemand die Prozedur unterbrochen und sich über ihn gebeugt und ihn auf Französisch gefragt, ob er tatsächlich Offizier sei. Ihm war bewusst geworden, dass er in den vergangenen Momenten ebenfalls Französisch geredet hatte und dass sein Unterbewusstsein offenbar eine Lektion eines befreundeten schwedischen Offiziers hervorgeholt hatte. Die Lektion hatte im Wesentlichen daraus bestanden, so laut wie möglich in französischer Sprache zu schreien, wenn man in Gefangenschaft geraten war, weil die adligen kaiserlichen Offiziere auf der Gegenseite meistens ebenfalls Französisch sprachen und dann zumindest den sofortigen Tod verhinderten, weil sie festzustellen versuchten, ob man entweder ein entfernter Verwandter oder ob man seiner eigenen Familie Lösegeld wert war.

Erik erinnerte sich immer noch voller Scham daran, wie die Namen seines Großvaters, seines Vaters und seines Onkels aus ihm hervorgesprudelt waren, bekannte Namen, bedeutende Namen ... Namen, deren Trägern es vermutlich peinlich gewesen wäre, hätten sie gehört, wie er sie im Munde führte und dabei um sein Leben flehte. Und nun, nachdem er verschont geblieben war, nachdem er gesehen hatte, wie die Überlebenden unter seinen Männern aufgehängt worden waren und der kaiserliche Offizier dem Rittmeister die erlösende Kugel in den Schädel gejagt hatte, nachdem er tagelang vor Angst schlotternd mit den feindlichen Soldaten mitgestolpert war, bis ihm klar geworden war, dass sein Bezwinger tatsächlich eine Lösegeldforderung ans schwedische Heer gesandt hatte ... nachdem all dies und noch mehr geschehen war, das in der Nacht in seinen Träumen widerhallte, empfand er es schon beinahe als Routine, Gefangener der Bayern zu sein. Sie waren Dragoner. Ein echter Kavallerist verachtete einen Dragoner, aber zumindest hatte man die Nähe zu Pferden gemeinsam. Erik kannte sogar die Gegend, in die man ihn verschleppt hatte: die Umgebung von Eger. Im Sommer war hier noch das Heer seines Onkels gelegen. Er fragte sich, ob in diesem Landstrich überhaupt noch Menschen lebten, nach allem, was er schwedische und nun bayerische Soldaten hatte tun sehen.

»Was ist geschehen?«, fragte Erik. Der Offizier, dessen Gefangener er war, schritt durch die unordentliche Reihe der Zelte zu einem einzeln stehenden Baum am Rand des Lagers.

»Wir haben was gefangen.« Der Offizier blieb plötzlich stehen. »Ach ja.« Er hob Eriks Rapier hoch und hielt es ihm hin. »Ehrenwort?«

»Ehrenwort«, sagte Erik verwirrt und schnallte sich das Rapier um. Er erwartete halb, dass man die Klinge abgebrochen hätte und nur noch der Korb in der Scheide steckte, aber es war unversehrt.

»Ein Offizier tritt nicht ohne seine Waffe auf«, sagte der Dragoneroffizier. »Nachher kriege ich's wieder zurück, damit das klar ist.«

»Ich habe mein Ehrenwort gegeben«, erklärte Erik steif.

Zu seiner Überraschung standen bei dem einzelnen Baum ein paar der bayerischen Dragoner um eine kleine Gruppe Zivilisten herum; zwei Frauen und zwei Männer. Einer der Männer kniete auf dem Boden und flehte mit hoch erhobenen Händen um Gnade. Eriks Gesicht zuckte, als ihm klar wurde, dass der Mann Schwedisch sprach. Der Dragoneroffizier deutete auf ihn.

»Wir wollten kurzen Prozess mit ihm machen, aber er erwies sich als so wortreich, dass ich beschloss, Sie zu holen, um rauszufinden, was er zu sagen hat.«

»Das ist kein Schwede«, sagte Erik. »Er spricht meine Sprache, aber er hat einen Akzent, dass sich einem die Haare aufstellen.«

»Ein Trottel«, erklärte der Dragoneroffizier, dessen Französisch einen Akzent hatte, dass Erik manchmal überlegte, ob er sein Bayerisch nicht besser verstehen würde.

Erik trat an den knienden Mann heran. »*Jag er en Svensk officeren*«, sagte er. »*Vad har skedd?*«

»*O min herre, o min herre, hjälp oss!*«, schluchzte der Mann und umklammerte Eriks Knie.

»Der kann nicht von hier sein, wenn er einen Schweden um Hilfe bittet«, sagte der Dragoneroffizier gemütlich.

»Und ich dachte, er sei doch von hier, weil er eine Todesangst vor den Kaiserlichen hat«, erwiderte Erik über die Schulter hinweg.

»Ja, ja«, sagte der Dragoneroffizier, »wir verschaffen uns eben Respekt.«

Der Mann blubberte etwas, das Erik kaum verstand. Er fing den Blick einer der beiden Frauen auf. Ihre Augen waren schmal, und sie musterte abwechselnd ihn und den Dragoneroffizier. Sie war schmutzig wie von einer längeren Reise und wirkte besorgt, aber ihr Ärger schien noch größer. Sie war eine Schönheit. Verblüfft erkannte Erik beim zweiten Blick, dass sie vom Alter her seine Mutter hätte sein können. Bei Kerzenschein wäre es nicht aufgefallen.

»*O min herre, o min herre …*«, stöhnte der Mann, der noch immer die Arme um Eriks Knie geschlungen hatte.

Die Frau verständigte sich mit ihrer Begleiterin durch einen Seitenblick. Erik erkannte, dass die beiden entweder Schwestern oder Mutter und Tochter sein mussten.

»Was spricht der Sack?«, fragte der Dragoneroffizier und schickte sich an, dem Verängstigten einen aufmunternden Tritt zu versetzen.

»Es reicht jetzt«, erklärte die jüngere der beiden Frauen, die Erik vorhin so eingehend gemustert hatte. Ihr Französisch war nicht schlechter als das des Dragoneroffiziers. »Sind Sie beide die Offiziere dieses Haufens?«

Der Dragoneroffizier überwand seine Überraschung schneller als Erik. Er zog den Hut und verbeugte sich. »Womit kann ich dienen, meine Dame?« Während er sich aufrichtete und den Hut auf den Kopf stülpte, ließ er den Blick ungeniert über die Frau gleiten. Es war nicht anders, als hätte er sich über die Lippen geleckt.

»Junger Mann«, seufzte die Frau, »wenn Sie sich nicht mal so weit beherrschen können, dass Ihnen das Gemächt nicht aus den Augen heraushängt, wenn Sie eine Frau vor sich haben, dann sollten Sie Ihr Offizierspatent abgeben und sich bei den Soldaten anstellen, die ein Astloch in einem Baum mit Fett eingeschmiert haben und es der Reihe nach begatten.«

Erik prustete los. Dem Dragoneroffizier klappte der Mund auf. Einer der Soldaten, der anscheinend ein wenig Französisch verstand, lachte und pfiff durch die Zähne, bis er den mörderischen Blick seines Vorgesetzten auffing und erschrocken verstummte.

Die Frau schnappte etwas in einer Sprache, die Erik nicht verstand, und der Mann vor ihm auf dem Boden hörte zu winseln auf und ließ Erik los. Unbeholfen kam er auf die Beine und stellte sich hinter die Frau. Diese richtete ihre Aufmerksamkeit auf Erik.

»Sie sind schwedischer Offizier? Was tun Sie bei den Dragonern von Kurfürst Maximilian von Bayern? Haben Sie die Seiten gewechselt?«

»Nein ... äh ... äh ... ich bin ein Gefangener ...«

»Aha! Und weshalb laufen Sie dann mit Ihrem Degen herum, anstatt gefesselt auf dem Boden zu liegen?«

»Äh ... das ist ein Rapier ... und ... äh ...«

»Schnickschnack! Warum glauben Sie, dass mich das interessiert? Kann man damit Brot herunterschneiden? Kann man damit eine eitrige Wunde öffnen, damit das Gift abfließt? Na also. Nutzloser Kinderkram, sonst nichts.«

Der Dragoneroffizier und Erik wechselten einen hilflosen Blick. Der Dragoneroffizier wollte etwas erwidern, doch die andere Frau kam ihm zuvor.

»Verzeihen Sie meiner Tochter«, bat sie in ebenfalls schadhaftem, aber verständlichem Französisch. »Sie ist ungeduldig, weil wir es eilig haben.«

Erik und der bayerische Offizier sagten das Erste, was ihnen einfiel. »Das tut uns leid«, stotterten sie im Chor.

»Wenn Sie Gefangener sind«, fragte die jüngere der beiden Frauen, »was stehen Sie dann hier herum?«

»Ich wurde geholt, um zu übersetzen ... äh ...« Erik deutete auf den Mann, der vorhin um Gnade gefleht hatte. »Er spricht Schwedisch, aber er ist gar kein ...«

»Nein. Das ist einer unserer Buchhalter. Wir haben ihn mitgenommen, weil er Schwedisch beherrscht. Wir dachten, wir würden auf der Reise hauptsächlich mit dem Heer der schwedischen Königin zu tun haben, aber wie es scheint, sind Ihre Feldherren bereits anderswo hingezogen, um dort das Land kahl zu fressen. Und die Knaben haben sie hiergelassen.«

Erik fühlte, wie er errötete. »Ich bin Lieutenant Erik Wrangel von der Königlich Schwedischen ...«

»Ja, ja. Ich bin Alexandra Rytíř aus Prag. Das ist meine Mutter. Nett, Sie beide kennengelernt zu haben. Nun müssen wir weiter.«

»Äh ...«, machte Erik erneut und hatte den Eindruck, dass er in den letzten Minuten öfter »äh« gesagt hatte als in seinem ganzen vorherigen Leben.

Der Dragoneroffizier deutete auf den anderen Mann. »Und was ist der für ein Vogel?«

»Ein Einheimischer, der uns den Weg nach Bayreuth zeigt.

Nicht dass Sie und Ihresgleichen viele Einheimische übrig gelassen hätten.«

»Es ist Krieg, Mademoiselle ...«, begann der Dragoneroffizier.

»Es heißt nicht Mademoiselle, sondern Madame. Versuchen Sie bloß nicht, sich bei mir einzuschmeicheln, Junge. Wenn Ihre Männer uns nicht aufgehalten hätten, wären wir schon vier Meilen weiter, und das ist bei diesem Wetter eine ganze Menge. Glauben Sie, wir haben nichts Besseres zu tun, als Ihnen die Zeit zu vertreiben?«

»Aber ...«

»Sie können das jedoch wiedergutmachen.« Die Frau zog ein nachdenkliches Gesicht, als befände sie sich in einem Bäckerladen und würde einen Auftrag für den nächsten Tag erteilen. »Wir brauchen Proviant und Trinken für zwei Tage, dann können wir eine Rast ausfallen lassen und die verlorene Zeit wieder aufholen. Und da Ihre Männer uns die Pferde weggenommen haben, gehe ich davon aus, dass Sie sie entweder gegen bessere austauschen oder Ihren Schmied nachsehen lassen wollten, ob die Eisen noch gut sitzen.«

Später dachte Erik Wrangel oft daran, dass es beinahe geklappt hätte. Vielleicht war der Dragoneroffizier doch zu abgebrüht und hatte seine Fassung schneller wiedergefunden als erwartet. Oder es lag an dem einen jämmerlichen, nervösen Schluchzer, der sich dem Buchhalter mit dem schlechten Schwedisch entrungen hatte ...

»Immer langsam«, sagte der Dragoneroffizier gedehnt. »Sie wollen weiter, Madame? Sie wollen Proviant, Madame? Was glauben Sie, wo Sie hier sind? Wenn Sie weiterwollen, müssen Sie bezahlen, und wenn Sie nicht genügend Geld bei sich tragen, dann sind Sie sicher geneigt, mir und meinen Männern eine kleine Abwechslung zu dem eingefetteten Astloch zu bieten, *n'est-ce pas?*«

Ein kleiner Schatten fiel über das Gesicht der Frau. Einen

winzigen Moment lang konnte Erik in ihren Augen eine Erkenntnis lesen, die auch ihm nicht fremd war. Es war die Erkenntnis, dass man sich im Herzen einer Katastrophe befand und es keine Rettung gab. Er selbst hatte diese Erkenntnis gehabt, als er den Rittmeister sich auf dem Boden hatte winden sehen und rings um ihn die Männer aus den Sätteln geschossen wurden. Sie hatte ihn in blinde Panik versetzt. Die Frau ihm gegenüber machte jedoch nur ein entschlossenes Gesicht. »So dumm sind Sie nicht«, sagte sie leise.

»Dumm?«, echote der Dragoneroffizier. »Was hat das mit Dummheit zu tun? Dumm wäre es, ein Hühnchen wie dich laufen zu lassen, Süße. Deine Alte für meine Männer und du für mich, und hol mich der Teufel, wenn du nachher nicht um einen Nachschlag bittest.« Erik fühlte sich in die Seite gestoßen. »Nicht zu reden davon, dass Offiziere brüderlich teilen, nicht wahr, mein feindlicher Kamerad?«

Alexandra Rytíř hatte plötzlich etwas Blitzendes in der Hand. Musketenläufe und Piken schnappten nach oben. Es war eine kurze, gebogene Klinge.

»Hast du Männer, die verwundet sind, Jüngelchen?«, fragte sie und verzog verächtlich den Mund. »Hast du Kranke und Sieche dabei? Das ist ein Skalpell, und ich biete dir an, dass ich mir deine Männer ansehe und denen zu helfen versuche, denen ich helfen kann, wofür wir als Gegenleistung freies Geleit und die vorher erwähnten Dinge erhalten.«

»Dazu kann ich dich ganz einfach zwingen. Jungs, schnappt euch die Alte und zeigt ihr ...«

»Moment«, sagte Alexandra. »Ich habe noch ein zweites Angebot.«

»Ach ja?«

»Ja. Das Skalpell wird dem Ersten, der es wagt, meine Mutter oder mich anzurühren, im Auge stecken.«

»Du hast nur eines davon.«

»Ich habe ein halbes Dutzend. Und ich kriege sie schneller

zu fassen, als du es dir vorstellen kannst.« Sie blickte herausfordernd in die Runde. »Wer sind die sechs, die drei Tage lang im Sterben liegen wollen mit einer Klinge in der Augenhöhle?«

Die Soldaten zögerten. Der Dragoneroffizier verzog vor Wut den Mund. Erik stellte fest, dass seine Rechte sich dem Griff seines Rapiers näherte, und hörte eine Stimme in sich, die ungläubig fragte: *Was, willst du für die beiden Weiber Partei ergreifen? Die sind totes Fleisch, mein Lieber, und wenn wir ehrlich sein wollen, würdest du nachher, wenn die Soldaten sie zu Tode geschändet haben, nicht behaupten können, du hättest so etwas noch nie gesehen – oder nicht selbst schon zugelassen. Willst du für die beiden sterben oder dein Ehrenwort als Offizier brechen? Krieg ist die Hölle, mein Lieber.*

»Das ist 'ne Hexe, Rittmeister«, sagte einer der Dragoner zögernd.

»Scheiße, dann verbrennen wir sie halt nachher, anstatt sie zu erschlagen. Los, Männer, packt ...«

Im selben Moment hörte Erik neben sich ein klatschendes Geräusch und spürte einen warmen Schauer, der über seine linke Gesichtshälfte sprühte.

5

»BALD IST DAS CHRISTFEST DA«, murmelte Fabio Chigi und versuchte, den Drang zu urinieren noch ein wenig länger zu unterdrücken. Als Kind hatte er stets gedacht, er könnte seine Blase darin üben, das Wasser länger zu halten. Doch sie hatte sich jeglicher Ertüchtigung gegenüber als resistent erwiesen. Auf seinem Stuhl hin- und herwetzend, spähte er auf den Briefbogen, der vor ihm lag. Das Papier wellte sich in der Feuchtigkeit seiner Unterkunft und rollte sich an einem Ende auf. Er hatte sein Siegel daraufgelegt, um die Seite niederzuhalten – das Siegel eines päpstlichen Gesandten. Was immer das hier bedeutete: Ihm bedeutete es schon lange nichts mehr. Päpstlicher Nuntius – pah! Wie hatte er so hirnverbrannt sein können, den warmen, ortsgebundenen Stuhl des Großinquisitors von Malta gegen den wackligen Sitz im Innern einer zugigen Kutsche einzutauschen, selbst wenn es die eines päpstlichen Botschafters war? Sein Amtssitz war von Rechts wegen Köln, und das seit fast neun Jahren – doch wie viele Monate hatte er dort verbracht, abgesehen von der Tatsache, dass er Köln genauso hasste wie jeden anderen Ort nördlich der Alpen? Na also. Ein päpstlicher Nuntius war ständig auf Achse. Und was das für einen Mann bedeutete, dessen angeboren schwache Blase ihn alle Viertelstunde auf den Abritt pilgern ließ, konnte man sich denken. Aber das war alles noch nicht das Schlimmste, nicht wahr? *Merda*, nein (der Nuntius bekreuzigte sich für den Fluch), das war es nicht.

Der Papst hasste ihn, so viel stand fest. Wer vom Heiligen Vater damit beauftragt wurde, bei den Friedensverhandlungen zwischen den Katholiken und den Protestanten, zwischen Spanien, den Niederlanden, Frankreich, den deutschen Fürstentümern, Schweden, Böhmen und dem, was Kaiser Ferdinand noch vom Heiligen Römischen Reich in der Hand hielt, den Vermittler zu spielen, der musste ein gehasster Mann sein. Nun, er hasste Papst Innozenz X. auch, aber er hatte eigentlich gedacht, dass er es sich nicht hatte anmerken lassen. Scheinbar war er da falsch gelegen. Papst Innozenz X. war eine willfährige Marionette in den Händen seiner machtgierigen Schwägerin Olimpia Maidalchini, die von den meisten Angehörigen des Vatikans als die eigentliche Päpstin angesehen wurde. Daran war er, Fabio Chigi, wahrscheinlich gescheitert. Es war immer leichter, einen Mann im Unklaren über die wahren Gefühle zu lassen, die man hegte, als eine Frau. Einige andere hatten neidisch geschaut, als Fabio die Bürde des Mediators auferlegt worden war – diese Narren. Ein paar hatten ihm aufrichtig gratuliert und gefunden, dass es keinen Besseren für diese Aufgabe geben könne als ihn – noch größere Narren! Jedenfalls war die Berufung als Vertreter des Papstes zu den Friedensverhandlungen das Schlimmste, was Fabio Chigi jemals zugestoßen war, und sein Leben war gewiss nicht arm an Misshelligkeiten.

Er überflog, was er geschrieben hatte. »… blablabla … dicker Schmutz liegt meist an beiden Seiten der Straße. Ja, häufig sieht man sogar dampfende Haufen von Mist. Unter einem gemeinsamen Dach wohnen Bürger und trächtige Kühe. Und mit stinkenden Böcken auch noch die borstige Sau …« Hmm, das war die Beschreibung von Münster, die er an den Kämmerer des Heiligen Kardinalskollegiums zu senden beabsichtigte. Er hatte das dumpfe Gefühl, dass er fast denselben Text schon einmal geschrieben hatte. Ein Mann war am Ende, wenn er begann, sich in seiner Korrespondenz zu wiederholen. Er rutschte auf seinem Stuhl herum; die Blase zwickte ihn schon wieder. Jemand hatte ihm empfohlen, viel trockenes Brot zu essen, damit die Feuchtigkeit in seinem Inneren aufgesogen werde, aber was es hier in Münster (oder sonstwo im Deutschen Reich, verflucht seien seine Bäcker!) an Brot gab, konnte man eigentlich nur als Kriegserklärung auffassen. Er griff nach der Feder und diktierte sich selbst murmelnd: »Das Brot hier nennen sie Pumpernickel – ein scheußlicher Fraß, den man selbst Bettlern und Bauern nicht vorwerfen kann.« Als die Worte geschrieben waren, schien es ihm, dass er auch sie schon einmal in einem Brief an den Kardinal erwähnt hatte. Er blickte zum Fenster hinaus. In der Nacht war Schnee gefallen, dann hatte ein morgendlicher Regen ihn aufgezehrt; vor dem Mittag hatte ein nasskalter Wind zu wehen begonnen, und jetzt, zur Non, drei Stunden nach dem Mittag, schien es, als setze der Frost ein. Darüber könnte er schreiben – aber wer würde ihm im sonnigen Italien schon glauben, dass er das Wetter nur eines einzigen Tages beschrieb? Münster, Heimatland der Regenwolken ... er überlegte, ob er zu seiner Freundin in der Seelennot, der Poesie, flüchten sollte, aber dann fiel ihm ein, dass er sich noch Notizen für die morgigen Verhandlungen machen musste, und die Lust auf die Dichtkunst verging. Die dicken Scheiben des Fensters waren voller Tropfen, die langsam daran herunterliefen. Seine Blase fühlte sich von diesem Anblick durchaus angespornt.

Seit 1644 war er hier, teilte seine Zeit zwischen den Verhandlungsstätten Münster und Osnabrück und seinem Amtssitz in Köln auf und seine geistige Gesundheit zwischen Gestalten wie Johan Oxenstierna, dem Sohn des schwedischen Kanzlers und Hauptvertreter der Interessen der Schweden (ein blöder, arroganter Saufkopf, der sich für so wichtig hielt, dass er Tag für Tag sein Aufstehen und Zubettgehen durch Posaunenbläser und Trommler verkünden ließ), ferner Henri de Bourbon-Orléans, dem Verhandlungsführer der Franzosen (ein Popanz mit unbeschränktem Reichtum, der in seiner zweihundert Mann starken Entourage allein vierzig Küchenhelfer mitführte), sowie Maximilian Graf von Trauttmansdorff, dem Emissär des Kaisers (der, das musste man ihm lassen, ein geduldiger und erfahrener Mann war, aber dessen Verhandlungsführung daran litt, dass es ständig Entzifferungsschwierigkeiten mit den chiffrierten Eilmeldungen aus Wien gab). Und das waren nur drei von dem Haufen an Diplomaten, an denen Fabio Chigi sich aufrieb.

Stöhnend warf er die Feder neben das Papier. Er hatte keine Lust mehr, diesen Brief noch weiter zu vermurksen. Die meisten der Verhandlungsführer hielt er für Seelenkrüppel, aber das hieß nicht, dass sie dumm waren (außer Oxenstierna, aber der wurde von seinem Vater im fernen Stockholm gelenkt). Man musste höllisch aufpassen, damit die Belange der katholischen Kirche nicht in dem Klein-Klein aus Eifersüchteleien, minimalen Landgewinnen und schon seit Karl dem Großen schwelenden Animositäten untergingen, die das tägliche Taktieren bestimmten. So hatte Fabio überrascht aufgehorcht, als erst vor wenigen Wochen plötzlich der Vorschlag gekommen war, dass die katholische Kirche auf die den protestantischen Fürsten weggenommenen Güter verzichten sollte, deren Schenkung an den Vatikan seinerzeit noch Kaiser Ferdinand II. in seinem Restitutionsedikt festgelegt hatte. Natürlich waren die Protestanten darauf eingegangen, und Fabio war nichts anderes übrig geblieben, als reichlich undiplomatisch die katholischen Verhandlungsführer dazu zu überreden, alle schon gemachten Zusagen zurückzuziehen. Seitdem war er mit dem Makel des Blockierers behaftet, ausgerechnet er, dem das erfolgreiche Ende der Verhandlungen schon deshalb am Herzen lag, weil er damit endlich dem nasskalten deutschen Wetter und dieser täglichen Barbarei würde entkommen können. Graf Trauttmansdorff übrigens hatte dieser letzte in einer unrühmlichen Reihe von Eklats endgültig gereicht; er hatte die Verhandlungsführung abgegeben und war nach Hause gereist. Fabio bedauerte diesen Verlust aus menschlichen Gründen zutiefst, umso mehr, da Trauttmansdorff ihm, dem päpstlichen Unterhändler, die Alleinschuld daran in die Schuhe geschoben hatte und ein zartes Pflänzchen von gegenseitiger Sympathie damit zum Tod verurteilt worden war. Trauttmannsdorffs Nachfolge hatte der Rechtsgelehrte Isaak Volmar übernommen, der ein Choleriker war, zudem überzeugt davon, dass alle anderen Vollidioten waren und Fabio Chigi der größte von ihnen, und der sich von Anfang an allen Seiten gegenüber so unparteiisch bestechlich gezeigt hatte, dass kein Einziger einen Vorteil von den Geldern genossen hatte, die man Volmar in diskreten Umschlägen überreicht hatte.

Und draußen, in der Welt, plünderten Franzosen, Schweden und Kaiserliche ihnen verbündete und verfeindete Fürstentümer gleichermaßen, starben die Menschen unter den Händen der Soldaten, verhungerten, verendeten an der Pest und der Cholera oder brachten sich selbst um, weil das Elend zu groß war. Ein ganzes Reich versank im Grauen eines Krieges, der nicht enden konnte, und es war, als ob es niemals etwas anderes gegeben hätte als diesen Krieg und auch niemals so etwas wie die Hoffnung auf den Frieden.

Fabio stand auf, um sich auf den ungeliebten Weg in den Hinterhof seines Logis zu machen, wo ein klappriger Abort sich an die Pferdeställe lehnte und vergeblich versuchte, von der dumpfen Wärme der Pferdeleiber zu profitieren, als einer seiner Helfer sich zur Tür hereinschob.

»Monsignore, empfangen Sie heute noch?«

Fabio kniff die Beine zusammen und fragte: »Warum, wer hat sich angesagt?«

»Ein Mitglied der Societas Jesu aus Rom, Monsignore. Er heißt Pater Nobili.«

»Kennen wir den Mann?«

Der Assistent schüttelte den Kopf.

»Soll warten«, sagte Fabio. »Ich muss mal.«

»Entschuldigen Sie, Monsignore«, sagte eine heisere Stimme aus dem Flur vor seinem Arbeitsraum, »aber meine Botschaft hat Priorität.«

Priorität vor dem Entleeren meiner Blase?, dachte Fabio. *Das wollen wir doch mal sehen ...*

Doch bevor er es noch aussprechen konnte, drängte sich der ungebetene Besucher zur Tür herein. Der Helfer machte eine knappe Verbeugung und verschwand.

Entsprechend dem jesuitischen Brauch trug der Mann keinen Ordenshabit, sondern einen langen schwarzen Mantel, der in fein gelegten Falten um seinen Körper wallte und davon erzählte, dass sein Träger sich viele Längen Stoff leisten konnte. Außerdem hatte er einen halbhohen, ebenso schwarzen, dreispitzigen Hut ohne Krempe aufgesetzt – und da neunzig von hundert Angehörigen der Societas Jesu, die man traf, ebenso gekleidet waren, konnte man durchaus von einem Ordenshabit sprechen, wenn auch nicht offiziell.

Der Jesuit nahm den Hut ab, schüttelte die Nässe aus seinem Mantel und blickte Fabio finster ins Gesicht. Dann verzerrten sich seine Züge plötzlich, und eine gewaltige Niesattacke fügte dem theatralischen Auftritt reichlich Schaden zu.

»Was für ein scheußliches Wetter«, krächzte der Jesuit, nachdem er sich die Nase geputzt und sich ausgiebig geräuspert hatte.

»Wem sagen Sie das?«, seufzte Fabio und machte Anstalten, um den Mann herumzugehen. »Sie entschuldigen mich, Pater Nobili.«

»Warten Sie, warten Sie!«

»Das kann doch wohl ein paar Augenblicke …«

»Nein, ich muss sofort weiter. Es ist dringend.«

»Das ist mein Anliegen auch, glauben Sie mir!«

»Ich bin in direktem Auftrag des Pater Generalis unterwegs!«

Fabio, der ahnte, dass er den Mann erst loswürde, wenn dieser seine Angelegenheit erledigt hatte, nickte resigniert. Während der erkältete Jesuit erneut ein riesiges Taschentuch bemühte (es war schwarz, bei allen Heiligen!), versuchte Fabio, sowohl den Schmerz in seinem Unterleib als auch das plötzliche Klopfen seines Herzens zu unterdrücken. Er hatte Mitglieder des Ordens der Gesellschaft Jesu noch nie anders als würdevoll, gemessen und vor allem als vorgebliche Herren jeglicher Situation erlebt. Pater Nobili jedoch war, was das betraf, ein ungewöhnlicher Vertreter der Societas Jesu. Bei näherem Hinsehen war sein Mantel schmutzig, der Hut wirkte, als hätten ihn nervöse Hände mehr als einmal zerknautscht, die Wangen des Mannes waren unrasiert, das kurz geschnittene Haar ungewaschen und struppig.

»Lange unterwegs gewesen?«, fragte Fabio beinahe mitleidig.

»Durchgeritten«, sagte Pater Nobili nach einem letzten Fanfarenstoß in sein Taschentuch.

»Geritten!? Aus Rom?«

»Ein Wagen wäre zu langsam gewesen. Monsignore, was ich Ihnen nun sage ...« Pater Nobili sah sich um, als wolle er die Schatten mit den Augen durchdringen.

»Wir sind allein«, sagte Fabio und fragte sich zum ersten Mal, ob es wirklich stimmte. Immerhin war er das ranghöchste Mitglied der päpstlichen Delegation, und vielleicht bespitzelte man ihn ja schon seit Jahren ...? Er bemühte sich, den Gedanken abzuschütteln. Pater Nobilis Nervosität schien ansteckend zu sein – so wie es sein verdammter Schnupfen wahrscheinlich auch war. Fabio glaubte beim Missklang der erkälteten Stimme seines Besuchers schon das erste Kratzen im Hals zu spüren.

Pater Nobili schüttelte den Kopf und wrang den Hut. »Das darf wirklich niemand ...«, begann er erneut. Sein Blick fiel auf die leicht dampfende Weinkaraffe auf Fabios Tisch. »Ist das heißer Würzwein? Oh, mein Hals! Darf ich, Monsignore?«

»Bitte ...« Fabios Gesicht zuckte, als er das Geräusch hörte, mit dem der Wein in den Becher gluckerte und dann in die Kehle des Jesuiten. Sein Besucher fischte einen Ring aus seinem Mantel und legte ihn auf den Tisch.

»Das ist der Siegelring von Pater Generalis Vincenzo Carafa. Dass ich ihn dabeihabe, soll die Wahrhaftigkeit und Dringlichkeit meiner Botschaft bezeugen.«

»Na gut«, sagte Fabio heroisch.

»Es geht um ... einen Abtrünnigen«, sagte Pater Nobili.

»Einen Abtrünnigen aus der Societas Jesu?«

»Ja.« Der Pater räusperte sich ausgiebig. »Wir wissen nicht, ob er nicht etwa ... eine Gefolgschaft hat.«

»Es gibt eine ganze Bewegung innerhalb des Ordens!?«, fragte Fabio ungläubig. Ihm war, als hätte Pater Nobili behauptet, dass sich inmitten eines Ameisenhaufens einige der Insekten plötzlich entschieden hatten, eigene Ziele zu verfolgen. »Sie nehmen mich auf den Arm.«

»Daran ist nichts lustig«, sagte Pater Nobili steif. »Und es ist nicht eine Bewegung, sondern eine einzelne irregeleitete Seele. Ich sagte, wir wissen nicht, ob ...«

»Eine einzelne Seele, die so ›unwichtig‹ ist, dass der Pater Generalis seinen Botschafter mit seinem persönlichen Siegel legitimiert.«

Pater Nobili räusperte sich erneut.

»Weshalb kommen Sie damit zu mir, Pater Nobili?«

»Wir möchten, dass Sie uns helfen, den Abweichler zu fangen und nach Rom zu bringen.«

»Wie stellen Sie sich das vor? Wer sagt Ihnen überhaupt, dass er in der Nähe ist?«

»Er ist nicht in der Nähe. Nach allem, was wir wissen, dürfte er noch in Würzburg sein.«

»Dann reiten Sie doch nach Würzburg und ...« Fabios Stimme erstarb.

Pater Nobili nickte. »Genau.«

Fabio schnippte mit den Fingern und vergaß für einen Augenblick den Druck in seinem Unterleib. »Die Kommission zur Untersuchung der Hexenverbrennungen vor zwanzig Jahren!«, murmelte er.

»Es ist die bisher größte Anstrengung unseres Ordens, die Verfehlungen der Vergangenheit wiedergutzumachen«, sagte Pater Nobili. »Der damalige Fürstbischof von Würzburg, Adolf von Ehrenberg, hatte in seinem Wahn Hilfe auch aus unserem Orden. Neunhundert Menschen sind verbrannt worden, Monsignore, darunter Dutzende von Kindern. Wir wissen jetzt, dass das falsch war. Und wir hoffen, uns von dieser Sünde zu befreien, indem wir die Verbrechen untersuchen, alles ans Licht bringen und diejenigen bestrafen, die vielleicht noch am Leben sind.«

»Weswegen der Kommission auch nur die brillantesten Mitglieder der Societas Jesu angehören«, ergänzte Fabio. »Und weswegen es einen Heidenskandal hervorrufen würde, wenn Sie einen von Ihren Unfehlbaren mit einer derartigen Beschuldigung abzögen.«

»Verstehen Sie, Monsignore – wir wünschen, dass die Verfehlungen von vor zwanzig Jahren bestraft werden, und wir wollen dafür sorgen, dass die Societas Jesu daraus lernt und so etwas kein zweites Mal geschieht. Aber wir wollen diese ganze Geschichte auch nicht an die große Glocke hängen. Selbstreinigung hat nichts mit öffentlicher Selbstverbrennung zu tun! Das ist nicht unser Weg.«

»Und außerdem ist die Societas Jesu schon genügend schlecht angesehen, auch ohne einen Skandal um die Prozesse in Würzburg.«

»Außerdem«, sagte Pater Nobili, dem es schwerzufallen schien, dies zuzugeben.

»Und was soll *ich* jetzt tun?«

»Sie sind die oberste Autorität des Heiligen Stuhls in den deutschen Fürstentümern. Sie könnten den Mann festsetzen. Wir würden ein wenig dagegen protestieren, der Heilige Stuhl könnte es nach ein paar Tagen als Irrtum eingestehen, und wir alle tun dann so, als wäre danach die Ordnung wiederhergestellt. Kein Abtrünniger ... kein Skandal ... keine langfristige Störung der Prozesse ...«

»Aber euren ... Abtrünnigen ... gibt es doch nach wie vor!«

Pater Nobili schüttelte den Kopf. Sein Gesicht war eine Maske.

Fabio atmete langsam ein. »Da ist mehr dahinter«, flüsterte er. »Nur weil jemand die Ordensregeln nicht zu hundert Prozent befolgt, lässt der Pater Generalis ihn nicht in den Kellern der Chiesa del Gesù verschwinden.«

»Die Kirche des Heiligen Namens Christi hat keine Keller!«

»Was hat der Mann angestellt?«, fragte Fabio beinahe gegen seinen Willen. Der Drang zu urinieren war nun so stark, dass seine Zähne wehtaten, doch die Faszination des Schreckens hielt ihn gefangen. Sein Herz hatte erneut angefangen, heftig zu pochen. Ein abtrünniger Jesuit, über den der Ordensgeneral das Todesurteil gesprochen hatte? Es schien, als wären die Schatten im Zimmer auf einmal dunkler geworden. Die Jesuiten waren nicht beliebt; sie waren päpstlich loyal, intelligent, eine Bewegung, die weniger ihrer Frömmigkeit als ihrer geballten Intelligenz wegen mächtig geworden war. Wenn die Dominikaner als die Bluthunde des Papstes galten und als solche verhasst waren, dann wurden die Jesuiten als Schlangen angesehen: elegant, schlau, tödlich. Eine Erinnerung streifte Fabios Gedanken. In Rom hatte er einmal ein Rätsel erzählen gehört: Ein Schiff mit einem Franziskaner, einem Benediktiner und einem Jesuiten an Bord ging unter, und während die drei Ordensmänner um ihr Leben schwammen, kamen Haie und fraßen den Franziskaner und den Benediktiner auf. Der Jesuit aber wurde von den Haien verschont. Warum? Der Rätselerzähler hatte dröhnend gelacht. *Respekt unter Kollegen!*, hatte er dann gebrüllt.

Niemand hielt die Gefolgsmänner des Ignatius von Loyola für Heilige; doch zu hören, dass sich einer von ihnen auf Abwegen befand, war nicht anders, als zu erfahren, dass erneut ein Engel gegen Gott den Herrn aufgestanden war.

»Wissen Sie, was der Teufel Adam und Eva anbot, um sie zu verführen?«, fragte Pater Nobili.

»Die Frucht vom Baum der Erkenntnis.«

»Wissen«, sagte der Jesuit. »Nichts anderes als das: Wissen um die Zusammenhänge, die Gott nicht für uns Menschen vorgesehen hat. Man könnte auch sagen: das Wissen des Teufels.«

»Und Ihr Abtrünniger ...?«

»Ist hinter diesem Wissen her.«

»Er sucht den Baum der Erkenntnis? Und der soll ausgerechnet in Würzburg stehen?«

»Der Baum der Erkenntnis«, erklärte Pater Nobili kühl, »ist ein Symbol. Wo wird Wissen in der Regel festgehalten, Monsignore?«

»In Büchern ...«

»Der Abtrünnige sucht das gefährlichste Buch der Welt. Das Buch, in dem Luzifer all das festgehalten hat, was Gott uns Menschen niemals zumuten wollte. Es ist das Testament des Bösen, sein Vermächtnis ...«

»Die Bibel des Teufels«, sagte Fabio und glaubte aus dem Augenwinkel zu sehen, dass die Schatten zuckten.

»Sie wissen davon?«

»Ich weiß wovon?« Die Schatten schienen immer noch zu zucken, als atmeten sie und blähten sich dem Klang der Wörter entgegen: die Bibel des Teufels ...

»Von der Teufelsbibel!«

»Es gibt dieses Buch wirklich?«

Pater Nobili schien diese Frage keiner Antwort für würdig zu befinden.

»Was will ein abtrünniger Jesuit damit anfangen?«

»Sehen Sie sich um, Monsignore. Sie sind seit vier Jahren hier.«

»Vernichtung? Tod? Ein Krieg, der niemals aufhört? Mir scheint, die Menschen brauchen den Teufel nicht, um das fertigzubringen.«

»Monsignore, Sie verkennen die Lage, fürchte ich. Der Krieg steht vor seinem endgültigen Ende. Die Verhandlungen hier sind eine Chance für den Frieden. Sie, Monsignore, sind ein Teil der Hoffnung, dass es diesen Frieden geben möge.«

»Du meine Güte«, sagte Fabio. »Das kann nur jemand sagen, der nicht Tag für Tag in diesem Irrsinn gefangen ist.«

»Das ist vollkommen egal. Die Hoffnung besteht. Und wenn es eines gibt, was der Teufel noch mehr fürchtet als den festen Glauben an Gott, dann ist es die Hoffnung. Wissen Sie, was die Hölle ist, Monsignore? Es sind nicht Teufel, die die armen Seelen in heißem Öl kochen oder sie bei lebendigem Leib auffressen. Es ist die absolute Dunkelheit, wenn alle Hoffnung vergebens ist.«

»*Lasciate ogni speranza, voi ch'entrate!*«, sagte Fabio und starrte direkt in die Schatten hinein. Er hatte das Gefühl, dass sie nach ihm griffen, wenn er ihnen den Rücken zuwandte.

Pater Nobili nickte.

»Vielleicht will Ihr Ordensbruder ja versuchen, mithilfe der Teufelsbibel den Krieg endgültig zu beenden? Wissen kann man in zwei Richtungen einsetzen.«

»Die Teufelsbibel dient nur dazu, das Böse in die Welt zu holen.«

»Wie heißt der Mann?«

Pater Nobili holte lang und tief Atem und kniff dann die Lippen zusammen.

»Na, kommen Sie schon. Wie soll ich denn …?«

»Silvicola. Giuffrido Silvicola.«

Fabio schüttelte den Kopf. Er tat einen Schritt auf seinen Arbeitstisch zu. Der Schmerz fuhr ihm wie eine Messerklinge in den Leib – er hatte tatsächlich ein paar Augenblicke vergessen, dass seine Blase zu platzen drohte. Ächzend fischte er nach einem Bogen Papier. »Ich schreibe Ihnen eine Empfehlung für Bischof Johann Philipp von Schönborn aus«, sagte er und begann hastig zu kritzeln. »Er ist der Bischof von Würzburg und hat eine ständige Delegation hier in Münster, die sich in die Verhandlungen einmischt. Wärmen Sie schon mal das Siegellack auf, Pater … Hmmm … der Bischof und ich sind nicht die besten Freunde, weil er meines Erachtens zu schnell zu Kompromissen gegenüber den Schweden bereit ist, aber gerade das macht ihn für diese Situation zu einem idealen Verbündeten …« Ein erneuter Stich schoss durch Fabios Leib, und er wusste, dass er nur noch wenige Augenblicke hatte, um entweder den Abtritt zu erreichen oder hier in seine Soutane zu pissen. »Die Sicherung des Friedens geht ihm über alles. Er wird nicht zulassen, dass er gefährdet wird, noch nicht einmal durch den Teufel persönlich.«

Fabio presste sein Siegel mit zitternder Hand in den Klecks Siegellack, den Pater Nobili auf das Papier hatte tropfen lassen. Seine Augen tränten.

»Warten Sie unter allen Umständen hier auf mich!«, stöhnte er und humpelte hinaus, jeder Schritt eine Folter. »Sie brauchen Geleit. Ich muss das noch organisieren …und ich muss Ihnen noch eine persönliche Nachricht für Bischof Johann …«

Er rannte die Treppe hinunter. Jede Stufe quetschte einen Tropfen Urin aus ihm heraus. Er ächzte. Auf den letzten Schritten zum Abtritt brach ihm der Schweiß aus. Wenn die Tür klemmte … oder wenn jemand auf dem Abort saß … die Tür ging auf, dem Herrn war Dank! Er fegte den Deckel auf dem Loch beiseite, zerrte die Soutane hoch, hörte ein paar Knöpfe abspringen … dann konnte er sich endlich gehen lassen. Er hätte beinahe geschrien, so heiß brannte sich der Strahl aus ihm hinaus. Die Kälte hatte die Gerüche unterdrückt. Sein warmer Urin löste sie wieder und ließ sie aufsteigen, aber Fabio hatte das Gefühl, noch nie an einem schöneren Ort gewesen zu sein. Seine Blase schien mehr Inhalt zu haben als ein ganzes Fass. Er hörte über das Plätschern, wie die Eingangstür seines Hauses zuschlug, dann das Wiehern eines Pferdes, dessen Besitzer sich schnell in den Sattel schwingt.

»Warten Sie, Pater Nobili!«, brüllte er und verschluckte sich. Der beißende Geruch ließ ihn husten. »Warten Sie doch, Herrgott noch mal!«

Das Plätschern wollte nicht aufhören. Fabio versuchte, den Strahl abzudrücken, aber der Schmerz war so brennend, dass er es sein ließ. Draußen entfernte sich rasches Hufgetrappel über das Pflaster.

»Idiot«, murmelte er. Er hörte förmlich, wie der Delegationsleiter des Würzburger Bischofs fragen würde, ob es noch eine zusätzliche Note von Monsignore Chigi gäbe, und wie Pater Nobili sagen würde: »Nein, ich bin so schnell ich konnte aufgebrochen, Monsignore waren indisponiert«; und wie der Delegationsleiter grinsen und mit besonderer Betonung fragen würde, ob Monsignore sich wieder einmal mitten im Gespräch *verpisst* hätte ... Der Gedanke löste statt Scham ein hysterisches Kichern in Fabio aus, und über das Kichern war ihm, als höre er ein langsames Pochen wie das eines schwarzen, bösen Herzens, und die Schatten in der kleinen, stinkigen Kammer des Abtritts zuckten und atmeten.

6

DER REGEN VERMISCHTE sich mit Schnee, noch während Pater Nobili sich fragte, ob er wirklich der Gasse folgte, die der Helfer des päpstlichen Nuntius ihm gewiesen hatte. In der Dunkelheit sahen sogar in Rom alle Straßen gleich aus, aber hier wurde die Orientierung noch dadurch erschwert, dass alle Häuser und die meisten Straßenecken unbeleuchtet waren und der Schneefall so dicht war, dass er einem Vorhang glich, der einem vor die Augen gewedelt wurde. Weiter vorn sah er zwei Männer mit geschulterten Partisanen und Helmen auf den Köpfen, die sich an einer unangezündeten

Laterne zu schaffen machten. Er trieb sein Pferd voran. Die Männer blickten auf.

»Kennen die Herren den Weg zur Delegation des Bischofs von Würzburg?«, probierte er es auf Latein.

Die Männer sahen sich an.

»*La délégation de l'évêque de Wuerzburg?*«, versuchte er es von Neuem.

Die Männer wechselten einen zweiten Blick. Einer von ihnen nahm die Partisane von der Schulter und rammte sie Pater Nobili in den Leib. Der Jesuit war zu überrascht, um Schmerz zu spüren, noch nicht einmal, als die Klinge mit den schlanken Flügeln sich in seinen Eingeweiden halb herumdrehte. Plötzlich fand er sich auf dem Boden wieder, atemlos. Eine Welle von Übelkeit raste von Pater Nobilis Unterleib durch seinen Körper, gefolgt von eisiger Kälte. Er öffnete den Mund. Schnee fiel ihm in die Augen, und er blinzelte. Er fühlte, wie die Klinge sich aus seiner Bauchdecke löste, sie aufriss, wie die Kälte noch schlimmer und die Übelkeit noch würgender wurde. Er glaubte zu ersticken und hustete, fühlte Blut über sein Kinn schwappen. Die Männer mit den Helmen sahen auf ihn herab. Die Klinge kam erneut auf ihn zu, legte sich sanft auf seine Brust. Pater Nobili versuchte einen Arm zu heben, um die Klinge wegzudrücken. Die Übelkeit schien ihn zu verschlingen; aus dem Kältegefühl in seinem Unterleib wurde übergangslos ein Schmerz, der so schlimm war, dass er gebrüllt hätte, wenn seine Kehle nicht von Blut überschwemmt gewesen wäre. Der Schnee fiel ihm immer noch in die Augen. Die Klinge glitt zwischen die Rippen in seine Brust, eine lodernde Flamme aus Eis, traf sein Herz, zerschnitt es, die Atemlosigkeit wurde unerträglich, Feuerglut schoss durch Pater Nobilis Gliedmaßen.

Wir alle sind ein Teil der Hoffnung, dachte er.

Der Schnee fiel weiter in seine Augen. Doch sie blinzelten nicht mehr.

Die Männer mit den Partisanen traten beiseite. Eine Gestalt löste sich aus der Finsternis eines Hauseingangs. Als sie neben Pater Nobilis reglosem Körper niederkniete, wurde klar, dass die dunkle Gestalt ein weiterer Jesuit war – ebenso gekleidet wie Pater Nobili in einen langen, gefältelten Mantel und mit dem dreieckigen Hut auf dem Kopf. Eine schlanke weiße Hand streckte sich aus und schloss dem Toten die Augen, sanft wie ein Liebhaber. Die Arme des Toten waren ausgestreckt; der Neuankömmling beugte sie und faltete die leblosen Hände über der Brust. Wären das Loch in seinem Mantel, direkt über dem Herzen, und der aufgerissene Stoff über dem Unterleib nicht gewesen, wo Blut und das unsägliche Gekräusel von halb herausgerissenem Gedärm glänzten, hätte man meinen können, Pater Nobili wäre eines friedlichen Todes gestorben. Die kniende Gestalt wandte sich zu den beiden Bewaffneten um. Diese zuckten zusammen und rissen sich die Helme vom Kopf.

»Mitten im Leben sind wir vom Tod umfangen«, sagte die kniende Gestalt. »Ich wünschte, dies wäre nicht nötig gewesen, Bruder. Möge Gott mir verzeihen und deine Seele gnädig aufnehmen. Ich habe mich an dir versündigt.«

»Amen«, brummte einer der beiden Bewaffneten. Der andere stieß ihn mit dem Ellbogen in die Seite. »'tschuldigung«, sagte der Bewaffnete.

»Amen«, sagte die dunkle Gestalt und stand auf. »Bringt ihn weg. Er soll nicht gefunden werden. Wenn alle glauben, er sei noch am Leben, umso besser.«

Die Bewaffneten hoben Pater Nobili auf, als wiege er nichts. Die dunkle Gestalt sah ihnen nach, wie sie ihn forttrugen, und sagte leise: »Manchmal geht das Wohl aller über das des Einzelnen. O Herr, ich wünschte, ich müsste diese Bürde nicht tragen. Aber ich werde das Buch finden, und dann erst wird es wahre Hoffnung geben.«

7

DER KNALL ERREICHTE Alexandra im selben Augenblick, als der Kopf des bayerischen Dragoneroffiziers aufplatzte. Die linke Gesichtshälfte Erik Wrangels war plötzlich rot. Der Dragoner sackte in sich zusammen, eine Gliederpuppe, deren Fäden durchtrennt waren, ein Haufen Gliedmaßen in schmutzigen, bunten Gewändern. Eben noch hatten seine hämischen Worte in der Luft gehangen, und nun war seine Seele bereits auf dem Weg in die Hölle. Wrangel stolperte einen Schritt zurück, so langsam wie in einem Traum. Die bayerischen Soldaten gafften.

Aus der weißen Qualmwolke, die aus einem dichten Fichtenbestand hervorquoll, sprangen plötzlich Pferde mit Reitern darauf. Alexandra sah dunkelgrüne Lederkoller über türkisfarbenen Jacken, blitzende Helme mit Wangen- und Nackenschützern, einen Offizier mit einem dunklen Hut und einer gelben Feder obenauf. Zwischen den Reitern sprang ein Musketier aus der kleinen Schonung, die Waffe noch rauchend, die Gabel in der anderen Faust; er rammte sie in den Boden und begann in aller Seelenruhe die Muskete zu laden, während die Reiter an ihm vorbeigaloppierten, dass ihm beinahe der Hut vom Kopf gerissen wurde. Sie sah einen der bayerischen Soldaten, der vollkommen fassungslos vor dem heranstürmenden halben Dutzend Angreifer stand, einen langen Spieß nutzlos in den Händen. Im nächsten Moment war er unter den Hufen des vordersten Pferdes verschwunden. Der Offizier mit der gelben Feder ließ die Zügel los, richtete sich halb in den Steigbügeln auf und streckte die Arme aus; in seinen Fäusten steckten langläufige Pistolen. Zwei Schüsse, gleichzeitig abgegeben, und die beiden bayerischen Dragoner, die Erik Wrangel am nächsten standen und ebenso starr wie alle anderen den Angreifern entgegenblickten, brachen zusammen. Erik Wrangel duckte sich und barg den Kopf in den Händen. Der Offizier preschte an ihm vorbei, steckte die Pistolen zurück in die Sattelhalfter und riss ein Rapier aus der Scheide, während er das Pferd nur mit den Schenkeln um den jungen Schweden herumlenkte.

Alexandra packte ihre Mutter an der Hand. »Zum Baum!«, schrie sie. »Schnell!«

Die Waffe des Musketiers dröhnte erneut los und traf. In die Überfallenen kehrte das Leben zurück. Sie hatten keinen Offizier mehr, der sie befehligte, aber sie hatten lange Erfahrung sammeln können in einem Krieg, der begonnen hatte, als sie noch nicht auf der Welt gewesen waren.

Die Hellebardenträger rannten aufeinander zu, um eine Front aus Stahl aufrichten zu können; die Schützen schlossen auf und fummelten bereits an ihren Waffen herum. Der einsame Musketier unter den Angreifern hatte seinen Standort gewechselt und lud nun ebenfalls nach. Ein paar von den bayerischen Dragonern rannten zu den Zelten, um ihre Pferde zu holen, aber die meisten erkannten, dass sie sich entweder hier und jetzt oder nie mehr würden verteidigen können. Eine Handvoll floh kopflos in den Wald hinein.

Der Schreiber aus dem Kontor der Firma, der die schwedische Sprache kannte, lag immer noch auf dem Boden, eingerollt wie ein kleines Kind, den Kopf unter den Armen. Agnes riss sich aus Alexandras Griff los und bückte sich, um ihn in die Höhe zu ziehen. Ihr langes graues Haar hatte sich halb gelöst und wehte um ihr Gesicht. Ihre Wangen waren bleich, aber ihre Augen glühten. Der Schreiber kam schluchzend auf die Beine und ließ sich von Agnes davonzerren. Alexandra fuhr herum. Der Mann aus dem Dorf einen halben Tag weiter, der sich ihnen als Führer angeboten hatte, stand zur Salzsäule erstarrt zwischen den sich hektisch organisierenden Bayern. Den Baum fast in Reichweite, änderte sie die Richtung und lief auf ihn zu. Sie hörte ihre Mutter schreien und erkannte einen der bayerischen Dragoner, der mit gezogenem Rapier auf sie zuhielt. Ihre Blicke flogen herum auf der Suche nach etwas, mit dem sie sich verteidigen konnte, da donnerte ein Pferd von hinten an den Dragoner heran, ein nägelbeschlagener Knüppel schwang durch die Luft, und der bayerische Soldat schlug einen vollendeten Purzelbaum und blieb auf dem Boden liegen. Sein Rapier polterte Alexandra vor die Füße. Der Angreifer riss das Pferd herum, und einen unwahrscheinlichen Augenblick lang glaubte Alexandra zu sehen, dass er ihr eine Kusshand zuwarf, bevor er davonsprengte.

Eine Salve von Schüssen brüllte auf – die Reihe der bayerischen Schützen. Offenbar hatten sie keinen der Angreifer getroffen. Der eine Musketier mit dem grün-türkisfarbenen Gewand legte den Musketenlauf in die Gabel und drückte ab, und aus der dichten weißen Rauchwolke, die die bayerischen Schützen einhüllte, stolperte eine Gestalt heraus und schlug schwer auf den Boden, wo sie sich zu winden begann. Von der Seite preschten zwei Reiter heran und sprengten die Schützen auseinander. Die Angreifer waren zahlenmäßig unterlegen, aber ihre reibungslose Koordination wog den Nachteil mehr als auf. Der Offizier mit der gelben Feder kam aus der Reihe der Zelte herausgaloppiert, eine Anzahl von Pferden an den Zügeln hinter sich herziehend – er lenkte sie direkt in die Dragoner hinein, die ihre Tiere zu erreichen versucht hatten. Die Pferde wieherten und scheuten, sie schlugen mit den Hufen aus und trampelten ihre Besitzer nieder. Einer der Soldaten entkam dem Gemetzel, warf sich herum und zog eine Pistole aus dem Gürtel. Er richtete sie auf den Mann mit der gelben Feder, der ihm den Rücken zuwandte. Dicht neben Alexandra dröhnte das Gewehr des einsamen Musketiers los, und der Dragoner mit der Pistole machte einen Satz und sackte zusammen, ohne gefeuert zu haben. Sie fuhr herum und starrte den Mann mit der Muskete an; er stand keine fünf Schritte von ihr entfernt und lud mit der ihm eigenen Seelenruhe nach. Als spürte er ihren Blick, sah er auf und zuckte dann mit den Schultern.

In den Bauern kehrte das Leben zurück. Er stieß Alexandra beiseite und rannte los. Pferde stiegen mit wirbelnden Hufen, und er machte kehrt und sprang mit riesigen Sätzen zu Alexandra zurück. Sie packte ihn am Ärmel. Nebeneinander rannten sie auf den Baum zu, wo Agnes bereits dicht an den Stamm gepresst kauerte. Der Schreiber hatte ihre Hüfte umklammert und den Kopf in ihre Röcke gepresst, und Alexandra sah mit der Fassungslosigkeit, die sie angesichts der Entschlossenheit ihrer Mutter auch nach so vielen Jahren noch empfand, dass Agnes ihm mit der einen Hand über das Haar strich und mit der anderen einen abgebrochenen Ast zur Verteidigung parat hielt. Keuchend fiel sie neben ihr auf die Knie und zerrte den Bauern einfach mit sich. Sie zeigte ihrer Mutter das erbeutete Rapier.

»Wollen wir tauschen?«, stieß sie hervor.

Agnes schüttelte den Kopf. »Du bist gut mit dem Skalpell«, rief sie atemlos. »Mein Metier sind mehr Kopfnüsse!« Sie schwang den Ast.

Zwischen den Zelten und dem Wald herrschte Armageddon. Die Reiter hatten eine einfache Taktik – sie kreisten und ritten durcheinander, als würden sie auf dem Exerzierplatz ihre Kunststücke vorführen, und beinahe sah es wirklich so aus wie ein eleganter Tanz, nur dass in diesem Tanz etliche mitmachen mussten, die zu Fuß waren und niedergeschossen, niedergehauen, niedergetrampelt wurden. Die fehlgegangene Salve war die einzige Verteidigungsaktion der Bayern gewesen; nun waren sie nur noch ein Haufen Kopfloser, die niedergemäht wurden wie Gras. Gebrüll, Pferdegeruch, der Gestank des Pulverqualms, die Geräusche, wenn Klingen und Knüppel auf Körper trafen ...

»Heilige Maria«, keuchte Agnes. »Das ist die Hölle!«

Alexandra starrte mit aufgerissenen Augen auf das mit

Körpern übersäte Schlachtfeld. Sie erblickte Erik Wrangel, der zusammengekrümmt auf dem Boden lag, und dachte daran, wie er unwillkürlich nach seinem Rapier gegriffen hatte, als habe er kurz überlegt, ihr und Agnes beizuspringen.

Ein Mann rannte auf sie zu. Er schwang eine Pistole in der Hand. Direkt vor dem Baum stolperte er und fiel vornüber, richtete sich wieder auf und stierte Alexandra, Agnes und die beiden Männer an. Das Gesicht des Soldaten war voller Blut. Er hob seine Waffe und zielte auf Agnes. Alexandra versuchte aufzuspringen. Einer der grün-türkisfarbenen Reiter sprengte heran, doch er würde zu spät kommen. Der Soldat knickte ein, drehte sich halb herum, erspähte den einsamen Musketier, der sich ein weiteres Ziel suchte, schwenkte die Pistole herum und nahm den Musketier ins Visier ...

Alexandra kam auf die Beine. Sie wollte schreien, doch sie brachte keinen Ton heraus. Die Pistole knallte.

Der Musketier drehte sich um, eine Augenbraue erhoben, als sei er milde empört über die Störung.

Der Dragoner mit der Pistole richtete sich auf die Knie auf.

Der grüne Reiter war heran. Es war der Mann mit der Keule. Ein dumpfer Schlag, der Dragoner machte einen unfreiwilligen Satz nach vorn und landete mit dem Gesicht im Dreck, bereits leblos.

Der einsame Musketier schüttelte den Kopf und wandte sich wieder seiner Waffe zu, die er an die in den Boden gerammte Gabel gelehnt hatte.

Der grüne Reiter zog sein Pferd herum, grinste übers ganze Gesicht, als er Alexandra erblickte, tippte sich an den Rand seines Helms und rief etwas, das sie nicht verstand. Agnes blinzelte, als erwache sie aus einer Ohnmacht. Alexandra stierte den toten Dragoner vor ihren Füßen an. Seine Augen waren offen, aus einem Ohr und der Nase tropfte Blut.

Der einsame Musketier hob den Lauf seines Gewehrs in die Gabel und fiel dann langsam damit vornüber.

Stille kehrte ebenso plötzlich ein wie zuvor der Schlachtlärm.

Bis auf zwei stiegen die Reiter ab, zückten Messer und schlenderten zu den Gefallenen. Die beiden Berittenen lenkten ihre Pferde herüber. Alexandra packte den Griff des Rapiers fester. Das Wimmern des Schreibers ging ihr plötzlich auf die Nerven. Sie versetzte ihm einen Stoß, und er schrie auf, das Gesicht noch immer in Agnes' Rock gepresst.

Beide Reiter hielten vor der stillen Gestalt Erik Wrangels an. Überrascht sah Alexandra, dass der junge Schwede den Kopf hob und die Männer anstarrte. Er war unversehrt! Der Reiter mit dem Knüppel hob seine Waffe und wirbelte sie einmal um sein Handgelenk. Erik Wrangel versuchte aufzustehen und kam nicht weiter als bis auf die Knie.

»Lasst ihn in Ruhe, ihr Mordpack!«, schrie eine Stimme, von der Alexandra nach einigen Augenblicken erkannte, dass es die ihre war.

Die beiden Reiter sahen auf. Der Offizier lenkte sein Pferd zum Baum herüber. Der Reiter mit dem Knüppel in der Faust beugte sich zu Erik Wrangel hinunter, dann schob sich das Pferd des Offiziers in ihr Blickfeld.

»Ihr Schweine!«, rief sie.

Der Offizier drehte sich um, sein Pferd tänzelte beiseite, und Alexandras Blickfeld war wieder frei. Der Reiter mit dem Knüppel hatte Erik auf die Beine gezogen, schwang sich aus dem Sattel, lehnte den jungen Schweden gegen die Flanke des Pferdes und tastete ihn überall ab. Er fragte etwas, und Erik schüttelte den Kopf wie ein Träumer. Der Reiter tätschelte dem jungen Mann die Wange und wandte sich dann grinsend zu seinem Offizier um. Er hob einen Daumen.

Der Offizier stieg ab und ging die letzten Schritte zu Fuß. Dicht vor Alexandra und Agnes blieb er stehen. Er nahm den

Hut ab und wischte sich über die Stirn. Sein Haar war kurz geschoren, mit Grau durchsetzt, darunter ein hageres Gesicht mit langen Furchen in den Wangen, einem schmalen Mund. Dunkle Augen musterten sie. Sie hob das Rapier erneut. Ihr Herz trommelte, und die Furcht drückte ihr schier den Atem ab.

»Ich verstehe Ihre Sprache«, sagte der Offizier. »Sind Sie unverletzt?«

»Ja ...«, sagte Alexandra.

»Wer sind Sie?«

Als Alexandra nicht antwortete, räusperte Agnes sich. »Ich bin Agnes Khlesl. Das ist meine Tochter Alexandra. Die beiden Herren hier ...«, sie versetzte dem panisch wimmernden Schreiber eine sanfte Kopfnuss und seufzte, »... sind unser Geleitschutz.« Wenn Alexandra es nicht selbst gesehen hätte, hätte sie nicht geglaubt, dass Agnes resigniert lächelte und dem Offizier dann zublinzelte.

Der Geist eines Grinsens huschte über das schmale Gesicht des Mannes. Seine Blicke fielen auf Agnes' behelfsmäßigen Knüppel und das Rapier in Alexandras Faust. »Ich sehe«, sagte er.

»Ich glaube, Ihren Musketier hat es erwischt«, sagte Alexandra.

Der Offizier wandte sich ab und stapfte zu dem Mann hinüber, der mit seiner Muskete und der Gabel im Arm auf dem Boden lag und sich nicht rührte. Der Offizier starrte auf ihn hinab, den Hut in den Händen. Alexandra rappelte sich auf und stolperte zu den beiden, kauerte sich neben den Gefallenen. Sie sah in sein bleiches Gesicht mit den halb offenen Augen und wusste, dass sie seinen Puls nicht mehr zu fühlen brauchte. Sie tat es dennoch.

»Er ist tot«, sagte sie. »Es tut mir leid.«

Der Offizier nickte. Die Wangenmuskeln in seinem Gesicht zuckten, und seine Augen brannten. Überrascht erkannte sie, dass er mit den Tränen kämpfte. Abrupt riss er sich vom Anblick des Toten los.

»Wer sind Sie?«, fragte sie.

Der Reiter mit dem Knüppel kam herangeschlendert. Er hatte den Helm abgenommen und offenbarte darunter ebenso kurz geschnittenes, mit Grau durchzogenes Haar wie sein Vorgesetzter. Er führte Erik Wrangel am Arm und rollte etwas in der Sprache, die Alexandra mittlerweile als Schwedisch kannte. Als er Alexandra anblickte, grinste er plötzlich.

»*Du varar skyldig mig två kyssar, mitt älskvärt*«, sagte er.

»Was meint er?«, fragte Alexandra den Offizier.

»Dass es dem jungen Mann gut geht.«

»Und das Zweite?«

Der Offizier machte eine Kopfbewegung zu dem toten Musketier. Das Lächeln auf dem Gesicht des zweiten Reiters erlosch.

»*Lasse är död*«, sagte der Offizier.

»*En vilken skam!*«, grollte der zweite Reiter. »*Skitit!*«

Erik Wrangel warf Alexandra einen Seitenblick zu. »*J'ai voulu vous aider! Honnêtement!*«

Alexandra seufzte. »Alles treibt sich hier in unserem Land herum, und keiner kann die Sprache«, erwiderte sie.

Der Offizier beachtete sie nicht. Er musterte Erik Wrangel. Der junge Schwede stand stramm und legte eine Hand aufs Herz. Er ratterte etwas, das am Ende von einem Schluchzer unterbrochen wurde. Dann senkte er den Kopf und kämpfte um seine Fassung. Der Offizier zog einen Handschuh aus und tätschelte ihm ebenso die Wange wie der andere Reiter vorher. Erik Wrangel brach in Tränen aus.

Der Reiter mit dem runden Gesicht sah Alexandra unverwandt an. Sie hob eine Augenbraue. Er hielt zwei Finger in die Höhe und lächelte. »*Två kyssar*«, sagte er. »*För två liv. Är det för mycket?*«

»Er will zwei Küsse«, erklang Agnes' Stimme in Alexandras Ohr. »Weil er dir zweimal das Leben gerettet hat.«

»Woher willst du …?«

Agnes, die neben Alexandra getreten war, deutete auf den Schreiber mit den schwedischen Sprachkenntnissen. Er schien sich wieder gefangen zu haben und stand verlegen abseits.

»Das ist doch die Höhe …«, murmelte Alexandra.

Agnes trat auf den Reiter zu. »Du hast *mein* Leben auch gerettet, Freundchen«, sagte sie. »Meine zwei Küsse bekommst du gleich.« Sie drückte dem überraschten Mann zwei Küsse auf die Wangen. »Und dass du meine Tochter gerettet hast, hat selbstverständlich auch eine Belohnung verdient.« Er erhielt zwei neue Küsse. Die anderen Reiter, die näher gekommen waren, pfiffen und klatschten. Der Reiter machte eine übertriebene Verbeugung und zwinkerte Agnes dann zu.

»Du hast dir gerade einen Freund fürs Leben gemacht«, knurrte Alexandra.

»Kann man immer brauchen«, erwiderte Agnes.

Alexandra wandte sich an den Offizier mit den dunklen Augen. »Wer sind Sie?«, fragte sie erneut.

»Das sind Samuels Gespenster, mein Fräulein«, erwiderte eine neue Stimme vom Waldrand. Sie troff förmlich vor Verachtung und hatte einen sächsischen Akzent. Alexandra drehte sich überrascht um. Lautlos waren am Waldrand mindestens zwei Dutzend Berittene erschienen, ausgerüstet mit Kürassen, blitzenden Helmen, Lanzen und Pistolen. Ihr Anführer hielt eine Pistole in die Höhe und zielte auf den Offizier mit den dunklen Augen. »Ich würde sagen: Gut gemacht, Brahe, aber angesichts der Umstände verkneife ich mir das. *Lieutenant Wrangel, êtes-vous bien?*«

»*Oui, mon colonel* …« Der junge schwedische Offizier sah verwirrt von den neu aufgetauchten Reitern zu seinen Rettern und zurück.

»Und wer sind Sie?«, fragte Alexandra.

»Ehemals sächsisch-weimarisches Leibregiment von Herzog Bernhard«, schnarrte der Mann. »Jetzt im Dienst Ihrer Majestät der Königin von Schweden.«

»Aber dann sind Sie doch Verbündete?«

Der Reiteroberst lachte. Alexandra sah dem Offizier, der vor ihr stand, ins Gesicht. Er gab ihren Blick unbewegt zurück. Auf einmal konnte sie in den dunklen Augen ganz deutlich lesen: Du und ich, wir kennen den Schmerz, nicht wahr? Den Schmerz, der aus dem Verlust dessen kommt, was uns am meisten bedeutet hat … Sie schluckte.

Die Neuankömmlinge schwärmten aus und trieben die grün-türkisfarbenen Soldaten zusammen. Fassungslos sah Alexandra zu, wie ihnen die Waffen abgenommen wurden. Jemand bückte sich und riss dem toten Musketier achtlos die Waffe aus den Armen.

»Diese Männer«, rief der Reiteroberst, »haben keine Verbündeten, noch nicht mal in der Hölle.«

Er trieb sein Pferd vom Waldrand herab, stieg ab und schritt an Alexandra vorbei. Als er dem schwedischen Offizier gegenüberstand, streckte er die Hände aus. Der Offizier drückte ihm die beiden Pistolen hinein. Der Reiteroberst nahm sie an und gab sie weiter, als hätte er etwas unsagbar Schmutziges angefasst. Auch das Rapier wurde auf die gleiche Weise übergeben.

»Sie haben diese Männer ausgeschickt, um den jungen Burschen zu befreien«, sagte Alexandra hitzig. »Sie haben sie in den Kampf gegen eine dreifache Übermacht gesandt, obwohl Sie mit einem halben Heer dort unter den Bäumen versteckt waren und jederzeit hätten eingreifen können! Sie sagen, Sie stehen im Dienst der schwedischen Königin. Was soll das Ganze?«

»Mein Fräulein«, sagte der Reiteroberst herablassend, »das verstehen Sie nicht.«

»Ich bin Samuel Brahe«, sagte der Offizier mit den dunklen Augen plötzlich. Sein Blick brannte sich in Alexandras Herz hinein. »Der Mann, der die zwei Küsse von Ihnen wollte, ist Alfred Alfredsson. Die anderen sind meine Kameraden. Wir sind alles, was von den Småländischen Reitern noch übrig ist.«

»Halten Sie den Mund, Brahe!«, schnappte der Reiteroberst. »Småländische Reiter – pah! Sie und Ihre Männer sind Abschaum, nichts weiter. Los, führt sie ab. *Lieutenant, suivez-moi. Nous vous escortons à votre oncle. Pour vous la guerre est finie.*«

»Aber die Soldaten, die mich gerettet haben …«

»Kümmern Sie sich nicht um sie. Sie sind bereits tot.« Der Reiteroberst wandte sich an Alexandra. »Wohin wollen Sie?«

»Nach Würzburg …«, stotterte Alexandra.

»Wir sind gut in der Zeit. Wir geben Ihnen bis morgen Geleit. Einverstanden?«

»Natürlich. Aber …« Sie sah den Männern hinterher, die ihrer kleinen Gruppe und Erik Wrangel das Leben gerettet hatten und die abgeführt wurden wie Verbrecher. Ihr schwirrte der Kopf. »Was haben sie denn Schreckliches getan?«

Samuel Brahe drehte sich zu ihr um, aber der Reiteroberst antwortete für ihn. »Sie haben König Gustav Adolf von Schweden auf dem Gewissen.«

8

UM VOM KLOSTER RAIGERN nach Würzburg zu gelangen (und auf eine Wenzel selbst noch nicht klare Weise Alexandra zu unterstützen), führte der sicherste Weg über Prag, Eger und Bayreuth. Es war nicht unbedingt der schnellste – ein Umweg von fünf oder sechs Tagen. Die kürzeste Strecke ging geradewegs nach Pilsen, aber das bedeutete einen anstrengenden Marsch durch böhmisch-mährisches Grenzgebiet. Schon auf dem ersten Teil der Reise, bevor die Straße nach Pilsen bei Deutschbrod von der nach Prag abbog, gestaltete sich das Vorwärtskommen problematisch. Die Gegend war abweisend, voller tief eingeschnittener Flusstäler, schroffer Hügel und Wälder, die sich an den roten Boden krallten. Die Spuren des schwedischen Heers, das Brünn vier Jahre zuvor belagert hatte, waren unübersehbar; und dabei waren in diesem kargen Landstrich noch nicht einmal die Verwüstungen der Hussitenkriege vollends verheilt.

»Bin ich froh, dass wir nicht die sichere Strecke nehmen«, hatte Melchior am ersten Abend der Reise gesagt und dabei Rapier und Dolch nachgeschliffen und deren Klingen eingefettet, damit sie nicht in den Scheiden festfroren.

»Das Elfte Gebot beschützt uns«, hatte Wenzel erwidert. Die anderen sechs Mönche, die Wenzel mitgenommen hatte, hatten unsicher gegrinst.

»Das beruhigt mich«, hatte Melchior gesagt und nicht nachgefragt, sondern nur den Dolch ein zweites Mal geschliffen.

Westlich von Deutschbrod war das Gefühl, irgendwo falsch abgebogen und versehentlich in den Ersten Kreis der Hölle geraten zu sein, noch drängender geworden. Auf den Kuppen der sanften Hügel reichte der Blick meilenweit, und wer hier früher schon einmal gereist war, konnte sich an Dörfer und Städtchen erinnern, die beinahe in Rufweite voneinander entfernt lagen und die Landschaft sprenkelten, bis das glänzende Band der Moldau die Felder von Nord nach Süd durchschnitt. Doch die Dörfer waren leer, die Städtchen niedergebrannt, der Schnee auf den Äckern unberührt ... ein Hunderte von Quadratmeilen großes Gebiet, das einmal nach Kaminfeuern und frisch geschlagenem Holz geduftet hatte und über dem jetzt der Geruch von Kälte und Verlassenheit hing, während der Schnee es zudeckte wie ein Leichentuch. Wer hier wanderte, erfuhr nicht Gastfreundschaft, sondern die Not der wenigen Überlebenden, und diese war so groß, dass sie das älteste Gesetz menschlichen Zusammenlebens ebenso vergessen hatten wie alle anderen Regeln. Mitleid war hier fehl am Platz; wenn man überfallen wurde, reichte es nicht, die Angreifer in die Flucht zu schlagen, denn sie würden es einen Tag später erneut versuchen, ganz einfach weil der Hungertod sonst auf sie wartete und sie nichts zu verlieren hatten als ein Leben, das dem wandelnder Leichen eher glich als allem anderem. Andersherum war es ebenso: Wer glaubte, von denen Mitleid erwarten zu können, die in einem leeren Dorf oder einer Engstelle oder einem dichten Wald plötzlich aus dem Boden zu wachsen schienen und die Straße hinten und vorne abriegelten, war ein Narr und würde nicht lange genug leben, um seine Narrheit zur Gänze auszukosten.

»Steck die Waffe weg«, sagte Wenzel zu Melchior, nachdem all dies innerhalb weniger Augenblicke durch sein Gehirn geschossen war.

»Ja«, höhnte der Anführer der abgerissenen Truppe, die Wenzel und Melchior und die sechs Mönche in ihrer Begleitung umstellt hatten. »Nimm die Waffe weg, Euer Gnaden, bevor du dir noch damit wehtust. Hahaha!« Er versetzte Melchior einen Stoß vor die Brust. »Ist das nicht lustig? Hahaha!«

»Tief drinnen lache ich wie verrückt«, sagte Melchior und ließ das Rapier in die Scheide zurückgleiten. Seine Augen funkelten vor unterdrückter Wut. Die meisten der Armbrüste und die eine Schusswaffe, die die Wegelagerer besaßen, waren auf ihn gerichtet. Verglichen mit vielen anderen Straßenräubern waren sie hervorragend ausgerüstet. Eine Abteilung Soldaten musste auf der Suche nach Beutegut hier durchgekommen und die Kampfkraft von verrohten, ausgehungerten, vollkommen verzweifelten Männern unterschätzt haben.

»Ich bin sicher, die Herren Mönche werden uns vergeben, weil Vergebung ja eines von Gottes Zehn Geboten ist, oder nicht?« Der Wegelagerer machte eine Kopfbewegung zu seinen Kumpanen hin. »Filzt die Burschen. Die Kuttenträger haben bestimmt was Wertvolles dabei. Seine Gnaden soll derweil anfangen, sich auszuziehen. Ich habe das Gefühl, seine Klamotten könnten mir passen.« Der Mann musterte Melchior, der ihn mindestens um einen Kopf überragte und in den Schultern doppelt so breit war. Dabei verzog er das Gesicht zu einem Grinsen, aus dem braune Zähne ragten wie schiefe Grabsteine auf einem Friedhof. »Meinst du nicht auch, Euer Gnaden? Hahaha!«

»Vergebung und Nächstenliebe sind die Worte von Jesus Christus, nicht die der Zehn Gebote«, sagte Wenzel. Er beobachtete die beiden Männer, die nun ihre Armbrüste auf den Boden gelegt hatten und sich ihm näherten, ohne darauf zu achten, dass sie für einen Moment die Schusslinie ihrer Genossen durchquerten. Amateure! Cyprian Khlesl hätte diesen Umstand genutzt, dachte er bei sich. Cyprian Khlesl hätte bereits jetzt beide Burschen an der Gurgel gehabt und mit ihnen als Geiseln die Verhandlungen neu aufgenommen. Er war froh, dass Melchior nicht die ganze Impulsivität seines Vaters geerbt hatte. Es gab einen besseren Weg.

Die beiden Wegelagerer passierten Melchior Khlesl ungehindert und stapften auf Wenzel zu.

»Danke für die Belehrung«, sagte der Anführer. »Ich glaube, dein Mantel und deine Stiefel könnten mir auch passen, Kuttengesicht.«

»Das Elfte Gebot kennst du offenbar auch nicht«, sagte Wenzel.

»Es gibt kein Elftes Gebot. Fang an, dich auszuziehen, Euer Gnaden, oder soll ich dir ein paar runterhauen? Hahaha!«

»Da irrst du dich«, erklärte Wenzel. Er öffnete den Haken,

der seinen Mantel zusammenhielt, und ließ die Hände sinken, als die beiden Männer danach griffen und Anstalten machten, ihn herunterzureißen. »Das Elfte Gebot lautet: Leg dich nicht mit den sieben Schwarzen Mönchen an.«

Die Männer wichen zurück und stolperten dabei über ihre eigenen Füße. Unter Wenzels Mantel war eine nachtschwarze Kutte zum Vorschein gekommen. Wie auf ein Zeichen hin öffneten auch die anderen sechs Brüder ihre Mäntel und ließen das Schwarz darunter sehen. Einer der Männer setzte sich auf den Hosenboden und führte seine panische Flucht im Krebsgang fort. Die restlichen Wegelagerer erbleichten und senkten unwillkürlich ihre Waffen.

»Scheiße«, krächzte der Anführer und schwieg dann, weil Melchior mit einem Satz bei ihm war, ihn herumwirbelte und den Dolch an seine Kehle hielt. Als die anderen die Waffen unschlüssig wieder hoben, hätten ihre Bolzen oder die Musketenkugel nur noch ihren Anführer getroffen. Keiner kam auf die Idee, auf die Mönche zu zielen. Als Wenzel seinen Brüdern zunickte und diese zu den Wegelagerern traten, ließen sie sich widerstandslos entwaffnen. Die Mönche stellten sich in einem Kreis zusammen und richteten die Waffen auf ihre früheren Besitzer.

»Bitte«, flüsterte der Anführer, der in Melchiors Griff hing wie ein Kind. »Wir wussten nicht …«

»Wie war das mit meinen Klamotten?«, knurrte Melchior.

»Viel zu groß, Herr«, hauchte der Wegelagerer. »Verzeihung, Herr.«

»Du kennst das Elfte Gebot ja doch«, sagte Wenzel.

»Wir wussten nicht … wir dachten, es sei nur …«

»Jede Legende hat einen wahren Kern.«

»Ja, Ehrwürden. Ja, das ist … ja, Ehrwürden … äh …«

»Was hast du von den Schwarzen Mönchen gehört?«

»Dass niemand überlebt hat, der ihnen je begegnet ist.«

Die Augen des Anführers waren weit aufgerissen.

»Das habe ich auch gehört«, sagte Wenzel. Er warf den Mönchen einen Seitenblick zu, und diese packten die Waffen fester. Die Augen des Anführers begannen voller Panik zu zucken. »Worauf wartet ihr? Wir haben einen Ruf zu verlieren. Feuer!«

9

DER WINTER IN SCHWEDEN ... ach, der Winter in Schweden! Ebba Larsdotter Sparre, Gräfin Horn zu Rossvik, hatte das Gefühl, tot gewesen zu sein und nun wieder leben zu dürfen. Der Himmel so blau wie die Unendlichkeit, die Landschaft darunter ein Muster aus Schwarz, Weiß und tiefem Grün, das die einzige Farbe zu sein schien und deswegen schillerte wie tausend Bruchstücke von Smaragden. Wo die gefrorenen Seen und Tümpel nicht vom Schnee bedeckt waren, waren sie Spiegelbilder des Firmaments. Der Geruch war der von Hunderten von Torffeuern, von der Unergründlichkeit des Meeres und von tiefen Schluchten, aus denen der Hauch von Unberührtheit wehte, und der Schnee war von einem Weiß, dass man die Arme seitlich ausstrecken und sich einfach hineinfallen lassen wollte, weil es so weich, warm und willkommen heißend anmutete. Gut, der Schnee hier in Stockholm war zusammengetreten und schmutzig, aber die Gerüche waren da, auch wenn Stockholm eine große Stadt war. In Schweden war das Land großartiger als die Städte und niemals fern.

Ebba atmete tief ein, blinzelte und atmete langsam aus. Wieder zu Hause! Zurück aus dem Land des Verderbens. Sie wusste, dass das Verderben nicht zuletzt von Menschen aus ihrer Heimat in das Land getragen worden war, aus dem sie gerade kam; dennoch ließ sich die Verachtung, die sie unwillkürlich befiel, wenn sie die grauen Leute dort zwischen den grauen Häuserruinen unter ihrem grauen Winterhimmel durch die Gassen schlurfen sah, kaum verdrängen. Sie beherrschte die deutsche Sprache gut genug, um zu wissen, dass »Reich« von »Reichtum« kam. Angesichts dieses Hohns konnte man nur Verachtung empfinden; es konnte auf der ganzen Erdkugel nichts Elenderes geben als das Heilige Römische Reich. Sie schloss die Augen und spürte der Sonnenwärme nach, die von den backsteinernen Wällen des Schlosses ausstrahlte. Ein wohlbekanntes Kribbeln in ihrem Bauch stellte sich ein. Ebba war nicht in Stockholm geboren, und eigentlich war Schloss Tre Kronor mit seiner mächtigen Wallanlage, den Tortürmen und dem dahinter aufragenden Gebirge aus sandfarbenen Mauern, graublauen Dächern, gekrönt von dem runden, hoch aufragenden Burgturm nicht ihr Heim. Aber die Heimat war da, wo das Herz war, und Ebbas Herz gehörte hierher, weil es ausschließlich für einen ganz bestimmten Menschen schlug, der sich hinter diesen Mauern, unter diesen Dächern befand. Sie öffnete die Augen und drehte sich einmal um sich selbst. Da war die Brücke nach Norrmalm hinüber, wo sich neu erbaute Stadthäuser zwischen schilfgedeckten Bauernhütten und kleiner werdenden Feldern erhoben. Da waren die Backsteinfassade und der Turm der Sankt-Nikolai-Kirche. Da war der weite Platz, der zu den Kaianlagen an der Ostseite der Altstadtinsel führte, und dahinter der Wald aus Schiffsmasten. Das Schiff, mit dem sie gekommen war, lag irgendwo dort, der Standort schon vergessen. Sie hatte einen Umweg gemacht, war bewusst von der Schiffsanlege nach Süden gelaufen, den Kai entlang, in die Östliche Lange Straße eingebogen und an der Gertrudskirche vorbei wieder nach Norden zum Schloss gelaufen, obwohl sie allein war und nicht einmal hatte warten wollen, bis einer der Matrosen des Schiffes freigeworden wäre, sie zu begleiten. Kaum jemand hatte sich nach ihr umgedreht, und wenn, wäre ihr der kleine Skandal, als Frau von Stand ohne Begleitung durch die Stadt zu gehen, auch egal gewesen. Das Herz hatte ihr bis zum Hals geschlagen, und sie hatte es kaum erwarten können, endlich ins Schloss zu gelangen und in die geliebten Arme zu sinken; aber sie hatte sich dennoch Zeit genommen, die Stadt zu begrüßen. Das Vergnügen der Rückkehr wäre sonst nicht vollkommen gewesen.

Sie straffte sich und gab den beiden Matrosen ein Zeichen, die ihr Gepäck inzwischen vor das Schloss geschafft hatten. Die Männer schleppten es ihr hinterher, gaffend wie jeder, der zum ersten Mal in die gewaltige Anlage des Schlosses eindrang. Die Wachen grüßten Ebba mit einem Kopfnicken. Sie marschierte mit klackenden Stiefeln über den Innenhof, grüßte nach hierhin und dorthin, wo Männer sich an den Hut tippten und Frauen knicksten, und knickste einmal selbst, als die vierschrötige Gestalt von Reichskanzler Oxenstierna an ihr vorbeieilte, wie üblich den Kopf zwischen die Schultern gezogen und die Augenbrauen bis zum Rand seiner runden Kappe gewölbt. Die Treppe hinauf zum Eingangsportal unter den Lauben nahm sie fast im Laufschritt. Ohne innezuhalten, betrat sie das Gebäude, musterte sich im Vorbeigehen in den Spiegeln an den Wänden, schob eine Stirnlocke unter ihren Hut zurück und fuhr sich mit den Fingern durch das üppige lockige Haar, das rotblond darunter hervorquoll, biss sich auf die Lippen, um sie röter werden zu lassen, und seufzte insgeheim darüber, dass stattdessen ihre Wangen so rot waren wie die eines Bauernmädchens. Wie jede Hofdame hatte sie sich früh angewöhnt, ihre Gefühle nicht auf ihren Zügen aufscheinen zu lassen, und sie hatte sich den halb schläfrigen, halb gelangweilten Gesichtsausdruck angeeignet, der alles kaschierte, was an Selbstbestimmung, Trotz oder Kühnheit erinnert hätte. Aber ihre glühenden Wangen und ihre Augen verrieten ihre wahren Gefühle jedes Mal zuverlässig. Es war das Erste gewesen, was Königin Kristina zu ihr gesagt hatte, als sie vor vier Jahren am Hof vorgestellt worden war: »Man sieht Ihr bis ins Herz hinein, Mademoiselle!« Es hatte eine Weile gedauert, bis Ebba die tödliche Verlegenheit überwunden und festgestellt hatte, dass es keine Zurechtweisung gewesen war. Dennoch wünschte sie sich manchmal, die Perfektion zu besitzen, mit der die Königin selbst eine Maske aufsetzen konnte. Es gab genügend Leute, die Kristina reizlos fanden mit ihrem leisen Lächeln und den fast immer halb geschlossenen dunklen Augen, mit denen sie ihr Gegenüber von unten herauf unter dem Vorhang ihrer üppigen Lockenpracht heraus ansah. Sie hatten die Königin nicht gesehen, wenn sie vor ihren Vertrauten einmal die Maske ablegte und ihrerseits einmal in ihr Herz blicken ließ, das einer leidenschaftlichen Frau, die entschlossen war, die vielen Verletzungen, die ihrer Seele als Kind beigebracht worden waren, in einen Vorteil zu verwandeln.

Die Matrosen, die Ebba hinterhereilten, seufzten erleichtert, als sie vor einer Doppeltür stehenblieb und sie ihre Lasten absetzen konnten. Die beiden Männer mit den Hellebarden nickten grüßend und nickten dann noch einmal, als sie die Augenbrauen hochzog und auf die Türen deutete. Dahinter war der große Saal, und die Königin hielt sich dort auf und war bereit, die Aufwartung der Rückkehrerin zu empfangen. Ebba winkte einem Pagen, der eine Treppe herunterkam und bei ihrem Anblick auf dem Absatz kehrtmachen wollte.

»Begleite die beiden Männer hier zu meinen Gemächern und sieh zu, dass sie die Truhen ordentlich abstellen. Dann geh mit ihnen zum Schiff und hol meine Zofe ab; sie soll meine Gewänder auspacken und dafür sorgen, dass die Matrosen eine anständige Belohnung erhalten.«

Der Page nickte gottergeben; die Matrosen strahlten und sagten mit zahnlückigem Grinsen: »Tausend Dank, Comtesse, Euer erlauchte Hoheit, Prinzessin ...!«

Ebba achtete nicht auf sie. Sie musterte kurz ihr Gewand, das sie die ganze Reise über unberührt in ihrer Truhe verwahrt hatte, um es für diesen Moment der Rückkehr aufzuheben, seufzte über die unvermeidlichen Quetschfalten und drehte sich einmal um sich selbst. Einer der Wächter löste eine Hand von der Hellebarde und deutete damit auf seine Nierengegend, und Ebba fuhr mit den Händen in ihren Rücken und zerrte an ihrem Jackensaum, bis dieser sich aus den Falten des Reiserocks befreit hatte. Der Wächter zwinkerte ihr zu. Sie zwinkerte zurück. Dann stieß sie die Türen auf, trat mit schnellen Schritten bis in die Mitte des Saals, hörte, wie das Stimmengemurmel erstarb, schluckte plötzlich trocken und wusste, dass ihr Gesicht so rot war wie ein Sommerapfel. Sie wandte sich der kleinen Gruppe teuer gekleideter Frauen zu, in deren Mitte Königin Kristina stand, und sank in einem tiefen Knicks zusammen. Ihr Herz hämmerte wie verrückt. Nur noch ein paar zeremonielle Einzelheiten, dann würde sie diese Halle wieder verlassen und danach endlich die Küsse schmecken dürfen, die sie sich bereits eingebildet hatte, als das Schiff noch mitten im Anlegemanöver steckte, und die Berührungen spüren, die sie so vermisst hatte und für die ihre eigene Hand im Dunkel der Nacht nur ein ungenügender Ersatz gewesen war. Sie schaute auf in das Gesicht der Königin und versuchte sich auf ihren Bericht zu konzentrieren.

»Das Befremdliche an den Friedensverhandlungen ist«, sagte Ebba, nachdem die zeremoniellen Einzelheiten tatsächlich vorüber waren und die Königin sich mit einem kleinen Kreis aus Beratern in ihr Arbeitszimmer neben dem großen Saal zurückgezogen hatte, »dass sie so nahe wie noch nie zuvor vor dem Abschluss stehen und dass dennoch der kleinste Anlass sie zum Scheitern bringen und den Krieg bis ans Ende aller Tage fortsetzen kann.«

Der kleine Kreis bestand aus einem halben Dutzend Menschen, bis auf Ebba und die Königin alles Männer. Die zweiundzwanzigjährige Königin hatte aus ihrer Abneigung gegen das »weibische Gehühnere und ihre närrischen Ansichten« bezüglich solcher Dinge wie politischer Entscheidungen oder der Fortführung des Krieges noch nie ein Hehl gemacht; wenn es darum ging, Entscheidungen zu fällen, die das Königreich betrafen, gab es wenige Frauen, die sie um Rat fragte. Ebba erkannte, dass Axel Oxenstierna nicht mehr zum engen Kreis gehörte. Der alte Kanzler hatte Kristina von Kindesbeinen an in Politik und Staatsrecht unterrichtet, bis er plötzlich bemerkt hatte, dass er statt einer klugen Marionette eine selbstständig denkende, hochgebildete Königin erschaffen hatte; seine Versuche, ihr daraufhin die Zügel anzulegen, hatten zu einer Entfremdung geführt, die den Kanzler aus dem intimsten Kreis der Königin ausgeschlossen hatte. Magnus de la Gardie, einst der Favorit der Königin, bis er, ohne sie zu informieren oder gar um ihre Erlaubnis zu bitten, deren Cousine geheiratet hatte, war ebenfalls nicht mehr Teil des Zirkels. Der französische Botschafter Pierre-Hector Chanut gehörte hingegen dazu, ebenso der Bischof von Strångnås, Johann Matthiae, ein Protestant und Fantast, der tatsächlich überzeugt war, dass die vielen protestantischen Glaubensströmungen sich in einer einzigen zusammenfassen ließen, und Jacob de la Gardie, Magnus' jüngerer Bruder, den Kristinas Ärger über den Verrat ihres einstigen Günstlings nicht getroffen hatte. Jacob wies alle Vorteile seines großen Bruders auf – Intelligenz, Schlagfertigkeit, ein hübsches Gesicht und vollendete Manieren –, ohne dessen Nachteile zu besitzen, nämlich Lüsternheit und absolute Unzuverlässigkeit, wenn es um Dinge wie Treue oder Loyalität ging. Ebba warf ihm einen Seitenblick zu, und Jacob schaute auf und erwiderte den Blick. Seine Augen leuchteten auf, und er grinste wie ein kleiner Junge. Ebba unterdrückte das Lächeln, das sich auf ihre Lippen stehlen wollte, und konzentrierte sich auf ihren Bericht. Sie war unsicher, wie weit sie ausführen sollte, was sie in Münster und Osnabrück belauscht hatte. Neuerdings gehörten auch zwei Männer in schwarzen Roben und dreieckigen Hüten auf dem Kopf zum Kreis um Kristina: Angehörige der Societas Jesu. Sie konnte nicht einordnen, was sie hier zu suchen hatten. Johann Matthiae schien es ähnlich zu gehen; er hüstelte und räusperte sich fortwährend, als ginge von den beiden Jesuiten ein scharfer Geruch aus.

»Was ist der Grund?«, fragte Kristina. Die Unterhaltung wurde französisch geführt, obwohl Botschafter Chanut die schwedische Sprache hervorragend beherrschte. Es war eine von diesen diplomatischen Protokollnotwendigkeiten, die Kristina gern befolgte, um ihre eigene Kenntnis fremder Sprachen zu beweisen.

»Abgesehen von den undurchsichtigen Winkelzügen von Kardinal Mazarin im Hintergrund, der absoluten Dämlichkeit von Graf Oxenstierna, dem Bemühen von Nuntius Chigi, nur ja nirgends anzuecken, der cholerischen Arroganz des kaiserlichen Unterhändlers Issak Volmar, der Kurzsichtigkeit von Kaiser Ferdinand, der lieber das ganze Reich verliert, als auch nur einen Bauernhof aus dem Habsburger-Territorium abzugeben, dem Neid von Adriaan de Pauw auf das Gepränge des Herzogs von Bourbon-Orléans, der Steifheit des spanischen Gesandten Gaspar de Bracamonte y Guzmán Conde de Peñaranda, der stets darauf besteht, mit seinem vollen Namen angesprochen zu werden …?«

Pierre-Hector Chanut neigte den Kopf und lächelte. »Treffsicher charakterisiert wie gewöhnlich, Comtesse Horn.«

»Abgesehen davon?«, fragte Königin Kristina.

»Nichts«, sagte Ebba. »Und das ist das Allerbefremdlichste daran. Alle brauchen den Frieden; soweit ich erkennen konnte, wollen ihn auch alle. Es liegt nur an Details …«

»Der Teufel steckt im Detail«, sagte Johann Matthiae und hüstelte erneut, als die beiden Jesuiten sich einen kurzen Blick zuwarfen.

»Sie nehmen mir das Wort aus dem Munde«, sagte Ebba.

»Was?«

»Es ist, als wäre der Teufel selbst daran beteiligt, alle Bemühungen zu untergraben. Manchmal gewinnt man den Eindruck, dies ist tatsächlich Armageddon, die Schlacht, die niemals endet, bis alles Leben auf der Welt erloschen ist.«

»Oh«, sagte die Königin und machte ein betroffenes Gesicht.

»Was empfehlen Sie, Comtesse?«, fragte Chanut.

»Es ist nicht meine Rolle, hier Empfehlungen auszusprechen. Ich habe nur beobachtet. Meine Notizen werden gerade für Ihre Hoheit zusammengestellt.«

»*Beobachtet*...«, murmelte einer der Jesuiten.

Ebba fasste ihn ins Auge. »Wollen Sie uns etwas sagen, Pater?«, fragte sie. Selbst der französische Botschafter blickte beim Klang ihrer Stimme auf. Die Temperatur im Raum war soeben um mehrere Grade gefallen. Jacob de la Gardie hielt den Atem an. Um die Lippen der Königin zuckte ein kaum wahrnehmbares Lächeln, doch dann machte sie ein strenges Gesicht.

»Schluss jetzt«, sagte sie. »Wir werden die Notizen von Gräfin Horn lesen und Sie dann zurate ziehen, meine Herren, wenn es nötig sein sollte. Und Schluss auch«, sie lehnte sich zurück und lächelte diesmal wirklich, »mit der Politik. Wir möchten Sie alle einladen in die Schatzkammer und Ihnen etwas Neues vorstellen.«

Chanut lächelte selbstgefällig in sich hinein, während die Königin ihnen voranschritt – wie üblich mit den langen Schritten und den schwingenden Armen eines Dragoners. Ebba gesellte sich an die Seite des Botschafters.

»Ein Geschenk aus Frankreich, Exzellenz?«, fragte sie halblaut.

Der Botschafter nickte. »Etwas, das großes Gefallen erregt hat, wie ich erfahren durfte.«

»Sie sind die Großzügigkeit in Person, Exzellenz.«

»Schweden ist der wichtigste Verbündete Frankreichs und Königin Kristina meine bevorzugteste persönliche Freundin, wie Sie wissen.«

»Was ist es?«

»Ich will der Königin nicht die Überraschung verderben, Comtesse.« Er blickte ihr tief in die Augen. Chanut war gerade erst in Stockholm angekommen, als er sie eines Morgens mit einem Handkuss begrüßt hatte; einem Handkuss, bei dem seine Zunge plötzlich das Häutchen zwischen ihrem Ring- und Mittelfinger geleckt und er dabei etwas gemurmelt hatte, das wie eine Einladung in sein Haus klang. Ebba hatte ihm die Hand entzogen, sie betrachtet, wie nachdenklich über die feuchte Stelle gerieben – Chanut hatte hoffnungsfroh zu grinsen begonnen – und dann gesagt: »Nach dem, was man so hört, ist die Flinkheit Ihrer Zunge *bei Verhandlungen* unerreicht, Exzellenz.« Er hatte sich tief verbeugt und ihr keine weiteren Avancen mehr gemacht. Tatsächlich hatte er sich schon in den wenigen Tagen seit seiner Ankunft einen Ruf als außerordentlich erbärmlicher Liebhaber erarbeitet. Dennoch hatte sie sich seine ewige Wertschätzung errungen. Zum einen hatte er durch ihre Bemerkung den Eindruck gewonnen, dass sie eine blendend aussehende Spinne im Netz des Hoftratsches war, zum anderen wurde ihm durch das Ausbleiben spöttischer Bemerkungen klar, dass sie niemandem am Hof von der Episode erzählt hatte. Außer Königin Kristina natürlich, was er nie erfahren würde und die ihre eigene Wertschätzung Männern gegenüber nicht daran ermaß, ob sie die Nachtstunden zum Lesen ihrer Korrespondenz nützten, sie im Wein ertränkten oder sich damit vertrieben, dass sie die Weiblichkeit am Hof von ihrer Männlichkeit zu überzeugen suchten. Der Königin hatte es genügt zu erfahren, dass Ebba der Einladung des Botschafters nicht gefolgt war.

Die Wachen vor der Tür zu Kristinas Schatzkammer, die in Wahrheit eine Kunstsammlung war, rissen die Türflügel auf. Kristina führte ihre Begleiter durch eine Anzahl kleiner Kammern bis vor ein Podest, das mitten in einem der Räume stand und hinter dem eine Tranlampe brannte. Das Flämmchen beleuchtete eine geöffnete Schatulle. Die Besucher versammelten sich darum und gafften sie an, außer Pierre-Hector Chanut natürlich, der sich mit dick aufgetragener Bescheidenheit im Hintergrund hielt.

»Was ist das?«, fragte Jacob de la Gardie.

»Ein Fingerknochen«, sagte Ebba. »Eine Reliquie, Exzellenz?«

Chanut warf einen Blick zu Königin Kristina und lächelte dann. Kristina betrachtete das Kleinod mit offener Bewunderung. Ebba hütete sich, die sarkastische Bemerkung hinterherzuschicken, die ihr auf der Zunge lag.

»Und was für eine«, sagte der französische Botschafter.

»Spannen Sie die Herrschaften nicht auf die Folter, Pierre«, sagte Kristina. »Es ist ein wundervolles Geschenk, und Sie dürfen stolz darauf sein, es Uns gemacht zu haben.«

»Die Reliquie einer Gotteskriegerin für ihre Schwester in Herz und Geist«, erklärte Chanut.

»Der Knochen stammt von Jeanne d'Arc?«, fragte Ebba, während die anderen noch stumm die Lippen bewegten und das Rätsel zu lösen versuchten.

»Respekt, Comtesse.« Chanut verbeugte sich.

»Beeindruckend«, erklärte Ebba und verbiss sich den Nachsatz, dass die Bemerkung der »Schwester im Geist« für die fünfsprachige, in römischer Geschichte bewanderte, taktisch brillante und in Politikdingen so raffiniert wie der beste Diplomat denkende Königin von Schweden, die nebenher noch erfolgreich ritt, jagte und die Muskete handhabte, eine Beleidigung war: Jeanne war ein Bauernmädchen gewesen; sie war einer Bestimmung gefolgt, weil sie es nicht besser wusste. Ebba ahnte, dass der Botschafter keine Beleidigung beabsichtigt hatte und die Königin es auch nicht so auffasste. Das Geschenk faszinierte Kristina von Herzen. Ebba setzte einen Blick auf, der sanfter war als zuvor und Chanut signalisierte, dass sie es ehrlich meinte: »Eine ausgezeichnete Wahl, Exzellenz.«

»Zu gütig, Comtesse.«

»Gibt es noch etwas, das Hoheit Ihrer Sammlung hinzugefügt haben und das ich noch nicht kenne?«, fragte Ebba.

Kristina wandte den Blick von der Reliquie ab und musterte Ebba. »In der Tat«, sagte sie. »Aber es ist noch nicht katalogisiert. Wer möchte, darf Uns gerne folgen.«

Sie schritt zu einer Ecke des Raumes, nahm einen langen Haken und, bevor die Herren ihr noch beispringen konnten, hängte ihn ohne Mühe in einen Ring ein, der an der holzvertäfelten Decke hing. Der Raum war so hoch, dass die Stange des Werkzeugs die Länge einer Pike hatte; Ebba hatte Soldaten gesehen, die Mühe hatten, mit den zwei Mannslängen messenden Waffen zu hantieren. Obwohl sie wusste, wie besessen die Königin davon war, ihre schiefe Haltung und ihre ungleichen Schultern mit Leibesübungen auszugleichen, war sie jedes Mal wieder darüber erstaunt, welche Kraft in dem etwas zu kurz gewachsenen, fraulich-üppigen Leib steckte. Eine Klappe öffnete sich, und Kristina zog mithilfe des Hakens eine Art Leiter herab, die nicht mehr war als ein Balken, an dem links und rechts kurze Sprossen angebracht waren. Sie stellte einen Fuß auf die erste Sprosse.

Die Männer sahen sich an. Die Jesuiten schüttelten bereits die Köpfe. Der Botschafter und Jacob de la Gardie trugen modische halblange Pluderhosen mit Spitzenbesatz, darunter enge Beinlinge und hochhackige Schuhe mit Schleifen daran. Ihre Jacken waren reich bestickt und saßen stramm; sie waren zum Ansehen und Beneidetwerden gedacht und nicht dafür, mit ihnen eine Sprossenleiter hinaufzuklettern.

Johann Matthiae war ein alter Mann, würdevoll mit altmodischem Mühlradkragen gekleidet und von der Gestalt eines hungrigen Storchs. Er seufzte. Königin Kristina hingegen trug ein schlichtes schwarzes Kleid mit einem kurzen Umhang, den sie über dem hochgeschlossenen Dekolleté kunstlos zusammengeknotet hatte, und halbhohe Stiefel. Sie hätte mit ihrer Kleidung jederzeit ausreiten, auf die Jagd gehen, an einem Schießwettbewerb teilnehmen oder einen Baum hochklettern können.

»Wenn ich darf, Hoheit?«, fragte Ebba und stellte sich neben die Königin.

»Na gut«, seufzte Kristina. »Wir nehmen es Ihnen nicht krumm, meine Herren. Sie werden die Neuerwerbungen sehen, wenn sie hier unten ausgestellt werden.«

Die Herren zogen sich unter allerlei Verbeugungen zurück. Ebba knickste zum Abschied. Dann begegnete sie dem amüsierten Blick der Königin.

»Männer«, sagte Kristina.

»Immer dasselbe«, seufzte Ebba.

Kristina machte eine einladende Handbewegung. »Geh Sie voran, Gräfin Horn.«

Ebba kletterte die Leiter hinauf, flink wie ein Eichhörnchen. Die Königin folgte ihr mit derselben Behändigkeit. Ebba sah sich um. Der Raum enthielt ein paar offene Kisten und roch nach Staub und Holz. Er war ein Teil des Dachbodens; das Gebälk durchzog ihn hoch oben in der Finsternis, und obwohl es Winter war, war er von der Sonne warm. Durch Ritzen im Dach fielen einzelne Lichtstrahlen und schufen Säulen aus tanzenden Partikeln; es sah aus, als glühten Tausende von Sternschnuppen auf und vergingen. Kristina schwang sich durch die Luke im Boden und putzte sich die Hände an ihrem Rock ab.

»Neuerwerbungen, Hoheit?«, fragte Ebba.

»Mir kommt es immer wieder wie eine Neuheit vor«, sagte

die Königin. »Oder besser: immer noch ... nach all den Jahren.« Ihre Stimme klang jetzt warm und belegt. »Ich bin froh, dass du danach gefragt hast. Ich habe die ganze Zeit nach einer geschickten Überleitung gesucht.«

»Ich wusste, dass die Leiter sie abschrecken würde«, sagte Ebba. Sie trat einen Schritt auf Kristina zu.

»*Ma chère Belle*«, flüsterte die Königin heiser. »*Ma trés chère Belle, qui je t'aime plus de ma vie* ...«

»Meine Königin«, wisperte Ebba, dann schmiegte sie sich in die Umarmung Kristinas und genoss den Kuss, nach dem sie sich so lange verzehrt hatte, und die Nähe des einen Menschen, dem ihr Herz bedingungslos gehörte und der ihre größte Liebe war.

10

ALEXANDRA HATTE DAMIT GERECHNET, dass die Soldaten bei Einbruch der Dunkelheit haltmachen würden. Der sächsische Reiteroberst aber dachte nicht daran. Sie hätte gern versucht, mit Samuel Brahe zu sprechen, aber die Retter von Erik Wrangel wurden bewacht. Brahe hatte darum gebeten, den gefallenen Musketier beerdigen zu dürfen; es war ihm nicht erlaubt worden. Alexandra und ihre Reisegruppe hatten ihre drei Pferde wieder zurückerhalten (der Schreiber und der Bauer teilten sich einen Gaul), und der Oberst hatte ihnen befohlen, sich in seiner und der Nähe seiner Offiziere zu halten. Alexandra hatte den Befehl nicht infrage gestellt. Ein Blick in die Gesichter der sächsischen Soldaten hatte genügt, um zu wissen, dass diese keinen Deut besser waren als die bayerischen Dragoner. Sie ritten unter anderen Farben als die Bayern und glaubten weder daran, dass Maria eine Jungfrau gewesen war, noch, dass Blut und Leib Christi leibhaftig in Messwein und Hostie zugegen waren, das war alles.

Im Grunde genommen war sie sicher, dass auch die Bayern nicht wirklich daran geglaubt hatten. Soldaten sahen das Leben in all der Gemeinheit, die es besaß, da blieb nicht viel Raum für den Glauben an Jungfrauengeburten und Blut im Wein. Die Jungfrauen, die sie trafen, waren nachher keine mehr, und das Blut, das sie im Wein schmeckten, wenn sie sich betranken, war entweder ihr eigenes oder das des Schankwirts, den sie mit Spießen an sein Fass genagelt hatten. Wie auch immer, der Unterschied war gering, und wenn es für zwei Frauen in dieser Zeit überhaupt einen Schutz davor gab, vergewaltigt und erschlagen zu werden, dann in der Nähe der Offiziere. Zumindest würden es diese nicht mitten auf dem Feld tun, eingereiht in die Schlange derer, die vor ihnen dran waren und nach ihnen noch drankommen würden. Alexandra dachte voller Sorge an die kommende Nacht.

Die Sachsen waren schweigsam bis zur Muffeligkeit und zu keiner Aussage zu bewegen, wo man sich eigentlich befand. Der Bauer war noch immer starr vor Angst, und der Schreiber kannte sich hier nicht aus. Sie waren irgendwo westlich von Eger gewesen, als sie in die bayerischen Dragoner hineingelaufen waren, und hatten sich zusammen mit den sächsischen Soldaten weiter westlich bewegt. Mehr wusste Alexandra nicht. Die sächsischen Soldaten hingegen schienen genau zu wissen, wo sie hinwollten.

Nach Alexandras Schätzung musste es auf Mitternacht zugehen, als der Oberst endlich anhalten ließ. Zwei Offiziere stiegen ab und verschwanden zu Fuß in der Dunkelheit. Irgendwo hustete ein Mann. Einer der Offiziere drehte sich um und zischte wütend. Die Soldaten wurden ruhig. Das vage Licht, das ein zunehmender Mond auf die dünne Wolkendecke strahlte und das durch diese hindurch auf die Erde sickerte, ließ erkennen, dass sich vor ihnen ein Talkessel ausbreitete. Mitten im Talkessel ragte ein windzerzauster, dunkler Wald auf, der eine merkwürdig scharfe Grenze besaß. Nach einiger Zeit erkannte Alexandra, dass es kein Wald war, sondern eine Stadt. Nicht das geringste Licht war zu sehen. Ein zweiter, langer Blick, und sie glaubte zu ahnen, dass die Stadt nur noch eine Ruine war, ein riesiger Friedhof, in dem die Grabsteine zerstörte Häuser und die Gräber die Gassen waren. Sie schluckte.

»Wo sind wir?«, flüsterte sie. Der Bauer reagierte nicht. Sie fasste hinüber und rüttelte ihn an der Schulter. »Wo sind wir?«

»Wunsiedel«, wisperte der Bauer mit zitternden Lippen.

»Ist das eine Geisterstadt?«

Der Bauer nickte heftig.

»Was ist geschehen?«

»Es hat gebrannt. Vor zwei Jahren. Dann kamen die Schweden. Und die Sachsen. Und die Kaiserlichen. Und die ...«

»Verstehe«, sagte Alexandra grimmig.

»Schschsch ...!«, machte der Offizier, der vorhin schon gezischt hatte. Alexandra warf ihm einen verächtlichen Blick zu, auch wenn es für solche Feinheiten wahrscheinlich zu dunkel war.

Als die beiden Kundschafter zurückkamen, waren sie zu Alexandras Überraschung nicht allein. Vier Männer auf Pferden waren in ihrer Begleitung; die Offiziere saßen hinter zweien der Reiter und sprangen ab. Alexandra sah, dass der Oberst mit einer Hand auf dem Herzen grüßte; die Neuankömmlinge grüßten ebenso zurück.

»Potentilla«, sagte der Reiteroberst leise.

»Potentilla recta«, erwiderte einer der Neuankömmlinge.

Die beiden Männer schüttelten sich die Hände. Die zurückgekehrten Offiziere kletterten wieder auf ihre Pferde, und das Bataillon folgte den vier Berittenen in die Talsenke hinunter. Alexandras Überraschung wurde noch größer, als sie erkannte, dass sie zu den Ruinen von Wunsiedel geführt wurden.

»Was hat das zu bedeuten?«, flüsterte sie.
»Königsmarck«, hauchte der Bauer nach einer Weile.
»Wer oder was ist Königsmarck?«
»Der Teufel«, stöhnte der Bauer.

11

EBBA DREHTE SICH auf die andere Seite und tastete noch im Halbschlaf nach dem Körper Kristinas, aber die Betthälfte der Königin war leer. Sie schlug die Augen auf. Das Schlafzimmer war von hellem Sonnenlicht durchflutet. Gähnend richtete Ebba sich auf. Kristina musste auf Samtpfoten aus dem Bett geschlüpft sein, um sie nicht zu wecken. Ebba lächelte und seufzte. Die Königin war als Frühaufsteherin berüchtigt und noch mehr dafür, dass sie von ihrer Umgebung erwartete, die gleiche Vorliebe für graue Morgendämmerungen aufzubringen. Dass sie Ebba nicht geweckt hatte, war ein ebenso großer Liebesbeweis wie die Leidenschaft, die sie die ganze Nacht geteilt hatten. Dann hörte Ebba das Kratzen der Feder und blinzelte gegen das hell erleuchtete Fenster. Der Schreibtisch davor und die Gestalt mit der wild abstehenden Lockenmähne waren nur als ein Schemen erkennbar.
»Guten Morgen«, sagte Ebba.
»Guten Morgen«, erwiderte die Königin, ohne mit dem Schreiben innezuhalten. »Ausgeschlafen?«
»Die Reise war anstrengend.«
»Ich kann mich an weitere anstrengende Tätigkeiten erinnern.«
Ebba seufzte erneut und streckte sich wie eine Katze. »Das war keine Anstrengung, sondern ein Vergnügen.« Sie schlang die Decke um sich, bis sie sich daran erinnerte, wo sie war. Eine Reise ins Land der Barbarei verdarb einen; wochenlang hatte sie den zweifelhaften Komfort eines Stadthau-

ses in Münster ertragen, in dem Kälte das vorherrschende Merkmal war und in dem sie in den letzten Tagen vor ihrer Abreise auf dem Wasser in ihrem Waschstand eine dünne Eisschicht hatte durchbrechen müssen, um sich waschen zu können. Kristina, die sich sonst kaum einen körperlichen Luxus leistete, hielt ihr Schlafzimmer hingegen beheizt. Die Königin war jemand, der mit den Augen genoss; ihrer Geliebten die Decke wegzuziehen und jeden Quadratzoll ihres nackten Körpers erst mit den Blicken zu streicheln und sich dann selbst dabei zuzusehen, wie sie diesen Körper liebkoste, war ihre Eigenart. Ebendiese Eigenart sorgte auch für die Helligkeit des Schlafzimmers an sonnigen Tagen; die Wand gegenüber den Fenstern war zudem mit Spiegeln verkleidet, die das Sonnenlicht zurückwarfen und blitzend weiße und regenbogenfarbene Flecken überall auf die Wände zauberten.

Ebba ließ die Decke sinken, stand auf und trat splitternackt neben die Königin.

Kristina hatte sich einen Mantel über die Schultern geworfen. Darunter war sie ebenfalls nackt. Ebba küsste sie auf den Scheitel und lehnte sich dann an den Stuhl. Der Mantel hatte einen Pelzkragen, dessen Haare sie an der Haut kitzelten. Sie bewegte sich und fühlte die Berührung des Pelzes auf ihren Brüsten. Es sandte eine kurze Atemlosigkeit durch ihren Körper. Auf ihren Armen richteten sich die Härchen auf, und ihre Brustwarzen wurden hart. Die Erinnerung an die vergangene Nacht und den Taumel der Wiedersehensfreude, gepaart mit zu lange unterdrückter Lust auf beiden Seiten und dem Willen, erst zu schlafen, wenn die aufgestaute Leidenschaft bis zur Neige gekostet war, kroch in ihren Schoß. Sie räusperte sich und deutete auf das eng beschriebene Blatt.

»Arbeit?«

»Nein. Ich schreibe an René Descartes in Paris.«

»Du liebe Güte. Arbeit!«

»Vergnügen, mein Kind. Reines Vergnügen.« Kristina, die fast auf den Tag gleich alt war wie Ebba, blickte hoch und lächelte. »Philosophie ist niemals Arbeit, genauso wenig wie Lernen, Denken und ...«

»Ficken?«, schlug Ebba vor.

»Ich wollte sagen: regieren.«

»Ah ja.«

»Ich versuche Descartes zu überreden, hierher nach Stockholm zu kommen. Ich möchte mit ihm diskutieren ... ich möchte verstehen ...«

»Und er weigert sich, deinem Ruf zu folgen?«

»Unverschämt, nicht wahr?«

»Vielleicht mag er nicht gerne früh aufstehen?«

Kristina legte die Feder beiseite und lehnte sich im Stuhl zurück, sodass sie Ebba ins Gesicht sehen konnte. Ebba lächelte. Die Königin öffnete den Mund, um etwas zu sagen, aber Ebba beugte sich hinunter und küsste sie. Nach einem oder zwei Herzschlägen erwiderte Kristina den Kuss, und die Atemlosigkeit befiel Ebba erneut. Sie hielt Kristinas Gesicht mit beiden Händen umfangen, bis beide keine Luft mehr bekamen und den Kuss abbrechen mussten.

»*Je t'aime, ma Belle*«, sagte Kristina heiser.

Ebba machte die paar Schritte zum Bett zurück und legte sich darauf. Im Spiegel sah sie sich selbst: die rotblonden Locken, nicht weniger zerzaust als das dunkle Haar der Königin, das schmale Gesicht, dessen Wangen sich bereits wieder rot zu färben begannen, ihre helle Haut ... sie sah sich an und mochte, was sie sah, und als die Königin aufstand, dabei den Mantel von ihren Schultern gleiten ließ und näher trat, um ebenfalls Ebbas Spiegelbild zu betrachten, beschleunigte sich der Herzschlag der jungen Gräfin.

Wie ist das möglich?, fragte sie sich selbst. Wie oft hat sie mir Erfüllung geschenkt in der letzten Nacht – viermal, fünfmal? Warum begehre ich sie schon wieder? Warum kommt es mir so vor, als hätte ich sie tagelang weder gesehen noch berührt, und dabei ist ihre Bettseite noch fast warm?

Sie begegnete Kristinas Blick im Spiegel und blinzelte; statt eines Lächelns öffneten sich ihre Lippen, und ihre Zunge fuhr wie von selbst darüber. Die Königin schluckte und musste ebenfalls blinzeln.

Ich kenne diesen Körper so gut wie meinen, dachte Ebba. Manchmal, wenn ich fort von Stockholm bin und mich selbst berühre, fällt es mir nicht schwer, so zu empfinden, als würde ich *dich* berühren, während ich gleichzeitig das Gefühl habe, es sind *deine* Finger, die mich streicheln, die mich liebkosen, die mich teilen und in mich eindringen, und ich schmecke *dich*, wenn ich meine eigenen Finger ablecke …

Ihre Blicke begegneten sich im Spiegel, und Ebba konnte erkennen, dass Kristina jedes ihrer Worte in ihren Augen hatte lesen können. Die Königin setzte sich aufs Bett und legte eine bebende Hand auf Ebbas Hüfte.

Du bist meine andere Hälfte, dachte Ebba. Du bist ernst, wo ich albern bin; du bist entschlossen, wo ich zögere. Du planst, während ich reagiere. Du willst dich weiterentwickeln, wenn ich nur möchte, dass der Moment nie aufhört, der Moment, in dem ich deinen Körper an meinem fühle und dein Herz an meinem schlägt, in dem ich mich winde und jeden Quadratzoll meiner Haut an deine pressen möchte, um das Möglichste an Berührung herauszuholen, in dem ich in dich hineinkriechen und in dir aufgehen möchte, in dem unsere Gedanken und unsere Gefühle eines sind, eine schäumende, aufgewühlte See, deren Wogen langsam ruhiger werden, während unsere Körper noch zucken und das letzte Pochen des Schauers, den wir uns gegenseitig bereitet haben, durch unsere Glieder rieselt.

Ebba nahm die Hand Kristinas und führte sie zu ihrem Schoß, und ihre Gedanken begannen sich zu verwirren, während die sanft streichelnden Finger ihrer königlichen Geliebten ihr Fühlen auf die hitzigste Stelle ihres Körpers lenkten. Unzusammenhängend flatterte durch Ebbas Hirn, was weniger Gedanken als vielmehr Gefühle waren ... du bist das, was ich nie sein werde, du bist das, wofür ich lebe, du bist das, was zu erhalten und zu unterstützen und zu lieben ich von Gott erschaffen worden bin, weil du die bessere Ausgabe von mir bist. Gib mir etwas, womit ich meine Liebe zu dir beweisen kann, jeden Tag, jede Stunde – gib mir eine Aufgabe, die mir das Herz herausreißt und mich tötet, wenn ich dadurch dich zu erhalten und vor der Dunkelheit zu retten und deine Seele zu erlösen vermag. Sie drehte sich um und zog Kristina in ihre Arme, diesen kleinen, muskulösen Leib. Sie schloss den Mund um die harten, dunklen Brustwarzen und hörte die Königin stöhnen, fuhr mit der Hand zwischen die vom Reiten gestählten, muskelbepackten Schenkel und spürte die Hitze und Feuchtigkeit an ihren Fingern und hörte die Königin ächzen.

»Noch einmal, *ma chérie*«, flüsterte die Königin und schob ein Knie zwischen Ebbas Beine.

Ebba begann zu zucken. Es war so einfach ... es war die einfachste Aufgabe der Welt, und während sie Lust bereitete und sich selbst der Lust hingab, fühlte sie beinahe so etwas wie Bedauern, dass es ihr nicht gestattet war, für ihre Liebe, für ihre Königin, für den einzigen Menschen, den sie je geliebt hatte und je lieben würde, auf der Stelle zu sterben.

»Du hast dich gefragt, was es mit den beiden Patres von der Societas Jesu auf sich hat«, sagte Kristina eine Weile darauf. Sie hob den Blick und sah Ebba erneut über den Spiegel in die Augen. Die junge Gräfin presste Kristinas Körper an sich und schmiegte sich an ihren Rücken, strich mit einer Hand über die deformierte Schulter, wo Kristinas Mutter sie als Kleinkind hatte auf den Boden fallen lassen – oder, wie jeder flüsterte, den Versuch unternommen hatte, das ungeliebte Mädchen zu töten, um Platz für einen männlichen Erben zu machen. Sie küsste die Stelle, an der die Knochen schief zusammengewachsen waren.

»Ja«, murmelte sie.

»Sie öffnen mir die Welt.«

»Die Welt? Welche Welt?«

Kristina lächelte nicht. »Die des katholischen Glaubens.«

»Aber ... du bist die Königin von Schweden. Unser Land ist protestantisch ...«

»Unser Land zerfällt in verschiedene protestantische Richtungen, die einander feind sind und nur eines gemeinsam haben: Trockenheit, Langeweile, Strenge.«

»... und dein Vater ist in den Krieg gezogen, um den Protestantismus im Reich vor der katholischen Aggression zu schützen.«

Die Königin lächelte Ebbas Spiegelbild ohne wirkliches Amüsement an. »Du enttäuschst mich, meine Belle.«

Ebba schnaubte. »Also gut, er ist den Krieg gezogen, um für die Konflikte zwischen dem Adel und dem Bürgertum hier in unserem Land ein Ventil zu finden und um Schweden die Hoheit über die Ostsee zu sichern.«

»Wie immer liegt die Wahrheit irgendwo dazwischen«, seufzte Kristina. »Aber ich bin froh ... einen Moment dachte ich, deine Reise ins Reich hätte eine naive Seite in dir eröffnet, die ich gar nicht kenne.«

»Nun, ich sehe eine Seite meiner Königin, die *ich* nicht kenne.«

Kristina machte sich frei und rückte ein Stück von Ebba ab. Dann wandte sie sich ihr zu. »Was siehst du?«

Ebba war einen Moment lang versucht, die steigende Unruhe in ihrem Herzen mit einem leichten Spruch abzutun. Kristina war splitternackt – eine zweideutige Bemerkung, ein Blinzeln, und das Gespräch wäre vielleicht aufs Neue in ein anderes Fahrwasser geraten. Doch Ebba spürte, dass es Kristina ernst war.

»Ich sehe die Frau, die die erste Zeitung in Schweden eingeführt hat. Ich sehe die Frau, die mit Philosophen korrespondiert und deren Freundschaft sich die intelligentesten Männer rühmen, die bei den Fürsten der Welt in diplomatischen Diensten stehen. Ich sehe die Frau, die sich die Meldungen über die Friedensverhandlungen in Münster nicht nur vorlegen lässt, sondern auch noch einen Spion«, sie lächelte schwach und deutete auf sich, »dorthin schickt, um herauszufinden, weshalb die Gespräche nicht vorangehen. Ich sehe die Frau, die mehr über die Religionen der Welt nachgelesen hat, als der Papst jemals wissen wird.«

»Etwas fehlt noch.«

Ebba zog eine Braue hoch. »Was?«

»Du siehst eine Regentin, die erkennt, dass ihr Reich in geistigen Dingen dreihundert Jahre hinter Europa herhinkt. Schweden ist eine riesige Schafweide voller besonders tumber Schafe, und nur die Hirten sind noch tumber. Weißt du, dass von zehn Baronen, die mein Vater ernannt hat, acht nicht lesen und schreiben können und die restlichen zwei überzeugt sind, dass man in eine andere Welt gerät, wenn man aus Versehen in einen Ring aus Pilzen tritt? Und dass die Bischöfe und Pastoren darüber diskutieren, ob auf schwedischen Handelsschiffen nicht besser ausländische Matrosen anheuern sollten, damit die eigenen Landeskinder nicht ständig den Sünden in den Hafenstädten ausgesetzt sind?«

Ebba lachte humorlos. »Du solltest sie ins Reich schicken – nach Bayern, nach Franken, wohin du willst. Dann können sie sehen, dass die schwedischen Soldaten nicht nur gut mit Sünden umgehen können, sondern ständig neue dazu erfinden. ›Der Schwed‹ kommt‹ ist ein Begriff für das absolute Grauen, das sich nähert.«

»Die Kaiserlichen sind doch auch nicht besser!«

»Die Kaiserlichen sind nicht mit dem Anspruch angetreten, das Leben der Menschen im Reich zu retten.«

»*Ich* werde das Reich retten, ich!«, rief Kristina plötzlich. »Ob mein Vater nun in erster Linie das wirtschaftliche Wohl Schwedens im Auge hatte oder nicht, irgendwo in seinem Kriegerherzen trug er auch den Wunsch, das Reich tatsächlich zu neuer Größe zu führen. Er hat mich stets über alles geliebt, und ich weiß, dass er noch in seiner Todesstunde gehofft hat, ich möge seine Vision fortführen.«

»Kristina«, sagte Ebba vorsichtig. »Mein Herz, meine Liebste, meine Königin … du lebst dein Leben nicht, um die Wünsche eines Toten zu erfüllen.«

»Es ist doch auch mein Wunsch, Belle! Als ich vorhin sagte, Schweden sei um dreihundert Jahre hinter dem Reich zurück, habe ich das zugleich als Chance gemeint. Schweden ist nicht wie das restliche Europa dreihundert Jahre lang in eine Sackgasse gerannt. Die Schafherde mag tumb sein, doch ihr Blut ist noch frisch. Schweden ist das einzige Land, das in diesem Krieg nicht nur Männer, Frauen und Kinder verloren hat, sondern einen König. Dieser Verlust darf nicht umsonst gewesen sein.«

»Was willst du denn tun?«

»Um das Reich zu retten, braucht es entweder den Kaiser oder den Papst. Dem Kaiser geht es nur darum, den Reichtum seiner Dynastie zu erhalten. Also brauche ich den Papst.«

»Papst Innozenz geht es nur darum, die Kasse seiner Schwägerin zu füllen, was man so hört.«

»Päpste sind alte Männer. Man kann abwarten, bis ein neuer ans Ruder kommt.«

Ebba hielt inne und betrachtete Kristinas Gesicht. Auch auf ihren Wangen waren nun rote Flecken, die großen dunklen Augen funkelten. Sie schluckte. »Der Papst wird dich nicht anhören«, flüsterte sie, »egal, ob dieser oder sein Nachfolger. Für ihn bist du eine protestantische Ketzerin.«

»Das lässt sich ändern. Was, glaubst du, habe ich damit

gemeint, als ich sagte, die Jesuiten öffneten mir die Welt für den katholischen Glauben?«

»Du willst ... konvertieren?«

Die Königin antwortete nicht.

»Und du denkst, das reicht? Du trittst vor den Papst hin, sagst: ›Im Übrigen habe ich Euren Glauben angenommen, Heiliger Vater, also rückt schön beiseite und macht mir Platz auf dem Thron Petri, damit wir besprechen können, wie wir weiter vorgehen!‹, und er öffnet die Arme und preist sein Glück, dass ihm endlich jemand sagt, wo es langgeht?«

»*Belle, ma chère Belle*«, sagte Kristina mit einer Zärtlichkeit, die ihre Worte im Grunde noch schärfer machte, »*ne pas oublier que tu parles avec ta reine.*«

»Verzeih«, flüsterte Ebba.

»Ich werde den Papst überzeugen, dass ich die richtige Gesprächspartnerin bin.«

»Indem du zum katholischen Glauben übertrittst!?«

»Indem ich ihm etwas zurückbringe, was vor langer Zeit aus dem Vatikan entwendet wurde. Die Jesuiten haben mir davon erzählt.«

»Und was und wo soll dieses Geheimnis sein? Wie willst du es in deinen Besitz bringen?« Ebba war gegen ihre eigene Überzeugung plötzlich von Neugier gepackt. Kristina neigte nicht dazu, irgendwelche Übertreibungen zu machen oder Spinnereien nachzuhängen. Wenn ein Plan so weit in ihr gereift war, dann stand er auf sicheren Füßen. Und plötzlich hämmerte ihr Herz – nicht wegen der Nähe ihrer Geliebten, sondern weil es auf einmal schien, als schöbe sich eine Wolke vor die Sonne und die Wärme entweiche aus dem Raum.

Kristina lächelte gezwungen. Die Worte drängten sich auf Ebbas Lippen: *Sag es nicht! Was immer es ist, es wird sich zwischen uns schieben und uns und unsere Liebe zerstören.* Sie schluckte die Worte hinunter, und ihr Herz schlug noch heftiger als zuvor. Nie hatte sie in Gegenwart Kristinas Scham empfunden, doch nun war der Drang, ihre Blöße zu bedecken, fast übermächtig. Sie fühlte ihre Brustwarzen hart wie Stein werden. Es war keine Lust damit verbunden.

»Hier kommst du ins Spiel«, sagte Kristina, und ihr Lächeln flackerte. »Liebst du mich, schönste, einzigste Belle?«

12

ZWEI SCHWARZ GEKLEIDETE GESTALTEN eilten die Östliche Lange Gasse der Stockholmer Altstadt hinunter. Ihre Mäntel wehten, die Hüte hatten sie abgenommen. Die Menschen wichen ihnen aus, wie man eiligen Leuten immer ausweicht, deren Gesichter entschlossen wirken und von denen man den Eindruck gewinnt, dass sie einen eher über den Haufen rennen würden, als auszuweichen. Einige der Passanten zischten oder machten abfällige Geräusche, aber es hatte sich herumgesprochen, dass die Königin zwei katholische Ordensangehörige in ihrem Schloss beherbergte und dass sogar der alte Johann Matthiae mit ihnen zusammen in den Besprechungen saß. Wenn Königin Kristina die Jesuiten willkommen hieß, dann bedeutete das wohl, dass sie auch willkommen waren. Das schwedische Volk als Ganzes hatte nichts als tiefe Zuneigung zu ihrem König Gustav Adolf empfunden, und da dieser wiederum seine Tochter schon als Kleinkind vergöttert hatte, empfand das schwedische Volk so wie er und verehrte seine junge Königin – abgesehen davon, dass man seit Jahren darüber munkelte, dass ihre Mutter, die extravagante Königin Marie Eleonore von Brandenburg, sie mindestens einmal umzubringen versucht hatte, und welchem Kind würden die Herzen nicht zufliegen, das die Mordversuche der eigenen Mutter überlebt hatte? Insofern hätten die beiden Jesuiten, wären ihre Gedanken nicht anderswo gewesen, die seltsame Erfahrung gemacht, dass man ihnen im protestantischen

Feindesland weniger ablehnend begegnete als zu Hause im Reich.

Der eine der beiden blieb keuchend vor einer Tür stehen, während der andere weitereilte.

»He, pst! Dies ist das Haus!«

Der zweite Jesuit blieb zwei Häuser weiter stehen, sah sich um, musterte die Tür und schüttelte den Kopf. »Nein, es ist das da!«

»Die rote Tür …!«

»Nein, es hieß, es sei eine blaue Tür.«

Die beiden Männer sahen sich über die Distanz hinweg an.

»Rot.«

»Blau!«

»Garantiert?«

»Ja …«

»Bei der Wahrheit des großen Ignatius von Loyola?«

Der zweite Jesuit zögerte. Ihre Blicke wechselten erneut zwischen den beiden Türen und sich selbst hin und her. Der zweite Jesuit ließ die Schultern sinken. Der erste holte tief Atem.

»Mist!«

»Was nun?«

Der zweite Jesuit kam zögernd zurück und stellte sich neben seinen Ordenskameraden. »Rot? Wirklich?«

Der erste Jesuit warf ärgerlich die Hände in die Luft. »Ich dachte, Sie hätten es sich gemerkt!«

»Ich dachte auch, ich hätte es mir gemerkt, bis Sie mich mit der roten Tür durcheinandergebracht haben.«

Sie ermaßen die rote Tür, dann drehten sie sich wie ein Mann um und betrachteten die blaue Tür weiter vorn.

»Mist!«, wiederholte der erste Jesuit mit Gefühl.

»Wir könnten einfach klopfen«, schlug der zweite Jesuit zaghaft vor.

»Wo?«

»An der blauen Tür.«

»Genauso gut könnten wir an der roten Tür klopfen.«

»Ja, aber wahrscheinlicher ist es die blaue Tür.«

»Wahrscheinlicher? Haben Sie eben wahrscheinlicher gesagt?«

»Dies ist keine Übung in Semantik«, rügte der zweite Jesuit steif.

Der erste Jesuit hob eine Hand und ballte sie zur Faust. »Ich klopfe jetzt«, sagte er. »An die rote Tür.«

»Und was sagen Sie, wenn es die falsche Tür ist?«

Der erste Jesuit zögerte.

»Oh, entschuldigen Sie«, äffte der zweite Jesuit, »wir dachten, hier wohnt der Spion. Sind Sie sicher, dass Sie nicht der Spion sind?«

»Nein, ich werde sagen: Entschuldigen Sie, dass mein Kamerad ein Kretin ist.«

»Ich werde beim Ordensgeneral Beschwerde gegen Sie einlegen!«

»Meine Güte!«, zischte der erste Jesuit. »Wenn es die falsche Tür ist, versteht man uns sowieso nicht. Oder beherrschen Sie neuerdings Schwedisch?«

»Ich hatte gehofft, wir würden es im Gespräch mit der Königin lernen.«

»Nur, dass sie dauernd Französisch mit uns spricht.«

Sie sahen sich zum dritten Mal an ... die rote Tür ... die blaue Tür ... dann wieder sich.

»Ich klopfe jetzt«, sagte der erste Jesuit entschlossen.

»Hallo?«, rief jemand.

Der erste Jesuit ließ die Hand sinken. Beide drehten sich um. Im Haus gegenüber hatte sich im ersten Stock ein Fenster geöffnet. Ein Mann lehnte sich hinaus.

»Bitte?«, sagte der zweite Jesuit würdevoll.

»*Monita secreta*«, sagte der Mann im Fenster, nachdem er sich mehrfach konspirativ umgeblickt hatte.

»Was hat er gesagt?«, fragte der zweite Jesuit.

Der erste Jesuit starrte den Mann an. Dann ließ er seinen Blick sinken und starrte die Tür an.

»*Monita* ...«, wiederholte der Mann.

»Schon gut!«

»Er hat die Parole gesagt«, erklärte der zweite Jesuit erstaunt. Auch seine Blicke richteten sich auf die Tür des Hauses. Er blinzelte, als stäche die Farbe der Tür in seine Augen.

»*Wir sind Pilger in einem gottlosen Land*«, sagte der erste Jesuit.

»Kommen Sie herein. Schnell, schnell«, erwiderte der Mann und schloss das Fenster.

»Grün!«, sagte der zweite Jesuit. »Und Sie dachten, sie wäre rot.«

»*Sie* dachten, sie wäre blau!«

»Blau ist näher an Grün als Rot.«

»Wenn der Kerl in diesem Haus die Brieftauben nicht bereithält, *werfe* ich *Sie* zur nächsten Relaisstation. Eigenhändig«, sagte der erste Jesuit.

»Ich werde Beschwerde gegen Sie einlegen.«

»Hören Sie«, sagte der erste Jesuit und blieb vor der Tür stehen. »Es ist sinnlos, sich zu streiten. Weder Sie noch ich tun gerne, was wir hier tun. Aber wir haben den ersten Teil der Aufgabe erfüllt – nämlich der Königin einzureden, dass der Papst unbedingt dieses verfluchte Buch haben will. Da können wir auch den zweiten Teil erledigen und Bescheid geben, dass alles nach Plan verläuft. Und danach dürfen wir uns endlich der Mission widmen, den Boden für die Katholisierung dieses Heidenlandes zu bereiten.«

»*Wem* Bescheid geben? *Wem?*«, stöhnte der zweite Jesuit. »Wissen Sie das? Ich wüsste es gern!«

»Unsere Lehre verlangt Gehorsam«, sagte der erste Jesuit, »und als gehorsam werden wir uns erweisen.«

»Aber wem gegenüber sind wir gehorsam? Wissen Sie

nicht, wie man dieses Buch nennt? Gilt unser Gehorsam dem Satan?«

»*Omnia Ad Maiorem Dei Gloriam*«, erwiderte der erste Jesuit. »Das ist unser Ziel.«

Die Tür wurde aufgerissen, und ihr Kontaktmann spähte heraus. Er warf erneut konspirative Blicke in die Gasse. »Kommen Sie rein. Beeilung, Beeilung!«

Der zweite Jesuit streckte einen Arm aus. »Nach Ihnen, lieber Bruder«, sagte er.

Der erste Jesuit lächelte und zog seinen Ordenskameraden am Ärmel. »Aber nicht doch, mein Bruder. Nach Ihnen. Alles zur höheren Ehre Gottes.«

Sie gingen gleichzeitig durch die Tür. Der Mann aus dem Fenster warf zum letzten Mal seine Verschwörerblicke in die Gasse, dann zupfte er an einem Stück Papier, das er an die Tür geheftet hatte. Mit ungelenken Buchstaben war darauf geschrieben: OAMDG SJ – *Omnia Ad Maiorem Dei Gloriam Societas Jesu*. Jemandem, der *nicht* zum Orden der Jesuiten gehörte, wäre der Zettel mit seinen beiden Akronymen niemals aufgefallen. Andererseits …

»Idioten«, murmelte der Mann, zerknüllte den Zettel und schloss die Tür.

13

ZUERST HATTE ALEXANDRA GEDACHT, dass Wunsiedel doch keine Geisterstadt sei. Es war nur so, dass diejenigen, die dort geblieben waren, sich in den dunklen Höhlen ein paar halbwegs heil gebliebener Häuser verkrochen. Dann aber hatte sie ein paar dieser Unglücklichen gesehen und festgestellt, dass sie nichts anderes als lebende Leichname waren. Einige von ihnen würden das Christfest nicht mehr erleben.

Der weniger in Mitleidenschaft gezogene Bereich der Stadt,

in dem das schwedische Heer lagerte, war von einem dichten Kordon aus Wachen abgeriegelt. Alexandra hatte das Gefühl, dass die Wachen nach innen ebenso arbeiteten wie nach außen; sie ahnte, dass selbst die elenden Ruinenbewohner nicht vor den Soldaten sicher gewesen wären, hätte man diese nicht wie in einem Lager gehalten. Die Stille, die über beiden Teilen der Stadt lag, war beklemmend. Wer einmal eine grölende Horde Soldaten gehört hatte, die saufend und fressend und prügelnd und folternd und vergewaltigend durch die Gassen zog – so wie Alexandra es in Prag erlebt hatte, als die Passauer Landsknechte dort gehaust hatten –, hätte nicht glauben mögen, dass es noch etwas Schlimmeres gab als dieses Geräusch. In Wahrheit war die Abwesenheit jeden Geräuschs über einem Kriegslager, das möglicherweise mehrere Tausend Mann umfasste, noch unheimlicher. In der Stille konnte man förmlich den Zorn spüren, der von dem Lager ausging, den Zorn einer hungernden, frierenden, verrohten Soldateska, die alles hasste, mit dem sie zu tun hatte, am meisten ihr eigenes Leben, besudelt vom Gewicht der Untaten, die sie begangen hatte und noch begehen würde. Alexandra war froh, dass man ihre kleine Reisegruppe nicht in den abgesperrten Bereich gelassen hatte. Sie wusste, dass es nicht aus Rücksicht auf sie und ihre Mutter geschehen war, sondern weil die Disziplin, die das Kriegslager in dieser Totenstille hielt, mit zwei Frauen in unmittelbarer Nähe nicht aufrechtzuerhalten gewesen wäre.

Sie fragte sich, warum diese Stille notwendig war. Das Heer schien groß genug zu sein, sich gegen jeden Angriff verteidigen zu können, noch dazu, da es in den Ruinen der Stadt Stellung bezogen hatte. Rein technisch war General Wrangels Heer aus dieser Gegend abgezogen und hatte sie den bayerischen Soldaten überlassen; tatsächlich war die Front in diesem Krieg jedoch immer da, wo man als Soldat gerade stand, und es hatte schon kleinere Truppenteile gegeben, die sich vom Hauptheer gelöst hatten und plündernd durch ein Gebiet zogen, das eigentlich vom Feind besetzt war. Aber sie zweifelte daran, dass dieses schwedische Heer nur ein Truppenteil war, dessen Anführer beschlossen hatte, nicht die nächste Schlacht abzuwarten, sondern gegen die verarmten Bauernhöfe und elenden Städte zu kämpfen und noch die letzten Essensvorräte und Habseligkeiten aus ihnen herauszupressen. Dazu war die Zucht zu streng. Sie wusste, dass zu jedem Heer ein gewaltiger Tross aus den Familien der Soldaten, aus Handwerkern, Waffenschmieden und Futtermachern gehörte, manchmal zahlreicher an Köpfen als die Soldaten selbst, und dass ein solcher Haufen praktisch nie zu disziplinieren war. Dass es hier doch der Fall war, schien darauf hinzudeuten, dass die Truppen nicht nur lagerten, sondern sich auf eine Mission vorbereiteten – eine Mission, die zuallererst vorschrieb, dass ihr Hiersein so geheim wie möglich zu bleiben hatte. Noch während sie sich fragte, welcher Art diese Mission sein konnte, wurde ihr klar, was diese Geheimhaltung noch bedeuten musste.

»Die Soldaten halten sogar die Mauerbreschen und die Stadttore in dem Teil besetzt, der außerhalb ihres Lagers liegt«, sagte Agnes und wies auf die undeutlich sichtbaren Gestalten am Ende der Gasse. Niemand hatte die beiden Frauen daran gehindert, durch die dunklen Gassen zu streifen. Alexandra war aufgebrochen, ohne darüber nachzudenken; wenn überhaupt, hatte sie sich Gedanken darüber gemacht, was aus Samuel Brahe und seinen Männern geworden war.

Als Alexandra ihre medizinischen Werkzeuge zusammengepackt hatte, war Agnes wortlos an ihre Seite getreten und hatte ihr geholfen. Der Schreiber und der Bauer hatten keinen Finger gerührt. Alexandra hatte sich trotz ihrer aufsteigenden Wut daran erinnert, dass man mit Nachsicht und Mitgefühl am besten in seiner unmittelbaren Umgebung begann.

»Wir sehen nach, ob wir irgendetwas für die Menschen

hier tun können«, hatte sie gesagt. »Mir wäre es recht, wenn Sie beide hierblieben und unsere Bleibe bewachten.«

Der Schreiber hatte sich in dem eiskalten Saal im halb zerstörten Haus, in das sie eingezogen waren, mit aufgerissenen Augen umgesehen; der Bauer hatte nur den Kopf geschüttelt. »Gott behüte Sie«, hatte er geflüstert. »Gott behüte Sie, wenn Sie da rausgehen.«

Ihre hilflose Mission hatte Alexandra und Agnes in der nächsten Stunde zu zwei Erkenntnissen verholfen: dass die Angst der Überlebenden so groß war, dass auch ein Hilfsangebot die Türen nicht öffnete, und dass sie in Wunsiedel Gefangene waren, auch wenn sie keine Ketten trugen. Die Geisterstadt würden sie nur mit der Gnade des schwedischen Generals wieder verlassen können. Als Alexandra dies endgültig klar geworden war, hatte die Furcht der Menschen hier sich unter ihren Panzer aus Verdruss und Wut gestohlen. Und jedes vergebliche Klopfen, jedes furchtsame Schweigen hinter einer verrammelten Tür fachte ihre Angst weiter an.

»Mutter …«

Agnes lächelte; in der Dunkelheit war ihr Gesicht kaum zu erkennen. »Ich weiß«, sagte sie. »Hier, da ist wieder ein Haus mit einer geschlossenen Tür.« Sie klopfte leise daran. »Ist jemand drin? Können wir helfen?«

»Mutter, die werden uns hier nicht mehr weglassen.«

»Hast du gedacht, der Reiteroberst hätte uns aus reiner Menschenfreundlichkeit sein Geleit angetragen?« Agnes klopfte erneut. »Wir sind unbewaffnet und wollen helfen. Ist jemand da?«

»Wir können nicht hierbleiben. Wir müssen nach Würzburg!«

»Niemand weiß das besser als ich.«

Die Tür öffnete sich einen Spalt, gerade als Agnes zurücktrat. »Seid ihr Klosterschwestern?« Die Stimme klang wie Asche.

Alexandra räusperte sich. »Nein. Ich bin ...« Seltsam, dachte sie, dass sie auch in dieser Situation noch immer zögerte, es auszusprechen. »Ich bin Ärztin. Braucht ihr Hilfe?«

Die Tür schloss sich wieder. Alexandra starrte sie an. Ihr Magen fühlte sich wie ausgehöhlt an, und ihr Herzschlag hallte schwer und beklommen darin wider. Wie konnten sie hier am Leben bleiben? Und wie kamen sie wieder heraus?

»Lass uns zurückgehen«, sagte Agnes, der nicht anzusehen war, ob sie Alexandras Sorgen teilte. »Ich bin ein altes Weib; ich kann mich kaum noch auf den Beinen halten.«

»Mutter«, sagte Alexandra und lächelte trotz der Panik in ihrem Innern, »wenn ich in deinem Alter noch deine Kraft habe, werde ich glauben, dass es nicht mit rechten Dingen zugeht.«

Agnes hakte sich bei ihr ein. Langsam trotteten sie auf dem Weg zurück, auf dem sie hergekommen waren. Alexandra versuchte sich zu erinnern, wo sie abbiegen mussten. Es war nicht leicht, sich zu orientieren in einer Stadt, in der die meisten Häuser hohle Fassaden waren und die Finsternis regierte. Sie waren erst ein paar Schritte weit gekommen, als sie hörten, wie die Tür hinter ihnen erneut aufging.

»Ihr wollt wirklich helfen?«, fragte die aschene Stimme.

Sie blieben stehen. Alexandra drehte sich um. Eine in Decken und Lumpen gehüllte Gestalt stand auf der Gasse.

»Ja«, sagte Alexandra.

»Gepriesen sei der Herr. Kommt. Bitte, kommt! Mein Kind stirbt.«

Damals, in Prag, nach dem Tod Mikus und Kryštofs, nach der Trauerfeier, nach der Beerdigung, nachdem alle gegangen waren und Alexandra zum ersten Mal seit Tagen wieder allein gewesen war (und begriffen hatte, wie leer ihr Dasein von nun an sein würde), war sie blind vor Trauer durch die Räume ihres Hauses gestolpert, sich der mitleidigen Blicke des Gesindes bewusst und sie alle dafür hassend, dass sie nicht den gleichen Schmerz wie sie verspürten. Im Grunde genommen war dieses Leid nie von ihr gewichen, die Zeit und der langsam gewachsene Grimm, dass es solches Leid gab, dass die Menschen nichts dagegen tun konnten und Gott offensichtlich nichts unternehmen wollte, hatten es nur zugedeckt. Vielleicht hätte der Grimm über ihre Ohnmacht sie zu einer verbitterten Frau gemacht, wenn nicht …

Alexandra hatte in all den Jahren immer wieder Kraft aus der Erinnerung geschöpft, der Erinnerung an die erste Begegnung mit Barbora, der Hexe. Während sie und ihre Mutter nun der zerlumpten Gestalt folgten und Alexandras Atem schneller ging, weil zu ihrer Furcht angesichts der Lage in Wunsiedel eine neue Angst hinzugekommen war, die Angst vor dem, was sie hier in dieser Ruine erwartete …

… holte sie die Erinnerung aus der Schatztruhe in ihrem Geist hervor und versuchte sich wie stets daran festzuhalten. Sie sah sich selbst …

… durch das Haus stolpern an jenem Tag nach Mikus und Kryštofs Trauerfeier. In der Küche im Untergeschoss verließ die Kraft sie. Sie sank in einer Ecke zusammen und schluchzte, dachte, dass es einem buchstäblich das Herz zerreißen konnte, weil sich der Schmerz in ihrem Leib genauso anfühlte, hoffte, auf der Stelle daran sterben zu können, flüsterte den Namen ihres Kindes wieder und immer wieder, bis die Küchenmägde hinausschlichen, nicht länger in der Lage, Zeuginnen des Leids ihrer Herrin zu werden. Als Alexandra sich schließlich die Tränen aus den Augen wischte, nahm sie eine dicke alte Frau wahr, die auf einem Schemel saß und Lagerkarotten von dem daran haftenden Sand und der grau gewordenen Außenhaut befreite. Die alte Frau lächelte sie an.

Manchmal muss man sie gehen lassen, sagte die alte Frau. *Manchmal ist der Wille des Herrn, sie zu sich zu holen, stärker als alle Liebe, die wir für sie empfinden.*

Wer sind Sie?, fragte Alexandra.
Ich bin eine Hexe, erwiderte Barbora.

»Was sind die Symptome?«, fragte Alexandra die verhärmte Frau.
»Symptome?«
»Was fehlt deinem Kind? Hat es sich etwas gebrochen? Eine entzündete Wunde?«
»Es hat Fieber.«
»Wie lange schon?«
»Seit Tagen.«
Alexandra und Agnes wechselten einen Blick.
»Und ... und ... Durchfall ... sie ist nur noch Haut und Knochen!« Die Frau brach in Tränen aus.
Alexandra und Agnes wechselten erneut einen Blick. Alexandra sah, wie die Augen ihrer Mutter sich verengten. Sie öffnete ihre Tasche und holte die Erfindung heraus, die Barbora ihr verraten und die Alexandra weiterentwickelt hatte. Es waren kleine Taschen aus Stoff, die man sich vor Mund und Nase binden konnte und die mit Lavendel, getrockneter Minze und Salbei gefüllt waren. Sie reichte eine davon an Agnes weiter und band sich die zweite selbst um. Die Frau beobachtete sie mit angstvoll aufgerissenen Augen.
»Bring uns zu deinem Kind«, sagte Alexandra.
Die einzige Lichtquelle in dem ehemaligen Lagerraum war ein Unschlittlicht; es war zugleich auch die einzige Wärmequelle. Der Raum war als Schlupfwinkel eine gute Wahl. Er hatte keine Fenster, die breite Tür konnte mit Decken und alten Brettern so abgedichtet werden, dass kein Lichtschein nach draußen fiel, und dank der massiven Wände und des wuchtigen Gewölbes war er beinahe unbeschädigt. Natürlich waren alle Waren, die einmal darin gewesen sein mochten, längst entnommen oder geplündert worden, und statt des vertrauten Dufts nach Gewürzen, Lebensmitteln oder

gewachsten Hüllen teurer Stoffe, die hier vielleicht einmal gelagert worden waren, hatte der Gestank ungewaschener, auf engstem Raum zusammenhausender Körper und der Ausscheidungen des kranken Kindes sie längst verdrängt. Die Menschen im Raum, geschlechtslos unter den zerschlissenen Decken und schweigend, rückten beiseite. Alexandra fragte nicht, ob sie zu einer Familie gehörten oder eine Zweckgemeinschaft aus ehemaligen Bewohnern, Nachbarn und Obdachlosen waren. Sie kniete sich neben das Kind auf den Boden, übergab Agnes die Tasche und schälte die kleine, zitternde Gestalt so weit aus ihren Lumpen, wie sie es wagte. Große Augen sahen halb durch sie hindurch, trockene, aufgesprungene Lippen bebten. Alexandra drückte sanft den Unterkiefer des Kindes herunter und zog das Licht näher zu sich heran. Ihr Herz hatte bereits heftig zu schlagen begonnen, als sie den Gestank im Raum wahrgenommen hatte. Sie schluckte heftig und versuchte, sich gegen die Diagnose zu wappnen. Es war nicht nötig, den Oberkörper freizulegen, um nach den kleinen roten Roseolen zu suchen.

»Kannst du ihr helfen?«, flüsterte die Mutter des Kindes. Alexandra deckte das Kind wieder zu und strich ihm über das verfilzte Haar. Dann nahm sie ihren Mut zusammen und sah der Frau in die Augen. Sie versuchte, sich ein Lächeln auf die Lippen zu zwingen, und gab sich Mühe, dass es auch ihre Augen erreichte.

»Ich denke schon«, sagte sie. »Könnt ihr Wasser erhitzen?«

Die Blicke der Frau wanderten zu dem Licht. »Mühsam«, sagte sie.

»Fangt an. Ich bereite draußen etwas vor.«

Die Frau packte Alexandra am Arm, als sie aufstand. »Kommt ihr wieder? Ihr kommt doch wieder?«

»Natürlich kommen wir wieder. Ich brauche nur etwas … äh … Bewegungsfreiheit. Wir lassen euch nicht im Stich.«

Die Frau löste ihre Hand zögernd von Alexandras Arm. »Es ist nur«, sagte sie mit ihrer aschenen Stimme, »dass die Kleine alles ist, was ich noch habe.«

»Ja«, sagte Alexandra, und ihre Stimme nicht beben zu lassen war eine größere Anstrengung, als einen Ochsen hochzuheben, »ich verstehe.«

Draußen zerrte sie sich die Maske vom Gesicht und atmete in gierigen Zügen die kalte Nachtluft ein. Agnes löste die Bänder ihrer eigenen Maske, wog sie in der Hand und musterte dann ihre Tochter. Alexandra zuckte zurück, doch Agnes wischte ihr nur eine Träne von der Wange.

»Ich bin erbärmlich«, flüsterte Alexandra. »Ich habe es dort drin nicht mehr ausgehalten.«

»Es ist Nervenfieber, nicht wahr?« Agnes' Stimme wühlte in Alexandras alter Wunde. Miku, mein Miku ... Alexandra konnte das Schluchzen nicht länger unterdrücken.

»Du bist eine gute Helferin, Mama.«

»Gott sei der armen Kleinen gnädig. Und ihrer Mutter.«

»Wenn Gott gnädig wäre, steckten sie jetzt nicht in dieser Lage!« Alexandra wischte sich mit dem Ärmel über das Gesicht und begann in ihrer Tasche zu kramen.

»Was suchst du?«

»Ich habe getrocknete Kamille dabei. Und Salbei in rauen Mengen. Es wird die Beschwerden zumindest erleichtern. Verdammt, wo ist das Zeug?«

»Wird es die Kleine retten?«

Alexandra schüttelte verbissen den Kopf, ohne aufzusehen. Die Zangen, Messer und Sonden klimperten in der Tasche, als sie sie durcheinanderwarf. »Wer hat hier drin so eine Schlamperei angerichtet?«

»Wenn ich mich recht erinnere«, sagte Agnes langsam, »haben wir getrocknete Schimmelpilze dabei ... und du hast gesagt, dass auch fermentierte Getreidesäfte bei solchen Erkrankungen ...«

»Ja, das habe ich gesagt! Ah, hier ist die Kamille. Verflucht, wieso ist das so wenig?«

»Dann könntest du doch versuchen ...«

Alexandra hielt inne und blickte auf. Die Augen ihrer Mutter waren ruhig auf sie gerichtet. Alexandra ließ die Schultern und die Tasche sinken. »Weil meine Vorräte für die Behandlung von Nervenfieber nicht reichen«, sagte sie kaum hörbar. Sie konnte dem Blick Agnes' nicht länger standhalten. »Die Heilmittel, die ich dabeihabe, helfen gegen äußere Verletzungen, gegen Ruhr und all das, aber nicht ...« Sie holte Atem.

»Du meinst, wenn du dem Kind hier zu helfen versuchst, kannst du Lýdie nicht mehr retten.«

Alexandra nickte und kämpfte neue Tränen zurück.

»Du meinst, dass du hier und jetzt entscheiden musst, wem du das Geschenk des Lebens anbieten kannst.«

»Ich meine«, sagte Alexandra aus einer vollkommen zugeschnürten Kehle, »dass ich hier und jetzt entscheiden muss, wen ich zum Tode verurteile.«

Agnes schwieg so lange, dass Alexandra den Blick hob. Die Augen ihrer Mutter glänzten. »Dieser Zorn«, flüsterte Agnes. »Ach, mein Kind, dieser Zorn. Wann wirst du den kleinen Miku endlich gehen lassen und verstehen, dass es nicht deine Schuld war?«

»Lýdie wird leben!«, sagte Alexandra. »Und dieses Kind hier wird sterben, so wie Miku gestorben ist.« Sie hob den Blick herausfordernd zum Himmel. »Wenn Du dort oben die Wahl mir überlässt, dann musst Du auch mit den Folgen zurechtkommen!«

»Alexandra!«

»Gehen wir wieder hinein. Der Kräutersud wird ihr zumindest ...«

Alexandra brach ab, als sich eine zerlumpte Gestalt vorsichtig aus der Tür schob. Sie trug ein Bündel auf dem Arm. Alexandra schob hastig die Maske über Mund und Nase.

»Nein«, sagte sie, »nein! Ich weiß, dass es heißt, die frische Luft sei gesund, aber nicht für die Kleine. Bring sie sofort wieder hinein. Wir sind nicht davongelaufen. Wir mussten nur ...«

Sie sah der Gestalt ins Gesicht und erkannte, dass es nicht die Mutter des Kindes war, sondern einer der anderen unseligen Bewohner der Ruine. Sie sah struppige Wangen und Augen, die von roten Ringen umgeben waren.

»Danke«, sagte der Mann. »Danke dafür, dass Sie uns helfen wollten.«

»Ich will immer noch ...«

»Es ist sinnlos«, sagte der Mann.

»Aber ich kann ...«

»Alles, was Sie uns geben konnten, haben Sie uns gegeben – für ein paar Minuten Hoffnung.«

»Oh, Alexandra«, sagte Agnes mit brechender Stimme.

Erst jetzt sah Alexandra, wie schlaff das Bündel in den Armen des Mannes hing. Sie zerrte die Tücher beiseite. Der Kopf des Kindes baumelte lose nach hinten; die Augen sahen immer noch ins Leere, aber nun waren sie stumpf. Alexandras Hand begann zu zittern. Der Mann hob den einen Arm, mit dem er das Kind hielt, und der Kopf glitt an seine Brust; es sah aus, als hielte er eine Schlafende.

»Aber sie war doch eben noch ...«, begann Alexandra.

»Der Lebensfunke glomm nur noch schwach«, sagte der Mann beinahe sanft.

»Ist sie ... ist sie ... ist sie Ihre Tochter?«

Der Mann schüttelte den Kopf und kniff die Lippen zusammen. Dann hob er den Blick und ließ ihn über die Ruinenlandschaft schweifen, als wollte er erwidern: Dennoch sind wir alle eine Familie hier, eine Familie der Geister und verlorenen Seelen. Er setzte an, etwas zu sagen, hielt jedoch inne, als die Tür aufgestoßen wurde. Die Mutter stolperte heraus.

»Was hat sie gesagt?«, stammelte sie. »Sie kann sie doch heilen, oder?« Ihre Blicke fielen auf Alexandra, und sie packte sie an den Armen. »Du kannst sie doch heilen, oder? Dazu bist du doch gekommen? Du kannst sie heilen?«

»Es ist zu …«, sagte Alexandra.

»Sie ist gegangen«, sagte der Mann. »Sie hat uns verlassen. Sie hat es besser, wo sie jetzt ist. Diese Welt kann ihr nicht mehr wehtun.«

»Aber sie kann sie heilen!«, schrie die Frau auf.

Alexandra schloss die Augen. Langsam schüttelte sie den Kopf.

»Du kannst sie heilen«, keuchte die Frau. »Du hast gesagt, du kannst sie heilen.« Ihre Knie gaben nach, und sie sackte vor Alexandra auf den Boden. Ihre Arme klammerten sich um Alexandras Beine. Sie warf den Kopf zurück. »*Du musst sie heilen!*«, heulte sie in die Nacht. »*Sie ist alles, was ich habe! Wie sollte ich leben ohne sie?*

»Sei still«, sagte der Mann. »Sonst kommen die Soldaten …«

»Zu spät«, sagte Agnes und wischte sich ein paar Tränen ab. Sie stellte sich dicht neben Alexandra.

Eine Handvoll der Männer, die das nahe gelegene Tor bewacht hatten, rannten herbei. Sie hatten Partisanen in den Händen, ihr Wachführer hatte sein Rapier gezogen. Der Mann mit dem toten Kind auf dem Arm stöhnte entsetzt.

»Was ist hier los?«

»Jemand ist gestorben«, sagte Agnes.

Der Wachführer musterte die unselige Gruppe; seine Blicke blieben an der Mutter des toten Kindes hängen, die vor Alexandras Füßen endgültig zusammengebrochen war. Ihr Weinen klang, als würde es mit Klingen aus ihrem Herzen geschnitten.

»Hört sich nicht tot an«, sagte der Wachführer.

Alexandra fasste zu dem Lumpenbündel auf den Armen

des Mannes und schlug den Fetzen zurück, der das Gesichtchen verhüllt hatte. Wut stieg so schnell in ihr auf, dass ihre Wangen schon brannten, während noch die letzten Tränen aus ihren Augen quollen. »Da!«, sagte sie.

Der Wachführer zuckte mit den Schultern. »Der Lärm soll aufhören«, erklärte er. »Sofort.«

»Das ist ein totes Kind!«, sagte Alexandra.

»Na und? Glaubst du, ich hab noch nie 'n totes Kind gesehen, du dummes Stück? Was denkst du, wo du hier bist?«

»Du hast keine Kinder, oder? Klotz!«, spuckte Alexandra.

»Hab sie alle fünf mit eigenen Händen beerdigt«, sagte der Wachführer, und nur wer genau hinsah, konnte sich einbilden, dass ein winziges Zucken über sein Gesicht gelaufen war. »Neben meiner Alten. Gott liebt mich, er hat mich als Einzigen nicht an der Seuche sterben lassen.« Der Wachführer grinste und spuckte dann aus. »Wenn der Lärm nicht sofort aufhört, gibt's hier weitere Tote, verstanden?«

Er drehte sich um und stapfte zurück. Einer seiner Männer, ein junger Kerl, starrte abwechselnd von dem toten Kind zu der weinenden Mutter und dann zu Alexandra. Gerade als Alexandra dachte, einen Funken Mitleid entdeckt zu haben, zwinkerte er ihr zu, leckte sich über die Lippen und bewegte dann seine Faust vor seinem Schritt vor und zurück. Danach drehte er sich um und schloss zu seinen Kameraden auf.

Der Mann aus dem Lagerraum legte den kleinen Leichnam neben die Tür und zog die Mutter auf die Füße. »Wir müssen hinein«, murmelte er. »Wir müssen wieder hinein ...«

Er sah Alexandra und Agnes nicht mehr an. Die Tür schloss sich hinter ihm und der schluchzenden Frau, die er mitschleifte wie ein Stück Holz. Alexandra und Agnes blieben mit dem Kind zurück. Agnes kniete sich nieder, drückte die toten Augen zu und legte einen Zipfel der Decke über das kleine, blasse Gesicht. Dann stand sie auf.

»Gehen wir zurück zu unserem Quartier«, sagte sie.

14

ALEXANDRA STARRTE DIE dicke Gestalt auf ihrem Küchenschemel an, deren Hände scheinbar ohne Zutun ihres Verstandes eine Karotte nach der anderen aufnahmen, putzten, in eine Schüssel legten.

»Barbora...?«, wiederholte Alexandra verwirrt. »Sie gehören nicht zum Gesinde...«

»Willst du das Vertrauen in Gott wiederfinden?«, fragte Barbora.

»Ich werde es nie wiederfinden«, hörte Alexandra sich sagen.

»Willst du, dass dein Leben weitergeht?«

»Mein Leben ist zu Ende.«

»Willst du dafür kämpfen, dass der Schmerz, den du heute verspürst, anderen erspart bleibt?«

Alexandra wollte antworten, doch die Stimme versagte ihr. *Was kümmert mich der Schmerz der anderen?*, hatte sie sagen wollen. Sie schwieg. Barbora legte die letzte, gesäuberte Karotte in die Schüssel und stand ächzend auf.

»Du kennst jetzt meinen Namen«, sagte sie. »Wenn du wieder Kraft zum Kämpfen hast, frag nach mir.«

Alexandra ließ sie bis nach draußen in die Gasse treten, dann rannte sie die Treppe hinauf und riss das Eingangsportal auf. »Warum sollte ich für die anderen kämpfen?«

»Weil jede Seele, die du rettest, dir ein Stück deiner eigenen Seele zurückgibt«, sagte Barbora. Sie drehte sich um und ging wortlos davon.

15

»D㎰ Schlimmste«, flüsterte Alexandra, »das Schlimmste ist nicht, dass du sie sterben siehst, sondern der Dank in ihren Augen, wenn du ihnen sagst, dass sie es schaffen werden – obwohl du ahnst, dass es nicht der Fall sein wird.«

»Du gibst ihnen Hoffnung. Daran kann nichts Schlimmes sein«, sagte Agnes.

»Ich musste gerade an Barbora denken. Ohne sie wäre ich damals zerbrochen. Ohne sie wäre ich nicht, was ich heute bin. Für das eine werde ich ihr ewig dankbar sein. Für das andere verfluche ich sie in diesem Augenblick.«

Agnes lächelte traurig und zog sie zu sich heran. Ein paar Herzschläge lang fühlte Alexandra sich wie ein kleines Mädchen, das von seiner Mutter getröstet wird, weil es die Welt nicht versteht. Es tat so gut, dass sie sich mit Gewalt losreißen musste.

»Mama ... ich muss ein paar Augenblicke lang für mich sein. Sei mir nicht böse.«

»Du willst hier alleine herumlaufen?«

»Keiner wird mir etwas tun. Die Angst davor, Lärm zu machen, ist zu groß, selbst bei den Soldaten.«

Agnes zuckte mit den Schultern. »Ich kenne dich gut genug, um zu wissen, wann Widerspruch zwecklos ist.«

Alexandra streichelte Agnes' Wange. »Ich liebe dich, Mama«, sagte sie.

»Ich liebe dich auch, Kindchen.«

Alexandra wandte sich ab und stapfte in die nächstgelegene Gasse. Sie versuchte nicht darüber nachzudenken, wie viele solcher Tragödien wie eben sich in genau diesem Moment in den Ruinen abspielten und noch abspielen würden. Die leblose Leere der Gassen passte dazu; durch sie hindurchzustolpern drückte einem das Herz ab, aber in ihre ebenso trostlose Behausung zurückzukehren kam ihr noch schlimmer vor. Wenn man sich bewegte, konnte man sich wenigstens vormachen, dass man irgendwann an einen Ort gelangte, an dem einem Trost zuteilwurde.

Ohne sich dessen bewusst zu sein, machte sich Alexandra genau das vor ... bis sie zu dem Friedhof gelangte. In der Dunkelheit sah der Ort zuerst aus wie ein Acker, bis sie die wenigen Grabkreuze sah, die stehen geblieben waren. In ihrem Magen bildete sich ein Klumpen, als sie erkannte, dass die Gräber aufgebrochen worden waren – Soldaten auf der Suche nach Schmuck oder halbwegs noch brauchbarem Schuhwerk ... oder Stadtbewohner auf der Suche nach ... Essen? Sie wich unwillkürlich einen Schritt zurück und trat auf etwas, das unter ihrem Stiefel knirschte. Sie hob den Fuß und starrte hinunter. Es sah aus wie eine kleine weiße Krabbe. Es war eine skelettierte Kinderhand. Sie drehte sich um und ging mit langsamen, steifen Schritten davon, Schritten, die immer schneller und schneller wurden, bis sie plötzlich rannte, und als sie rannte, konnte sie nicht mehr aufhören, und ihr war, als seien all die toten und noch lebenden Geister der Stadt hinter ihr her, während ihr Hirn ihr ständig vorspielte, wie sie Mikus leblose Hände auf seinem Totenbett ineinander verschränkt hatte und gleichzeitig dazu das Knirschen in ihr widerhallte, mit dem sie die kleine Skeletthand zertreten hatte und das wie ein knöcherner Schrei klang: Es gibt keine Hoffnung mehr!

Irgendwann blieb sie stehen, weil sie keine Kraft mehr hatte. Der Atem pfiff in ihrer Kehle, und die toten Häuser schwankten um sie herum. Dann erkannte sie, dass sie mitten in einer Gasse stand, vor sich ein Haus, das von zwei Soldaten bewacht wurde. Die Soldaten starrten sie an. Zwanzig Schritte weiter, und sie wäre direkt in sie hineingelaufen. Einer der beiden richtete eine gespannte Armbrust auf sie. Ihr Herzschlag beschleunigte sich noch. In all dem Schwindel, der sie erfasst hatte, wurde ihr eiskalt. Es gab keinen Zweifel, was nun geschehen würde. Der Soldat mit der Armbrust zog die Augenbrauen hoch und leckte sich über die Lippen. Entsetzt erkannte sie, welchen Weg sie zurückgelegt hatte: Hier wartete die Hölle auf sie, zu der der aufgewühlte Friedhof das Tor gewesen war. *Die ihr in mich eintretet ...*

Jemand trat aus der Tür. Fassungslos bemerkte sie, dass es der Offizier war, der ihre Reisegruppe und den jungen schwedischen Gefangenen vor den bayerischen Dragonern gerettet hatte.

»Samuel Brahe«, stieß sie hervor.

Der Offizier blickte auf und kniff die Augen zusammen. Schließlich nickte er ihr zu.

»Rein mit dir, Brahe«, knurrte einer der Wächter. Brahe ignorierte ihn.

Alexandra stand reglos in der Gasse, das Herz raste in ihrer Brust. Ihr Blick verengte sich, der Blick auf den zerstörten Hauseingang mit den beiden Wachen davor, der Blick auf Samuel Brahe, der argwöhnisch ein paar Schritte näher trat. Sie hörte einen der Soldaten halblaut sagen: »He, Brahe, wo willst du hin, du Dreckskerl?«, und den mit der Armbrust antworten: »Lass ihn doch, wo will die dumme Sau schon hin, hier kommt er doch nicht raus«; aber sie begriff die Worte nicht. Sie rang nach Luft, und ihre Lungen verweigerten ihr ihren Dienst. Sie hörte das Dröhnen in ihren Knochen, von dem sie ihren Onkel Andrej von Langenfels einmal hatte sagen hören (er hatte nicht geahnt, dass sie zuhörte), es sei der Herzschlag des Bösen, und jeder könne es hören, der drauf und dran sei, sich ihm zu ergeben. Nein, flüsterten ihre Gedanken, falsch, Onkel Andrej, es ist nicht die Unterwerfung unter das Böse, es ist das Bewusstsein, dass jede Hoffnung vergebens ist ... *die ihr in mich eintretet, lasst alle Hoffnung fahren* ... es sind die Trommeln eines Willkommensgrußes im Inferno, und jeder hat seine eigene Hölle, aus der die Musik erklingt.

Dunkle Augen in einem Netz aus Fältchen füllten ihr verengtes Blickfeld aus. Sie fühlte sich nach Luft schnappen.

»Was ist los?«, fragte Samuel Brahe, und dann: »Mein Gott, Sie sehen ja aus wie ...«

Sie umklammerte seine Hand mit Fingern, die so kalt waren, dass die seinen ihr vorkamen wie glühende Kohle. Sie öffnete den Mund ...

»Halten Sie mich«, stammelte Alexandra. »Lassen Sie mich nicht fallen ... wenn ich falle ...«

... dann werde ich nie mehr aufhören können zu fallen, vollendete ihr Hirn. Ihre Lippen waren zu taub dafür. Ohne dass sie es wollte, sank sie gegen ihn. Die Trommeln in ihrer Seele ließen ihren Körper erbeben.

»He, Brahe, wer is'n die Spalte?«

»Mach, dass du reinkommst, Brahe, die Matratze kannst du bei uns abgeben!«

»Verschwinden Sie von hier«, zischte Brahe. »Um Gottes willen, sind Sie verrückt?«

Ihre Finger krallten sich in sein Wams. »Die Hölle ...«, wisperte sie.

»Natürlich. Was hatten Sie gedacht, wo Sie hier sind?«

»Ich falle ... halten Sie mich, bitte ...«

Sie spürte, wie er sie packte und an sich drückte. Einer der Soldaten war plötzlich neben ihnen und griff nach Brahe. Brahe ließ Alexandra los und machte eine rasche Bewegung, und der Soldat lag auf dem Rücken. Brahe hielt seinen Spieß in der Hand. Einen lähmenden Moment lang wechselten die beiden einen Blick, dann warf Brahe den Spieß fort.

»Brahe, du Drecksau ...«, gurgelte der Mann auf dem Boden.

»Kommen Sie«, sagte Brahe und hob Alexandra hoch, als wäre sie ein Kind. »Ich halte Sie. Ich lasse Sie nicht fallen.«

Der Soldat auf dem Boden kroch seitwärts, um zu seinem Spieß zu gelangen. Der andere rief: »Bleib stehen, Brahe, oder ich schieß dir einen Bolzen durch deinen verdammten Schädel.«

Brahe blieb nicht stehen. Er trug Alexandra in einen offenen Hauseingang hinein. Sie klammerte sich an ihn und stierte in sein Gesicht. Sie konnte ihn lächeln sehen. Der Soldat schoss seine Armbrust nicht ab.

»Ich mach die Sau fertig!«, hörte sie einen der Soldaten draußen keuchen.

»Hör auf«, knurrte der andere. »Wir ham nur Befehl, ihn und seinen Haufen zu bewachen. Der General will selber entscheiden, was aus ihnen wird. Willst du dir vom Profos den Arsch aufreißen lassen, weil du 'nen Befehl nich' befolgt hast? Der Verräter is' es nich' wert.«

»Wenn das Weibsstück ihm hilft, abzuhauen?«

»Der geht nich' ohne seine Leute, du Trottel. Brahe glaubt immer noch, er is'n Offizier!«

Alexandra hörte nicht mehr, ob die Soldaten noch mehr sagten. Brahe setzte sie im Inneren des Hauses ab, und sie sackte in sich zusammen. Er kniete neben ihr nieder.

»Ich lasse Sie nicht fallen«, flüsterte er noch einmal.

Sie schlang die Arme um ihn und hielt sich an ihm fest, und auf einmal war es ganz natürlich, dass er seine Lippen auf die ihren presste. Das Taubheitsgefühl verging, und das Dröhnen in ihren Ohren hörte auf. Plötzlich wollte sie nichts so sehr, wie diesen Kuss erwidern.

Es war ihr egal, dass sie den Mann vor dem heutigen Tag niemals gesehen hatte oder dass er und seine Leute von allen anderen als der schlimmste Abschaum behandelt wurden. Es war ihr egal, dass man ihn beschuldigte, für König Gustav Adolfs Tod verantwortlich zu sein. Was war der Tod eines Königs gegen den Tod eines unschuldigen Kindes? Es war ihr egal, dass die Wachen vor dem halb eingestürzten Haus wussten, was sie und Brahe taten. Es war ihr vor allem egal, dass es dort, wo Brahe sie hineingetragen hatte, ebenso nach Zerstörung und Tod roch wie überall ... Was sich in ihr regte, war stärker als der Tod. Zum zweiten Mal war Samuel Brahe als Retter in der letzten Sekunde aufgetaucht, nur dass er sie diesmal nicht nur vor Vergewaltigung und Tod beschützt hatte, sondern vor etwas noch Schlimmerem: der Überzeugung, dass die Hoffnung gestorben war. Sie war vor dem Eingang zu ihrer Hölle gestanden, und Brahes Gegenwart hatte sie gehindert, den letzten Schritt hineinzutun. Hoffnung bedeutete, einfach weiterzumachen, selbst wenn es hoffnungslos schien. Hoffnung gebar sich aus sich selbst.

In der Dunkelheit des Hauses zerrten sie sich gegenseitig die Kleider vom Leib.

Hoffnung bedeutete, einfach weiterzumachen. Hoffnung bedeutete, nicht aufzugeben. Hoffnung bedeutete, den Funken des Lebens irgendwo in einem Winkel seiner Seele weiterglimmen zu lassen und sich dann, wenn er plötzlich zu einem Feuer emporloderte, in die Flammen zu stürzen. Hoffnung war, jedem Tod so viel Leben wie möglich entgegenzusetzen.

Alexandra zog Samuel an sich, und er vergrub sein Gesicht zwischen ihren Brüsten. Sie erschauerte, als ob sie bereits kurz vor der Ekstase stünde. Sie ließ das Mieder von ihren Armen gleiten; er knüpfte mit zitternden Fingern ihren Rock auf, sodass er zu Boden fiel. Sie wand sich aus dem Hemd, das er ihr bereits bis zur Hüfte herabgezogen hatte. Sie hörte ihn stöhnen, als er seinen Mund auf ihren Schoß presste. Dann kniete sie ebenfalls, seinen Pfahl in der Hand, und wenn sie daran über einem Abgrund gegangen wäre, hätte sie nicht verzweifelter zugreifen können. Seine Küsse schmeckten nach schlechtem Essen, ihre nach Trauer und Wehmut, doch es spielte keine Rolle – für sie beide waren sie süß. Gemeinsam sanken sie zu Boden, sie spürte seine Hände auf ihren Brüsten, und sie zogen sich zusammen, dass es fast schmerzte, sie spürte sie auf ihrem Gesäß, und ihr Becken zuckte ihm entgegen; sie spürte sie auf ihrem Schoß, und sie stöhnte so laut, dass es wie ein Schrei war. Er flüsterte etwas, das sie nicht verstand; sie flüsterte etwas, von dem sie nicht wusste, was es war. Sie zog an ihm und wand sich, um ihn auf sich zu ziehen, spreizte die Beine, um ihn eindringen zu lassen, brauchte das Gefühl, dass er in ihr war und dass sie ihn umfing, brauchte das Urgefühl der menschlichen Vereinigung und die geile, unverstellte, jauchzende Lebenslust, die sich damit verband, brauchte das Wissen, dass der Tod nur das Ende der Existenz, aber nicht des Lebens war ... versuchte ihn zu dirigieren, weil sie nicht mehr abwarten konnte ... und fühlte, wie er sich aufbäumte und heiße Feuchtigkeit plötzlich auf ihrem Leib, auf ihren Brüsten war ... auf ihren Schenkeln und dann auf ihrem Schoß, und diese Berührung war der letzte Tropfen in einen See aus tosenden Gefühlen und bebendem Verlangen und schäumender Lust. Der See schwemmte seine Ufer fort, sein Vergehen riss sie mit sich, ohne dass sie darauf vorbereitet gewesen wäre, pulste durch ihren Leib, dass sie meinte, jedes einzelne Härchen, jeder Quadratzoll Haut, selbst das Wasser in ihren Augen würde explodieren. Sie klammerte sich an ihn und hätte geschrien, wenn sie eine Stimme gehabt hätte. Und dann spürte sie ihn plötzlich in sich, noch immer hart, noch immer glühend, nahm seine Hitze in sich auf, fühlte erneut das Schäumen, das sie innerhalb von Augenblicken in einer zweiten Eruption davonwirbelte, dachte gleichzeitig gepfählt und zerrissen und doch vereinigt zu sein, mehr zu sein als nur sie selbst ... und hätte weinen mögen, während die letzten Schauer durch ihren Körper liefen, weil keine andere Gefühlsäußerung stark genug war, um dieser Ekstase, die sie gespürt hatte, Ausdruck zu verleihen. So war es bisher nur ein einziges Mal in ihrem Leben gewesen ...

Sein Gewicht hob sich von ihr, doch statt dass er, wie sie erwartet hätte, aufstand und sich anzog, legte er sich neben sie. Es war so kalt, dass ihre schweißbedeckten Körper dampften; tatsächlich fühlte sie eine derartige Hitze, dass sie von ihm abrückte – nicht, weil die Berührung seiner Haut ihr unangenehm gewesen wäre, sondern weil sie Luft brauchte, um nicht zu verglühen.

»Wer ist Königsmarck?«, fragte Alexandra nach einer Weile, in der keiner von ihnen das Bedürfnis verspürt hatte zu reden.

»General Hans Christoph von Königsmarck«, sagte Samuel. »Du hast noch nie von ihm gehört?«

»Nein.«

»Woher kommst du?«

»Aus Prag.«

»Gesegnetes Böhmen ...«

»Böhmen kennt Torstenson.«

»Ah ja ... den Feldmarschall, der sein Heer verstärkt hat, indem er halb verhungerte Bauern rekrutierte und ihnen statt des Soldes die Erlaubnis zum Plündern gab ... dessen Soldaten in den eroberten Städten noch die Friedhöfe umgraben und den Toten die Münzen von den Augen nehmen und die Ringe von den Fingern schneiden ... der seine Truppen auf dem Marsch nach Olmütz die Messgewänder von erschlagenen Priestern tragen und katholische Prozessionsfahnen schwenken ließ ... der in der Umgebung von Olmütz jede Seele erhängen, erschlagen oder zu Tode foltern ließ.«

Samuel wandte sich ab und setzte sich hin. Er ließ den Kopf hängen. Alexandra konnte nicht erkennen, ob es aus Scham darüber war, dass General Torstenson Schwede war, so wie Brahe selbst, oder darüber, dass er, Brahe, ein Teil dieser gewaltigen Katastrophe namens Krieg war, die unschuldigen Menschen ein solches Schicksal bereitete.

»Torstenson, der in der Stadt Olmütz selbst die Töchter der reichen Bürger der Reihe nach durch seine Offiziere vergewaltigen ließ, während die Töchter der weniger Wohlhabenden für die Soldaten zur Verfügung standen ... der Wien eingenommen hätte, wenn die Dänen sich nicht in den Krieg eingemischt hätten und er mit seinem Heer nach Norden ziehen musste ...«

»Hör auf«, sagte Alexandra.

»Königsmarck«, murmelte Samuel, »ist der Mann, vor dem noch einer wie Torstenson sich fürchtet.«

»Gott sei uns gnädig.«

»Warum sollte er?«

Alexandra schloss die Augen. Es waren nichts als ihre eigenen Gedanken, die Samuel aussprach, und doch ließ die Resignation in seinen Worten sie erschauern. Sie erinnerte sich an ihren Weg durch die Stadt hierher.

»Und du?«, fragte sie. »Du und deine Männer? Wie viele Friedhöfe habt ihr umgegraben?«

»Der einzige Friedhof, auf dem wir wandeln, ist unser eigener. Wir führen ihn in unseren Herzen mit uns.«

»Gehörst du mit deinen Männern zu Königsmarck?«

»Hast du nicht gehört, dass wir keine Verbündeten haben? Wir gehören nirgendwohin.«

»Was tut Königsmarck hier?«

»Wenn ich es wüsste, würde ich es dir sagen. Er hält sein Heer hier versteckt. Es ist nicht groß, und der Tross ist kleiner als gewöhnlich. Ich würde sagen, es ist ein Expeditionsheer, geeignet für einen schnellen, rücksichtslosen Vormarsch. Wohin, weiß ich nicht. Wir sind erst vor ein paar Tagen hier angekommen, und du hast ja gesehen, dass es uns nicht erlaubt ist, in dem Teil der Stadt Quartier zu machen, in dem das Heer lagert.«

»Samuels Gespenster«, sagte sie langsam. »Die Truppe der Verfluchten. Ist Samuel selbst auch ein Gespenst?«

Es dauerte lange, bis eine Antwort kam: »Das verfluchteste von allen.«

»Du möchtest nicht darüber reden, stimmt's?«

Samuel richtete sich auf dem Ellbogen auf und musterte sie. Sie sah seine Augen in der Dunkelheit leise glitzern. Er hob eine Hand und strich ihr eine Haarsträhne aus dem Gesicht. »Wer hat dich zu mir geschickt?«, murmelte er. »Einen Engel, der gerade dann kommt, wenn die Nacht am dunkelsten ist.«

»Ich bin kein Engel. Und was die Dunkelheit der Nacht betrifft – sie ist der Grund, weshalb ich gekommen bin.«

»Hast du mich gesucht?«

»Nein. Oder ja. Vielleicht suche ich dich schon seit Jahren.«

Er schüttelte den Kopf. »Du suchst jemand anderen.«

»Woher willst du das wissen?«

»Du hast nach ihm gerufen.«

»Was?«

»Wer ist Wenzel?«

Die Hitze, die Alexandra noch immer gefühlt hatte, erlosch schlagartig.

»WAS?«

»Ist er dein Mann? Dein Geliebter? Ist er hier unter den Soldaten? Ist er gefallen?«

»Ich habe seinen Namen …?« Mittlerweile hatte die Hitze in ihrem Leib entsetzter Kälte Platz gemacht, und dort hineingemischt das kühle Erstaunen ihres eigenen Geistes: Was hast du anderes erwartet?

»Mehrfach.« Sie hörte das Lächeln in seiner Stimme.

Hastig begann sie, ihre Kleider zusammenzusuchen. Plötzlich war ihr der Gedanke unerträglich, nackt neben Samuel Brahe zu liegen. Er ließ sich zurücksinken und seufzte. Während sie sich in Rock und Mieder zwängte und ihre Verlegenheit langsam weniger tödlich wurde, kam ihr ein Gedanke. Er war so drängend, dass sie sich wieder neben ihm auf die Knie sinken ließ.

»Es ist nicht deinetwegen«, sagte sie unbeholfen und legte

die Hand an seine Wange. Sie spürte unter ihrer Handfläche, wie er das Gesicht zu einem Lächeln verzog.

»Dir ist alles vergeben, unbekannter Engel.«

»Eines Tages werde ich es dir erklären.«

»Diesseits oder jenseits der Hölle?«

»Wo auch immer wir uns wiedersehen.«

»Engel kommen nicht in die Hölle.«

»Gefallene Engel schon.«

Er küsste ihre Handfläche. »Plötzlich ist die Aussicht auf ewige Verdammnis nicht mehr so schlimm...«

Sie sprach den Gedanken aus, den sie vorhin gehabt hatte. »Samuel«, sagte sie, »kannst du uns hier herausbringen?«

»Wie bitte?«

»Wir müssen weiter nach Würzburg. Ein Leben hängt davon ab. Aber wenn es sich nicht herumsprechen soll, dass das Heer hier versteckt liegt, wird man uns kaum gestatten, Wunsiedel zu verlassen.«

»Wohl nicht«, sagte er langsam.

»Kannst du uns helfen?«

»Wer würde Samuel Brahe zuhören?«

»Kannst du es nicht wenigstens versuchen?«

»Es hat keinen Sinn, mein Engel.«

Alexandra versuchte, die Enttäuschung zurückzudrängen. Aber im Nachhinein betrachtet: Wenn es einen Weg gäbe, die Stadt unbemerkt zu verlassen, hätten Samuel Brahe und sein Häufchen Verfemter dann nicht als Erste die Gelegenheit genutzt zu fliehen?

»Leb wohl«, sagte sie und stieg über ihn hinweg.

»Menschen treffen sich immer zweimal im Leben. Sag erst beim zweiten Mal Lebewohl.«

Beinahe gegen ihren Willen blieb sie stehen und drehte sich noch einmal zu ihm um. »Leb wohl, Samuel Brahe«, sagte sie dann sanft. »Das Leben ist kein Sprichwort.«

Draußen auf der Gasse strich sie ihr Gewand glatt und

hatte einen Augenblick Mühe, sich zu orientieren. Ihr war wieder genauso kalt wie zuvor, aber diesmal hatte sie wenigstens die Erinnerung an die Hitze, die der Liebesakt mit Samuel Brahe ihr für eine Weile geschenkt hatte. Die Soldaten hatten ihre Posten bezogen und musterten sie. Mit einem Schock wurde ihr bewusst, dass das Erlebnis mit Samuel nur ein Zwischenspiel gewesen war. Würden die Soldaten sie gehen lassen?

Sie schrak zusammen, als sie Samuels Hände auf ihren Schultern spürte. Er konnte sich so lautlos bewegen wie ein Nachttier.

»Wie lange brauchst du, um abmarschbereit zu sein?«, flüsterte er in ihr Ohr.

Sie zögerte nicht. »Eine halbe Stunde.«

Er schwieg kurz, und sie war sicher, dass er dabei den Himmel musterte und herauszufinden versuchte, wie spät in der Nacht (oder früh am Morgen) es eigentlich war. Sie drehte sich nicht um. Schon als sie seine Berührung gespürt hatte, war ihr klar gewesen, dass sie auch dazu diente, sie vor jeder Bewegung zu warnen. So, wie sie stand, befand Samuel Brahe sich noch in der Dunkelheit des Hauses, unsichtbar für die Wachen vorne, und er wünschte nicht, dass sie ihn mit ihr flüstern sahen.

»Geh nachher zurück in das Haus. Es hat einen Hinterausgang. Nimm ihn und sammle deine Reisegruppe zusammen. Dann kommt ihr wieder hierher. Alfred und ich werden euch hier rausbringen.«

»Alfred?«

»Als ich noch Offizier war, war er mein Wachtmeister. Du schuldest ihm immer noch zwei Küsse.«

Sie lächelte. »Der Mann mit der charmanten Verbeugung? Er bekommt sie mit Zinsen.«

»Gut.«

»Was meinst du mit ›nachher‹?«

»Du wirst es gleich verstehen. Ich gehe davon aus, dass du nicht zimperlich bist.«

»Äh ...?«

Der Händedruck auf ihren Schultern verschwand. Dann stand Samuel Brahe neben ihr. Überrascht sah sie, dass er nur ein Hemd trug und in seine Stiefel geschlüpft war. Er nahm sie an der Hand und führte sie mit sich zu den beiden Wachen hinüber. Diese sahen ihnen mit einer Mischung aus Amüsement und Verachtung entgegen.

»He, Kameraden«, sagte Samuel.

»Du bist nicht unser Kamerad, Brahe!«, zischte der Soldat, den Samuel zuvor auf den Boden geworfen hatte. »Du hast keine Ehre.«

»Kommt schon, Kameraden«, sagte Brahe. »Ich hab vielleicht keine Ehre, aber ich hab einen Schwanz.«

»Na und?«

»Die Sache ist die«, sagte Brahe. »Das Täubchen hier hat noch Platz für einen zweiten, und ich dachte, ich tue einem von meinen Männern einen Gefallen. Ist es nicht so, mein Täubchen?«

Alexandra besaß die Geistesgegenwart, albern zu kichern.

»Warum sollte ich nicht der Zweite sein?«, fragte der Wachposten mit dem Spieß zu Alexandras Entsetzen.

»Willst du ihn dahin stecken, wohin der ihn schon gesteckt hat!?«, fragte der mit der Armbrust und spuckte Alexandra vor die Füße. »Pfui Teufel.«

»Also, wie sieht's aus, Kameraden?«

Die Wachposten sahen sich an. In das Gesicht des Spießträgers trat ein schlauer Ausdruck. »Du hast da einen netten Ring am Finger, Brahe.«

Samuel zog ihn, ohne zu zögern, ab. »Meinst du den, den ich dir schon seit Langem schenken wollte?«

»Du nimmst doch wohl nichts von dem da an?«, fragte der Armbrustschütze.

Samuel ließ den Ring zu Boden fallen. »Hoppla«, sagte er dann. »Da liegt ja ein Ring auf dem Boden. Den muss einer verloren haben. Ich würde mich danach bücken, wenn ich es nicht so verteufelt im Rücken hätte.«

Der Soldat mit dem Spieß las den Ring auf und steckte ihn ein. »Eine Stunde, Brahe. Such dir einen von deinen Dreckskerlen aus.«

»Danke, Kamerad. Und du, Täubchen …«, er klopfte Alexandra auf den Hintern, »… marsch zurück in deinen Verschlag. Halt dich feucht, bis wir wiederkommen.«

Alexandra huschte über die Gasse davon. Ihr Gesicht brannte vor Scham und gleichzeitig vor Spannung. Würde es Samuel wirklich gelingen, ihre Flucht zu arrangieren? Das war jede verächtliche Anrede eines Soldaten wert, der von Ehre redete und wahrscheinlich noch die Kratzer des letzten Opfers auf dem Hintern trug, das er vergewaltigt hatte. Die Worte brannten dennoch in ihr. Und zugleich brannte etwas in ihr, von dem sie geglaubt hatte, es sei schon lange tot, und das nicht deplatzierter hätte sein können: das Bedauern, dass sie Samuel Brahe nicht noch einmal in sich spüren würde.

16

»Königsmarcks Quartiermeister hat an fast alles gedacht«, flüsterte Samuel Alexandra ins Ohr. »Sogar das kleine Türchen hier in der Stadtmauer, das zu den Fischteichen führt, lässt er bewachen.«

Alexandras Blicke schweiften zwischen den anderen hin und her: Agnes, dem Schreiber, dem Bauern, Samuel und dem Mann mit dem runden Gesicht, der, so viel wusste sie mittlerweile, Alfred Alfredsson hieß. Er hatte seine komplizierte Verbeugung vor Agnes und ihr erneut vollführt, als sie in dem eingefallenen Haus gegenüber von Samuels Quartier aufeinandergetroffen waren. Agnes hob eine Augenbraue, sagte jedoch nichts. Sie hatte auch nicht gefragt, wie Alexandra Samuel gefunden hatte und weshalb er ihnen helfen wollte, aus der Stadt zu entkommen. Alexandra ahnte dumpf, dass Agnes mit ihrem üblichen siebten Sinn längst wusste, wie das Verhältnis Alexandras zu Samuel sich gestaltete.

»Ich sehe keine Wache«, sagte Alexandra und bemühte sich, die Dunkelheit zu durchdringen. Das Türchen war halb unter dicken Efeu- und Weinranken versteckt, die an der Innenseite der Mauer hingen. Es hätte nicht verlassener daliegen können.

Samuel zögerte einen kleinen Moment. »Komm mit«, sagte er dann. Er huschte über die Gasse und drückte sich an rußgeschwärzten Hauswänden entlang bis zu einer nur leicht beschädigten Hütte, die ein paar Dutzend Schritte von dem zu bewachenden Türchen entfernt lag. Mit einem Finger auf den Lippen führte er sie um die Hütte herum, und Alexandra sah zu ihrer Überraschung, dass aus einer Fensteröffnung in der Rückseite Licht sickerte. Das Fenster war nicht mehr als ein rechteckiges Loch in der Wand, von innen mit einem Stück Tuch verhängt. Unendlich vorsichtig schob Samuel das Tuch ein paar Fingerbreit beiseite. Dann winkte er Alexandra mit einer Kopfbewegung heran.

Der Blick war der in einen Raum, der als Koch-, Wohn- und Schlafstätte diente. Die Kochstelle war nicht mehr als eine Ausbuchtung in der Wand, in der ein paar Scheite schwach glommen; ein kleiner Kessel hing darüber. Der Raum war voller Rauch und dem Gestank von Menschen, die sich schlecht ernähren und niemals waschen können. Alexandra kniff die Augen zusammen, weil sie zu brennen anfingen. Es schien, dass ein Raum mit einer Atmosphäre wie dieser kein Leben zuließ, und doch bewegten sich zwei Gestalten darin. Eine davon war ein Mann in der üblichen bunten Kleidung der Soldaten, der auf einem Strohsack saß und geräuschvoll etwas aus einer Schüssel schlürfte. Die andere war eine Frau, die in dem Kessel rührte. Noch während Alexandra zusah, stand der Soldat auf, polterte auf seinen großen Stiefeln zu der Frau hinüber und hielt ihr die Schüssel hin. Sie füllte sie mit dem, was sie aus dem Kessel schöpfte. Der Soldat lachte, zog sie mit der freien Hand an sich und küsste sie auf den Mund. Die Frau legte die Arme um ihn. Seine freie Hand bauschte ihren Rock, bis er ihn über ihren Hintern in die Höhe geschoben hatte, dann verschwand sie unter dem Rock und begann zu wühlen. Die Frau kicherte und stieß ihn spielerisch von sich. Er lachte erneut, packte eine ihrer Hände und führte sie zum Schritt seiner Hose. Sie packte grinsend zu, und er schloss die Augen und brummte genießerisch, gab ihr einen zweiten langen, tiefen Kuss und setzte sich dann wieder, um sich dem Inhalt seiner Schüssel zu widmen. Die Frau wandte sich ab, und Alexandra konnte für einen Augenblick ihr Gesicht sehen.

Es war vor Hass und Ekel verzerrt.

»Pass auf«, sagte Samuel.

Er gab ein Geräusch von sich, das sich wie das Maunzen einer halb verhungerten Katze anhörte.

»Ist das Drecksvieh schon wieder da?«, hörte Alexandra den Mann drinnen sagen.

»Ich verjag sie«, sagte die Frau. Einen Moment später wurde das Tuch beiseitegeschoben, und ein Stein flog hinaus. Samuel maunzte erneut, wie eine Katze maunzt, die sich über die schlechte Behandlung durch etwas so Unterlegenes wie die menschliche Rasse empört. Der Kopf der Frau wurde in der Öffnung sichtbar. Alexandras Herz setzte aus, als sie Samuel und sie direkt anblickte.

»Getroffen?«, fragte der Soldat drinnen.

»Weiß nich'. Aber ich glaub, sie is' weg.« Das Gesicht der Frau zeigte keinerlei Regung. Samuel nickte ihr zu. Sie nickte zurück und verschwand aus der Fensteröffnung. »Seh sie nich' mehr.«

»Untersteh dich, sie mir zu servieren, wenn sie abgekratzt ist.«

»Was glaubst du, was das is', was du heute frisst?«, fragte die Frau.

»Waaas?«, machte der Soldat.

Die Frau begann zu lachen. Nach einer kurzen Pause lachte der Mann mit.

»Das sollst du mir büßen!«, sagte er.

»Am besten gleich«, erwiderte die Frau mit einer Stimme, die plötzlich rauchig klang. Alexandra hörte die Schritte des Mannes über den Boden poltern, dann ein paar erstickte Geräusche, die sich leicht identifizieren ließen als die von zwei Menschen, die sich umarmen und gleichzeitig versuchen, sich gegenseitig auszuziehen. Kurz darauf wurde es stiller, und der Mann begann zu seufzen und zu stöhnen.

Samuel hockte sich auf die Fersen und lehnte sich mit dem Rücken an die Wand. Alexandra fühlte Verwirrung und Verlegenheit, aber es gelang ihr, seinen Blick zu erwidern. Im Innern der Hütte sagte der Mann mit belegter Stimme: »Steh auf, du!«, und die Stille wurde abgelöst durch ihr Ächzen und dann das rhythmische Geräusch eines Koitus. Die Frau begann zu stöhnen. Das Gepolter der Stiefel zeigte an, dass die beiden eine Stellung praktizierten, bei der man auf den Beinen bleiben konnte. Wo hätte man sich auch hinlegen können außer auf den Strohsack? Alexandra wandte den Blick ab.

»Er«, wisperte Samuel, »ist ein armes Schwein, das nur alle paar Tage abgelöst wird und das der Futtermeister regelmäßig vergisst, wenn es um die Rationen geht. Er ist verlaust, hungrig, halb erfroren und aus lauter Verzweiflung und Einsamkeit geil wie ein ganzes Priesterseminar.«

»Er zwingt sie, ihm …«

»Sie«, fuhr Samuel fort, »ist eine ehemalige Badehure, die in dieser verlassenen Hütte Unterschlupf gefunden hat. Sie hat wahrscheinlich die Hälfte der ehrbaren Bürger von Wunsiedel dringehabt, als dies hier noch eine funktionierende Stadt war, aber jetzt findet sie in keiner der Gruppen von Überlebenden, die sich irgendwo zusammendrängen, Aufnahme.«

»Du kennst dich gut aus.«

Das Stoßen in der Hütte wurde lauter. Alexandra hörte das Klatschen, das laut wird, wenn eine flache Hand auf entblößte Hinterbacken schlägt, und das heftige Keuchen des Soldaten. Dazwischen war undeutlich die Stimme der Frau zu vernehmen. »Komm schon! Komm schon! Is' das alles, was du mir gibst? Komm schon!«

»Wir werden weniger streng bewacht, als es aussieht. Tagsüber kommen wir ein bisschen rum.« Sie sah ihn in der Dunkelheit freudlos grinsen.

Das Tuch vor der Fensteröffnung wurde beiseitegezogen, und das Gesicht der Frau erschien wieder. Es hatte hektische rote Flecken auf den Wangen. Sie stützte sich mit den Händen an der Fensterbrüstung ab, und ihr Oberkörper ruckte vor und zurück im Takt der Stöße, die ihr von hinten verabreicht wurden. Ihre Augen waren groß und glänzend und auf Samuel gerichtet. Etwas fiel plötzlich aus dem Fenster, und Samuel streckte blitzschnell die Hand aus und fing es auf. Die Frau verschwand wieder aus der Fensteröffnung. Das Gerangel ging unvermindert weiter. Samuel öffnete die Faust. Ein alter, klobiger Schlüssel lag darin.

»Verschwinden wir«, sagte er.

»Warum tut sie das?«, fragte Alexandra, als sie zurück zum Versteck der anderen schlichen.

»Was? Sich mit dem Feind zusammentun?«

»Nein – dir helfen.«

»Keiner von meinen Männern oder ich haben ihr etwas Böses getan.«

»Und ihr seid Gefangene.«

»Die Verdammten dieser Erde helfen sich gegenseitig, wie? Wie lange bist du schon auf der Welt, mein Engel?«

Sie legte die Hand auf seinen Arm. »Du hilfst uns.«

»Ich tue es nicht umsonst.«

»Weil du glaubst, dass du und deine Leute zusammen mit uns eine Chance haben, irgendwo Asyl zu erhalten.«

Er grinste. »Weil ich glaube, dass ich von dir aus lauter Dankbarkeit noch einen Kuss bekomme.«

Als sie das Versteck erreichten, zeigte Samuel den Schlüssel seinem ehemaligen Wachtmeister. Alfred nahm ihn und betrachtete ihn wie ein Verdurstender, dem jemand plötzlich den Schlüssel zum Weinkeller in die Hand gedrückt hatte.

»*Du är det bäst, kapten*«, murmelte er.

»Beeilen wir uns«, sagte Samuel. »Nach dem Gebumse wird er eine Weile schlafen, aber irgendwann wacht er auf und sieht hier nach dem Rechten. Bis dahin muss der Schlüssel wieder zurück sein. Er ist ein armes Schwein, aber kein dummes.«

»Rittmeister«, sagte Agnes, »ich habe das Gefühl, für einen Schweden sind Sie ein ganz brauchbarer Kerl.«

»Ich bin kein Offizier mehr«, sagte Samuel.

»Offizier zu sein hat nichts mit dem Rang zu tun, sondern damit, das Herz auf dem rechten Fleck zu haben.«

Eine kleine Stille entstand, in die Agnes gelassen hineinlächelte. Alfred Alfredsson, der ganz offensichtlich mehr Deutsch verstand, als er erkennen ließ, grinste schief. Samuel gab Agnes' Blick zurück.

»Sind Sie verheiratet?«, fragte er dann. »Wenn nicht, mache ich Ihnen auf der Stelle einen Antrag.«

»Ach, mein Junge«, sagte Agnes, und ihr Lächeln wurde breiter. »Ich bin schon vor langer Zeit auf so einen Kerl wie dich hereingefallen.«

»Er ist zu beneiden.«

»Gehen wir jetzt?«, fragte Alexandra und erkannte zu ihrem eigenen Erstaunen, dass ihre Stimme eifersüchtig klang. »Oder sollen wir euch beide allein lassen?«

Samuel wandte sich ihr zu. »Es gibt nichts umsonst, erinnerst du dich?«, fragte er, dann zog er sie zu sich heran und küsste sie. Als er wieder von ihr abließ, verneigte er sich vor Agnes. »Verzeihen Sie, Madame.«

Agnes verdrehte die Augen. Alfred Alfredsson huschte über die Gasse und verschmolz mit den Schatten am Fuß der Mauer. Nach ein paar Augenblicken trat er wieder daraus hervor und winkte ihnen zu. Sie hasteten zu dem nun halb geöffneten Türchen. Alfred drehte den Daumen nach oben und nickte hinaus ins Freie. Agnes, der Schreiber und der Bauer schlüpften hindurch. Alexandra machte den Abschluss und blieb an der Mauer stehen.

»Worauf wartest du?«, fragte Samuel.

»Auf dich und deine Männer!« Dann sah sie ihm in die Augen und erkannte, was ihr schon zuvor hätte klar sein müssen. »Ihr kommt nicht mit.«

Samuel schüttelte den Kopf.

»Was erwartet euch denn hier – außer dem Tod?«

»In Frankreich, habe ich gehört, dauert die Hinrichtung eines überführten Königsmörders mehrere Stunden. In Schweden dauert sie sechzehn Jahre, und sie wird Stück für Stück vollführt, mit Himmelfahrtskommandos und tödlichen Missionen, für die niemand ein Wort des Dankes sagt. Aber der Tag wird kommen, an dem wir unsere Schuld abgetragen haben. Wenn wir hierbleiben und unsere Aufträge erfüllen, können wir unsere Ehre eines Tages wiederherstellen. Wenn wir flüchten, bleiben wir auf ewig Verfemte.«

Alexandra musterte Samuel, als sähe sie ihn zum ersten Mal. »Auch ein Gespenst klammert sich an die Hoffnung, nicht wahr?«, sagte sie rau.

»Jeder klammert sich daran«, sagte Samuel, dann war er

verschwunden, und das Türchen schwang leise zu. Alfred Alfredssons Handkuss hing noch in der Luft.

Alexandra straffte sich. Sie wurde sich der Blicke ihrer Mutter bewusst und wich ihnen aus. »Wir haben einen langen Weg«, sagte sie und stapfte in das weite Feld hinein, in dem die stumpf glänzenden, gefrorenen Spiegel der Fischteiche lagen. »Bringen wir ein paar Meilen zwischen uns und diesen Friedhof von einer Stadt.«

17

Pfarrer Christian Herburg war der Seelsorger des Örtchens Falkenau, zwei, drei Meilen nördlich von Eger. Die Nähe zu einer großen Stadt (nach Eger war es ein Fußmarsch von knapp einem Tag) machte das Leben schwer für den geistlichen Hirten eines Dorfes. Die Klugen und die Arbeitswilligen verschwanden so schnell wie möglich hinter die Stadtmauern, um die Freiheit, ihr Glück oder auch bloß eine andere Arbeit zu finden als die, sich vom Frühjahr bis in den Winter auf den Feldern abzuplacken und im Winter dann zu frieren und zu hungern. Die Einnahme Egers durch den schwedischen General Wrangel im vergangenen Sommer hatte diese Situation noch verschärft. Die Bevölkerung der Stadt hatte sich unter der schwedischen Herrschaft und unter dem Eindruck der schwer bewaffneten Garnison, die Wrangel zurückgelassen hatte, darauf besonnen, dass ihr Herz eigentlich schon immer protestantisch geschlagen hatte. Wer konvertierte, fand offene Arme; wer sich als Soldat in schwedischen Diensten einschreiben ließ, ebenfalls. Wer in die Hände spuckte und half, die Spuren der schweren Beschießung zu beseitigen, plackte sich zwar nicht weniger als zuvor auf dem Acker, konnte aber gewiss sein, ausnahmsweise als Held angesehen zu werden. Pfarrer Herburg hätte niemals geahnt, wie viele prospektive Protestanten, Soldaten und Helden sein kleines Dorf bewohnt hatten. Jetzt waren sie alle weg, und zurück blieben die Dummen, die Resignierten und diejenigen, die wussten, dass ihre immanente Bosheit sie in der Stadt zu Ausgestoßenen machte, auf dem Dorf aber zu Respektspersonen, die man fürchtete.

Während er mit den Füßen auf den Boden stampfte und versuchte, so etwas Ähnliches wie Gefühl in seine halb erfrorenen Zehen zurückzubringen, schalt er sich selbst einen Narren. Warum hatte er sich einmischen müssen, als er von der Geschichte erfahren hatte? Er könnte jetzt seine Füße in Richtung des Feuers im Kamin strecken und in der Bibel lesen, anstatt den beiden alten Wirrköpfen zuzusehen, wie sie versuchten, den gefrorenen Boden aufzugraben. Nicht dass er nicht überzeugt gewesen wäre, das Richtige zu tun, aber das Richtige war eben nicht das, was am bequemsten war, schon gar nicht, wenn der Schnee aus dem Himmel fiel, als wolle er die ganze Welt zudecken, und die eigenen Stiefel so leck waren wie ein Sieb.

Letztlich war er immer noch überrascht, wie schnell alles gegangen war – er war nach Eger marschiert, um sich mit dem dortigen Ordensmeister der Kreuzherren mit dem Roten Stern zu beraten – und dieser hatte ihn mit den Worten nach Hause geschickt, dass jemand kommen würde, um sich der Angelegenheit anzunehmen. Schon am nächsten Tag war ein Reiter da gewesen, der sich als Abgesandter des Ordenskomturs ausgewiesen und den alten Heinrich Müller eingehend befragt hatte (nicht zu früh, der alte Heinrich war noch am selben Abend auf seinem Sterbelager entschlummert). Der Reiter war nach Eger zurückgeprescht, und jetzt, kaum vier Wochen später, noch vor dem Christfest, waren die beiden alten Herren in ihrem Wagen aufgetaucht, hatten Pfarrer Herburg gebeten, ihn zu der Stelle im Wald zu führen, die der sterbende Heinrich benannt hatte, und hatten zu graben begonnen.

»Meine Herren«, sagte Christian mit klappernden Zähnen, »es reicht doch, wenn wir die Leichen im Frühjahr auf meinen Kirchhof umbetten. Die armen Seelen liegen hier jetzt seit sechzehn Jahren, da kommt es sicher auf ein paar Monate nicht an.«

Der eine der beiden Männer richtete sich auf und drückte sich die Hände ächzend ins Kreuz. Schließlich legte er die Schaufel auf den Boden und kam zu Christian herüber. Der Pfarrer, der klein und pummelig war, legte den Kopf in den Nacken, um zu ihm aufzusehen. Der Mann war groß und hager; er machte ein nachdenkliches Gesicht.

»Sind Sie sicher, dass es hier sein soll? Es findet sich nichts!«

»Heinrich Müller hat gesagt, es ist diese Stelle. Ich kenne die Gegend wie mein Pfarrhaus.«

»Erzählen Sie mir noch mal, wie Sie an diese Information gekommen sind.«

»Heinrich Müller sagte auf dem Totenbett, dass ...«

»Wer war Heinrich Müller gleich wieder?«

Christian seufzte. »Zunächst der Müller von Falkenau. Aber Sie kennen das sicher – jede Generation bringt einen Menschen hervor, der für seine Umgebung zu groß oder zu stark oder zu zornig ist. Manchmal gehen diese Menschen aus ihrer Heimat weg und verwenden ihren Zorn, um anderswo ihr Glück zu machen; oder aber sie bleiben dort, wo sie herkommen, ständig unzufrieden, ständig wütend, ständig voller Verachtung gegenüber all den anderen, aber dennoch nicht mit genügend Mut oder Verstand beseelt, um wegzugehen. Irgendwann einmal werden sie älter, ruhiger, resignierter, wenn Sie so wollen, finden eine Frau, gründen eine Familie, werden zu ganz normalen Mitgliedern der Allgemeinheit. Aber in ihrer Jugend waren sie die Plage aller, und auch wenn sie sich beruhigt haben, lasten die Sünden aus dieser Zeit noch immer auf ihnen, und ...«

»… und Heinrich Müller war so einer.«

Christian nickte. »Einer von den ganz üblen Burschen. Wenn sein Vater nicht der Müller gewesen wäre, hätten sich gewiss ein paar junge Leute zusammengetan und ihm in der Dunkelheit aufgelauert. Aber Sie wissen ja, wie es mit dem Müller ist … man weiß nie so recht …«

» … ob er nicht mit dem Teufel im Bunde steht«, sagte der hagere alte Mann und grinste.

»Alles natürlich reiner Aberglaube«, winkte Christian ab, der es sich zur Regel gemacht hatte, sich zu bekreuzigen, wann immer ihm ein Müller über den Weg lief.

»Und Heinrich Müller hat sich geläutert.«

»Vor etlichen Jahren – als er die Mühle von seinem Vater übernahm und heiratete. Im Herbst diesen Jahres hat er sich den Fuß gebrochen, während er den Mühlstein auswechseln wollte, und das Fieber ist in die Wunde gekommen und hat ihn weggerafft.«

»Ein reuiger Sünder, der auf dem Totenbett ein altes Verbrechen gebeichtet hat.«

Christian wand sich. »Nicht gebeichtet«, sagte er. »Sonst hätte ich das alles für mich behalten. Nein, er hat mich gebeten, dafür zu sorgen, dass die armen Teufel, die er und seine Kumpane damals erschlagen haben, eine ordentliche Beerdigung erhalten, und hat mir sogar Geld dafür gegeben.«

»Worauf Sie sich mit dem Ordensmeister der Kreuzherren in Eger in Verbindung gesetzt haben, weil Heinrich Müller Ihnen erzählte, dass es sich nicht um einen simplen Mord handelte.«

»Und weil er sagte, dass ein paar Jesuiten Zeugen der Tat waren, und weil sie im Zusammenhang steht mit der Verbrennung von Anna Morgin …« Christian ließ den Kopf hängen. »Nicht gerade ein Tag des Ruhmes für diese Gegend.«

»Ein Mord im Zusammenhang mit einem Hexenprozess, ein paar Jesuiten, die den Mord decken, eine Hinrichtung, die weit über den Landstrich hinaus bekannt geworden ist und die heute die Mütter dazu hernehmen, um ihren aufmüpfigen Töchtern Angst einzujagen ... Sie haben schon recht damit getan, sich Rückendeckung bei den Kreuzherren zu holen.«

»Was ich noch immer nicht verstanden habe«, sagte Christian, »ist Ihre Rolle und die Ihres Freundes. Ich dachte eigentlich, eine Abordnung des Bischofs käme oder meinetwegen auch jemand von der Societas Jesu.«

»Oh, trösten Sie sich«, sagte der hagere Mann und zwinkerte ihm zu, »wir haben Verbindung zu höchsten Kirchenkreisen.«

Der andere der beiden Männer, der verbissen weitergebuddelt hatte, hielt plötzlich inne und bückte sich. Dann sah er zu ihnen hinüber und rief: »Ich hab endlich was gefunden! Hilfst du mir, Andrej, oder hast du das Arbeiten für heute aufgegeben?«

»Ich hab das Arbeiten schon vor zehn Jahren aufgegeben«, rief der hagere Mann zurück. »Seit wir die Firma an deine Jungs übergeben haben. Erinnerst du dich noch an die Feier damals?«

»Nein«, erwiderte der Mann in der flachen Grube, die er ausgehoben hatte. »Und wenn es stimmt, was die Firmenlegende über diese Feier sagt, bin ich froh darüber.« Er grinste wie einer, der es nicht ernst meint mit seiner Rede.

Der hagere Mann, den der andere Andrej genannt hatte, schlenderte zu der Grube zurück. Christian folgte ihm zögernd.

Die Jahre als Seelsorger hatten Pfarrer Christian mit dem Tod vertraut gemacht. Seine Schäfchen entschliefen sanft in ihren Betten vor seinen Augen, während er ihnen die Absolution erteilte; andere wurden erst im Frühjahr im Wald gefunden, nachdem die Zeit und die Tiere sich bereits an ihnen zu schaffen gemacht hatten. Verirrte und erfrorene oder von Wegelagerern erschlagene Wanderer, in ihren einsamen Hütten zusammengebrochene und umgekommene Köhler oder Eremiten, in Reihen an Bäumen hängende Soldaten, deren Regiment unbemerkt von den Dörflern in der Nähe vorbeigekommen war und deren Offiziere einen guten Baum gefunden hatten, um Insubordination, Diebstahl oder Totschlag innerhalb der eigenen Truppe zu bestrafen. Er hatte jedoch noch nie dabei geholfen, einen Leichnam, der bereits in die Erde gelegt worden war, wieder auszugraben, und er war überrascht, wie absolut nebensächlich und gering das Häufchen Knochen aussah in seinem Lager aus halb gefrorenem Dreck, eingewickelt in Fetzen schmutzigen, dunklen Tuchs.

Der Mann, der weitergegraben hatte, hockte sich auf die Fersen und wischte mit den Händen Erde vom knöchernen Gesicht des Toten. Im Gegensatz zu seinem Begleiter war er breitschultrig, stämmig und bärtig. Sein Haar war weiß, kurz geschnitten und schütter; das seines Freundes war lang und im Nacken nachlässig zusammengebunden und wies immer noch schwarze Strähnen im Grau auf.

»Meinst du, er ist es?«, fragte der Langhaarige – Andrej.

Der andere Mann rieb einen Zipfel des halb verfallenen Tuches zwischen Daumen und Zeigefinger. »Eine schwarze Kutte«, murmelte er. Er sah Christian ins Gesicht. »Und wir haben die Aussage Heinrich Müllers, dass der Einsiedler ein Hüne war, der so arg stotterte, dass man ihn kaum verstand.«

Christian nickte.

Der Mann in der Grube tätschelte das Knochengesicht des Toten sanft. »Hallo, Bruder Buh«, sagte er. »Hat dein Weg hier enden müssen, unter den Knüppeln von Totschlägern und Soldaten, weil du versucht hast, einer vor der Hinrichtung geflohenen Hexe Asyl zu geben? Du hast schon immer diejenigen beschützt, die es wirklich nötig hatten, nicht wahr?

Abt Martin ... deinen Freund Pavel ... und uns alle, damals im Klosterhof von Braunau. Wenn einer seine Sünden wettgemacht hat, dann du.«

»Ruhe in Frieden«, sagte der Mann namens Andrej.

»Danke, mein Freund. Ich weiß, dass du ihn immer als den Mörder Yolantas gesehen hast.«

»Ich weiß nicht, Cyprian. Yolanta ist Bruder Pavels wegen gestorben, nicht seinetwegen. Und auch Bruder Pavel habe ich schon lange vergeben.«

Cyprian rieb den brüchigen schwarzen Stoff erneut. »Nach so langer Zeit lässt mir diese Kutte immer noch die Haare zu Berge stehen.« Er ließ den Stoffzipfel los und wischte sich die Finger an der Hose ab.

»Geht mir genauso, wenn ich Wenzel darin sehe. Und er ist mein eigener Sohn.«

»Meine Herren«, sagte Christian, »wie geht es jetzt weiter?«

Die beiden Männer beachteten ihn nicht. Cyprian richtete sich auf und schüttelte den Kopf. »Ich bin immer wieder erstaunt, wie gut Onkel Melchiors Verbindungen selbst eine Generation über seinen Tod hinaus noch arbeiten. Aber die Kreuzherren haben ihm aus der Hand gefressen, seit er damals ihren obersten Ordensmeister Bischof Lohelius auf seine Seite zog.«

»Hmmm«, brummte Andrej. »Na schön, wir haben die Leiche von Bruder Buh gefunden. Aber die Frage ist doch – was hat er erzählt, bevor er starb? Ich traue den Jesuiten nicht. Die Kerle sind schlauer als der Teufel selbst. Wenn es stimmt und die Jesuiten, die damals den Hexenprozess führten, mit den Leuten aus dem Dorf und ihren Soldaten hier herausgekommen sind auf der Jagd nach Anna Morgin, dann kann es sein, dass sie Bruder Buh noch mit dem letzten Atem abgequetscht haben, was er über ...«

»Ha-rrrumph!«, machte Cyprian.

»... *alles* wusste«, vollendete Andrej geschmeidig.

Christian sah von einem zum anderen. »Heinrich Müller hat geschworen, dass er die Wahrheit ...«

»Schon gut, Hochwürden. Keiner stellt Ihre Aussagen in Abrede.«

»Würden Sie mir freundlicherweise verraten, was Sie mit der ganzen Sache zu tun haben?«

»Lassen Sie es mich so sagen«, erklärte Andrej. »Der Ordensmeister der Kreuzherren von Eger hat eine Taube zu seinem Obersten nach Prag geschickt, sobald er sich vergewissert hatte, was hier vor sechzehn Jahren geschehen ist. Die Nachricht, die diese Taube dabeihatte, ist von der Kommende der Kreuzherren in Prag direkt zu unserem Haus gebracht worden und hat dort wiederum eine Botschaft nach Ingolstadt ausgelöst, wo wir beide uns zufällig aufhielten. Wenn Sie jetzt einwenden wollen, dass es bedeutend einfacher gewesen wäre, gleich eine Brieftaube von hier nach Ingolstadt zu schicken, dann stimme ich Ihnen zu, aber so ist es nun mal.« Andrej lächelte freundlich in das vollkommen verwirrte Gesicht Christians hinein.

»Sie sind Abgesandte der königlichen Statthalter in Prag, nicht wahr?«, rang der Pfarrer sich schließlich durch zu fragen.

Cyprian schüttelte den Kopf. »Wir sind nur eine interessierte Partei, weiter nichts.«

»Eine *sehr* interessierte Partei«, ergänzte Andrej.

»Das Kind, das damals ebenfalls umgekommen ist, wäre hier in der gleichen Grube verscharrt worden?«

Christian zuckte mit den Schultern und gab es auf, verstehen zu wollen, wo die beiden alten Knaben herkamen. »Ich nehme es an.«

Cyprian kletterte aus der Grube und streckte sich. Mit seiner bulligen Figur und unten in der Grube hatte er klein gewirkt. Und wie beim ersten Mal, als er aus dem Wagen geklettert war, so war Christian auch jetzt wieder überrascht zu sehen, dass der alte Mann ihn um Etliches überragte und nur wenig kleiner war als sein hagerer Freund. Nun ergriff Cyprian die Schaufel und drückte sie ihm in die Hand.

»Hier, Hochwürden. Sie sehen aus, als würden Sie frieren.« Cyprian knöpfte seine Jacke auf. »Buddeln Sie ein bisschen, dann wird Ihnen warm. Sie sind noch jung – ich bin ein alter Sack und brauche Ruhe.«

Andrej nahm die andere Schaufel und klopfte Christian auf die Schulter. »Kommen Sie, machen wir uns an die traurige Pflicht. Wahrscheinlich liegt das Skelett des Kindes unter dem von Bruder Buh. Was hast du vor, Cyprian?«

»Ich bereite die Nachricht an Wenzel vor, damit wir sie gleich losschicken können. Wenn die Taube nicht in der verdammten Kälte erfroren ist.«

»Bestell ihm schöne Grüße von mir«, sagte Andrej und stieg in die Grube zu dem halb freigelegten Gerippe hinunter.

»Ehrwürdiger Vater, schöne Grüße von deinem Herrn Papa, und wenn wir Pech haben, wissen die Jesuiten, wo …«

»Ha-rrrumph!«, machte Andrej.

»… alles ist«, sagte Cyprian und verzog das Gesicht. »Herrgott, nimmt das denn nie ein Ende? Ich bin zu alt für diesen Mist.«

Nach einer Weile fühlte Christian Herburg die Kälte nicht mehr, und wenn er nicht um eine skelettierte Leiche herumgegraben hätte, hätte ihm die Arbeit vermutlich sogar Spaß gemacht. Andrej grub auf der anderen Seite, langsam und methodisch und ab und zu innehaltend und den blanken Schädel musternd.

»Woher kennen Sie ihn?«, fragte Christian schließlich.

Andrej sah auf. »Hmm?«

»Den Toten. Woher kennen Sie ihn?«

»Das ist eine lange Geschichte, Hochwürden.«

»Und Sie und ... Cyprian? Haben Sie eigentlich noch andere Namen?«

Andrej grinste. »Darauf können Sie wetten, Hochwürden.«

»Na ... und?«

»Was wollten Sie wissen über mich und ... Cyprian?«

Unwillig brummte Christian: »Was das alles hier soll ... Wer Sie beide sind ... wer der arme Kerl hier wirklich ist ... Bruder Buh ... das ist doch kein Name.«

»Er hat drauf gehört, als er noch am Leben war.«

Christian versuchte sich einen Reim auf das Mienenspiel des hageren alten Mannes zu machen, der ihm gegenüberstand. Es war mehr Schatten als Licht darin, während dieser den Totenschädel anstarrte, so viel war sicher.

»Eine lange Geschichte, Hochwürden«, murmelte Andrej. »Sie beginnt mit einem Unwetter irgendwo am Ende der Welt, und wo sie endet, weiß der Teufel.«

»Gott der Herr weiß es«, erwiderte Christian.

Andrej sah ihm in die Augen. Dann schüttelte er den Kopf und lächelte ein freudloses Lächeln. Christian lief es kalt den Rücken herunter.

»Graben wir weiter«, sagte er rau. Erst nach ein paar Schaufelstößen wurde ihm klar, dass Andrej nicht mitgrub.

»Was ist los?«

»Kommen Sie doch mal auf meine Seite herüber, Hochwürden.«

Christian tat ihm den Gefallen, selbst erstaunt, wie beschwingt er sich fühlte nach den paar Minuten körperlicher Arbeit.

»Fällt Ihnen was auf?«

»Äh ... nein ...«

»Hmmm«, machte Andrej. Er drückte dem Pfarrer die Schaufel ohne große Umstände in die freie Hand und marschierte zum Wagen hinüber. Christian sah ihm ratlos nach, dann musterte er den Toten. Er lag nicht sonderlich tief, sodass die Erde auch unter ihm gefroren war – eine Heidenarbeit, weiterzugraben und ihn und das Gerippe des Jungen, von dem die beiden alten Kerle glaubten, dass es darunterliegen müsse, herauszulösen. Zu allem Überfluss war da auch noch eine dicke Baumwurzel, die man entweder entzweihauen oder absägen musste, wenn man unter das Skelett des Riesen gelangen wollte.

Andrej kehrte mit Cyprian zurück. Dieser bückte sich und spähte an Christians Stiefeln vorbei.

»Hab ich mir fast gedacht«, brummte er.

»Was haben Sie sich gedacht?«, fragte Christian.

»Hochwürden, wir ändern den Plan. Wir haben keine Zeit mehr, hier weiterzugraben. Wir geben Ihnen genug Geld, dass Sie ein paar Burschen bezahlen können, die den Rest erledigen. Dann gehen Sie nach Eger und bestellen dem Stadtrat schöne Grüße und dass er für ein namenloses Grab auf Ihrem Kirchhof sorgen und für die Beerdigung aufkommen soll. Die Kosten übernimmt die Firma *Khlesl, Langenfels, Augustýn & Vlach* in Prag. Wenn Sie diesen Namen nennen, wird es keine merkwürdigen Fragen geben. Ach ja …« Cyprian winkte ab, als Christian ihn unterbrechen wollte, »stellen Sie uns zusammen, was es kostet, einmal im Jahr eine Messe für den armen Teufel hier zu lesen – am besten am Nikolaustag. Der Mann war ein Riese, aber ein Kind im Herzen, und wenn sich jemand seiner Seele annimmt, dann der heilige Nikolaus.«

»Aber was soll denn …«, stotterte Christian, als er endlich an die Reihe kam. »Ich dachte, wir graben auch noch den Leichnam des Jungen …«

»Dafür, dass ein Mord vertuscht wurde, bei dem auch noch Jesuiten Zeugen waren, war mir Bruder Buhs Leiche von Anfang an zu wenig tief begraben. Das Waldstück hier ist zwar abgelegen, aber die schlauen Jungs von der Societas Jesu gehen keine unnötigen Risiken ein. Dass das Grab so flach ist, liegt an den großen Baumwurzeln. Sie konnten damals einfach nicht tiefer graben. Als sie bei den Wurzeln angekommen waren, gaben sie auf und legten Buh hinein.«

Cyprian stieg aus dem Loch und klopfte Christian im Vorbeigehen auf die Schulter. »Kommen Sie mit zum Wagen, wir geben Ihnen alles Geld, das wir dabeihaben. Sie haben uns geholfen, und das soll Ihr Schaden nicht sein.«

»Ja, aber ...«

Andrej schob ihn sanft auf den Wagen zu. »Unter dem Gerippe Buhs liegt keine weitere Leiche«, sagte er. »Der Junge damals ... er hat überlebt.«

18

NACHDEM SIE DEN PFARRER in Falkenau abgesetzt und ein oder zwei Meilen zwischen sich und den Ort gebracht hatten, ließ Cyprian den Wagen anhalten. Andrej reichte ihm wortlos den kleinen Verschlag mit seinem gurrenden Inhalt, und beide stiegen aus. Die Landschaft gab das Bild einer erstarrten Dünung ab, lange Wellen von sanften Erhebungen und flachen Tälern, die im grauer werdenden Nachmittagslicht nach Osten rollten, bedeckt mit schmutzig weißen Schneefeldern, gesprenkelt von Waldstücken. Da und dort stand eine kleine Rauchsäule in der Luft und zeigte an, dass es Dörfer und Menschen gab. Viel zu wenige Dörfer ... viel zu wenige Menschen. Cyprian wandte sich ab. Der Anblick deprimierte ihn.

»Viel haben die Schweden hier nicht übrig gelassen«, seufzte Andrej.

»Die Kaiserlichen auch nicht«, sagte Cyprian.

Sie sahen sich an. Cyprian nestelte den Verschlag auf, und Andrej holte die Taube heraus. Der Köcher an ihrem Bein war bereits mit der Nachricht gefüllt. Das Tier ruckte unruhig mit dem Kopf hin und her. Andrej warf die Taube in die Luft, und sie flatterte in einem weiten Kreis einmal um die beiden Männer herum und drehte dann nach Südosten ab. »Und jetzt?«, fragte Andrej.

»Wir müssen damit rechnen, dass Buh dem Jungen erzählt hat, was er über die Teufelsbibel wusste.«

»Vielleicht hat er ihm auch gar nichts erzählt. Oder wenn, besteht die Möglichkeit, dass der Junge kein Wort verstanden hat.«

»Wer weiß, wie lange sie zusammen waren? Es können Jahre gewesen sein!«

»Ich weiß, was du denkst, mein Freund. Ich warne dich ... folge diesem Pfad nicht.«

»Auf welchem Pfad befinde ich mich denn, Andrej?«

Andrej schlang die Arme um den Oberkörper und sah zum Himmel, wo die Taube bereits verschwunden war. »Auf einem Pfad, der links und rechts von Gräbern gesäumt ist. Auf einem Pfad, den vor über fünfzig Jahren schon jemand gegangen ist, weil er fürchtete, dass ein Kind, das unschuldig am Leben geblieben war, obwohl alle es für tot hielten, das Geheimnis der Teufelsbibel verraten könnte und ihren Fluch über die Welt bringen würde.«

Cyprian schwieg. Er hatte sich stets am besten darauf verstanden, dann zu schweigen, wenn man eigentlich einen Kommentar von ihm erwartete.

»Wenn du auch nur daran denkst, diesen Jungen zu finden, dann hast du schon die ersten Schritte auf dem Weg zurückgelegt, auf den Abt Martin Korytko damals Bruder Buh und Bruder Pavel geschickt hat.«

Cyprian musterte seinen Freund und trat dann mit dem Fuß gegen den Boden. »Wir können es uns nicht leisten, ihn *nicht* zu finden«, sagte er nach einer Weile.

Andrej blickte in die Ferne. Cyprian konnte nur erraten, was er dort sah. »Dass ich nach all der Buße, die ich für die

Gier meines Vaters nach der Teufelsbibel abgeleistet habe, jetzt auch noch damit bezahlen muss, so zu werden wie diejenigen, die Yolanta umgebracht haben!« Andrej schüttelte den Kopf.

»Wir werden nicht wie Abt Martin – oder wie Pavel und Buh.«

»Versprich es mir!«

»Was soll ich dir versprechen?«

»Wenn wir den Jungen wirklich finden – den jungen Mann –, dann wird ihm kein Haar gekrümmt werden.«

»Du lieber Gott ...«

»Versprich es mir«, beharrte Andrej.

Cyprian sah ihn eine lange Weile an, dann streckte er die Hand aus und klopfte Andrej auf die Schulter. »Ich erinnere dich an dieses Versprechen, wenn sich rausstellt, dass der Kerl ein sieben Fuß großer Straßenräuber ist und dich an der Gurgel hat.« Es klang nicht so leichtherzig, wie es hatte klingen sollen.

Diesmal war es Andrej, der schwieg.

»Wenn man ihm nichts angetan hat, dann hat man ihn sicher nach Eger gebracht. Vielleicht hat man seinetwegen einen neuen Hexenprozess angefangen – das wäre nicht abwegig. Darüber müssten sich Unterlagen finden lassen.« Cyprian kratzte sich am Kopf. »Gleich nach der Jagd auf die Teufelsbibel liebe ich es ganz besonders, die Protokolle von Hexenprozessen zu lesen.«

»Der Teufel steckt in allen Menschen.«

»Ja. Ich habe nur keine Lust, ihm ständig in die Visage zu blicken.«

Sie kletterten in den Wagen zurück. Cyprian klopfte an die Wand, hinter der draußen auf dem Kutschbock der Lenker saß, und der Wagen ruckte an und rollte auf der Straße nach Eger weiter. Von Osten sickerte die bleierne Düsternis unaufhaltsam heran.

19

WÜRZBURG HATTE GELITTEN, und trotz der Bemühungen von Fürstbischof Johann Philipp von Schönborn, der seit 1642 geistlicher und weltlicher Herr der Stadt war, konnte man die Narben noch sehen. 1634 waren die Schweden endgültig abgezogen, nach ihnen waren die Kaiserlichen gekommen und hatten sich, was die Übergriffe gegen die Bevölkerung betraf, kaum von ihren Vorgängern unterschieden. Erst der Amtsantritt Fürstbischof Philipps hatte die Stadt wieder auf die Beine gebracht. Er hatte die Marienfeste mit neuen Mauern versehen, Brunnen graben und die beschädigten Kirchen in der Stadt instandsetzen lassen. Seine größte Errungenschaft in bautechnischer Hinsicht hatte er jedoch nicht in Würzburg selbst, sondern im nahen Gerolzhofen vollbracht: Er hatte die fest installierten Verbrennungsöfen niederreißen lassen, die sein Vorvorgänger Adolf von Ehrenberg errichtet hatte, damit die Verbrennung der etwa zweihundert Unseligen pro Jahr, die seinen Hexenprozessen zum Opfer gefallen waren, rasch und effizient hatte vor sich gehen können. Johann Philipp von Schönborn war ein Schüler Pater Spees gewesen und hatte von diesem die absolute Ablehnung des Hexenwahns übernommen. Während Fürstbischof Franz von Hatzfeld, sein direkter Vorgänger, noch den ein oder anderen Hexenprozess klammheimlich hatte durchführen und die Hinrichtungsstätten in Gerolzhofen in Betrieb halten lassen, war unter Philipp Johann von Schönborn damit schlagartig Schluss gewesen. Beseelt von der Integrität seines jesuitischen Lehrers, hatte er danach versucht, späte Gerechtigkeit herzustellen; mithilfe einer Kongregation der Societas Jesu, wohlgemerkt. Dass es der Fürstbischof deswegen und wegen seiner Verwicklungen in die Friedensverhandlungen noch nicht geschafft hatte, alle Kriegsschäden in der Stadt wieder aufräumen zu lassen, war unter diesen Umständen nachvollziehbar ...

… wenngleich er, dachte Pater Silvicola, während er dem riesigen Loch in der Mainbrücke auswich, das den Verkehr durch ein enges, bröckliges Nadelöhr darum herumzwang, wenigstens zu diesem Schaden hier ein paar Maurer hätte schicken können. Sein Kopf schwamm, und der Schmerz in seiner Leibesmitte ließ ihn seine Umgebung wahrnehmen, als blicke er durch ein langes Rohr. Er bemühte sich angestrengt, nicht auf das strudelnde Wasser des Mains hinabzublicken; Höhen waren ihm auch unter normalen Umständen suspekt, und Höhen, unter denen Wasser floss, gleich doppelt. Schwankend wartete er ab, bis die Lenker der beiden Karren vor ihm ihre Fahrzeuge an dem Loch vorbeimanövriert hatten, und tat so, als lasse es ihn nicht innerlich zusammenzucken, dass zwischen den Rädern auf der einen Seite und dem Rand des Lochs keine Handbreit Platz mehr war; so wie er auch vorzugeben versuchte, dass er sich großartig fühlte und keineswegs wie jemand, der schon auf dem halben Weg zu seinem Schöpfer war. Als es endlich weiterging, kostete es ihn all seinen Willen, die Beine zu bewegen. Er schritt so aufrecht an dem klaffenden Loch vorbei, wie es nur jemand zuwege bringt, der innerlich torkelt. Zwei Mägde mit Körben unter den Armen kamen ihm entgegen und schenkten ihm ein Kichern und ein Augenzwinkern, bis sie näher heran waren und die Einzelheiten an seiner schlanken, hochgewachsenen Gestalt und seinem hübschen, scharf geschnittenen Gesicht erkannten: die fiebrigen Augen, die schwarzen Halbmonde darunter, die entzündeten Nüstern, die aufgeplatzten Lippen. Sie drückten sich an ihm vorbei. Auf undeutliche Weise fühlte Pater Silvicola Befriedigung darüber; mit Frivolität hatte er sich immer schwergetan. Das Gekicher, das ihm oft im Vorbeigehen signalisierte, dass sein normalerweise blendendes Aussehen bemerkt worden war, rief ein anderes Gekicher aus seiner Erinnerung wach, ein Gekicher, das aus gewalttrunkenen Männerkehlen stammte und mit dem Geruch von billigen Fackeln und frisch vergossenem Blut einherkam. Es war eine Erinnerung, auf die er verzichten konnte.

Er heftete die rot geränderten Augen auf die drei spitzen Turmhelme von Sankt Burkard am anderen Mainufer. Die kleine, alte Kirche war zwar nicht das Ziel seiner Pläne, aber zumindest das der dreitägigen Reise, die ihn von Münster nach Würzburg zurückgeführt hatte. Sie würde das Ende der Schmerzen bedeuten ... dieser zumindest. Die Zukunft hielt weitere Schmerzen bereit. Es war sein Los, und er beklagte sich nicht darüber. Außerdem waren die Schmerzen wichtig ... und gut.

Beim Torturm, der auf dem letzten Viertel der Brücke prangte und das Westufer mit der Marienfeste von der am Ostufer gelegenen Stadt abriegelte, entstand eine neuerliche Verzögerung. Pater Silvicola drückte die Knie durch und fasste sich in Geduld. Der Mann mit dem Karren vor ihm lehnte sich seufzend an sein Gefährt und nestelte eine Flasche vom Gürtel los. Pater Silvicola hörte das gluckernde Geräusch in seiner unmittelbaren Nähe, und seine Lippen zuckten. Einen Augenblick lang konnte er sich nicht beherrschen, und die Zunge kam zwischen den Lippen hervor und leckte darüber. Sie hinterließ kaum Feuchtigkeit. Der Gestank, den der wie Schimmel auf seiner Zunge liegende Belag verursachte, stieg ihm in die Nase, vermischt mit seinem Schweißgeruch und dem des Pferdes, das er schaumig geritten und in einem Stall gleich innerhalb der Stadtmauern hatte stehen lassen. Direkt neben ihm kramte eine ältliche Frau in ihrer Schürze und förderte eine dünne, krumme Karotte zutage. Sie nagte daran, eine speicheltächtige Angelegenheit angesichts der geringen Anzahl von Zähnen in ihrem Mund. Pater Silvicola schloss die Augen. Wieso fiel einem immer nur dann auf, dass alle anderen um einen herum ständig aßen und tranken, wenn man selbst Hunger und Durst litt? Gott sah es offenbar als seine Pflicht an, den Aufrechten noch kurz vor dem Ziel die Versuchung in den Weg zu führen. Aber Pater Silvicola würde nicht straucheln. Er hatte eine Aufgabe in der Sankt-Burkards-Kirche zu erfüllen, und erst wenn diese vollbracht war, konnte er wieder auf seinen Leib Rücksicht nehmen. Ein Schauer lief ihm über den Rücken; sein Gewand war unterhalb des Mantels nass vor Schweiß, und der feuchte Schneewind wehte ihn an wie ein Todeshauch.

Als er die Kirche endlich betrat, schien ihm der Weg vor zum Altar länger als die ganze Strecke durch die Stadt. Er fiel auf die Knie, dann nach vorn, streckte sich auf dem Bauch aus und spreizte die Arme seitlich ab. Die Kälte des Steinbodens drang in seinen zitternden Körper und ließ seine Wange taub werden, wo sie sich an die Fliesen schmiegte. Er keuchte. Die Wirklichkeit begann sich mit Fantastereien zu vermischen, und er fühlte seinen Herzschlag wie Stiefeltritte, die ihn in die Rippen trafen.

»Herr, vergib mir, denn ich habe gesündigt«, flüsterte er. »In Deine Hände empfehle ich die Seele von Pater Giuglielmo Nobili. Er war ein besserer Mensch als ich und ein würdigeres Mitglied der Societas Jesu. Nimm ihn gnädig auf und vergelte ihm die Sünde, die ich an ihm begangen habe, durch Deine besondere Huld. Was ich tat, habe ich getan *ad maiorem Dei gloriam* und um dieser Welt den Frieden zu bringen. Ich habe die schlimmste Sünde begangen, und ich werde sie wieder begehen, bis Du mir ein Zeichen schickst, o Herr, dass ich auf dem falschen Weg bin. Herr, ich bitte Dich in aller Demut: Sende mir ein Zeichen.«

Der Anblick von Pater Nobili stieg vor seinem inneren Auge auf, wie er sich an die beiden Schurken wandte und sie nach dem Weg fragte; wie die Partisane in seinen Leib fuhr und der Totschläger ihn aus dem Sattel wuchtete; wie er in die Dunkelheit zu fallen und mit ihr eins zu werden schien – als wäre sein Sterben ein bildlicher Ausdruck dafür, was Pater Silvicola in seinem Versteck ein paar Schritte weiter gefühlt hatte. Es hatte getan werden müssen. Daran gab es keinen Zweifel. Es würde wieder getan werden müssen. Er war auf einer Mission des Todes, er, der ein Architekt des Friedens hatte sein wollen. Aber wie ein Architekt ein faules, verrottetes Gebäude niederreißen muss, um an seiner Stelle einen Palast errichten zu können, so musste er den Tod säen, um die Ernte des Friedens zu ermöglichen.

Wie immer, wenn er sich wie jetzt an den Rand des Zusammenbruchs gebracht hatte, hörte er in seiner Erinnerung das raue Männerlachen und die schrillen Schreie aus dem Bauernhaus. Manchmal fragte er sich, ob er nicht den Männern ähnlich war, diesen Männern, die ebenfalls nur zu dem Zweck gekommen waren, den Tod zu bringen. Doch dann antwortete er sich jedes Mal, dass die Männer nur von der viehischen Lust an der Gewalt getrieben gewesen waren, während er, Pater Giuffrido Silvicola, Grauen vor seinen Taten empfand und sein einziges Ziel war, dass das Töten auf immer ein Ende nähme.

Gott hatte sich abgewandt, und die Menschen hatten den Teufel eingelassen, und Satan hatte sein Regiment auf Erden errichtet.

Die Menschen? Nur ein paar von ihnen. Nur ein paar …

… und Pater Silvicola würde sie jagen, bis sie alle tot und das grässliche Buch, mit dem sie ihm Eintritt verschafft hatten, verbrannt war. War es gerecht, im Kampf gegen den Teufel dessen Anhänger zu erschlagen?

»Die Zauberer sollst du nicht am Leben lassen …«, wisperte er gegen den Boden, halb ohnmächtig und zitternd vor Auszehrung, Fieber und Kälte.

War es gerecht, die zu töten, die sich ihm aus Unwissenheit oder falsch verstandener Loyalität in den Weg stellten?

»Was ihr dem geringsten meiner Brüder tut, das habt ihr mir getan, spricht der Herr«, flüsterte Pater Silvicola.

Aber überwog das Wohl vieler nicht das Wohl des Einzelnen?

Ächzend kam er auf die Knie, dann konnte er sich nicht mehr weiter aus eigener Kraft aufrichten. Er rutschte nach vorn zum Altar, umklammerte die Platte und zog sich daran hoch. Seine Beine knickten ein.

»Herr, sende mir ein Zeichen«, stöhnte er. »Deinem Urteil unterwerfe ich mich.« Seine ausgetrockneten Lippen sprangen auf, und ein dünnes Rinnsal Blut lief ihm über das Kinn.

Irgendwann hatte Pater Silvicola festgestellt, dass es ihm nicht überaus schwerfiel zu fasten. Der Schmerz in seinen Eingeweiden war nebensächlich, der Drang, zu essen und zu trinken, konnte unterdrückt werden. Als er dies erkannt hatte, war er dazu übergegangen, in den Zeiten, in denen er fastete, stets Essen und Trinken bei sich zu haben – aber es nicht anzurühren. Es war keine Leistung, der Versuchung zu widerstehen, wenn sie fern war. Der Teufel hatte Jesus Christus auf einen Berg mit hinaufgenommen und ihm die Herrlichkeit und Pracht der Welt gezeigt, bevor er zu ihm gesagt hatte: *Dies alles will ich dir geben, wenn du niederkniest und mich anbetest.* Christus hatte ihn fortgeschickt. Der Teufel war gegangen. Er hatte nicht gerufen: *Damit hast du deine einzige Chance vertan!* oder Ähnliches. Er war gegangen und hatte den Herrn im Wissen zurückgelassen, dass das Angebot jederzeit Bestand hatte. Der Sieg gegen die Versuchung war dann etwas wert, wenn man ihn täglich errang. Christus hatte ihr nicht einmal dann nachgegeben, als sein sterblicher Leib sich im Leid der Welt wand.

Mit zitternden Händen holte Pater Silvicola eine kleine Flasche und einen steinhart gewordenen Wecken Brot aus seinem Mantel. Das Brot war an einer Seite schimmlig; es war in den Tagen, seit er es eingesteckt und mit dem Fasten begonnen hatte, von seinem Schweiß durchtränkt und an seinem Körper wieder getrocknet worden. Es stank. Er hätte jederzeit den wühlenden Hunger mit dem Brot stillen können; er hätte jederzeit einen Schluck Wasser gegen den brennenden Durst nehmen können. Brot und Flasche waren unberührt, seit er sie eingesteckt hatte. Er legte sie achtlos beiseite.

In einer anderen Tasche fand er zwei identische kleine Becher aus Zinn, für nicht viel mehr gut als für je einen kleinen Schluck. Seine Hände zitterten so stark, dass er sie beide brauchte, um die Becher auch nur aufstellen zu können. In derselben Tasche fanden sich auch zwei kleine, dunkle Glasfläschchen. Er entkorkte sie. Mit äußerster Konzentration goss er aus dem einen Fläschchen den einen Becher voll und wiederholte die Prozedur mit der zweiten Flasche beim zweiten Becher. Dann verschloss er die Fläschchen und steckte sie wieder ein. Mit geschlossenen Augen sagte er das Vaterunser auf und vertauschte dabei die Becher wieder und wieder, bis er wahrhaftig nicht mehr hätte sagen können, wer welcher war. Er öffnete die Augen und starrte die Becher an. Dann hob er den Blick zum Tabernakel.

»In Deine Hände, Herr«, flüsterte er. »Sende mir ein Zeichen, ob ich auf dem richtigen Weg bin.«

Er nahm, ohne weiter zu zögern, einen der Becher und leerte ihn mit einem Schluck. Der Inhalt floss seinen Hals hinunter wie Ambrosia. Er hustete. In seinen Körper fuhr ein plötzlicher stechender Schmerz. Er stierte den übrig gebliebenen Becher an. Der Schmerz rotierte in seinem Magen und zog seine Eingeweide zusammen. Er hob den Blick und starrte das Deckenfresko mit der Abendmahlszene an: Jesus, der einen Becher in der Hand hielt, und einer der Jünger, der danach griff. Er hatte den Stiftspropst darüber referieren hören; das Stift war sich nicht einig, welchem Apostel Jesus den Becher reichte. War es Johannes, der Bruder des Herrn und sein Liebling? Oder Judas, der ihn verraten würde? Der Becher auf dem Fresko schien sich aufzublähen und zu wachsen, bis er Pater Silvicolas Blickfeld ausfüllte. Auf einmal erinnerte er sich, dass er zählen musste. Eins ... zwei ... drei ...

Der Schmerz rann durch seine Därme und brach sich mit einem Wind Bahn, der nach dem Auswurf der Hölle stank.

Pater Silvicola zählte weiter.

Das Gift wirkt schnell, Pater, hörte er die Stimme des Apothekers in Rom. *Wenn Sie bei zwanzig angekommen sind und die Ratten leben immer noch, haben Sie es mit Salz verwechselt, hahahaha ...!*

... zwölf ... dreizehn ... vierzehn ...

Zwanzig Sekunden also für eine Ratte? Dann wären es bei einem Hund ... zweihundert Sekunden? Oder bei einem Menschen ... zweitausend?

Nein, nein, Pater, so kann man das nicht rechnen. Bei einem Menschen ...? Sechzig Sekunden. Allerhöchstens. Wenn Sie glauben, Ihren Braten gesalzen zu haben, und er schmeckt überhaupt nicht nach Salz, dann haben Sie eine Minute Zeit, es zu bereuen, dass Sie das Gift gleich neben das Salz in den Schrank gestellt haben. Hahahaha ...!

...neunundzwanzig ... dreißig ...

Der Schmerz in seinem Körper verebbte. Sein Magen drehte sich gurgelnd einmal um. Statt des Schmerzes schoss ein so großes Hungergefühl in ihm hoch, dass er sich zusammenkrümmte.

Als er bei sechzig angekommen war, hörte er auf. Er nahm den stehengebliebenen Becher mit spitzen Fingern und trug ihn auf Beinen aus Werg vor die Kirche, taumelte um den Bau herum und schüttete den Inhalt des Bechers in den Main. Dann hockte er sich ächzend nieder und wusch den Becher im eiskalten Flusswasser aus. Zurück in der Kirche, trocknete er beide Becher mit einem Zipfel seines Mantels ab und steckte sie zurück in die Tasche zu den Fläschchen.

»Ich danke Dir, Herr«, sagte er. Speichel, von dem er schon nicht mehr gedacht hatte, dass sein Körper ihn noch produzieren könnte, lief ihm im Mund zusammen. Er nahm das Brot vom Altar, brach achtlos das Stück mit dem schlimmsten Schimmel ab und biss dann gierig hinein. Es schmeckte wie Hundekot. Es schmeckte besser als jedes andere Essen, das er je genossen hatte.

Ohne dass es ihm bewusst war, torkelte er auf dem Weg zum Kirchenportal in einer immer enger werdenden Kurve durch das Kirchenschiff, prallte weitab von der Türöffnung gegen die Wand und sank daran zu Boden. Die Welt wurde schwarz um ihn herum.

Er kam wieder zu sich, weil jemand ihn rüttelte.

»Pater Silvicola?«

Er kniff die Augen zusammen. Ein Jesuit starrte ihm besorgt ins Gesicht; der Mann gehörte zu der Kongregation, die von Fürstbischof Johann Philipp beauftragt worden war. Pater Silvicolas ausgetrocknetes Gehirn mühte sich vergeblich, den Namen hervorzubringen.

»Pater Silvicola, haben Sie wieder gefastet? Die ganze Reise hindurch? O Pater, das dürfen Sie nicht tun. Sie müssen mehr auf sich achten.«

»Gott ... der ... Herr ... war ... bei mir«, flüsterte Pater Silvicola.

»Ich hoffe, er hat Sie ausgeschimpft, wie Sie mit Ihrem Körper umgehen!«

Pater Silvicola brachte ein winziges Lächeln zustande. Er dachte an die beiden Becher, der eine rein, der andere voll mit tödlichem Gift. »Nein«, hauchte er, »Gott der Herr war mit mir zufrieden.«

»Na, wie Sie meinen. Soll ich Ihnen aufhelfen? Hier, geben Sie mir die Hand, ich ziehe Sie ... Puh, Pater! Bei allem Respekt, aber Sie sollten die Kleidung wechseln. Im Heilig-Geist-Spital riecht es wahrlich nicht nach Rosen, aber heute würden Sie sogar dort auffallen.«

»Es tut mir leid«, sagte Pater Silvicola würdevoll und hielt sich an der Wand fest. »Was ist mit dem Heilig-Geist-Spital?«

»Der alte Sünder dort verlangt schon seit Tagen nach Ihnen. Seine Exzellenz der Bischof hat verfügt, dass er wieder ins Gefängnis zurückverlegt wird. Wir sollten nur warten, bis Sie wieder zurück wären. Wo waren Sie eigentlich?«

»Ich habe versucht, in der Einsamkeit zu mir zu finden. Es ist nicht leicht, mit all diesen Verbrechen konfrontiert zu werden.«

»Wem sagen Sie das! Besonders Sie dürften am meisten darunter leiden. Als ich die Geschichte von den beiden Kindern des Stadtrichters hörte, die auf dem Scheiterhaufen verbrannt wurden ... des Stadtrichters, Pater Silvicola! Man sollte meinen, wenn eine Familie dem Wahnsinn entkommen wäre, dann die seine! Aber nein ... der größere der beiden Buben war noch keine zehn Jahre alt. Es heißt, er habe die Hand seines kleinen Bruders gehalten, bis das Feuer zu heiß wurde. Und die Eltern wurden gezwungen, zuzusehen ...«

»Beruhigen Sie sich.«

Der andere Jesuit wischte sich eine Träne aus dem Augenwinkel und räusperte sich. »Diese Ungeheuer sollten alle selbst auf den Scheiterhaufen kommen!«

»Die meisten von ihnen sind schon lange tot.«

»Und brennen hoffentlich in der Hölle!«

»Dies hier ist die Hölle, Pater.« Silvicolas Stimme wurde heiser. »Glauben Sie nicht manchmal auch, dass die Regentschaft des Teufels schon lange angebrochen ist?«

Der andere Jesuit musterte ihn mit einem merkwürdigen Gesichtsausdruck. Pater Silvicola verfluchte sich im Stillen dafür, unvorsichtig geworden zu sein. »Ich glaube, mir setzt das alles trotz meiner Exerzitien mächtig zu«, sagte er.

»Was ist nun mit dem Alten im Spital?«

»Wenn er in den Gefängnisturm zurückgeht, wird das sein Tod sein.«

»Pater Silvicola, ich weiß, dass Sie aufgrund Ihres Amtes es nicht sagen dürfen, aber im Grunde ist der Mann doch so schuldig wie die Sünde selbst.«

»Solange das nicht zweifelsfrei bewiesen ist ...«

Der andere Jesuit winkte ab. »Natürlich. Sie haben ja recht. Ich kann mir vorstellen, dass Sie Ihre Aufgabe hassen, nicht wahr?«

»Wer mit ihr beauftragt wird, weiß, dass er in hohem Ansehen steht.«

Der andere Jesuit nickte.

»Na gut, ich werde ihn gleich aufsuchen.« Pater Silvicola stakste vorsichtig hinaus ins Freie, von seinem Ordensbruder am Arm geführt. Er hatte nur einen Bissen Brot gegessen und einen Schluck Wasser genossen, doch er fühlte, wie seine Kräfte sich langsam wieder einstellten. Es war nicht das bisschen Nahrung – es war das Wissen, dass er nach wie vor auf dem richtigen Pfad wandelte und dass Gott der Herr seine Taten guthieß und ihm verzieh. Was machte es da schon, dass ausgerechnet er, der nur dafür lebte, den Teufel zurück in die Hölle zu stoßen, mit dem Amt des *advocatus diaboli* bei der Untersuchung der Hexenprozesse betraut worden war?

20

DAS SPITAL ZUM Heiligen Geist war in bester patrizischer Tradition von einem wohlhabenden Bürger Würzburgs ins Leben gerufen worden, damit kranke und pflegebedürftige Menschen ein Dach über dem Kopf bekamen. Das war vor über dreihundert Jahren gewesen. Mittlerweile war das Heilig-Geist-Spital in weitem Umkreis bekannt dafür, dass man hier das Wort »Pflege« ernst nahm. Die ärztliche Versorgung war nie besser gewesen als anderswo, und nach den Verbrennungen, denen naturgemäß zuerst alle Heilkundigen in

Würzburg zum Opfer gefallen waren, war sie geradezu katastrophal; aber der Aufruf, sich um die Kranken zu kümmern, war stets hochgehalten worden. Wer hier überlebte, tat es nicht wegen des Genies der Ärzte, sondern weil die Klosterschwestern sich aufopfernd bemühten. Anderswo waren die Ärzte zahlreicher und besser ausgebildet, aber die Sterberate war dennoch höher als hier. Um zu genesen, reichte es nicht, eine Eiterbeule aufgeschnitten zu bekommen oder einem Aderlass unterzogen zu werden; es brauchte das Gefühl, dass diejenigen, die den ganzen Tag um einen herum waren, die Aussicht zu überleben für groß genug hielten, dass sie sich um einen bemühten.

Der alte Mann, dessen Verlegung ins Spital Pater Silvicola bereits vor Wochen angeordnet hatte, passte hierher wie eine Spinne auf einen Kuchen. Aber tatsächlich war er der einzige Angeklagte von Rang, der überhaupt noch am Leben war, und Pater Silvicola nahm seine Aufgabe als Anwalt des Bösen ernst; hätte er den Mann im Gefängnis gelassen, wäre er vor Wochen gestorben. Der Alte war hager, die Haut hing ihm in einem runzligen Lappen vom Gesicht, und seine Seele war – wie einer von Pater Silvicolas Ordensbrüdern es ausgedrückt hatte, als sie einmal unter sich gewesen waren – so schwarz wie der Anus von des Teufels übelstem Spießgesellen.

»Was wollen Sie mit diesem Prozess erreichen, Pater?«, fragte der alte Mann mit seiner unangenehmen Stimme. »Die Seelen derer erlösen, die durch das Feuer gegangen sind? Wenn sie unschuldig waren, so wie Sie und Ihre schlauen Burschen glauben, dann sind sie längst im Himmel; und wenn sie schuldig waren, dann sind sie dort, wo sie hingehören. Aber ob unschuldig oder nicht – Sie können keinen von ihnen wieder lebendig machen. Was wollen Sie erreichen, Pater, indem Sie mir den Prozess machen? Ich bin nicht der Teufel. Wenn Sie den Teufel selbst auf der Anklagebank sitzen haben wollen, dann zitieren Sie ihn herbei und lassen Sie mich in Ruhe.«

Pater Silvicola sah, wie sich die Augen des alten Mannes zusammenzogen und dieser ihn auf einmal schärfer musterte. Ihm wurde bewusst, dass er sich soeben einen Fehler geleistet hatte – er hatte eine Reaktion auf die Anschuldigung gezeigt, er wolle am liebsten den Teufel selbst vor das Gericht zerren. Das durfte ihm nicht passieren! Er hätte sich ausruhen sollen, bevor er sich mit dem alten Mann befasste, zumal er nur zu gut wusste, dass in dem halbtoten Körper ein Geist steckte, der ständig auf der Jagd nach Schwächen bei seinen Mitmenschen war.

Über das Gesicht des Alten ging ein Lächeln, das in Pater Silvicola den bestürzenden Wunsch weckte, es mit einem Faustschlag daraus fortzuwischen.

»So einer sind Sie, Pater? Ich dachte, ihr Burschen von der Societas Jesu wärt so abgeklärt? Hmmm ... was halten Sie davon, den Teufel direkt am Schwanz zu packen, anstatt ein armes Schwein wie mich dranzukriegen?«

»Wie meinen Sie das?«, fragte Pater Silvicola beinahe gegen seinen Willen.

»Hier in Würzburg«, sagte der alte Mann, »hält sich jemand auf, der das Testament des Satans bewacht.«

Erst als sich aller Augen auf ihn richteten, merkte Pater Silvicola, dass er aufgesprungen war und gebrüllt hatte. Er setzte sich wieder und räusperte sich. Die Augen des alten Mannes ließen ihn nicht los.

»Was haben Sie gesagt?«, wiederholte Pater Silvicola mühsam beherrscht.

»Ich muss es etwas präzisieren: Er ist ein Angehöriger der Sippe, die es sich zur Aufgabe gemacht hat, dieses Teufelswerk zu schützen.«

»Woher wollen Sie das wissen?«

»Ich weiß es eben. Ich bin nicht umsonst fast achtzig Jahre alt geworden.«

»Wer sind diese Leute?«

»Ich will nicht wieder zurück ins Gefängnis, Pater. Da komme ich nicht mehr lebend raus.«

»Wer-sind-diese-Leute?«

»Versprechen Sie mir, dass ich hierbleiben kann, Pater?«

»Ja«, sagte Pater Silvicola zwischen den Zähnen.

»Der Name ist Khlesl«, sagte der alte Mann. »Aber bevor Sie jetzt die Stadt danach absuchen – das hier sind die kleinen Fische. Wenn mich nicht alles täuscht, sind die, die Sie eigentlich suchen, erst noch unterwegs hierher.«

»Und ohne Zweifel wollen Sie ein neues Versprechen von mir, um mir deren Identität preiszugeben.«

»Natürlich. Sehen Sie, Pater, ich bin ein alter Sünder. Ich möchte meine Missetaten in Ruhe bereuen und meinen Frieden mit dem Herrn machen.«

»In Ruhe bereuen …?«

»Vorzugsweise in meinem Haus, in der warmen Stube, mit einem Becher Wein in der Hand und dem Geruch eines frischen Bratens in der Nase.«

»Sie sind sich Ihrer selbst ziemlich sicher für einen Mann, auf den der Galgen wartet.«

»Sie sind doch der Teufelsanwalt, Pater! Pauken Sie mich hier raus, und ich helfe Ihnen. Und wer weiß – wenn Sie es tatsächlich schaffen, dem Teufel ein Schnippchen zu schlagen, wird mir das am Ende selbst ein bisschen zugutegehalten bei der großen Abrechnung.« Der alte Mann versenkte seinen Blick in dem Pater Silvicolas. »Sie müssen diese Leute vernichten, Pater.«

Nach jedem Gespräch mit dem Gefangenen hatte Pater Silvicola das Bedürfnis gehabt, sich zu waschen; heute fühlte er es ärger denn je, trotz des eigenen Schmutzes, den er auf der Reise nach Münster angesammelt hatte. Die krächzende Stimme des Mannes war wie ein Säurebad für seine Seele. »Nichts anderes habe ich vor«, flüsterte er.

Ein Grinsen breitete sich über das gesamte Gesicht des

Alten aus. Er beugte sich nach vorn. Sein Mundgeruch war wie der Hauch aus einem frisch aufgebrochenen Grab. »Andreas und Karina Khlesl«, sagte er. »Das sind die kleinen Fische. Sie haben hier in Würzburg Station gemacht, weil ihr Balg krank geworden ist. Man kriegt so einiges mit, wenn man im Spital liegt. Es besteht die Chance, dass das Balg verreckt. Aber es gibt zwei aus dieser Sippe, die das nicht zulassen werden, und das sind diejenigen, die Sie haben wollen.«

»Ihr Hass«, sagte Pater Silvicola und wandte den Kopf ab, weil ihm der Geruch den Magen umdrehte, »frisst Sie noch bei lebendigem Leib auf.«

»Das tut er schon seit dreißig Jahren, Pater. Dafür sehe ich noch ganz gut aus, oder? Hören Sie, diese Sippe hat mich um alles gebracht, was mir einst gehört hat. Ich habe mit jedem Einzelnen von ihnen ein Hühnchen zu rupfen, und ich würde jedem von ihnen mit Vergnügen ins Gesicht scheißen, während er seinen letzten Atemzug macht. Aber wenn Sie die beiden verhaften lassen, die ich Ihnen präsentiere, dann kriegen Sie sie alle, und ich werde mich damit zufrieden geben, in meinem Haus mit meinem Becher Wein in der Hand und dem Bratenduft in der Nase dem Knarren des Stricks zu lauschen, an dem sie baumeln.«

»Ich werde mich nicht für Ihren persönlichen Rachefeldzug missbrauchen lassen.«

»Aber, aber, Pater. Für mich mag es ein Rachefeldzug sein, aber für Sie ist es das Ziel Ihres Lebens, habe ich nicht recht?«

»*Vade retro, satanas*«, sagte Pater Silvicola, doch er sprach ohne Überzeugung.

»Die beiden, die Sie haben wollen, sind mit Sicherheit auf dem Weg hierher. Ich würde sagen, es sind zwei Hexen, wenn Sie und Ihre Brüder nicht hier wären, um zu demonstrieren, dass Sie nicht an Hexen glauben. Ist auch egal; ich bin überzeugt, dass sie Hexen sind. Die Weiber sind die Schlimmsten in dieser Sippe, Pater; die anderen hängen ihnen am Rockzipfel. Machen Sie die Miststücke fertig, Pater – und während ich freudig lächelnd zuhöre, wie sie am Galgen um Gnade flehen, können Sie dem Heulen des Teufels lauschen, wenn er zurück in die Unterwelt fährt.«

»Sagen Sie mir die Namen.«

Der alte Mann streckte die Hand aus. »Ihr Versprechen, Pater, dass Sie mich hier herausholen.«

Pater Silvicola lächelte plötzlich. »Ausgerechnet ein Schurke wie Sie will sich auf ein Ehrenwort verlassen?«

»Auf meines würde ich mich nicht verlassen. Aber ich kenne solche Charaktere, wie Sie einer sind. Versprochen, Pater?«

»Die Namen.«

Über das Gesicht des alten Mannes ging ein Zucken. Auf einmal sah es dreißig Jahre jünger aus, als ob das Faltengeflecht sich mit Fleisch und Speck füllen würde. Die Augen funkelten. Die Stimme schnappte über und klang wie das hasserfüllte Quieken einer in die Enge getriebenen Wildsau. Ein Tropfen Spucke hing plötzlich an seinem zitternden Kinn.

»Agnes Khlesl und Alexandra Rytíř«, quiekte die heisere Stimme. »Wenn Sie mir einen Gefallen tun wollen, dann geben Sie mir ein stumpfes Messer und überlassen mir die beiden eine halbe Stunde, bevor Sie sie aufhängen. Alexandra versteht sich auf die Heilkunst, und sie und ihre Mutter werden das Khlesl-Balg nicht abkratzen lassen, wenn sie es verhindern können. Ich bin absolut sicher, dass sie demnächst hier eintreffen werden; Andreas, dieser Jammerlappen, hat sie auf jeden Fall zu Hilfe gerufen. Ich werde Sie benachrichtigen, wenn sie angekommen sind. Andreas holt sich hier immer wieder Rat bei den Klosterschwestern. Und da ich ja nicht ins Gefängnis zurückkehren werde, kann ich hier die Augen offen halten, nicht wahr?«

Pater Silvicola stand auf und winkte einer der Schwestern.

»Dieser Mann bleibt hier. Sollte ihn jemand abholen und wegbringen wollen, verweisen Sie ihn auf meine Anordnung. Und es ist besonders auf seine Gesundheit zu achten. Er muss zu Kräften kommen. Geben Sie ihm, wonach immer es ihn verlangt.«

»Wonach immer es mich verlangt, Schwester«, sagte der alte Mann und grinste.

Das Gesicht der Klosterfrau verzog sich vor Abscheu. »Ich werde es weitergeben, Pater. Aber ich bin neu hier. Wie heißt der Mann?«

Der alte Mann leckte sich über die Lippen. »Sebastian Wilfing«, sagte er. »Merken Sie sich den Namen, Schwester.«

21

SECHSHUNDERT JAHRE LANG war ihre Lage als natürliches Tor zu den Reichtümern Böhmens das Glück der ehemals freien Reichsstadt Eger gewesen. Dann war Wallenstein gekommen ... und mit ihm der Krieg. Neutralitätserklärungen, die Zahlung eines Bußgelds von zehntausend Reichstalern für Verbrechen, die die Bürger der Stadt gar nicht begangen hatten – keine der diplomatischen Bemühungen des Rats hatte das Schicksal der Stadt abwenden können. Wallenstein hatte Eger schon im ersten Jahr nach der Schlacht am Weißen Berg besetzt und dem freien Leben darin den Garaus gemacht, indem er es zum Sammelplatz und Waffenarsenal des kaiserlichen Heers bestimmt hatte. Zwölf Jahre danach fand der Generalissimus in Eger den Tod, aufgespießt von einem seiner eigenen Offiziere, mit einer letzten Bitte um Quartier auf den Lippen, das nicht erhört wurde, weil wallensteinsche Soldaten noch nie darin geübt worden waren, Gnade im

Kampf zu erweisen (und weil die Bezahlung für Wallensteins Kopf zu verlockend gewesen war). Weitere sechs Jahre später war ein Drittel Egers zerstört, die Vorstädte lagen in Schutt und Asche, und die überlebenden hundert Bürger richteten ein Bittschreiben an Kaiser Ferdinand III., die Stadt von weiteren Gräueln zu verschonen.

Der Kaiser erwies sich als gnädig gestimmt und verschonte die Stadt, die ihm und seinen Vorgängern viele Generationen lang die Treue gehalten hatte, vor der völligen Zerstörung. Dass am Ende die Schweden anrücken würden, verhinderte er nicht ...

»Und heute?«, sagte der Ordensmeister der Kreuzherren vom Roten Stein und schenkte sich aus dem Krug mit dem schweren Rotwein nach. »Was in sieben Jahren harter Arbeit aufgebaut worden ist, haben die Kanonen von General Wrangel wieder eingeebnet. Haben Sie sich die Stadt angesehen? An den meisten Stellen muss man nicht einmal auf die Stadtmauer steigen, um von einem Ende zum anderen blicken zu können: Ganze Schneisen sind flachgelegt. Selbst wenn noch zehntausend Arbeiter aus den umliegenden Dörfern hierherkämen, sie würden Eger doch nicht wieder aufbauen können. Die Stadt ist erledigt. Auf Ihr Wohl!«

Der Ordensmeister trank und rülpste. Cyprian und Andrej sahen sich an.

»Was glauben Sie, wohin sich die Leute wenden, wenn sie Arbeit brauchen?« Der Ordensmeister wedelte mit den Armen. »An die schwedische Garnison oben in der Burg! Ist das nicht ein Hohn? Die Schweden haben die Stadt geplündert, und jetzt bezahlen sie alle möglichen Dienstleistungen mit den Wertsachen, die sie zuvor gestohlen haben. Gott hat uns verlassen ... jawohl, Gott hat uns verlassen. Auf Ihr Wohl! Und wissen Sie, was der größte Witz ist? Die schlauen Köpfe, die abgehauen sind, bevor Wrangel den Belagerungsring im Juli dichtmachte, streiten sich jetzt im Exil darüber, wie es mit

Eger weitergehen soll. Die Protestanten wollen den Status als Reichsstadt wiederherstellen, die Katholiken wollen die Stadt an das Königreich Böhmen anbinden. Die verhandeln um das Fell des Bären, obwohl der Bär längst in den Wald geschissen hat ... nein, obwohl er noch nicht in den Wald geschissen hat! Auf Ihr Wohl.« Der Ordensmeister horchte nachdenklich seiner verunglückten Metapher hinterher und schien den Eindruck zu haben, dass sie immer noch nicht ganz stimmte. »Kann ich Ihnen noch was anbieten?«

Cyprian nahm den Weinkrug entgegen und kippte Andrej einen winzigen Schluck in dessen Becher. Danach kamen nur noch einzelne Tropfen. Er spähte in den Krug – leer. Sie waren noch keine Stunde hier, und dies war der vierte Seidel Wein. Er und Andrej hatten sich kaum daran beteiligt; der Wein befand sich fast ausnahmslos im Magen des Ordensmeisters.

»Vielen Dank für den Überblick«, sagte Andrej. »Uns ist klar, dass in einer Stadt, die unter schwedischer Herrschaft steht, niemand gern an Hexenverbrennungen erinnert wird.«

»Pah!« Andrej und Cyprian sahen sich einem weingeschwängerten Sprühregen aus Spucke ausgesetzt. »Die Verbrennung von Anna Morgin war ein Justizmord, wenn es je einen gegeben hat, und dass damals der Hexenwahn fast jede Seele im Land ergriffen hatte, entschuldigt gar nichts. Diejenigen, die hier noch katholischen Glaubens sind, werden schön das Maul halten, denn alle, die zu Luther übergelaufen sind, werden die Gelegenheit wahrnehmen, sich beim schwedischen Hauptmann auf der Burg einzuschleimen, indem sie mit den Fingern auf ihre nicht konvertierten Nachbarn zeigen und sagen, diese seien Hexenbrenner. *Ich* werde schön das Maul halten, was das angeht.«

»Ich sehe, dass die Menschen hier in der Not ebenso zusammenhalten wie anderswo«, sagte Cyprian, aber sein Zynismus war an den Ordensmeister verschwendet. »Besonders weil ihre Anführer ihnen mit gutem Beispiel vorangehen.«

Andrej gab ihm unter dem Tisch einen Schubs. »Ehrwürden«, sagte er. »Ist es nicht genug, dass ein Einsiedler draußen im Wald erschlagen wurde, nur weil Anna Morgin sich zu ihm rettete und er ihr Asyl geben wollte? Und dass Anna Morgin verbrannt wurde, obwohl sie unschuldig war und drei kleine Kinder hinterließ, reicht auch noch nicht? Helfen Sie uns wenigstens aufzuklären, was aus dem Jungen geworden ist, der bei dem Einsiedler lebte. Die Zukunft Egers kann nicht auf den Knochen von Unschuldigen errichtet werden.«

»Kommen Sie mir doch nicht so«, erwiderte der Ordensmeister und schnappte sich den Krug. »Sie und ich wissen doch, dass alles und jedes auf den Knochen Unschuldiger erbaut worden ist.« Der Ordensmeister schüttelte den leeren Krug über seinem Becher und hatte den Anstand, halbwegs überrascht auszusehen. »Äh …?« Er sah sich suchend um und fasste schließlich nach der Klingel, um einen Dienstboten zu holen. Cyprian war schneller und brachte die Klingel an sich. Der Ordensmeister sah noch überraschter aus. Dann sah er Cyprians mitleidloses Lächeln und sank in sich zusammen. Er schob den Becher von sich weg.

»Sie können leicht über mich urteilen«, murmelte er. »Sie müssen nicht hier leben. Ich bin lediglich geduldet. Die wenigen Katholiken, die es noch gibt, brauchen eine Anlaufstelle. Ich kann nicht riskieren, dass ich aus der Stadt gewiesen werde, schon gar nicht für jemanden, der seit Jahren tot ist.«

»Sie haben doch auch die Brieftaube abgeschickt. Tun Sie nicht so, als wären Sie in Ihrem Herzen nicht ein anständiger Kerl.« Andrej lächelte den Ordensmeister an. Cyprian schwieg; seinem Schwager war es schon immer leichter gefallen, sich mit Worten einen Freund zu machen. Doch der Ordensmeister schnaubte nur und streckte die Hand nach der Klingel aus.

»Was glauben Sie, wen ich dort drinnen«, er deutete auf seinen Kopf, »zu ertränken versuche? Wenn ich gewusst hätte, dass meine Nachricht an die Kommende in Prag mir Sie beide auf den Hals holt, hätte ich der Taube den Hals umgedreht.«

Cyprian hielt die Klingel nach wie vor außer Reichweite. »Was ist mit dem Jungen passiert? Ist er ebenfalls ermordet worden? Hat er überlebt? Was ist damals geschehen?«

Der Ordensmeister schielte nach der Klingel. »Was soll das?«, stöhnte er. »Ich brauche nur nach dem Dienstboten zu rufen – und nach den Bütteln.«

»Saufen Sie meinetwegen, bis Sie bewusstlos vom Stuhl fallen«, sagte Cyprian. »Was die Büttel betrifft – das sind jetzt die schwedischen Soldaten. Sie werden schön bei Ihrer Devise bleiben, nämlich das Maul zu halten, wenn Sie die Kerle nicht auf sich aufmerksam machen wollen.«

»Was hab ich Ihnen denn getan, zum Henker noch mal!?«

»Sie? Nichts. Im Gegenteil. Sie haben uns einen Gefallen getan, indem Sie uns auf den Mord an dem alten Einsiedler aufmerksam gemacht haben. Und jetzt tun Sie uns noch einen Gefallen und sagen Sie uns, was aus dem Jungen geworden ist.«

»Ich weiß überhaupt nichts von einem Jungen!«, schrie der Ordensmeister. »Verschwinden Sie aus meinem Haus – alle beide!«

Cyprian grinste geringschätzig.

»Lassen Sie uns doch vernünftig ...«, begann Andrej.

Der Ordensmeister beugte sich nach vorn und schnappte sich Andrejs halb vollen Weinbecher. Er trank so gierig, dass ihm der Wein in zwei Rinnsalen aus den Mundwinkeln bis zum Hals hinunterrann. Dann knallte er den Becher auf die Tischplatte und wurde auf die Gesichter seiner beiden Besucher aufmerksam. Langsam ließ er den Kopf nach vorn sinken, bis seine Stirn die Tischplatte berührte. Cyprian hörte ihn stöhnen.

»Was ist aus mir geworden?«, flüsterte der Ordensmeister. »Was ist nur aus mir geworden?«

Andrej und Cyprian sahen sich erneut an. Cyprian stellte die Klingel zurück auf den Tisch. Sie standen beide auf und machten sich auf den Weg zur Tür. Der Ordensmeister regte sich nicht. Auf halbem Weg kehrte Cyprian um, einem Instinkt folgend, und ließ ein paar Münzen auf die Tischplatte fallen.

»Ich will Ihr Geld nicht«, murmelte der Ordensmeister.

»Ein anständiger Mensch würde das Geld nicht wollen«, sagte Cyprian. »Sie schon.«

Er nahm Andrej am Arm und schob ihn vor sich her zur Tür. Er hatte sie schon geöffnet, als der Ordensmeister sich aufrichtete. Mit einer zitternden Hand fegte er die Münzen zusammen und raffte sie dann an sich. Zuletzt drehte er sich zu seinen Gästen um.

»Suchen Sie das Dominikanerkloster auf«, sagte er. »Es liegt im zerstörten Teil der Stadt. Sie erkennen es daran, dass es genauso eine Ruine ist wie alles andere.« Er lachte freudlos. »Die Dominikaner haben Eger verlassen, genau wie die anständigen Menschen. Im alten Kloster hausen nur noch Ratten. Suchen Sie nach der größten Ratte von allen.«

»Was soll das heißen?«

»Fragen Sie nach dem ›Gezeichneten‹.«

»Wonach?«

»Sie haben mich schon richtig verstanden. Hier, nehmen Sie Ihr Geld. Geben Sie es ihm. Vielleicht können Sie damit die Antworten erkaufen, die Sie haben wollen.«

»Danke«, sagte Andrej, als Cyprian schwieg. »Wir wollten Ihnen nicht zu nahetreten, aber es ist wichtig, dass wir …«

»Schicken Sie mir den Dienstboten mit Wein rauf«, sagte der Ordensmeister. »Und tun Sie mir einen Gefallen und kommen niemals wieder hierher.«

Tatsächlich war es nicht allzu schwer, die Ruine des ehemaligen Dominikanerklosters zu finden, obwohl mittlerweile die Dämmerung hereingebrochen war und mit der Dunkelheit ein kalter, suchender Nebel kam, der in jede Kleideröffnung drang.

Andrej und Cyprian standen vor dem zerstörten Tor und sahen sich um. Jenseits des Trümmerfeldes, wo sich der intakte Teil der Stadt erhob, funkelten die Lichter von Laternen und erleuchteten Zimmern hinter Fensteröffnungen, scheinbar Meilen entfernt. Die Ruinen dazwischen waren leblos und dunkel, eine Wüste aus Schatten. Dass da und dort auch in den Trümmern ein Licht blinkte, das von einer Feuerstelle kommen musste, machte sie umso einsamer.

»Tja«, sagte Cyprian. »Dann fragen wir mal einen der tausend Leute, die hier herumlaufen, nach dem ›Gezeichneten‹.«

»Da drin sehe ich ein Licht – auf dem Klostergelände. Wahrscheinlich ist jemand dort untergekrochen. Sehen wir mal nach.«

Cyprian nickte und bewegte sich nicht. Er musterte das düstere Ruinenfeld vor sich mit zusammengekniffenen Augen. Andrej seufzte.

»Also gut«, gestand er. »Mir geht es genauso.«

»Es ist fast wie damals im alten Kloster in Podlaschitz«, sagte Cyprian. »Als wir feststellten, dass wir nach dem Gleichen suchten.«

»Der Beginn einer wunderbaren Freundschaft«, sagte Andrej, und die freundliche Ironie war so untypisch für ihn, dass Cyprian sich abwandte und ihn von oben bis unten ansah. »Schau mich nicht so an – ich hab's ernst gemeint.«

»Das eine oder andere Gute ist aus dieser Teufelei tatsächlich entstanden.«

»Ich würde sogar sagen, es ist mehr Gutes als Schlechtes daraus geworden.«

Cyprian lächelte plötzlich. »Also strengen wir uns an,

dass uns dieses Wunder noch ein letztes Mal gelingt. Nach Ihnen, Herr von Langenfels.«

Das Licht, das Andrej gesehen hatte, gehörte zu einem Feuer, das in etwas brannte, was einmal die Unterkunft für weltliche Besucher des Klosters gewesen sein musste. Eine Gruppe von vielleicht einem Dutzend Menschen drängte sich darum herum, Frauen, Kinder, Alte. Eine Gestalt richtete sich auf, ein hagerer Mann mit unrasiertem Gesicht und verfilzten Haaren. Er wog eine abgebrochene Partisane mit rostiger Klinge in der Hand und gab sich keine Mühe, sie zu verbergen.

»Womöglich können Sie uns bei unserer Suche helfen«, sagte Andrej.

Die Augen aller am Feuer Sitzenden wandten sich ihnen zu. Cyprian sah mit einem merkwürdigen Gefühl im Leib, dass das, was sie verbrannten, Stücke eines klein gehackten Altartryptichons waren. Bunte Farben blubberten und zischten in den Flammen und färbten sich schwarz; ein Gestank wie von einer in Brand geratenen Malerwerkstatt hing über der Gruppe und wetteiferte mit dem kalten Nebel darum, wer den übelsten Hustenreiz auslösen konnte. Alle schwiegen. Der Mann mit der Partisane klopfte damit langsam gegen sein Bein.

Cyprian hob die Hand und ließ die Münzen sehen.

Der Mann mit der Partisane machte eine Kopfbewegung. Ein kleiner Junge rappelte sich auf, kroch heran wie ein Hund, der zu oft geschlagen worden ist, riss die Münzen an sich und brachte sie dem Anführer der Gruppe. Dieser musterte sie im Schein des Feuers, dann nickte er Cyprian und Andrej zu.

»Der ›Gezeichnete‹«, sagte Cyprian.

Die Menschen am Feuer wechselten Blicke. Ein paar Frauen bekreuzigten sich stumm. Das Klopfen der Partisane hielt einen Moment lang inne und begann dann wieder von

Neuem. Das Feuer prasselte, etwas pfiff. Heilige, Engel und allegorische Ansichten wanden sich in den Flammen.

Schließlich kramte Cyprian weitere Münzen heraus. Der Akt mit dem kleinen Jungen wiederholte sich. Die Münzen wurden begutachtet, ein paar davon abgezweigt, dann der Junge mit einer Kopfbewegung in Richtung der Ruine geschickt, die einmal die Klosterkirche dargestellt hatte. Der Junge verzog das Gesicht und zögerte. Der Mann mit der Partisane gab ihm eine Ohrfeige. Der Junge schüttelte heftig den Kopf und begann zu weinen. Blut quoll aus seiner Nase. Der Mann holte erneut aus, und der Junge duckte sich und rannte mit dem Rest der Münzen in die Dunkelheit hinein. Cyprian fühlte eine Hand auf seinem Arm und wusste, dass es Andrejs war. Er merkte erst jetzt, dass er einen Schritt nach vorn gemacht hatte.

Der Mann mit der Partisane musterte sie lange. Er war vorgetreten und stand jetzt neben dem Feuer. Cyprian konnte sehen, dass seine Kleidung aus Lumpen bestand und dass in dem Strick, der seine Hosen festhielt, noch eine kurze Axt und ein langes, schartiges Messer mit abgebrochenem Griff steckten. Die Blicke des Mannes sprangen von Cyprian zu Andrej und zurück. Dann stieß er mit dem Fuß eine der Frauen an, die um das Feuer saßen. Die Frau sah Cyprian unter einem Vorhang fettigen, filzigen Haares hervor an, dann zerrte sie das Oberteil ihres Gewandes herunter und entblößte zwei schmutzig weiße, dürre Brüste. Die Kopfbewegung des Mannes zu Cyprian hin war eindeutig.

Cyprian schüttelte mit steinerner Miene den Kopf.

Der Mann schien nachzudenken. Dann stieß er ein halbwüchsiges Mädchen neben der Frau an. Auch diese griff nach ihrem Mieder, doch bevor sie es herunterziehen konnte, schüttelte Cyprian erneut den Kopf.

Die Blicke des Mannes ruhten noch länger auf Cyprian, dann ruckte sein Kinn, und Cyprian hörte Andrejs Keuchen, als ein weiterer kleiner Junge aufstand, ein scheues Lächeln hervorzubringen versuchte und sich dann einen schmutzigen Finger in den Mund steckte. Das Lächeln galt Cyprian. Der Junge bewegte den Finger in seinem Mund hinein und heraus.

»Sag dem Kleinen, er soll sich hinsetzen«, hörte Cyprian sich sagen. »Und wenn du dich noch einmal bewegst, polier ich dir die Schnauze, dass du deine letzten drei Zähne hier und jetzt fressen kannst.«

Das Gesicht des Mannes verzog sich zu einem verächtlichen Grinsen, in dem tatsächlich mehr Zahnlücken als Zähne zu sehen waren. Dann sah er Cyprian genauer ins Gesicht, und das Lächeln verlosch. Seine Lider begannen zu zucken. Schließlich wandte er sich ab und spuckte ins Feuer, aber er nahm den Blickkontakt nicht noch einmal auf. Ein Fußtritt traf die barbusige Frau, und diese zog ihr Mieder mit gleichmütiger Miene hoch.

Cyprian neigte sich zu Andrej hinüber.

»Du kannst den Fuß wieder runternehmen«, murmelte er. »Meine Hühneraugen wären dir dankbar.«

»Ah ja«, sagte Andrej und hob den Stiefel, mit dem er Cyprians Fuß festgenagelt hatte.

Es war nicht zu erkennen, dass sich sonst irgendetwas geändert hätte. Der Mann mit dem Waffenarsenal im Gürtel setzte sich hin und starrte in das Feuer; nach und nach wandten auch die anderen die Blicke ab. Cyprian wünschte sich plötzlich, er hätte seine Warnung nicht ausgesprochen, sondern wäre sofort über den Anführer der verhärmten Gruppe hergefallen. Er ballte die Fäuste.

Endlich kam der kleine Bote zurück und tauchte keuchend im Feuerschein auf. Er nickte. Der Mann mit den Waffen nickte auch und bewegte das Kinn hin zu Andrej und Cyprian. Der Kleine ließ die Schultern sinken und schlurfte herüber.

»Kommt mit«, piepste er.

Sie folgten dem Jungen in die Finsternis hinein. Erneut wurde die Erinnerung an den Tag in Podlaschitz lebendig, an dem Cyprian zunächst entdeckt hatte, dass Andrej, den er bis dahin für einen harmlosen, hilflos in eine Frau von höherem Stand verliebten Tolpatsch gehalten hatte, ihm heimlich gefolgt war, und an dem sie danach gemeinsam in das Reich von Kreaturen eingedrungen waren, die noch lebten, obwohl sie eigentlich tot waren.

Unwillkürlich blickte er sich um. Die Feuerstelle war nicht mehr zu sehen. Die Dunkelheit hinter ihnen war genauso groß wie die, in die der Junge sie führte.

22

DER RAUM MUSSTE FRÜHER das Refektorium des Klosters gewesen sein. Er war geräumig, hallend, ein Saal mehr denn ein Raum, und vor allem: Er war intakt. Nur eine Seite besaß Fenster, die nach Andrejs Erinnerung zur Flanke der eingestürzten Klosterkirche hinausgingen. Die Fensteröffnungen waren mit Brettern verrammelt. Tagsüber würde Licht allenfalls durch die Ritzen in den Brettern sickern. Hier herrschte ewiges Zwielicht. Die Wände strahlten eine Kälte aus wie das Herz einer tiefen Höhle, der Geruch war der von erfrorener Stickigkeit. Im trüben Licht eines im Kamin vor sich hin kränkelnden Feuers sah Andrej Fresken an den Wänden, an denen Schimmel emporkroch, abgeplatzte Gesichter, geisterhafte Abdrücke von Gliedmaßen, halb geahnte Landschaften wie die Gespenster einer Zeit, die einmal besser gewesen war. Ihr kleiner Führer war plötzlich verschwunden.

»Cyprian«, sagte Andrej, als dieser sich mit finsterer Miene umwandte, »lass ihn. Wir sind da.«

Cyprian zögerte. »Ich weiß«, brummte er dann und stapfte auf den Kamin zu.

Das Mobiliar, das sich einmal hier befunden hatte, war längst der Notwendigkeit zum Opfer gefallen, in der kalten Jahreszeit ein Feuer zu entfachen. Eine Art Thronsessel hatte jedoch überlebt; er war dem Kamin zugewandt und zeigte ihnen seinen hohen, geraden Rücken. Es musste der ehemalige Stuhl des Abtes sein; die Dominikaner waren von jeher nicht gegen die Versuchung gefeit, ihre Hierarchie mit äußeren Symbolen zu untermauern. Ein Arm erschien unvermittelt und winkte sie näher heran. Sie traten um den Stuhl herum. Andrej war auf vieles gefasst gewesen, aber nicht auf einen Menschen, der nur aus Dreck und Abfall gemacht zu sein schien.

Das Haar des Mannes im Sessel war weiß und bildete eine mächtige, wirre Mähne, die mit seinem wuchernden Bart zusammengewachsen war. In den Falten des Gesichts war der Schmutz so tief eingegraben, dass es schien, ein irrer Künstler habe sie mit Kohle nachgezogen. Die Decke, in der er eingewickelt war, starrte vor Schmutz, und selbst im kaum vorhandenen Licht konnte Andrej sehen, dass es in ihren Falten von Leben wimmelte. Lagen um Lagen aus Essenresten, verschütteten Getränken, Speichel, Schweiß, Erbrochenem und Rotz hatten eine Art unsäglichen Panzer aus der Decke gemacht; sie sah aus, als müsse man sie aufbrechen, wenn man den Insassen daraus hervorschälen wollte. Die Hand, die ihnen gewinkt hatte, zog die Decke am Hals zusammen. Die Fingernägel waren mindestens so lang wie die halben Finger, gelb, holzig, gekrümmt und scharf abgesplittert. Andrej war froh, dass er die Füße nicht sah; der Mann musste sie eingezogen haben.

Neben dem Thronsessel stand ein Holzeimer, an dessen Seiten Eiszapfen hingen. Beim zweiten Hinsehen korrigierte Andrej sich; für Eiszapfen war es trotz der Kälte im Refektorium in unmittelbarer Nähe des Feuers zu warm. Die Zapfen waren Stalaktiten aus Urinstein und getrocknetem Kot, die zwischen den Holzdauben des Eimers hervorgedrungen und versteinert waren. Erst als er die Ratten sah, die sich bei ihrem Kommen unter den Sessel zurückgezogen hatten und jetzt furchtlos hervorkamen, um an den Zapfen zu lecken, fühlte Andrej, wie ihm sein Magen in die Kehle stieg.

Der Mann im Thronsessel mochte hundert oder tausend Jahre alt sein; Andrej wäre bereit gewesen, beides zu glauben. Er starrte aus seiner grauenhaften Vermummung zu ihnen empor mit Augen, die so schwarz funkelten wie die der Ratten, und das mit ebenso viel Heimtücke, Furchtlosigkeit und Hass.

»Schon wieder?«, fragte der Mann. »Wo ist der Jesuit?«

Andrej hatte eine krächzende, pfeifende Altmännerstimme erwartet, doch die Worte waren in einem brüchigen, vollen Bass ertönt. Andrej sagte nach einem Überraschungsmoment: »Hat heute uns geschickt.«

Das Wesen im Thronsessel schien darüber nachzudenken. »Hmmmm ... und was ist noch?«

»Es gibt weiteren Klärungsbedarf.«

»Und da heißt es, die Jesuiten seien die schlauesten unter den Kuttenträgern.«

Cyprian war schweigsam geblieben. Die Augen des Wesens im Thronsessel rollten in seine Richtung, und ein stummes Blickduell entwickelte sich, das erst ein Ende fand, als eine Ratte Andrej zu nahe kam und er sie mit der Stiefelspitze wegschleuderte. Die Ratte pfiff, und die Augen des Alten schwenkten zu Andrej herum. »Was wollt ihr zwei?«, fragte er.

»Antworten«, grollte Cyprian.

»Ihr habt nichts mit dem Jesuiten zu tun. Der Jesuit hat versprochen, dass er mir noch mehr Medizin bringen lässt. Wo ist die Medizin, hä?« Die Blicke des alten Mannes huschten zwischen Cyprian und Andrej hin und her. Er kniff ein Auge zusammen und verzog den Mund, und was dort drin an schwarz verfaulten Ruinen zu sehen war, ließ Andrej einen

Schauer über den Rücken laufen. Allein der Gedanke, diese Fäulnis im Mund zu haben, selbst wenn es die eigene war, musste einem normalen Menschen Schweißausbrüche verursachen.

Unverhofft begann der Alte zu lachen. »Da draußen erfahrt ihr nichts«, keuchte er. »Die bigotten Idioten! Ich schäme mich nicht. Es gibt nichts, wofür ich mich schämen müsste. Ich habe recht getan.«

»Na, das ist doch ein guter Anfang«, sagte Andrej.

Die Klaue des Alten öffnete sich und offenbarte die Münzen, die der Junge hierhergebracht haben musste. Er schielte darauf.

»Da ist mehr, wo das herkommt«, erklärte Andrej.

»Was ist aus dem Jesuiten geworden?«, fragte der Alte.

»Keine Ahnung – sag du es mir.«

»Wie viel mehr?«

»Kommt darauf an, was deine Geschichte wert ist.«

»Ihr seid zwei ausgemachte Trottel«, sagte der alte Mann. »Verschwindet.«

Andrejs Herz sank. Wie es schien, hatten sie sich selbst überlistet. Umso überraschter war er, als Cyprian sich plötzlich nach vorn beugte, beide Hände auf den Seitenlehnen des Thronsessels abstützte und sein Gesicht so nahe an das des Alten heranbrachte, dass sich ihre Nasenspitzen beinahe berührten. Andrej erinnerte sich daran, wie sie beide in das Lager der Aussätzigen in Podlaschitz eingedrungen waren und wie Cyprian (nicht anders als Andrej selbst, daran gab es nichts zu beschönigen) versucht hatte, nichts anzufassen, was ein Aussätziger zuvor berührt haben könnte. Im Licht dieser Erkenntnis war die Geste, sich in den unmittelbaren Dunstkreis des Alten zu begeben, die Tat eines Helden; Andrej zweifelte, ob er selbst so weit gegangen wäre. In seiner Vorstellung spannten tausend kriechende Parasiten ihre Muskeln, um auf Cyprian hinüberzuspringen.

»Ich habe drei Dinge«, sagte Cyprian in das fassungslose Gesicht des Alten hinein. »Ich habe Geld, eine Mordswut im Bauch und keine Geduld. Was davon willst du haben?«

»Du bläst dich auf«, sagte der Alte.

Cyprian hob die Hand, und Andrej war sicher, dass er das ekelerregende Geschöpf aus seinem dreckstarren Deckenpanzer herausgezogen hätte, wenn dieses nicht zusammengezuckt und eine Hand abwehrend vor das Gesicht gehoben hätte.

»Geh weg!«, schrie der alte Mann und fuchtelte. »Geh weg!«

Cyprian richtete sich auf und wischte sich ganz demonstrativ die Handflächen an der Hose ab. Der Alte sank in sich zusammen.

»Ihre Asche ist in alle Winde verstreut«, murmelte er. »Und wie der Wind kommt sie zurück, um mich zu verfolgen. Nach all den Jahren …«

»Sprichst du von Anna Morgin?«, fragte Andrej.

Der Alte schenkte ihm einen hasserfüllten Blick. »Wovon sonst, du Schlaumeier?«

»Hat der Jesuit sich ebenfalls nach Anna Morgin erkundigt?«

»Halt die Fresse«, sagte der Alte, »wenn du die Geschichte hören willst.«

Andrej zog eine Augenbraue nach oben, schüttelte aber den Kopf, als Cyprian Atem holte. »Ich bin ganz Ohr«, sagte er so liebenswürdig, als säße Kaiser Ferdinand vor ihm auf dem Thron.

Der Alte musterte sie. Plötzlich kicherte er. »Sie haben sie verbrannt. Als Hexe!« Sein Kichern wurde lauter. »Als Hexe! Ist das nicht komisch?«

»Selten so gelacht«, pflichtete Cyprian ihm bei.

Der Alte wurde schlagartig ernst. »Wenn je ein Weibsstück keine Hexe war, dann Anna. Hexen sind schlau. Anna war dumm wie Stroh.« Er schmatzte mit den Lippen. »Das Einzige, was sie konnte, war ficken. Hast du schon mal gefickt, Blödmann?« Die Frage war an Andrej gerichtet.

Wie schön, dachte er unwillkürlich. *Cyprian droht ihm Prügel an, und ich bin der Blödmann.*

»Du wärst überrascht«, erwiderte er.

»Hast du nicht«, sagte der Alte. »Nicht, wenn du Anna nicht gefickt hast. Halb Eger hat sie dringehabt, und auf jeden Fall den gesamten Stadtrat. Die Weiber haben sie gehasst. Wenn du die Anna hattest, warst du verdorben für die anderen Weiber, die sich nur hingelegt und die Beine breit gemacht und den Rosenkranz gebetet haben, während ihre Herren Ehegatten sich müde strampelten. Drei Töchter hatte Anna, und keine sah der anderen ähnlich. Und dabei hat das dumme Aas nur einen geliebt – ihren Caspar. Die anderen hat sie an ihr Kätzchen gelassen, damit sie was zum Beißen hatte – aber wenn ihr Caspar sie besuchte, dann ist das Dach ihrer Bruchbude davongeflogen, das kannst du mir glauben. Überzeugt, Blödmann?«

»Ich bin hingerissen«, sagte Andrej.

Es kam, wie es kommen musste. Jemand bezichtigte Anna Morgin der Hexerei – hatte angeblich gehört, wie sie Gott, der allerseligsten Gottesmutter und allen Heiligen abgeschworen hatte, hatte gesehen, wie sie mit ihrem Buhler Caspar um Mitternacht tanzte und dabei Wolfsgestalt annahm, war Zeuge geworden, wie sie Wetter- und anderen Schadenszauber verübt, das heiligste Altarssakrament geschändet und – aha! – mit unlauteren Mitteln den Männern der Stadt die Köpfe verdreht hatte. Man verhaftete Anna Morgin, konfrontierte sie mit den Anschuldigungen, erläuterte ihr die peinliche Befragung und zeigte ihr die Instrumente, und als darauf noch immer kein Geständnis kam, wendete man diese Instrumente an.

»Da haben die zugesehen, denen sie eine Woche vorher

noch den Saft aus dem Sack gevögelt hat«, sagte der Alte. »Ich wette, dem einen oder anderen ist dabei einer in die Hose gegangen, und er hat sich gefragt, warum er nicht schon eher auf die Idee gekommen ist, Anna auf den Block zu spannen. Na, Blödmann, hast du schon mal ...«

»Noch eine solche Unterbrechung«, sagte Cyprian, und die Blicke des Alten schnappten überrascht von Andrej zu ihm, »und ich quetsche den Saft aus *dir* raus, und danach wird weniger von dir übrig sein, als man damals aus den Hosen der Richter herauswringen konnte.«

»Zu Befehl, Euer Gnaden«, sagte der Alte mit wutverzerrtem Gesicht.

Vielleicht dachte Anna daran, dass nach einem Geständnis der Tod auf dem Scheiterhaufen unausweichlich sein würde – und was sollte dann aus ihren Töchtern werden? Vielleicht dachte sie, ihr Wissen um die nächtlichen Vorlieben der halben Stadt würde ihr einen gewissen Schutz verleihen. Sie gestand auch nach der Tortur nicht.

»Dann ließen sie sie zusehen, wie sie ihren Caspar verbrannten«, sagte der Alte. »Der Bursche hat alle Erwartungen erfüllt, so hat er gebrüllt. Auf dem Block hatte man ihm wohl die Beingelenke zerrissen; jedenfalls mussten sie ihn auf den Richtplatz tragen, und als ihm das Feuer die Zehen zu versengen begann, schrie er wie ein Ochse nach der Kastration. Das hat Anna zu denken gegeben ...«

Anna wurde ohnmächtig. Das barbarische Schauspiel schien seine Wirkung zu tun – und noch mehr. Am nächsten Morgen gestand Anna Morgin alles, was gegen sie vorgebracht worden war. Offenbar war ihr Caspar im Traum erschienen und hatte ihr empfohlen, dies zu tun; er schwor, von der Gottesmutter Maria selbst erfahren zu haben, dass ihr bei einem Geständnis Gnade zuteilwürde.

»Was glaubt ihr, stellte sich heraus?«, sagte der Alte und kicherte erneut. »Die Gottesmutter hatte sich geirrt.«

Das Nächste, was auf der Tagesordnung stand, war die Untersuchung Annas auf Hexenmale. Sie wurde von einer Hebamme und einer Zeugin vorgenommen. Die Zeugin war die Frau des Stadtrichters; der Stadtrichter selbst hatte Annas Dienste mehrfach genossen, als sie noch keine Hexe, sondern die Stadthure gewesen war.

»Die Untersuchung dauerte und dauerte«, sagte der Alte. »Am Anfang wurden sie nicht misstrauisch, weil man dazu ja jeden Quadratzoll des Körpers nach Malen absuchen muss und weil die Herren im Gerichtssaal vermutlich darüber nachsinnierten, welcher Körperteil jetzt gerade untersucht wurde und ob es wohl Annas F...«

»Schon gut«, sagte Cyprian. »Wir wissen jetzt, wie farbig du erzählen kannst.«

»Zimperlich, Freundchen?«

»Angeödet würde es eher treffen.«

Der Alte spuckte auf den Boden. »Du bist nicht anders als die bigotten Säue damals. Du hättest Anna deinen Schwanz auch überall reingesteckt und danach rumgezetert und mit dem Finger gezeigt und gebrüllt: Verbrennt die Hexe!«

»Zu welcher Fraktion hast du denn gehört? Du scheinst ja an vorderster Front mit dabei gewesen zu sein.«

Der Alte funkelte Cyprian an. Dann wandte er sich an Andrej und öffnete den Mund, doch Cyprians Drohung schien ihm wieder einzufallen. Was Andrej betraf, so hörte er mit einer Mischung aus Grauen und Faszination zu. Eine Geschichte wie diese musste wohl von einem Menschen erzählt werden, der so voller Bosheit steckte wie der Mann im Thronsessel. Hatte er vorhin gedacht, der Alte bestünde aus Dreck und Abfall? Die dritte Komponente war Bösartigkeit, und sie war der Kitt, der den Rest zusammenhielt.

»Irgendwann kam es jemandem doch zu lange vor, und er guckte nach. Die Hebamme und die Alte des Richters lagen auf dem Boden, Beulen und Platzwunden auf den Stirnen. Anna muss mit einem großen Kerzenleuchter auf die Weiber eingedroschen haben – es klebten noch Blut und Haare dran. Das Fenster war offen. Anna Morgin war abgehauen.«

»Sie suchte bei dem Einsiedler draußen im Wald, der vor ein paar Tagen aufgetaucht und sich in der Stadt bemerkbar gemacht hatte, Asyl«, sagte Cyprian.

»Du nimmst mir beinahe das Ende der Geschichte weg«, sagte der Alte und grinste.

Annas Spur war leicht zu folgen. Der Einsiedler, zu dem sie geflohen war, ließ sich von dem Glauben in die Irre leiten, dass sein Anspruch auf Asylgewährung irgendetwas bedeutete. Nach einem kurzen Meinungsaustausch lag der Einsiedler auf dem Boden, und seine Seele war auf dem Weg in eine bessere Welt.

Andrej beugte sich nach vorn; Cyprian winkte ab. Andrej schloss seinen Mund wieder.

»Die haben Anna nach Eger zurückgebracht und ins Stüblein geworfen – ins Gefängnis. Als man sie am nächsten Tag in den Gerichtssaal bringt, damit sie ihr Geständnis unterschreibt, reißt sie einem der Büttel plötzlich das Messer aus dem Gürtel und sticht es sich in den Hals!«

Die Tat erfolgte so überraschend, dass alle in völlige Panik verfielen. Schließlich kam der Henker zur Besinnung und stach die offenbar leblose Anna mit einer Nadel unter Finger- und Zehennägel, ohne dass sie auch nur gezuckt hätte. Der Arzt, der endlich herbeigerufen worden war, stellte ihren Tod fest. Die Ratsherren beschlossen, mit der Leiche so zu verfahren, wie sie es mit der lebenden Hexe vorgehabt hatten. Der Henker und seine Knechte warfen die Tote ganz unzeremoniell aus dem Fenster im zweiten Stock des Rathauses, banden ihren Leib an ein Eselsgespann und schleiften ihn hinaus auf den Richtplatz.

»Sie legten sie auf den Scheiterhaufen, mitten auf die

schweren Holzklötze, die die meiste Hitze abgeben, und zündeten den Stoß an ...«

»Und?«, fragte Cyprian, als der Alte schwieg.

Andrej musterte das unter Haar- und Bartwirrwarr halb versteckte Gesicht des alten Mannes. War es bleich geworden? Seine Augen starrten jetzt weit aufgerissen zu einem Ort, an dem nicht gewesen zu sein Andrej sich glücklich schätzte – zur Richtstätte außerhalb der Mauern Egers, während Anna Morgins Scheiterhaufen brannte. Die Lippen des Alten arbeiteten.

»Ihr Haar begann zu brennen ...«, sagte er. »In all der Aufregung hatte keiner daran gedacht, es abzuscheren. Es brannte ... lichterloh ...«

Und Anna bäumte sich plötzlich auf. Begann vor Schmerzen zu schreien. Wand sich im Feuer. Die Zuschauer wichen zurück. Wer in der Stadt nichts anderes zu tun hatte, war gekommen, um der Verbrennung eines toten Körpers zuzusehen, den viele von ihnen noch gekostet hatten, als er voller Leben gewesen war; jetzt sahen sie, wie die Tote schrie und kreischte und sich in den Flammen wälzte ...

»Sie fiel runter«, flüsterte der Alte. »Sie fiel auf den Boden, und da lag sie ... qualmend ... stocksteif ...«

Nach einer Weile wagte sich der Scharfrichter an den versengten Leib heran, das Kruzifix vor sich ausgestreckt und Psalmen flüsternd. Er stieß Anna mit einem Stock und dann mit dem Fuß an. Schließlich ließ er das Kruzifix und seine hochgezogenen Schultern sinken und befahl seinen Knechten, dass der Leichnam an Händen und Füßen gebunden und wieder hinaufgezogen werden sollte. Sie schichteten Holz über ihn und fachten das Feuer aufs Neue an; dann stellten sie sich vor dem Scheiterhaufen auf und drückten das Holz und den Leichnam darunter mit langen Feuerhaken fest.

»O Gott«, hörte Andrej sich sagen. »Wie erbärmlich kann man ...?«

Der Alte achtete nicht auf ihn. Seine Hand machte vage Bewegungen in der Luft, als putze er eine beschlagene Glasscheibe sauber, durch die er in die Vergangenheit spähte.

»Jesus Maria!«, flüsterte er. »Jesus Maria!« Und mit jedem *Jesus Maria* wurde seine Stimme lauter. »Jesus Maria! Jesus Maria! JESUS MARIA!« Er brüllte, den Blick hilflos an den Ort des Grauens gerichtet, zu dem die Richtstätte Anna Morgins geworden war. »JESUS MARIA! Das schrie sie, unter dem Holz hervor und aus den Flammen heraus. Man konnte sie deutlich hören. Sie zappelte und wand sich und bäumte sich auf. Die Knechte des Scharfrichters warfen die Haken weg und rannten fort. Die Holzscheite sprangen in alle Richtungen davon. Sie kam aus den Flammen hervor wie der Engel des Herrn, ganz in Feuer gehüllt, die Arme erhoben, die Reste der Fesseln noch glimmend, fiel ein zweites Mal vom Scheiterhaufen herunter, blieb auf dem Boden liegen, immer noch brennend, immer noch rauchend ... wälzte sich ... JESUS MARIA! ES TUT SO WEH! Das Feuer ... das ist der schlimmste Tod, den man einem Menschen wünschen kann ... das Feuer ... es tut so weh ... ERBARMEN! ERSCHLAGT MICH! JESUS MARIA, ES TUT SO WEH!!«

Andrej ertappte sich dabei, wie er ein paar Schritte zurückstolperte. Der Alte hatte seine Klaue vor den Mund geschlagen, und seine Augen waren blutunterlaufen. Plötzlich blinzelte er. Ein Schauer überlief ihn. Seine Hand sank herab. Ein Grinsen stahl sich wie ein Schatten auf seine Züge und gewann dann an Kraft.

»Das blöde Stück«, sagte er. »Zu dumm, um ordentlich abzukratzen.«

Andrej fing Cyprians Blick auf. Er brauchte nicht zu nicken; er und Cyprian wussten, dass sie in den Momenten zuvor einen Blick in die wahre Seele des alten Mannes geworfen hatten, die sich unter Schichten aus Bosheit, Zynismus und jahrealtem Auswurf verkrochen hatte.

»Wer von den Zuschauern noch zurückgeblieben war, entdeckte plötzlich die Tugend des Mitleids«, sagte der Alte, als ob nichts gewesen wäre. »Sie löschten, was von Anna noch übrig war. Sie flüsterte, dass man ihr den Kopf abschlagen solle, oh, schlagt mir den Kopf ab, dann verbrennt mich meinetwegen, ich halte es nicht mehr aus, schlagt mir den Kopf ab ...« Der Alte schüttelte sich, aber er erlaubte dem Entsetzen nicht, erneut die Gewalt über ihn zu erlangen. »Der Henker konnte nicht – er hatte ja nur die Erlaubnis, sie zu verbrennen. Irgendwann kamen sie auf die Idee, den Pfarrer aus der Stadt zu holen – was glaubst du, warum der alte Schwanz nicht zur Richtstätte gekommen war, Blödmann?«

Andrej winkte ab. Der Alte lachte hämisch.

»Ja, genau. Jetzt kam er aber angewatschelt, und was glaubt ihr, was das Arschloch wissen wollte? Warum Anna das Messer gegen sich selbst gerichtet hatte. Und sie antwortete ihm auch noch, sagte, dass in einem zweiten Traum der Teufel selbst gekommen wäre und ihr es eingegeben habe. Der Teufel ... ha! Ich sage, das war die einzige Tat mit Hirn, die die Fotze jemals vollbracht hat, und selbst das ist noch schiefgegangen.«

»Was ist dann geschehen?«

Die Umstehenden hatten Annas brennenden Körper mit Wasser und Decken gelöscht, und ihre Schmerzen schienen ein Stadium erreicht zu haben, in dem ihre Nerven taub geworden waren. Sie beichtete in aller Form und bat um die Hostie und darum, dass man ihr den Tod geben wolle. Doch der Pfarrer hatte die Hostie nicht bei sich und vertröstete Anna auf den folgenden Tag, einen Sonntag, und auch die Ratsherren (einige von ihnen waren wieder zur Richtstätte zurückgekehrt, nachdem sie zuerst gemeinsam mit den Henkersknechten Fersengeld gegeben hatten) baten sich eine neue gemeinsame Beratung aus. Darüber kam die Vesper, und während all dieser Stunden lag Anna Morgin, deren Haut schwarz und braun verbrannt war und die von ihrer eigenen Mutter nicht wiedererkannt worden wäre, neben ihrem Scheiterhaufen, der langsam herunterbrannte, und bat um den Tod. Irgendwann – und als er diesen Teil der Geschichte hörte, fühlte Andrej seine Beine weich werden – begann sie über Schmerzen im Fuß zu klagen, und es stellte sich heraus, dass der Henker die Nadel, die er unter ihre Nägel gesteckt hatte, unter einem Fußnagel vergessen hatte. Er zog sie heraus, und sie dankte ihm.

»Der Magistrat brauchte bis zum Montagmorgen, um sich darüber klar zu werden, was mit ihr geschehen sollte«, sagte der Alte. »Dann einigten sie sich darauf, sie mit dem Schwert richten zu lassen und dann erst zu verbrennen. Anna ging aus eigener Kraft zum Richtplatz hinaus, und jeder in der Stadt, der laufen konnte, folgte ihr. Sie kniete nieder, vergab dem Henker und …« Der Alte räusperte sich. »… und danach verbrannten sie sie zu Asche und verstreuten diese in den Wind.«

»Was ist aus dem Jungen geworden?«, fragte Cyprian, noch während der Alte nach seinem letzten Wort Atem holte.

Der Alte musterte ihn. »Um den Bengel geht's euch? Warum habt ihr das nicht gleich gesagt, ihr Trottel?«

»Worum ging es denn dem Jesuiten?«

»Den Bengel haben sie aufgehängt«, sagte der Alte. »Natürlich haben sie ihn auch der peinlichen Befragung unterzogen, und er sagte, dass er und der Einsiedler sich gegenseitig gefickt hätten … wenn sie nicht gerade ihre Hintern dem Teufel hinhielten.« Er lachte. »Ein ebenso großer Unsinn wie alles andere, wenn ihr mich fragt.«

»Aufgehängt und beerdigt?«

»Aufgehängt und verbrannt – zusammen mit Anna. Seine Asche weht vermutlich mit dem gleichen Lüftchen um die Welt. Und jetzt haut ab. Mir brummt der Schädel.«

Cyprian kratzte sich am Kopf. »Das ist ja eine nette Geschichte. Nur dass sie von vorn bis hinten erlogen ist.«

»Weil du so genau darüber Bescheid weißt!«

»Ich und all die Ratsherren, der Richter, die Jesuiten, die dem Prozess gefolgt sind, und der Henker und seine Knechte.«

»Ja, und Gott und alle Engel und der Teufel und seine Großmutter dazu.«

»Wer davon bist du?«

»Hä?« Der Alte warf Cyprian einen misstrauischen Blick zu. »Wenn ich des Teufels Großmutter wäre, wüsste ich es. Und von all den anderen Arschlöchern möchte ich nicht mal einer sein, wenn ich dafür Geld bekäme.«

»Also musst du die Geschichte erfunden haben.«

»Leck mich doch, du Trottel. Glaub, was du willst. Mir tut der Kopf weh. Hier, gib mir eines von den Fläschchen dort. Da ist Medizin drin.«

»Es sei denn ...«, sagte Cyprian. Er zwinkerte Andrej zu. »Hast du gedacht, dass es so für dich ausgeht, Caspar?«

Andrej sog scharf die Luft ein. Im gleichen Augenblick wusste er, dass Cyprian recht hatte. Zu seiner Überraschung war der Alte nicht außer sich, sondern lachte. Und Andrej wurde klar, dass der Mann gar nicht so alt war. Gift und Galle hatten ihn leer gesaugt. Vermutlich war er jünger als Wenzel. Andrej wurde schlecht.

»Was hat mich verraten? Der Traum?«

»Ja«, sagte Cyprian. »Ich habe noch nie von einem Traum gehört, der so dienstfertig ein Geständnis aus dem Träumenden herausholt.«

»Anna hat es geglaubt«, kicherte Caspar. »Ich sag doch, die war dumm wie Stroh.«

»Was haben sie dir dafür versprochen?«

»Dass sie mich im letzten Augenblick vom Scheiterhaufen runterholen, wenn ich so tue, als würde ich ihr erscheinen. Die wollten sie so schnell wie möglich weghaben, bevor sie noch auf den Gedanken kam, sie alle zu erpressen. Die Dreckschweine ... sie haben wirklich bis zum letzten Moment gewartet. Wenn Anna nicht in Ohnmacht gefallen wäre, hätten sie mich bei lebendigem Leib gebrutzelt.«

»So wie Anna.«

Caspar räusperte sich. »Besser sie als ich«, brummte er.

»Du hast bei der heiligen Maria geschworen!«, sagte Andrej. »Einen Meineid, um deine Geliebte dem Feuer zu überantworten.«

»Und meine Beine? Ich musste zu ihr in die Zelle reinkriechen, wenn dir das was sagt, du Idiot. Jetzt gib mir endlich die Medizin, und dann macht, dass ihr wegkommt. Euretwegen kommt mir noch das Kotzen.«

»Willkommen in der Gemeinde«, murmelte Andrej.

Cyprian nahm das Fläschchen, auf das Caspar gedeutet hatte, vom Sims über dem Kamin. Dann hob er auch das danebenstehende Fläschchen auf. Beide sahen gleich aus.

»Ist das die Medizin, von der dir der Jesuit noch mehr versprochen hat?«

»Was geht's dich an?«

Cyprian zog den Korken aus einem der Fläschchen und schnupperte. Dann schnupperte er an dem anderen. Schließlich ging er in die Hocke und tropfte etwas von dem halbleeren Medizinbehälter auf den Boden. Er trat einen Schritt zurück.

»Heee, verdammt!«, schrie der Alte.

Eine der Ratten kam zögernd und immer wieder schnuppernd unter dem Thronsessel hervor und näherte sich dem nassen Fleck auf dem Boden. Schließlich hockte sie mit zitternden Schnurrhaaren davor und witterte wieder und wieder. Zuletzt leckte sie daran – und leckte weiter.

»Scheiße, die Viecher brauchen keine Medizin«, stieß der Alte hervor.

Cyprian bückte sich; die Ratte huschte außer Reichweite und musterte ihn mit ihren bösartigen schwarzen Knopfaugen. Er tropfte etwas von der anderen Flasche auf den Boden. Die Ratte witterte nur kurz, dann entblößte sie erschreckend scharfe Zähne, zischte in Cyprians Richtung und verschwand unter dem Thronsessel.

Cyprian steckte den Korken zurück und legte Caspar beide Fläschchen in den Schoß. Dieser starrte sie mit offenem Mund an.

»Ob das eine wirkt, kann ich nicht sagen«, erklärte er. »Das andere wirkt auf jeden Fall. Der Jesuit hat dir einen Engelmacher dagelassen, Caspar. Sei froh, dass du mit der richtigen Flasche angefangen hast.«

»Du verarschst mich doch«, sagte Caspar.

»Wie du meinst. Leb wohl.«

Cyprian wandte sich ohne ein Wort ab. Er nahm Andrej am Arm und schob ihn vor sich her, bis dieser sich schüttelte und aus dem Griff seines Freundes befreite. Er schaute Cyprian ins Gesicht und schluckte hinunter, was er hatte sagen wollen, bis sie das Refektorium verlassen hatten. Die beißende Kälte im Freien draußen schien Andrejs Kopf zu klären. Er atmete durch und hatte das Gefühl, die ganze Zeit über die Luft angehalten zu haben.

»Ich weiß nicht, ob die Geschichte von Anna Morgin wahr ist«, begann er, »aber dass der Junge ...«

»Ja«, unterbrach ihn Cyprian. »Da hat er gelogen. Es kam zu schnell ... und zu glatt. Der Junge hat überlebt. Nach der Sache mit Anna hätte der Magistrat eine weitere Hinrichtung niemals durchsetzen können.«

»Und jetzt?«

»Ich glaube, er hat dem Jesuiten die Wahrheit erzählt. Und die ist von der Art, dass dieser ihn aus dem Weg räumen wollte. Was für eine Teufelei ... lässt ihm zwei Fläschchen da, eines davon voller Gift. Ob er die harmlose oder die tödliche Portion zuerst erwischt, ist ihm egal. Irgendwann trinkt Caspar das Gift und ist dahin. Du lieber Gott ... wer denkt denn so? Es ist, als ob er ihm mit der rechten Hand eine Überlebenschance gäbe und mit der Linken wieder nähme. Wer, zum Teufel, ist dieser Jesuit? Und was für eine Rolle spielt er?«

Andrej versuchte, sich am Nächstliegenden festzuhalten. »Wie sieht unser Plan aus?«

»Ich denke, dass die Entdeckung des Giftfläschchens unseren ekelhaften Freund dort drin erschüttert hat. Lassen wir ihn eine Nacht im eigenen Saft schmoren, und dann kommen wir morgen zurück und zeigen ihm, dass seine Zukunft durchaus noch etwas Schönes bereithalten kann ...«

»Willst du ihn auch noch belohnen dafür, was er getan hat?«

»Glaubst du, er ist nicht genügend gestraft?«

Andrej starrte Cyprian an. »Herrgott, kannst du nicht mal als alter Großvater darauf verzichten, solche Fragen zu stellen? Was soll man denn ...?«

»Still!« Cyprian hob eine Hand und starrte ins Leere. Dann wirbelte er herum. »Verdammt! Oh, verdammt!« Er rannte ins Refektorium zurück. »Ich Idiot!«

Andrej hastete ihm hinterher, so schnell er konnte. Jetzt hörte er es auch, über das plötzliche Hämmern seines eigenen Herzens hinweg – ein lang gezogenes Ächzen.

Der Thronsessel war umgefallen. Caspar lag daneben. Die Ratten bildeten einen Kreis um ihn und zischten mit gesträubtem Fell und bebenden Schnauzen. Cyprian fiel neben Caspar auf die Knie. Der alte Mann hatte sich eingerollt und stöhnte. In den Krämpfen, die seinen Körper überzogen, schlug sein Kopf immer wieder auf den Boden. Cyprian fluchte, dann packte er die unsägliche Decke, riss sie von Caspars verkrampftem Körper herunter und drehte ihn auf den Rücken.

»O mein Gott!«, flüsterte Andrej.

Caspar bog sich durch, bis nur noch sein Hinterkopf und seine Hinterbacken den Boden berührten. Etwas anderes, mit dem er sich auf den Steinfliesen hätte abstützen können, besaß er unterhalb seines Gesäßes nicht – er hatte keine Beine mehr. Sein rechter Arm war an den Körper gepresst, der linke ruderte in der Luft herum. Aus seinem Mund quoll dunkler Schaum und zog rostfarbene Streifen links und rechts der Wangen in das weiße Haar. Seine Augen rollten.

»Was ist aus dem Jungen geworden?«, brüllte Cyprian.

Caspar zuckte und bog sich, dass Andrej sein Rückgrat knacken hörte. Die Ratten huschten quietschend und pfeifend vor dem Feuer umher. Aus Caspars schäumendem Mund flogen Spucke und ein Hecheln, das einem in den Ohren schmerzte. Noch während Andrej zusah, färbten platzende Blutgefäße Caspars entzündete Augen blutrot.

»Der Junge!«, schrie Cyprian und schüttelte den bebenden Torso an den Schultern. »Was ist mit dem Jungen?«

Caspars Augen stierten ihn an. Blutige Tränen rollten über seine Wangen und lösten den Schmutz in seinen Falten auf.

»Warum hast du mir nicht geglaubt, du arroganter Vollidiot?«, tobte Cyprian. »Warum sollte ich dich wegen des Giftes belügen? Wie viel hast du genommen? Einen tiefen Schluck, schon aus reiner Bosheit? Du Narr! Was ist aus dem Jungen geworden?«

Caspar versuchte etwas zu sagen. Andrej stellten sich die Haare auf.

»Jesus Maria«, hörte er ihn gurgeln. »Es tut so weh …!«

Ein Spasmus schüttelte ihn so stark, dass er Cyprian aus den Händen glitt. Der beinlose Körper wand sich auf dem Fliesenboden. Cyprian ließ sich nach hinten sinken und setzte sich auf den Hintern. Er ließ den Kopf hängen.

»Da hast du dein eigenes Feuer, du verkommenes Stück«, murmelte er. »Es verbrennt dir die Eingeweide. Und trotzdem sollte auch einer wie du nicht so gehen müssen.«

Ein langer, gurgelnder Atemzug entwich Caspars weit aufgerissenem Mund. Ein Krampf verrenkte ihn ... noch einer ... dann sank er in sich zusammen und sah von einem Augenblick zum anderen aus, als wäre er nur noch die leere Decke, in der er seine Jahre als Krüppel verbracht hatte. Der Geruch von frischen Fäkalien und heißem Urin stieg von ihm auf. Der Schaum quoll weiterhin aus ihm heraus, doch es konnte kein Zweifel mehr daran bestehen, dass er tot war. Sein rechter Arm fiel zur Seite.

Andrej hielt sich eine Hand vor den Mund. »O Gott, Cyprian, schau doch ...«, würgte er hervor.

Cyprian nickte grimmig.

Der rechte Arm Caspars war ein verdorrter Ast, der Arm einer Mumie, die Klaue eines Toten. Die Haut war schwarz und ledrig, die Knochen zeichneten sich darunter ab. Die Hand war zur Faust geballt und sah wie die schwarze Pfote eines Affen aus. Die letzten beiden Finger waren in die Handfläche gekrümmt, der Daumen nach innen gezogen. Über ihm lagen Mittel- und Zeigefinger wie eine Klammer aus Knochen und Sehnen. Man konnte sich vorstellen, wie diese Hand, als sie noch gesund gewesen war, zum Schwur erhoben gewesen war, die beiden ersten Finger in die Höhe gereckt. Die Fingernägel aller Finger waren so lang, dass sie wie verdrehte Girlanden um die Hand gewickelt waren. Die Nägel von Ring- und kleinem Finger waren durch die Hand hindurchgewachsen und ragten aus dem Handrücken heraus.

Cyprian seufzte und streckte eine Hand aus. Andrej zog ihn daran in die Höhe, ohne darüber nachzudenken. Schweigend wandten sie sich ab und stapften hinaus. Hinter sich hörte Andrej das Trippeln der Rattenpfoten, als sich das graue Heer um den Leichnam zusammenzog, um nachzusehen, ob nicht etwas daran noch genießbar war.

23

Es schien Andrej, als seien Stunden in dem alten Refektorium vergangen; er war erstaunt, dass die Glocken erst die Vesper schlugen, als sie sich auf den Weg zurück zur Kommende der Kreuzherren vom Roten Stern machten. Der Ordensmeister würde es nicht gern sehen, aber er würde ihnen die Gastfreundschaft nicht versagen; vermutlich lag er ohnehin schnarchend in seiner Kammer und war in seinem Rausch für die Widrigkeiten der Welt nicht zugänglich.

»Was glaubst du, wo wir den Jungen jetzt finden?«, fragte er zuletzt.

»Finden?«, wiederholte Cyprian. »Es gibt nicht mal den kleinsten Anhaltspunkt, wo man mit der Suche beginnen sollte. Der Junge könnte überall sein. Er könnte immer noch in Eger sein. Er könnte in Wien sein ...«

»Er könnte in Rom sein«, sagte Andrej.

Cyprian trat gegen den Boden. »Verdammt nochmal!«, sagte er.

»Du bist wie ich davon überzeugt, dass die Jesuiten, die damals dem Prozess beiwohnten, ihn mitgenommen haben. Welch anderen Grund sollte es sonst haben, dass einer von der Societas Jesu hier herumgeschnüffelt hat? Und ich gehe jede Wette ein, dass sie ihn in ihre Zentrale nach Rom gebracht haben. Das ist sechzehn Jahre her, Cyprian. Aus dem Jungen von damals dürfte ein erwachsenes Mitglied der Societas Jesu geworden sein.«

Sie sahen sich an.

»Wenn er den Patres damals erzählt hätte, was er von Buh über die Teufelsbibel erfahren hat, würden die Kerle schon lange danach suchen. Dass sie es nicht tun, weist darauf hin, dass er geschwiegen hat«, sagte Cyprian.

»Oder dass Buh ihm nichts erzählt hat.«

Cyprian ignorierte den Einwand, und Andrej hielt seine

Aussage auch nicht für brillant genug, um sie zu wiederholen.

»Warum hat der kleine Bursche den Jesuiten nichts gesagt? Was hat er vor?«

»Was immer er vorhat ... und ich weiß genau, was du denkst, Cyprian, weil ich dasselbe denke ... er hat es sechzehn Jahre lang nicht verwirklicht.«

»Wen die Teufelsbibel ruft, der folgt ihrem Ruf«, murmelte Cyprian. »Vielleicht hatte er einfach nur so lange keine Gelegenheit, zu antworten.«

Sie sahen sich erneut an und drehten sich dann wie auf Kommando um, um in die Richtung zu blicken, in der das ehemalige Dominikanerkloster lag. Zweimal in ihrem Leben hatten sie die Teufelsbibel bisher rufen hören; und die Antworten hatten jedes Mal so ähnlich ausgesehen wie das, was jetzt auf dem Boden des Refektoriums lag und von den Ratten angefressen wurde.

»Wenn es nicht zu unoriginell wäre, würde ich wiederholen, was du heute früh im Wald bei Buhs Grab gesagt hast«, meinte Andrej.

»Was habe ich denn da gesagt?«

»›Ich bin zu alt für diesen Scheiß.‹ Oder so ähnlich.«

Cyprian grinste freudlos. »Und was hilft uns das, mein Alter? Was mich betrifft, ich mische mich lieber selber noch mal ein, als Alexandra und Andreas und Melchior und Wenzel den Kampf allein führen zu lassen.«

»Was mich betrifft, so würde ich viel darum geben, nicht noch ein drittes Mal mit diesem verdammten Buch in Berührung zu kommen.«

»Mal ganz abgesehen davon.«

In Cyprians Gesicht arbeitete es. Andrej schien es, als nehme er erstmalig wahr, wie alt sein Schwager und bester Freund tatsächlich geworden war. Und er selbst? Cyprian war sogar noch ein paar Jahre jünger als er. Die Jugend, die

Mannesjahre ... wo waren sie hingekommen? In seiner Erinnerung waren die Zeiten, in denen sie gemeinsam gegen den Fluch der Teufelsbibel gekämpft hatten, wie Fanale – die Zeiten des Friedens dazwischen waren hingegen blass, kaum unterscheidbar, von Freuden und Schmerz gleichmäßig durchsetzt, Jahre, die ihm im Nachhinein wie verschwendet vorkamen. Nach dem Untergang der Klostergemeinschaft von Braunau waren sie die Wächter der Teufelsbibel geworden, und wie gute Wächter hatten sie abgewartet, bis der Ernstfall eingetreten war.

»Die Jahre dazwischen«, sagte Cyprian, der wie meistens in der Lage war, Andrejs Gedanken zu erraten, »waren das wahre Leben. Die Kämpfe dienten nur dazu, uns und unseren Lieben dieses Leben zu ermöglichen.«

»Es könnte gut sein, dass wir dieses Mal den letzten Kampf führen«, sagte Andrej.

»Dann lass ihn uns gut vorbereitet anfangen.« Cyprian deutete mit dem Daumen in Richtung Osten. »Statten wir dem Propst von Raigern einen Besuch ab, wie wir es ohnehin vorhatten. Bis wir dort ankommen, hat er die Botschaft gelesen, die wir ihm mit der Brieftaube heute Mittag geschickt haben, und sich seine eigenen Gedanken gemacht. Wenn der Fall von Anna Morgin wirklich eine solche Schweinerei war, dann haben seine Mönche etwas darüber aufgezeichnet. In Raigern hört man das Gras wachsen, seit Wenzel dort das Sagen hat; wenn wir Glück haben, finden wir sogar etwas über das Schicksal des Jungen heraus. Es müsste schon mit dem Teufel zugehen, wenn Wenzels Spione sein Geschick völlig aus den Augen verloren hätten.«

»Hier geht es mit dem Teufel zu, hast du das schon vergessen?«

Cyprian klopfte Andrej auf die Schulter. »Seit wann lassen wir uns schon im Vorhinein unterkriegen? Wenzel ist ein kluger Kopf, und du und ich, wir brauchen unsere Sinne doch schon alle miteinander, um am frühen Morgen auf den Abtritt zu finden. Weißt du, manchmal sehe ich deinen Sohn an und warte direkt darauf, dass ihm irgendetwas Komisches widerfährt, so wie es bei dem alten Kardinal Melchior immer üblich war. Wenzel ist unser geistiges Zentrum geworden, und Onkel Melchior braucht sich seines Nachfolgers nicht zu schämen.«

»Manchmal sehe ich Wenzel an«, sagte Andrej, »und warte darauf, dass etwas in seinem Gesicht mich an das Gesicht Yolantas erinnert, weil es mir nicht mehr gelingt, es heraufzubeschwören. Dann erst fällt mir wieder ein, wer er ist, und ich ...« Andrej verstummte.

»Ja«, sagte Cyprian. »Du hast damals das Richtige getan, mein Freund. Wir alle haben gelernt, uns auf deinen Sohn zu verlassen.«

2. Buch
Hexenfeuer

Dezember 1647

Omnes vulnerant, ultima necat.
Inschrift auf Sonnenuhren

1

DA WAR DER Traum wieder ...

... durchzogen von den Geräuschen der Kämpfe. Die Angreifer schienen sich zurückgezogen zu haben, um sich neu zu formieren, aber noch immer peitschten vereinzelte Schüsse auf, weil Schützen dachten, einen Feind erreichen zu können, oder weil ein Sterbender mit zerfetzten Eingeweiden irgendwo allein zwischen den Linien den Finger um den Abzug seiner Muskete krümmte und den einen, gnadenreichen Schuss auslöste, der seine Seele, wollte man den Pfarrern glauben, in die ewige Verdammnis stürzte, aber seinen Körper von den unerträglichen Qualen erlöste, in denen er sich gewunden hatte. War dies das Gleichgewicht? Aber nein, dies war so, weil das Gleichgewicht abhandengekommen war – weil alle vergessen hatten, dass Licht einen Schatten werfen muss, weil Licht ohne Schatten nichts anderes ist als ein riesiges Feuer, das alles verbrennt ...

... der Traum! Der Traum flackerte in seinem eigenen Gefängnis: drei Wände, eine schwere Tür, ein vergittertes Fenster, durch das eine Bahn Licht fiel. Die Schmerzen wühlten in seinem Leib, aber sie waren auszuhalten. Viel schlimmer war das Bewusstsein der sich abzeichnenden Katastrophe. Er ahnte, dass er es nicht schaffen würde. Siebentausend Tage, siebentausend Nächte ... und es war nicht genug. Doch wenn er versagte, dann würde mit ihm die Erkenntnis untergehen, und es würde sich fortführen, was sich schon in jenen siebentausend Tagen abzeichnete, die er hier verbracht hatte. Lebendig eingemauert? Pah ... die Vorstellung verlor ihren Schrecken angesichts der Herausforderung, jenseits dieser Zelle, jenseits dieser Mauer in der Welt leben zu müssen, die das Gleichgewicht verloren hatte. Kinder nahmen das Kreuz, um das Heilige Land zu befreien, und die Herren der Kirche ließen sie ziehen, weil sie im Stillen darüber verzweifelten, welche Perversität die Barone, Herzöge und Könige aus den Zügen nach Jerusalem gemacht hatten; die unschuldigen Seelen würden vielleicht vollbringen, was die alten Sünder nicht vermocht hatten.

Unschuldige Seelen ... zehntausend unschuldige Seelen aus dem Deutschen Reich, erloschen im Schnee am Mons Cenisius, fünftausend unschuldige Seelen aus Frankreich, verkauft in die Sklaverei von Händlern ihres eigenen Landes ...

Und, ein paar Jahre davor – hatte Gott die Seinen erkannt, als französische gegen okzitanische Ritter kämpften um des wahren Glaubens willen und die Stadt Béziers brannte, zwanzigtausend Seelen mit ihr, Ketzer und Katholiken gleichermaßen, Männer, Frauen und Kinder, selbst wenn sie in Kirchen Schutz gesucht hatten? Das war es, was geschah, wenn das Licht anfing, zu Feuer zu werden.

Verglichen damit ... war sein Los weniger eine Buße als eine Belohnung. Doch der Stachel der Pein steckte in ihr; er hatte die Gestalt des Versagens.

Er rieb sich mit den Händen über das Gesicht, achtete nicht darauf, dass er schwarze Streifen hindurchzog von der Tusche an seinen Fingern, rieb seine Augen, versuchte sie zur Ruhe kommen zu lassen, blinzelte, starrte auf das riesige Pergament auf seinem Pult.

Absolutes Entsetzen.

Voller Panik holte er die anderen Blätter hervor. Da ... da fing es an. Zittrig werdende Buchstaben, die sich zur Seite neigten, Wischer, Kleckse ... Bis die Buchstaben auf dem Blatt ankamen, an dem er gerade arbeitete, waren sie bereits unleserlich. Sein Augenlicht schwand, und die Kraft in seinen Händen auch. Was sollte er tun? Auf diese Weise würde er das Werk nie vollenden ... War dies die Strafe für seine

Sünde (die Flammen, die verschlossene Tür, die gedämpften Hilferufe)? *Nil inultum remanebit*– blieb nichts ungesühnt? Aber so kleinlich funktionierte es nicht, Gleichgewicht musste in einem viel größeren Maßstab hergestellt werden.

Seine Finger flogen durch den Stoß aus riesigen Pergamenten. Warum hatte er nicht früher nachgesehen? O Herr, hab Erbarmen, da sah man es überall. Er schrieb das wichtigste Vermächtnis der Welt, und niemand würde es lesen können!

Was sollte er tun!?

Gleichgewicht ... seine panischen Gedanken klammerten sich an die Vorstellung von Gleichgewicht. Wenn Wissen Licht war, war dann Dummheit der Schatten davon? Wenn Wissen Dunkelheit war, war die reine Unschuld des Toren dann das Licht?

Gleichgewicht ...

Er sprang von seinem Hocker auf und stolperte zur Tür, schlug mit beiden Fäusten dagegen, schrie und brüllte nach dem Abt. Kaltes Entsetzen fuhr durch ihn hindurch, als er sich bewusst machte, dass er selbst damals sein Ohr gegenüber dem Hämmern an einer verschlossenen Tür verhärtet hatte ... er drosch auf die Tür ein, bis seine Hände schmerzten ...

... der Traum wurde für einen Augenblick dünner, ein durchsichtiges Gespinst, und das Hämmern wurde wieder, was es in Wirklichkeit war: das Stakkato von Musketenschüssen, das Trommeln von Pferdehufen. Orientierungslosigkeit und die Ahnung, dass ein Zipfel von Erkenntnis soeben entschlüpft war ... der Geruch von Pulver, der schwer und beißend in der Luft hing ...

»Sie überrennen die Schanzen!«

2

DER GESANG DRIFTETE den Weg von der Ostflanke der Würzburger Stadtmauer herunter wie ein vage erinnerter Geruch von etwas Gutem, das faul geworden ist.

»*Quem pastores laudavere, quibus angeli dixere, absit vobis iam timere, natus est rex gloriae.*«

Agnes blieb abrupt stehen.

»Man singt den Quempas«, murmelte der Schreiber und zog sich die Mütze vom Kopf. »Da muss eine Christprozession im Gange sein.«

Agnes wandte sich zu Alexandra um. Ihre Augen glänzten verdächtig. »*Den die Hirten lobten, welchen die Engel sagten: Fürchtet euch nicht, euch ist der König der Ehren geboren*«, sagte sie. »Ich glaube, dies ist das erste Mal, dass dein Vater und ich zum Christfest getrennt sind seit über fünfzig Jahren! Heute Nacht ist Heilige Nacht, Alexandra.«

Alexandra stampfte mit den Füßen auf, um das Blut in Bewegung zu bringen. Sie spürte ihre Zehen kaum noch, und ihre Beine kroch eine Kälte hoch, von der sie wusste, dass sie sie mehrere Tage fiebernd und hustend ins Bett verdammen würde, wenn sie ihr nicht Einhalt gebot. »Schön«, murmelte sie und verbiss sich die Bemerkung, dass das Christfest ihr seit dem Tod Mikus nichts mehr bedeutete; dass die lebensgroßen Krippenfiguren im Dom sie seitdem beklommen gemacht hatten, weil sie in dem geschnitzten Kleinkind in der Wiege stets Miku gesehen hatte und nichts anderes hatte denken können als: *Auch du bist nur auf die Welt gekommen, um zu früh zu sterben.*

Die Torwachen hielten sich an ihren Hellebarden fest und gaben sich alle Mühe, kampfbereit anstatt wie halb erfrorene Hungerleider zu wirken und dennoch eine christfestliche Freundlichkeit auszustrahlen. Die Freundlichkeit nahm zu, als Agnes ihnen ein paar Münzen in die Hände drückte, und führte dazu, dass man sie in die Stadt ließ, ohne sie der üblichen Schikane einer ereignislos verschwendeten Wartestunde zu unterziehen.

»Wo finden wir das Bürgerspital zum Heiligen Geist?«, fragte Alexandra.

Über das Gesicht des Wachführers huschte das Gespenst eines Lächelns. »Wo kommen *wir* denn her?«, fragte er.

»Prag«, sagte Alexandra.

»Ich wusste doch, ich kenne den Dialekt.«

»Warst du schon in Prag?«

»Nein, aber Landsleute von euch befinden sich in der Stadt. Ein großzügiger Herr mit seiner Familie.«

»Andreas Khlesl!«

Das Lächeln des Wachführers verschwand und machte einem misstrauischen Gesicht Platz. »Hmmm …!«, brummte er und musterte Alexandra von Neuem.

»Ich weiß, was dieser großzügige Herr zu dir und deinen Männern gesagt hat: Wenn zwei Frauen aus Prag kommen, dann lasst sie schnellstmöglich in die Stadt und zeigt ihnen den Weg zu meinem Logis. Es sind meine Schwester und meine Mutter, und sie wollen zu mir.«

»Fast richtig«, sagte der Wachführer. »Es war allerdings nur von der Mutter und einem halben Regiment von Quacksalbern die Rede … Verzeihung, ich meinte natürlich: Ärzte.«

Alexandra starrte ihn an. Dann sagte sie ruhig, obwohl die Kälte plötzlich aus ihrem Körper verschwunden war: »Wir müssen kurz etwas unter vier Augen besprechen, meine Mutter und ich.«

Agnes begegnete Alexandras Blick gelassen, als sie ein paar Schritte abseitsgetreten waren.

»Wie war das?«, zischte Alexandra. »Andreas ist überzeugt, ich sei die letzte Rettung für Lýdie? Und ich bin auch noch darauf reingefallen! Andreas hat mich schon in Prag nur dann an die Kleine rangelassen, wenn sie zuvor von einem Arzt untersucht worden war. Herrgott, wie konnte ich nur so blauäugig sein! Mama, von allen miesen Winkelzügen war das der mieseste!«

»*Ich* bin überzeugt, dass du die Einzige bist, die Lýdie retten kann«, sagte Agnes.

Alexandras Mund öffnete und schloss sich wieder. »Du tust es immer noch. Du manipulierst mich wie eine Puppe.«

»Vielleicht. Und wenn es so wäre – meinst du, ich hätte deswegen ein schlechtes Gewissen? Ich dachte, so bietet sich die Gelegenheit, zwei Seelen zu retten.«

»Zwei Seelen? Lýdie und ...«

»Dich, Kindchen.« Alexandra sah das Lächeln auf dem Gesicht ihrer Mutter kurz flackern, als wolle es beinahe in Weinen übergehen. Sie räusperte sich. Ihr Zorn wurde zu Asche und hinterließ einen schlechten Geschmack im Mund.

»Meine Seele war nicht in Gefahr«, erwiderte sie schließlich, um irgendetwas zu sagen, das nicht wie eine Zustimmung klang.

»Dieser schwedische Offizier ... das war ein anständiger Kerl ...«, sagte Agnes wie versonnen.

Der Zorn erwachte erneut in Alexandra. »Was soll das, Mama? Bildest du dir etwas darauf ein, dass diese von dir ach so geschickt eingefädelte Reise dazu geführt hat, dass ich mit einem mir völlig unbekannten Mann, vor dem seine Kameraden ausspucken, in einem halb zerstörten Haus Liebe gemacht habe? Oder schockiert dich das Geständnis? Nein, tut es nicht, du hast es ohnehin die ganze Zeit über gewusst. Weshalb auf einmal so großzügig? Ich dachte immer, dir und Papa wäre es am liebsten gewesen, wenn aus Wenzel und mir ein Paar geworden wäre.«

»Ich bilde mir gar nichts ein«, sagte Agnes. »Ich freue mich nur, dass so etwas wie Liebe dein Herz berührt hat. Es ist vollkommen gleichgültig, unter welchen Umständen das geschehen ist. Es gibt nichts Schlimmeres, als wenn man sich der Liebe verschließt. Sie kann bis in die Hölle reichen und die armen Seelen aus ihr herausziehen.«

»Ich habe für niemanden mehr Liebe empfunden als für Miku! Aber sie hat seine Seele nicht wieder zu den Lebenden zurückkehren lassen.«

Agnes' Augenlider zuckten. Alexandra sah zu Boden. Sie kämpfte mit den Tränen und gewann, aber der Schmerz in ihrer Brust drohte ihr die Luft abzudrücken.

»Können wir nun hineingehen?«, fragte Agnes. »Es geht um Lýdie.«

»Du solltest dich schämen, Mama!«

»Andreas wird dich mit offenen Armen empfangen.«

»Ja, wie die Hölle wird er das tun. Ich höre ihn schon fragen, warum du ausgerechnet mich angeschleppt hast anstatt *anständiger* Ärzte.«

»Worum geht es? Um Andreas' Genörgel oder um Lýdies Lachen, wenn sie wieder gesund ist?«

»Ach, verdammt!« Alexandra hob den Blick und suchte nach Worten, aber alles, was sie ihrer Mutter hatte vorwerfen wollen, verstummte vor dem Anblick dieser Frau, die immer in der Nähe gewesen war, wenn sie ihrer bedurft hatte, die einmal durch ihre persönliche Hölle gegangen war, um sie, Alexandra, vor einem Wahnsinnigen zu retten; der sie ihr Leben verdankte, deren Beispiel sie hatte nacheifern wollen, deren große Liebe zu Alexandras Vater das Vorbild hatte sein sollen für ihr eigenes Leben und an dem sie so kläglich gescheitert war … Erneut drängte sie die Tränen zurück. »Du wirst mir zur Hand gehen«, sagte sie nach einer langen Pause. »Und wenn die Behandlung von Lýdie es verlangt, dass du meinem Bruder einen Tritt in den Hintern gibst, dass dein Stiefel stecken bleibt, dann erwarte ich, dass du das, ohne zu zögern, ausführst.«

»Kann ich das auch tun, ohne deine Aufforderung abzuwarten?«

Sie musterten sich. Agnes' Mundwinkel verschoben sich leicht nach oben.

»Nur wenn du mich zusehen lässt«, sagte Alexandra.

Agnes nahm sie in die Arme, und Alexandra ließ sich in die Umarmung fallen, als wäre sie wieder ein kleines Mädchen.

»Ich liebe dich, Kindchen«, sagte Agnes.

»Ich liebe dich auch, Mama.«

Die Prozession kam die Gasse entlang, die vom Fluss zu dem Hügel heraufstieg, auf dem das Tor stand und auf dem noch weiter oben der Kampanile und der Giebelturm der Afrakirche sich über den Hausdächern erhoben. Ein Teil des Kirchendachs bestand lediglich aus rußgeschwärzten Dachsparren. Der Gesang hörte sich aus der Nähe nicht kraftvoller an als von draußen vor der Mauer. Vorneweg ging ein als Maria und Joseph verkleidetes Paar, das ein in ein Tuch gewickeltes Bündel trug, in dem man das Jesuskind erkennen sollte. Die jungen Mädchen, die in ihren weißen Kleidern schlotterten und mit ihrem offen getragenen Haar Engel darstellten, welche das heilige Paar begleiteten, waren viel zu dünn und hohlwangig. Ihnen voran ging eine verschleierte Gestalt – das Christkind.

Die Protestanten hatten, da sie die Heiligenverehrung der katholischen Kirche ablehnten, den Nikolaustag durch den Heiligabend ersetzt, und Martin Luther hatte den Heiligen Christ anstelle des Heiligen aus Myra zur zentralen Figur der Weihnachtsfeierlichkeiten gemacht. Die Katholiken, die ihrerseits pragmatisch sein konnten, wenn es ihnen von Vorteil war, hatten den heiligen Nikolaus behalten und um Luthers Christkind ergänzt. In Prag waren beide Gestalten bekannt; aber Prag war schon protestantisch geprägt gewesen, bevor Alexandra geboren wurde. In Würzburg, das nur protestantisch gewesen war, solange die Schweden es besetzt hatten, hatte man das Christkind offensichtlich problemlos adoptiert; in einer Stadt, in der die Engel blaue Gesichter und hohle Wangen hatten und in der das Jesuskind in der Prozession nur ein Bündel Lumpen war, konnte man nicht genug Lichtgestalten haben.

Ein Pfarrer ging hinter dem heiligen Paar her und schwenkte einen Weihrauchkessel. Der Duft verlor sich in der Kälte des späten Nachmittags. Die Prozession zog zwei Handvoll von Gläubigen nach sich, die frisch ergrünte Barbarazweige trugen. Der Pfarrer sang mit dünner Stimme; die Gemeinde murmelte eher, als dass sie den Chor bildete. Agnes und Alexandra blieben stehen, um sie an sich vorbeiziehen zu lassen.

Es dauerte mehrere Augenblicke, bis der Pfarrer auf sie aufmerksam wurde. Zuerst drehten die Darsteller der heiligen Familie und der Engel die Köpfe in ihre Richtung und verstummten. Alexandra hatte das Gefühl, dass sich die flackernden Blicke förmlich an ihr festkrallten. Der Pfarrer hörte mitten im Satz zu singen auf und starrte sie ebenfalls an, und nach und nach fielen immer mehr Stimmen des unsicheren Chors aus, bis vollkommenes Schweigen über der Prozessionsgruppe lag; nur ihre Schritte knirschten auf dem gefrorenen Boden. Sie marschierten stumm an den Besuchern vorbei, starrend, als sähen sie in ihnen Geister oder als wären sie selbst Geister mit dunklen Augen, hungrigen Gesichtern, blassen Lippen. Die Barbarazweige in den Händen der Gemeinde sahen aus, als wären sie frisch von Bäumen gerissen worden, die durch ein Wunder im Winter erblüht waren, und die rosigen Blüten wirkten wie Blutstropfen in der Düsternis, ein ungeheures Sakrileg, für das der Pfarrer und seine Herde verdammt waren, auf ewig durch die Gassen Würzburgs zu wandeln. Dann tauchten sie in die Öffnung der Gasse ein, die zur Afrakirche hinaufführte, die dünne Stimme des Pfarrers erhob sich erneut, und die Gemeinde fiel ein.

»Diese Stadt ist verflucht«, flüsterte Alexandra.

»Nein«, sagte Agnes. »Sie war es. Die Menschen haben es nur noch nicht geschafft, das zu vergessen.«

Die Glocken zur Christvesper läuteten bereits zum ersten Mal, als sie das Haus erreichten, in dem Andreas seine Familie untergebracht hatte. Es lag nur ein paar Steinwürfe weit vom Spital entfernt und musste einem wohlhabenden Patrizier gehört haben. Äußerlich war es unversehrt; doch Alexandra ahnte, was sie drinnen erwartete: feuchte Lagerräume im Erdgeschoss, in denen Reste von verdorbener Ware vor sich hin schimmelten, leer geräumte Wohnräume im ersten Stock und Gesindekammern im Dachgeschoss, in denen nur zurückgeblieben war, was man auf der Flucht absolut nicht hatte mitnehmen können.

Zu ihrer Überraschung wurde die Tür geöffnet, sobald sie dagegengeschlagen hatten. Das Gesinde stand in dem engen Flur beisammen, eingehüllt in Mäntel, Decken und Kapuzen. Die meisten von ihnen hatte Andreas aus Prag mit auf die Reise genommen; sie knicksten oder verbeugten sich, als Agnes und Alexandra ihre Kapuzen abstreiften. Das in Würzburg gemietete Personal folgte nach kurzem Zögern ihrem Beispiel. Ein kleines Mädchen von höchstens sechs oder sieben Jahren gaffte die Neuankömmlinge mit offenem Mund an und knickste erst, als eine Frau, offenbar die Mutter und eine der in Würzburg angestellten Mägde, ihr einen Knuff gab.

»Was ist denn hier los?«, fragte Alexandra.

»Das ist nicht das Christkind«, sagte das kleine Mädchen. Ein paar Stimmen machten: »Schsch!«

»Wo ist der Herr?«, fragte Agnes.

Eine Magd putzte sich die Nase. »Oben, Frau Khlesl«, flüsterte sie. »Der heiligen Jungfrau sei Dank, dass Sie da sind, Frau Khlesl. Und Sie auch, junge Herrin.«

Alexandra, die mindestens zehn Jahre älter war als die Magd, verdrehte die Augen. Wer eine derart Respekt einflößende Frau wie Agnes Khlesl zur Mutter hatte, würde noch mit hundert Jahren und vollkommen zusammengeschrumpelt im Lehnstuhl die junge Herrin sein. »Worauf wartet ihr?«, fragte sie.

»Auf den Beginn der Christvesper.«

Sie kletterten die Treppe empor, eine enge, düstere Angelegenheit, die darauf hinwies, dass das Haus zu einer Zeit erbaut worden war, in der Häuser in Städten zugleich Festungen waren, weil eine Geschäftskonkurrenz durchaus in eine bewaffnete Fehde ausarten konnte. »Warum gehen sie nicht einfach los?«, fragte Alexandra. »Die Glocken haben schon das erste Mal geläutet!«

»Weil es hier genauso ist wie bei uns zu Hause«, sagte Agnes und hielt einen Augenblick lang an. »Das Gesinde geht nicht ohne die Herrschaft in die Kirche. Lieber Himmel, ist das steil. Ich bin wirklich ein altes Weib.«

»Hier stimmt was nicht. Die Dienstboten sollten wenigstens ein bisschen Freude zeigen. Es ist der Heilige Abend, und wir sind endlich angekommen …« Alexandra stockte plötzlich.

Agnes schüttelte den Kopf. »Sie lebt«, sagte sie grimmig. »Wenn es nicht so wäre, wüssten wir es.«

Eine Tür wurde aufgerissen, als sie am oberen Treppenabsatz ankamen. Ein hochgewachsener, breit gebauter Mann trat hindurch und verfinsterte kurz den flackernden Schein eines Feuers, der aus der offenen Tür leuchtete. Er prallte zurück, dann riss er sich den Hut vom Kopf, und sein Gesicht verzog sich zu einem überraschten Lächeln.

»Wir wären früher angekommen, wenn es nicht einige kleinere Hindernisse gegeben hätte«, sagte Agnes.

»Mama!« Andreas Khlesl war mit zwei Schritten und wehendem Kurzmantel heran und riss seine Mutter in seine bärengleiche Umarmung. Agnes' und Cyprians ältester Sohn hatte die Statur seines Vaters, so wie Alexandra, das älteste der drei Geschwister, das Ebenbild ihrer Mutter war. Doch wo Cyprian bis ins hohe Alter hinein den harten Körper eines Mannes besaß, der lieber beim Abladen der Weinfässer selber mit anpackte, als nachzuwiegen, ob die Fuhrleute sich den ein oder anderen Schluck aus seiner Ladung abgezapft hatten, war Andreas unter seiner Kleidung ein fülliger, weich gewordener Mops. Der Khlesl'sche Körperbau – breite Schultern, breites Kreuz, stämmige Beine – ließ ihn wie einen Kleiderschrank aussehen, neben dem sogar sein athletischer Vater schmal wirkte. Vom Gemüt her schien sein Großvater, der ehemalige Bäckermeister Khlesl aus Wien, in ihm wiedergeboren: Andreas war von besessenem Fleiß, aber fantasiearm, hartnäckig bei der Verfolgung seiner Ziele, aber ständig missgelaunt, stolz darauf, die Firma als Seniorpartner zu führen, und zugleich voller Angst, dass sie unter seiner Führung bankrottgehen könnte. Er hätte besser nach Wien in die Familienbäckerei des anderen Khlesl-Zweiges gepasst, dessen Oberhaupt einer von Cyprians Neffen war und dessen Angehörige den Prager Khlesls nicht viel zu sagen hatten, wenn man überhaupt einmal miteinander zu tun bekam.

»Mama, dem heiligen Wenzel sei Dank, dass du gekommen bist. Am Heiligen Abend! Was für ein Omen! Wo ist ...?«

»Hallo, Brüderchen«, sagte Alexandra, die sich für sie selbst ganz untypisch vollkommen fehl am Platz und geradezu verlegen fühlte.

»...äh?«, machte Andreas. Er blinzelte. Dann machte er sich von Agnes los und drückte Alexandra an sich, und in seiner Umarmung lag so viel verzweifelte Kraft, dass Alexandra die Luft ausging und das Ressentiment, das sie fühlte, seit Agnes ihr beim Stadttor ihr Geständnis gemacht hatte, erlosch. Sie erwiderte die Umarmung.

»Friede sei mit dir und den deinen, Andreas«, sagte sie mit schwankender Stimme.

Andreas nickte dem Schreiber zu, der die Treppe mit heraufgekommen war und sich verbeugte. »Ich danke Ihnen, dass Sie meine Mutter und meine Schwester begleitet haben. Lassen Sie sich unten in der Küche etwas Warmes zu trinken geben. Wenn Sie die Christvesper besuchen wollen ...«

Der Schreiber bedankte sich und kletterte wieder hinab. Andreas hielt seine Schwester auf Armeslänge von sich.

»Ich bin gerührt«, sagte er und räusperte sich. »Ich hatte nicht erwartet, dass meine große Schwester ... ich bin wirklich gerührt.« Dann huschte sein Blick zur Treppe, auf der die Schritte des Schreibers verklungen waren. »Aber wo ist ... wo sind ...?« Seine Augen wurden plötzlich weit. »Mama, wo hast du die Ärzte aus Prag gelassen ...?«

Agnes straffte sich. »Ich habe die beste Kapazität mitgebracht, die es gibt«, sagte sie.

Andreas ließ Alexandra los und trat einen Schritt zurück.

»Sie?«, rief er. »Du hast ...?«

»Andreas!«, sagte Agnes mit einem Unterton in der Stimme, der alle drei Geschwister stets dazu gebracht hatte, jegliches Argumentieren oder Verhandeln um ein weiteres Stück Gebäck sofort einzustellen. Aber Andreas war kein kleiner Junge mehr.

»Willst du mir mitteilen, Mama, dass ich ein Vermögen dafür bezahlt habe, die Brieftauben der Benediktiner und der Kreuzherren vom Roten Stern benutzen zu dürfen, um meine Nachricht so schnell wie möglich nach Prag zu bringen, nur damit du nicht auf mich hörst? Ich habe dir ...«

»Du wolltest den besten medizinischen Beistand für Lýdie, den es gibt. Ich bin diesem Wunsch gefolgt.«

»... ich habe dir eine Liste mit den Namen der Ärzte zusammengestellt, die ich haben wollte! Was hast du mit dieser Liste gemacht, Mama? Sie weggeworfen?«

»Ja«, sagte Agnes schlicht. »Nachdem mir klar geworden war, wie ernst es um Lýdie wirklich steht.«

Andreas stieß einen Laut aus, der sich wie ein ungläubiges Lachen anhörte.

»*Nachdem* dir klar geworden war ...?«, echote er. »Sollte es nicht heißen: *obwohl* ...?«

»Andreas, reg dich nicht auf, sondern hör mir ...«, begann Alexandra, die spürte, wie Wut in ihr aufstieg.

»Wenn ich gewollt hätte, dass Alexandra meiner Kleinen ein paar Kräuter ins Gesicht wirft, hätte ich nach ihr verlangt, oder nicht?«

»Hör auf, hier herumzuschreien«, sagte Agnes.

»Meine Ausbildung ist besser als die jedes ...«, begann Alexandra, bevor das Bewusstsein ihre Worte verstummen ließ, dass sie sich für etwas rechtfertigen wollte, was gar nicht nötig war. »Ich hätte es dir gleich sagen können, Mama«, murmelte sie erbittert.

»Ich schreie, wann es mir passt!«, schrie Andreas mit überschnappender Stimme. Seine Verzweiflung war geradezu greifbar. »Mama, wie konntest du mich so hintergehen!«

Die Tür, durch die Andreas gekommen war, flog auf, und Karina, Andreas' Frau, huschte heraus. Als sie Agnes und Alexandra sah, blieb sie stehen, und ihre Augen füllten sich mit Tränen. »Ihr seid da, ihr seid da ...«, flüsterte sie. »Andreas, Liebster, bitte ... die Kleine ...«

Andreas fuhr herum. »Du hast gewusst, dass deine Schwiegermutter und deine Schwägerin ein Komplott schmieden, nicht wahr? Du hast gewusst, dass Mama meine große, weise Schwester anschleppen würde!«

Karina sah ihn verwirrt an. »Gewusst?«, wiederholte sie. »Aber ich dachte, dass du natürlich auf Alexandras Hilfe zurückgreifen ...«

»Ich scheiße auf Alexandras Hilfe!«, röhrte Andreas. »Ich will die besten Ärzte, die es gibt!«

»Aber Alexandra ist ...«

Alexandra wusste, was nun kommen würde. Dennoch war es wie ein Schlag in die Magengrube. Sie fühlte die Tränen zugleich mit einem so tiefen Gefühl der Übelkeit aufsteigen, dass sie sich beinahe auf den Fußboden übergeben hätte.

»Sie konnte nicht mal ihren eigenen Sohn retten!«, brüllte Andreas. »Warum glaubst du, dass sie unserer Tochter helfen könnte?«

Alexandra sah sich selbst dabei zu, wie sie sich auf tauben Beinen umdrehte, die Treppe hinunterstieg, ins Freie hinausschritt, wo das Geläut der Christvesperglocken dröhnte wie das Gebrüll einer angreifenden Armee, und dann in Schneematsch und Dreck zusammensank und zu schluchzen begann, den Schmerz so schlimm fühlend wie in jenem Moment, in dem ihr klar geworden war, dass der Puls an Mikus Hals aufgehört hatte zu schlagen und dass die gemurmelten Gebete des Pfarrers ihn nicht mehr erreichen konnten. Wie hatte sie nur den monströsen Fehler begehen können, sich von ihrer Mutter einwickeln zu lassen? Wie hatte sie nur glauben können, ausgerechnet sie sei in der Lage, die Verantwortung für das Leben ihrer kleinen Nichte zu übernehmen? Wieso hatte sie gedacht, sie sei schon stark genug, dem Tod über ein Kinderbett hinweg einen neuen Kampf zu liefern – mit dem Wissen, dass sie diesen Kampf womöglich verlieren würde?

Natürlich weiß ein Heiler manchmal, dass seine Künste nicht helfen werden, hörte sie die Stimme der alten Barbora, die sich über das Glockengeläut der Kirchen hinwegsetzte. *Darauf kommt es nicht an.*

Worauf kommt es dann an? Ihre eigene Stimme, schwankend zwischen Ratlosigkeit, Resignation und Eifersucht auf die ruhige Gewissheit der alten Frau.

Dass man die Hoffnung nicht aufgibt, auch wenn man weiß, dass man nichts mehr tun kann. Wenn die Hoffnung des Arztes stirbt, so stirbt der Patient.

Ich habe bis zuletzt wider alle Gewissheit gehofft, dass Miku leben wird.

Und diese Erfahrung sagt dir, dass du nie wieder hoffen darfst?

Schlagartig wurde ihr klar, dass es genau darum ging. Doch nicht sie hatte die Hoffnung in ihrem tiefsten Herzen aufgegeben, sondern ihr Bruder Andreas. Und mit dieser Erkenntnis wurde die Umgebung wieder klar vor ihren Augen, und sie erkannte, dass sie in Wahrheit gar nicht hinaus in die Gasse gelaufen war, sondern immer noch oben am Treppenabsatz stand, Andreas' hochrotes und Karinas blasses Gesicht vor sich.

»Ich schäme mich für dich«, sagte Karina. »So etwas zu deiner Schwester zu sagen.«

Andreas ballte die Fäuste und hämmerte sich gegen die Stirn. »Wir sind verflucht!«, stöhnte er. »Wir hätten dieses Haus nicht als Logis nehmen sollen! Sein Fluch ist über uns gekommen.«

Karina sah Alexandra ins Gesicht. Die ersten Tränen rollten ihre Wangen herunter. »Dies war das Haus des Stadtrichters«, sagte sie. »Seine beiden Söhne wurden von Hexenbrennern auf den Scheiterhaufen gebracht. Sie waren acht und zehn Jahre alt. Man hatte ihn und seine Frau gezwungen, zuzusehen. Sie fiel während der Hinrichtung in Ohnmacht und ist nie wieder daraus erwacht. Am Tag nach der Hinrichtung fand man den Stadtrichter oben auf dem Dachboden. Er hatte sich erhängt.«

Agnes holte tief Luft. Karinas Blicke bohrten sich in die Alexandras.

»Wir kannten die Geschichte dieses Hauses nicht«, vollendete Karina. »Wir fragten auch nicht nach, warum man es uns für einen Spottpreis überließ. Wir wollten Lýdie ins Warme bringen, das war alles.«

»Es gibt keine Flüche«, krächzte Alexandra.

Karina schüttelte den Kopf. »Es gibt Flüche«, sagte sie müde. »Sie bestehen aus Reue, versäumten Gelegenheiten und der Angst, das zu verlieren, was man am meisten liebt, und sie sind so mächtig, dass sie alles vergiften.«

Jemand räusperte sich auf der Treppe. Es war einer der Dienstboten des Hauses. Wie von Weitem hörte Alexandra, dass das zweite Glockenläuten für die Christvesper mit den letzten Schlägen verstummte.

»Herr?«, fragte der Dienstbote. »Sollen wir schon mal … dürfen wir …?«

Andreas starrte ihn an. Alexandra packte ihren Bruder an den Oberarmen und schüttelte ihn. Er wandte sich ihr zu. Seine Lippen arbeiteten. Für einen Moment war sein Gesicht wieder das des kleinen Jungen, für den sie vergeblich so viel Zuneigung aufzubringen versucht hatte wie für ihren jüngsten Bruder Melchior und der seine große, über alle Maßen verehrte Schwester ansah und über diesen Umstand genau Bescheid wusste. Alexandra schluckte.

»Wie *geht* es Lýdie?«, flüsterte sie.

Andreas machte sich los.

»Ich muss zur Christvesper«, sagte er. Sein Gesicht zuckte unvermittelt. »Wenigstens einer von uns sollte dorthingehen. Es gibt ein … ein Paradiesspiel. Wir … wir haben … wir haben dem Pfarrer Geld gegeben, um einen Baum zu kaufen und … und für die Äpfel zum Dranbinden … Zu einem Paradiesspiel gehören ein Baum und die Äpfel daran. Es gehört sich, dass wir …«

Er brach ab und floh die Treppe hinunter. Alexandra blickte ihm hinterher, dann wandte sie sich Karina zu. Sie umarmte sie und presste sie an sich.

»Es tut mir leid«, sagte sie. »Es tut mir so leid. Ich wollte diesen Streit nicht. Wie geht es Lýdie?«

Karina wisperte ihr ins Ohr: »Es ist zu spät, Alexandra. Lýdie liegt im Sterben.«

3

ANDREAS UND KARINA hatten den einen warmen Raum, über den die meisten Patrizierhäuser verfügten, zu einer Art Krankenzimmer umgestaltet. Die Luft war warm und stickig; der erste Eindruck war der eines Vogelnests in einem alten Baum. Boden, Wände und Decken – alles war mit Holz vertäfelt. Im Fenster waren dicke Butzenscheiben eingesetzt. Das Tschiepen und Singen eines halben Dutzends Singvögel in einem riesigen Bauer in einer Zimmerecke machte den Eindruck eines Nests vollkommen.

An die gegenüberliegende Wand war ein Bett geschoben. Die fahle Gestalt des Todes stand an seinem Fußende und schien auf die Seele zu warten, die nur noch halbherzig in dem schmalen Körper unter den Decken verharrte.

Alexandra griff sich unwillkürlich an den Hals; dann drehte sich die blasse Gestalt um und wurde zu einer Klosterschwester in einem schmutzig weißen Habit, einer Novizin, deren Gesicht frühzeitig gealtert war. Sie hob einen Finger an die Lippen und machte: »Schschsch!«

Alexandra und Agnes wechselten einen Blick. Alexandra trat vor zum Bett und sah aus dem Augenwinkel, wie Karina, die ihr folgen wollte, von Agnes sanft am Arm festgehalten wurde. Die Novizin betrachtete Alexandra misstrauisch. Einen Augenblick lang wurde Alexandra sich bewusst, dass sie noch die Reisestiefel trug und voller Dreck und Schlamm von den Straßen war und noch nicht einmal einen Schluck warmen Weins bekommen hatte. Dann nahm sie den Geruch wahr, der vom Krankenbett aufstieg.

»Sie schläft«, zischte die Novizin.

Alexandra war stehen geblieben. »Was ist Ihre Aufgabe hier, Schwester?«

»Die Mutter Oberin aus dem Heilig-Geist-Spital hat sie uns zur Verfügung gestellt«, sagte Karina mit einer Stimme, der man anhören konnte, dass sie die Tränen nur mühsam unterdrückte.

»Gibt es keine Ärzte?« Alexandra vernahm das empörte Einatmen der jungen Klosterschwester und ignorierte es; dies war nicht der Zeitpunkt für falsche Höflichkeiten. Dann beantwortete sie sich die Frage selbst: »Ah ja – zu viele Scheiterhaufen in der Vergangenheit.« Der Blick, den ihr die Novizin zuwarf, brannte vor Zorn. *Beruhig dich, Mädchen*, wollte Alexandra sagen, *du bist doch noch im Hemd herumgelaufen, während deine älteren Mitschwestern damals handgreiflich die Hexenprozesse unterstützt haben ...*

Alexandra schwieg, aber die Augen der Novizin zuckten, als hätte sie ihre Worte laut ausgesprochen, und aus der Wut in ihren Zügen wurde Hass. Schon hatte Alexandra sich eine Feindin gemacht. Nun, umso besser: jemandem, der einen hasste, konnte man leichter Vorwürfe machen für seine Unkenntnis als einem, der ehrlich seine Unfähigkeit zugab, anstatt sie hinter heiligem Zorn zu verstecken ...

Alexandra schlug die Decke zurück.

»O mein Gott!«, sagte sie und versuchte, flach zu atmen.

Die Lider Lýdies flatterten im Schlaf, der eher einem Koma glich, und sie wimmerte. Alles an dem Kind war hager und knochig geworden, selbst das Haar schien dünn und kraftlos. Das Hemd klebte an dem schweißnassen Körper, sodass sich die Rippen durch den feuchten Stoff abzeichneten. Alexandra hatte den Fäkaliengeruch eines an Nervenfieber Erkrankten erwartet, den Geruch, der Mikuš und Kryštofs letzte Tage begleitet hatte, aber was von dem ausgemergelten Leib aufstieg, war viel schlimmer. Und ihre Beobachtung, dass Lýdie vollkommen abgemagert war, traf für einen Körperteil nicht zu. Ihr linker Arm war aufgeschwollen bis zum Ellbogen, die Fingerspitzen dunkel verfärbt. Zwischen der faulfarbenen Haut an den Fingerspitzen und dem gesunden Teil der Glieder lagen brandrot entzündete Bänder wunder Haut wie feurige Ringe. Alexandra hörte ihre Mutter ächzen, als der Geruch bis zur Tür drang, wo sie mit Karina stehen geblieben war.

»Was haben Sie getan?«, flüsterte Alexandra.

Die Schwester starrte sie an.

»Das ist kein Nervenfieber«, sagte Alexandra. »Das ist eine Blutvergiftung.«

»Das ist besser, oder nicht?«, fragte Karina und trat hastig an das Bett.

Alexandra und die Novizin starrten sich noch immer in die Gesichter. Der veränderte Ausdruck, der in die Augen der jungen Klosterschwester trat, bewies Alexandra, dass diese zumindest rudimentäre Kenntnisse in Medizin besaß. Alexandra wandte sich von ihr ab und drehte sich zu Karina um.

»Sag mir, was geschehen ist, Karina. Schnell.«

»Es ist doch besser, oder? Blutvergiftung ... das lässt sich doch heilen, nicht wahr? Nervenfieber hingegen ... Miku ist an Nervenfieber gestorben, und ich dachte die ganze Zeit über ...«

Alexandra war erstaunt, dass der unbeabsichtigte Stich nicht schlimmer schmerzte. »Was ist geschehen?«

Was geschehen war, war dies: Lýdie hatte auf dem Weg von Münster nach Prag plötzlich über Appetitlosigkeit geklagt, hatte sich erbrochen und Durchfall bekommen, und Andreas und Karina hatten die Rückreise unterbrochen und sich ein Logis in Würzburg gesucht. Zu diesem Zeitpunkt hatte die Kleine geglüht vor Fieber und vor Schmerzen gewimmert. Andreas war überzeugt gewesen, dass Lýdie Nervenfieber bekommen hatte – er hatte die Symptome beim tagelangen Sterben seines Neffen und seines Schwagers beobachtet.

»Wir hatten solche Angst«, stotterte Karina.

»Was haben euch die Schwestern im Spital empfohlen? Einen Aderlass?«

»Das Gesicht des Kindes war rot und geschwollen. Ihr Körper war voller fauler Säfte. Faule Säfte muss man ablaufen lassen«, sagte die Novizin.

»Haben Sie den Aderlass selbst vorgenommen, Schwester?«

»Ja.«

»Wie oft?«

»Mehrere Tage hintereinander. Ich bin eigens vom Spital hierhergekommen, um das Kind nicht der schlechten Luft dort ...«

Alexandra hob die Hand. »Und Sie haben sich beeilt.«

Die Schwester ballte die Fäuste. »Was wollen Sie damit ... natürlich habe ich mich beeilt! Was ist das für eine Unterstellung? Wer sind Sie überhaupt? Frau Khlesl, im Sinn der kleinen Patientin verlange ich, dass diese Frau ...«

»Sie haben sich sehr beeilt!«, sagte Alexandra. Ihre Stimme ließ die Novizin innehalten. »Sie haben sich so beeilt, dass Sie sich nicht die Zeit genommen haben, die Klinge, mit der Sie den Aderlass bei Lýdie vorgenommen haben, über einer Flamme auszubrennen!«

»Was? Natürlich nicht ...«

»Wie viele Aderlässe haben Sie mit derselben Klinge an den Tagen durchgeführt, an denen Sie Lýdie geschnitten haben?«

»Was hat das zu ...«

»Schwester«, sagte Alexandra, »geben Sie mir die Antworten, die ich haben will, oder ich prügle sie aus Ihnen heraus.«

Die Schwester gaffte sie an. Karina holte entsetzt Luft. Alexandra vermied es, Agnes anzublicken, weil sie ahnte, dass sie in ihren Augen Zustimmung gefunden hätte, und dann hätte sie sich nicht mehr zurückhalten können und die Novizin geohrfeigt.

Gedämpft drang das dritte Glockenläuten von draußen herein; die Christmette begann. In den nächsten Minuten würde das Paradiesspiel ablaufen, das Andreas mit finanziert hatte. Es konnte sein, dass an seinem Ende Lýdies Seele bereits an dem Ort war, der in der Kirche durch einen Buchsbaum mit daran festgebundenen Äpfeln dargestellt wurde. Es konnte sein, dass das, von dem Alexandra ahnte, dass sie es würde tun müssen, Lýdie töten würde. Es war sicher, dass sie sterben würde, wenn sie es nicht tat. Karinas Gesicht zerfiel vor Alexandras Augen, und sie sank auf die Knie. Ihre bis jetzt mühsam bewahrte Fassung brach zusammen.

»Was ist mit meinem Kind?«, heulte sie. »Alexandra, was ist mit ihr? Sie wird doch wieder gesund! Alexandra, mach sie gesund!«

Natürlich weiß ein Heiler manchmal, dass seine Künste nicht helfen werden, sagte die Stimme der alten Barbora.

Die Novizin hatte in ihre Tasche gegriffen und eine lange, schmale Klinge aus einem Lederetui herausgenommen. Sie musterte sie mit zusammengekniffenen Augen. Selbst in dem schlechten Licht konnte man sehen, dass die Klinge verschmiert war von Rost, altem Blut, dem Dreck in dem Etui und blind vor Fingerabdrücken. Alexandra nahm sie der Schwester aus der Hand, und bevor diese sie daran hindern konnte, rammte sie die Klinge in die Holzvertäfelung und brach sie ab. Das Heft mit dem abgebrochenen Klingenrest warf sie der Novizin vor die Füße.

»Dutzende von Aderlässen«, sagte sie mit einer Stimme, die sich vollkommen normal anhörte, aber in ihrem Inneren schrie sie mit höchster Lautstärke. »Dutzende – an Siechen, an Fieberkranken, an Halbtoten, an Menschen, die an Syphilis, an Auswurf, an Hautkrankheiten leiden. Und immer haben Sie die Klinge danach in Ihr Etui und das Etui in Ihre Tasche gesteckt. Hervorragende Vorsichtsmaßnahme, Schwester – so können Sie sich nicht selbst schneiden. Hätten Sie es getan, dann lägen Sie jetzt neben Lýdie. Wie viele Ihrer Patienten sind gestorben, Schwester?«

Der Mund der Novizin arbeitete. Ihre Augen brannten vor Tränen und vor Hass gleichermaßen.

Alexandra kauerte sich vor Karina auf den Boden und legte ihr die Hände auf die Schultern. »Ich glaube, ich werde etwas Schreckliches tun müssen, Karina. Es kann Lýdies Leben retten oder nicht.« *Wenn die Hoffnung des Arztes stirbt, stirbt der Patient*, flüsterte Barboras Stimme. »Es *wird* ihr Leben retten.«

»Was … was meinst du damit …?«, stammelte Karina.

»Ich werde …«, begann die Schwester.

»Sie werden beten gehen, Schwester«, sagte Alexandra. »Vielleicht sind Sie dabei zu etwas nutze. Mama – ich brauche deine Hilfe.«

4

DAS SPITAL WAR FAST LEER; jeder, der noch halbwegs kriechen konnte, war zur Kapelle gekrochen. Zweifelsohne waren einige dabei so frei gewesen, kleine Spuren aus Blut, Urin oder Kot von ihren Betten zur Kapelle zu ziehen. Nun, umso besser, da fand man die Narren wenigstens wieder, wenn sie in die falsche Richtung krochen und statt in der Kapelle in der Zelle der Mutter Oberin landeten. Idioten! Pah! Und das Christfest war die größte Idiotie von allem. Wenn je einer umsonst gestorben war, dann Jesus Christus am Kreuz.

Sebastian Wilfing fragte sich, ob er diese Überlegungen der Mutter Oberin mitteilen sollte, aber er konnte sich nicht vorstellen, dass es ihren Hass auf ihn noch hätte vergrößern können. Er grinste in sich hinein.

»Hilf mir, Agnes«, ächzte er. »Meine Fersen tun weh. Schieb mir ein Kissen unter.«

Es war ein glücklicher Umstand, dass die Lager links und rechts von Sebastian jeweils zu mehreren frei waren. Danach kamen ein paar Trottel, spärlich verteilt, aber diese waren so hinüber, dass sie keinen Anteil an Sebastian und der Mutter Oberin nahmen; hätten sie es gekonnt, wären sie zur Christvesper geschlurft, anstatt in ihren Betten liegen zu bleiben.

Die Oberin schlug die Decke zurück und schob Kissen unter Sebastians Waden. Er verdrängte den Gedanken, dass sie noch vor ein paar Monaten kräftig zu tun gehabt hätte, seine Beine zu heben; da war er ein echtes Mannsbild gewesen, ein Koloss, der seine Schuhe nur dann sah, wenn er sie auszog und einen Schritt zurücktrat, der auf dem Abtritt nach seinen Dienstboten pfiff und sich dann vom Abtrittloch in die Höhe ziehen ließ, weil er selbst nicht mehr aufstehen konnte. Natürlich hatte er sich auch nicht den Hintern abwischen können – seine Arme hätten gar nicht lang genug sein können, damit sie um die ausladende Rundung seines Hinterteils hätten herumgreifen können. Scheiß drauf, wozu hatte man Dienstboten? Und jetzt? Der Gedanke ließ sich nicht so einfach beiseiteschieben, dass die Haft eine halbe Portion aus ihm gemacht hatte. Die Haut hing an seinem Leib wie eine schmierige, gelbliche Decke, und manchmal, wenn er sich kniff, war er überrascht, dass etwas, das so fremd an ihm hing, tatsächlich Schmerz empfinden konnte. In den Zeiten seiner größten Mannespracht war es zuweilen schwierig gewesen, von einem Raum zum anderen zu watscheln oder die verdammte Treppe in den ersten Stock seines Hauses hinaufzukommen. Scheiß auch darauf; wer etwas von ihm wollte, musste sich eben Zeit lassen, und was seine eigenen Verrichtungen betraf, so hatte Sebastian Wilfing sich angewöhnt, ihre Erledigung ohne Eile anzugehen. Doch hier hatte ihm das Schicksal einen Streich gespielt; anstatt ihn mithilfe des Gewichtsverlustes wieder mobil zu machen, hatte es jede Kraft aus seinen Beinen genommen. Die unfreiwillige Fastenkur auf dem kalten, feuchten Steinboden im Kerker hatte seine Gelenke erstarren lassen, hatte alles unterhalb seines Nabels in etwas verwandelt, das nur dann nicht taub und fühllos war, wenn er es zu bewegen versuchte – doch dann schoss es heiße Nadeln in seine Hüften, seine Knie, seine Fußknöchel. Es wäre ein schlimmerer Verlust gewesen, hätte sich seine Manneszierde nicht schon lange vorher vor jedem Versuch, ihrer Aufgabe aufrecht nachzukommen, vornehm zurückgehalten. Scheiß drauf zum dritten Mal, auch ein schlappes Ding konnte Erfüllung bringen, wenn die Miststücke, die er von der Straße aufgelesen und auf die Suche danach geschickt hatte, was sich zwischen Speckfalten und einem grotesk überhängenden Bauch verkrochen hatte, nur heftig genug kniffen und rieben und kneteten.

Er rutschte mit dem Hintern auf dem Lager hin und her, bis sich sein Hemd über die Knie nach oben schob. Die Oberin machte ein steinernes Gesicht und versuchte, die Decke wieder nach oben zu ziehen.

»Ah, nein«, sagte Sebastian. »Meine Schenkel kleben zusammen. Ich reibe mich wund, Agnes. Spreiz mir die Beine ein bisschen weiter, Agnes, ja?«

Die Mutter Oberin kam seinem Befehl nach. Die Wut musste sie ersticken, aber Sebastian genoss ihre Grobheit. Das Hemd rutschte erwartungsgemäß nach oben und entblößte ihn bis zur Hüfte. Er fasste nach unten und zerrte an einer mächtigen Hautfalte, bis er seine Faust um das schlaffe kleine Ding zwischen seinen Schenkeln schließen konnte.

»Sieh dir das an, Agnes«, sagte er, als ginge es um etwas, das er gerade erst entdeckt hatte und das ihn vage amüsierte. »Da seh ich den Burschen seit fünfzig Jahren zum ersten Mal wieder, ohne in einen Spiegel schauen zu müssen, und er hat keine Lust, mich zu begrüßen.«

Die Oberin wandte den Blick ab, ihre Lippen zwei weiße Striche in ihrem Gesicht.

»Sieh ihn dir an, Agnes. Nicht mal du kriegst ihn noch

dazu, aufzustehen, und dabei war er einmal für dich bestimmt gewesen.«

Oh, die Lust! Nicht die, die Oberin zu demütigen, indem er ihr mit seinem schlaffen Glied vor der Nase herumwedelte. Nein, die Lust, so tun zu können, als sei die alte Kogge die Frau, um die er zweimal im Leben betrogen worden war. Die Lust, sich vorzustellen, die Klosteroberin in ihrem schwarzweißen Habit wäre in Wahrheit Agnes Khlesl – halt, dann wäre sie ja Agnes Wilfing, nicht wahr? *Seine* Agnes Wilfing! – und er hätte uneingeschränkte Macht über sie. So, wie er uneingeschränkte Macht über die Klosteroberin hatte. Ah, die Lust. Das Leben war ein langes Waten durch die Exkremente derer, die sich durch Betrug über die anderen emporschwangen und ihnen dann auf die Köpfe kackten, aber ab und zu fand sich in der Scheiße ein Goldstück. Die Oberin war ein solches Goldstück gewesen – die Oberin und die Tatsache, dass sie sich nicht einmal dann über ihn hätte beschweren können, wenn er nicht dieses eine kleine Detail über sie gewusst hätte; Pater Silvicola, der alberne Jesuit, war auf ihn angewiesen und hielt ihm den Rücken frei! Ah, die Lust!! Er brauchte nur die Augen zu schließen und sich einzureden, es sei Agnes' Atem, den er heiß auf seinen tauben Schenkeln verspürte, als die Oberin seinem Wunsch nachkam und seine Beine weit gespreizt auf das Lager bettete.

Er spürte, dass sie sich aufrichtete. Seine Faust ließ sein Gemächt los und schnappte nach dem Handgelenk der Oberin. Ihr Mund verzog sich vor Ekel angesichts der Berührung. Sie versuchte vergeblich, sich freizumachen.

»Aber«, sagte Sebastian mit halb geschlossenen Augen. »Aber, aber, Agnes. Ich bin ein leidender alter Mann. Halt mir die Hand ein wenig und tröste mich in meinem Schicksal. Liebste Agnes ...«

Er richtete sich im Bett auf, soweit sein kranker Körper es zuließ, und zog die gefangene Hand gleichzeitig zu sich heran. Mit gespielter Sorgfalt betrachtete er die Fingerspitzen und die Handfläche.

»Man sieht gar nichts mehr«, sagte er. »Es ist einfach ein Märchen, dass der Mörder sich das Blut seiner unschuldigen Opfer nicht mehr abwaschen kann.«

Ihre freie Hand zuckte nach vorn und endete in einer Klaue dicht vor seinem Gesicht. Er hatte nicht einmal geblinzelt. »Ts, ts«, machte er. »Liebste Agnes. Wir wollen uns doch nicht gegenseitig wehtun.«

Er drückte ihr Handgelenk zusammen. Es knackte. Sie stieß ein Zischen aus, dann ballte sie die freie Hand zur Faust und ließ sie sinken.

»Lass mich gehen«, sagte sie, und es hörte sich an, als müsse sie um einen Kloß aus Hass herumreden, der groß wie ein Mühlstein in ihrem Hals steckte. »Ich möchte zur Christvesper.«

»Gute Andacht«, sagte er und ließ sie los. »Liebste Agnes.«

Er sah ihr hinterher, als sie aus dem Krankensaal eilte. Damals war sie mit denselben eckigen Schritten aus dem Vorraum zur Peinkammer geeilt. Einige Minuten vorher hatte sie ausgesagt, dass das Jungfernhäutchen des jungen Mädchens, das sie drinnen in der Peinkammer unter Ausschluss der Öffentlichkeit untersucht hatte, noch intakt war. Sie war eine nicht mehr ganz junge Klosterschwester gewesen, ohne Aussicht auf Aufstieg in der Ordenshierarchie, weil sie nicht aus Frömmigkeit eingetreten war, sondern weil ihr die Gemeinheit und Brutalität der Welt draußen Angst gemacht hatten. Nun war sie mitten in der Gemeinheit gelandet. In der Rückschau gestand Sebastian ihr zu, dass sie zumindest anfangs versucht hatte, anständig zu handeln.

Die meisten Menschen versuchten am Anfang, anständig zu sein. Die meisten Menschen waren Narren.

Noch einmal für das Protokoll, sagte Fürstbischof Adolf von Ehrenberg. Er führte fast immer selbst den Vorsitz bei den Prozessen. *Was hat die Jungfernprobe ergeben, Schwester?*

Das Kind ist unberührt, Euer Gnaden.

Prüfen Sie noch mal, Schwester. Das Kind war die Buhlin des Teufels; er hat sie verführt …

Das Kind ist unberührt, Euer Gnaden, so wahr ich …

Mit Bedacht, Schwester, mit Bedacht. Sie sind jung. Sie sind unerfahren. Vielleicht möchten Sie noch einmal prüfen. Vielleicht möchten Sie zu Ihrem eigenen Besten vermeiden, dass eine zweite Untersuchung ein anderes Ergebnis zeitigt und in Uns und der heiligen Inquisition der böse Verdacht wächst, Sie könnten mit einer Hexe unter einer Decke stecken. Schwester?

Der Vater des Mädchens erhob Einspruch. Das Kind war noch keine zehn Jahre alt, es war völlig verängstigt, sollte man ihm tatsächlich erneut antun, dass prüfende Finger unter den Marterkittel fassten und …

Es geht darum, Schuld oder Unschuld zu beweisen, mein lieber Herr, sagte der Fürstbischof.

Der Vater bestand darauf, dass sein Kind unschuldig war. Der Fürstbischof lächelte milde und blickte zum Himmel (der niedrigen Decke der Kammer), als sei er sicher, dass von dort die Erleuchtung käme.

Die Schwester ging hinein und kam wieder heraus. Ihr Gesicht hatte die Farbe von Lehm, und der Schweiß stand ihr auf der Stirn.

Ich habe mich getäuscht, Euer Gnaden, flüsterte sie. *Der Teufel hat das Kind erkannt.*

Der Vater fuhr wütend auf und bestand darauf, dass die Hebamme, die er mitgebracht hatte, seine Tochter ebenfalls prüfte.

Wenn Sie dem Kind die Verlegenheit zum dritten Mal antun wollen, sagte der Fürstbischof. *Nun, es ist Ihr Vorrecht als Mann von Adel, mein lieber Herr. Aber selbstverständlich sollte sich unser Mitleid im Zaum halten; wir haben es mit einer Hexe zu tun, in deren Kloake sich weit Schlimmeres geschoben hat als der Finger einer weisen Frau.*

Die Hebamme kam wieder aus dem Untersuchungsraum, den Blick abgewandt. Sie nickte stumm und schlurfte dann hinaus. Der Vater blieb wie vom Donner gerührt sitzen, das Gesicht aschfarben.

Sebastian hatte als einer der amtlich bestellten Zeugen und Beisitzer beim Ausgang aus der Vorkammer gesessen. Als die Klosterschwester sich verneigt hatte und dann hatte hinauseilen wollen, hatte er nach ihrem Handgelenk gegriffen und die Hand herumgedreht. Unter dem Fingernagel ihres Mittelfingers war frisches Blut gewesen, und ein dünnes Rinnsal war innen am Finger entlanggelaufen. Sebastians Blicke und die der Klosterschwester waren sich begegnet. Er hatte das Handgelenk losgelassen und ihr das Blut vom Finger gewischt. Die Klosterschwester war geflohen, als seien alle Verdammten der Hölle hinter ihr her ...

... und jetzt, fast zwanzig Jahre später, rannte sie immer noch vor dieser einen Lüge davon. Sie war am Ende doch Oberin geworden, aber Sebastian fragte sich, ob sie in den schlaflosen Stunden der Nacht das Halleluja der Engel hörte oder das Kreischen des jungen Mädchens, welches die Flammen langsam auffraßen.

Beim Ausgang zum Lazarett stieß die Oberin mit einer Novizin zusammen, die hereingestürzt kam. Sebastian kannte sie – es war das junge Ding, das sich von Anfang an um das Khlesl-Balg gekümmert hatte.

Die Novizin fuchtelte mit den Händen in der Luft herum und flüsterte etwas, das Sebastian nicht verstehen konnte. Ihr Gesicht war dunkel vor Wut. Schließlich sank sie vor der Oberin zusammen und schlug mit den Fäusten auf den Boden, während ein würgendes Schluchzen ihren Körper verkrampfte.

Sebastian kannte diesen hilflosen, alles verzehrenden Zorn.

»Die Khlesl-Weiber sind angekommen«, murmelte er. »Waidmanns Heil, Pater Silvicola.«

5

»Du willst *was* tun?«, heulte Karina.

»Es ist die einzige Möglichkeit.«

»Das kann nicht sein! Alexandra, das kannst du Lýdie nicht antun. Ich erlaube es nicht!«

»Karina, wenn ich es nicht tue ...«

»Ich dachte ... ich dachte, du würdest ... ein Kräutertrank ... oder eine Salbe ... ich dachte, du könntest ...«

»Es gibt nur diesen Weg.«

Karinas Gesicht verzerrte sich. »Nein!«, schrie sie. »Das lasse ich nicht zu!«

Alexandra schüttelte Karina. Vage erinnerte sie sich daran, dass sie sich, als die Ärzte erklärt hatten, nur Gebete könnten Miku noch retten (Gebete, die nicht erhört worden waren!), noch viel hysterischer aufgeführt hatte. »Karina«, sagte sie langsam und so deutlich, dass die umherirrenden Blicke ihrer Schwägerin zu Alexandras Gesicht gezogen wurden und sich dort tränenblind festsaugten, »wenn wir tatsächlich einen Arzt aus Prag mitgenommen hätten oder auch mehrere, würden sie von der Maßnahme abraten.«

»Was? Was? Und warum willst du dann ... ich dachte, du bist meine Freundin ... sie ist dein Taufkind ... ich dachte, du liebst ...«

»Die Ärzte«, sagte Alexandra und hasste sich dafür, »würden dir stattdessen raten, zu beten.«

Karina Mund begann zu zittern.

»Ich *muss* es tun. Und selbst das gibt uns nur eine ganz geringe Chance.«

»Nein! Bist du verrückt geworden? Niemals! Du solltest ihr Leben retten, nicht sie fürs Leben zeichnen!«

»Du hast ihr doch die Kräuter zu trinken gegeben, die ich dir vor der Reise eingepackt habe? Ich vermute, dass Andreas dir geraten hat, sie wegzuwerfen, aber: Hast du sie ihr gegeben, Karina?«

»Ich ... was? Ja, ich habe sie ihr gegeben ... Alexandra, ich flehe dich an: Finde eine andere Lösung. Du darfst das nicht tun!«

»Gut. Die Kräuter haben die Vergiftung aufgehalten – sie müsste schon viel weiter fortgeschritten sein. Lýdie ist stark, ihr Körper kämpft dagegen an. Sie kann es schaffen.«

»Aber doch nicht sooooo ...!«, schrie Karina.

»Was ist dir lieber – willst du sie sterben lassen?«

»Was glaubst du, was du tust?«, kreischte Karina. »Wie herzlos bist du eigentlich? Du willst ein junges Mädchen verstümmeln! Zu welchem Leben verurteilst du sie? Zu einem als Krüppel! Ihre Freundinnen werden sie meiden; sie wird nie einen Mann bekommen. Sie kann ins Kloster gehen, aber selbst dort wird man sie schief ansehen. Alexandra! Ist denn das Leben in deiner selbst gewählten Einsamkeit so schön, dass du auch Lýdie dazu verdammen willst?«

Es hätte nicht schlimmer sein können, wenn Karina sie geschlagen hätte. Alexandra suchte nach Worten, während ihr Herz schrie: *Ist das der Dank, dass wir auf der Reise beinahe umgebracht worden wären?* Und zugleich meldete sich die Erinnerung an den Arzt, den sie damals aus Brünn hatte kommen lassen, den Mann mit den traurigen Augen, der ihr wie die anderen gesagt hatte, dass es für Miku keine Rettung gab, und ihr angeboten hatte, ihn mithilfe von Arzneien schlafend statt fieberglühend ins Vergessen hinüberdämmern zu lassen. Sie hatte ihm seine Tasche vor die Füße geworfen und ihn mit Tritten aus dem Haus gejagt. Später hatte sie erfahren, dass der Mann auf persönliche Bitte des Brünner Partners der Firma, Vilém Vlach, gekommen war, obwohl seine Frau hochschwanger und die Hebammen in Angst um sie und das Kind gewesen waren. Sie hatte einen monströsen Korb mit Lebensmitteln, Kleidern und Schmuck an die Adresse des Arztes senden lassen, als man ihr dies mitgeteilt hatte, und war in Tränen ausgebrochen, als die Antwort aus Brünn gekommen war, dass die Geburt komplikationslos verlaufen und Mutter und Kind wohlauf seien. Die Antwort war von Vilém Vlach gekommen, nicht von dem Arzt. Sie war zusammen mit dem Korb wiedergekehrt – keines der Geschenke war angerührt worden.

»Karina ... ist das Leben nicht auf jeden Fall besser als der Tod? Was soll ich denn tun?«

»Ist das die Vergeltung dafür, dass Andreas deine Hilfe so verachtet?«

Alexandra begann zu weinen. Sie konnte die Tränen nicht mehr zurückhalten. »Wie kannst du so etwas nur denken ...?«

»Keine Mutter kann in dieser Lage denken«, sagte eine Männerstimme. »Und keine Mutter kann in dieser Lage dem Arzt sagen, was er tun soll. Du musst die Entscheidung allein fällen, Alexandra.«

Anders als ihre Eltern und ihr Onkel Andrej hatte Alexandra nie einen Grund gehabt, die schmucklos düsteren Mönchskutten zu fürchten, die die sieben Kustoden ausgezeichnet hatten. Der Kreis von sieben Mönchen hatte die Teufelsbibel bewacht, seit weise Männer entschieden hatten, dass es besser war, sie vor der Welt verborgen zu halten. Über Generationen hinweg waren sie dieser Aufgabe nachgekommen, bis zu jenem schicksalhaften Tag, an dem Alexandras Mutter Agnes geboren wurde und die Teufelsbibel zum ersten Mal seit über vierhundert Jahren erwachte. Die sieben Kustoden hatten ihrer Aufgabe und ihrem Abt unbedingten Gehorsam geschworen – und der damalige Abt, Martin Korytko, war zu schwach gewesen, um der Versuchung zu widerstehen, diese Loyalität auszunutzen. Die Verlockung der Macht, die von der Teufelsbibel ausging, war vielfältig. Abt Martin hatte im Glauben gehandelt, das Gute und Richtige zu tun. In diesem Glauben waren seit Anbeginn der Zeit mehr Menschen gestorben als aus Hass und Niedertracht. Die schwarzen Mönche hatten Andrej die große Liebe seines Lebens geraubt und Alexandras Eltern Agnes und Cyprian um ein Haar das Leben gekostet, so wie sie beinahe halb Prag ausgelöscht hätten. Für Alexandra jedoch waren das nicht mehr als Geschichten, und vielleicht war es deshalb so, dass sie beim Anblick der schwarzen Kutten das Gleiche empfand wie diejenigen, die den Zirkel der Sieben ursprünglich gegründet hatten: Erleichterung, dass es jemanden gab, der sich zwischen die Bosheit der Welt und einen selbst stellte.

Vielleicht lag es aber auch daran, dass sie die schwarzen Kutten stets nur an den Mönchen in Raigern gesehen hatte, und deren Oberhaupt war der Mann, dessen Namen sie in höchster Ekstase ins Ohr eines Verfemten gekeucht hatte.

»Wenzel!«, sagte sie. Unwillkürlich warf sie einen Blick zu ihrer Mutter. Agnes, die der Auseinandersetzung zwischen Alexandra und Karina mit Tränen in den Augen, aber stumm gefolgt war, zeigte die Reaktion, die sie, ihr Mann und ihr Bruder immer zeigten, wenn sie Wenzels in der nachtschwarzen Kutte ansichtig wurden: Sie war einen Schritt zurückgetreten und fuhr sich nun über die Unterarme, als müsse sie eine Gänsehaut unterdrücken.

Wenzel warf die Kapuze zurück und eilte heran. Er brachte einen Schwall von Kälte mit, die aus seinem Habit strömte, und den entfernten Duft von Kaminrauch, der in die Gassen gedrückt wurde. Seine sechs Begleiter stellten sich stumm entlang der Wand auf, doch die unwillkürliche Düsterkeit ihres Auftritts wurde dadurch abgemildert, dass sie die Kapuzen abstreiften, rot gefrorene Hände in Richtung des heißen Ofens ausstreckten und, in einem Fall, in eine Niesattacke und dann eine Reihe von rotznäsigen Entschuldigungen ausbrachen, die damit endeten, dass ein schwarzer Ärmel geräuschvoll unter einer Nase hindurchgezogen und dann schamhaft hinter dem Rücken versteckt wurde.

»Ist es Nervenfieber?«, fragte Wenzel, nachdem er einen kurzen Blick auf das glühende Gesicht Lýdies geworfen hatte.

Alexandra schüttelte den Kopf.

»Kannst du sie heilen?«

Keiner ist dagegen gefeit, diese Frage zu stellen, dachte Alexandra. *Noch nicht einmal Wenzel, der es gewöhnt ist, um zehn Ecken im Voraus zu denken, um nur ja in meiner Gegenwart nichts Dummes zu sagen. Dabei ist es die schlimmste Frage, die man einer Heilerin stellen kann.*

»Ja!«, sagte sie fest.

»Mein Gott, Wenzel, sie will ...« Karina versuchte sich loszureißen, doch Alexandra hielt sie fest.

»Ich weiß«, sagte Wenzel.

»Ich werde das nicht zulassen!«

Stiefel polterten zur Kammer herein. »Ich hab dem Burschen Geld gegeben, der uns hergeführt hat, und ich ... o nein! Karina ... steht es so schlimm?«

Melchior umarmte Agnes flüchtig, dann kniete er sich neben Alexandra und Karina auf den Boden und küsste seine Schwester. »Was ist zu tun, Schwesterchen?«

»Bring Karina nach draußen, Melchior.«

»Nein! Ich bleibe hier!«

»Du willst es nicht sehen.«

»Aber du darfst das nicht tun!«

»Karina«, sagte Melchior. »Alexandra kann nicht arbeiten, wenn sie deine Angst zusätzlich zu ihrer eigenen tragen muss.«

Alexandra starrte ihren jüngsten Bruder an. Sie hätte es selbst nicht besser ausdrücken können. Melchior erwiderte ihren Blick nicht. Er war noch so gekleidet, wie er von draußen gekommen war – Hut, Mantel, Handschuhe, die Stiefel nass von Schnee und Schlamm –, und versuchte sanft, Karinas Hände von Alexandras Armen zu lösen.

»Komm«, sagte er. »Komm mit nach draußen …«

Karina brach schluchzend zusammen. »Ihr müsst sie aufhalten!«, stieß sie hervor. »Bei der Liebe Christi … sie darf Lýdie das nicht antun … haltet sie auf …« Sie sank auf den Boden. »Bitte …!«

Melchior sah Alexandra ins Gesicht. Was in seinen Augen zu lesen war, nahm Alexandra den Atem. »Ich bin mir meiner Sache sicher«, sagte sie und erkannte, dass sie es mehr zu ihm sagte als zu Karina. *Rette sie*, war die stumme Botschaft von Melchiors Blick gewesen. Alexandra war nicht sicher, ob es Lýdie oder Karina gegolten hatte.

»Dann …«, sagte Melchior. »Komm mit mir, Karina. Ich bitte dich, komm mit mir.«

Alexandra wusste nicht, ob es der Klang von Melchiors Stimme war oder eine geheime Botschaft in seinen Worten. Karina blickte plötzlich auf und starrte ihn mit weiten Augen an. Melchior lächelte. Sie ließ sich von ihm in die Höhe ziehen und folgte ihm widerstandslos. Er legte einen Arm um ihre Schultern und führte sie aus dem Raum. Alexandra sah von ihnen zu Wenzel und stellte fest, dass er eine Augenbraue in die Höhe gezogen hatte. Ihre Blicke trafen sich. Er zuckte kaum merklich mit den Schultern. Sie hatte das Gefühl, dass das, was in der nackten Angst in Melchiors Gesicht deutlich zu sehen gewesen war, Wenzel schon eine ganze Weile klar gewesen war. Sie unterdrückte ihre Verwirrung. Hochlodernde Gefühle gab es in diesem Raum bereits genug.

»Hilfst du mir?«

»Was kann ich tun?«

»Wasch dir die Hände. Such Eier und Rosenöl und saubere Tücher. Wo ist das Fläschchen mit dem Terpentin? Jemand soll mir ein paar gute Bienenwachskerzen bringen und sie anzünden. Und jemand ...«

» ... muss dafür sorgen, dass der Herr des Hauses nicht stören kann, bis du fertig bist«, vollendete Agnes. »Andreas und das Gesinde werden irgendwann von der Christvesper zurückkommen. Meine Herren – nehmen Sie Anweisungen von einer Frau entgegen?«

Der schwarze Mönch, der den Niesanfall gehabt hatte, kam seinem Oberen Wenzel zuvor. Er zog die Nase hoch und verneigte sich: »Von Ihnen, Frau Khlesl, und einem Lächeln auf Ihren Lippen würden wir uns in die Hölle schicken lassen.« Er hatte eine Piepsstimme und ging Agnes allenfalls bis zum Kinn.

Trotz der Situation zogen sich Agnes' Mundwinkel in die Höhe. Sie sah zu Wenzel hinüber.

»Das haben sie sich selber ausgedacht«, sagte Wenzel und erdolchte den Mönch mit der laufenden Nase mit den Blicken. Selbst Alexandra wusste um die Verehrung, die Wenzel ihrer Mutter entgegenbrachte.

»Wie ist Ihr Name?«, fragte Agnes.

»Ich bin Bruder Cestmir.«

»Dann los, Bruder Cestmir. Ich möchte, dass Sie und Ihre Gefährten meinen Sohn Andreas aufhalten, wenn er das Haus betritt.«

»Aufhalten ist unsere Spezialität«, sagte Bruder Cestmir.

»Er sollte nachher noch am Leben sein«, erklärte Wenzel bissig.

»Mama – schau, ob du irgendwo frische Spinnweben findest. Ich weiß, es ist Winter, aber vielleicht in einem der Lagerräume im Erdgeschoss. Wickle sie auf ein Messer oder etwas anderes, das nicht zu schmutzig ist.« Alexandra kramte in der Tasche, die sie von der Schulter hatte gleiten lassen.

Das Terpentin war in einem kleinen, teuren braunen Glasfläschchen. Sie hielt es gegen ein Licht und prüfte, wie voll es war. Agnes folgte den Mönchen hinaus.

Unvermittelt war Alexandra mit Wenzel und der bewusstlosen Lýdie allein im Raum. Sie bezwang ein plötzliches Zittern in ihren Händen und stellte das Fläschchen härter auf den Boden, als sie gewollt hatte. Wenzel richtete sich auf und wand sich aus seinem Mantel.

»Hände – Eier – Rosenöl – Tücher«, sagte Alexandra. »Beeil dich.«

»Du willst die Paré-Mischung herstellen«, sagte Wenzel.

»Du kennst dich gut aus!«

»Du wirst dich nicht daran erinnern, aber manchmal in den letzten dreißig Jahren hast du ein, zwei Sätze mit mir gesprochen.«

Alexandra fühlte, wie sie rot wurde. Wenzel ließ sie nicht zu Wort kommen.

»Paré hat die Mischung erfunden, um Wunden besser säubern zu können als mit kochendem Öl, wie es die meisten anderen tun.« Wenzel starrte sie mit steinernem Gesicht an, während er sich die Ärmel seiner schwarzen Kutte hochkrempelte. »*Amputations*wunden.«

»Die alte Barbora hat einmal das Gleiche gesagt wie du vorhin: Am Ende ist der Arzt immer allein.«

»Niemand hat versprochen, dass es leicht sein würde.«

»Stimmt. Nicht einmal du, als ich mich damals entschied, diesem Weg zu folgen.«

»Ich habe immer nur gesagt, dass ich da sein würde, um dir zu helfen, die Bürde zu tragen.«

Sie wechselten Blicke, die dreißig Jahre übersprangen, aber nicht das Kindergrab, das zwischen ihnen stand.

»Heute ist Heiliger Abend«, sagte Wenzel. »Mach Lýdie ein Geschenk, Alexandra. Schenk ihr das Leben.«

»Beeil dich«, flüsterte Alexandra in das plötzliche Läuten

hinein, welches den Höhepunkt der Christvesper ankündigte, die Wandlung ... das Wunder des christlichen Glaubens, das Leben über den Tod hinaus versprach. »Wir haben nur noch eine geringe Chance.«

6

DAS AROMA DER dampfenden Mischung aus Eigelb, Rosenöl und Terpentin erfüllte den Raum und verdrängte den faulen Gestank, der von Lýdies geschwollenem Arm aufstieg. Wenzel lag halb auf dem Bett und drückte Lýdies reglosen Körper nieder. Der linke Arm des Mädchens war ausgestreckt und lag auf einem Brett, das an der Bettkante endete; der Ellbogen ragte über die Bettkante hinaus. Wenzel hielt den Oberarm mit einer rosig weiß geschrubbten Hand umklammert; der entzündete Unterarm ruhte in Alexandras Ellenbeuge. Sie hatte sich neben Lýdies Kopf auf den Boden gekauert, um die rechte Hand frei zu haben für den Schnitt; sie brauchte nur aufzusehen, um in Wenzels angespanntes Gesicht blicken zu können. Das Netz von Falten um seine Augen und die grauen Spuren, die seinen dichten Stoppelbart durchzogen, machten ihr klar, wie viele Jahre sie bereits verschwendet hatten. Sie zwang sich, an die Aufgabe zu denken, die vor ihr lag, und versuchte, alles andere auszublenden: das Geschrei, das vom Erdgeschoss des Hauses nach oben drang und in dem zwei Stimmen, die von Andreas und die von Agnes, lautstark hervorstachen – mittlerweile war die Christmette zu Ende und der Hausherr zurückgekehrt; das leise Schluchzen Karinas aus irgendeinem Raum, in den Melchior sie gebracht hatte; das stoßweiße Wimmern der ohnmächtigen Lýdie. *Herr, gib, dass sie nicht erwacht*, dachte sie und wusste, dass die Bitte vergeblich sein würde. Barbora hatte ihr gesagt, dass es Operationen gab, aus denen ein Patient selbst dann erwachte, wenn er bereits halb tot und mit Kräutertränken und einer ganzen Flasche Wein betäubt worden war. Diese Operationen mussten daher schnell gehen. Mut und Entschlossenheit ...

Sie starrte das scharfe Skalpell mit der breiten Klinge an, das in ihrer Hand lag. Die Säge lag daneben auf einem der sauberen Tücher, die Wenzel gebracht hatte. Beide Klingen schimmerten in allen Regenbogenfarben; sie hatte sie so lange in die Kerzenflammen gehalten, dass sich sogar die Griffe zu erwärmen begonnen hatten.

Sie senkte die Klinge auf Lýdies Ellenbeuge. Sie wusste, was zu tun war: ein tiefer Schnitt, bis die Klinge auf den Knochen traf, einmal so rasch wie möglich um den gesamten Arm herumgeführt; dann das Sägeblatt in den Schnitt drücken und das Glied dort abtrennen, wo es am schwächsten war: in der Verbindung zwischen Unter- und Oberarm, direkt am Ellbogen. Dann ... finde die Ader, aus der das Blut am stärksten pumpt ... mach eine Ligatur ... such die zweitstärkste Ader ... halt die Luft an, damit du nicht auf die schreckliche Wunde atmest ... das Blut spritzt dir ins Gesicht, aber du darfst nicht zurückscheuen ... Lýdie bäumt sich auf und brüllt wie am Spieß ... du kannst nur hoffen, dass Wenzel sie festhält ... zieh den Gurt fest, den du oberhalb der amputierten Stelle um den Oberarm geschlungen hast ... such die drittstärkste Ader ... sie wird verbluten, wenn es zu lange dauert, oder ihr Herz wird vom Schock zerspringen, oder der Schmerz wird sie ganz einfach töten ... halt die Schüssel mit der Paré-Mischung hoch, auch wenn du dir die Finger verbrennst, sie muss heiß sein ... tauche den Stumpf in die Flüssigkeit ... zieh den Gurt noch einmal strammer ... konzentrier dich auf das Pumpen des Blutes und wie es weniger und weniger wird, während die zerschnittenen Adern sich schließen ... versuch, nicht an das abgesägte Glied zu denken, das in deinem Schoß liegt, diesen Unterarm, den du soeben abgeschnitten hast, diese Hand, an der du deine Patientin gehalten hast, als sie ihre ersten Schritte zu tun versuchte und nie im Traum geahnt hätte, dass ihre eigene Tante ihr einst bei lebendigem Leib den halben Arm abtrennen würde, diese Hand, an der die Finger noch zucken, verschließ dich vor dem schrillen Schmerzgeheul und dem Gefühl, dass dir im nächsten Moment der Mageninhalt hochkommt …

Die Klinge begann zu zittern, und Alexandra riss die Hand nach oben, bevor sie die Haut verletzte.

»Ich kann das nicht«, stieß sie hervor.

»Gibt es eine andere Lösung?«, keuchte Wenzel.

Sie stierte ihn an. Lýdie wimmerte leise.

»Gibt es eine andere Lösung?«

Sie senkte den Blick wieder auf die Klinge. *Ich schmeiß sie raus!*, hörte sie von unten die Stimme ihres Bruders. *Wenn sie ihr nur ein Haar krümmt! Lasst mich los, ihr schwarzen Bastarde, ich schmeiß sie raus … ich hol die Wache … ich lass sie einsperren …!* Die Klinge spiegelte das Kerzenlicht. Der Lichtreflex zitterte, als würde er leben, tanzen, sie verspotten. Sie versuchte sich zu erinnern, was Barbora ihr beigebracht hatte, was Barbora alles gesagt hatte in den Hunderten von gemeinsam verbrachten Stunden … versuchte zu erkennen, was Barbora getan hätte, wenn sie an ihrer Stelle wäre …

Zwischen Alexandra und dem Tod ihrer kleinen Nichte stand nur eine grässliche, blutige, peinvolle Operation … und, falls die Patientin überlebte, ein Leben als Verstümmelte … all das wegen der Unachtsamkeit einer ebenso überheblichen wie unerfahrenen Klosterschwester, die glaubte, ihr Leben der Heilung von Kranken gewidmet zu haben, und nie gelernt hatte, dass dieser Weg vor allem bedeutete, ständig alles zu hinterfragen, vor allem die althergebrachten Weisheiten in der Bibel …

Wenn dein Auge dich beleidigt, dann reiß es aus, auf dass es nicht den Rest von dir vergifte …

»Alexandra! Gibt es eine andere Lösung!?«

Sie senkte die Klinge wieder auf Lýdies Unterarm.
»Herr, vergib mir«, schluchzte sie. »Herr, vergib mir.«
Sie begann zu schneiden.

7

SAMUEL BRAHE HATTE viele verschiedene Feldherren erlebt. Jeder hatte auf seine Weise versucht, ein Heer zu führen, das zu einem Drittel aus menschlichen Bestien, Mördern, Vergewaltigern, Feiglingen, Verrätern und Aufrührern bestand. König Gustav Adolf war immer an der Seite seines Lieblingsregiments gewesen, gedeckt durch seinen Leibwächter, seinen Leibpagen, ein halbes Dutzend Offiziere und Adlige, aber dennoch stets im dicksten Getümmel (was ihn am Ende das Leben gekostet hatte): Sein Führungsanspruch war durch den Respekt vor seiner persönlichen Tapferkeit untermauert gewesen. Oberst Torsten Stalhandske, dem das Småländische Regiment unterstanden hatte, hatte das Gleiche mit väterlicher Strenge erreicht und dadurch, dass er seine Soldaten nach außen hin immer geschützt hatte, auch wenn er intern ein entschlossener Richter gewesen war. Feldmarschall Horn hatte seine Soldaten bis hinauf zu den subalternen Offizieren »Arschlöcher« genannt, wenn sie seine Befehle nicht verstanden, »Sattelfurzer«, wenn sie nicht schnell genug in die Schlacht kamen, oder »Schafficker«, wenn ihre Reihen in Unordnung gerieten. Herzog Bernhard von Weimar war für eine gewähltere Ausdrucksweise bekannt gewesen, aber auch dafür, dass er im Suff durch die Zeltreihen strich und die eine oder andere Marketenderin bestrampelte – und einen eventuellen Vorgänger zwischen den ungewaschenen Marketenderinnenschenkeln mit Reitgertenstreichen auf den nackten Hintern aus seinem Paradies vertrieb, anstatt zuzusehen und abzuwarten, bis er fertig war, was guter Soldatenbrauch gewesen wäre. Auch diese beiden Befehlshaber waren von ihren Männern verehrt worden, und wenn auch nur des Umstandes wegen, dass sie durch und durch menschlich waren, jede Menge charakterliche Fehler besaßen und so frei waren, zu diesen zu stehen.

Einen Mann wie General Christopher Königsmarck hingegen, der selbst am Heiligen Abend noch den Anspruch bekräftigte, sein Heer mit absoluter Furcht vor seiner Person zu führen, hatte Samuel noch nie kennengelernt. Offenbar waren er und der erbärmliche Rest der Småländischen Reiter im Zentrum der Hölle angekommen – während ein Choral von irgendeiner Kirche im nicht requirierten Teil Wunsiedels herüberwehte, in der ein mutiger Pfarrer eine Messe hielt, die Samuel als katholische Christmette erkannte. Ab und zu wurde der Choral von einem kurzen Trommelwirbel ausgeblendet, und dann von anderen Geräuschen. Fackeln blakten und schickten Fetzen von Rauchgeruch über das Feld. Ansonsten roch es nach freiem Land, nahem Wald und frisch gefallenem Schnee, fast wie in Schweden, wenn man aus der Hitze der Feier hinaustrat, um sich abzukühlen und den Sternenhimmel zu bewundern. Wären die Heiligen Drei Könige aus Schweden gekommen, hätten sie die Krippe mit dem Jesuskind nicht gefunden; kein Stern, der irgendwo auf der Welt strahlte, selbst einer, den Gott gesandt hatte, konnte so hell strahlen wie ein durchschnittlicher schwedischer Sternenhimmel am Tag des Julfestes, und wären die Könige wie gesagt Schweden gewesen, wäre ihnen der Leitstern überhaupt nicht aufgefallen.

Gesegnetes Julfest, dachte er. Er versuchte, die Wut in seinem Bauch aufrechtzuerhalten, weil dahinter fast ebenso mächtig eine heulende Angst und eine tiefe Trauer warteten.

Furcht in den eigenen Reihen konnte man am besten auf eine Art und Weise verbreiten: indem man den Tod ins Lager einlud und ihm reiche Ernte bot. Am billigsten war es, wenn man Männer in den Tod schickte, die einem später im Kampf nicht fehlen würden.

Ein verlorenes Häuflein Verfemte, zum Beispiel.

Die Geräusche verstummten.

»Drei oben, fünfzehn auf dem Weg«, murmelte Alfred Alfredsson.

Die plötzliche Ansprache in ihrem kalten, zugigen Quartier, herausgebellt vom Lagerprofos und einer Handvoll seiner Männer, war so kurz gewesen, dass diejenigen von Samuels Männern, die bereits eingeschlafen waren, bis zu ihrem Ende gar nicht vollständig wach geworden waren.

»Das Ende des Krieges ist nahe und damit das Ende einer Zeit, in der man für dreckige Arbeit dreckige Kerle braucht. General Königsmarck hat das Todesurteil für euch unterzeichnet!« Der Lagerprofos hatte gegrinst. »Zeit ist es geworden, wenn ihr mich fragt, ihr Bastarde. Los, führt sie ab.«

Samuel hielt sich an seiner Wut fest. Wenn alles verloren war, gab es nur noch eines: mit Anstand in den Tod zu gehen. Es in Würde zu tun, hatte man ihnen verwehrt. Niemand starb in Würde, der vom Henker von der Leiter gestoßen wurde und seine Hosen mit Sperma, Urin und Kot bespritzte, während er den einen kurzen Tanz mit der Seilerstochter tanzte. Er beobachtete mit steinerner Miene, wie die nächsten drei Männer zum Galgen geführt wurden. Die Trommeln setzten wieder ein.

Die guten Leute von Wunsiedel hatten einen schönen Galgen vor den Mauern errichtet, bevor der Teufel sie selber und den größten Teil ihrer Stadt geholt hatte. Er war vierstemplig, ein geräumiges Quadrat aus Balken mit gemauertem Podest, zwei Mannslängen hoch. Genug, um Samuel Brahe und den Rest seiner Männer daran zu hängen. Direkt neben dem Galgen stand zwischen zwei bewaffneten Soldaten ein Mann barfuß im Schnee, der nur seine dreckstarre Unterhose trug. Er schwankte, von den Schmerzen und der Kälte halb besinnungslos. Sein Rücken war rohes Fleisch; der Lagerprofos wusste die neunschwänzige Katze zu gebrauchen. Das Gesicht des Mannes war verzerrt; man hätte in ihm kaum den Mann wiedererkannt, der geglaubt hatte, eine verzweifelte Ausgestoßene in einer besetzten Stadt wäre seine willfährige Geliebte. Samuel hatte gehört, was sein Urteil war: Hielt er sich während der Hinrichtung der Verfemten auf den Beinen, würde es ihm erspart bleiben, als Letzter neben ihnen aufgehängt zu werden. Die Wachablösung für das kleine Türchen in der Mauer war unverhofft gekommen, noch bevor Samuel und Alfred den Schlüssel hatten zurückpraktizieren können, ein verfrühtes Weihnachtsgeschenk, das sich für den Beschenkten in eine Katastrophe verwandelt hatte. Dass man ihn nicht sofort zum Galgen gebracht, sondern auf das Christfest gewartet hatte, beleuchtete die Denkweise eines Mannes wie General Königsmarck – und dass man dem Verurteilten den Schimpf antat, ihm mit dem Aufknüpfen neben den verachteten Småländern zu drohen, zeigte, was der General von einem Mann hielt, der seine Pflicht vergaß. Samuel war sicher, dass der Unselige innerhalb der nächsten Minuten zusammenbrechen würde.

Er blickte den drei Männern hinterher, die zum Galgen schlurften. Die Schultern von Gunnar Birgersson zuckten. Samuel wünschte inständig, der Mann möge seine Haltung bewahren. Da ging der wahrscheinlich beste Schütze der gesamten schwedischen Reiterei, der imstande gewesen war, in vollem Galopp von einer Pyramide übereinandergestellter Becher den obersten herunterzuschießen, ohne dass die anderen auch nur geruckelt hätten. Birgersson sah sich um. Sein Gesicht bestand nur noch aus Augen, zwei Löcher auf aschfahler Leinwand, das Porträt des Todes, wenn Samuel je eines gesehen hatte. Samuel Brahe machte eine unmerkliche Kopfbewegung zu der Kutsche, die abseits des Galgens stand. General Königsmarck sah der Hinrichtung höchstpersönlich zu.

Birgersson versuchte, sich zusammenzureißen. Seine Blicke scheuten vor dem Anblick der Kutsche. *Leb wohl, mein Freund*, dachte Samuel. *Warst nicht du es, der bei Rain am Lech den kaiserlichen Dragoner so von seinem Pferd schoss, dass er noch im Fallen an den Zügeln riss und den Gaul dadurch herumzog, was mich davor bewahrte, von seinen Hufen zermalmt zu werden?*

Der Trommelschlag setzte wieder ein. Samuel sah zu, wie der Profos zwei Männer dazu abkommandierte, die Stricke der zuerst Erhängten auf gleiche Länge zu ziehen. Die Delinquenten mussten untereinander auf der Leiter stehen; der Strick des untersten Mannes war so lang, dass er am weitesten fiel und danach wie ein Pendel hin und her schwang, während seine Fußspitzen den Boden streiften. Der Profos war ein Mann mit Sinn für Symmetrie. Die drei Erhängten hingen wie die Orgelpfeifen, und das widersprach der Ästhetik eines vernünftigen Galgens. Samuel brachte es nicht über sich, in die Gesichter der Toten zu blicken, während zwei von ihnen auf gleiche Höhe mit dem ersten gehievt wurden. Die drei neuen Männer kletterten ungeschickt auf den Sprossen nach oben.

Die Trommel schlug beständig. Samuels Herzschlag war zehnmal so schnell. Er zwang sich, zu Birgersson und seinen beiden Leidensgenossen hinüberzusehen. Das war er ihnen schuldig. Richtig, ihre Blicke hatten die seinen gesucht. Er richtete sich auf und legte eine Faust an die Brust. Alfred Alfredsson neben ihm tat es ihm gleich.

Als die ersten drei Männer gehängt worden waren, hatten er und Alfredsson ihnen auf die gleiche Weise salutiert. Einer der Büttel des Profoses war zu ihnen herübergesprungen und hatte Alfredsson seinen Stock ins Gesicht geschlagen. Alfredssons Wange war aufgeplatzt, aber er hatte nicht gewankt. Dieses Mal schienen der Profos und seine Männer es leid zu sein, erneut zuzuschlagen. Vielleicht war ihnen auch nur kalt, und sie wollten das Ganze hinter sich bringen, bevor ihre Schuhe im Schneematsch aufweichten und ihre Kameraden im Lager den letzten sauren Wein ausgesoffen hatten.

Langsam hoben jetzt auch die anderen Männer in der Reihe die Fäuste und legten sie an die Brust. Birgersson vorne auf der Leiter liefen die Tränen übers Gesicht, als er zurückgrüßte. Dann fiel er – und der Mann über ihm – und der Mann über diesem ... Der Galgen knarrte, von einem zuckenden Fuß löste sich ein Schuh, Birgerssons Stiefelspitzen kratzten über den Boden – er war groß gebaut gewesen, Gunnar Birgersson, fast zu groß für einen Reiter ... Samuel stellte fest, dass er es geschafft hatte, die Augen offen zu lassen und doch nichts zu sehen.

Der Trommelschlag verstummte. Samuel und die anderen senkten die Fäuste. Die Stricke knarrten, die Balken quietschten. Über den Körper eines der Männer liefen Zuckungen wie in Wellen, und sein offener Mund gab krächzende Laute von sich. Dann war auch das vorüber, und der Choral aus der Wunsiedler Kirche war wieder zu hören: *Macht hoch die Tür, die Tor macht weit ...*

»Sechs oben, zwölf auf dem Weg«, murmelte Alfredsson.

Samuel Brahe atmete langsam durch. Der Profos schritt zu den Gehenkten hinüber und starrte jeden Einzelnen von ihnen an, dann nickte er. Als er wieder an Ort und Stelle war, begann der Trommelschlag ein drittes Mal. Das halbe Dutzend Männer, das die Verurteilten dreierweise zum Galgen führte, schritt heran. Der Henker schleppte die Leiter zur nächsten Galgenseite. Birgersson und der neben ihm hängende Mann wurden nach oben gezogen. Dem ehemaligen Wachposten in seiner Unterhose knickten die Knie ein, aber dann konnte er sich wieder fangen und richtete sich auf. Samuel Brahe merkte plötzlich, dass er vor Schweiß troff.

»Das halt ich nich' aus«, flüsterte der Mann, der nach Alfredsson kam.

»Ach was«, sagte Alfredsson dumpf. »Wir haben schon Schlimmeres überstanden.«

Samuel folgte dem Blick des Profoses, und sei es nur, um etwas anderes zu sehen als die dort vorn baumelnde Vorwegnahme seines eigenen Schicksals. Eine Frau stand neben dem Weg, in der Nähe von Königsmarcks Wagen. Zuerst dachte Samuel, es sei Königsmarcks Ehefrau, die ihn auf seinen Feldzügen begleitete und zusammen mit anderen Offiziersfrauen hinter den Soldaten durch die Tore der eroberten Städte zu schreiten pflegte, um auf die zerrissenen und zuckenden Körper derer Weihwasser zu spritzen, die zwei Minuten vorher aufgespießt, zerfetzt, erschlagen oder erschossen worden waren. Es hieß, dass sie, wann immer sie bei einem weiblichen Leichnam ankam, es sich angelegen sein ließ, die aufgedeckte Blöße mit dem zerrissenen Rock der zu Tode Vergewaltigten zu bedecken, bevor der Weihwasserkessel in Aktion trat. Die Soldaten gaben zu, dass sie General Königsmarck fürchteten; sprach man sie auf Königsmarcks Frau an, schlugen sie nur stumm das Kreuzzeichen und spreizten dann die Finger gegen den bösen Blick ab.

Die Frau dort vorn war nicht Königsmarcks Gattin. Sie starrte ihn an. Ihr Blick rüttelte ihn aus seiner panikerfüllten Starre; der irre Gedanke schoss in ihm hoch, dass es die Frau war, die ihm so unerwartet Liebe und Wärme geschenkt hatte, die Frau, die er zusammen mit ihren Begleitern vor den bayerischen Dragonern gerettet hatte, die Frau, die ihm nie ihren Namen genannt hatte. Dann sah er, dass sie es nicht war, und er fühlte sich geradezu erleichtert; war zusammen mit dem vorigen Gedanken nicht die Befürchtung hochgeschwappt, dass sie etwa *seinetwegen* zurückgekommen war?

Samuel starrte zurück. Es war, als ob ihm durch ihren Anblick plötzlich bewusst wurde, dass es trotz allem eine Welt gab jenseits dieses Ortes, und obwohl er kein Teil mehr von ihr war und niemals wieder werden würde, weil er in den nächsten fünf Minuten so wie alle seine Männer am Galgen baumeln würde, fühlte er so etwas wie Beruhigung. Nein, es war mehr. Es war – Hoffnung. Nicht für sich oder für Alfred Alfredsson oder Gunnar Birgersson oder all die anderen, sondern Hoffnung, dass das Leben mehr war als ein Haufen Scheiße, in dem man bis über beide Ohren steckte und manchmal eben den Mund aufmachen musste, um seinen Anteil daran zu schlucken. Es war Hoffnung, die daher rührte, dass eine vollkommen unbekannte Frau, deren Schönheit selbst auf die Entfernung und in der Dunkelheit sichtbar war, stehen blieb und mit einem Blick reinsten Entsetzens und Mitfühlens Zeugin wurde, wie über ein Dutzend der ehemals besten Soldaten Schwedens in Schande starb.

Samuel neigte den Kopf und lächelte der Erscheinung zu. Wenn man es recht bedachte, starrte er den Christengel an.

»Was ist da los, Samuel?«, brummte Alfredsson.

»Das Leben geht weiter, Alfred«, sagte Samuel, ohne sich zu ihm umzudrehen.

Dann wurde ihm bewusst, dass der Trommelschlag aufgehört hatte. Er wechselte einen Blick mit Alfred Alfredsson. Dieser würdigte die Unbekannte keines Blickes, sondern starrte zum Wagen des Generals hinüber. Der Profos blickte ebenfalls in diese Richtung; er hatte die Hand noch immer gehoben, mit der er dem Trommler Einhalt geboten hatte. Der Trommler bewegte die Schultern, um sie zu lockern, und schnippte dann imaginären Schmutz von seinem Trommelfell. Der Galgen knarrte vom Gewicht der leise schwingenden Gehenkten. Neben dem Wagen stand General Königsmarck in höchsteigener Person vor dem offenen Wagenverschlag und las mit fassungslosem Gesicht in einem Pergament.

Der Profos straffte sich, dann trat er an den General heran, zog den Hut und verbeugte sich. Es gab eine kurze, unverständliche Konferenz. Der General dachte einen Augenblick lang nach, dann ließ er das Pergament sinken und machte eine unwirsche Kopfbewegung. Der Profos zog sich unter vielen Verbeugungen zurück, stapfte an seinen alten Platz. Der Trommler nahm auf einen Wink hin seine Arbeit wieder auf. Samuel merkte, dass er den Atem angehalten hatte. Jetzt ließ er ihn langsam entweichen. Erneut suchte er den Blick der unbekannten Frau, doch diese musterte den General wie jemand, der in aller Ruhe seinen nächsten Schritt überlegt.

»Gut, dass es endlich weitergeht«, sagte Alfredsson. »Warten ist mir ein Gräuel.« Ihm fehlte die Kraft, es so laut zu sagen, dass es trotzig wirkte. Die Soldaten kamen heran, um die nächsten drei abzuholen.

»Scheiße«, flüsterte einer der Männer, die drankommen würden.

Der General kletterte in seine Kutsche zurück. Das Pergament lag neben dem Gefährt auf dem Boden. Die unbekannte Frau schritt auf den Trommler zu, nahm ihm, noch bevor jemand reagieren konnte, beide Schlagstöcke weg und warf sie in hohem Bogen hinter den Galgen. Der Trommler gaffte sie an, die Rechte schon halb zum Schlag erhoben, aber etwas in ihren Augen ließ ihn die Hand wieder senken. Der letzte Trommelschlag verhallte in der Luft. Der Profos murmelte in sich hinein, und dann tat er etwas, das Samuels Fassung mehr erschütterte als alles bisher Geschehene: Er zog den Hut vom Kopf und kniete vor der unbekannten Frau nieder.

Diese nickte ihm zu und sprang über den Schnee zurück zu Königsmarcks Kutsche. Doch der General schien dem Mann auf dem Kutschbock ein Zeichen gegeben zu haben; der Wagen fuhr los, wendete und rollte zurück zum Stadttor. Die Frau bückte sich, hob das Pergament auf und zeigte es dem Profos. Der nickte gottergeben. Er stand auf, stülpte sich den Hut auf den Kopf, sagte etwas zu dem Trommler, räusperte sich und sagte es erneut.

»Und womit, wenn's recht ist?«, hörte Samuel den Trommler fragen.

»Mit deinen Händen, wenn du nicht willst, dass ich sie dir so tief in dein Maul stopfe, dass ich sie beim Arsch wieder rausziehen kann!«, brüllte der Profos.

Der Trommler duckte sich und schlug einen neuen Takt mit den bloßen Händen. Es war ein Marschrhythmus. Die Männer des Profos nahmen links und rechts neben Samuels Häuflein Aufstellung. Der Wachposten in der Unterhose fiel seitlich um wie ein Holzklotz. Seine beiden Bewacher hoben ihn mangels anderer Befehle hoch und schleppten ihn herüber.

»Aaaaab-MARSCH!«, röhrte der Profos.

»Scheiße!«, krächzte der eine der Småländer, die sich gerade noch kurz vor dem Strick befunden hatten.

»Sechs oben, zwölf auf dem Weg«, sagte Alfredsson erschüttert. »Auf dem Weg zurück.«

Samuel sagte nichts. Er suchte den Blick der unbekannten Frau, die neben dem Weg stehen geblieben war. Er drehte sich zu ihr um, bis er ins Stolpern geriet und Alfredsson ihm auf die Fersen trat. Sie hatte seinen Blick die ganze Zeit erwidert. Nun lächelte sie.

8

DIE MÄNNER BEWAHRTEN DISZIPLIN, bis man sie zurück in ihr Quartier geführt hatte. Dort äußerte sich die überstandene Todesangst ganz unterschiedlich: Einige ließen sich an Ort und Stelle zusammensacken und vergruben das Gesicht in den Händen; andere begannen zu lachen; zwei oder drei brachen in Tränen aus. Allen gemeinsam war, dass sie die leeren Plätze nicht anzusehen versuchten, an denen bis heute Nacht ihre sechs Kameraden gesessen hatten, die nun am Galgen hingen. Alfred Alfredsson blieb unschlüssig zwischen den Männern stehen und stapfte dann zu Samuel, als er sah, dass dieser durch die unordentliche Gruppe hindurchgegangen und an einer Fensteröffnung stehen geblieben war. Samuel wandte sich ihm zu, als habe er sein Kommen allein an seinem Schritt erkannt.

»Wer immer die Frau ist, sie hat uns den Arsch gerettet«, sagte Alfred nach einem langen Schweigen.

Samuel wandte sich wieder dem Fenster zu und sog tief die eisige Luft ein. »Wäre sie nur eher gekommen«, murmelte er.

Alfred nickte. »Es ist 'ne Schande, Rittmeister.«

Vor ihrem Quartier wurden Schritte laut. Die auf dem Boden sitzenden Männer blickten voller neu erwachter Furcht auf. Samuel spürte, wie eine kalte Hand in sein Innerstes griff. Das Fenster öffnete sich zu dem Teil der Stadt hin, den Königsmarcks Heer requiriert hatte, und während er hinausgesehen und die vielen kleinen Lichtpunkte vor den Quartieren des Militärlagers betrachtet hatte, hatte er sich gefragt, ob dort jetzt eine wütende Diskussion im Gange war. Dass Königsmarck die Hinrichtungsstätte verlassen und seinem überforderten Profos das Feld überlassen hatte, bedeutete nicht, dass sie nun begnadigt waren. Während das Stampfen der Stiefel dem Klirren von Eisenketten Platz machte, fragte er sich, ob auf dem Pergament, das die Unbekannte überbracht hatte, statt einer Begnadigung gar eine Strafverschärfung gestanden hatte. *Gehängt sollen die Kerle werden? Das ist noch viel zu gut für sie! Bindet sie mit Eisenketten an ein Pferdegespann und schleift sie hinten nach, bis ihre Knochen auf dem Boden blank gerieben worden sind!*

Er las in Alfreds Augen, dass diesem ähnliche Gedanken durch den Kopf gegangen waren. Gleich nachdem sich die Panik nach dem Tod des Königs und dem Blutbad, in das sich die Schlacht vor Lützen verwandelt hatte, gelegt hatte, waren willkürlich sechs Männer aus dem Småländischen Regiment ausgewählt worden, um mit einem Spießrutenlauf für den

Tod Gustav Adolfs zu bezahlen. Zu diesem Zeitpunkt hatten die meisten Småländer noch geglaubt, die hastigen, plump formulierten Nachrichten der Feldherren – dass der König zwar verwundet worden sei, sich aber bei guter Gesundheit befinde und nun erst recht darauf brenne, die kaiserliche Pest vom Antlitz des Kontinents zu fegen – tatsächlich zuträfen. Kaum einer hatte sich vorstellen können, dass der »Löwe aus Mitternacht«, wie man ihren König genannt hatte, dass Gustav Adolf von Schweden tot sein könnte; und noch weniger, dass man dem Småländischen Regiment die Schuld daran geben würde. Samuel war sicher gewesen, dass die sechs willkürlich Erwählten vollkommen verwirrt durch die Todesstrecke taumelten und weniger den Schmerz der Schläge und Stiche spürten als die Ratlosigkeit, warum ihnen das widerfuhr. Wie auch immer, nach dem vierten Mann war die Königinwitwe mit ihrer Kutsche im Lager eingetroffen, Marie Eleonore von Brandenburg. Der Profos hatte das Spießrutenlaufen sofort beendet und sich verlegen zu der prächtigen Karosse begeben. Nach einem kurzen Gespräch war er wieder zurückgekommen und hatte das Spektakel fortführen lassen. Die beiden letzten Männer waren von ihren ehemaligen Kameraden totgeschlagen worden; die Kutsche hatte, als man die blutig geschlagenen Leichname an den Hälsen ins Geäst des nächsten Baumes gehängt hatte, schweigend gewendet und war davongerollt.

Nein, wenn die Nachricht der unbekannten Frau aus dem Königshaus kam, dann war ihr Ende nur aufgeschoben.

Die Tür flog auf, und der Profos polterte herein. Die Småländer zuckten zurück.

»Auuuf-STELLUNG!«, brüllte der Profos.

Ein Dutzend Augenpaare flogen Samuel zu. Samuel wusste, dass er kalkweiß geworden war, so wie er wusste, dass er nun erst recht keine Schwäche zeigen durfte. Er nickte Alfred Alfredsson zu, dem ewig Zuverlässigen. Der Stimme des ehemaligen Wachtmeisters war nichts anzumerken, als er bellte: »Aufstellung, Kerls!«

Der Profos stürmte auf Alfred zu. »Was erlaubst du dir, du Dreckskerl! Die Befehle gebe *ich*!«

Er hob seinen Stock. Samuel trat dazwischen. Der Zorn des Profos richtete sich sofort gegen ihn. »Glaubst du, ich scheu mich, dir eine reinzuhauen, weil du mal Offizier warst?«

»Nein«, sagte Samuel, »so gut kennen wir dich schon.«

Die Småländer hatten Aufstellung genommen. Einer, der die Rolle des Corporals einnahm, rief: »Schwadron bereit, Wachtmeister!«

Der Profos biss erbittert die Zähne zusammen. Samuel zwang sich, ihn anzulächeln. »Na bitte«, sagte er. »Sie hören doch auf dich.«

»Du bist heute viel besser aufgelegt als sonst«, sagte Alfred auf Schwedisch.

»Was sagt er?«, schnappte der Profos.

»Er hat nur Meldung gemacht, das ist alles.«

Der Profos schlug Alfred gegen die Schulter und schob ihn zu den Männern hinüber. »Stell dich daneben! Wird's bald?«

Samuel machte Anstalten, Alfred zu folgen. Der Stock des Profos schlug gegen seinen Bauch. Er spürte die noch panischer werdenden Blicke seiner Männer, dass man sie so von ihm separierte. Als die Soldaten des Profos einen Korb mit Halseisen und einer langen Kette hereinschleppten, wurden entsetzte Ausrufe laut. Samuel wusste nicht, welches Gefühl stärker in ihm loderte: die eigene aufsteigende Panik oder die Fassungslosigkeit, wie man mit der Todesangst der Männer spielte. Verglichen damit waren sogar die Himmelfahrtskommandos, zu denen man sie eingeteilt hatte, eine anständige Sache gewesen.

»Ruhe!«, brüllte Alfred und grinste dann den Profos mit

dem Gesichtsausdruck eines kleinen Jungen an, der bereit ist, mit Frechheit weiterzumachen, obwohl seine Füße in den Scherben des Kirchenfensters stehen und er die Steinschleuder noch in der Hand hält.

»Ich lass euch die Halseisen anlegen, Schweinebande!«, rief der Profos. »Mir persönlich ist es scheißegal, ob eines zu eng sitzt, weil sein Träger die Gurgel nicht ordentlich rausgestreckt hat. Aufstellung nehmen! Jeder Zweite: *Kehrt!*«

»Kooperation, Kerls!«, brüllte Alfred. »Das ist ein Befehl!« Wären seine eigenen Gefühle nicht ein Mahlstrom gewesen, hätte Samuel sich gefragt, ob der ehemalige Wachtmeister sich nicht in Wahrheit amüsierte. Jeder Zweite der Männer machte eine exakte Kehrtwendung und blieb dann stramm stehen. Es war die übliche Prozedur, wenn man Männer aneinanderkettete; sollten sie versuchen, sich alle gemeinsam vorwärtszubewegen, würden sie stolpern, fallen, sich gegenseitig erdrosseln. Die Halseisen wurden angelegt. Es war ein elender Anblick: die fahlen Gesichter seiner Männer, die aufgerissenen Augen, die nach Luft schnappenden Münder, darunter die groben, rostigen Eisenringe.

Der Profos kam zu Samuel und schob ihn mit dem Ende seines Stocks vor sich her in eine Ecke des Raumes. Samuel hörte die Kette klirren, als seine Männer versuchten, sich gemeinsam umzuwenden, um zu sehen, was mit ihm geschah. Noch größere Kälte erfasste ihn, als er verstand. Der Profos hatte den Befehl, ihn, Samuel, hier vor den Augen seiner Männer zu Tode zu prügeln, und damit die Verdammten ihrem ehemaligen Anführer nicht noch beisprangen, hatte man sie zusammengekettet. Der Profos hob den Stock, und einen halben Augenblick lang stritten sich in Samuel die Befürchtung, dass man seine Männer würde büßen lassen, wenn er sich wehrte, und der letzte Rest von Ehre, der gebot, sich nicht einfach totschlagen zu lassen wie ein Hund. Sein bisschen Ehrgefühl gewann; er hob die Fäuste.

»Stell dich dahin, Brahe, du Arschloch«, sagte der Profos. »Sonst reicht die Kette nicht.«

Samuel folgte dem Stock mit den Augen; er zeigte auf einen Ring in einem Deckenbalken. Vielleicht war hier einmal eine Lampe angebracht gewesen, als das Haus noch ein Wohnhaus gewesen war. Jetzt wurde eine Kette hindurchgezogen, nachdem einer der Männer des Profos auf eine umgedrehte Kiste gestiegen war, um hinaufreichen zu können. Das Halseisen klickte um Samuels Hals zu. Es war schwer und eiskalt, und er bildete sich ein, dass es ihm die Luft abschnürte. Dann zog jemand an der Kette, bis sie so stramm war, dass er sich fast auf die Zehen stellen musste, wenn er nicht erdrosselt werden wollte, und er musste alle Kräfte zusammennehmen, um nicht in das panikerfüllte Gekeuche eines Erstickenden zu verfallen. Tatsächlich bekam er noch genügend Luft – er musste es sich nur vorsagen. Zugleich spannten sich all seine Bauchmuskeln an. Gleich würden sie anfangen, auf ihn einzuschlagen und zu treten ...

Der Profos machte einen Schritt zurück.

»Du hast das alles nicht verdient, Brahe«, sagte er. »Dir sollte man einfach die Knochen brechen und dich am Straßenrand verrecken lassen.«

Samuel gab ihm keine Antwort. Der Profos zuckte mit den Schultern.

»Raus mit euch«, sagte er zu seinen Männern.

Die Soldaten marschierten zu Samuels größter Überraschung hinaus. Sie wurde noch gesteigert, als sich die Tür kurz danach erneut öffnete und die unbekannte Frau hereinließ, die sie vor dem Galgen gerettet hatte. Samuel stierte sie an. Sie musterte die aneinandergeketteten Männer und ihren ehemaligen Anführer in seiner Ecke, dann ballte sie die Rechte zur Faust und legte sie auf die Brust.

»Gott mit euch, Småländer«, sagte sie auf Schwedisch,

und es gab Samuel einen so unerwarteten Stich, dass er erst merkte, wie ihm die Tränen in die Augen schossen, als ihr Anblick vor ihm verschwamm.

9

EIN GERINGERER MANN als Wenzel hätte vermutlich gesagt: *Aber du wolltest doch ...!* oder *Nein, du machst einen Fehler...!* oder *Hör auf!* Vielleicht wäre er Alexandra sogar in den Arm gefallen. Aber er fragte nicht einmal: *Weißt du wirklich, was du da tust?* Alles, was Wenzel tat, war, seine Stellung zu wechseln, Lýdies geschwollenes Handgelenk festzuhalten, den Oberkörper der Bewusstlosen aus den Kissen hochzuheben und an seine Brust zu drücken und zuzusehen, dass ihr kranker Arm vollkommen ruhig blieb, während sie zu stöhnen und zu zucken begann und die Klinge die Haut durchstieß. Alexandra war froh, dass er die Frage nicht stellte; sie hätte sie nicht beantworten können.

Dann stieg der Geruch in ihre Nase, und sie sah statt des Blutes das wässrige Sekret, das aus der Wunde trat. Plötzlich hatte sie das Gefühl, dass das Skalpell von einer Hand festgehalten wurde, die an einem sechs Fuß langen Arm hing, und die Klinge und Lýdies Arm entfernten sich immer weiter von ihr, bis sie dachte, sie durch eine lange Röhre zu sehen, an deren Rändern nicht einfach Schwärze, sondern simples Nichts war. Sie spürte, wie sich ihr Körper mit einem kalten Schweißfilm überzog. Das Skalpell war ein Eiszapfen in ihrer Hand.

»Ich kann das nicht«, wiederholte sie mit tauben Lippen.
»Du hast schon angefangen«, sagte Wenzel.
»Ich kann das nicht. Ich glaube ... ich kann nichts mehr sehen ... ich werde ohnmächtig ...«
»Nein, wirst du nicht.«

»Wenzel, o mein Gott, was hab ich getan? Ich kann das nicht ...!«

»Du hast es doch schon gekonnt.«

Sie starrte auf den Schnitt, den sie gemacht hatte. Er verlief gerade von Lýdies Ellbogen bis hinunter fast zum Handgelenk. Der Gestank schnürte Alexandra die Kehle zu; ein frisch aufgebrochenes Grab konnte nicht stärker nach Fäulnis und Verfall riechen. Immer noch mit dem Gefühl, als sei sie weit weg von diesem Ort, hob sie die hauchdünne Klinge des Skalpells aus dem Schnitt, und ein Blutstropfen quoll hervor und lief an Lýdies Unterarm nach unten, formte ein dünnes Rinnsal frischen, hellen Rots, das mit hastigen Tropfen auf den Boden zu rinnen begann. Alexandra blinzelte. Unvermittelt und schwindelerregend plötzlich kehrte sich alles um. Nun konnte sie jedes einzelne Härchen auf Lýdies Arm sehen; die verfärbte Haut bestand aus einzelnen missfarbenen Flecken. Beinahe hätte sie das Skalpell vor die Augen gehoben; sie war sicher, sie hätte in diesem Augenblick jede noch so kleine Unebenheit in der Klinge erkannt, einer Klinge, die so scharf geschliffen war, dass sie ein fallendes Haar hätte zerteilen können.

»Drück die Wunde dort ab, wo das Blut herauskommt«, hörte sie sich sagen.

»Wirst du einen zweiten Schnitt machen?«, fragte Wenzel, der mit der freien Hand eines der sauberen Tücher angelte und es geschickt um Lýdies Unterarm wickelte.

»Du weißt Bescheid.«

»In meinem Kloster gibt es jede Menge Bücher ...«

Sie sah auf und begegnete seinem Blick. Der kalte Schweiß brach ihr erneut aus. »Dann hast du auch gelesen ...«

»Ja.«

»Dies ist eine Behandlung, die man ...«

»Mach weiter und hör auf, dich zu quälen. Du tust das Richtige.«

»... die man dann anwendet, wenn der Patient schon aufgegeben worden ist. Wenn der Tod im Grunde unausweichlich ist.« Alexandra vernahm ihre Stimme; sie war so schrill wie das Kreischen eines Vogels, der auf einer Leimrute festsitzt.

»Ein guter Arzt gibt seinen Patienten niemals auf.«

»Hast du nicht gehört, Wenzel? Dies ist ...«

Wenzel beugte sich zu ihr herüber und gab ihr einen Kuss auf die Lippen. Sie fuhr zurück. »Mach weiter«, sagte er. »Ohrfeigen kannst du mich später.«

Sie starrte ihn an. Ihr wurde klar, dass sie in den letzten Augenblicken vor Panik aufgehört hatte zu atmen. Nun sog sie tief die Luft ein. Sie setzte das Skalpell erneut an. Ihre Hand zitterte nicht mehr.

»Nach Amputationen«, murmelte sie, während sie das Skalpell nach unten führte und der Schmerz erneut in Lýdies weit entferntes Bewusstsein drang und sie stöhnen und zucken ließ, »wenn das Fleisch sich entzündet und der Patient mit anderen Mitteln nicht mehr gerettet werden kann, schneidet man das entzündete Fleisch oberhalb der Wunde in Längsstreifen auf. Man hält die Wunde sauber und offen, sodass die faulen Säfte abfließen können ... siehst du, auch hier kommt frisches Blut, das ist ein gutes Zeichen ... binde es ab! ... und wenn es Gott gefällt und der Schnitt tief und lang genug ist ... hier, die anderen Tücher ... mach dünne Rollen ... drück sie in die Schnitte ... ich ziehe das Fleisch auseinander ... Gott, dieser Gestank ... wenn es Gott gefällt und der Arzt nicht gepfuscht hat und der Patient einen starken Lebenswillen hat, wird die Vergiftung aus seinem Körper herausgespült ...« Sie lehnte sich zurück. »Fertig ...«

»Leg das Skalpell weg«, sagte er.

Ihre Blicke wanderten zu ihrer Rechten. Sie hielt das Skalpell mit weißen Knöcheln umklammert. Ein dünner Faden von Lýdies Blut war an der Klinge herabgelaufen und auf ihrem Handrücken erstarrt. Während sie ihre Hand anstarrte, begann sie von Neuem zu zittern.

»Leg das Skalpell weg.«

Sie senkte die Hand auf das Tuch neben ihrer Tasche, auf dem die Knochensäge lag. »Ich kann die Finger nicht öffnen!«

»Natürlich kannst du das.«

Sie sah sich selbst dabei zu, wie sich ihre Finger langsam vom Griff des Skalpells lösten, einer nach dem anderen. Am Ende lag das Instrument auf dem Tuch, und wäre nicht das Blut an der Klinge gewesen, hätte es so sauber gewirkt wie vor seinem Einsatz. Alexandra hatte nicht einmal Fingerabdrücke darauf hinterlassen. Die Geräusche aus der Umgebung drangen wieder an ihre Ohren, das Knacken des Gebälks und der Vertäfelung und von unten das Geschrei ihres Bruders Andreas. Es schien, als sei es noch immer die gleiche Litanei wie vorhin. Betäubt erkannte Alexandra, dass nur wenige Augenblicke vergangen waren seit dem Zeitpunkt, als sie die Klinge des Skalpells angesetzt und sich im letzten Moment dazu entschieden hatte, Lýdies Arm retten zu wollen.

»Wir müssen den Arm einbandagieren. Die Bandage darf nicht zu stramm sitzen, sodass die Tuchrollen den Eiter heraussaugen können. Wir müssen sie ein paar Mal pro Tag wechseln. Auf die erste Lage streichen wir die Spinnweben, und die zweite tränken wir mit der Paré-Mischung, damit sie in die Haut einwirken kann. Gott sei Dank, dass die Kleine nicht aufgewacht ist.« Sie beobachtete Wenzel, der Lýdie hatte zurücksinken lassen und nun ihren Anweisungen folgte, während sie dem Mädchen über das schweißnasse Haar strich. Ihr Finger kroch zu Lýdies Halsschlagader. Der Puls flatterte. Der Kampf um ihr Leben war noch nicht überstanden; aber die erste Schlacht war geschlagen, und Alexandra hatte sie nicht verloren. Spontan beugte sie sich nach vorn und gab Wenzel ebenfalls einen Kuss.

»Ist mir lieber als die Ohrfeige«, sagte Wenzel und schenkte ihr ein Lächeln, ohne in seiner Arbeit innezuhalten.

Und in diesem Augenblick wollte sie Wenzel alles erzählen. Die Wahrheit über Miku ... über sein Leben, über sein Sterben ... und über seinen Vater. Sie holte Atem. Wenzels Blicke irrten ab. Ihre eigenen Blicke folgten ihnen.

Karina stand in der Tür, gestützt von Melchior. Sie war grau im Gesicht.

»Ist sie ... ist sie ...«, stammelte sie.

»Ich konnte sie nicht mehr zurückhalten«, sagte Melchior. Auch er war totenbleich. »Wir haben kein Schreien gehört. Alexandra, sag mir ... ist Lýdie ...«

»Sie lebt«, hörte Alexandra sich sagen.

Karina schlurfte heran und stierte den einbandagierten Arm an. An den ersten Stellen drangen Blut und Flüssigkeit durch den Verband.

»Du hast ...«, stotterte sie. »Warum hast du ... du hast nicht ...«

»Nein.«

Ihre Blicke trafen sich. Karina blickte sofort wieder zu Boden. Und Alexandra erkannte, dass, ob Lýdie nun leben oder sterben würde, etwas zerbrochen war. Starb die Kleine, würde es auf ewig Alexandras Schuld sein. Lebte sie, würde Karina sich daran erinnern, dass sie versucht hatte, Alexandra aufzuhalten, und die niemals beantwortbare Frage würde im Raum stehen, ob die mütterliche Entscheidung die Tochter nicht das Leben gekostet hätte und ob sie nur gerettet worden war, weil eine andere Frau die Entscheidung der Mutter nicht beachtet hatte. Es stimmte, was Barbora und auf seine Weise auch Wenzel gesagt hatten: *Am Ende ist der Arzt immer allein.*

Karina fiel neben Lýdie auf die Knie und strich ihr über das Haar. Wenzel stand auf und trat zurück. Er blickte Alexandra in die Augen und setzte an, um etwas zu sagen, und ihr fiel ein, was sie ihm beinahe verraten hätte. Plötzlich wurde es ihr zu viel. Sie wirbelte herum und rannte aus dem Raum, polterte die Stufen hinab, sah in ein halbes Dutzend Augenpaare unten an der Treppe, sah Andreas' Gesicht aschfahl werden. Er warf sich herum und befreite sich mit einer Grobheit, die ihm selbst vermutlich nicht bewusst war, aus dem Griff von Bruder Cestmir, sodass dieser gegen die Wand flog, und rannte die Treppe hinauf, an Alexandra vorbei. Alexandra stolperte zwischen den Dienstboten hindurch zur Eingangstür. Als sie draußen stand und die Kälte über sie herfiel, begann sie zu schlottern. Sie schlang die Arme um den Oberkörper. Von allen intakten Kirchtürmen Würzburgs drang jetzt das Dröhnen der Kirchenglocken, die das Ende der Heiligen Nacht und den Anbruch des Weihnachtsfestes verkündeten. Vor ihren Augen drehte sich alles.

Jemand zupfte sie an ihrem Kleid. Es war das kleine Mädchen, die Tochter einer der Hausangestellten.

»Bist du ein Engel?«, fragte das Kind.

»Wieso fragst du das?«

»Weil es heißt, dass du Lýdie gerettet hast.«

»Ich bin kein Engel.«

»Warum hat der Herr so geschrien?«

»Weil er Angst hatte, ich würde Lýdie wehtun.«

»Hast du ihr wehgetan?«

Alexandra hatte das Gefühl, das Gespräch zu träumen, aber die Kälte und die Kirchenglocken und ihre eigene elende Verzweiflung sagten ihr, dass dies die Wirklichkeit war.

»Ja. Manchmal muss man wehtun, wenn man heilen will.«

»Wäre sie sonst gestorben?«

»Ja.«

»Und jetzt stirbt sie nicht mehr?«

»Ich hoffe es.«

»Aber du weißt es nicht.«
»Nein.«
»Das ist wie mit einem Gebet. Du weißt nicht, ob der liebe Gott es hört, aber du hoffst es so sehr.«
»Was?«
»Ich glaube, du bist kein Engel. Engel haben Flügel. Du hast keine Flügel. Du bist eine Hexe.«

Alexandra versuchte etwas zu sagen, aber sie brachte nichts heraus.

»Hier hat man früher viele Hexen verbrannt«, fuhr das Mädchen fort. »Sagt meine Mama.«
»Ich habe davon gehört …«
»Meine Mama hat erzählt, alle hätten gesagt, die Hexen waren böse.«
»Das erzählt man immer.«
»Jetzt sagt man, dass die böse waren, die die Hexen verbrannt haben.«
»Die Welt wäre ein einfacherer Ort, wenn Gut und Böse so leicht festzustellen wären.«
»Ich glaube, du bist eine gute Hexe.«

Alexandra schnaubte humorlos. Plötzlich brach es aus ihr heraus: »Ich hatte einen Sohn, der war ungefähr so alt wie Lýdie heute.«
»Wo ist er jetzt?«
»Er ist gestorben.«
»Hast du gehofft?«
»Bis zuletzt«, sagte Alexandra und fühlte, dass sie im nächsten Moment zusammenbrechen würde.
»Warum hast du ihn nicht gerettet?«
»Gott wollte ihn lieber im Himmel haben als hier auf der Erde.«
»Ich habe dir wehgetan mit meiner Frage.«
»Nein«, log Alexandra und wischte sich die Tränen ab. »Nein.«

»Mama vermisst mich. Ich muss wieder zurück.«
»Ja.«
»Heute ist das Christfest. Alles ist vergeben«, sagte das Mädchen und trottete zurück.

Alexandra starrte ihr nach. *Alles ist vergeben*, wiederholte sie in Gedanken. *Und allen Menschen ist vergeben. Nur mir nicht. Weil ich mir selbst nicht vergeben kann.*

10

SIE WAR EINE Schönheit mit dunkelrotem Haar und scharf geschnittenem Gesicht, sie kam aus der Heimat, sie war eine Gräfin, sie hieß Ebba Sparre, und es dauerte eine Weile, bis Samuel sich daran erinnerte, dass Königin Kristina, als diese noch ein kleines Mädchen und das Småländische Regiment nicht die Schande Schwedens gewesen war, eine gleichaltrige Spielgefährtin mit diesem Namen gehabt hatte. Heute war Ebba Sparre, und dies war sogar bis zu Samuels Ohren gedrungen, immer noch die Gefährtin der Königin, nur dass die Spiele jetzt alles andere als unschuldig und die Spielwiese das Bett im königlichen Schlafgemach war. Er betrachtete das makellose Gesicht Ebba Sparres und fühlte tiefe Befriedigung, dass das unglückliche Kind, das Königin Kristina gewesen war, das Herz der größten Schönheit Schwedens besaß.

Das Gesicht der Frau, der er zur Flucht verholfen hatte, schob sich plötzlich vor Ebbas Anblick. Er ahnte, dass Ebbas Schönheit ebenso zeitlos sein würde, und unvermittelt dachte er, dass ein durchschnittlicher Mann, dem es vergönnt wäre, auch nur einen halben Tag mit den beiden zusammen in einem Raum zu verbringen, danach würde sterben wollen, weil es nichts Hehreres mehr zu erreichen gab.

»Es tut mir leid, das mit den Ketten«, sagte Ebba. »Der

Befehl stammt nicht von mir. Aber ich wollte die Lage nicht noch zum Kippen bringen, indem ich ihren Einsatz verweigerte. Stockholm ist weit, und General Königsmarck ist unberechenbar.«

»Die Anordnung, die Hinrichtung aufzuschieben, kommt aus Stockholm?«, krächzte Samuel.

Ebba nickte. »Willst du mir zuhören, was ich zu sagen habe, Rittmeister Brahe?«

»Ich bin kein Offizier mehr, ich bin ...«

»Willst du mir zuhören?«

Samuel gelang es, ein Grinsen aufzusetzen. »Ich habe eigentlich jede Menge zu tun, aber ausnahmsweise ...«

Sie gab sein Grinsen zurück und trat einen Schritt an ihn heran. Die Gerüche einer langen Reise und von Nächten, die mit einem unruhigen Schlaf in der rauchigen Schankstube einer Herberge oder vor der ranzigen Tranlampe in der Kajüte eines Schiffs verbracht worden waren, stiegen ihm in die Nase. Gleichzeitig roch er den schwachen Duft ihres Haars und was von einem Parfüm noch übrig war, das sie getragen haben musste. Plötzlich schämte er sich seines eigenen Gestanks nach Schweiß und Todesangst.

»Ich weiß, dass du vor deinen Männern keine Geheimnisse hast, Rittmeister Brahe, aber mir wäre es lieber, wenn wir das, was ich dir antragen will, zunächst unter uns besprechen könnten.«

Samuel musterte sie. Dann wandte er sich ab. »Alfred? Die Männer sollen ein Lied singen.«

Die Pause war so kurz, dass nur jemand, der Alfred Alfredsson genau kannte, seine vollkommene Überraschung erkannt hätte. »Hast du einen besonderen Wunsch, Rittmeister?«, fragte er dann zackig. Samuel fühlte sich amüsiert von der Anrede. Selbst Alfred, der stets seine Energie darauf verwendet hatte, dass die Autorität seines befehlshabenden Offiziers (und besten Freundes) unter allen Umständen gewahrt blieb, war nach dem tiefen Sturz ihres Regiments dazu übergegangen, Samuel beim Vornamen anzureden. Dass er jetzt den Rang Samuels wieder betonte, bewies, dass er sich seinen Teil über die Absichten Ebba Sparres dachte. *Guter Alfred*, dachte Samuel. *Ein Wachtmeister, der etwas wert ist, ist wie ein Jagdhund – dauernd die Nase im Wind.*

»Ein Lied zum Julfest, Wachtmeister«, sagte er.

»Ihr habt's gehört, Kerls!«, brüllte Alfred. »*In dulci jubilo!*«

Ebba trat noch einen Schritt an Samuel heran. Während ein brummiger Männerchor das Lied in mehreren Tonhöhen und Rhythmen gleichzeitig verhackstückte und der Profos und seine Leute draußen vor dem Quartier sich zweifellos fragten, ob die Verfemten jetzt alle verrückt geworden waren, bekam Samuel ein Angebot, das ihn und seine Männer von allen Sünden reinwaschen und ihre Ehre wiederherstellen würde. Es war ein Geschenk zum Julfest, wenn es je eines gegeben hatte.

Dass es sie alle in den Tod führen würde, war dabei fast zweitrangig.

Eine Stunde später – nachdem Ebba gegangen war, nachdem der Profos die Halsfesseln gelöst hatte und nachdem die Männer schweigend im Kreis zusammengesessen und unsichere Blicke zu ihrem Rittmeister geworfen hatten, der in seiner Ecke saß und nachdachte – fasste Alfred Alfredsson sich ein Herz und stapfte zu Samuel hinüber.

»Gibt es was, das ich den Männern sagen soll, Rittmeister?«

Samuel blickte auf. »Wenn du mich noch mal Rittmeister nennst, Alfred, bist du wieder Korporal.«

»*Sie* hat dich Rittmeister genannt. Andauernd.«

»Ich dachte, du hättest den Chor geleitet.«

Alfred winkte ab. »Ein småländischer Wachtmeister kann gleichzeitig reden, beim Singen zuhören, eine Kompanie kaiserlicher Dragoner verdreschen und trotzdem mitbekommen, wenn irgendwo ein Floh hustet.«

»Warte noch ein paar Augenblicke.«

Alfred sah Samuel an. »Na gut«, sagte er dann. »Na gut.«

Als sich zum dritten Mal an diesem Heiligen Abend, der mittlerweile weit in den Weihnachtsmorgen hinein fortgeschritten war, das Getrappel von Soldatenstiefeln näherte und der Profos hereinplatzte, stand Samuel auf. Sonst waren sie immer sitzen geblieben, bis der Profos ihnen einen Befehl erteilt hatte.

»Alles auf!«, schnappte Alfred. Die Männer folgten dem Befehl.

Der Profos und seine Männer schleppten mehrere Körbe mit sich. Die Augen der Småländer wurden groß, als sie sahen, dass sich Rapiere, Dolche und ein paar Musketen darin befanden. Pulvergürtel ringelten sich dazwischen und die Lederbänder von Leibgurten und Wehrgehängen; Sporen funkelten matt. Die Augen der Männer wurden noch größer, als hinter den Lagerbütteln ein zierlicher Mann mit weitem Schlapphut und hohen Stiefeln das Quartier betrat, den Hut abnahm, seine Haare ausschüttelte und sich als Ebba Sparre entpuppte. Man konnte dem Profos ansehen, wie sehr er es hasste, die Anordnungen einer Frau zu befolgen, noch dazu, wenn diese Männerkleidung trug.

Die Körbe wurden auf den Boden geknallt. »Euer Zeug, Scheißkerle!«, sagte der Profos.

Samuel wechselte einen Blick mit Ebba, die diesen unverwandt zurückgab.

»Wie war das, Profos?«, fragte Samuel leise.

Das Gesicht des Profos schwoll an. Sein Mund arbeitete wie der eines Fischs auf dem Trockenen, und seine Blicke schossen im Raum hin und her. Zuletzt erkannte er, dass ihm nichts anderes übrig blieb. »Die Ausrüstung – wie befohlen!«, würgte er hervor.

Die Småländer keuchten. Samuel warf einen neuen Blick zu Ebba. Ihr Gesichtsausdruck hatte sich nicht geändert. »Wie befohlen was?«, fragte er dann.

Der Profos salutierte so verkrampft, dass man seine Knochen knacken hörte. »Wie befohlen, *Herr Rittmeister!*«

Unter den Småländern wurde fassungsloses Gemurmel laut. »Ruhe!«, brüllte Alfred, aber seine Stimme wankte.

»Munition?«, fragte Samuel.

Der Profos wies auf vier Männer, die Kisten hereinschleppten. »Mehr hat der Quartiermeister mir nicht gegeben ... Herr Rittmeister.«

»Zum Requirieren braucht es eben einen Småländer«, sagte Samuel und genoss es. Dem Profos gingen fast die Augen über vor unterdrückter Wut. Ein paar von Samuels Männern kicherten. Samuel wandte sich an Ebba. Es war Zeit, den schuldigen Respekt zu geben – und die Männer darauf vorzubereiten, was er ihnen noch zu sagen hatte. »Wird es reichen, Euer Gnaden?«

Ebba nickte und kämpfte offensichtlich mit einem Lächeln.

»Na gut«, sagte Samuel zum Profos. »Weggetreten ...«

Der Profos salutierte erneut so hasserfüllt, dass sein Brustharnisch, hätte er einen getragen, eine Delle bekommen hätte.

»... das heißt: einen Augenblick!«, sagte Samuel. Er beugte sich nach vorn und nahm zwei Sattelpistolen an sich, deren Kolben aus der Schärpe um den Bauch des Profos ragten. Er hielt sie in die Höhe. »Mir war doch die ganze Zeit so, als ob ich die kenne.« Die Pistolenläufe schimmerten hell, das Holz war dunkel, die Kolben am unteren Ende mit Silber eingefasst. Das Radschloss an der rechten Seite war unziseliert und so sauber, als kämen die Pistolen soeben aus der Schmiede. Das Stück Pyrit, das in den Hahn eingeschraubt war und beim Aufschlag den Zündfunken auslösen sollte, war neu. In all ihrer Schlichtheit wirkten sie schön, elegant – und tödlich. »Gut gepflegt, das muss ich sagen.«

»Für den Herrn Rittmeister«, brachte der Profos hervor, der Samuel die Pistolen vor Wochen abgenommen hatte, als man sie zu Königsmarcks Heer befohlen hatte. Den Einsatz gegen die bayrischen Dragoner hatte Samuel mit zwei billigen, schlecht gepflegten Waffen aus dem Bestand des Quartiermeisters absolvieren müssen. Er ließ beide Pistolen vorwärts und rückwärts um die Fäuste kreisen und steckte sie dann scheinbar achtlos in seinen Gürtel. Sie waren leicht, vom besten Waffenschmied gefertigt, den er sich seinerzeit hatte leisten können, doch was sie an Gewicht besaßen, ruhte auf seiner Hüfte und vermittelte ihm auf einmal ein beruhigendes Gefühl.

»Und was ist das?«, fragte er und deutete auf einen der Männer, die die Körbe hereingetragen hatten. »Das sieht aus wie Gunnar Birgerssons Muskete.«

Der Soldat packte unwillkürlich den Kolben der Muskete, die er auf dem Rücken trug. Sie war unverkennbar; Birgersson – exzellenter Schütze, der er war –, hatte den Lauf kürzer machen lassen, damit er sie auch auf dem Pferd handhaben konnte, und was er dadurch an Treffsicherheit einbüßte, hatte er wettgemacht, indem er seine Kugeln so exakt wie möglich gearbeitet und auf das Stück Tuch verzichtet hatte, mit dem man sie üblicherweise feststopfte.

»Der Mann, dem es gehört hat, ist tot«, sagte der Profos.

»Stimmt«, sagte Samuel. »Und er hat es bestimmt keinem plattfüßigen Gelbarsch aus der Etappe vermacht, dessen einzige Kerben für besiegte Feinde in seinem Musketenkolben von den armen Schweinen stammen, die er aufzuhängen geholfen hat.«

Der Soldat packte mit hochrotem Gesicht den Griff seines Rapiers.

»Schluss!«, rief Ebba Sparre mit einer Stimme, die selbst die Småländer zusammenfahren ließ und Alfred ein anerkennendes Grinsen abnötigte.

»Gib ihm das Ding zurück«, sagte der Profos und erstickte fast an seinen Worten.

Samuel schüttelte den Kopf. »Wachtmeister!«

Alfred stand stramm.

»Übernimm das Gewehr von Gunnar Birgersson. Du bist nach ihm der beste Schütze – es ist deins.«

»Na, Kleiner, dann mal her damit«, sagte Alfred gemütlich. »Und wehe, ich entdecke Schmutz darin, dann lass ich dich mit der Zunge die Latrine sauber lecken.« Er zog den Hahn zurück und spähte in die Pulverpfanne. »Agh!«, machte er. »Wildsau.«

»Das reicht jetzt«, sagte Ebba. »Profos – melden Sie General Königsmarck, dass wir die Ausrüstung zunächst übernommen haben. Wir werden die Waffen und die Munition prüfen und beim Quartiermeister auf Ihre Kosten Ersatz verlangen, wenn etwas fehlt oder beschädigt ist.«

»Es ist alles einwandfrei«, brachte der Profos hervor.

»Ich will es hoffen. Weggetreten!«

Als der Profos und seine Büttel hinausgestapft waren, trat Ebba an Samuel heran. Er beobachtete seine Männer, wie sie beinahe mit Ehrfurcht die Waffen auseinandersortierten, die Pulverfläschchen an den Bandoliers öffneten und die Kugeln auf Passgenauigkeit prüften. Er hörte den einen oder anderen lachen und hatte plötzlich Mühe, die Tränen zu unterdrücken, die ihm in die Augen stiegen.

»War das nötig?«, frage Ebba leise. »Den Profos zu beleidigen?«

»Ja«, sagte Samuel.

Ebba zuckte mit den Schultern. »Ich habe Pferde requiriert. Sie sehen nicht schlecht aus – besser als die meisten Soldaten in Königsmarcks Heer. Leider habe ich keine Kleidung für dich und deine Männer gefunden. Königsmarcks Soldaten sind nicht besser ausgestattet als ihr.«

»Kein Problem. Du hast bereits die Auszeichnung als Ehren-Småländer verdient, Euer Gnaden, was das Beschaffen von Ausrüstung betrifft.«

»Ich komme aus Östergötland, Rittmeister. Wir sind Nachbarn der Småländer, da färben ein paar schlechte Angewohnheiten ab. Und ich bin Ebba, nicht ›Euer Gnaden‹.«

Sie hielt Samuel die Hand hin. Er ergriff sie und schüttelte sie.

»Männer!«, rief er dann. »Kommt her. Ich muss euch etwas mitteilen.«

Ebba sah ihn überrascht an. »Nein!«, zischte sie. Die Småländer versammelten sich um sie beide. Einige lächelten Ebba scheu an. Auf ein paar der stoppeligen Wangen waren Tränenspuren zu sehen.

»Die Hälfte des Unglücks in der Schlacht kommt davon, weil die Männer nicht Bescheid wissen«, sagte Samuel. »Das war bei Lützen nicht anders – und du darfst glauben, dass wir ganz besonders aus Lützen gelernt haben.«

»Aber ich habe doch gesagt, es ist ...«

»Geheim?« Samuel lächelte. »Wer soll es nachher noch ausplaudern? Männer!«, rief er dann laut. »Was haltet ihr davon, auf einer letzten Mission alle ins Gras zu beißen?«

Sie starrten ihn ebenso verwirrt an wie Ebba, deren Brauen sich zusammenzogen.

»Auf einer letzten Mission, die ihr als Angehörige des großartigen Småländischen Regiments vollführt, eine Mission, die dafür sorgen wird, dass das Småländische Regiment seine Fahnen zurückbekommt, eine Mission, an deren Ende wir und unsere Kameraden, die bei Lützen und seither gefallen sind, in unserer Ehre wiederhergestellt werden!«

»Was meinst du damit, Rittmeister?«, fragte jemand.

»Ich meine damit, Björn Spirger, dass deine Witwe und

deine Kinder zu Hause erfahren werden, dass du vor sechzehn Jahren nicht als Feigling aufgehängt wurdest, sondern in Wahrheit als Held im Auftrag der Königin höchstselbst gefallen bist, und dass sie die Entschädigung bekommen, die jedem Hinterbliebenen eines ehrenhaft gefallenen Soldaten zusteht, und dass dein Sprössling den Namen Spirgersson mit Stolz führen kann.«

Sie starrten ihn an.

»Das meinst du nicht ernst«, sagte Björn Spirger.

»Meine ich es ernst, Wachtmeister Alfredsson?«

»Jawohl«, brüllte Alfred.

Unwillkürlich wanderten ihre Blicke zu Ebba. Sie nickte.

»Was sollen wir dafür tun?«, fragte Spirger. Er grinste mit einer Reihe von Zahnlücken, durch die man eine Kugel hätte treiben können, ohne den Rest seines Gebisses zu beschädigen. »Dem Teufel die Schwanzhaare ausreißen?«

»Nein«, sagte Samuel, der ignorierte, dass Ebba ihn am Ärmel packte. »Wir stehlen sein Vermächtnis und übergeben es unserer Retterin hier, Ebba Larsdotter Sparre, Gräfin Horn zu Rossvik, die es nach Stockholm zu unserer allergnädigsten Königin Kristina bringen wird.«

»Ich dachte, das Vermächtnis des Teufels ist dieser verdammte Krieg hier, Rittmeister«, sagte Spirger.

»Es heißt«, sagte Ebba ruhig, »dass er nicht zuletzt wegen dieses Vermächtnisses ausgebrochen ist.«

Sie musterten sie, manche mit zusammengekniffenen Augen. Als protestantische Schweden war ihnen der Teufel suspekt; aber als Soldaten in der Armee, die die zwanzigtausend Toten von Magdeburg, die verwüsteten Bauerndörfer und Ruinenstädte und die schwelenden Überreste von Menschen gesehen hatte, die man als Hexen verbrannt hatte ... als Soldaten, die miterlebt hatten, wie ihre eigenen Kameraden von der Grausamkeit angesteckt wurden und sich von einer Befreiungs- in eine Armee des Todes verwandelt hatte ... als solche Soldaten war ihnen mittlerweile klar geworden, dass es den Teufel doch gab und dass ein Stück von ihm ganz tief im Herzen eines jedes Menschen hockte und darauf wartete, herausgelassen zu werden.

»Es ist ein Buch«, sagte Samuel. »Oder es sieht aus wie ein Buch. Aber was immer es ist – wir holen es uns, und wenn nur einer von uns mit seinem letzten Atem hierher zurückkehrt und es Gräfin Sparre in die Hände drückt, dann haben wir doch nicht umsonst gelebt.«

»Vielleicht«, sagte Björn Spirger und bewies, dass auch ein Mann mit Zahnlücken und einem Gesicht, das aussah wie eine geballte Faust, die Träume noch nicht vergessen hatte, die er als Junge geträumt hatte, »hört der Krieg dann ja wirklich auf, wenn wir das verdammte Ding außer Landes geschafft haben. Vielleicht wachen all die Verrückten hier dann endgültig auf.«

»Ja, mein Junge, wer weiß«, sagte Samuel und nickte ihm zu. »Also, wie sieht es aus?«

»Die Alternative ist …«, begann Ebba.

»Entschuldige, Euer Gnaden«, sagte Björn Spirger. »Aber wir brauchen keine Alternative, selbst wenn sie hieße: ›Kehrt unbehelligt und in Frieden nach Hause zurück.‹ Wir folgen dem Rittmeister.«

Die Männer nickten. Ein paar salutierten, darunter Alfred Alfredsson, dessen Haltung man als Vorbild für den exaktesten Salut der Welt hätte verwenden können.

»Das wäre die Alternative gewesen«, sagte Ebba und wirkte zum ersten Mal erschüttert.

»Wann geht's los, Rittmeister?«

»Wir sind bereit, Rittmeister!«

»Kann ich die Schwanzhaare des Teufels behalten, Rittmeister?«

»Kann ich seine Großmutter mit nach Hause nehmen und gegen meine Alte eintauschen, Rittmeister?«

»Bist du verrückt? Das hat der Teufel nicht verdient!«

»Ruhe, Männer«, rief Samuel. »Wir brechen beim ersten Tageslicht auf. Ebba hat uns Pferde besorgt und, wie ich annehme, auch den nötigen Proviant, um über die ersten Tage zu kommen. Ich nehme des Weiteren an, wir erhalten bis zum Aufbruch alle Informationen, die wir noch brauchen – zum Beispiel, in welche Richtung wir reiten müssen?«

»Deine Annahmen sind alle richtig, Rittmeister«, sagte Ebba und stülpte sich den Hut auf den Kopf. »Bis auf die, dass ich hierbleibe und auf eure Rückkehr warte. Ich komme mit euch mit.«

11

BEI DEN WENIGEN GELEGENHEITEN, bei denen Cyprian zusammen mit Andrej in Raigern gewesen war – dem Kloster, dem Wenzel von Langenfels als Propst vorstand –, war er das fünfte Rad am Wagen gewesen. Er hatte es schmunzelnd ertragen. Andrej war der Vater des Klosteroberen, und die Mönche fielen einander förmlich über die Füße in ihrem Bemühen, Andrej alle Wünsche von den Augen abzulesen. Da Andrej jemand war, der selten Wünsche hatte, bemühten sich die Mönche umso mehr, doch welche zu entdecken und dann zu erfüllen. Wenzel hatte sie nie daran gehindert; es war einer der vielen stummen Liebesbeweise, die der Sohn dem Vater zuteilwerden ließ. Andrej hatte mehr als einmal fürchten müssen, sein einziges Kind zu verlieren (einmal davon durch eigene Schuld), und so hatte er im Umkehrschluss niemals gegen den Eifer der Mönche Einspruch erhoben, in der stillen Überzeugung, dass er seinem Sohn damit einen Gefallen tat.

Cyprian, der beider Motive in den ersten Minuten durchschaut hatte und davon gerührt war, hatte sich erst recht aus dem drolligen Tanz herausgehalten und sich stumm darüber gefreut, dass es den kräftigen Finanzspritzen der Firma *Khlesl, Langenfels, Augustýn & Vlach* zu verdanken war, dass das Kloster überhaupt durch die Kriegsjahre gekommen war.

Nun blickte er aus dem Fenster des Wagens auf die langsam vorbeiziehende Reihe kahler Weiden und Erlen, die den Bach säumten, an dem entlang das letzte Stück des Weges von Brünn nach Raigern führte. Sie wirkten entrückt und unwirklich hinter dem Vorhang aus Schneeflimmern, das sie seit Tagesanbruch begleitete.

»Ich habe den Heiligen Abend schon an einigen merkwürdigen Plätzen erlebt, aber noch nie in einer Kutsche«, sagte Andrej.

Cyprian grinste, obwohl ihn etwas von draußen ablenkte. »Oder den Christtag«, sagte er.

»Oder den Stefanitag«, sagte Andrej.

Cyprian wandte sich vom Fenster ab. »Findest du, wir hätten zuerst noch in Prag vorbeifahren sollen? Es hätte uns zwei Tage gekostet.«

»Ich weiß nicht«, seufzte Andrej. »Hätten wir?«

»Wir haben's nicht getan«, sagte Cyprian nach einer Weile. »Sich jetzt noch Gedanken darüber zu machen ist verschwendete Zeit. Vielleicht sind wir zum Dreikönigstag zu Hause. Und immerhin treffen wir hier ja einen Teil der Familie – Wenzel.«

»Danke«, sagte Andrej. Cyprian zuckte mit den Schultern. Er fühlte sich bei Weitem weniger abgeklärt, als er tat. Er war hin- und hergerissen gewesen, als sie Eger verlassen hatten. Er und Andrej waren Mitte November nach Ingolstadt aufgebrochen, wo in den letzten Jahren unter der Führung von Dominik Augustýn, dem Sohn des ehemaligen Oberbuchhalters und langjährigen Partners der Firma Adam Augustýn, eine neue Faktorei entstanden war. Adam

Augustýn war schon lange dahin; er hatte im selben Jahr wie Feldmarschall Wallenstein das irdische Jammertal verlassen, und sein letztes Wort war gewesen: *Wenigstens habe ich es ein paar Wochen länger ausgehalten als der Schweinehund.* Ingolstadt war wie fast alle Städte im Reich gezeichnet durch den Krieg: Gustav Adolf hatte die Stadt belagert, sie hatte Kriegsschäden, Landflucht, Hungersnöte und mehrere Seuchenausbrüche überstanden. Dominik Augustýn hatte sich kein leichtes Pflaster ausgesucht für seine ersten Schritte als Faktor des größten Prager Unternehmens, aber er hatte sich durchgebissen und in diesem Jahr zum ersten Mal nicht nur die Kosten wieder hereingewirtschaftet, sondern Geld verdient. Da Andreas Khlesl auf Reisen, Melchior Khlesl wie üblich unauffindbar und Vilém Vlach, der vierte Seniorpartner, für eine Reise mittlerweile zu hinfällig geworden war, hatten Andrej und Cyprian sich entschlossen, die Mühen Dominiks durch einen persönlichen Besuch zu ehren. Cyprian hatte sein Heim und seine Familie seit über sechs Wochen nicht mehr gesehen. Er erinnerte sich nur an eine einzige andere Periode in seinem Leben, in der er noch länger von seinen Lieben getrennt gewesen war; unwillkürlich rieb er sich über die alte Narbe, in der einmal Heinrich von Wallenstein-Dobrowitz' Pistolenkugel gesteckt hatte.

Das Geräusch von draußen ertönte von Neuem und lenkte ihn von seinen Gedanken ab. Er streckte die Hand aus dem Fenster und schlug gegen die Kutsche. Ihr Lenker brachte sie zum Halten.

»Was ist los?«

Cyprian öffnete die Tür und kletterte hinaus. »Komm mit, Andrej«, sagte er. »Du liebe Güte, bin ich steifbeinig. Wie ein alter Mann!«

»Ist irgendwas passiert …?«

»Sei mal einen Augenblick still und sperr die Ohren auf, mein Alter.« Cyprian setzte ein breites Grinsen auf.

Andrej lauschte. Plötzlich lächelte auch er. »Lass uns mal nachsehen«, sagte er.

Sie stapften über den von nur wenigen Spuren durchzogenen Schnee und kämpften sich dann durch die Verwehungen am Straßenrand. Jeder Baumstamm hatte um seinen Fuß herum einen hüfthohen Ring aus Schnee angesammelt, aber die dicht stehende Reihe hatte zugleich verhindert, dass der Wind allzu viel Schnee in den dahinterliegenden Bach geblasen hätte. Der Bach war zugefroren, das Eis grau und matt schimmernd im schwindenden Licht und von einer kleinen Handvoll von Kindern freigefegt, die darauf herumschlitterten und jauchzten. Es war dieses Geräusch gewesen, das Cyprian schon zuvor gehört hatte. Die Kinder schienen zu einer geduckten Ansammlung von Gebäuden eine ganze Strecke vom jenseitigen Bachufer zu gehören. Ein Bauernhof, vermutlich Pächter des Klosters... Eines der Gebäude war eine Brandruine, die schwarz verrußte Dachsparren in das Schneetreiben reckte, der beste Beweis dafür, dass der Krieg auch hier nicht spurlos vorübergezogen war, und dass das Gebäude noch nicht wieder repariert war, wies darauf hin, dass die Bewohner eher schlecht als recht lebten und aller Wahrscheinlichkeit nach vom Kloster unterstützt wurden, anstatt diesem die Pacht abzuliefern. Die Kinder jedoch ... die Kinder lachten und sausten auf dem Eis herum und hatten vergessen, dass es Sorgen gab.

»*Deswegen* sind wir nicht nach Prag zurückgekehrt«, sagte Cyprian. »*Deswegen* haben wir die heiligsten Tage des Jahres in einer verdammt zugigen Kutsche und bei dem lausigsten Essen verbracht, für das ich je einem schwitzigen Herbergswirt das Geld in den Rachen geworfen habe. Damit dieses Lachen ... diese Unbeschwertheit ... diese Zuversicht, dass wieder bessere Tage kommen, nicht betrogen werden. Unser Land richtet sich gerade wieder auf; es kann nicht das Gewicht der Teufelsbibel tragen, wenn sie aufwachen sollte.«

Andrej atmete tief ein und aus und schüttelte dann den Schnee von den Stiefeln. »Steig schon ein«, brummte er, »bevor mir noch die Bemerkung rausschlüpft, dass ein Christfest mit dir zusammen in einer Kutsche geradezu was Schönes ist, wenn das hier«, er wies auf die spielenden Kinder und ihr Lachen, »der Ersatz für die Kirchenglocken ist.«

»Werd bloß nicht sentimental«, sagte Cyprian, aber als Andrej auf dem Rückweg zur Kutsche eine Hand auf seine Schulter legte, stieß er ihn mit dem Ellbogen sanft in die Rippen und grinste. Sein Grinsen vertiefte sich, als sie feststellten, dass ein kleines Häuflein frierender Mönche bei ihrem Wagen stand und ihnen besorgt entgegenblickte. Einer von ihnen trat einen Schritt vor und deutete eine Verbeugung an.

»Stimmt etwas nicht, Herr von Langenfels?«

»Wieso?«, fragte Andrej.

Der Mönch gestikulierte. »Nun, dieser plötzliche Halt ...«

»Sie sind der Bruder Torhüter von Raigern, habe ich recht?«

Der Mönch strahlte und nickte. Cyprian beugte sich zur Seite, um an der Kutsche und den Pferden vorbei die Straße entlangzuspähen. Sie verlief in einer sanften Rechtskrümmung und verschwand im Schneetreiben und hinter der Baumreihe entlang des Bachs. Der mächtig aufragende Bau des Klosters war nicht zu sehen. Cyprian richtete sich wieder auf und schmunzelte. Er schmunzelte weiter, als der Seitenblick des Torhüters ihn traf. Der Mönch hatte eine steile Falte zwischen den Brauen.

»Nun«, sagte Andrej, »Ihre Besorgnis ehrt uns, aber ... woher wissen Sie, dass wir angehalten haben?«

»Äh ... wir haben ... äh ... es gesehen.«

»Ah so«, sagte Cyprian, der weiter vor sich hin schmunzelte und niemanden im Besonderen anblickte.

»Ein herzliches Willkommen auch Ihnen, Herr Khlesl«, sagte der Torhüter.

»Danke«, sagte Cyprian.

»Ja ... äh ...«, sagte der Torhüter und rieb sich die Hände. Er zitterte in seiner Mönchskutte. »Wenn dann alles in Ordnung ist ...«

»Das Kloster ist viel zu weit weg, als dass Sie uns hätten sehen können«, bemerkte Andrej.

»Ah«, sagte der Torhüter. »Wir ... wir haben gleich da vorne ... da vorne neben der Straße ... äh ... gewartet.«

»Auf uns?«

Man konnte dem Torhüter förmlich ansehen, dass er sich fühlte wie jemand, der leichtsinnig einen steilen Hang auf dem Hintern hinunterrutscht und plötzlich den Verdacht hat, dass das abrupte Ende des Hangs dort unten der Abbruch einer Steilkante über einem Abgrund sein könnte.

»Äh ... ahem ... ja.«

Cyprian nickte betont. Andrej musterte ihn irritiert. Der eifrige Blick des Torhüters gewann langsam, aber sicher eine glasige Note. Er zuckte zusammen, als Andrej sich wieder an ihn wandte. »Ohne Mäntel anzuziehen? In den Sandalen?«

Die Mönche blickten unisono auf ihre Füße und bewegten ihre Zehen in den dicken grauen Wollsocken, über denen die Sandalenriemen stramm saßen. Der Torhüter blickte wieder auf. Er spitzte den Mund in der vergeblichen Hoffnung, dass seine Zunge von allein eine vernünftige Antwort hervorbringen würde.

»Und die Socken sind gar nicht nass geworden«, sagte Cyprian im dick aufgetragenen Tonfall eines Mannes, der jederzeit bereit ist, an ein Wunder zu glauben.

»Wieso haben Sie gewartet?«, fragte Andrej. »Sie wussten doch nicht, dass wir heute kommen würden. Wir haben uns zwar angekündigt, aber dass Sie mehr oder weniger die genaue Stunde kennen sollten, scheint mir merkwürdig.«

»Äh ...«, machte der Torhüter und vollführte eine weit

ausholende Armbewegung. Am Scheitelpunkt der Bewegung blieb sein Arm ausgestreckt in der Luft hängen. »Äh ...!«

Ein anderer Mönch seufzte und schob den Torhüter beiseite. »Ich bin der Bruder Kellermeister, Herr von Langenfels«, murmelte er. »Wir wissen seit etwa vierundzwanzig Stunden, dass Sie kommen. Bei besserem Wetter hätten wir einen Vorlauf von zwei Tagen, aber es hat auch so gereicht, um Zellen für Sie und Ihren Freund und Essen und Getränke bereitzustellen.«

»Schsch!«, zischte der Torhüter. Der Kellermeister wandte sich zu ihm um.

»Heilige Einfalt, Bruder, er ist der Vater unseres Propstes! Was soll die Geheimnistuerei?«

Cyprian begann zu lachen. Er schlug Andrej auf die Schulter und deutete nach oben. »Wenn es nicht so schneien würde, würden wir jetzt das Gelächter von Onkel Melchior hören, der im Himmel zur Linken Gottes sitzt und sich darüber freut, was für einen guten Nachfolger er in deinem Sohn bekommen hat!«

»Äh ...«, sagte der Torhüter und räusperte sich, »ich bin nicht sicher, ob das nicht eine Blasphemie war.«

»Es war auf jeden Fall eine«, erwiderte Cyprian. »Aber da ich nicht der Vater eures Propstes bin, kann ich mir die eine oder andere Blasphemie leisten. Was halten Sie davon, meine Herren, wenn Sie uns jetzt zu den versprochenen Zellen und vor allem zu der Tafel bringen, die sich unter den Speisen und Getränken biegt?«

»Und zu meinem Sohn«, sagte Andrej. »Ich freue mich seit Tagen darauf, ihn zu sehen.«

Die Mönche blickten sich unsicher an. Andrejs Lächeln verschwand. »Wo ist Wenzel?«, fragte er scharf.

»Er ist *wo*?«, rief Andrej, während Cyprian gleichzeitig rief: »Um *wen* zu treffen?«

Der Torhüter hatte sich hartnäckig geweigert, den beiden Besuchern auf der Straße Rede und Antwort zu stehen, als wenn dort draußen auch nur eine Seele sie hätte belauschen können. Erst nachdem sie das Klostertor passiert hatten, hatte er stockend angefangen zu erzählen. Nun stolperte er unglücklich neben ihnen her auf ihrem schnellen Weg durch die Baulichkeiten des Klosters zum Refektorium. Wenn er sich umgeblickt hätte, hätte er entdeckt, dass außer dem Kellermeister alle anderen Mönche das Weite gesucht hatten. In einem Gebäudekomplex wie Raigern war es einfach, einer nach dem anderen unauffällig in einem Seitengang zu verschwinden, wenn man wie ein Kometenschweif hinter zwei Männern herlief, die als Gäste begrüßt worden waren und mittlerweile das Kommando über das Kloster an sich gerissen hatten.

»Wir dachten, der ehrwürdige Vater hätte eine Nachricht nach Prag gesandt.«

»Wir sind vor sechs Wochen aus Prag abgereist«, sagte Andrej.

»Aber ... ahem ...« Ein schüchterner Blick traf Cyprian. »Aber ... Frau Khlesl ... und der junge Herr Khlesl in Prag ...«

»Das bringt mich dazu, die Frage zu wiederholen: *Wen* wollten Wenzel und Melchior einholen?«, sagte Cyprian.

Der Torhüter ließ die Luft mit einem tiefen Seufzer entweichen. »Wir ahnten schon, dass das noch kompliziert werden würde«, murmelte er.

»Was ist mit meiner Enkeltochter?«, fragte Cyprian.

»Wenzel hat sechs Mönche mitgenommen – und alle sind in Schwarz gekleidet?«, rief Andrej, während er die Tür in ihrem Weg aufstieß. Ihre Schritte begannen plötzlich zu hallen, und Weihrauchduft und das leise Flüstern eines vielstimmigen Gebetes umfingen sie. Sie betraten die Klosterkirche durch ein Seitenportal und durchquerten sie im hinteren Teil des Mittelschiffs. Vorn im Binnenchor kniete eine Gruppe von einfachen Männern und betete gemeinsam das Ave Maria. Einer von ihnen drehte sich um und sah zu ihnen herüber, ein kleiner, magerer Mann mit grauer Haut und den Kerben langer Entbehrung in den Wangen. Als sie seinen Blick erwiderten, senkte er den Kopf und betete weiter.

»Obdachlos gewordene Bauern?«, fragte Cyprian knapp.

»Nein ... äh ... wir wissen auch nicht genau, wer sie sind. Sie sind vor gut zwei Wochen hier eingetroffen und haben gesagt ... äh ...«, der Torhüter nuschelte etwas Unverständliches, »... haben ihnen aufgetragen, hierherzukommen und Buße zu tun.«

Cyprian und Andrej waren gleichzeitig stehen geblieben. Das Gebet vorne geriet aus dem Takt. Mehrere Köpfe wandten sich jetzt zu ihnen um.

»Das muss ich noch mal hören, um es zu glauben«, sagte Cyprian.

»Bitte, kommen Sie weiter. Ich versuche ja, es Ihnen zu erklären.«

»Das können Sie gar nicht«, sagte Andrej.

Cyprian grinste plötzlich und setzte sich wieder in Bewegung. »Doch, doch, allmählich verstehe ich es. Es ist nur folgerichtig.«

»Wenzel hat nicht nur die schwarzen Kutten adoptiert, sondern auch noch das Gerücht in die Welt gesetzt, dass es sieben schwarze Mönche gibt, die das Land unsicher machen?« Andrejs Gesicht hatte plötzlich rote Flecken auf den Wangen.

»Wenn ich es richtig verstanden habe«, warf Cyprian ein, »machen die ›Sieben‹ das Land *sicher*. Oder die Leute sollen es jedenfalls glauben.«

Der Torhüter nickte. »Wir haben nicht herausbekommen, was den Männern dort vorne genau passiert ist. Aber dass sie Wegelagerer waren, darauf wette ich meine Sandalen. Und ihr Anführer hat die ganze Zeit vom Elften Gebot gefaselt.«

»Was für ein Elftes Gebot?«

»Leg dich nicht mit den Schwarzen Mönchen an«, sagte der Torhüter unglücklich.

Andrej warf die Hände in die Luft. »Ich fasse es nicht!«

Der Torhüter öffnete das gegenüberliegende Seitenportal der Kirche und deutete in den Gang dahinter. »Bitte ... hier geht es zum Refektorium. Lassen Sie uns dort reden. Wir werden Ihnen alles sagen, was wir wissen.«

Andrej und Cyprian wechselten einen Blick, bevor sie dem Torhüter folgten. Ihnen beiden stand die gleiche Sorge ins Gesicht geschrieben. Wenzel mochte alles noch so umsichtig geplant haben, und Alexandra, Andreas und Melchior mochten noch so oft bewiesen haben, dass sie mit Schwierigkeiten fertig wurden – wenn sie sich in Gefahr begaben, waren sie wieder die Kinder, die an den Händen ihrer Väter ihre ersten Schritte getan hatten.

Cyprian wusste, dass es ihm nicht gelungen war, die zweite Sorge, die ihn plagte, vor Andrej zu verbergen. Agnes war den Kindern in die Gefahr hinein gefolgt, und er fühlte sich hilflos und beklommen bei dem Gedanken, nicht da sein und sie mit seinem Leben beschützen zu können.

3. Buch
Wegkreuzungen

Januar 1648

Der Schmerz hat Grenzen, die Furcht hat keine.

Plinius, *Epistulae*

1

DAS SONNENLICHT DRANG zwar nicht bis in den vertäfelten Raum, aber zu spüren war es dennoch, und wenn es nur im Lächeln Lýdies zu sehen war, die aufblickte, als Wenzel hereinkam. Vor einer Woche, am Dreikönigstag, hatten sie noch nicht gewusst, ob das Mädchen den nächsten Morgen erleben würde; jetzt – und als wolle der strahlende Sonnenschein dies unterstreichen – war sie über den Berg. Selbst Wenzel, der nicht geneigt war, Wundern allzu viel Gewicht beizumessen, fragte sich, ob Alexandra nicht in jenem Augenblick, in dem sie sich gegen die Amputation entschieden hatte, von einem höheren Geist beseelt gewesen war. Lýdie war noch immer blass, die Schatten unter ihren Augen waren tief, und während sie Wenzel anblickte, flatterten ihre Augenlider vor Müdigkeit. Alexandra hatte erklärt, es sei normal – Lýdie schliefe sich gesund. Gewiss, es würden tiefe Narben auf Lýdies Arm zurückbleiben, und Alexandra hatte bereits festgestellt, dass das Mädchen an ein paar kleineren Stellen nahezu unempfindlich gegen Berührung geworden war, aber das Schicksal, als Krüppel von allen gemieden zu werden, hatte ihre Tante ihr erspart.

Nicht dass sie dafür schon ausreichend Dank vom Vater der Patientin erhalten hätte, dachte Wenzel.

Alexandra, die den Verband über den verkrusteten Narben wechselte und den Arm dabei gleichzeitig mit einem feuchten Lappen reinigte, blickte auf. Ihr Lächeln erwärmte Wenzels Herz noch mehr als das des Mädchens, auch wenn es schon binnen eines Atemzuges der betont gleichgültigen Miene Platz machte, die Alexandra ihm meistens zeigte.

»Es ist Zeit«, sagte Wenzel.

»Schon?«

»Die Sonne scheint. Gibt es einen besseren Grund, um zu reisen?«

Sie sah ihn an. Er hoffte, dass sie fragen würde, ob es nicht einen noch besseren Grund gäbe zu bleiben, aber sie schwieg. Er zuckte mit den Schultern. »Die Brüder juckt es in den Füßen.«

Alexandra nickte. Lýdies Kopf sank immer tiefer in die Kissen, und mit dem letzten Festziehen der Schleife, die den Verband hielt, war sie eingeschlafen. Alexandra stand auf und trat zu Wenzel. Sein Herzschlag wurde schneller.

»Auch hier in Würzburg ist alles ruhig«, sagte er dann. »Selbst die Untersuchungen wegen der Hexenverbrennungen scheinen zum Stillstand gekommen zu sein.« Er räusperte sich; ihm war klar, dass er plapperte, aber es war besser, als das zu sagen, was er wirklich sagen wollte. »Aus Münster und Osnabrück hört man, dass die Friedensverhandlungen erneut in Gang gekommen sind. Die radikalen Vertreter beider konfessionellen Lager sind in den letzten Wochen wohl nach und nach ausmanövriert worden; Nuntius Chigi, der Unterhändler des Papstes, der in dessen Auftrag jede Menge Haken geschlagen hat, ist weitgehend kaltgestellt – oder hat sich kaltstellen lassen, damit der Papst sein Gesicht wahren kann, wenn es zu Einigungen kommt, die dem Heiligen Stuhl widersprechen. Die Niederländer und die Spanier stehen kurz davor, ihren eigenen Frieden miteinander zu machen, mit allen Vorteilen auf der niederländischen Seite: volle Souveränität und staatliche Eigenständigkeit. Alexandra ...«, er holte Luft, »man kann den Frieden jetzt mit beiden Händen greifen. Was sollte noch passieren? Spanien und Frankreich stehen zwar nach wie vor im Krieg gegeneinander, aber wie ich gehört habe, wankt die Unterstützung von Kaiser Ferdinand für seinen Vetter Philipp, und allein wird der Spanier sich gegen die Franzosen nicht behaupten können. Kannst du dich erinnern ...«

Alexandra legte ihm die Hand auf den Arm. »Leise, Wenzel. Lýdie soll schlafen.«

»... kannst du dich erinnern, was wir gedacht haben, damals, als wir uns in den alten Gärten unterhalb der Burg in Prag trafen?«

Alexandra hob einen Finger, als wolle sie ihm damit die Lippen verschließen, doch es war zu spät.

»Wir dachten, dass der Krieg uns keine Zeit lassen würde. Alexandra, jetzt ist der Krieg so gut wie zu Ende. Wir haben dreißig Jahre lang keine Zeit gehabt, doch nun ...«

Er schwieg, weil er den Ausdruck in ihren Augen sah. Tatsächlich machte er sich etwas vor. Es war nicht so einfach. Für sie beide war es nie einfach gewesen. Sie schüttelte den Kopf.

»Wir haben so viel gedacht, damals. Und nichts ist so gekommen, wie wir es uns gewünscht haben.«

»Doch, Alexandra. Beinahe ... wir hatten doch beinahe ...«

»Wir hatten gar nichts«, sagte sie. »Wir haben einmal miteinander geschlafen. Es war ein Fehler.«

Er hatte nichts anderes erwartet, und doch schmerzte es wie ein Stich ins Herz. »Es ist eine der Erinnerungen, die ich heilig halte.«

»Erinnerungen ... wenn du mir alle meine Erinnerungen nehmen würdest, würde ich dir dafür danken.«

»Alexandra!«

Sie sah zu ihm auf, und der Schmerz in ihren Augen nahm ihm den Atem. »Die wenigen guten Erinnerungen, die ich hatte, sind zu Asche geworden vor den vielen schlechten.«

»Die Erinnerung an etwas Schönes bleibt für immer, auch wenn später schlimme Dinge geschehen. Du machst es dir zu leicht, indem du einfach sagst: Ich habe sie alle vergessen.«

»*Du* machst es dir zu leicht. Du kannst das Rad nicht dreißig Jahre zurückdrehen zu einem Tag und zu einem Traum, den es niemals wirklich gegeben hat, nur weil du dich zu erinnern meinst, dass wir ihn besessen hätten.«

»Alexandra ... bitte ... du leugnest doch nur, dass da mehr war ...«

»Du leugnest die Wirklichkeit, Wenzel.«

Er versuchte es anders. »Ich bin nicht nur gekommen, um mich zu verabschieden. Tatsächlich wollte ich versuchen, dich zu überreden ...«

Alexandra schüttelte den Kopf. »Nein. Ich werde mit Mama und Andreas' Familie zurückreisen, sobald die Wege frei sind und Lýdie den Transport übersteht.«

»Du hast zu viel Angst davor, der Tatsache ins Gesicht zu sehen, dass die Realität auch nicht das ist, was du dafür hältst!«

»Ich habe Angst davor, dass du mich zu einem Punkt in meinem Leben zurückbringst, den ich schon überwunden habe.«

»Überwunden? Du meinst: verdrängt.«

»Nein, ich meine überwunden. Ich weiß schon, was ich sage. Überwunden – zurückgelassen, verdaut, verkraftet, *bewältigt*. Es ist Vergangenheit, und alles, was in meiner Erinnerung davon noch vorhanden ist, ist der Schmerz, den ich davon hatte!« Bestürzt sah er, dass sie sich eine Träne von der Wange wischte.

»Was für einen Schmerz habe ich dir bereitet, den du mir nicht tausendfach bereitet hättest? Du weißt doch, dass ich dir niemals wehtun wollte.«

Ihr Gesicht verzog sich ärgerlich. »Du verstehst es nicht.«

»Dann erklär es mir.«

»Es ist Vergangenheit! Hör endlich auf, darin herumzubohren. Es ist Vergangenheit!«

Lýdie gab ein Geräusch von sich und schlug dann die Augen auf. Sie starrte sie verwirrt an. »Was ist los?«, flüsterte sie. »Worüber streitet ihr?«

»Über nichts«, sagten Wenzel und Alexandra gleichzeitig, und Wenzel schluckte, als er erkannte, dass die Ausrede wahrer war, als er es gern gehabt hätte. Nichts schien es tatsächlich in den Augen Alexandras zu sein, was ihn all die Jahre hatte hoffen lassen, dass eines Tages auch ihre Geschichte zum richtigen Abschluss kommen würde.

»Ich habe solchen Durst«, sagte Lýdie.

»Ich hole dir etwas, mein Schatz. Keine Sorge.«

»Gehst du fort, ehrwürdiger Vater?«

»Wenzel«, sagte Wenzel mechanisch.

Lýdie lächelte schwach. »Papa wäscht mir den Mund mit Seife aus, wenn ich es an Respekt fehlen lasse, hat er gesagt.«

»Ich würde es ihm nicht verraten«, sagte Wenzel lahm. Aber Lýdie hatte die Augen bereits wieder geschlossen. Ihre Lippen waren blass und trocken. »Auf Wiedersehen, Lýdie. Gott sei mit dir.«

»Danke, ehrwürdiger Vater.« Es war kaum mehr als ein Wispern.

Alexandra nahm Wenzel am Arm und schob ihn zur Tür hinaus. Draußen blieb sie stehen und hielt ihm die Hand hin. »Lass uns nicht so voneinander scheiden«, sagte sie. »Als mir klar wurde, dass du und Melchior hinter Mama und mir hergereist seid, als wären wir außerstande, uns um uns selbst zu kümmern, habe ich mich zuerst geärgert, aber mittlerweile weiß ich, dass ich es ohne deine Unterstützung nicht gewagt hätte, Lýdies Arm zu retten. Ich danke dir …«, sie drückte ihm die Hand und sah ihm in die Augen, »… ich danke dir, bester Freund. Verzeih, dass du niemals mehr sein wirst …« Sie wandte sich ab.

»Du lügst«, sagte er mit schmerzender Kehle.

»Leb wohl, Wenzel. Bete für den Frieden und dass wir uns an einem Tag wiedersehen, an dem Glaube, Liebe und Hoffnung endgültig gewonnen haben.«

Sie wollte ihm ihre Hand entziehen, doch er hielt sie fest, dann zog er sie an sich und umarmte sie. Sein Herz schlug ihm bis zum Hals. Sie war zuerst steif wie ein Stück Holz, aber plötzlich erwiderte sie seine Umarmung. Es trieb ihm Tränen in die Augen. Er drückte sie noch stärker an sich, und sie wehrte sich nicht.

»Du lügst«, wiederholte er heiser.

»Alle lügen«, hörte er sie undeutlich sagen. Ihre Stimme war kaum verständlich.

»Willst du die Wahrheit hören, Alexandra? Die Wahrheit ist, dass ich, ohne zu zögern...«

»Sag es nicht«, stieß sie hervor.

»Nein, lass mich. Du glaubst nur, du weißt, was mir etwas bedeutet. Aber ich würde sofort ...«

Sie machte sich los und stieß ihn so grob von sich, dass er ein paar Schritte zurückstolperte und mit dem Rücken gegen die Wand stieß. »Sag es nicht!«, zischte sie. »Sag es nie! Denk es nie!«

»Aber warum ...?«

»Weil es bedeuten würde, dass du mir die Verantwortung dafür gibst, dass dein Leben eine Lüge war! Oder die Verantwortung dafür, dass du eine Lüge daraus machst. Wie kannst du es wagen, mir das anzutun!«

Sie drehte sich brüsk um und rannte aus der Zimmerflucht, die zu Lýdies Krankenlager führte. Wenzel stand da mit dem Gefühl, dass jemand soeben sein Innerstes herausgerissen hatte. Fassungslos machte er sich klar, dass Alexandra tatsächlich genau gewusst hatte, was er sagen wollte. Sie hatte es immer gewusst. Sie hatte es gewusst, bevor er es selbst wusste, das war die wahnwitzige Erkenntnis. Sag nur ein Wort (hatte er ihr zurufen wollen), sag nur ein Wort, und ich streife die Kutte ab, lasse mich von meinen Gelübden entbinden, trete aus dem Orden aus, kehre zurück in die Welt ... für dich. Für dich allein. Sag nur ein Wort ...

Sie hatte ihm nicht erlaubt, es auszusprechen.

Es war sein Geschenk an sie gewesen, und sie hatte es die

ganze Zeit über gewusst und es zurückgewiesen, bevor er es ihr hatte geben können.

Konnte man sich zu einem noch größeren Narren machen? Konnte man etwas noch Dümmeres tun, als zu hoffen wider alle Hoffnung?

Langsam machte er sich auf den Weg hinaus, dann wurden seine Schritte immer schneller, und als er das letzte Zimmer erreichte, das hinaus auf den oberen Treppenabsatz führte, rannte er. Für den Augenblick gab es nichts Dringenderes, als aus diesem Haus zu fliehen.

Halb die Treppe hinunter wurde er einer der Dienstmägde gewahr, die erschrocken zu ihm hochsah und sich dann zur Seite drückte. Wenzel riss sich zusammen.

»Wo... wo finde ich den Hausherrn?«, fragte er.

»In dem großen Raum im Erdgeschoss. Wo früher einmal das Kontor gewesen sein muss ...«

»Gut!« Wenzel nickte und stapfte an ihr vorbei. Beinahe zu spät fiel ihm ein, wer er war. Er blieb stehen und wandte sich zu ihr um. »Der Herr segne dich, meine Tochter.«

Die Magd bekreuzigte sich und schlug die Augen nieder. »Dank sei Jesus Christus.«

»Amen.«

Wenzel hörte die Stimmen in dem großen, kahlen Raum, aber er war so sehr mit sich selbst beschäftigt, dass er, ohne zu zögern, eintrat. Das Gespräch verstummte, und er erkannte, dass er gestört hatte. Andreas und Melchior Khlesl standen sich gegenüber, näher, als man es bei einer gewöhnlichen Unterhaltung zu tun pflegte. Nach und nach wurde ihm klar, dass das Lächeln, das beide aufsetzten, als sie ihn erkannten, falsch war und dass Andreas' Gesicht rot und geschwollen und Melchiors ganze Haltung verspannt wirkte. Auf den ersten Blick erweckte es den Anschein, als wären sie so erhitzt, weil sie den großen Haufen vermodernder Schreibpulte und Flechtwände in der hinteren Hälfte des Raums zusammengetragen hatten, aber Wenzel ahnte, dass die Hitze von etwas anderem kam. Röte kroch in seine Wangen.

»Oh«, sagte er verlegen, »oh … entschuldigt. Ich wollte mich nur …«

Andreas schritt um seinen jüngeren Bruder herum und streckte die Hand aus. Seine Stimme schepperte vor Leutseligkeit. »Ehrwürdiger Vater, es tut mir leid, dass du schon abreisen willst.«

»Nur die Mönche nennen mich ehrwürdiger Vater«, seufzte Wenzel.

»Entschuldige, Vetter – das ist der Respekt vor dem Habit.«

»Das ist das Beharrungsvermögen eines Zugochsen«, murmelte Melchior.

Andreas fuhr herum, dann klopfte er seinem Bruder mit fahrigen Bewegungen auf die Schulter. »Hahaha! Bruderherz! So was darfst nur du ungestraft zu mir sagen!« Er grinste, als gäbe es Geld dafür.

Wenzel trat vor und umarmte ihn, und es brachte Andreas so aus dem Gleichgewicht, dass selbst die Röte aus seinem Gesicht wich.

»Pass auf dich und die deinen auf, Andreas. Alexandra hat Lýdie gerettet – bring sie und alle anderen gut nach Hause.«

»Das brauchst du mir nicht zu sagen, Vetter. Hahaha!« Es klang noch aggressiver als Melchiors Gemurmel. »Gott weiß, dass du es gut damit gemeint hast, hierherzukommen. Ich bedaure, dass du nicht wirklich etwas tun konntest. Ich hoffe, du nimmst es uns nicht übel.«

»Hab ich gern getan«, sagte Wenzel und wusste, dass sein eigenes Lächeln plötzlich hölzern geworden war.

Melchior umarmte ihn, bevor Wenzel es tun konnte. »Ich sehe dich in Raigern«, sagte er leise.

»Aber du begleitest Andreas und seine Familie doch nach Prag, oder?«

»Natürlich. Ich dachte nur … dass wir uns dann irgendwann in Raigern sehen.«

»Sicher«, sagte Wenzel.

Andreas sah ihn erwartungsvoll an, faltete die Hände und senkte den Kopf. Für den älteren Sohn des Hauses Khlesl war es eine fast subtile Aufforderung, endlich Abschied zu nehmen.

»Der Herr segne dieses Haus und alle, die darin wohnen. Herr, sieh voller Wohlwollen auf sie herab. Es sind gute Menschen«, murmelte Wenzel. Aus dem Augenwinkel bemerkte er, dass Melchior die Fäuste ballte, anstatt die Hände so wie sein Bruder zu falten.

»Danke«, sagte Andreas. »Leb wohl, Vetterherz. Ich freue mich auf ein Wiedersehen.«

Wenzel nickte und lächelte. Er ging hinaus, zog die Tür hinter sich zu, marschierte mit knallenden Stiefeln zum Hausportal, dann schlich er auf Zehenspitzen wieder zurück und drückte sich neben der Tür zum Kontor an die Mauer. Er konnte jedes Wort verstehen, das darin gesprochen wurde.

2

»Du bist ein Arschloch«, sagte Melchior.

»Aus dem Mund von so jemandem wie dir betrachte ich das als Kompliment«, erwiderte Andreas.

Melchior schnaubte. »Gerade eben sah es noch so aus, als wolltest du mir wegen dieses Komplimentes an den Kragen. Wenn Wenzel nicht reingekommen wäre …«

»Du verwechselst mich mit dir. Du bist doch derjenige, der immer zuerst handelt und dann nachdenkt. Wenn ich gewollt hätte, dass du und unser Kutten tragender Vetter nach Würzburg kommt, dann hätte ich euch schon herbefohlen.«

»Oh«, machte Melchior. »›Herbefohlen‹. Eine einfache Bitte hätt's auch getan.«

»Und hab ich drum gebeten, verdammt noch mal? Drei Wochen lang hab ich jetzt sieben Mönche durchgefüttert, und die Kerle haben gefressen wie die Heuschrecken.«

»Vergiss nicht, dass du auch noch ganz unbefohlenerweise deinen kleinen Bruder mit durchgefüttert hast.«

»Man könnte es fast vergessen, zumal es ja etwas ganz Alltägliches ist.«

»Was ist ganz alltäglich?«

»Dass ich dir den Hintern auswischen muss!«

»Na prima«, sagte Melchior. »Jetzt geht das wieder los.«

»Hab ich vielleicht nicht recht? Wo warst du denn, als Adam Augustýn mitten in dem Chaos um unseren Handelsvertreter in Amsterdam starb, der Firmenurkunden fälschte, damit er sich am Spekulationswahn um die verdammten Tulpenzwiebeln beteiligen konnte? Und wer hatte die Nase, davon abzuraten, sich an den Spekulationen zu beteiligen, als der alte Vilém selbst davon angesteckt wurde und Vater und Onkel Andrej verzweifelt bat, sich einzukaufen? Drei Jahre später – PUFF! –, die Blase platzte, und wir wären alle ohne Hosen dagestanden, wenn wir da mitgemacht hätten. Hast du dir die Nächte mit den Berichten über den Wahnsinn um die Ohren geschlagen und dir wochenlang anhören müssen, du hättest leichtfertig ein ganzes Vermögen abgelehnt, als die Preise sich kurzfristig verfünfzigfachten und man ein ganzes Haus in Amsterdam für drei Zwiebeln kaufen konnte? Und als wir uns ein paar Jahre zuvor fast damit ruinierten, unseren Handelsagenten hier in Würzburg samt seiner Familie zu retten, während die Wahnsinnigen jede Woche ein halbes Dutzend Menschen auf die Scheiterhaufen zerrten? Wer hat da mit dem Bistum über die Bestechungssumme verhandelt, obwohl er fast gekotzt hätte beim Gedanken, dem Teufel von Fürstbischof damit seinen Kreuzzug weiter zu finanzieren?«

»Du brauchst mich nicht daran zu erinnern; ich war derjenige, der die Leute bei Nacht und Nebel aus Würzburg rausgebracht und nach Prag eskortiert hat.«

Sie starrten sich an, plötzlich bereit, den Konflikt dort wieder aufzunehmen, wo er vor Wenzels Abschied gewesen war, nämlich kurz vor Tätlichkeiten. Andreas räusperte sich.

»Ja, du hast sie rausgebracht. Hätte es was genützt, wenn ich nicht zuvor verhandelt hätte wie verrückt? Oh ja, ich weiß schon – Papa hat gegrinst wie ein Schaukelpferd, als du mit den Flüchtlingen in Prag eingetroffen bist, Alexandra hat dir Rotz und Wasser aufs Hemd geheult vor Freude, dass du nicht mal einen Kratzer abbekommen hattest, und Mama hat öffentlich gesagt, dass sie dich bei der nächsten Gelegenheit begleiten würde, weil man außer mit Papa nur mit dir *ganz sichere* Abenteuer erleben könnte!«

»Sie haben alle gesagt, dass es nur deinen Bemühungen zu verdanken war, dass ich Erfolg hatte.«

»Ja, verdammt. Aber auf die Schulter geklopft und vollgeheult vor Freude haben sie dich!«

»Jetzt hör mal, Andreas ...«

»Nein, du hörst zu, Melchior. Glaubst du, ich hatte eine Wahl? Hätte ich zu Papa sagen sollen: ›Steck dir die Firma irgendwohin, ich habe keine Lust, mein Leben mit nichts als Sorgen darüber zu verbringen, ob ich durch einen winzigen Fehler vier Familien ruiniere und das beste Unternehmen von ganz Prag in den Bankrott schicke‹? Hätte ich sagen sollen: ›Was, Vetter Wenzel hat auch keine Lust, er lässt sich lieber vom alten Kardinal für eine Karriere in der Kirche einfangen, aber das ist dein Pech, nicht meins‹? Hätte ich sagen sollen: ›Soso, Melchior ist nicht geschaffen dafür, die Verantwortung vom Schreibtisch aus zu übernehmen, er ist ein Mann der Tat, aber das ist mir doch egal, soll er seine Heldentaten doch mit Feder und Abakus vollbringen‹? Hätte ich ...«

»Ja, das hättest du«, sagte Melchior. »Tatsache ist, dass das

Einzige, was du gesagt hast, Folgendes war: ›Papa, du hast den einzig richtigen Mann in dieser Familie gefragt.‹«

Andreas atmete schwer. »Und ich hatte verdammt noch mal recht damit!«, brüllte er.

»Was beschwerst du dich dann?«

Andreas kniff die Augen zusammen. »Weißt du, worüber ich mich beschwere? Darüber dass ich der Herr der Firma bin, aber alle meinen, sie müssten mir ständig auf die Finger schauen und mir sagen, was ich tun soll. Ich, der große Andreas Khlesl, ich, der angesehene Ratsherr, ich, der Kaufmann, der eine neue Mode in Prag erschaffen könnte, selbst wenn ich mir die Hose über den Kopf ziehen und barfuß durch die Gassen laufen würde! Für diese Familie bin ich doch nur der Idiot! Nach außen brauchen mich alle, aber nach innen traut man mir nicht mal zu, die richtige Entscheidung zu treffen, was das Leben meiner Tochter betrifft! Ich wollte Alexandra und ihre … ihre Hexenkünste nicht im Haus haben! Ich wollte die besten Ärzte Prags! Ich hätte sie mit eigenem Geld bezahlt, nicht mit dem der Firma, aber nein, sogar in dieser Angelegenheit hat Mama über meinen Kopf hinweg entschieden!«

»Sei froh«, sagte Melchior. »Lýdie wäre unter den Händen jedes Quacksalbers gestorben. Nur Alexandra war in der Lage, sie zu retten.«

»Was weißt du denn davon?«, schrie Andreas. »Bist du neuerdings ein Medicus statt ein Taugenichts!?«

»Du bist wirklich ein Arschloch«, sagte Melchior.

»Ja, ich bin das Arschloch. Für euch alle bin ich das Arschloch. Für Wenzel, dessen gottverfluchtes Kloster so viel Kosten pro Jahr verschlingt wie eine halbe Flotte Gewürzschiffe; für Mama und Papa und Onkel Andrej, die nur so getan haben, als hätten sie mir die Firma übergeben; für Alexandra, die mich weggestoßen hat, wenn ich ihr als Kind einen schönen Stein schenkte, und dafür dich in die Arme schloss, selbst wenn du ihr mit deinen Dreckpfoten das Kleid versaut hast; für dich, weil du denkst, ich bin bloß ein fett gewordener Trottel, der dir deine neuen Hüte kauft ...« Andreas hatte zu keuchen begonnen. In seinen Augen standen Tränen. »Selbst für Karina ...«

»Lass Karina aus dem Spiel«, sagte Melchior.

»Warum? Ist es dir peinlich zu hören, dass dein Bruder sich auf dem Abtritt einen runterholt, weil seine Frau ihn seit Weihnachten nicht mehr rangelassen hat? Oder freut es dich vielmehr, und du hast Angst, ich könnte es dir anmerken? Oder ...« Andreas' Gesicht leuchtete irr, »warte mal ... ja ... natürlich komme ich jetzt erst drauf, weil ich ja ein Arschloch bin ... bist *du* nicht vor Weihnachten hier angekommen? Fickst du sie auf dem Abtritt, wenn ich wieder draußen bin? Pass auf, dass ihr nicht durchbrecht und in die Grube fallt, man könnte euch zwischen den anderen Scheißhaufen nicht rausfind...«

Melchior schlug mit solcher Gewalt zu, dass die Haut über den Knöcheln seiner Faust aufplatzte und der Aufprall sein Handgelenk stauchte. Andreas, einen halben Kopf größer und um die Hälfte schwerer, wirbelte einmal um die eigene Achse und fiel dann zwischen die Schreibpulte. Das morsche Holz explodierte förmlich unter seinem Gewicht, Trümmer wirbelten herum, Standbeine und Tischplatten begruben ihn unter sich. Von draußen ertönte ein Geräusch, und Melchior fuhr herum und stürzte zur Tür. Er riss sie auf. Das Stück Flur zwischen dem Kontor und dem Hausportal war menschenleer. Vom Portal her kam ein eiskalter Luftstoß und ließ seine brennenden Wangen erglühen. Er starrte auf seine Faust, über deren Rücken sich ein Zickzackmuster seines eigenen Blutes gezogen hatte. Schwankend hielt er sich am Türrahmen fest.

»Scheiße«, murmelte er dann, stapfte in das Kontor zurück und fegte die geborstenen Möbel beiseite, unter denen sein Bruder lag. Andreas' linke Wange lief bereits rot und blau an, aus seinen Nasenlöchern sickerte Blut, und sein Mund arbeitete, weil mindestens ein Zahn locker sein musste. Blinzelnd schlug er die Augen auf und schien Mühe zu haben, seinen Bruder zu erkennen.

Melchior wuchtete das letzte Pult beiseite und streckte ihm die Hand hin. Andreas zuckte zusammen und versuchte unwillkürlich, vor ihm zurückzuweichen. Melchior grunzte und bot ihm erneut die offene Hand an. Andreas' Blick fand Melchiors, dann schlug er die Hand weg und drehte sich zur Seite, als wäre er für die Welt zu müde und als wäre nichts so öde wie der Anblick seines jüngeren Bruders.

3

WENZEL STAND IN der Gasse vor dem Hausportal und kaute auf einer Karotte. Er hatte die anderen Brüder bereits vorgeschickt und betrachtete den Himmel. Das Portal öffnete sich, und Melchior stolperte heraus. Er sog die Luft ein wie jemand, der hundert Jahre lang den Atem angehalten hat. Als er Wenzel erblickte, stutzte er, dann zog er eine Grimasse, bückte sich, schaufelte eine Handvoll Schnee auf seine rechte Faust und kam zu ihm herüber. Wenzel tat so, als sehe er nicht, dass der Schnee in roten Klumpen von Melchiors Handrücken herunterfiel.

»Wir haben ein bisschen diskutiert, Andreas und ich ...«, begann Melchior und deutete mit dem Daumen über die Schulter.

Wenzel nickte.

»Er ist völlig am Ende wegen Lýdie und so ... du kannst es dir ja vorstellen ... aber ... äh ... er hat gemeint, es sei wirklich ein Glück gewesen, dass du gekommen bist und Alexandra geholfen hast ... und dass Mama Alexandra gebracht hat ... Zuerst war er ja sauer, aber mittlerweile ist ihm klar geworden, dass nur sie Lýdie helfen konnte ... ja ... äh ...«

»Mhm«, machte Wenzel.

Melchior schaute ins Leere. »Er ist 'n guter Kerl, und ... äh ... ich glaube, irgendwie ist er sogar froh, dass ich hier bin ... ahem ... der kleine Bruder und so, der dann doch ganz nützlich ist ... jaja ...«

»Mhm«, wiederholte Wenzel und brach ein Stück von der Karotte ab. Er reichte es Melchior. »Hier, nimm. Gibt 'ne gute Verdauung.«

Melchior griff nach dem Stück und nickte. »Mhm«, sagte er. Nach kurzem Zögern biss er ab und kaute darauf herum. Er nickte wieder. »Mhm.« Er warf Wenzel einen Seitenblick zu.

Wenzel sah in den Himmel und grinste.

Melchior grinste ebenfalls.

So nahmen sie voneinander Abschied, in der Gasse in Würzburg, unter dem ersten sonnigen Tag des neuen Jahres. Keiner von ihnen ahnte, unter welchen Bedingungen sie sich wiedersehen würden.

4

»Ich hab was«, sagte Andrej und nestelte an dem Knoten, der einen Packen Papier zwischen zwei Holzdeckeln hielt.

Cyprian verließ seinen Platz am Fenster der Bibliothek und schlenderte zu Andrej hinüber. Er musste zugeben, dass er in den Tagen, in denen sie hier in Raigern waren, keine große Hilfe für Andrej dargestellt hatte. Er hatte eine Brieftaube nach Prag geschickt und eine zurückbekommen, aber auch nicht mehr erfahren als das, was die Mönche ihnen erzählt hatten: dass Agnes und Alexandra am Tag nach Nikolaus aufgebrochen waren, um Lýdie zu retten. Dass es sich hierbei um eines der Manöver seiner Frau handelte, ihre Tochter Alexandra aus der langjährigen Erstarrung zu lösen, die der Tod ihres Sohnes und ihres Ehemannes verursacht hatten, war Cyprian völlig klar. Er wusste sehr gut darüber Bescheid, wie seine Lieben dachten, und Andreas' stummer Groll gegen seine Schwester Alexandra war ihm ebenso bewusst wie Agnes' ständiges Unglück darüber, dass nicht mehr Harmonie zwischen ihren Kindern herrschte. Cyprian wäre nicht er selbst gewesen, hätte er nicht erkannt, was der Fehler war: Die Kinder hatten sich stets auf den zweiten Platz verdrängt gefühlt vor der bedingungslosen Liebe, die ihre Eltern füreinander empfanden; vielleicht sogar auf den dritten Platz, nach der Aufgabe, die mit dem Wächteramt über die Teufelsbibel die Familie heimgesucht hatte. Allein für sich hätte dies nicht zu der dauernden Spannung führen müssen. Doch dazu kamen Andreas' fortwährende Angst, seinen Aufgaben als Leiter der Firma nur ungenügend nachzukommen; Alexandras stilles Leid über den Verlust ihrer Familie (und ihr verbissener Kampf gegen die Liebe, die eigentlich in ihrem Herzen war – man durfte Cyprian vieles unterstellen, nur nicht, dass er denen, die ihm etwas bedeuteten, nicht hätte ins Herz blicken können); sowie Melchiors Bemühen, sich selbst die innere Zerrissenheit seines großen Bruders und den Schmerz seiner großen Schwester zu ersparen und sich an nichts zu binden. Es war ein gordischer Knoten. Doch nie zuvor hatte Cyprian es so deutlich empfunden wie in diesen Tagen; es kam ihm vor, als sei das zerrissene, versprengte Christfest ein Omen dafür, dass ihre Familie nie wieder zueinander finden würde, und zum ersten Mal seit vielen Jahren spürte er wieder die Angst vor dem Schatten, der sich in Gestalt der Teufelsbibel über sie legte und jede Hoffnung zu Eis werden ließ. Verbunden mit dieser Angst war ein Bild, das andauernd vor seinem inneren Auge aufstieg: zwei identische Fläschchen mit Medizin, nur dass eines davon den Tod enthielt und dass das Opfer ihn sich selbst gab – unwissend über sein Tun und voller Hoffnung, daran zu genesen.

Es schüttelte ihn. Von allen perfiden Bösartigkeiten schien dies ihm die schlimmste, und er ertappte sich selbst dabei, wie er die Faust ballte und gegen die Wand schlug.

Der schweigsame Novize, den der Bruder Torhüter ihnen als Gehilfen zur Verfügung gestellt hatte, schaute kurz auf, versenkte sich dann aber wieder in seine eigene Suche. Offenbar herrschte im Kloster Raigern die Ansicht, dass man Cyprian Khlesl alles zutrauen und daher so tun musste, als würde einen nichts überraschen.

»Was würdest du sagen?«, fragte Cyprian Andrej, noch bevor er sein Schreibpult erreicht hatte. »Wenn man etwas zweimal geschafft hat: heißt das, man schafft es auch ein drittes Mal, oder bedeutet es, dass man jetzt mal mit Verlieren dran ist?«

Andrej betrachtete ihn nachdenklich. »Man kann es nur aufs Neue versuchen, oder?«

»Weil, wenn man es nicht versucht ...«

»... verliert man auf jeden Fall.« Andrej nickte und lächelte.

»Die Weisheit sprudelt von deinen Lippen wie Honigtau«, sagte Cyprian.

»In dem Fall ist es deine eigene Klugheit, großer weiser Mann.«

»Gebe ich öfter solche Plattheiten von mir?«

Andrejs Lächeln wurde breiter. »Ich hab was gefunden«, sagte er. »Siehst du dir's jetzt an, oder willst du noch ein Weilchen länger stumm am Leben verzagen?«

Cyprian setzte eine verdrossene Miene auf. »Warte ... noch ein bisschen ... noch ein bisschen ... so, jetzt hab ich genug verzagt. Lass sehen.«

Sie beugten sich über ein locker beschriebenes Blatt Papier, das sich mit Namen und Taten der Jesuiten befasste, die in den Prozess gegen Anna Morgin verwickelt gewesen waren. Wie es schien, waren sie am Anfang mit Feuereifer dabei gewesen, die junge Frau als Hexe zu überführen, und augenscheinlich hatten sie ihre Finger im Spiel gehabt, als es darum gegangen war, Caspar zum Verrat an seiner Geliebten zu überreden. Doch dann war Anna geflohen, das Asyl, das Buh ihr im Wald gegeben hatte, war geschändet worden, und Buh war ums Leben gekommen. Die Jesuiten hatten daraufhin reichlich ernüchtert darüber nachzudenken begonnen, in welchem Schmutz sie eigentlich steckten.

»Das ist die Geschichte der jesuitischen Hexenverfolgung im Kleinen«, sagte Andrej ohne jedes Anzeichen von Humor.

»Und was sagt uns das, außer der Tatsache, dass Menschen manchmal aufwachen und sich fragen, ob sie das Richtige tun?«

»Hier ...« Andrej blätterte um und wies auf den letzten Eintrag. Cyprian entzifferte ihn stumm. Dann holte er tief Luft.

»Wir hatten recht«, sagte er. »Die haben den kleinen Burschen mit zurück nach Rom genommen.«

»Eine gute Tat, um sie den bösen entgegenzusetzen, die bei Anna Morgins Prozess geschehen waren.«

»Eine gute Tat!«, schnaubte Cyprian. »Das Wissen um die Teufelsbibel ins Herz des Jesuitenordens zu bringen, wo die schlauesten Köpfe der ganzen Kirche darauf warten, dem Papst jeden Wunsch von den Augen abzulesen!«

»Wenn er geplaudert hätte, dann wären wir jetzt nicht hier und die Teufelsbibel schon lange im Vatikan. Der Junge hat geschwiegen. Was uns zu der Frage bringt: weshalb?«

»Du wirst alt, du wiederholst dich«, sagte Cyprian.

»Was nun?«

»Wir müssen rausbekommen, wo der Junge heute ist.«

»Und wie?«

»Steht denn hier nirgendwo ein Name?«

»Hier ... es heißt, der Junge kannte seinen Namen selbst nicht, und ...«

»Das hab ich ja noch nie gehört!«

»Cyprian – was glaubst du, wie viele Kinder ich gekannt habe, als ich in Prag in der Gosse lebte, die ebenfalls ihren Namen nicht kannten? Wir hatten mindestens zwei ›Schieler‹, eine ›Rübennase‹ und eine ›Warzenfresse‹ allein in dem Viertel, in dem ich gelebt habe. Wenn der Junge ein Bastard war, vielleicht von einem reichen Bauern, der eine Magd geschwängert hat, dann ist er wahrscheinlich nicht mal getauft.«

»Danke für den Unterricht in Realität.«

»Die Jesuiten haben ihm einen Namen gegeben: Gottfried aus dem Wald.«

»Wie praktisch. Davon wird es wenigstens nicht allzu viele geben ...«

»Warte mal. Die Patres stammten aus Rom. Sie werden dem Jungen kaum einen deutschen Namen gegeben haben. Das hier muss eine Übersetzung sein.« Andrej bewegte stumm die Lippen. »Mein Italienisch ist genauso schlecht wie mein Latein ...«

»Giuffrido«, sagte der Novize plötzlich, »Giuffrido Silvicola.«

»Ach was?«, sagte Andrej überrascht. »Woher wissen Sie das?«

»Isch stamme selbst ausse Roma, *signori*«, sagte der Novize und grinste zum ersten Mal über sein pausbäckiges Gesicht.

5

ALEXANDRA KNIFF DIE Augen zusammen und versuchte, das Licht der Kerze besser zu dirigieren. »Ich glaube, du wirst ihn behalten«, sagte sie zuletzt.

»Aaagh ... aaagh ... aaagh ...«, machte Andreas.

Alexandra verkniff sich ein Lächeln. Sie verkniff sich auch die Bemerkung, dass Andreas von ihr aus jederzeit eine zweite Meinung einholen konnte; zum Beispiel von dem Bader, der den Sonnenschein nutzte und sein mobiles Kleinstlazarett auf der Mainbrücke aufgeschlagen hatte. Die Brücke erinnerte Alexandra mit ihren vielen Erkern und Ausbuchtungen an die Steinbrücke in Prag; wie diese wurde auch die Mainbrücke in Würzburg nicht nur zur Überquerung des Flusses, sondern für alle möglichen Geschäfte genutzt. Der Kälte wegen hatte der Bader es nicht geschafft, Musikanten aufzutreiben, die seine Zahnextraktionen mit ihrem Lärm begleitet hätten. Die Dienstboten hatten erzählt, dass die Schreie der Patienten erbarmungswürdig klangen und in mindestens einem Fall die Jesuiten aus dem Burkardstift auf den Plan gerufen hatten, die offensichtlich gedacht hatten, die Hexenverbrennungen hätten wieder angefangen.

»Du kannst den Mund jetzt schließen«, sagte Alexandra.

Andreas schmatzte und versuchte, die Trockenheit seines Gaumens zu überwinden. Sein Gesicht verzog sich, als der Speichel einen Teil der Salbeipaste auflöste, in die Alexandra den lockeren Backenzahn gepackt hatte. Andreas' linke Wange war ein schillerndes Kaleidoskop in allen Farben gequetschten Fleisches und über dem beschädigten Zahn geschwollen wie nach einem Insektenstich. Es kostete Alexandra Überwindung, sie nicht zu tätscheln und grinsend etwas in der Art wie *Das wird schon wieder!* zu murmeln. Ein wenig schämte sie sich für ihre Boshaftigkeit.

»Ich verstehe immer noch nicht, wie du so gegen die Tür laufen konntest, dass du dir beinahe selbst einen Zahn ausgeschlagen hättest.«

»Dasch paschiert halt mal«, nuschelte Andreas. »Deschhalb schage ich immer, dasch die Leute die Türen schlieschen schollen!«

»Mmmh ...«, machte Alexandra, die die Knöchelabdrücke auf Andreas' Wange gesehen hatte und sich ihren Reim darauf machte, zumal Melchior seit Tagen mit einem Handschuh an der Rechten herumlief. Sie blickte Andreas unverwandt in die Augen, und wie stets wandte er den Kopf nach ein paar Sekunden ab und tat so, als müsse er etwas an seiner Jacke in Ordnung bringen. Alexandra zupfte spielerisch an der Knopfleiste.

»Das sitzt nicht mehr so stramm wie zuvor.«

»Verschuch du mal mit scho einem Schahn schu eschen!«

»Steht dir besser«, sagte Alexandra unbarmherzig.

Andreas grunzte. Sie wusste, dass er, obwohl er Melchior um seine Agilität und den athletischen Wuchs beneidete, gleichzeitig stolz darauf war, mithilfe seiner Körperfülle zeigen zu können, dass er es trotz einer Generation Krieg immer noch geschafft hatte, seinen Wohlstand zu wahren. Es schien typisch für den älteren ihrer beiden Brüder zu sein, dass er sogar in dieser Hinsicht noch hin- und hergerissen war. Alexandra war erstaunt gewesen, dass Andreas sie nicht nur seine Verletzung hatte behandeln lassen, sondern sogar von sich aus auf sie zugekommen war. Irgendetwas schien sich verändert zu haben, wenn es vorerst auch hauptsächlich in dem Umstand zu erkennen war, dass Andreas in ihrer Gegenwart noch gehemmter war als sonst.

Aus einem der anderen Zimmer erklangen Stiefelschritte und das Gekicher von zwei Dienstmägden, das anzeigte, dass Melchior nach Hause gekommen war. Seit Wenzels Abreise vor einer Woche hatte er sich kaum mehr hier sehen lassen, und wenn die Situation anders gewesen wäre, hätte Alexandra sich insgeheim amüsiert über die Fähigkeit des jüngsten Khlesl-Sprosses, sich auch in einer fremden Stadt sofort heimisch zu fühlen – heimischer jedenfalls als im Haus seines Bruders. Sie wartete ab, ob Melchior hereinkommen würde, aber er tat es nicht; sie hörte ihn über die

Treppe poltern. Andreas entspannte sich. Auch dazu sagte Alexandra nichts; sie nickte ihm lediglich zu und wandte sich zum Gehen.

Es wurde Zeit, nach Lýdie zu sehen, wenngleich es mittlerweile eher Gewohnheit als Notwendigkeit war. Das Mädchen war endgültig außer Lebensgefahr und hatte sogar mit der Oberin und der Schwester aus dem Spital gescherzt, als diese gestern hier gewesen waren – zweifellos um festzustellen, wie schlimm Alexandra ihre Aufgabe verpfuscht hatte. Nun, da waren sie wohl enttäuscht worden. Alexandra lächelte in sich hinein.

Im letzten Zimmer vor dem Treppenhaus waren die Pfützen zu sehen, die Melchiors Stiefel hinterlassen hatten. Zuerst dachte Alexandra, ihr jüngerer Bruder stünde noch dort. Dann sah sie, dass es Karina war.

Andreas' Frau hatte Melchiors kurzen Mantel aufgenommen, den er über eine Truhe gelegt hatte. Ihre Hände strichen die Falten glatt, zupften am Stoff, klopften Staub heraus. Es wäre ein ganz normaler Anblick gewesen (Alexandra hatte Melchiors Schlamperei Hunderte von Malen hinterhergeräumt), wenn sie nicht die Augen geschlossen und den Kragen des Mantels an ihre Wange gedrückt hätte.

Alexandra starrte die Szene einen halben Herzschlag an, dann sah sie, wie Karina zusammenzuckte. Alexandra machte eine halbe Kehrtwendung, begann in ihrer Tasche zu kramen und vor sich hin zu murmeln. Schließlich holte sie eines ihrer Utensilien heraus, ohne zu sehen, was es war, sagte laut: »Na also!«, und legte es zurück. Sie hatte das Gefühl, dass ihr Gesicht hochrot war, als sie sich ihrer Schwägerin zuwandte. Sie stutzte demonstrativ.

»Oh, Karina ... hab ich dich erschreckt? Ich hab dich gar nicht gesehen.« Für eine schauspielerische Leistung wie die ihre wäre ein Straßenkomödiant auf offener Bühne gesteinigt worden.

Karina schüttelte den Kopf und versuchte vergeblich, so zu tun, als seien die hektischen Flecken auf ihren Wangen nichts Besonderes. Melchiors Mantel lag wieder auf der Truhe, und sie stand in zwei Schritten Abstand davon. Alexandra deutete auf das Kleidungsstück.

»Ist der von Melchior? Der Mann ist ein wandelndes Chaos.«

Karina lieferte ihrerseits eine beeindruckend amateurhafte Darstellung von jemand, der einen Gegenstand im Raum jetzt erst sieht, aufnimmt und überhaupt keine Ahnung hat, wem er gehört.

»Doch, das ist Melchiors«, sagte Alexandra.

Karina zuckte mit den Schultern. Alexandra drückte sich an ihr vorbei. »Ich sehe nach Lýdie.«

»Ich komme gleich nach«, sagte Karina heiser. »Ich räum das hier weg.«

Draußen auf dem Treppenabsatz wartete Alexandra, aber Karina kam nicht heraus, um den Mantel nach unten zu bringen oder eine Dienstmagd zu rufen. Alexandra war sicher, dass Karina sich erneut in den Mantel geschmiegt hatte; so, wie sie sicher war, dass Karina genau wusste, dass sie ertappt worden war. In einer Hinsicht schien sie perfekt zu Andreas, ihrem Mann, zu passen: in der Attitüde nämlich, eine Pose verzweifelt aufrechtzuerhalten, selbst wenn alle anderen sie schon durchschaut hatten.

Im Vergleich zu den unausgesprochenen Gefühlen, die durch das Haus zogen wie ein unmerklicher Geruch, duftete die abgestandene, warme Luft in Lýdies Kammer geradezu frisch.

6

SIE HATTE LÝDIES Verband erneuert und die gut verheilenden Narben gebadet, als sich endlich die Tür öffnete. Alexandra blickte nicht auf; sie war sicher, dass der Neuankömmling Karina war, und fragte sich, ob sie ihre Schwägerin auf das ansprechen sollte, was sie beobachtet hatte. Lýdie war wieder eingeschlafen, und es gab vermutlich kaum einen Raum im Haus, in dem sie ungestörter waren. Sie mochte Andreas' Frau, und wenn sie sich auch als Allerletzte berufen fühlte, in Herzensdingen zu sprechen, mochte es doch für Karina hilfreich sein, eine Seele zu haben, mit der sie ihre Gefühle teilen konnte. Dann dämmerte Alexandra das Befremdliche der Situation: Karina kam nicht näher und sagte auch nichts. Sie drehte sich um.

Eine der Dienstmägde stand in der Tür. Alexandras Herz pumpte plötzlich Eiswasser in ihren Körper. Die Magd war leichenblass.

»Was ist passiert ...?«

Andreas hatte Karina mit Melchiors Mantel erwischt – oder mit Melchior selbst! Jemand lag in seinem Blut, und jemand anderer stand starr daneben und versuchte zu begreifen, was er getan hatte!

»Bitte kommen Sie!«, stotterte die Magd.

»Was ist los!?«

»Bitte ...«

Alexandra eilte der Dienstmagd hinterher, hinunter in den ersten Stock des Hauses. Ihr Puls flog, und am liebsten hätte sie die junge Frau beiseitegeschubst, um die Stufen in Sprüngen zu nehmen. Sie folgte ihr zum Saal, das Bild vor Augen, wie

– Andreas!

mit kalkweißem Gesicht über dem röchelnden Körper von
– Melchior!

stand, während Karina mit den Fäusten auf ihn eindrosch und das Messer in Andreas' Hand zuckte und eine zittrige Spur von Blutstropfen auf den Boden zeichnete. Sie platzte in den Saal hinein wie jemand, der ganz allein ein Burgtor aus den Angeln sprengen will.

Und prallte zurück.

Agnes, Andreas, Karina und Melchior standen in einer Ecke des Saals. In seinem Mittelpunkt, mit verschränkten Armen und finsterem Gesicht, als befände er sich am letzten Ort, an dem er sein wollte, hatte sich ein Jesuit mit feuerrotem Haar aufgepflanzt. Doch das Bestürzendste an der Situation war die Handvoll Männer mit den kurzen Spießen und den Knüppeln von Gerichtsknechten, die im Halbkreis vor Alexandras Familie standen und die Spieße eingelegt hatten, als wollten sie sie im nächsten Moment durchbohren.

Der Jesuit drehte sich langsam um. Seine Augen waren schmal.

»Damit haben wir alle beisammen«, sagte er. »*Dies irae* – nun erwacht der Zorn des Herrn.«

7

»*Was* wollen Sie?«, brachte Alexandra hervor, nachdem der Jesuit eine Weile mit seiner ruhigen, vor Verachtung triefenden Stimme gesprochen hatte. Es war, als habe er eine fremde Sprache gebraucht. Sein Name war Pater Silvicola; alles andere drehte sich in Alexandras Kopf herum wie ein Strudel und saugte jeden klaren Gedanken in seinen Abgrund.

Der Jesuit verzog das Gesicht und antwortete nicht.

»Jemand hat Sie angelogen«, sagte Alexandra, die das Gefühl hatte, endlich einen halbwegs vernünftigen Gedanken festhalten zu können. »Wie haben Sie dieses Ding genannt? Teufelsbibel? So etwas gibt es nicht.«

»Erspare uns das«, sagte Pater Silvicola. »Aus dem, was ich gesagt habe, solltest du erkannt haben, dass ich Bescheid weiß.«

»Da haben Sie mir was voraus. Sind Sie sicher, dass Sie sich im richtigen Haus befinden?«

Pater Silvicola seufzte. Er schnippte mit dem Finger, und einer der Gerichtsknechte schaute auf. »Hol mir das kranke Mädchen her.«

Alexandras Blicke fanden die ihrer Mutter, aber Agnes' Gesicht war steinern. Andreas' Hals war so geschwollen wie seine linke Wange; Karinas Hand hielt seinen Arm und presste ihn so zusammen, dass ihre Knöchel weiß hervortraten. Melchior sah aus wie jemand, der sich überlegt, dass er eine Chance hätte, wenn er den ersten Knecht niederschlagen, ihm den Spieß entreißen, den zweiten und dritten damit durchbohren, den vierten und fünften mit ihren eigenen Rapieren unschädlich machen und dann den Jesuiten zum Fenster hinauswerfen könnte. Mit einem Entsetzen, das wie mit einem Ruck in ihre Glieder schoss, erkannte Alexandra, in welcher Situation sie sich tatsächlich befanden. Und was das Wissen des Jesuiten bedeutete ...

»Hier gibt es kein krankes Mädchen«, hörte sie sich sagen.

»Sie heißt Lýdie Khlesl, sie war dem Tod näher als dem Leben, doch der Teufel hat sich ihre Seele geholt, bevor Gott sie zu sich nehmen konnte.«

»Lýdies Seele hat mit dem Teufel nicht das Geringste zu tun!«, zischte Karina.

Der Jesuit beachtete sie nicht. Der Gerichtsknecht wartete auf eine Anweisung.

»Lassen Sie sie in Ruhe. Wenn Sie ihr auch nur ein Härchen krümmen, kratze ich Ihnen die Augen aus!«, drohte Alexandra.

Der Jesuit schnaubte. »Ich habe nichts anderes erwartet.«

»Was wollen Sie von uns? Sollten Sie nicht lieber in den

Kellern und Dachböden von Würzburg nach den scheinheiligen Verbrechern suchen, die neunhundert Menschen auf den Scheiterhaufen gebracht haben?«

»Es war klar, dass eine solche Aussage von deinesgleichen kommen musste«, sagte der Jesuit. »Und was ich will, habe ich bereits gesagt.«

»Was is' jetz', Pater?«, fragte der Gerichtsknecht.

Der Jesuit machte eine Kopfbewegung, und der Mann rollte mit den Augen und wandte sich wieder seiner Aufgabe zu, die Khlesls zu bewachen. »Der junge Mann«, sagte Pater Silvicola. »Melchior Khlesl.« Alexandra hatte nur einmal in ihrem Leben gehört, wie der Name ihrer Familie mit solcher Abneigung ausgesprochen wurde, und das feiste Gesicht, das mit der Erinnerung hochschwamm, ließ sie die Hilflosigkeit von damals spüren und auch die Hoffnungslosigkeit, die sie empfunden hatte. »Ich höre deine mörderischen Gedanken bis hierher«, fuhr Pater Silvicola fort. »Spar sie dir. Ich habe das Haus umstellen lassen. Selbst wenn du hier herauskämest, würdest du spätestens in der Gasse mit einer Klinge im Leib enden.«

»Sie behandeln uns wie Gefangene in unserem eigenen Haus?«, brüllte Andreas los. »Das werden Sie bereuen! Ich habe Verbindungen überallhin!«

Ein Zucken flackerte über Pater Silvicolas Gesicht und ließ so etwas wie ein hasserfülltes Zähnefletschen zurück. »Deine Verbindungen reichen nur so weit, wie der Teufel seine Galle spucken kann«, sagte er heiser. Er musterte Alexandra. »Nun?«

»Keiner von uns wird dir die Teufelsbibel aushändigen«, sagte Alexandra, die beschlossen hatte, dass sie an jeder weiteren Höflichkeit diesem Mann gegenüber ersticken würde. »Was immer du gehört hast oder was du planst, du bist ein Narr.«

»O doch, einer wird. *Du* wirst, um genau zu sein.«

»Haha. Das ist so witzig, dass ich glatt vergessen habe, wie man lacht.«

Die Brust des Jesuiten hob und senkte sich krampfhaft. »Ich will dir eine Geschichte erzählen«, sagte er. Seiner Stimme war seine Anstrengung anzuhören, sich zu beherrschen. »Ich will euch allen eine Geschichte erzählen. Es ist die Geschichte von einer Seele, die Gott versprochen war, einer Seele, die ihre Reinheit bewahrt hatte, obwohl sie von Sünde umgeben war. War diese allgegenwärtige Sünde daran schuld, dass der Körper erkrankte, in dem sie zu Hause war? Oder hatte Gott der Herr Mitleid mit ihr und wollte sie erlösen aus ihrem Pfuhl? Doch es gibt einen, der sich gegen Gott auflehnt, und er hat seine Diener und Dienerinnen überall. Er schickte eine davon in das Haus, in dem die unschuldige Seele weilte, und mit Zauberei und Magie riss diese die arme Seele vom Weg zu Gottes Thron und in den Rachen des Verderbers.«

Ungläubig starrte Alexandra ihn an. Der Jesuit machte ein paar beschwörende Handbewegungen.

»Bein zu Bein, Blut zu Blut ...«, flüsterte er. »Nimm die unteren Teile von Schlangenkraut und Vipernzunge, Bischofwurz und Kletten und stampfe sie im Mörser, mische Öl darunter und streiche es auf ... nach Sonnenuntergang ritze die Haut des Patienten, lasse das Blut in rinnendes Wasser laufen, spucke dreimal hinein und sprich: Nimm diese Krankheit und trage sie mit dir fort ...«

»Ich habe Lýdie gerettet, aber das hat doch nichts mit ...«

»Wir brauchen die Zeugin«, zischte Pater Silvicola zu einem der Gerichtsknechte. Dieser nickte und eilte aus dem Saal.

»Was für eine Zeugin?«, schrie Andreas. »Sind Sie vollkommen verrückt geworden? Wen haben Sie alles in mein Haus geschleppt?«

Pater Silvicola fuhr herum. Seine Augen blitzten. Mit zwei,

drei Sätzen war er neben Andreas, packte Karina an den Haaren und zerrte grob daran. Karina schrie auf und sank auf die Knie. »Das ist schönes Haar!«, keuchte der Jesuit voller Hass. »Willst du, dass ich es abscheren lasse und dass wir die Befragung in der Stube im Gericht fortsetzen, der Stube, in der die Steine weinen, weil sie so viel Schmerzgebrüll von denen gehört haben, die zuvor dort befragt worden sind?« Er riss an Karinas Haar. »Willst du das?«

»Du bist ein toter Mann«, sagte Melchior. Er war einen Schritt vorgetreten, aber dann hatten ihn die Spitzen von zwei Spießen aufgehalten. Eine bohrte sich in seine Jacke, die andere in seinen Hals. Am Blatt der letzten rollte ein Blutstropfen langsam herunter und versickerte in der hölzernen Stange.

Pater Silvicola ließ Karinas Haar los und wischte sich die Hand an der Soutane ab. Dann bekreuzigte er sich. Er trat zurück. Karina verbarg das Gesicht in den Händen und begann zu schluchzen. Andreas stierte ihn erschüttert an.

»Du willst mir ... du willst uns ... Hexerei anhängen?«, brachte Alexandra hervor. »Du willst einen Inquisitionsprozess über uns bringen? Ausgerechnet hier, in Würzburg? Bist du verrückt?«

»Dazu fehlt Ihnen jegliche Legitimation«, krächzte Andreas.

»Falsch«, sagte Pater Silvicola. »Ich habe sogar jedes Recht. Ich bin in den Prozessen hier der *advocatus diaboli*.«

»Dann müssten Sie eigentlich auf unserer Seite sein«, sagte Andreas mit einem Versuch, das Ganze ins Lächerliche zu ziehen. Melchior verdrehte die Augen.

»Nein, ich bin auf der Seite der Wahrheit. Und die Wahrheit könnte sein, dass neunhundert Unschuldige gestorben sind, damit das wahre Vipernnest endlich ausgeräuchert wird.«

»Ich denke, das ist genau die Diktion, die Fürstbischof von

Ehrenberg damals gebraucht hat«, sagte Alexandra. »Damit lockst du *hier* keinen Hund mehr hinter dem Ofen hervor.«

»Irrtum«, zischte der Jesuit. »Irrtum. Sieh her ...« Er machte einen Satz zur Tür. Die halbe Dienerschaft hatte sich mittlerweile dort versammelt und gaffte mit bleichen Gesichtern herein. Bevor sie reagieren konnte, hatte Pater Silvicola eine der Dienstmägde gepackt. Sie schrie auf. Er zerrte sie am Arm in den Saal herein.

»Das ist deine Herrschaft!«, rief er und schob sie in Richtung Alexandra. »Das ist deine Herrschaft! Eine Hexe! Deine Herrschaft ist eine Hexe.«

Die Dienstmagd kreischte. Pater Silvicola stieß sie vor Alexandra zu Boden. »Eine Hexe! Eine Hexe! *Eine Hexe!*«

Das Mädchen schrie und versuchte, ein Stück zurückzukriechen. Der Jesuit stieß sie wieder nach vorn. Unwillkürlich streckte Alexandra eine Hand aus, um ihr aufzuhelfen. Die Dienstmagd schrie noch lauter auf und krabbelte vor Pater Silvicolas Füße.

»EINE HEXE!«

»O Gott!«, kreischte die Dienstmagd.

»Du hast einer HEXE GEDIENT!«

»Neeeiiin! Herr im Himmel, beschütze mich.«

Alexandra dachte, das Haus würde wanken. Ihr wurde eiskalt. Das Dienstmädchen bedeckte mit einer Hand die Augen ...

»EINE HEXE!«

»Heilige Maria Mutter Gottes, bitte für mich!!«

... und streckte die andere zur Faust geballt gegen Alexandra aus. Ihr Zeige- und kleiner Finger waren abgespreizt.

»HEXE!«

»O Gooooott!«

»HEXE!«

Das Dienstmädchen begann zu zittern. »Hexe!«, stieß sie zwischen klappernden Zähnen hervor. »Hexe ...«

Pater Silvicola trat von ihr zurück. »Bringt sie hinaus«, sagte er über die Schultern. Einer der Knechte packte die Schluchzende am Arm und schleifte sie unzeremoniell vor die Tür. Alexandras Augen brannten. Ihr Blick hing am Gesicht des Jesuiten. Die Erkenntnis war eine kalte Flamme in ihrem Herzen. Um den Plan zu fassen, Hunderte von Männern, Frauen und Kindern auf den Scheiterhaufen zu senden, bedurfte es eines kranken Geistes; um den Plan in die Tat umzusetzen, bedurfte es einer riesigen Menge an willensschwachen, ängstlichen, fanatisierbaren, beeinflussbaren, auf die Vermeidung von eigenem Leid panisch fixierten Menschen; Menschen, wie sie einem jeden Tag in der Gasse begegneten. Dass der kranke Kopf ausgewechselt worden war und denen von seinen Gliedern, die noch am Leben waren, der Prozess gemacht wurde, bedeutete nicht, dass es die willensschwachen, ängstlichen, fanatisierbaren, beeinflussbaren, auf die Vermeidung von eigenem Leid panisch fixierten Mitläufer nicht mehr gab. Sie hatten sich nicht geändert, und sie würden, ohne zu zögern, wieder das losbrüllen, was loszubrüllen sie vor zwanzig Jahren gelernt hatten. Und mit steigendem Entsetzen erinnerte Alexandra sich daran, dass Fürstbischof Johann Philipp, der die Prozesse gegen die Hexenbrenner angestrengt hatte, nicht in Würzburg war, sondern bei den Friedensverhandlungen in Münster.

»Da is' die Zeugin«, sagte die Stimme des einen Knechts.

Alexandra fuhr herum. Eine Klosterschwester wurde hereingeführt. Ihre Blicke wichen denen Alexandras aus.

»Mutter Oberin«, sagte Pater Silvicola, »bitte sprechen Sie.«

»Eine mir anvertraute Novizin«, sagte die Klosterschwester tonlos, »hat mir erzählt, dass sie versucht habe, Hexenkünste an einem kranken Kind zu unterbinden. Statt auf sie zu hören, hat man sie bedroht und aus dem Haus geworfen. Das Kind war dem Tod geweiht; es konnte nicht gerettet werden, es sei denn durch die Anwendung von unheiliger Magie.«

»Können Sie mir sagen, Mutter Oberin, ob die Praktikantin der unheiligen Magie hier im Raum ist?«

Alexandra schloss die Augen. Es war so klar, was kommen würde, dass sie beinahe ein Lachen in sich aufsteigen fühlte.

»Meine Novizin hat eine klare Beschreibung abgegeben, und ich bin in der Lage, die Person zu erkennen«, hörte sie die Mutter Oberin sagen. »Es ist ... diese dort!«

»Öffne die Augen, Hexe!«, zischte Pater Silvicola. Alexandra schlug Lider auf, die so schwer wie Blei waren. Der Finger der Klosterschwester zeigte auf ...

Alexandras Herz setzte aus.

... zeigte auf Agnes. Und dann wanderte er herum.

»Und ... diese dort!«

Karina schrie auf.

»Und dieser dort!«

»Das ist eine Frechheit!«, röhrte Andreas.

»Und dieser dort.«

»Du solltest dich was schämen, altes Weib«, sagte Melchior.

Der Finger sank herab.

»Sonst erkennen Sie niemanden, Mutter Oberin?«

Alexandra starrte die Klosterschwester fassungslos an. Deren Blick streifte Alexandra und zuckte sofort zurück. Die Oberin senkte den Kopf.

»Nein, sonst erkenne ich niemanden«, flüsterte sie.

»Sie können gehen, Mutter Oberin.«

Die alte Klosterfrau glitt wortlos hinaus. Alexandra starrte ihr nach. Dann ruckte sie herum und musterte Pater Silvicola. »Was für ein Spiel spielst du da, du Mistkerl?«

»Es scheint, dass sich das arme Kind geirrt hat«, sagte Pater Silvicola mit einem Kopfnicken zu der immer noch weinenden Dienstmagd vor der Tür.

»Ich bring dich um, du verlogenes Stück Scheiße«, sagte Alexandra.

»Endlich mal ein wahres Wort, Schwesterherz«, sagte Melchior und verstummte, als ihm erneut ein Spieß an die Kehle gedrückt wurde.

»Selbstverständlich ist das Mädchen, das du ›gerettet‹ hast, dem Teufel verfallen wie alle anderen. Nur Feuer kann verlorene Seelen läutern.«

Alexandra sagte nichts. In ihr brannte eine stumme weiße Flamme und ließ sie fast ersticken. Als Agnes sprach, hatte sie Mühe zu verstehen, was ihre Mutter meinte.

»Ein beeindruckender Auftritt, Pater Silvicola. Sie vergessen nur eines: Strengen Sie hier in Würzburg einen neuen Hexenprozess an, wird Fürstbischof Johann Philipp schneller aus Münster wieder zurück sein, als Sie ›Inquisition‹ sagen können, und im Schlepptau wird er Ihren Ordensgeneral haben. Keiner von beiden wird zulassen, dass Sie diesen Wahnsinn wiederbeleben, und Sie werden ihnen kaum Ihre wahren Motive nennen. Dazu stecken den beiden die unselige Verwicklung des Bistums und der Societas Jesu in neunhundert Morde noch zu tief in den Knochen. Sie haben uns erschreckt, aber überzeugt haben Sie uns nicht.«

Pater Silvicola schenkte Agnes einen langen Blick. »Du hast recht. Tatsächlich suchten sowohl Seine Ehrwürden der Bischof als auch Pater Generalis Carafa nach einer Erklärung dafür, wie so etwas geschehen konnte.« Er lächelte humorlos und schnippte ein weiteres Mal mit den Fingern. »Holt den Zeugen.«

Andreas öffnete den Mund, aber Karina, die ihr zerzaustes Haar halbwegs wieder in Ordnung gebracht und die Fassung wiedergewonnen hatte, stieß ihn in die Seite. Diesmal verließen zwei der Knechte den Saal. Die Dienstboten vor der Tür wichen respektvoll zur Seite. Alexandra versuchte, die Blicke eines von ihnen einzufangen, aber alle wichen ihr aus. Die weiße Flamme brannte immer noch in ihr mit einem eisigen Feuer. *So haben sie sich gefühlt vor zwanzig Jahren*, dachte sie voll aufkeimender Panik. *So haben sie sich gefühlt, als man sie aus ihren Häusern zerrte mit vollkommen unverständlichen Anschuldigungen in den Ohren. Und von da an ist der Schrecken immer noch größer geworden.*

Dann nahm sie eine plötzliche Bewegung wahr und fuhr herum, und noch bevor sie ihre Augen fokussiert hatte, wusste sie schon, was geschah, und neues Entsetzen peitschte durch ihren Leib. Die Wachen waren nur noch zu dritt! Melchior ...

Es war nicht Melchior, es war Andreas. Er hatte weder die Schnelligkeit noch die Entschlossenheit seines Vaters geerbt, nur die bullige Figur, doch er hatte bereits einen der Knechte niedergeschlagen und wandte sich mit einem Aufschrei dem nächsten zu. Sein Arm ruderte, um zum nächsten Schlag auszuholen. Der Knecht duckte sich unter dem Schwinger hindurch und kam wieder hoch, die Faust geballt. Er drosch Andreas, den sein eigener Schwung halb um die eigene Achse gedreht hatte, auf das Ohr, und Andreas stolperte nach vorn. Ein Stiefel kam hoch und angelte nach Andreas' taumelnden Füßen. Der schwere Mann schlug zu Boden. Der Knecht sprang auf ihn zu und hob den Spieß, mit dem stumpfen Ende nach unten. Karina schrie auf. Das stumpfe Ende traf Andreas in die Niere, und er bäumte sich auf und schrie. Der Spieß hob sich zum zweiten Mal ...

... dann war da ein Wirbel aus Bewegung, flatternden Ärmeln, ein Hut flog durch die Luft und verlor seine Federn, der Spieß rutschte über den Boden, und der Knecht lag auf dem Bauch, Melchiors eines Knie im Kreuz, Melchiors linken Arm um den Hals geschlungen und den rechten Arm in den Nacken gedrückt. Melchiors behandschuhte Rechte hatte sich in ein dickes Büschel Haare verkrallt und den Kopf des Mannes daran so weit herumgedreht, dass seine Augen heraustraten und seine Zunge zwischen den Zähnen hervorkam. Melchiors Hut rollte auf der steifen Krempe über das Parkett und stieß an die Wand. Der junge Mann blickte auf und sah Pater Silvicola an.

»Da fehlt nur noch ein Zoll«, sagte er und zog den Kopf des Knechtes noch ein wenig herum. Der Knecht ruderte mit den Händen in der Luft und röchelte. »Oder ein halber. Der Mann hat zu schwache Nackenwirbel für seinen Beruf.«

Pater Silvicola sagte nichts. Er machte nur eine knappe Bewegung mit dem Kopf. Melchiors Blick folgte dem Wink, und Alexandras Blick folgte dem seinen. Der dritte Knecht hatte Karina von hinten gepackt. Eine Hand drückte ihren Oberkörper an ihn, die andere hielt den Griff des Rapiers. Die Spitze der Klinge bohrte sich in Karinas Kehle. Karinas Lider zuckten, und ihre Lippen bebten. Ihre Augen waren starr auf Melchior gerichtet. Melchior sah wieder zu Pater Silvicola.

Der Jesuit zuckte mit den Schultern.

Melchior ließ den Knecht los, stand auf und trat einen Schritt zurück. Der Knecht rappelte sich auf, kam taumelnd auf die Beine und stand schwankend vor Melchior, die Augen blutunterlaufen. Seine Kehle gab gurgelnde Geräusche von sich.

»Mach schon, du Idiot«, sagte Melchior.

Der Knecht schlug ihm die Faust ins Gesicht, dass ihn die Kraft seines Schlages zwei Schritte nach vorn riss. Melchior prallte gegen die Wand und rutschte daran herunter, der Blick glasig. Er versuchte sich vom Boden hochzustemmen, doch seine Knie gaben nach, und er fiel neben Andreas auf alle viere. Der Knecht sprang auf ihn zu.

»Schluss jetzt«, sagte Pater Silvicola scharf. »Sofort!«

Der Knecht zögerte, doch dann schüttelte er sich, spuckte auf den Boden und klaubte seinen Spieß auf. Sich den Nacken massierend und immer noch röchelnd und würgend, nahm er wieder Aufstellung. Der dritte Knecht stieß Karina von sich, steckte sein Rapier ein und gab dann seinem Kameraden, den Andreas mit seinem unverhofften Angriff unschädlich gemacht hatte, einen Tritt. Der Mann stöhnte und rollte sich herum, noch immer halb besinnungslos. Karina sank auf die Knie und begann zu zittern. Melchior stützte sich auf Andreas' Schulter, kam mit wackligen Knien auf die Beine und zog seinen Bruder dann in die Höhe. Andreas' Gesicht war grau, aus seinem Ohr lief Blut, und beim ersten Schritt knickte er wieder ein.

»Tausend Mal hab ich dir gesagt: Wenn man zuschlägt, dann so, dass man nicht noch mal nachschlagen muss«, stöhnte Melchior. »Hörst du mir jemals zu?«

Andreas probierte den Geist eines Lächelns. Karina begann zu weinen.

»Sie sind eine verdammte Seele, Pater Silvicola«, sagte Agnes leise. »Wenn Sie einen Spiegel hätten, würden Sie Ihr Abbild anspucken.«

Pater Silvicola fletschte die Zähne. »Was ist mit dir?«, erwiderte er. »Färbt sich das Glas schwarz, wenn du hineinblickst?«

Die beiden anderen Knechte kamen mit einer Trage zurück, auf der ein verhülltes Bündel Mensch lag und ächzte. Sie stellten die Trage ab und nahmen ihre Spieße wieder auf. Das Bündel schüttelte die Decken ab; ein verbrauchter, abgemagerter, von lappiger gelber Haut bedeckter Oberkörper kam darunter zum Vorschein und mit ihm der Geruch von Fleisch, das in seinen wunden Falten bereits zu gären beginnt. Der Kopf war völlig kahl, das Gesicht eine hässliche, verzerrte Fratze voller schütterer Bartstoppeln und mit speichelfeuchten, glänzenden Lippen.

Pater Silvicola öffnete den Mund, doch der Mann auf der Trage kam ihm zuvor.

»Sie sind es«, stieß er hervor. »O Herr im Himmel, sie

sind es. Die Verführer! So viele Jahre sind vergangen, aber sie sind keinen Tag gealtert. Das ist der Beweis für ihre Verbindung mit dem Teufel. Sie sind es, o Gott, sie sind es! Die haben Seine Ehrwürden Fürstbischof Adolf verhext und all die anderen, die Ratsherren, die Richter, die Mönche, die Beisitzer, den Nachrichter und seine Knechte ... o Pater Silvicola, ich schwöre, dass sie es sind ... sie haben auch mich verhext ... und auf ihr Geheiß haben wir alle so schreckliche Dinge getan ...« Die Erscheinung auf der Trage bedeckte das Gesicht mit den Händen und begann zu weinen. »Wir haben alle so schreckliche Dinge getan ... weil sie es uns befahlen ... *ich* habe so schreckliche Dinge getan ... o Herr, ich kann nichts dafür ... es ist ihre Schuld ... ihre Schuld ... ihre Schuld ...« Die Stimme erstickte in lautem Schluchzen, die knochigen, wund gelegenen Schultern zuckten ... zuckten ... und zuckten noch mehr, als das Schluchzen in Kichern und das Kichern in Lachen überging. Die Hände sanken herab, und das hässliche Gesicht verzog sich zu einem Grinsen, einem Lachen, einem lauten, hasserfüllten Toben vor Vergnügen, unterbrochen von einem weinerlichen, nachgeäfften »... so schreckliche Dinge ... hehehehe ... so schreckliche Dinge .... O Gott, so schreckliche Dinge ... heheheeeeeee!«. Der Mann auf dem Bett streckte einen Arm aus und zeigte mit einem gekrümmten Zeigefinger auf Agnes, die totenbleich und mit geballten Fäusten dastand. »Deine Schuld!«, schrie er. »O Gott, so schreckliche Dinge ...«, er wedelte mit den Armen und rollte mit den Augen, »deine Schuld ... deine Schuld ... heheheHEEEEE ... brenn, du Hure ... brenn, mitsamt deiner verdammten Brut ... brenn, damit ich auf deine Asche pissen kann ...!«

Alexandra hatte die Stimme sofort erkannt, obwohl Alter und Auszehrung sie heiser gemacht hatten. Es war eine Stimme, die sie überall identifiziert hätte, nur dass sie eigentlich zu einem feisten statt einem abgehärmten Gesicht gehörte ...

zu dem feisten Gesicht, das in ihrer Erinnerung emporgeschwommen war, als Pater Silvicola den Namen Khlesl so verächtlich ausgesprochen hatte. Sie hätte nicht geglaubt, dass ihr nach den Anschuldigungen vorhin noch kälter werden konnte, doch nun schien das Eis ihren ganzen Körper zu lähmen. Sie war wie erstarrt; und sie erkannte, dass sie bis gerade eben immer noch geglaubt hatte, sie würden sich irgendwie aus dem Netz herauswinden können, das Pater Silvicola für sie geknüpft hatte. Nun aber war dieser letzte Funke an Hoffnung dahin, ausgelöscht von der quietschenden, überschnappenden, kranken Stimme, die schrie: »BRENN, AGNES KHLESL, DEIN FEUER WIRD MEINE SEELE WÄRMEN!«

Pater Silvicolas Augenlider zuckten vor Abscheu. Er trat zu der Trage und drückte den alten Mann darauf erbarmungslos auf seine Decken nieder.

»Das reicht!«, zischte er. Der Alte hob den Kopf erneut und versuchte gegen den Jesuiten anzukämpfen.

»Was sagst du nun, Agnes?«, quiekte er. »Hä, was sagst du nun? Damit hast du nicht gerechnet, was? HahahahAAAAA! Was sagst du nun?«

»Was soll ich schon sagen«, flüsterte Agnes, deren Augen schwarze Kohlen geworden waren. »*Oink!*«

8

»Sie ist in Braunau in Böhmen, in dem Benediktinerkloster, das zu Anfang des Krieges geplündert wurde«, sagte Pater Silvicola. »Habe ich recht?«

Alexandra musterte ihn schweigend. Er hatte sie, nachdem Sebastian Wilfing wieder weggebracht worden war (immer noch brüllend vor Vergnügen, ein Mann, dessen Lebenstraum in Erfüllung gegangen war), in einen der anderen Räume befohlen. Es musste ein Zufall sein; Alexandra empfand es dennoch als Hohn, dass der Raum die kleine Kapelle war, die einer der früheren Hausbesitzer hier hatte einbauen lassen. Der Jesuit stand mit dem Rücken zum Kruzifix, und sie sah das Abbild des Gekreuzigten ihm über die Schulter blicken – es war so mitleidlos wie das in der Ägidius-Kirche in Prag, vor dem sie zuerst um Mikus Genesung und dann um die Erlösung seiner kleinen Seele gebetet hatte. Unvermittelt empfand sie Hass auf das ausdruckslose Gesicht, und die gemalten Blutstropfen, die unter der geschnitzten Dornenkrone hervorperlten, widerten sie an. *Dieses Monstrum in seiner nichtssagenden Soutane ist überzeugt, dass er Dich zum Gefährten hat*, dachte sie. *Warum hast Du uns, die wir immer versucht haben, Deinen großen Widersacher zu bekämpfen, verlassen?*

»Ja«, sagte sie schließlich.

Pater Silvicola seufzte. Er wandte sich ab und verließ den Raum. Überrascht folgte ihm Alexandra. Ein paar Augenblicke später wurde ihr klar, dass er den Weg zu der Kammer eingeschlagen hatte, in der Lýdie lag. Sie packte ihn am Arm. Er blieb stehen und starrte ihre Hand an. Mit klopfendem Herzen nahm sie sie weg. Er schüttelte den Arm, als habe ihn etwas unsagbar Ekelhaftes berührt.

»Noch eine einzige Lüge, und ich hole das Teufelsgeschöpf dort drin aus seinem Pfuhl und erschlage es vor deinen Augen.«

»Die Teufelsbibel ist in Prag«, sagte sie erschöpft.

»Ich weiß.«

»Sie ist in der Wunderkammer von Kaiser Rudolf.«

»Ich weiß.«

Alexandra holte Atem. »Wir sind unter uns«, sagte sie. »Dir ist völlig klar, dass du uns in der Hand hast. Und mir ist völlig klar, dass das ganze Geschrei über Hexen und Lýdies teuflische Genesung nur dazu gedient hat, uns in deine Gewalt zu bringen. Na gut, das ist dir gelungen, und bevor du Sebastian Wilfing hervorgezaubert hast, hätte ich auch beinahe geglaubt, dass es dir ernst ist damit. Aber wie gesagt – wir sind unter uns, du hast gewonnen, also überspringen wir die Musik und kommen gleich zum Tanz.«

Der Jesuit legte den Kopf schief, dann machte er wieder einen Schritt auf die Tür zu, hinter der Lýdie schlief. Als Alexandra stehen blieb, hielt er inne und maß sie über die Schulter mit Blicken.

»Du kannst auch aufhören, Lýdie als Teufelsgeschöpf zu bezeichnen. Du weißt so gut wie ich, dass ich nur eine verdammt gute Ärztin bin und noch verdammt viel mehr Glück hatte.«

»Es ändert nichts daran, dass ich sie nur als Geschöpf Satans zu bezeichnen und in den Saal zu schleifen brauche, und deine eigenen Dienstboten, die ihr gestern noch das Essen in die Kammer getragen haben, werden sie mit Knüppeln und bloßen Händen erschlagen.«

Alexandra nickte. Pater Silvicola drehte sich um und schritt wortlos zurück in die Kapelle. Erneut blieb ihr nichts anderes übrig, als ihm zu folgen.

»Als der Kreis der Sieben zerstört war, ist die Teufelsbibel aus Braunau abtransportiert und in die Schatzkammer von Kaiser Rudolf gebracht worden. Das war vor über fünfzig Jahren«, sagte Pater Silvicola. »Dort liegt sie immer noch, verborgen hinter dem ganzen Tand und den ›Kunstwerken‹. Aber der Hort Rudolfs wird immer weniger, in dem Maß, in dem Kaiser Ferdinand ihn plündern lässt. Es ist nur eine Frage der Zeit, bis jemand auf die Teufelsbibel stößt.«

»Bevor du sie in deinen Besitz bringen kannst.«

Pater Silvicola musterte sie von Neuem. »Das ist die Kategorie, in der du und deinesgleichen denken. Ich will die Teufelsbibel nicht besitzen. Ich will sie zerstören.«

»Du kannst sie nicht zerstören«, sagte Alexandra mechanisch, bevor ihr langsam ins Bewusstsein sickerte, was der Jesuit gesagt hatte. »*Was* willst du?«

»Bemüh dich nicht, mich verstehen zu wollen.«

»Weißt du, wer schon alles versucht hat, das Ding zu vernichten? Das waren bessere Männer als du, und sie sind gescheitert. Niemand kann dieses Buch zerstören. Es überwältigt jeden, sobald er es nur aufschlägt. Das ist der Grund, warum es verborgen bleiben muss.«

»Schweig. Deine Lügen interessieren mich nicht. Seit der Kreis der Sieben aufgelöst wurde, ist die Teufelsbibel nicht mehr sicher. Und es wird nie wieder einen Kreis der Sieben geben. Sie muss vernichtet werden, und ich werde derjenige sein, der es tut.«

Aber es gibt wieder einen Kreis der Sieben, wollte Alexandra rufen. Sieben schwarze Mönche … doch sie schluckte es hinunter. Es mochte von Vorteil sein, dass Pater Silvicola offenbar nichts über Wenzel und seine kleine Bruderschaft aus dem Raigerner Kloster wusste … und vor allem wusste sie selbst, Alexandra, nicht wirklich, welche Pläne Wenzel tatsächlich hatte. Welch ein Sinn lag darin, Gerüchte zu streuen, dass Sieben Schwarze Mönche die Gegend unsicher machten? Was hatte Wenzel tief in seinem Herzen wirklich vor? Sie erkannte bestürzt, dass sie bei allen Zweifeln an Wenzel niemals an seiner Loyalität gezweifelt hatte; warum tat sie es jetzt? Doch die Unsicherheit war unversehens da und ließ sich nicht mehr abschütteln, und über Wenzels Gesicht schob sich vor ihrem inneren Auge das des Gekreuzigten in der Kapelle. Plötzlich glaubte sie aus den geschnitzten Zügen Verachtung herauszulesen.

»Und welche Rolle hast du mir dabei zugedacht? Die Anschuldigungen der Oberin und Sebastians Gequieke, das ist doch alles ein abgekartetes Spiel. Ich bin die Einzige, der niemand offiziell den Vorwurf der Hexerei macht …«

»Denk an die Magd!«

»Die Dienstmagd!«, schnaubte Alexandra. »Damit hast du mich am Haken, stimmt. Aber wem man zunächst zuhören wird, das sind die Oberin und Sebastian, und diese beiden haben mich aus ihren Anschuldigungen herausgehalten. Was hast du mit mir vor?« Dann dämmerte es ihr. Es war so einfach und durchschaubar wie alle perfiden Pläne. »Ich soll dir die Teufelsbibel beschaffen.«

Pater Silvicola neigte den Kopf.

Alexandra keuchte. »Weshalb gerade ich?« Doch auch hier war es ihr, als wüsste sie die Antwort bereits.

»Du bist die Einzige, die in eurer Sippe ganz allein steht«, sagte Pater Silvicola. »Alle anderen haben jemanden, der auf ihrer Seite ist, nur du nicht.«

Es tat so weh, dass der Schmerz ihr Herz erdrückte, und umso mehr, da es aus seinem Mund stammte. Tränen traten ihr in die Augen. »Das stimmt nicht«, flüsterte sie.

»Du weißt so gut wie ich, dass es stimmt.«

Sie konnte nicht verhindern, dass sie zu weinen begann. »Du Teufel«, wisperte sie. »Du willst das Buch nicht vernichten, du willst es für dich. Jemand mit einer so schwarzen Seele bringt es nie über sich, das Ding zu verbrennen.«

»Schließ nicht von dir auf mich.«

»Du und ich, wir haben nichts gemeinsam!«, schrie sie.

»Gott bewahre«, sagte Pater Silvicola. Und dann trat er einen Schritt näher und zischte: »Was willst du mir erzählen, Weib? Dass ihr die Welt vor der Teufelsbibel zu schützen versucht habt? Das konnten nur die Sieben! Warum habt ihr sie nicht zerstört, wenn ihr sie so fürchtet? Ihr hattet fünfzig Jahre lang Zeit! Ich habe Erkundigungen über deine Familie eingezogen – ohne die Teufelsbibel wäret ihr nur irgendjemand, Ausländer, die in Prag geduldet sind, solange sie Steuern zahlen. Die Teufelsbibel hat euch groß gemacht. Selbst wenn du dir einredest, dass ihr keinen Pakt mit dem Satan abgeschlossen habt: Ihr habt es doch getan. Ihr seid nichts ohne die Teufelsbibel. Ihr werdet sie in hundert Jahren nicht zerstören!«

Sie starrte ihn an. *Nein, so ist es nicht*, schrien ihre Gedanken. »Wir haben bitter bezahlt dafür, dass wir die Verantwortung für dieses Buch auf uns genommen haben!«, stieß sie hervor.

»Wer bezahlt, pflegt etwas dafür zu bekommen.«

»Du verlogenes ...«

»Du weißt, dass ich recht habe«, sagte er mit der Sanftheit, mit der der Henker einem Verurteilten das Haar aus dem Nacken strich, damit der Axthieb nicht abgleiten konnte.

Wut und Entsetzen verschnürten Alexandras Kehle. Sie fand keine Antwort.

»Jetzt schließe ich einen Pakt mit dir«, erklärte Pater Silvicola nach ein paar Herzschlägen.

»Um meine Seele?« Alexandra lachte bitter.

»Nein, viel einfacher. Um das Leben deiner Mutter, deiner Brüder, deiner Schwägerin und deiner Nichte.« Er deutete in die Richtung, in der Lýdies Kammer lag.

»Wenn ich dir die Teufelsbibel nicht beschaffe, sorgst du dafür, dass sie wegen Hexerei angeklagt werden. Auf der Basis von Sebastians Schwüren. Der Mann hat schon einmal versucht, einen Meineid zu leisten. Die Oberin lügt sowieso. Bist du stolz darauf, mit solchen Kreaturen verbündet zu sein?«

»Du hast keine Ahnung, wen ich zu meinen Verbündeten rechne!«

»Du hast keine«, sagte sie. »Du hast nur Werkzeuge. Und du bist selbst ein Werkzeug – deiner eigenen Allmachtsfantasien. Du wirst die Teufelsbibel nicht vernichten können. Sie wird zuerst dich vernichten, dann deinen Orden, sobald dein Pater Generalis sie in die Finger bekommt, dann die ganze Welt. Dieses Buch sucht immer nach denen, die die Macht haben, seine zerstörerische Energie umzusetzen. Euer Orden ist perfekt dafür. Was ist dein wahres Ziel? Habt ihr nicht alle das Kürzel SJ hinter euren Namen für ›Societas Jesu‹? Soll es in Zukunft ›Societas Satani‹ heißen?«

Voller Genugtuung bemerkte sie, dass auf seinen blassen Wangen plötzlich rote Flecken erschienen. Seine Augen blitzten. »Deine Familie wird nicht nur angeklagt, sie wird verurteilt werden. Der Fürstbischof und der Pater Generalis werden sich mit Freuden auf die Gelegenheit stürzen, eine öffentliche Erklärung dafür zu finden, dass die Kirche und der Orden vor zwanzig Jahren so viele Menschen umgebracht haben – eine Erklärung, die besagt, dass alle damals verhext wurden.«

»Wenn alle Jesuiten so sind wie du, dann wundert es mich nicht, dass der Pater Generalis so eine Erklärung braucht.«

»Was ich vorhabe, hat mit meinem Orden nichts zu tun!«, zischte Pater Silvicola und schwieg dann abrupt. Seine Augen wurden schmal vor Zorn.

»Wer von uns beiden ist nun der, der ganz allein ist?«

»Dich«, stieß er hervor, »dich würde ich am liebsten brennen sehen.«

»Aber du brauchst mich …«

»Du bringst mir die Teufelsbibel. Meinetwegen betrügst und stiehlst du, verkaufst deinen Körper oder bringst den Rest deiner Sippe in Prag um, um an sie heranzukommen, aber du bringst sie mir. Ich gebe dir Zeit bis zum Tag der Darstellung des Herrn – Mariä Lichtmess. Es ist der Tag, an dem die Heilige Jungfrau nach jüdischer Überlieferung wieder als rein galt nach der Geburt des Herrn; der Tag der Lichterprozessionen. Ich werde die Welt von der Teufelsbibel reinigen, und ich werde ihr das Licht zurückgeben.«

Alexandras Not war so groß, dass sie sich zurückhalten musste, um nicht auf ihn loszugehen – oder zu Boden zu sinken und seine Knie zu umklammern und um Gnade zu winseln. »Wenn ich es nicht schaffe …?«, fragte sie schließlich, und die eigene Stimme klang ihr fremd in den Ohren.

»Am Tag danach erhebe ich Anklage. Mit der Kleinen werde ich beginnen, sie wird mir die Aussagen dafür liefern, die den Rest deiner Sippe ins Feuer bringen. Oder glaubst du nicht, dass sie alle der Hexerei bezichtigt, wenn sie erst einmal aufgezogen worden ist und die Vesper über in der Peinkammer hängen gelassen wurde mit ausgerenkten Schultergelenken und einem Gewicht an den Füßen – nur, damit der Inquisitor sich gnädig zeigt und sie herunterlässt? Die Loyalität endet dort, wo der Schmerz unerträglich wird.«

»Hör dich nur an«, krächzte Alexandra und ballte die Fäuste, dass sich ihre Arme verkrampften. »Du wirst der Teufelsbibel nicht einmal einen Herzschlag lang Widerstand leisten können.«

»Natürlich wird das Kind für sein Geständnis brennen«, fuhr er fort, als hätte sie nichts gesagt. »Vielleicht ist es ja möglich, ihm heimlich einen Pulverbeutel um den Hals zu hängen, sodass die Explosion ihm das Herz zerreißt, bevor das Feuer es ganz bei lebendigem Leib verzehrt hat. Für ihre Mutter und ihren Vater wird es dennoch die Hölle sein, ihr beim Sterben zuzusehen. Und danach …«

»Die Hölle«, schrie Alexandra, »ist das, was dich ausgespien hat, weil du selbst dafür zu dreckig bist!«

»Die Hölle«, flüsterte Pater Silvicola, »ist das, was seit fünfzig Jahren über alle Unschuldigen gekommen ist, weil deine Sippe die Teufelsbibel beschützt hat.«

»Ich werde dir die Teufelsbibel nicht ausliefern!«

Er lächelte. »O doch, das wirst du. Und soll ich dir sagen, weshalb ich mir so sicher bin? Nicht deiner Familie wegen. Oh, du würdest alles dafür tun, sie zu beschützen, obwohl der eine deiner Brüder deine Berufung als Heilerin verachtet, der andere vor seiner Familie davonläuft, obwohl deine Mutter dich manipuliert, wenn sie es für richtig hält, obwohl deine Schwägerin dich nie wieder unvoreingenommen ansehen wird, weil du dich gegen sie gestellt hast bei der Heilung ihres Kindes und weil sie fürchtet, du wirst ihre Liebe zu deinem zweiten Bruder ausplaudern, und obwohl deine kleine Nichte in ein paar Jahren nicht mehr daran denken wird, dass du ihr Leben gerettet hast, sondern nur, dass sie dir die hässlichen Narben auf ihrem Arm verdankt, derentwegen sie niemals mehr ohne lange Ärmel unter die Leute gehen wird. Nein, du wirst es tun, weil du weißt ...«, er hob die Hände vor ihr Gesicht, als wolle er ihr etwas zeigen, das er darin hielt, und unwillkürlich starrte sie in seine leeren Handflächen hinein, sah, wie seine Finger sich krümmten, wie er zerquetschte, was er vermeintlich darin barg, »... dass ich der einzige Mensch bin, der die Teufelsbibel tatsächlich vernichten wird, und damit wird die Welt geheilt werden. Verstehst du dich nicht als Heilerin?« Seine Fäuste öffneten sich wieder. Die Fingernägel hatten blutunterlaufene Halbmonde in seine Handflächen gebohrt. »Wenn ja, dann musst du sehen, dass auch ich ein Heiler bin, und du wirst tun, was ich verlange.«

»Du bist kein Heiler«, spuckte Alexandra. »Heiler arbeiten nicht mit Heimtücke und Schmerz.«

»Hättest du dem Kind den Arm abgenommen, wäre ihr mehr Schmerz erspart geblieben als bei dem, was du getan hast, und das Risiko eines Fehlschlags bedeutend geringer.«

»Ich wollte sie retten!«, rief Alexandra. »An einem Stück!«

»Vielleicht. Aber hauptsächlich wolltest du beweisen, dass du in der Lage bist, das Unmögliche zu schaffen und das Misstrauen deiner Familie Lügen zu strafen.«

»Das ist nicht wahr!«

»Schwöre mir beim Leben der Kleinen, dass es nicht wahr ist.«

Alexandra schnaubte verächtlich, dann sagte sie: »Ich schwöre beim ...«, und brach ab.

Pater Silvicola zuckte mit den Schultern. »Dafür zolle ich dir Respekt. Jeder andere hätte geschworen. Nicht dass es mich von meinem Plan abgebracht hätte.«

»Ich hoffe, ich bin diejenige, die dir das Herz bei lebendigem Leib rausreißt.«

»Wenn ich die Teufelsbibel vernichtet habe, magst du es gern versuchen.«

»Was ist, wenn ich die Teufelsbibel rechtzeitig bringe?«

Der Jesuit zuckte erneut mit den Schultern. »Dann werde ich öffentlich verkünden, dass ich einem Irrtum erlegen bin, und deine Familie ist frei.«

»Und die Mutter Oberin und Sebastian Wilfing werden den Wölfen vorgeworfen.«

»Kümmert es dich wirklich, was mit ihnen geschieht? Selbstverständlich werde ich gestehen, dass ich sie zu ihren Aussagen gezwungen habe.«

»Das wirst du nie im Leben tun. Damit wärst du erledigt.«

»Das ist es, was mich von deiner Sippe unterscheidet«, sagte Pater Silvicola und beugte sich nach vorn. Alexandra spürte seinen Atem auf ihrem Gesicht. Seine Lippen verzogen sich zu einem Lächeln. »Mein Geständnis wird in schriftlicher Form erfolgen, weil ich zu diesem Zeitpunkt längst tot bin. Ich werde zusammen mit der Teufelsbibel ins Feuer gehen.«

Alexandra starrte ihn fassungslos an. Sein Lächeln war geblieben, doch sein Atem ging jetzt schneller, und er hatte die Augen fast geschlossen.

»Geh jetzt«, sagte er leise. »Ich habe dafür gesorgt, dass deine Sachen und Reiseproviant zur Verfügung stehen und ein Pferd. Kehr zurück mit der Teufelsbibel, und du wirst deine Familie wiedersehen.«

»Ich muss mich verabschieden ...«

»Nein. Alles, was du tun musst, ist zu gehen.«

»Schwöre mir, dass du es ehrlich meinst und uns alle freilässt, wenn ich meine Aufgabe erledigt habe.«

»Was bedeutet dir ein Schwur? Nach denen, die du heute schon gehört hast ...?«

»Schwöre!«

»Na gut. Ich schwöre dir bei meiner Zugehörigkeit zum Orden der Societas Jesu, dass ich deine Familie freilassen werde.«

Alexandra wartete, doch er schwieg. Nach ein paar Herzschlägen wusste sie, dass sie nicht mehr bekommen würde. Sie nickte – mit dem Gefühl, einen monströsen Fehler zu begehen und dennoch nicht anders zu können.

9

PATER SILVICOLA KNIETE auf dem Boden vor dem Altar in der Spitalskirche. Er hatte die Schwestern gebeten, ihn nicht zu stören. Die Stille in der kleinen Kirche war absolut. Er konnte die Geräusche der Außenwelt hören, die kaum vernehmbar hereindrangen, und das Echo, das sein stoßweiser Atem verursachte. Ihm war zum Speien übel. Er hatte den Stein ins Rollen gebracht, nun gab es keinen Weg mehr zurück. Aber der Preis dafür war so hoch gewesen! Nach dem Mord an Pater Nobili hatte er wider besseres Wissen gehofft, dass er sich nicht noch einmal so sehr mit Sünde beladen müsste. Hier, in der Kapelle und angesichts der Dinge, die er im Haus der Khlesls gesagt und getan hatte und die er, wie er nun nicht mehr leugnen konnte, noch sagen und tun würde, bis er endlich am Ziel wäre … er hatte sich in Wahrheit nicht klargemacht, wie sehr er sich denen würde in der Sünde angleichen müssen, die er vernichten musste. Er hatte nicht geahnt, mit welcher Macht die Teufelsbibel ihn berühren, ihn beschmutzen, versuchen würde, ihn zu *verderben* …

»Vater, vergib mir«, flüsterte er. »Ich habe gesündigt, aber ich habe es getan, um die Sünde zu besiegen.«

Dennoch, die eigene Schuld blieb und würde noch größer werden. Pater Nobili … das Kind, das er bedroht hatte … die

Frau, die er misshandelt hatte ... die Lügen, die er erzählt hatte ... und das Feuer, das er am Ende entzünden würde ... er konnte nur hoffen, dass dieses Feuer auch seine Seele reinigen würde, wenn er mit auf den Scheiterhaufen stieg ...

»Väterchen, vergib auch du mir«, wisperte er und spürte die Tränen, die in seinen Augen brannten. Über die gesamte Dauer seines neuen, seines zweiten Lebens hinweg fühlte er die Berührung der riesigen Pranke, die sich auf seine Schulter legte, während die Albträume ihn zucken und schreien ließen. Er erinnerte sich an sein Gelübde, als hätte er es gestern abgelegt, viel deutlicher als das Ordensgelübde, das später gefolgt war. Er erinnerte sich an die Überraschung, als die völlig erschöpfte Frau, die in nichts als ein schmutziges Hemd gehüllt war, plötzlich auf der Lichtung erschienen war, auf der er, der jetzt Giuffrido Silvicola hieß, und der alte Einsiedler seit Tagen ihr Lager aufgeschlagen hatten und wo sie bereits von etlichen Bürgern der nahen Stadt aufgesucht worden waren, die ihre Sünden lieber einem völlig Fremden beichteten als dem Pfarrer, dem sie später wieder in die Augen sehen mussten. Die Frau hatte »Asyl!« gekeucht und die Beine des Alten umklammert. Die Überraschung hatte sich in Entsetzen verwandelt, als die Soldaten und die Männer mit den Knüppeln gekommen waren.

»Väterchen, vergib mir«, flüsterte er erneut, ohne sich dessen bewusst zu sein. Er starrte mit weit aufgerissenen Augen in die Vergangenheit. Das wütende Geschrei der Neuankömmlinge gellte in seinen Ohren genauso laut wie damals. Der wilde Triumph, als einer der Männer nach der Frau fasste und der Einsiedler ihn einfach hochhob und gegen den nächsten Baumstamm warf ... der Schock, als der Alte unter den Knüppeln und Fäusten der Angreifer zu Boden ging ... das irre Entsetzen, als er auf allen vieren zu dem gefallenen Riesen zukrabbelte, Rotz und Wasser heulend und kreischend wie die Verdammten der Hölle ... Seine Erinnerung spielte ihm die Szene unbarmherzig vor: wie die Männer von der leblosen Gestalt auf dem Boden abließen, wie sie sich ihm, dem Jungen, zuwandten, Mordlust in den Gesichtern ...

Er hörte die Stimme von damals in seinem Geist widerhallen: *Zurück, im Namen Christi, oder ihr seid verdammt! Wollt ihr noch mehr Blut vergießen?*

Der Junge, der er gewesen war, achtete nicht auf die Stimme; alles, was sein Fühlen ausmachte, war das schlaffe, wuchtige Gesicht auf dem Boden, die Platzwunden auf Stirn und Wangen, die blutig geschlagene Nase, die rote Flüssigkeit, die aus dem offenen Mund sickerte, und die gebrochenen Augen, deren Blick den Jungen endgültig verlassen hatte. Er streckte die Hand aus, um das Gesicht noch einmal zu berühren, aber man hob ihn hoch ... schleppte ihn fort ... er wehrte sich, schlug um sich, ertrank in plötzlichem Hass auf die Männer mit den Knüppeln, die Männer in den schwarzen Mänteln, vor allem aber auf die Frau, ohne deren Ankunft das schreckliche Geschehen nicht über sie gekommen wäre; raste, bis die Erkenntnis, dass der Einsiedler tot war, alles andere überwältigte und er im Arm des Mannes, der ihn gerettet hatte, der ihn festhielt, zusammensackte und ohnmächtig wurde. Oh ja, das war eines der Dinge, die er von dem Alten gelernt hatte: zu fühlen, wie der Schmerz und das Bedauern einen einhüllten, und um das zu weinen, was nie wiederkommen würde.

Er blinzelte den Boden an; er erkannte, dass er auf dem Bauch lag und versucht hatte, zum Altar zu kriechen. Vom Portal her kamen scharrende Geräusche. Er wälzte sich herum und sah in die Gesichter eines halben Dutzends Klosterschwestern. Eine fasste sich ein Herz.

»Ist alles in Ordnung, Pater? Wir haben Sie ... nun ... schreien gehört ...«

»Es ist alles in Ordnung«, krächzte er. »Lasst mich allein. Bitte.«

Sie zogen sich zurück und schlossen das Portal wieder. Mit weichen Knien kam er auf die Beine, für lange Momente völlig orientierungslos. Gewohnheitsmäßig tastete seine Hand in sein Gewand und fühlte die beiden Fläschchen. Mit ihrer Berührung kam die Orientierung wieder. Er schüttelte den Kopf und fuhr sich mit den Händen über das Gesicht. Es war nass von seinen Tränen. Seine Finger umklammerten die Fläschchen, während er gegen die Übelkeit in seinem Inneren kämpfte und das Gefühl, dass er beim nächsten Blick in den Spiegel vor seinem Abbild scheuen würde. Nach Pater Nobilis Tod hatte er die Versicherung Gottes gebraucht, dass er auf dem richtigen Weg war. Gott hatte sie ihm gegeben. Nun, da er noch üblere Dinge würde tun müssen, brauchte er sie erneut. Tatsächlich war sie niemals nötiger gewesen.

Er blickte sich um. Das Portal war weiterhin geschlossen. Fieberhaft holte er die Becherchen aus seiner Tasche, stellte sie auf den Altar, füllte sie, schloss die Augen, vertauschte und vertauschte sie, bis er sicher war, dass er nicht mehr wusste, in welchem davon der Tod war. Dann kniete er vor dem Altar nieder und betrachtete die beiden kleinen Behälter. Sie hätten nicht unschuldiger aussehen können.

Er streckte eine Hand aus. Sie schwebte über den Bechern. Betroffen erkannte er, dass es ihm schwerfiel, sich für einen zu entscheiden.

Was würde geschehen, wenn er den Becher mit dem Gift erwischte?

Er starrte die Becher an. Sein Kehlkopf tanzte krampfhaft. Die Teufelsbibel würde wieder in die Welt kommen. Seine Pläne, seine Taten würden dafür sorgen, dass sie aufwachte – doch es würde niemand da sein, der die Kraft hatte, sie zu vernichten. Er hatte ernst gemeint, was er zu Alexandra gesagt hatte – ihre Sippe war längst von dem Buch korrumpiert. Wenn er das Gift nahm und hier auf diesem Kirchenboden sein Leben aushauchte, dann würde sich niemand mehr zwischen die Teufelsbibel und die Menschheit stellen. Es war nicht umsonst gewesen, dass der alte Einsiedler, der letzte der Kustoden, ihn unter seine Fittiche genommen hatte; *er*, Giuffrido Silvicola, war der Erbe seines Amtes, *er* war jetzt der letzte Kustode.

Eine Stimme aus der Vergangenheit fragte sanft: *Wie ist dein Name, Junge?*

Die Stimme wartete, dann sagte sie schließlich: *Ich werde dich Gottfried nennen, denn wenn ein Mensch den Frieden Gottes benötigt, dann du, mein Kind.*

Zum ersten Mal fiel ihm auf, wie zerschlagen und abgesplittert die kleinen Becher waren. Hatte er diesem Schund tatsächlich schon mehrfach sein Leben anvertraut?

Er hatte eine Mission. War es nicht Leichtsinn, ihre Erfüllung zu gefährden, indem er sich

... Gott?

... dem Teufel?

... dem Zufall anvertraute?

»Heiliger Vater, der du bist im Himmel ...«, wisperte er mit tauben Lippen. Die beiden Fläschchen standen neben den Bechern. Seine Finger zuckten, als ihm der Gedanke kam, wie leicht eines von ihnen in seiner Tasche hätte zerbrechen können. Ein Schnitt mit einer Scherbe hätte genügt ... das Gift wäre in die Wunde gesickert ...

War es nicht vermessen, Gott die Entscheidung zuzuschieben?

War es nicht – seine eigene Entscheidung?

Er stierte die Becher an. Seine Augen traten hervor, und in seinen Ohren rauschte es. Wie von weit her glaubte er ein entferntes Pochen zu vernehmen, ein kaum vernehmbarer Herzschlag, als schlüge noch ein zweites Herz in seinem Körper, eines, das ihm nicht gehörte, eines, das man weniger mit dem Leib als mit der Seele arbeiten fühlte.

Erneut streckte er die Hand nach den Bechern aus.

»Herr, in deine Hände befehle ich meinen Geist«, stöhnte er.

Er griff nach einem der Becher. Das Gefäß wog schwerer als Blei in seiner Hand und schien riesig zu sein. Er war überzeugt, dass das Gift in genau diesem Becher war.

Der Anblick des verdorbenen, sündigen Krüppels auf seinem Thron aus Dreck und Gestank in der Klosterruine in Eger stand ihm plötzlich vor Augen. Mit einem Mal wurde ihm klar, welches Risiko er eingegangen war. Caspar war ein offenes Ende gewesen, jemand, der den Weg zu ihm hätte weisen können. Er hatte ihn vernichten *müssen* – und Narr, der er gewesen war, hatte er um der Reinheit seiner Seele willen vor der Tat zurückgescheut, hatte die Entscheidung Gott überlassen, indem er Caspar zwei identische Fläschchen überreicht hatte, eines voll mit einem wirkungslosen Kräutertrunk, das andere voll mit Tod. Lebte Caspar noch? Stand in diesem Augenblick jemand vor ihm und erpresste ihn, entriss ihm die Wahrheit, den Anfang, die Existenz Giuffrido Silvicolas? Wie hatte er glauben können, Gott zu seinem Handlanger machen zu dürfen?

Die Becher standen in all ihrer Schäbigkeit auf dem Altar. Sie warteten.

Pater Giuffrido Silvicola begann haltlos zu zittern.

10

ALS PATER SILVICOLA sich dem Krankenlager Sebastian Wilfings näherte, starrte dieser ihn finster an. Der Jesuit fühlte sich seltsam entrückt. Etwas schlug in ihm, pochte in ihm, als spüre er den Schlag eines fremden Herzens, das schwarzes Blut pumpte. Gleichzeitig schärfte es seine Sinne wie eine Droge. Eine Schwester verbeugte sich vor ihm, und er konnte winzige Schmutzflecken an ihrem Nonnenschleier erkennen und kleine Unreinheiten ihrer Haut, als sie sich wieder aufrichtete. Ihre Augen waren grün mit goldenen Flecken, die Falten um die Augenwinkel ließen sie müde wirken, und die senkrechten Linien auf ihrer Oberlippe, die davon zeugten, dass sie die körperliche Entsagung ernst nahm, machten sie alt. Pater Silvicola hatte das Gefühl, dass er sie von jedem Gebrechen heilen und ihre Gedanken lesen könnte, wenn er sie nur berührte.

»Die Mutter Oberin? Ich hole sie sofort, Pater«, sagte sie, und ihm wurde bewusst, dass er eine Anweisung gegeben haben musste.

»Was soll die Scheiße, Pater?«, quiekte Sebastian Wilfing. »Es war ganz anders ausgemacht!«

Es kostete Pater Silvicola einige Anstrengung, seinen Blick auf das alte Wrack in seinen Decken zu fokussieren. Er hatte die abgrundtiefe Verachtung in den Augen von Alexandra und ihrer Mutter gesehen, als sie Sebastian erkannt hatten. Er empfand die gleiche Abneigung gegen den alten Mann. Sie war wie ein Guss Eiswasser und brachte ihn in die Wirklichkeit zurück.

»Sie haben gesagt, wir machen die Khlesl-Weiber fertig!«
»Ich habe nichts dergleichen gesagt.«
»Sie haben gesagt, die ganze Sippe wird brennen!«

Pater Silvicola beugte sich hinab und brachte sein Gesicht nahe an Sebastians heran. Der alte Mann zuckte unwillkürlich zurück und stieß sich den Hinterkopf an seiner Bettstatt.

»Ihr Hass macht Sie dumm«, sagte Pater Silvicola. »Ich habe Ihnen erklärt, was geschehen wird. Ich habe Ihnen auch gesagt, dass Alexandra Rytíř nur dann tun wird, was ich verlange, wenn sie glaubt, ihre Familie dadurch retten zu können. Wir durften nichts unternehmen, was sie in dieser Hoffnung schwankend gemacht hätte. Sie werden brennen, verlassen Sie sich darauf. Das Todesurteil über die anderen ist bereits durch Ihre Aussage und die der Mutter Oberin gefällt.«

»Hehehe!« Sebastian nickte zu dem eingerollten Pergament auf seinem Schoß. »Schriftlich bekräftigt, wie Sie es gewünscht haben. Sie müssen nur noch Ihre Unterschrift als Zeuge daruntersetzen.«

»Alexandras Todesurteil wird die Teufelsbibel in ihren Händen sein. Einen besseren Beweis für ihre Schuld als Hexe kann es nicht geben.«

»Und die Übrigen? Pater, ich habe gesagt, dass ich erst wieder ruhig schlafen kann, wenn ich Agnes Khlesl auf dem Scheiterhaufen zappeln sehe, aber es gibt noch andere ... ihren Mann, das verfluchte Aas, und ihren schleimigen Bruder ...«

»Denken Sie denn, der Rest der Sippe wird Alexandra so einfach mit dem Diebstahl davonkommen lassen? Sie werden alle zusammen in unsere Falle tappen.«

»Wie haben Sie Alexandra davon überzeugt, dass Sie ihre Sippschaft verschonen werden?«

»Ich habe einen Eid abgelegt.«

»Hehehehe! Gut, Pater, gut.« Sebastian befreite eine Hand aus seiner Decke und stieß Pater Silvicola in die Rippen.

Pater Silvicola musste an sich halten, damit er die Hand nicht wegschlug. »Ich hatte keinen Meineid nötig, so wie Sie. Vergleichen Sie sich nicht mit mir!«

»Nur mal runter von dem hohen Ross, Pater«, erwiderte Sebastian mit verächtlich verzogenem Mund. »Wann fangen Sie mit den peinlichen Befragungen an?«

»Wie meinen Sie das?«

»Die Tortur? Wann beginnt sie? Ich möchte Agnes Khlesl im Büßerhemd auf der Bank angeschnallt sehen und hören, wie ihre Gelenke aus den Pfannen gezogen werden.«

»Sie werden nichts dergleichen sehen.«

»Was? Sie haben mir versprochen ...«

»Sie werden nichts dergleichen sehen, bevor Alexandra mir die Teufelsbibel ausgehändigt hat.«

»Ah! Aber das dauert noch so lange. Warum fangen wir nicht schon jetzt ... die Kleine! Wir könnten doch mit der Kleinen anfangen! Sie ist ohnehin verbranntes Fleisch, und wir könnten behaupten, sie sei nur geheilt, weil Alexandra einen Dämon in sie hat fahren lassen, der vor der Urteilsfindung ausgetrieben werden muss. Ein Exorzismus ... ah, ich habe Exorzismen miterlebt, Pater ...«

»Schweigen Sie«, brachte Pater Silvicola hervor.

»Zum Teufel, Sie sind ein Weib, Pater ... haben Sie der Schlampe wenigstens das beste Pferd gegeben, das Sie finden konnten?«

Pater Silvicola versuchte mühsam, ruhiger zu werden. »Ich habe Ihr Geld gut angelegt.«

»Na schön.« Sebastian grinste. »Ich kann es kaum erwarten, ihre Gesichter zu sehen. Als Hexen und Teufelsanbeter verbrannt zu werden, allesamt! Wo sie all die Jahre keine Mühe gescheut haben, das Ding zu verbergen. Und jetzt wendet es sich gegen sie. Hehehehe! Das hat man davon, wenn man sich mit dem Teufel einlässt.«

»Damit haben Sie völlig recht, Herr Wilfing.«

»Wie geht's jetzt weiter?«

»Es ist wichtig, dass Sie bei Kräften bleiben. Ich habe Medizin für Sie vorbereiten lassen.« Der Jesuit wandte sich ab und sah der Oberin ins Gesicht, die herangekommen war und deren Lider zuckten, sobald ihre Blicke nur auf Sebastian Wilfing fielen. Mit einer Hand fischte er zwei Fläschchen aus der Tasche. »Ich weiß nicht, was davon ihm helfen wird«, sagte er. »Manche Patienten genesen schon von einem harmlosen Kräutertrank. Andere brauchen mehr, damit sie ihren Seelenfrieden finden.«

»Hehehe!«, quiekte Sebastian. »Gib mir am besten beide,

Agnes, du willst doch, dass ich für dich ein kräftiger Kerl bleibe, oder?«

Pater Silvicola ließ sich nichts anmerken; auch nicht, dass er den Schatten gesehen hatte, der über das Gesicht der Oberin gelaufen war. Sie nahm beide Fläschchen vorsichtig von ihm entgegen. Was immer sie hinter einer ausdruckslosen Miene zu verbergen versuchte, ihre Augen verkündeten ganz klar, dass sie wusste, was die Behältnisse enthielten.

»Der Kurier wartet wie befohlen in meiner Zelle auf Sie, Pater«, sagte sie.

»Ist er abmarschbereit?«

»Er wartet nur noch auf Ihre Botschaft.«

»Danke.« Pater Silvicola bückte sich und nahm das Pergament von Sebastians Schoß. »Darum kümmere ich mich.«

Sebastian Wilfing machte eine großzügige Geste mit der rechten Hand. »Schon recht, Pater. Unterschreiben Sie; ich gönne Ihnen den Spaß.«

Pater Silvicola schritt davon. Beim Ausgang des Krankensaals hielt er an und drehte sich um. Die Oberin stand mit den beiden Fläschchen neben Sebastians Bett. Ihr innerer Kampf war bis hier herüber sichtbar.

»Na los, Agnes!«, hörte er Sebastian Wilfing nörgeln. »Der Pater hat gesagt, ich muss gesund werden. Willst du vielleicht ungehorsam sein? Dafür müsstest du gezüchtigt werden. Soll ich dich züchtigen, Agnes?«

Die Oberin zog entschlossen den Korken aus einem der Fläschchen. Als sie sich zu Sebastian hinunterbeugte, zögerte sie wieder. Sebastian schnappte sich das offene Fläschchen und setzte es an die Lippen. Mit einem Schluck soff er den Inhalt aus und feuerte es auf den Boden.

»Bäh!«, machte er. »Das schmeckt zum Kotzen. Ich wette, sogar deine Möse schmeckt besser, Agnes.«

Die Oberin musterte ihn. Sebastian schmatzte und gab angeekelte Geräusche von sich. Ihr Blick wanderte zu dem anderen Fläschchen, das unangebrochen in ihrer Hand war.

»Verdammt, jetzt gib schon her.«

Pater Silvicola konnte ihren Gesichtsausdruck nicht erkennen, als sie ihm das Fläschchen reichte. Ihre Bewegungen waren jedoch so langsam, dass er ahnte, wie bleich und schweißgebadet sie sein musste. Sebastian setzte auch das zweite Fläschchen an und leerte es in einem Zug.

»Scheiße, das schmeckt ja noch beschissener!«

Pater Silvicola wandte sich ab und schlüpfte durch die Tür. Die Zelle der Oberin grenzte direkt an den Krankensaal an. Die schmale Tür war offen, und ein Soldat, gestiefelt, gespornt und mit einem Helm auf dem Kopf, stand darin. Als Pater Silvicola die Zelle betrat, stand er stramm.

»Ich möchte, dass du folgende Botschaft zu General Königsmarck nach Wunsiedel bringst«, sagte Pater Silvicola. »Setzen Sie Ihr Heer in Marsch auf Prag. Belagern Sie die Stadt, sobald Sie sie erreicht haben. Lassen Sie sich auf keine Verhandlungen mit den Pragern ein. Halten Sie sie mit Angriffen in Atem, bis ich Sie erreicht habe und Ihnen das Zeichen gebe, die Stadt zu stürmen. Dann erst machen Sie ernst. Handeln Sie so, und ich verspreche Ihnen eine Beute, gegen die das Vermögen von General Wallenstein wie ein Almosen aus dem Klingelbeutel wirkt.«

Der Soldat nickte. Seine Blicke irrten ab, als das Geschrei und das Getrappel von eiligen Füßen aus dem Lazarett ertönten. »Was ist denn da drüben los?«

»Sag General Königsmarck weiter, dass ich mich noch heute mit der angekündigten Gruppe von Zivilisten unter Bewachung der von ihm zur Verfügung gestellten Männer ebenfalls auf den Weg nach Prag machen werde. Da eine kleine Gruppe schneller vorankommt als ein ganzes Heer, gehe ich davon aus, dass ich fast gleichzeitig mit ihm vor Prag eintreffen werde. Falls seine Truppen auf dem Marsch nach Prag zufällig eine einzeln reisende Person namens Alexandra Rytíř gefangen nehmen sollten, so ist sie sofort wieder freizulassen und auf ihrer Reise nicht zu behindern. Verstanden?«

»Ja.« Der Soldat spähte erneut über die Schulter des Paters. Mörderisches Gebrüll war aus dem Lazarett zu hören. »Meine Güte. Wird da jemand bei lebendigem Leib verbrannt?«

»Manchmal ist denen, die von uns gehen, kein Abschied in Frieden vergönnt«, sagte Pater Silvicola. »Hast du deinen Auftrag verstanden?«

Der Soldat salutierte, wiederholte schnarrend seinen Auftrag und stapfte hinaus. Pater Silvicola lauschte den Schreien aus dem Krankensaal, bis sie schwächer wurden und schließlich in ein Quietschen und Hecheln übergingen, das sich nicht anders anhörte als das einer Sau, die zuckend über dem Trog hängt und den letzten Tropfen Blut hinterhersieht, die aus ihrer durchschnittenen Kehle rinnen. Dann wurde es still, und man konnte das Gemurmel hören, mit dem die Nonnen der armen Seele ein letztes Gebet mit auf die Reise gaben.

Er dachte an die beiden kleinen Becher auf dem Altar der Spitalskirche und fühlte in seiner Tasche nach. Da waren sie, geleert und gesäubert. Die Reise hatte begonnen, und das Einzige, was sie noch aufhalten konnte, wäre sein eigener Tod. Er hatte recht getan, den Inhalt der beiden Becher wegzuschütten und sich nicht der Probe zu unterziehen.

Er hörte das Pochen des fremden Herzens in seiner Seele und erschauerte, aber als er die Zelle der Oberin entschlossen verließ und hinaus in die Gasse trat, war es verschwunden und kehrte nicht wieder.

11

IN DEN GASSEN Würzburgs hatte Alexandra ihr Pferd gezügelt, bis die Muskeln an ihren Armen bebten. Der Gaul schien ihre Panik zu spüren und wollte rennen; endlich außerhalb der Mauern, hatte sie sowohl seinem wie auch ihrem inneren Drängen nachgegeben, und sie war mit ihm förmlich über die gefrorene Landstraße geflogen, bis ihr Atem pfiff und schwarze Flecken am Rand ihres Gesichtsfelds tanzten. Das Pferd schwitzte und schäumte handtellergroße Flocken.

In ihrem Kopf kreischte eine Stimme wieder und wieder: Das ist Wahnsinn! Was tue ich da?

Das Pferd ging von sich aus in einen langsameren Trab über. Die unregelmäßige Gangart schüttelte Alexandra durch. Ihre Wangen glühten, ihre Hände und Füße waren eiskalt.

Was würden Agnes und die anderen von ihrer Abreise ohne jeden Abschied denken? Dass sie geflohen war? Oder würde der Jesuit ihnen die Lage erklären?

Die Panik stieg von Neuem in ihr hoch. Beinahe hätte sie sich selbst eine Ohrfeige gegeben, um aus diesem Albtraum aufzuwachen, aber ihr war nur zu bewusst, dass es kein Traum war. Mein Gott, war sie wirklich unterwegs, um die Teufelsbibel zu stehlen? Es war vollkommen undenkbar, dass sie dergleichen tat!

Und was hielt sie davon ab, sofort nach ihrer Ankunft in Prag mit ihrem Vater und ihrem Onkel Andrej zu sprechen und sie um Hilfe zu bitten? Den beiden würde etwas einfallen, und wenn es nur das war, an der Spitze einer Kompanie von frisch angeworbenen Soldaten nach Würzburg zu marschieren und die gefangenen Familienmitglieder mit Gewalt zu befreien.

Natürlich – und einen Privatkrieg mit dem Fürstbischof von Würzburg und dem Orden der Jesuiten zu beginnen, während der aktuelle Krieg noch nicht einmal zur Gänze beendet war!

Aber Cyprian würde etwas Intelligenteres einfallen als das. Er und Andrej würden die Teufelsbibel selbst nach Würzburg bringen, und es musste schon mit dem Teufel zugehen, wenn sie den verrückten Jesuiten nicht ...

... einen Augenblick! Und wenn es genau das war, was Pater Silvicola wollte? Sie alle in die Hand bekommen? Wenn er damit rechnete, dass sie, Alexandra, das hilflose Weib, sich an ihren Vater wenden und dadurch die letzten freien Familienmitglieder in die Falle locken würde?

Das Pferd wieherte und schüttelte die Mähne, als ob Alexandras hektische Gedanken sich erneut auf es übertragen würden. Es scharrte mit den Hufen. Alexandra zog an den Zügeln, und in seiner Nervosität tanzte der Gaul auf der Stelle und drehte sich einmal um sich selbst. Alexandras Herzschlag raste, ihre Gedanken überschlugen sich.

Er hatte gesagt, dass er die Teufelsbibel wollte. Es ging ihm nur um sie.

Aber einer seiner Verbündeten war Sebastian Wilfing. Dass Agnes' ehemaliger Verlobter sie und den Rest der Familie genug verabscheute, um ihnen ein Leid anzutun, lag auf der Hand. Dass er halb verrückt vor Eifersucht und blankem Hass auf Cyprian war und ihn eigenhändig ermorden würde, wenn er nur könnte, war klar. Alexandra hatte sich zusammengereimt, dass Sebastian irgendwie in die Hexenverfolgungen in Würzburg verwickelt war; sie zweifelte keinen Augenblick, dass dies zu seinem Charakter passte. Sie hatten Sebastian aus den Augen verloren – und aus dem Gedächtnis. Ein schrecklicher Fehler ...

... der sich nun vielleicht umso bitterer rächen würde, wenn Alexandra ihren Vater tatsächlich einweihte. Sebastians Abmachung mit dem Jesuiten mochte über das hinausgehen, was sie ursprünglich vermutet hatte: dass seine Hilfe und seine falschen Schwüre ihn bei den Verhandlungen gegen die Hexenbrenner entlasten würden. Sie mochte weiterhin enthalten, dass ihm, Sebastian, Cyprian Khlesls Kopf gehören würde. Cyprians eigene Tochter wäre dann diejenige, die ihren geliebten Vater seinem Mörder zuführte!

Und Andrej von Langenfels, ihr Onkel? Wenn sie versuchte, ihn allein …? Aber Andrej würde Cyprian nicht hintergehen, schon gar nicht, wenn es um die Teufelsbibel ging.

Es blieb ganz allein an ihr hängen. Und sie hatte nicht einmal genügend Zeit, über einen geschickten Plan nachzusinnen. Die Zeit reichte gerade, nach Prag zu gelangen, in die Burg einzudringen, das Buch zu stehlen (wie sollte sie das riesige Monstrum nur transportieren ohne Hilfe? Und wie sollte sie überhaupt an es herankommen!?) und nach Würzburg zurückzukehren. Und dabei durfte nichts, aber auch gar nichts schiefgehen. Sie schluckte. Der Atem wurde ihr schon jetzt knapp. Aber allmählich drang eine kühlere Stimme durch das panische Gellen in ihren Ohren, eine Stimme, die sagte: *Dann solltest du besser darüber nachdenken, anstatt den Kopf zu verlieren. Du kannst es schaffen.*

Sie konnte es schaffen und ihre Familie retten. Es war geradezu ein Hohn. Die Khlesls, die die Teufelsbibel immer so sehr gefürchtet hatten, würden ihr am Ende ihr Leben verdanken!

Die kühle Stimme meldete sich wieder: *Hast du nicht noch etwas vergessen?*

Nicht etwas – jemanden. Wenzel! Sie starrte vor sich hin. Wenzel … war er es nicht gewesen, zusammen mit Adam Augustýn, der Sebastians Plan damals durchkreuzt hatte? Ihn durfte sie genauso wenig in die Angelegenheit verwickeln wie ihren Vater, denn auch ihm würde Sebastians Rache gelten. Abgesehen davon, dass es noch einen ganz anderen Grund dafür gab, Wenzel außen vor zu lassen.

Weil er streng genommen kein Familienmitglied war, sondern ein Findelkind?

Nein, so hatte sie ihn nie gesehen. Der Grund war ein ganz anderer.

Sie würde es genauso wenig ertragen, ihn ins Verderben gelockt zu haben, wie sie es ertragen würde, wenn sie ihren Vater Cyprian in die Falle führte.

Die kühle Stimme wollte etwas sagen, aber sie erstickte sie mit einem inneren Aufschrei: *Nein!*

Das Pferd stieg, und sie merkte entsetzt, dass sie an den Zügeln gerissen hatte. Es war jedoch zu erschöpft, um auf den Hinterbeinen zu tanzen, und sie bekam es wieder unter Kontrolle. Ihr Herz hämmerte, und ihr Atem flog. Die kühle Stimme nutzte die Lage aus und sagte: *Weil er der Vater deines einzigen Kindes ist, und das wirst du niemals wegleugnen können. Weil es sein Name ist, den du einem Fremden ins Ohr geflüstert hast, als die Ekstase über dich kam …*

»Nein!«, schrie sie. »Nein!«

… weil du ihn liebst.

Sie schüttelte verzweifelt den Kopf, aber es war die Wahrheit, und wer wusste es besser als sie?

Er hatte ihr das Leben gerettet und seines beinahe dafür hingegeben; er hatte auf sie gewartet, bis sie sich endlich entschlossen hatte, sein Werben anzunehmen; er war in ihrer Nähe geblieben, als sie ihn zurückgestoßen hatte, weil sie Angst davor bekommen hatte, welche Gefühle jene eine Liebesnacht in ihr ausgelöst hatte und sie nach dem Tod Henyks nie wieder eine solche allumfassende Liebe zu einem Mann hatte verspüren wollen, und er hatte ihre Erklärung wortlos akzeptiert. Sie hatte ihn angelogen, was die Vaterschaft für Miku betraf, und hatte einen Mann geheiratet, den sie nicht liebte, weil sie sich bei ihm Halt versprochen und ihr Geheimnis vor Wenzel sicher gewähnt hatte. Sie hatte ihn beobachtet, wie er den todkranken Miku aufzumuntern versucht hatte und ihn weiterhin angelogen, ihm nicht einmal die Gelegenheit gegeben, seinem Sohn in dessen letzten Momenten der Vater zu sein. O Gott, sie hatte ihn in jeder nur erdenklichen Form betrogen, gedemütigt und fortgestoßen, bis es zu einer Gewohnheit geworden war, die stärker war als all ihre wahren Gefühle. Er hatte seinen Frieden in der Kirche gefunden, und dennoch hatte er ihr bei seinem Abschied vor einer Woche zu verstehen gegeben, dass er sein Leben aufgeben würde – für sie! Sie hatte sich so sehr an ihm versündigt, dass es keinen Weg gab, jemals zu ihm zurückzufinden. Alles, was sie tun konnte, war, ihn zu schützen, so wie sie ihren Vater und ihren Onkel schützen würde.

»Nein«, flüsterte sie und merkte, dass sie weinte. »Auch du nicht, Wenzel. Auch du nicht ... eine Heilerin darf die Hoffnung nicht aufgeben, nicht wahr? Doch wenn der Patient ihr eigenes Herz ist ...?«

Sie schnalzte mit den Zügeln. Sie hatte sich viel zu lange aufgehalten. Voraus lag Ochsenfurt; schon beim Herweg hatten sie dort Station gemacht. Sie konnte die Stadt vor Einbruch der Dunkelheit erreichen.

12

ZUERST HATTE SAMUEL gedacht, dass Ebba das scharfe Tempo nicht würde mithalten können. Nach drei Tagen dachte er, dass *er* nicht würde durchhalten können, und wenn er die geröteten Gesichter seiner Männer betrachtete und das schmerzliche Zusammenzucken jedes Mal, wenn ihre wundgescheuerten Hinterbacken beim Galopp auf die Sättel niederfielen, wusste er, dass er mit dieser Befürchtung nicht allein war. Einem Kavalleristen sollte so etwas eigentlich nicht passieren; aber die Jahre seit Lützen hatten sie die meiste Zeit in Ketten statt auf dem Rücken von Pferden verbracht.

Sie hatten einen weiten Bogen geschlagen, zuerst nach Nordosten, dann fast geradewegs in östlicher Richtung. Bei Aussig hatten sie über die Elbe gesetzt; der Weg hatte sie durch Land geführt, das mit dichten Waldstücken versetzt war, aus denen Kuppen, Felsen und schroffe Hügel in einer losen, von West nach Ost führenden Kette ragten. Ebba hatte sie an dieser Kette entlanggeleitet, an Ortschaften vorbei, die so friedlich in der Winterlandschaft lagen, dass Samuel das Gefühl hatte, irgendwo aus der Wirklichkeit heraus- und in einen Traum hineingeritten zu sein – oder in eine Vergangenheit, der jener verheerende Krieg erst noch blühte. Bei dem Anblick wurde ihm bewusst, dass er seit der Ankunft des schwedischen Heers auf der Insel Usedom kein Stück Land mehr gesehen hatte, über das der Krieg nicht vor Kurzem hinweggezogen wäre oder das gerade unter den Gewalttaten stöhnte. Das Småländische Regiment war selbstverständlich unter den Ersten gewesen, die das Reichsgebiet betreten hatten. Wann war das gewesen? Sommer 1630 … Samuel wurde schwindlig, während er sein Pferd an Ebba Sparres Seite über die gefrorene Straße trieb. Achtzehn Jahre! Achtzehn Jahre Krieg, sechzehn davon in Ketten und von den ehemaligen Kameraden angespuckt. Plötzlich war er sicher, dass er den stolzen, selbstbewussten Rittmeister Samuel Brahe, der er damals gewesen war, nicht mehr wiedererkennen würde. Anfang dreißig war er damals gewesen. Jetzt war er Ende vierzig. Was hatte er vorzuweisen außer der Erkenntnis, dass jeder Krieg die Hölle war? Er ahnte, dass er sein jüngeres Selbst, könnte er ihm jetzt gegenübertreten, als albernen Trottel verachten würde.

Ebba zügelte ihr Pferd und ließ es langsamer weitertraben; Samuel hob die Hand, und die Kompanie hinter ihnen verlangsamte ihr Tempo ebenfalls. Samuel konnte die Männer keuchen hören. Ebba schüttelte ihre dunkelrote Mähne und stülpte sich den Hut wieder auf den Kopf, der ihr in den Nacken gerutscht war. Ihre Wangen glühten, aber ihre Augen glühten noch mehr. Sie atmete heftig und schaute sich um. Schließlich brachte sie das Pferd zum Stehen.

»Weißt du, wo wir hier sind?«, fragte sie.

Samuel zuckte mit den Schultern. »Ich weiß, wie wir wieder zurückkommen würden nach Wunsiedel«, erwiderte er. »Sollte ich jemals so verrückt sein, das zu wollen.«

Sie streckte einen Arm aus. Ihre Geste umfasste die gesamte Gegend.

»Das hier ist der Teufelsgrund«, sagte sie. Sie blinzelte ihm zu. »Ist das nicht passend? Siehst du dort vorn den dichten Wald und die hellen Felsen, die darüber hinausragen?«

»Ja.«

»Die Leute hier nennen es die Felsenstädte. Was es genau ist, weiß ich nicht – ich weiß nur, dass man sich davon fernhalten sollte. Es gibt eine schmale Ebene, die zwischen den Felsenstädten und den Höhenzügen im Norden hindurchführt. Ein paar Dörfer liegen darin und ein Marktplatz. Danach sind wir schon fast am Ziel.« Sie lächelte breit. »Ich kann es kaum erwarten.«

»Du weißt sehr gut Bescheid.«

Sie zuckte mit den Schultern. »Alles aus zweiter Hand. Die beiden Jesuiten, die Kristi…« Sie unterbrach sich und legte den Kopf schief. Ein Blick von unten traf Samuel. »Dir brauche ich nichts vorzuspielen, oder, Samuel Brahe?«

»Wie immer du sie nennst, Euer Gnaden, für mich und meine Männer ist sie ›Ihre Majestät die Königin‹.«

»Warum habe ich das Gefühl, du nennst mich immer dann Euer Gnaden, wenn du mich verspotten willst?«

»Ich spotte nicht über dich«, sagte er. »Aber manchmal kommt es mir so vor, als sei deine Nähe zu unserer Königin zu viel, als ein einfacher Soldat wie ich ertragen kann. Dann schaffe ich Abstand zwischen dir und mir.«

»Wenn ich also ›Ihre Majestät‹ sage, dann nennst du mich wieder Ebba?«

»Könnte gut sein.«

»Ich liebe sie«, sagte sie und schaute ihn an. »Ich liebe sie mehr als mein Leben. Ich glaube weder an den Teufel noch daran, dass ein Buch ein Fluch sein kann, aber ich habe mich auf diese Mission begeben, um ihr einen Wunsch zu erfüllen. Ich tue es aus Liebe zu ihr, nur aus Liebe.«

»Du brauchst dich nicht zu rechtfertigen, Euer Gnaden.«

»Ich rechtfertige mich nicht. Ich hatte nur das Gefühl ...« Diesmal grinste er. »... dass es mal gesagt werden sollte?«

Sie räusperte sich. »Ja. Wir sind dem Ziel ganz nahe. Ich wollte, dass du die ganze Wahrheit kennst.«

»Ich kannte sie doch.«

»Bist du dir sicher?«

»Euer Gnaden«, sagte er, »ich bin ein alter Mann. Du könntest meine Tochter sein, und Ihre Majestät könnte auch meine Tochter sein. Ich habe ihr nie in die Augen gesehen, aber dir dafür oft genug in den letzten drei Tagen, und sie verbergen nicht viel, sobald die Rede auf unsere allergnädigste Königin kommt. Also, lass uns zum Thema zurückkommen, damit ich wieder Ebba zu dir sagen kann: Was ist mit den beiden Jesuiten?«

»Sie waren erstaunlich gut informiert dafür, dass sie mir vorgekommen sind wie zwei Hanswurste, die ihren eigenen Hintern mit beiden Händen nicht finden können. Ich habe mich lediglich nach ihren Angaben orientiert, seit wir aufgebrochen sind, und sie haben uns exakt hierhergeführt.«

»Wie schön.«

Sie trieb ihr Pferd wieder an. »Morgen um die Mittagszeit halten wir die Teufelsbibel in Händen.« Sie holte tief Atem. »Weißt du, dass dieser Krieg nicht zuletzt in Braunau angefangen hat, der Stadt, die unser Ziel ist? Die gegenseitige Aufrüstung der protestantischen Union und der katholischen Liga hat begonnen, nachdem die Protestanten die Stellvertreter des damaligen böhmischen Königs Ferdinand aus dem

Fenster der Burg geworfen haben. Diese Tat war jedoch nur die Antwort auf die Ereignisse in Braunau.«

»Die Schließung der neu erbauten protestantischen Kirche.«

Ebba nickte. »Wahrscheinlich ist es auch passend, dass ein Buch wie die Teufelsbibel hier versteckt ist.«

»Ich dachte, du glaubst nicht an einen Fluch?«

Sie zog die Schultern hoch. »Es fröstelt mich, daran zu denken, dass wir noch heute Abend den Ort erreichen, an dem ein Krieg begonnen wurde, der älter ist als ich selbst.«

»Was wird uns dort erwarten?«

»Braunau war damals die reichste Stadt in der ganzen Umgebung und das Kloster riesig und voller Kunstschätze. Was uns erwarten wird? Ein wenig verblichene Größe, nehme ich an. Der Krieg hat hier angefangen, aber er ist nicht bis hierher vorgedrungen.«

Samuel dachte an Ebbas Worte von der »verblichenen Größe«, als er am nächsten Tag durch das Kloster stapfte. Der Bau war riesig, mit Mauern, die wie Klippen emporragten und auf einer Seite den steilen Felsen, unter dem sich die Unterstadt Braunaus zusammenkauerte, in den Himmel hinein verlängerten. Türme saßen auf den Mauern wie Wehrbauten einer Festung, die äußeren Pfeiler des Strebewerks an der Klosterkirche erinnerten an Messerklingen. Ihr Weg hatte sie von der Unterstadt eine enge, steile Schlucht empor zur oberen Stadt und zur Klosterpforte geführt, begleitet von den finstern Blicken einer Handvoll ärmlich gekleideter Menschen, die beim Klang des Hufgetrappels aus ihren Hütten im Schlagschatten des Stadtfelsens gekrochen waren und die auf Samuel gewirkt hatten wie Aasvögel, die sich voller Hoffnung auf Beute zusammenrotten.

»Ich glaub nich', dass wir hier irgendwas finden außer Asche«, sagte Björn Spirger und ließ einen nassen schwarzen

Klumpen, dem man ansah, dass er einmal ein dicker Foliant gewesen sein musste, mit angeekelter Miene fallen. Seine Hände waren mit feuchtem schwarzem Schlick überzogen; ärgerlich sah er sich nach etwas um, an dem er sie abwischen konnte, und fand schließlich seine Hosen.

Samuel seufzte. Er spähte in den Himmel und dachte zum wiederholten Mal daran, dass man aus dem Inneren einer Bibliothek den Himmel eigentlich nicht sollte sehen können. In der Klosterbibliothek von Braunau war das anders: Der Himmel schien herein, eingerahmt von den geschwärzten Balken des ehemaligen Dachs. Samuel schob ein paar angekohlte Bretter mit dem Fuß beiseite und legte ein Stück Pergament frei, auf dem die Hälfte einer Initiale zu sehen war; der Rest war verbrannt und hatte als einzige Spur einen unregelmäßig gezackten schwarzen Rand auf dem Pergamentrest hinterlassen. Die Initiale war kunstvoll verschnörkelt. Das Pergamentstück mochte seit dreißig Jahren hier unter den Brettern gelegen haben; die Witterung hatte alle Farbe aus dem Kunstwerk getilgt außer den roten Umrissen der Kapitale und dem tiefen Indigo an einigen Stellen. Goldfasern schimmerten auf dem dunklen Blau. Man konnte sehen, dass man es mit etwas zu tun hatte, was einmal schön und Ehrfurcht gebietend ausgesehen hatte. Der Pergamentrest war das Kloster von Braunau im Kleinen. Samuel schüttelte den Kopf. Die Enttäuschung lag wie ein Stein in seinem Magen.

»Was ist mit den Leuten an der Klosterpforte?«, fragte Samuel.

Einer der Männer, den Samuel als Wächter an einer Fensteröffnung postiert hatte, sagte über die Schulter: »Sind mehr geworden, Rittmeister.«

»Geschätzte Anzahl?«

»Ohne die Frauen und Kinder? Hundert.«

Samuel brummte. Er fing einen Blick Björn Spirgers auf.

»Hundert zerlumpte Jammergestalten, Björn«, sagte er. »Kein Grund zur Sorge.«

»Hab ich was gesagt, Rittmeister?« Spirger zuckte mit den Schultern.

»Was ist mit unserem speziellen Freund?«

»Ist immer noch da«, erwiderte der Mann am Fenster.

Samuel trat zur Fensteröffnung und spähte hinaus. Die Klosterpforte lag am Ende einer Gasse, die direkt vom Braunauer Marktplatz herführte. Die Gasse war grau und braun von den Leibern der Menschen, die sich dort stumm versammelt hatten. Sie verhielten sich so lautlos, wie sie gekommen waren. Wenn Samuel niemanden am Fenster postiert hätte, wäre den Småländern die Versammlung nicht einmal aufgefallen. Die Gestalten waren herbeigetrieben fast wie Schatten, die aus Winkeln und Ecken wachsen, wenn das Licht sich zurückzieht, und sie gaben keinen Ton von sich. Sie starrten nur. Starrten zum Kloster, und je länger man ihnen dabei zusah, desto kälter konnte es einem werden. Auf dem Weg die Schlucht herauf war Samuel der Vergleich mit Aasvögeln eingefallen, als sie die stumm starrenden, erbärmlichen Menschen in der Unterstadt passiert hatten. Der Vergleich hinkte – Aasvögel warteten auf Beute, und sie warteten voller Geduld. Jene dort draußen warteten nicht auf Beute, sondern auf … ja, was? Erlösung, schoss es Samuel durch den Sinn; und was ihr Warten auszeichnete, war nicht Geduld, sondern Hoffnungslosigkeit. Er legte dem Mann neben sich die Hand auf die Schulter.

»Unheimlich, Rittmeister, nicht wahr?«

Samuel nickte. »Sie warten darauf, dass wir das verdammte Ding endlich wegbringen«, murmelte er.

»Was?«

Samuel machte eine Kopfbewegung zum Fenster hinaus. »Die Teufelsbibel. Sie warten, dass wir den Fluch von ihrer Stadt nehmen.«

»Du liebe Güte, Rittmeister! Die sehen eher aus, als warteten sie darauf, dass sie uns auffressen können, wenn wir unsere Nasen zum Tor rausstrecken.«

Samuel knetete die Schulter des Mannes. »Besser, als von den Raben draußen auf dem Feld gefressen zu werden, oder von den Würmern, nicht? Was ist los, Corporal Brandestein? Heute ist doch ein guter Tag zum Sterben, oder nicht?«

»Kein Tag ist ein guter Tag zum Sterben, Rittmeister.«

Samuel tätschelte dem Mann die Wange und erntete ein Grinsen. »Komm schon, Gerd«, sagte er. »Ich wusste gar nicht, dass du ein Philosoph bist.«

»Wäre es glaubwürdiger, wenn ich in einem Rollwägelchen sitzen und merkwürdige Handbewegungen machen würde?«

Sie blickten beide wieder hinaus zum Fenster. Samuel schien es, als seien in den letzten Augenblicken weitere Gestalten hinzugekommen, ebenso lautlos, ebenso schattenhaft, ebenso unvermittelt wie die anderen. Während sie vor der unsichtbaren Grenze haltmachten, die der halb zusammengefallene Torbau des Klosters beschrieb, war ein einzelner Mann weiter vorgedrungen. Er hockte in einer Art mit Stroh und Decken gepolsterter Kiste, die wie ein niedriger Leiterwagen aussah. Seine Beine baumelten nutzlos links und rechts herab, dürre, blasse Stöcke, unbedeckt trotz der Kälte, mit Schmutz überzogen. Sie mussten vollkommen abgestorben sein. In der rechten Faust hielt er eine Art Trippe, wie sie die Damen in Schweden trugen während des Frühlings, damit ihre schönen Schuhe nicht im Morast der Gassen versanken; die Trippe hatte einen Handgriff, mit dessen Hilfe er sie nutzen konnte, um sich selbst vom Boden abzustoßen. Ein zweites Exemplar lag in seinem Schoß; der linke Arm war erhoben und winkte beständig zum Kloster hin. Es war klar, dass er ihnen ein Zeichen gab. Langes graues Haar bedeckte seinen Kopf bis zu den Schultern und verhüllte sein Gesicht. Es sah aus, als winke der Tod ihnen zu.

Gerd Brandestein hob eine Hand, um zurückzuwinken. Samuel packte sie.

»Warte«, sagte er. »Wir sollten erst wissen, worauf wir da antworten.«

Der Corporal sah ihn mit aufgerissenen Augen an.

»Schön weiter aufpassen, Corporal Brandestein«, erklärte Samuel und wandte sich ab.

Ebba stapfte herein. »Es sieht nirgends besser aus«, sagte sie und ballte die Fäuste. »Das Kloster ist eine Ruine, und die Stadt ist halb verlassen.«

»Es scheint, dass die Jesuiten doch nicht alles wussten«, meinte Samuel.

»Nein, offenbar wussten sie nicht alles. Eigentlich wussten sie das Wichtigste nicht. *Jäklar!*« Sie zeigte zum Fenster. »Wird das da draußen ein Problem?«

»Das wissen wir erst, wenn klar ist, ob sie uns wieder rauslassen wollen oder nicht.«

»Und wenn nicht?«

Samuel musterte sie und lächelte. »Keine Angst, Euer Gnaden. Gewöhnlich sind wir es, die für die anderen ein Problem darstellen.«

Ebba schnaubte verächtlich. Samuel machte eine weit ausholende Armbewegung in die zerstörte Bibliothek hinein.

»Was würdest du sagen: Wie lange ist das alles hier schon in diesem Zustand?«

Ebba zuckte mit den Schultern. »Keine Ahnung. Fünf Jahre?«

»Ich bin an genügend zerstörten Häusern, Kirchen und Palästen vorbeigekommen. Sieh dir die Deckenbalken an; der Ruß ist nur noch an der Unterseite sichtbar, die Flanken sind von Wind und Wetter ausgebleicht, und die Bruchstellen sind rund und brüchig. Diese langen schwarzen Spuren an den

Wänden – das war einmal eine ungebrochene Rußschicht. Der Regen hat das meiste davon abgewaschen, und das graue Zeug darauf sind Flechten. Was wir an verbranntem Pergament und sonstigem Zeug gefunden haben, hat eine dicke, ineinander verwobene Schicht auf dem Boden gebildet; nur in den Ecken und an anderen geschützten Stellen lässt sich noch halbwegs feststellen, was es einmal gewesen ist. Ich würde sagen, dass die Zerstörung vor mindestens zwanzig, eher dreißig Jahren geschehen ist.«

»Bei Ausbruch des Krieges …«, sagte Ebba.

Samuel nickte. »Nicht unwahrscheinlich.«

»Die Bürger könnten das Kloster gestürmt haben. Es war immerhin eine Art katholischer Insel in einem fast ausschließlich protestantischen Umfeld. Genügend Hass muss weiß Gott vorhanden gewesen sein.«

»Worauf? Auf die Mönche im Allgemeinen? Oder auf die Teufelsbibel?«

»Ich glaube nicht, dass die Braunauer von diesem Monstrum in ihrer Mitte wussten.«

»Manchmal muss man etwas nicht unbedingt wissen, um dennoch eine Ahnung zu haben.«

Ebba kniff die Augen zusammen und drehte sich langsam um sich selbst. »Was willst du damit sagen?«, fragte sie langsam.

»Dass wir uns mit dem Gedanken befassen sollten, dass das Buch unter den ersten Dingen war, welche die guten Braunauer hier verbrannt haben.«

»Und worauf warten die da draußen dann? Hast du einen Blick auf sie geworfen? So sahen die Leute von König Hrothgar aus, als sie darauf warteten, dass Beowulf ihnen endlich Grendel vom Hals schaffen würde.«

Samuel lachte. »Du hast zu lange am Feuer gesessen und den alten Weibern zugehört, wie sie Heldengeschichten erzählen, Ebba.«

»Tatsächlich haben Königin Kristina und ich uns diese Geschichte im Bett erzählt«, sagte Ebba fast feindselig.

Samuel verbeugte sich. »Ich bitte um Verzeihung, Euer Gnaden.«

»Ach, zum Henker, hör auf damit!«, rief sie. Björn Spirger und Gerd Brandestein drehten sich um, begegneten Samuels Blick und suchten hastig nach etwas anderem, das sie anstarren konnten. »Du weißt genau, was ich damit sagen wollte, Samuel!«

»Natürlich«, erwiderte er. »Nur dass wir keine Helden sind.«

»Und auch nichts finden werden, das meinst du doch.«

»Gibt es noch andere Orte, an denen wir suchen können?«

Sie packte ihn am Arm. »Hast du dich genau umgesehen?«, zischte sie. »Hast du dir die Häuser draußen angesehen? Die Kamine auf den Dächern? Wenn überhaupt Rauch aus ihnen aufsteigt, riecht er nach altem Heu und feuchtem Gras. Und was liegt hier drin in Massen? Geborstenes Holz von den Deckenbalken, gesplitterte Buchregale, zerstörtes Mobiliar! Warum ist das nicht längst alles geplündert worden von Menschen, die sich in ihren Hütten den Hintern abfrieren? Ich sage dir, warum, Samuel Brahe: weil sich die Leute nicht mehr hierherwagen. Hast du gesehen, wie sie vor dem Tor stehen, als wäre dort eine Grenze gezogen wie ein Feuerwall? Sie haben das Kloster überfallen und in Brand gesteckt, dann ist ihnen klar geworden, was sich hier befindet, und seitdem meiden sie die Ruine wie die Pest.« Sie ließ Samuels Arm los und schüttelte den Kopf. »Was muss das für ein Leben die letzten dreißig Jahre hier gewesen sein? Das Monstrum ist mitten unter ihnen, ragt über ihre Häuser auf und ist so groß wie die halbe Stadt – ein Monstrum, gemacht aus Aberglauben, panischer Furcht und schlechtem Gewissen. Wenn das nicht der Stoff ist, aus dem Geschichten wie die von Grendel entstanden sind, dann weiß ich nicht.«

Er seufzte und antwortete nicht. Sie sahen sich an, und plötzlich erkannte Samuel, dass ihr Blickwechsel zu einem Duell geworden war. Während Unruhe in ihm aufstieg, versuchte er, nicht zu blinzeln – und fragte sich gleichzeitig, warum es ihm auf einmal wichtig war, nicht als Erster den Blick zu senken. Ebba war nicht seine Feindin. Schämte er sich seines eigenen Zynismus angesichts der Leidenschaft dieser ungewöhnlichen Frau, die ihn und seine Männer mit einer Selbstverständlichkeit als Waffengefährten betrachtete, die den meisten männlichen Anführern gefehlt hätte?

»Rittmeister, wir haben was gefunden.«

Ebbas Augen zuckten. Er konnte den Wunsch darin lesen, den Blickkontakt abzubrechen. Der Wunsch war ebenso stark wie seiner, doch er wusste, dass sie nicht nachgeben würde.

»Rittmeister?«

»Alle paar Wochen pflege ich einer besonderen Frau einen Heiratsantrag zu machen«, murmelte Samuel. »Ebba Sparre, willst du mich heiraten?«

Sie riss verblüfft die Augen auf. Er lächelte. Ebba begann zu lachen, ohne seinen Blick loszulassen.

»Ich verzeihe dir, Samuel Brahe«, sagte sie. »Du wärst auf jeden Fall meine zweite Wahl.«

Samuel deutete eine Verbeugung an. Der Bann war gebrochen, und er spürte, dass die Erleichterung bei ihnen beiden gleich groß war. Schließlich drehte er sich zu den Reitern um, die hereingekommen waren.

»Was habt ihr gefunden?«

Die zwei Männer wiesen eine Kiste vor, die mit Metallbeschlägen gesichert und deren Holz rußgeschwärzt war. Sie war ansonsten unversehrt – und verschlossen. »Wir haben sie im hinteren Teil der Zelle gefunden, die dem Abt des Klosters gehört haben muss. Sie war halb unter der zusammengebrochenen Decke begraben. Wir hätten sie nicht gefunden, wenn Magnus«, der Sprecher der beiden Männer wies auf seinen Kameraden, »nicht auf eine Inschrift an einer eingestürzten Wand aufmerksam geworden wäre.«

»Was stand drauf?«, fragte Samuel. »›Hier graben‹?«

»Nein. Es war nur 'n Teil davon zu entziffern. *Vado rentor, santana.*«

»Ich wusste gar nicht, dass du lesen kannst, Magnus Karlsson«, erklärte Samuel.

Der Reiter warf sich in die Brust. »Wie 'n Schullehrer, Rittmeister!«

»Es heißt: *Vade retro, satanas*«, sagte Ebba.

Magnus Karlsson zeigte sich unbeeindruckt: »Wer es geschrieben hat, hatte 'ne Sauklaue, Euer Gnaden.«

»Öffnet die Truhe«, sagte Ebba. Sie warf Samuel einen Seitenblick zu. »Glaubst du …?«

Samuel zuckte mit den Schultern. Die Männer machten sich an der Truhe zu schaffen. Sie war mit zwei faustgroßen Vorhängeschlössern versperrt. Das Holz der Truhe hatte das Feuer und die Zeiten besser überstanden als das Metall der Schlösser; sie waren wenig mehr als halb geschmolzene Klumpen. Björn Spirger kam zur Hilfe und hämmerte mit einem Stein darauf ein, aber die Schlösser lösten sich nicht.

»Soll'n wir nach dem Schlüssel suchen, Rittmeister?«, fragte Magnus Karlsson.

»Nein. Hier ist der Mann, der uns helfen kann.«

Alfred Alfredsson, der mit weiteren drei Männern hereinkam und aussah wie jemand, der sich durch den Schutt eines Jahrhunderts gegraben hatte, stand stramm. »Rittmeister?«

»Es ist eine Truhe zu öffnen, Wachtmeister.«

Alfred nahm die verbogenen Schlösser in Augenschein. »Bitte Platz zu machen, Rittmeister.«

»Was hat er vor?«, fragte Ebba.

»Türe öffnen à la Alfredsson«, sagte der Wachtmeister. »Keine Sorge, Euer Gnaden. Bewährte Methode.«

»Nein!«, schrie Ebba, als Alfred eine Pistole aus dem Gürtel zog und zielte. »Er wird die Truhe ...«

Der Schuss dröhnte und hallte in der Bibliothek. Der Pulverdampf hüllte sie ätzend und weiß ein. Ebba hustete. Als der Dampf sich verflüchtigte, konnte man die Bruchstücke des Schlosses sehen, die von der Kugel mehrere Schritte weit davongesprengt worden waren. Die Wucht des Aufpralls hatte die verbogene Lasche aus der Falle gelöst; sie stand senkrecht nach oben. Die Truhe hatte keinen Kratzer. Ebba schüttelte den Kopf.

»Lausiger Schuss«, sagte Alfred mit sichtlichem Vergnügen. »Entschuldige, Euer Gnaden.«

»*Lausiger Schuss!?*«

»Sonst springt die Kugel direkt zurück in den Lauf, sodass ich sie noch mal verwenden kann.«

»Ich bin von Verrückten umgeben«, sagte Ebba. »Na los, Wachtmeister. Es gibt noch ein zweites Schloss.«

Als sich der Pulverdampf des zweiten Schusses verzogen hatte, warteten alle respektvoll darauf, dass Ebba die Truhe öffnete. Es gelang ihr mit einiger Anstrengung. Samuel konnte sehen, dass seine Männer den Atem anhielten. Ebba fasste in die Truhe und wuchtete nicht ohne Mühe einen dicken Folianten heraus. Die Hitze hatte dem Folianten auch im Inneren der Truhe geschadet; der Lederbezug über den hölzernen Deckeln war aufgesprungen und eingeschrumpft, die Ränder des Papiers waren dunkelbraun verfärbt. Ebba rüttelte mit spitzen Fingern am Deckel, doch er löste sich leicht und ließ sich umschlagen. Sie starrte auf die erste Seite und begann dann zu blättern.

»Das ist ein Hohn«, sagte sie schließlich.

»Was ist es?«, fragte Samuel.

Sie feuerte das Buch auf den Boden und erhob sich wütend. Ein Tritt traf die Kiste. »*Fan helvete!*«, rief sie. »*Fan helvete!*« Die Männer warfen sich bewundernde Blicke zu. Ebba stapfte ein paar Schritte davon und versuchte dann, sich wieder unter Kontrolle zu bekommen.

Samuel bückte sich und hob das schwere Buch auf. Er schlug es auf.

»Das ist ein Inventarverzeichnis«, sagte er. »Wir haben die Aufstellung des zerstörten Klosterinventars gefunden.«

Björn Spirger grunzte. Alfred Alfredsson ließ die Schultern hängen. Samuel legte den Folianten dem überraschten Magnus Karlsson in die Arme. »Hier, Magnus. Einem lesenden Mann soll man ein Buch schenken.«

Ebba war mit gesenktem Kopf stehen geblieben. Samuel trat an ihre Seite. »Wir suchen weiter«, sagte er sanft. »Das ist ein riesiger Komplex. Wir haben noch nicht einmal die Hälfte davon gesehen.«

Sie erwiderte nichts. Ihre Wangenmuskeln arbeiteten. Schulterzuckend wandte er sich ab und sah sich mit Alfred Alfredsson konfrontiert.

»Wo hast du dich eigentlich so eingedreckt, Alfred?«

»Das Kloster hat anscheinend ein ausgedehntes Kellergewölbe. Wir wollten es uns ansehen.«

»Bist du die Treppe hinuntergefallen?«

»Nein. Der Zugang ist verschüttet. Wir konnten nur ein kleines Loch freiräumen und eine Fackel hinunterwerfen, sodass wir sahen, dass es ziemlich weit nach unten geht.«

Samuel blickte auf, als Ebba an seine Seite trat. Ihre Wangen waren wieder gerötet. »Wie weit?«, fragte sie.

»Schwer zu sagen. Die Treppe führte in die Richtung, in der auch der Hauptkomplex des Klosters liegt – mitten in den Stadtfelsen hinein.«

»Wachtmeister!«, sagte Samuel. »Du hast gesehen, dass es einen Zugang zu einem Kellergewölbe gibt, und nur ein *kleines* Loch freigelegt?«

Alfred stand stramm. »Verstehe, Rittmeister. Ein größeres Loch wird gewünscht!«

»Gut kombiniert, Wachtmeister.«

»Ein Loch, passend für Männer, zum Durchsteigen«, schnarrte Alfred.

»Sehr richtig.«

»Rittmeister!« Alfred drehte sich zackig um. »Aaaaab-MARSCH zum Graben, Kerls. Wer als Letzter unten ist, dessen Schädel nehme ich persönlich zum Mauerdurchstoßen her!«

»Alfred.« Ebba legte ihm eine Hand auf den Arm. »Danke schön.« Sie stellte sich auf Zehenspitzen und küsste ihn auf die Wange. Alfred grinste.

»Du sammelst Küsse links und rechts wie ein anderer Mann Läuse«, sagte Samuel.

»Meine natürliche Anziehungskraft, Rittmeister. Wird's bald, Kerls! Ich höre ja noch immer keine Schippgeräusche!«

13

NACH EINER GUTEN Stunde heftigen Grabens hatten sie das Loch so weit vergrößert, dass ein Mann hindurchschlüpfen konnte.

»Corporal Spirger ...«, begann Samuel.

Ebba unterbrach ihn. »*Ich* gehe«, sagte sie.

»Kommt nicht infrage.«

»Red keinen Unsinn, Samuel. Björn passt gerade so durch das Loch. Für mich ist es ein bequemer Durchgang.«

Samuel holte Luft. Ebba schüttelte den Kopf. »*Ich* gehe«, sagte sie. »Dabei bleibt's.«

Mittlerweile hatte sie gelernt, seine sparsame Mimik zu deuten. Auf seine Lippen trat ein kaum wahrnehmbares Lächeln. »Sehr wohl, Euer Gnaden.« Er hätte nicht unzufriedener sein können mit ihrer Entscheidung.

Ebba rollte mit den Augen und kroch den Schutthaufen hinauf. »Haben wir noch eine Fackel?« Sie leuchtete in die Finsternis dahinter. Ein modriger, kalter Hauch drang hervor. Die Flamme tanzte und flackerte. Plötzlich schien es ihr, als sei die Treppe ziemlich steil und führe tief hinunter und als sei die Dunkelheit jenseits des schwachen Lichtkreises der Fackel *sehr* dunkel. Wie hatte die Geschichte gelautet? Das Ungeheuer hauste in einer Meereshöhle, und als Beowulf dort eindrang, hätte es ihn beinahe das Leben gekostet? Heldenlieder verloren an Faszination, wenn man sich unversehens anstelle des Helden wiederfand – bevor die Heldentat getan war. *Närrin*, schalt sie sich. *Das ist nichts weiter als ein altes Gewölbe, in das vermutlich vor einer Generation der letzte Mensch seinen Fuß gesetzt hat.* Doch die merkwürdige Stimmung, die sich an sie herangeschlichen hatte, seit sie in Braunau angekommen waren, ließ sich nicht so leicht abschütteln. Schließlich beschwor sie den Geschmack des letzten Kusses herauf, den Kristina ihr gegeben hatte, bevor sie draußen in der Halle offiziell Abschied genommen hatten. Die Erinnerung drängte die Gegenwart weit genug zurück, dass sie tief Luft holen und die Beine durch das Loch strecken konnte. Bäuchlings rückwärtskriechend, tasteten ihre Füße auf der anderen Seite des Schuttberges herum, bis sie Halt fanden.

»Haltet die Fackel, bis ich weiter unten bin«, sagte sie.

Jemand nahm sie ihr ab, und sie kletterte blindlings weiter, zugleich erleichtert und beunruhigt, dass sie der lichtlosen Schwärze nun den Rücken zuwandte. »Die Fackel.«

Eine Hand streckte sich durch die Öffnung und reichte sie ihr. Es war schwer, sich festzuhalten; Teile der herabgefallenen Kellerdecke waren voller Flechten und Moose, die im Sommer nass sein mussten; jetzt waren sie gefroren. Sie wand sich, um sich gleichzeitig festhalten und die Fackel nach vorn strecken zu können, da rutschte ihr Fuß ab, und sie spürte, wie sie nach unten sackte. Ein Ruck an ihrem Arm hielt sie auf. Die Fackel fiel ihr aus der Hand, schlug auf den Stufen drei, vier Mannslängen unter ihr auf und rollte ein Stück weiter, wo sie, immer noch blakend, liegen blieb und eine roh behauene Wand und ebenso rohe, in der Mitte von vielen Tritten glatt geschliffene Treppenstufen beleuchtete, die ihr das Kreuz gebrochen hätten, wäre sie abgestürzt. Ihr Herz hämmerte. Sie spähte nach oben.

Samuels schmales Gesicht war in der Öffnung zu sehen. Seine Faust hielt ihr Handgelenk. Sie blinzelte.

»Ehrengeleit, Euer Gnaden?«

Sie nickte und suchte sich einen neuen Halt. Bis sie endlich nach unten geklettert war, hatte Samuel sie eingeholt. Er hielt eine zweite Fackel und sah ihr dabei zu, wie sie ihre Kleidung mit fahrigen Bewegungen von Staub und Dreck zu reinigen versuchte. Sie straffte sich, bückte sich nach der Fackel, die sie verloren hatte, und bemühte sich dann, ihm ein Grinsen zu schenken.

»Wer übernimmt Grendel und wer seine Mutter?«, fragte sie.

Er lockerte die Pistolen in seinem Gürtel und sagte nur: »Hier ist lange niemand gewesen.«

Die Treppe führte so weit nach unten, dass sich das Loch, durch das sie gekrochen waren, hinter der durchhängenden Wölbung der Gangdecke verlor. Sie hörte die Stimmen der Männer oben, die sich halblaut unterhielten, aber der enge Schacht verzerrte sie so sehr, dass sie eher unheimlich als beruhigend wirkten. Am Anfang waren die Treppenstufen noch schlüpfrig von der gefrorenen Nässe; weiter unten verschwand das Eis und machte einem feuchten Beschlag und kleinen Pfützen Platz, die in Auswaschungen der steinernen Stufen schwammen. Als sie am Ende der Treppe ankamen und vor einem Gang standen, der geradewegs in die Dunkelheit führte, empfand Ebba die Luft als warm im Vergleich zu der eisigen Kälte, die oben in den Ruinen herrschte. Unwillkürlich waren beide stehen geblieben.

»Sie ist hier gewesen«, flüsterte sie. Samuel warf ihr einen Blick zu. Er fragte nicht, woher sie das wusste. Er nickte nur.

Ein paar Schritte weiter drang der Schein der Fackeln bis zum Ende des Gangs vor. Was sich dort aus dem trüben Licht schälte, war eine hölzerne, mit Nägeln und Bändern beschlagene Pforte, wie der Eingang zu einer Festung. Ebbas Herz begann erneut zu hämmern, dass es sie in der Kehle würgte. Sie schluckte trocken. Sie wusste, dass sie am Ziel war, so wie sie gewusst hatte, dass die Teufelsbibel hier versteckt gewesen war. Sie machte einen ungeduldigen Schritt nach vorn.

»Warte«, sagte Samuel leise.

Jetzt erkannte auch sie den schmalen Durchlass in der Längswand, die auf die Tür zulief. Er sah auf den ersten Blick aus wie eine Nische, aber sie ahnte, dass es eine Öffnung zu einer Kammer war. Die ihnen zugewandte Kante ragte eine Handbreit weiter in den Gang hinein als die gegenüberliegende Seite. Wer nicht achtgab, sah die Öffnung erst, wenn er schon fast davorstand. Eine ideale Möglichkeit, um unverhofft daraus hervorzuspringen und sich auf den zu stürzen, der sich dem Portal unvorsichtig näherte.

Sie fühlte seine Lippen an ihrem Ohr, als er sich zu ihr herunterbeugte und wisperte: »Rede irgendwas.« Er drückte ihr seine Fackel in die Hand.

Sie nickte. Einen Augenblick lang war Leere in ihrem Hirn. »Beowulf«, sagte sie dann laut, »Beowulf fand Grendels Mutter in ihrer Meereshöhle und erschlug sie mit einem riesigen Schwert, das kein anderer Mann hätte schwingen können.«

Samuel huschte zur Wand, zog seine Pistolen aus dem Gürtel und schob sich dann an ihr entlang auf die getarnte Öffnung zu.

»Das Blut des Ungeheuers zerschmolz das Riesenschwert bis zum Heft ...«

Samuel drückte sich an die Wand direkt vor der Öffnung und spähte darum herum. Er streckte die Arme aus, bis sie gestreckt waren und die Pistolenläufe schräg vor ihm auf den Boden zeigten.

»… aber Beowulf war unversehrt und hob den Kopf Grendels auf, den er abgeschlagen hatte, als Siegestrophäe …«

Samuel machte einen raschen Schritt in den Gang hinein, direkt vor die Öffnung, hob den Fuß und richtete gleichzeitig die Pistolen in dieselbe Richtung, trat zu; Holz splitterte, etwas knallte, wie wenn eine halb zerstörte Tür gegen die Wand fliegt, und Samuel war mit einem Satz und vorgereckten Waffen in der Öffnung verschwunden. Ebba stürzte ihm hinterher. Sie erwartete jeden Moment, dass er feuern würde, aber nichts tat sich. Als sie die Öffnung erreichte, stand er bereits mit hängenden Armen in einer kleinen Kammer und sah sich um. Sie hob die Fackeln und beleuchtete einen schmucklosen Raum mit steinernen Pritschen an den Wänden. Auf einer davon …

… sie konnte nicht verhindern, dass sie keuchte und einen Schritt zurückprallte …

… lag eine verhüllte Leiche unter einem schwarzen Tuch.

Samuel wirbelte die Pistolen um seine Fäuste, steckte sie zurück in den Gürtel und bückte sich. Er hob eine zerschlissene, halb zerfallene schwarze Kutte hoch. Die Pritsche darunter war leer. Ebba räusperte sich. Vor ihren Augen gaukelte noch immer das Trugbild eines verwesten Körpers.

»Ist das jetzt Grendel oder Grendels Mutter?«, fragte Samuel und warf die Kutte wieder zurück.

Sie bedachte ihn mit einem vernichtenden Blick und trat in den Gang hinaus. Mit der Fackel leuchtete sie die Tür an. In ihre Erregung mischte sich der kalte Hauch einer neuerlichen Enttäuschung.

»Ich hab's schon gesehen«, sagte Samuel. »Die Pforte ist offen.«

Sie streckte die Hand aus. Das Holz war schmierig und feucht, das Metall korrodiert. Sie ließ die Hand einen Augenblick darauf ruhen, dann zog sie das Portal mit einem Ruck auf.

Ein Geräusch von der Treppe ließ sie herumfahren. Als hätten sie es abgesprochen, huschte Ebba in die Kammer neben der Pforte, während Samuel zur anderen Seite des Ganges sprang. Sie hatte die Bewegung nicht gesehen, aber plötzlich waren die Pistolen wieder in seinen Fäusten und zielten, ohne zu zittern, dorthin, wo sie hergekommen waren.

Das Licht einer weiteren Fackel beleuchtete den offenen Mund und die aufgerissenen Augen von Björn Spirger. Seine Blicke hingen an den Pistolenmündungen Samuels. Der Rittmeister ließ die Waffen sinken.

»Peng!«, sagte er rau. »Du bist tot, du Trottel.« Er ließ sich gegen die Wand sinken und atmete tief aus.

Björn Spirger schluckte und schüttelte sich. Dann riss er sich zusammen. »Ihr müsst sofort hochkommen!«, sprudelte er hervor. »Sofort!«

14

DAS HAUS ZUM Blauen Löwen in der Nachbarschaft des Dominikanerklosters in Bamberg hatte auf der Herreise als Herberge für Agnes und Alexandra gedient; die beiden Frauen hatten sich großzügig genug gezeigt, dass man sich nun an Alexandra erinnerte. Das Haus war halb zerstört, doch das weite Kellergewölbe und der Trakt, in dem sich die große Feuerstelle befand, hatten den Krieg halbwegs unversehrt überstanden. Alexandra blieb jedoch nicht verborgen, dass hier wie in Würzburg etwas anderes die Zeit nicht unversehrt überstanden hatte: das Zutrauen der Bamberger, richtig und falsch unterscheiden zu können.

Auch hier hatten zunächst die Jesuiten die Gegenreformation vorangetrieben, militärisch unterstützt von Bischof Johann Gottfried von Aschhausen. Anders als in Würzburg hatten sie ihren Griff um die Stadt danach gelockert; Gräueltaten, wie Fürstbischof Johann Georg von Dornheim, der direkte Nachfolger Aschhausens, sie verübt hatte, konnte man ihnen kaum in die Schuhe schieben. Andererseits kam Bamberg daher in den Plänen der Societas Jesu, die vergangenen Untaten zu sühnen, nicht vor. Würzburg bemühte sich, die Erinnerung an die Scheiterhaufen, die auf der Seele der Stadt lastete, aufzuarbeiten; Bamberg bemühte sich lediglich, sie zu vergessen. Alexandra wusste nicht, wessen Angedenken ihr widerlicher war: das von Fürstbischof Adolf von Ehrenberg, der aus religiösem Wahn Hunderte von Unschuldigen ins Feuer geschickt hatte, oder das von Fürstbischof Johann Georg von Dornheim, der dasselbe getan hatte, um jeglichen politischen Widerstand in seiner Stadt zu ersticken. Sie hatte gehört, dass vor dem Eintreffen der Schweden unter anderem der gesamte Stadtrat über einen Zeitraum von mehreren Jahren hinweg ermordet worden war, samt dem Bürgermeister, der bis zuletzt seine Unschuld geschworen hatte, obwohl er mit seinen mehrfach gebrochenen Fingern das Schuldeingeständnis ohnehin nicht hätte unterzeichnen können. Dies hatte sogar bis zum Kurfürstentag in Regensburg Wellen geschlagen, aber mit dem Krieg und dem Vorrücken der Schweden und dem allgemein schlechten Zustand des Reichs waren die Wellen nicht mehr gewesen als Gischt an einer ansonsten unzerstörbaren Klippe aus Überheblichkeit, Machtbewusstsein und Skrupellosigkeit, die Johann Georg von Dornheim hatte erstehen lassen. Tatsächlich hatte erst die Eroberung der Stadt durch die Truppen Gustav Adolfs den Verbrennungen ein Ende gesetzt; der Fürstbischof war bereits vorher geflohen, und zwar derart, dass er erst in Kärnten wieder zum Halten gekommen war, wo ihn ausnahmsweise die göttliche

Gerechtigkeit in Form eines Schlaganfalls ereilt hatte. Die Schweden hatten die Stadt, nicht zuletzt dank des Interesses von Herzog Bernhard von Weimar, dem vermeintlichen Erben des Schwedenkönigs, danach noch dreimal besetzt. Heute ähnelte sie, was den Zustand der Häuser betraf, Würzburg, aber die Stimmung der Bewohner war düsterer, der Nebel, der von den beiden Armen der Regnitz aufstieg und das dürre Geäst der Bäume mit Raureif überzog, roch nach Tod und Verwesung, und im Dom wuchs das Gras.

Alexandra hörte die Ausführungen des Schankwirts, der die mehrhundertjährige Geschichte des Hauses zum Blauen Löwen erzählte, bestehend aus Zank mit dem nahen Dominikanerkloster und Besitzerwechseln infolge von Überschuldung. Gemessen daran musste der Mörtel, der die Steine zusammenhielt, zu drei Vierteln aus Ärger bestehen; vielleicht war dies der Grund, warum es nicht vollends in sich zusammengefallen war, als ein Kanonenschuss der schwedischen Armee das Dach getroffen hatte. Es schien, dass die Konzession des Wirts, Bier auszuschenken und Mahlzeiten anzubieten, weniger durch einen aktiven Willensakt des Stadtrats als vielmehr durch aktives Wegschauen des derzeitigen Bürgermeisters entstanden war. Es machte Sinn – in einer Stadt, in der die Kriegswunden noch überall sichtbar waren, war der Fleiß eines einzelnen Bürgers ein Hoffnungsschimmer auf die Rückkehr zur Normalität. Abgesehen davon war die Qualität von Speise und Trank durchaus empfehlenswert. Alexandra nickte zum Redefluss ihres Gegenübers und streute das eine oder andere »Was Sie nicht sagen!« ein; die Worte plätscherten unverstanden an ihr vorbei, und was es ihr ermöglichte, an den richtigen Stellen zu nicken, war die Tatsache, dass sie die gleiche Geschichte schon bei der Herreise vernommen hatte. Nichts hätte ihr mehr egal sein können als das Schicksal des Hauses zum Blauen Löwen, seiner Besitzer, der Bürger Bambergs oder das der ganzen Welt. Sie schlang das

Essen hinunter, ohne zu merken, was es war, und weniger die Erkenntnis, dass ein Reisender auch einmal rasten muss, als die schiere Erschöpfung von Pferd und Reiterin hatten sie dazu gebracht, überhaupt in Bamberg haltzumachen.

Dann stellte sie fest, dass sie sich von einer Atempause zu einem gemurmelten »Das ist ja unglaublich!« hatte hinreißen lassen, obwohl ihr Gesprächspartner seine Aussage gar nicht zu Ende gebracht hatte. Sie blickte auf und erkannte, dass er sich unterbrochen hatte und über ihre Schulter spähte mit einem Ausdruck, der von Furcht bis zu Verachtung reichte. Es lief ihr kalt über den Rücken. In diesem Augenblick war sie sich sicher, dass Pater Silvicola einen seiner Ordensbrüder hinter ihr hergeschickt hatte, um ihr mitzuteilen, dass er es sich anders überlegt habe und dass sie umkehren solle, um mit ihrer Familie zusammen sofort verbrannt zu werden.

»Wenigstens stimmt die Familienzugehörigkeit«, sagte eine Stimme hinter ihr. Sie hörte das Grinsen darin. Langsam drehte sie sich auf der Sitzbank um.

»Und im Grunde genommen«, sagte die Stimme, »sehe ich dein Gesicht auch viel lieber als das deines Bruders. Wenngleich ich *ihn* hier erwartet habe und nicht dich.«

Der Schankwirt stand auf, kramte in seiner Börse und drückte dem Mönch, der vor ihrem Tisch stand, ein Geldstück in die Hand. »Bete für dieses Haus, Bruder«, brummte er; man konnte förmlich den Zusatz hören: *Aber sei so gut und tu es draußen.* Jemand, der auf dem Erbe von zweihundert Jahren Hader mit dem benachbarten Kloster saß, musste vielleicht auch nicht gut auf eine Kutte zu sprechen sein, erst recht nicht, wenn diese so schwarz war wie die Nacht.

Wenzel betrachtete das Almosen mit einer hochgezogenen Augenbraue, dann zuckte er mit den Schultern und steckte es ein. »Dankeschön«, sagte er. »Und Gott segne dieses Haus und all seine Bewohner und Gäste.«

»Amen.« Der Schankwirt machte das Kreuzzeichen und

stand dann da wie die fleischgewordene Aufforderung, sich rar zu machen.

»Was tust du hier, Wenzel?«

»Ich warte auf Melchior. Außerdem sollte ich die Frage lieber dir stellen. Bist du allein aus Würzburg aufgebrochen? Wo ist dein Bruder? Wir hatten vereinbart, uns in Bamberg ...« Dann fügte er mit misstrauischem Gesicht hinzu: »Ist etwas passiert?«

Alexandra sah ihn an. Das Herz drängte sich ihr förmlich auf die Zunge. Sie war keine Frau, die einen Mann an ihrer Seite brauchte, um Entscheidungen zu treffen, aber plötzlich jemanden zu haben, mit dem man sich besprechen konnte, mit dem man seine Angst teilen, mit dem man einen Plan fassen, ihn erörtern, ihn verwerfen und auf die Suche nach einer besseren Lösung gehen konnte ... jemanden – auch das erkannte sie unvermittelt –, der ihr jetzt ebenso helfen konnte, wie er ihr damals hätte helfen können, als sie vor einem kleinen Grab gestanden und gefühlt hatte, wie die Trauer sie innerlich vereiste, wenn sie sich nur von ihm hätte helfen lassen, wenn sie ihm nur die Wahrheit gesagt hätte ...

Wenzels Lächeln und seine Freude, sie zu sehen, waren echt, ebenso wie sein Argwohn, dass sie in Schwierigkeiten steckte. Hier ... war ein Freund.

Und während all diese Überlegungen einen Wimpernschlag lang dauerten, formte sich mit dem nächsten Wimpernschlag die Erkenntnis, dass Wenzel niemals einwilligen würde, die Teufelsbibel zu stehlen und Pater Silvicola auszuhändigen. Wenzel war von ihnen allen derjenige, der das Erbe des alten Kardinals Khlesl am deutlichsten angetreten hatte, und der alte Kardinal hatte, obwohl sein Neffe Cyprian sein Ein und Alles gewesen war, dennoch diesen immer wieder in Lebensgefahr gebracht, nur um die Entdeckung der Teufelsbibel zu verhindern. Wenzel würde niemals zulassen, dass sie, Alexandra, die Teufelsbibel an sich brachte, auch nicht um den Preis des Lebens von Agnes, Andreas, Melchior, Karina und Lýdie.

Am Ende des Tages war Wenzel doch nur ein Fremder, der den Namen, aber nicht das Blut ihrer Familie besaß.

»Nein«, sagte sie, und am Widerschein ihres Lächelns in seinem Gesicht wusste sie, dass er ganz und gar auf sie hereinfiel. »Wieso auch? Lýdie ist über den Berg, und Andreas' Gegenwart war nicht mehr auszuhalten. Mama ist dort geblieben. Ich habe Sehnsucht nach Prag.«

Wenzels Augen leuchteten auf. »Dürfen wir dir die Begleitung von sieben bescheidenen Gottesdienern antragen?«

Es war der Preis, den sie zahlen musste. Sie würde ihn und seine Glaubensbrüder irgendwo abschütteln können, dessen war sie sicher. »Ich bitte darum«, sagte sie und strahlte.

Und während all dies geschah, schrie eine Stimme in ihrem Inneren: *Preis? Was für ein Preis? Der einzige wahre Preis, den du für diese Lüge bezahlen musst, ist der, dass du soeben einen Freund verloren hast!*

Mehr noch, dachte sie bitter.

Von nun an war Wenzel, auch wenn er es noch nicht wusste, ihr Feind.

15

DAS LICHT AUF der anderen Seite des Schuttberges stach Ebba in die Augen, und sie hatte das Gefühl, als habe das ungeheure Gewicht der Klosterbauten auf ihren Schultern gelastet, solange sie dort unten gewesen war. Die Männer hatten sich um Magnus Karlsson versammelt, der am Anfang der Stufen stand, die zum Schuttberg hinunterführten. Magnus blickte auf.

»Ich hab hier was gefunden, glaube ich«, sagte er. Fassungslos erkannte Ebba, dass er das Buch in die Höhe hielt, das sich in der Truhe befunden hatte – das Inventarverzeichnis des Klosters, das all die Zerstörungen überstanden hatte, um sie mit einer Aufstellung dessen zu verhöhnen, was längst dahin war.

»Hier steht was von *Cortex santananus*.«

»Was?«, schnappte Samuel, der noch halb in dem Loch steckte.

»Hmmm ... *co* ... *coooo* ... *cortex* ...«

»Zeig her«, sagte Ebba. Sie spähte auf die Zeile, unter der Karlssons schmutziger Zeigefinger lag. Sie blinzelte, aber der Eintrag ging nicht weg. Sie hörte das Blut in ihren Ohren rauschen.

»*Codex satani*«, flüsterte sie. Der Eintrag, hastig gekritzelt wie von einer Hand, die selbst nicht glaubte, was sie schrieb, verschwamm vor ihren Augen. »Ich wusste es. Sie ist hier gewesen. Die Jesuiten hatten recht. Der leere Raum dort unten ... wenn jemals irgendwo etwas eingelagert war, dessen Macht selbst noch nach so vielen Jahren im Granitstein ein Echo hervorruft, dann war es in diesem Raum ...« Ihre Blicke rissen sich von dem Inventarverzeichnis los und begegneten denen der Männer. Ihr wurde klar, dass sie laut gesprochen hatte. »Sie ist in Prag. Das Kloster hat sie Kaiser Rudolf überlassen. Vor über fünfzig Jahren. Das Inventarverzeichnis listet es ganz klar auf.«

»Verdammte Jesuiten«, murmelte jemand. »Schicken uns in die Wüste. Wir könnten schon lange wieder auf dem Rückweg sein.«

Ebba schüttelte erneut den Kopf. »Sie war auch danach noch hier. Das Inventar lügt. Ich weiß nur nicht, wie. Aber ich fühle es.«

»Ebba ... es ist nur ein Buch!«

»Ja ... nein ...« Ihre Zuversicht war verschwunden und hatte unerklärlicher Angst Platz gemacht. Sie stellte sich die Teufelsbibel vor, nachdem sie diese erfolgreich nach Schweden gebracht hatte, aber statt eines Buches sah sie nur einen riesigen Schatten, der sich vor die Sonne schob, der das Meer verdunkelte, aus dem strahlenden Stockholm ein Tal der Finsternis machte und aus dem Prachtbau von Schloss Tre Kronor eine Gruft. Der Schatten fiel über die Gebäude, über die Menschen ... fiel über das Gesicht Kristinas, das sie plötzlich vor sich sah, so wie sie voneinander Abschied genommen hatten, und auf einmal ahnte sie, dass dieser Schatten, wenn er erst in Kristinas Herz angekommen war, nie mehr zurückzudrängen wäre, von ihr Besitz ergreifen würde, aus der Lichtbringerin eine Botschafterin der Schatten machen würde, aus einer Königin eine schreckliche Göttin, aus ihrer von Herzen Geliebten eine Fremde, deren Haut sich kalt anfühlen und deren Zärtlichkeiten wie Peitschenhiebe sein würden. »Nein ...!«

Samuel schüttelte sie so grob, dass sich ihr Haar aus dem Band löste, mit dem sie es zurückhielt, und ihr ins Gesicht fiel.

»Ebba!«

Sie straffte sich. »Was?«, sagte sie. »Was? Habt ihr nicht gehört – die Teufelsbibel ist in Prag. Wir holen sie uns dort und bringen sie nach Hause.«

Samuel brachte sein Gesicht nahe an das ihre heran. Mit den Augen schien er ihre Seele berühren zu wollen. »Bist du sicher?«

»Was soll das heißen?« Sie merkte, dass sie dem Blick nicht standhalten konnte. Zu ihrer Überraschung fasste er sie am Kinn und drehte ihren Kopf herum, bis sich ihre Nasenspitzen berührten. Sie starrte in die dunklen, prüfenden Augen und sah sich selbst darin reflektiert.

»Bist du *sicher*?«

»Natürlich bin ich sicher!« Sie befreite sich mit einem Ruck aus seinem Griff. »Was fällt dir ein, Rittmeister Brahe! Wir brechen sofort auf! Das ist ein Befehl!«

Seine Haltung versteifte sich. »Euer Gnaden!«

Alfred Alfredsson warf das Brett beiseite, mit dem er geholfen hatte zu graben. »Na los, Kerls: Keeeehrt-MARSCH! Sucht euer Zeug zusammen und sagt den anderen Bescheid. Wir rücken ab!« Er nickte ihr zu. »Euer Gnaden!« Es tat besonders weh, dass *er* sie so nannte. Sie wollte rufen: »Es tut mir leid! Ich habe es nicht so gemeint!«, doch sie ahnte, dass sie es damit nur schlimmer gemacht hätte. Sie nickte zurück und stapfte den Männern hinterher.

Samuel hatte innegehalten. Sie drehte sich um und sah, wie er den Folianten mit dem Inventarverzeichnis, den Magnus Karlsson auf den Boden gelegt hatte, aufnahm und nachdenklich in der Hand wog. Dann schleuderte er ihn durch das Loch in das Gewölbe hinunter. Ihre Blicke begegneten sich. Er blieb stehen, bis sie sich abwandte, und kam dann als Letzter hintennach. Es wirkte höflich, aber es war nicht mehr als die Umsicht eines Offiziers, der es vorzieht, seiner Truppe den Rücken freizuhalten. In seinen Augen hatte sie lesen können, dass sie sein Vertrauen verloren hatte.

16

BEI IHREM ABZUG aus dem Kloster setzte Samuel sich an die Spitze. Ebba versuchte, zu ihm aufzuschließen, aber er packte wortlos den Zügel ihres Pferdes und zwang es hinter dem seinen zurück. Sie ließ es geschehen. Vor dem Tor standen die zerlumpten Elendsgestalten der Braunauer Bürger dicht an dicht und starrten ihnen stumm entgegen. Der alte Krüppel in seinem Leiterwagen hatte sein Winken eingestellt. Er gaffte sie mit offenem Mund an und blieb an Ort und Stelle. Ebba hielt den Atem an, weil es einen Herzschlag lang so aussah, als würde Samuel ihn einfach über den Haufen reiten, doch dann lenkte der Rittmeister sein Pferd um das Hindernis herum, und sie und die Männer folgten dem vorgegebenen Pfad in einer langen Einzellinie. Das Klappern der Pferdehufe brach sich an der hoch aufragenden Wand der Klosterkirche und flatterte als Echo in die Gasse hinein, in der sich die stumme Masse drängte. Husten war hörbar, da und dort das müde Greinen eines Kindes, aber niemand sagte ein Wort. Ein Pferd schnaubte, bei einem anderen klimperte das Zaumzeug. Die Bürger Braunaus standen als jämmerliche Wand aus Leibern jenseits des zerstörten Torbaus. Samuel ließ die Zügel locker, und sein Pferd schritt so lange voran, bis sein nächster Schritt es mitten unter die Menge getragen hätte. Es blieb stehen und schüttelte nervös den Kopf.

Samuel gab die Blicke der paar Hundert Menschen schweigend zurück. Ebba hatte erwartet, dass er seine Pistolen ziehen würde, aber er saß nur auf seinem Pferd und erwiderte das Starren. Nach mehreren Augenblicken ertönte ein Rascheln und Schlurfen, das in der Stille wirkte, als reiße jemand den Belag der Gasse auf, und eine widerwillige Bewegung kam in die braunen und grauen Leiber. Sie wichen vor ihm zurück und zur Seite, und ein Pfad tat sich auf. Samuel wartete mit einer angsteinflößenden Geduld, bis die Menge sich vollends geteilt hatte und hinter ihr das Ende der Gasse sichtbar wurde. Dann tippte er sich an die Krempe des Hutes und trieb sein Pferd an. Es schritt mit zitternden Flanken und peitschendem Schweif zwischen den Menschen hindurch. Ebba empfand nicht einmal Verachtung für sich selbst, auch wenn sie ihm so dichtauf folgte, dass ihr eigener Gaul den Kopf abwenden musste, weil ihm der Schwanz von Samuels Pferd in die Augen schlug. Ihre Blicke wanderten über die Gesichter, die scheinbar ausdruckslos zu ihnen emporschauten – mattes Haar, Schmutz in verfrühten Gramfalten, harte Linien von den Nasenflügeln zu den Mundwinkeln, zusammengepresste Lippen ... Augen, die wie Wunden waren und in denen eine Frage stand, die sie nicht verstand. Sie sah sich um. Die Småländer folgten ohne Zögern nach. Keiner von ihnen hatte eine Waffe gezückt oder auch nur die Hand am Griff eines Rapiers. Auch Alfred Alfredssons Hände hielten beide die Zügel fest, der lederumwickelte Griff seines Berserkerknüppels ragte frei aus dem Sattelköcher heraus und nickte im Takt der Schritte seines Gauls.

Samuel zügelte sein Pferd, und Ebba spähte an ihm vorbei. Ein kleines Kind in einem Hemdchen und mit bloßen Beinen, die Füße mit Lumpen umwickelt, stand inmitten der Gasse und schaute zu ihm empor. Es war das vielleicht Erschreckendste an ihrem Weg durch die Menge: dass es so lange dauerte, bis eine Frau aus der zweiten oder dritten Reihe sich stumm nach vorne drängte und das Kind hochhob. Es weinte nicht, es protestierte nicht, es schaute nur. Samuel tippte erneut an die Krempe seines Hutes.

»Gott mit dir«, sagte er auf Schwedisch. Die Frau erwiderte nichts. Sie schob sich nach hinten in die Menge hinein und verschmolz wieder mit ihr. Samuel schnalzte mit der Zunge, und sein Pferd setzte sich wieder in Bewegung.

»Mm-mm!«, machte Alfred halblaut hinter ihr. Sie drehte sich zu ihm um. Er sah auf ihre Hand, die gerade ihre Börse losmachen und der Frau und dem Kind hatte zuwerfen wollen. Alfreds Augen waren vollkommen ohne Ausdruck. Er schüttelte kaum merklich den Kopf.

Sie ließ die Börse los und ergriff den Zügel wieder. Ihre Hand zitterte.

Alfred nickte und ließ den Schatten des Schattens eines Lächelns sehen.

Samuel und die ersten der Småländer, einschließlich Ebbas, waren bereits draußen auf dem Marktplatz, als der letzte der Männer den schweigenden Mob passiert hatte; es war Björn Spirger, den Ebba gleich nach Samuel und Alfred als den Umsichtigsten der Männer kennengelernt hatte.

Spirgers Gesicht war so verwegen-hässlich wie das eines geborenen Faustkämpfers, aber jetzt war es bleich und wirkte eher wie das eines Knaben denn eines Mannes. Eine Brise wehte über den Marktplatz und ließ Ebba erschauern – sie war schweißnass.

Dann geschah das, was sie gefürchtet hatte – jemand rief ihnen etwas hinterher. Samuel wendete sein Pferd. Die Gasse durch die Menge war offen geblieben, und irgendwie hatte es der Krüppel in seinem Leiterwagen geschafft, sich hindurchzuquälen. Er war ein paar Schritte vor dem äußeren Rand der Meute zum Halten gekommen und starrte sie an.

»Was gibt's?«, fragte Samuel, der zu Ebbas Überraschung ebenso gut die hiesige Sprache beherrschte wie sie.

Der Krüppel hob die Hand, mit der er ihnen stundenlang zugewunken hatte. Ebba konnte nicht anders, als die verkrümmte Klaue anzustieren; sie hatte das Gefühl, als fasse diese Hand über die zwei Dutzend Schritte Entfernung zu ihr herüber.

»Der Abt ...«, stammelte der Alte. »Habt ihr den Abt gesehen?«

Samuels Augen wurden schmal. »Welchen Abt?«

Der Alte stöhnte und begann zu zittern. »Abt Wolfgang. Der alte Abt. Er ist noch im Kloster. Er ... und die Sieben ...«
In der Menge hinter ihm entstand Gemurmel.

Samuel und Alfred wechselten einen Blick. Alfreds Rechte war auf einmal nur noch eine Handbreit vom Griff seines Knüppels entfernt.

»Welche Sieben?«

»Die Schwarzen Mönche. O Herr im Himmel ... ihr müsst sie doch gesehen haben ...«

»Wann hast du sie denn das letzte Mal gesehen?«

Der alte Krüppel bekreuzigte sich. »Niemals!«, stieß er hervor. »Niemals! Der Abt und die Sieben sind tot, seit ich ... seit ich ... ein Junge war... sie sind tot, allesamt ... erschlagen ... verbrannt ...« Er richtete sich mit irrem Blick auf. »Habt ihr sie gesehen?«

Ebba lief es noch kälter den Rücken hinunter als zuvor. Sie musterte Samuels schmale Augen und dachte daran, wie ihre Mutter sie einmal gewarnt hatte, an bestimmten Tagen zwischen die alten Grabhügel auf ihrem Besitz zu geraten. *Was immer dort wandelt – wandelt allein*, hatte sie geflüstert.

»Wir haben sie gesehen«, sagte Samuel.

Ebbas Kopf flog zu ihm herum. Der Alte begann noch stärker zu zittern. Sein Gesicht verzerrte sich wie im Schmerz.

»Sie waren alle da«, sagte Samuel. »Wir ... haben sie beerdigt.«

Der Mund des Alten zuckte.

»Sie liegen in geweihter Erde«, sagte Samuel. »Und was immer gewesen ist und was immer ihre Seelen noch auf Erden festgehalten hat – ist ihnen verziehen.«

Aus den Augen des Krüppels rollten jetzt Tränen. Seine Hand machte fahrige Gesten und zeichnete plötzlich ein Kreuz in die Luft.

»Seid gesegnet«, schluchzte er. »Seid gesegnet. Seid gesegnet ...«

Samuel tippte sich ein drittes Mal an die Hutkrempe. Alfreds Hand entfernte sich wieder vom Griff seines Knüppels. Samuel zog das Pferd herum und trabte mit ihm in die nächstgelegene der beiden breiten Gassen hinein, die in westlicher Richtung vom Marktplatz wegführten. Ebba war, als höre sie den Alten in seinem Leiterwagen immer noch schluchzen: Seid gesegnet ...

Samuels Pferd begann zu galoppieren, und sie drückte ihrem Gaul die Sporen in die Flanken und schloss zu ihm auf.

»Warum hast du das getan?«, rief sie.

Er reagierte zuerst nicht, dann schenkte er ihr einen Seitenblick.

»Es waren die Braunauer Bürger, die das Kloster angezündet haben, damals«, rief er zurück. »Das ist doch vollkommen klar. Sie haben es angesteckt und die Mönche vertrieben, und dann hatten sie dreißig Jahre Zeit, ein schlechtes Gewissen zu haben. Ich bin überzeugt, dass der Abt und die Mönche nicht im Kloster umgekommen sind – sonst hätten wir irgendwelche Überreste gefunden. Ist dir nicht aufgefallen, dass sich selbst der alte Krüppel nur ein paar Ellen weit in den Klosterbereich hineinwagte? Ich sage dir, keiner der Braunauer hat die Klosterruinen in den letzten dreißig Jahren betreten. Sie hatten dieses rußgeschwärzte, verfallende Monstrum genau in ihrer Mitte, und mit jedem Tag, den sie es vor Augen hatten, erinnerten sie sich auch daran, wie sie es in Brand gesteckt hatten. Der Abt und die Mönche wandelten darin? Für die Braunauer hat das gestimmt. Es sind nicht die Toten, die ihre Seelen auf Erden zurücklassen, sondern es sind die Lebenden, die sie nicht gehen lassen wollen.«

Er spornte sein Pferd an, und es preschte mit weit ausholendem Galopp davon. Ebba presste die Lippen zusammen, dann schlug sie ihrem Pferd mit der Hand auf die Kruppe. Es machte einen Satz nach vorn und holte Samuel wieder ein. Einige Augenblicke lang jagten sie nebeneinander her, schweigend und ohne einen Blick zu wechseln. Die Småländer blieben hinter ihnen zurück.

»Aber warum?«, keuchte Ebba. »*Warum* hast du sie angelogen?«

»Weil diese Stadt und ihre Menschen eines am dringendsten brauchen: die Zuversicht, dass irgendwann einmal alles vergeben ist.«

GRAFENWÖHR WAR NICHT viel mehr als ein Fleck in der Landschaft, und die Landschaft selbst sah trotz der dünnen Schneedecke zerschlissen, erschöpft, siech aus. Dutzende von Hüttenweihern, nun zugefroren und von Schnee bedeckt, gaben der Umgebung ein pockennarbiges Gesicht. Der Himmel hing darüber, als quelle aus den Kaminstümpfen der Erzhütte immer noch der bleifarbene Rauch. Die Ortschaft selbst war ein gebrochenes Muster aus Schwarz und Weiß: schwarz von den verrußten, halb verbrannten Häusern, Weiß vom Leichentuch des Schnees.

»Entweder wir rasten hier, oder es heißt, im Wald zu schlafen«, sagte Wenzel. Von seinen sechs Mönchen war Stöhnen zu hören.

»Wir können nicht im Wald schlafen«, sagte Alexandra ungeduldig. »Da sind wir morgen alle erfroren.«

»Na dann ...«, sagte Wenzel fröhlich. Er musterte sie. »Ich habe jedenfalls das Gefühl, dass dir eine Pause guttun wird.«

Alexandra, der nur ein Parforce-Ritt durch die Nacht hindurch halbwegs gutgetan hätte, um die gärende Ungeduld zu bekämpfen, zwang sich ein Lächeln ab. Sie verfluchte sich dafür, Wenzel und seine Mönche nicht einfach doch in Bamberg sitzen gelassen zu haben. Es hatte schon schlecht angefangen, als sich herausgestellt hatte, dass Wenzel und seine Glaubensbrüder zu Fuß gingen und nicht zu bewegen waren, auf Pferde umzusteigen. Schließlich hatte Wenzel gefragt, warum Alexandra es so eilig habe. Darauf hatte es nicht wirklich eine Antwort gegeben außer der unaussprechlichen Wahrheit, und so war sie nun zwei Tage lang neben den Brüdern hergezockelt, innerlich schreiend vor Nervosität und wütend auf sich selbst, nicht einen Bogen um Bamberg gemacht zu haben. Dabei waren die Mönche erstaunlich schnell gewesen – ihr Marsch hatte fast wie ein kräftesparender Dauerlauf ausgesehen. Allein und zu Pferd hätte Alexandra Grafenwöhr wohl am Morgen des heutigen Tages erreicht; jetzt war es später Nachmittag. Doch irgendwann auf den vielen Meilen zwischen hier und Prag würden die Mönche sie so sehr verlangsamen, dass ihre rechtzeitige Rückkehr nach Würzburg in Gefahr geriet. Sie musste sie loswerden – besser heute als morgen!

Sie suchten sich einen Weg durch die Häuser bis zur Kirche des Ortes. Der Schnee war niedergetreten und schmutzig in den Gassen, aber nicht so sehr, wie Alexandra es vermutet hatte. Es schien, dass sich nicht viele Seelen hier bewegten. Der Zustand der kleinen Stadt erinnerte sie an den zerstörten Teil Wunsiedels – leer stehende oder verrammelte Häuser und das Gefühl, dass aus manchen Kellerlöchern und hinter brüchigen Fensterläden hervor Augen einem nachspähten. Das und die Tatsache, dass Wenzel sie schon nach den ersten Häusern gleich innerhalb der an vielen Stellen zerstörten Stadtmauer genötigt hatte, vom Pferd zu steigen, und nun neben ihr hertrottete, den Kopf unablässig in alle Richtungen drehend, als würden hinter jeder Hausecke Räuber warten, erinnerte sie plötzlich wieder an den schwedischen Offizier – Samuel Brahe. Als er und sein Wachtmeister Alexandra und Agnes aus Wunsiedel hinausgebracht hatten, war die Situation ähnlich gewesen. Der Gedanke weckte auch die Erinnerung an den Liebesakt in dem zerstörten Haus. Sie warf Wenzel unwillkürlich einen Seitenblick zu und war froh, dass er die Augen abgewendet hatte.

Auch die Kirche war mit Brettern und Läden verrammelt. Es war offensichtlich, dass die Fenster schon vor langer Zeit herausgebrochen worden waren – Glas konnte man verhökern, und die Bleifassungen konnte man zu Musketenkugeln einschmelzen. Salve auf Salve hatten in nicht wenigen

Schlachten Köpfe zerschmettert, Glieder abgerissen, Därme zerfetzt und Männer in blutige Bündel verwandelt, und die Kugeln, die in diesen Salven herangeflogen waren, waren zuerst Kruzifixe oder die Attribute von Heiligen in geplünderten Kirchen gewesen. Aus den Ritzen zwischen den Brettern sickerte müdes Licht.

Sie stapften zum Hauptportal. Wenzel probierte, die Tür zu öffnen. Sie war verschlossen. Er zuckte mit den Schultern und schlug dann mit der Faust dagegen. Gedämpft hörte Alexandra Schreie und das erschrockene Weinen von Kindern. Sie und Wenzel starrten sich an.

»Im Namen Gottes!«, trompetete der kleine Bruder Cestmir. »Wir sind Benediktiner. Ihr habt nichts zu fürchten, egal ob protestantisch oder katholisch. Lasst uns rein.«

Wenzel flüsterte: »Du hättest das mit dem Fürchten nicht sagen sollen. Das behaupten alle, vor denen man sich in Acht nehmen muss.«

Cestmirs Mund formte ein verlegenes O. »Ah«, sagte er dann und räusperte sich. »Ich nehme das mit dem Nichts-zu-fürchten-Haben wieder zurück!«, rief er.

Alexandra fuhr herum. Wenzel riss die Augen auf. Cestmir zuckte mit den Schultern.

»Hör mit dem Unfug auf!«, zischte Wenzel.

»Also, wir wissen selber nicht, ob ihr was zu fürchten habt oder nicht!«, verkündete Cestmir. Wenn er wollte, besaß seine Stimme die Tragfähigkeit eines Jagdhorns.

Wenzel breitete fassungslos die Arme aus. »Welcher Narr hat dich eigentlich vom Novizen zum Mönch befördert?«

»Du warst das, ehrwürdiger Vater. Du hast gesagt, ich müsse nur meine Zunge mit meinem Hirn verbinden, dann wäre ich vollkommen.«

»Offenbar ist dir das noch nicht gelungen.«

»Ich arbeite täglich an mir, ehrwürdiger Vater.«

Wenzel hob die Faust, um erneut an das Kirchenportal

zu hämmern, doch da scharrte innen ein Riegel, das Portal ging einen Spalt weit auf, und ein verhärmtes Gesicht spähte misstrauisch heraus. »Was habt ihr gesagt?« Der Blick des blassen Mannes fiel unwillkürlich auf Cestmir, der breitbeinig vor dem Kirchenportal stand wie ein Zwingvogt.

Cestmirs Daumen zuckte zu Wenzel. »Ihr habt nichts von uns zu befürchten, aber unser ehrwürdiger Vater sagt, wir sollen es euch nicht verraten.« Sein Lächeln hätte sogar einen abgebrühten alten Quacksalber dazu gebracht, voller Vertrauen seine eigenen Elixiere zu trinken.

»Wie bitte?«

Wenzel schob Cestmir beiseite. Alexandras Blicke und die des kleinen Mönchs begegneten sich. Cestmir zwinkerte ihr zu. Sie konnte nicht anders, als zu lächeln. Ihr Vater Cyprian kam ihr in den Sinn. Auch er war, wenn er wollte, zu solchen Manövern fähig. Der Wunsch, ihn jetzt an ihrer Seite zu haben, war wie ein Stich, und ihr Lächeln erlosch. *Jedenfalls – gut gemacht, Bruder Cestmir. Wer weiß, ob die Leute dort drinnen sonst die Tür aufgemacht hätten.*

»Wir sind Benediktinermönche aus der Markgrafschaft Mähren«, sagte Wenzel zu dem Mann, der durch den Türspalt spähte. »Wir begleiten eine Dame nach Hause und bitten um Unterkunft.«

Die Augen des blassen Mannes blinzelten. »Hier könnt ihr nicht bleiben«, sagte er. Seine Augen wurden abweisend.

»Es ist zu dunkel, um noch eine andere Ortschaft zu erreichen.«

»Hier könnt ihr nicht bleiben!«

»Wir würden bezahlen ...«

Die Lippen des Mannes begannen zu zittern. »Ihr versteht das nicht«, krächzte er. »Ihr könnt nicht bleiben. Geht ... bitte ... geht!«

Plötzlich erkannte Alexandra, dass es nicht Abneigung war, die die Augen des Mannes stumpf sein ließ, sondern

Furcht, und dass seine Stimme nur so barsch war, weil ihr flehentlicher Unterton sie brüchig sein ließ.

Wenzels Augen verengten sich. »Was ist hier los?«

»Bitte ... geht ...!«

Das Gesicht verschwand. Wenzel trat einen Schritt vor und stellte den Stiefel in den sich schließenden Türspalt. Das Türblatt wurde dagegengedrückt und begann zu zittern, als sich mehrere Körper von innen dagegenwarfen. Wenzel ächzte.

»Autsch. Die meinen es ernst.«

Die Mönche kamen Wenzel zu Hilfe und stemmten sich von außen gegen die Tür. Ein kurzes Hin und Her entstand. Wieder wurden erschrockene Schreie von drinnen laut. Die Mönche entschieden den Kampf für sich und begannen, das Portal aufzudrücken. Das Gesicht des Mannes erschien wieder in der Spalte. Er rang die Hände.

»Geht ... solange noch Zeit ist ... ich flehe euch an ...«

»Wer sind Sie?«

»Ich bin der Pfarrer. Bitte ... noch könnt ihr fliehen ...«

»Hören Sie, Hochwürden«, sagte Wenzel. »Wir können nicht mehr weiterreisen. Es ist Ihre Pflicht als Christ, uns ein Dach über dem Kopf zu geben. Und wenn wir Ihnen irgendwie helfen können ... Wir wollen Ihnen gewiss nichts Böses. Sehen Sie ...«

Er nahm den Fuß aus der Tür und legte stattdessen die Hand auf die Klinke.

»Ihr könnt uns nicht helfen! O mein Gott ... o mein Gott!« Die Augen des Pfarrers wurden glasig vor Entsetzen. Bevor Wenzel reagieren konnte, drückte er das Kirchenportal zu. Der Knall echote durch die benachbarten Gassen. Sie hörten den Riegel scharren.

Dann spürte Alexandra, wie ihr ein Schauer über den Rücken lief, als hätte ein kalter Atem sie angeweht. Es geschah einen Herzschlag, bevor sie die Stimme hörte – als hätte sich der Wahnsinn vorangekündigt. Sie drehte sich so langsam herum wie jemand, der in zähem Leim gefangen ist.

Die Stimme sprach aus den Schatten heraus, und sie sagte: »Zu spät, meine Kinder ... zu spät.«

Die Stimme gehörte einem dünnen jungen Mann mit einem eleganten Schnurr- und Kinnbart, deren Spitzen gezwirbelt waren wie Pfeilspitzen. Seine Augen flackerten so irre wie sein Grinsen, doch was einen am meisten erschreckte, war der Umstand, dass er trotz der klirrenden Kälte nur ein weites, an der Brust offenes Hemd trug. Sein Hut war der eines Edelmannes, aber er war ihm zu groß, und der klaffende Spalt, der an der Seite durch die Krone des Hutes ging, und die dunklen Flecken um den Spalt herum sagten, dass sein früherer Besitzer ihn nie mehr zurückfordern würde. Zwei Gürtel kreuzten sich über seinem Oberkörper und hielten Rapiere, die links und rechts an seiner Hüfte hingen. Vorne aus dem Leibgurt ragten Pistolenknäufe. Die Füße steckten in hellen Lederstiefeln mit großen, broschengeschmückten Schmetterlingen auf dem Rist und blinkenden Sporen daran. Er trat aus dem Schatten heraus, und ein Dutzend noch abenteuerlicher gekleideter Männer tat es ihm gleich – lautlos, gleitend, als hätten sie sich nicht in den Schatten versteckt, sondern sich vielmehr in ihnen geformt. Wenzel und seine Mönche bildeten einen Halbkreis um Alexandra und ihr Pferd, aber es war klar, dass sie umzingelt waren.

»Seht her, meine Kinder«, wisperte der junge Mann. »Johannes hat euch Beute versprochen, und da ist ... Beute!«

Seine Männer kicherten.

Der junge Mann schlenderte auf sie zu und blieb ein paar Schritte vor ihnen stehen. Er schnupperte. »Heiliges Fleisch«, flüsterte er. Seine Blicke krochen über Alexandra, ohne dass sich das irre Flackern seiner Augen verändert hätte. »Und geiles Fleisch. Was sagt ihr zu so einer Beute ... Kinder?«

Die Männer, die aus den Schatten gekommen waren, brüllten: »Johannes!« Alexandra zuckte zusammen. Aus der verrammelten Kirche wurden entsetzte Schreie hörbar.

»Ich glaube«, sagte Wenzel, »dass du noch nie etwas vom Elften Gebot gehört hast.«

Der junge Mann wandte sich an ihn. »Haben wir hier den Obermönch, hmm? Haben wir hier den Anführer des ... heiligen Fleisches?«

Wenzel lächelte kühl. »Bevor ich versuche, es dir zu erklären: Ja, ich bin der Obermönch.«

»Schön, schön, schön ...« Der junge Mann musterte Wenzel. Er hob die linke Hand und lüpfte seinen Hut. Mit der Rechten fuhr er sich durch das lange, verfilzte Haar, dann setzte er den Hut wieder auf. Alexandra starrte wie gebannt auf die offene Hemdbrust, in der blasse, schmutzige Haut sichtbar war, unter der sich die Rippen und das Brustbein abzeichneten. Der junge Mann schnupperte an der Handfläche seiner Rechten, dann begann er daran zu lecken, gierig, wie ein Hund, der Mark aus einem Knochen zu saugen versucht. Die irrlichternden Augen ließen Wenzel nicht los. Der Wahnsinnige nahm die Hand von seinem Mund. Speichel tropfte von ihr herab. Er trat vor und legte sie Wenzel auf die Brust, wie eine freundschaftliche Berührung. Wenzels Blicke schwenkten seitwärts, und er schüttelte kaum merklich den Kopf. Bruder Cestmir war plötzlich einen Schritt näher herangeglitten. Der kleine Mönch presste die Lippen zusammen und ließ die Schultern sinken.

»Wir kennen keine Gebote, Obermönch, außer denen von ... Johannes.«

So plötzlich, dass Alexandra keuchte, wirbelte der Irre herum.

»Johannes!«, schrie er.

»*Johannes!*«, brüllten seine Männer.

»*Ich* bin Johannes!«, schrie der junge Mann und drehte sich um die eigene Achse. Aus der Kirche ertönte das angsterfüllte Gemurmel eines Stoßgebets. »Johannes! Der *Steinerne* Johannes! Ich bin der *Steinerne Johannes!* ICH BIN DER UNVERWUNDBARE!« Er riss sich das Hemd mit einem Ruck von den Schultern; die gekreuzten Gurte glitten herab, und mit weit ausgestreckten Armen drehte er eine weitere langsame Pirouette. »Ich bin JOHANNES!«

»JOHANNES!«

Der Oberkörper des jungen Mannes sah aus wie der eines Leichnams – mager bis zur Auszehrung, jede Rippe deutlich sichtbar, der Bauch so hohl, dass sich die Bauchmuskeln wie zwei Stränge darauf abzeichneten, die Schlüsselbeine standen hervor. Alexandra sah die Narben: daumennagelgroß dort, wo die Kugeln einmal eingetreten sein mussten, handtellergroß dort, wo sie den Körper wieder verlassen hatten. Ein- und Ausschussnarben fanden sich gleichmäßig über Rücken und Vorderseite verteilt. Vier, fünf, sechs Schüsse mussten den Mann getroffen haben, dem Zustand der Narben nach zu verschiedenen Zeiten seines Lebens. Keine davon hatte ihn getötet. Der Teufel hatte ihn aufgespart.

»JOHANNES! JOHANNES!«

Als wäre nichts gewesen, raffte der junge Mann das Hemd zusammen und zerrte es wieder über seine Schultern, wand sich in die Gurte. Dann trat er erneut vor Wenzel hin.

»Ich bin Johannes«, flüsterte er. »Erzähl mir etwas vom … Elften Gebot.«

Durch die Reihen der Männer, die sie umzingelten, lief ein Schnappen und Scharren. Ein Dutzend Musketen war plötzlich auf sie gerichtet, Radschlossgewehre und solche, an denen Lunten glommen. Das Kichern von verdammten Seelen, die ein stummes Gebet an ihren persönlichen Dämon gerichtet hatten, dass er für Gewalt sorgen möge, lief dem Anlegen der Musketen hinterher.

»Nicht so wichtig«, sagte Wenzel. Sein Lächeln war erloschen.

»Jetzt wäre der richtige Zeitpunkt, die Waffen abzulegen«, sagte Johannes.

»Wir tragen keine Waffen«, erwiderte Wenzel.

»Schön, schön, schön ...« Johannes fuhr sich mit der Rechten in sein Hemd und schnupperte dann erneut an der Handfläche. Er schlenderte um Wenzel herum und trat vor das Kirchenportal. Alexandra ließ seine Männer nicht aus den Augen. Johannes stand jetzt mitten zwischen Wenzel und seinen Mönchen, und selbst wenn Johannes' Truppe sofort reagierte und feuerte, würden die Mönche ihn zu fassen kriegen, wenn sie sich auf ihn stürzten. Allerdings würden die Kugeln sie im selben Augenblick zerfetzen. Alexandra ahnte, dass Johannes davon überzeugt war, dass die Kugeln ihm selbst nichts anhaben würden, und diese Überzeugung hatte sich auf seine Spießgesellen übertragen. Wahnsinn, der einen Beweis für seine Gültigkeit vorlegen kann, ist ansteckender als eine Krankheit. Die Männer würden bei der erstbesten Gelegenheit blindlings schießen. Wenzel und den Mönchen blieb nichts übrig, als stockstill dazustehen.

Johannes schlug mit der Faust gegen das Portal. Das Gemurmel des Gebets geriet ins Stocken und wurde durch neuerliche Schreie ersetzt.

»Ihr guten Kinder von Grafenwöhr!«, rief Johannes mit überschnappender Stimme. »Macht auf, Johannes ist da ... der Zorn Gottes.«

»*Vade retro, satanas!*«, winselte der Pfarrer von drinnen.

»Kein Böhmisch, Hochwürden. Mach das Portal auf!«

»Nein ... o Herr, schütze die, die auf dich vertrauen ... Nein! Geht weg! Ihr habt uns schon genug angetan!« Man konnte hören, dass der Pfarrer vor Furcht weinte.

»Es wird dir leidtun, Hochwürden, wenn du Johannes ... zornig machst!«

»O Herr ... du bist mein Stab und mein Hirte ... du salbst meinen Becher im Angesicht meiner Feinde ...«, schluchzte der Pfarrer.

»Hochwürden?«

»... du weidest mich im finsteren Tal ...«

»Wenn du nicht aufmachst, knall ich das Volk hier draußen ab, und das Weib nagle ich mit ihren Titten an dein Kirchenportal.«

Die Stimme des Pfarrers war die eines Mannes, der durch die Hölle seines eigenen Gewissens taumelte. »Es sind Fremde. Sie berühren uns nicht.«

»Fremde? Es scheint, Johannes muss dir ein wenig ... auf die Sprünge helfen!«

Die Männer mit den Musketen lachten. Von der Gasse, die zur Kirche führte, ertönten Schreie und weiteres Gelächter. Alexandra sah mit steigendem Entsetzen, dass zusätzliche Spießgesellen des Wahnsinnigen aus dem Schlagschatten der Häuser traten. Sie stießen vier Gestalten vor sich her – einen Mann, eine Frau und zwei Jungen, einer halbwüchsig, der andere noch keine zehn Jahre alt. Wenzel murmelte etwas. Alexandra schluckte. Ihr Herz flog den vier Unseligen zu, und unwillkürlich ballte sie die Fäuste. Man hatte die vier nackt ausgezogen; sie bebten und schlotterten in der Kälte.

»Rauf mit ihnen«, befahl Johannes.

Die Gefangenen wurden mit Tritten und Knüffen zum Kirchenportal getrieben. Die Blicke, die Alexandra empfing, schnitten ihr in die Seele. Sie konnte nichts anderes tun, als beiseitezutreten, während die vier barfuß über den Schnee torkelten und zusammengekrümmt vor Johannes stehen blieben.

»Stellt euch gegen das Kirchenportal, Hände an die Tür!«, sagte Johannes. Sie gehorchten zitternd und schluchzend. Johannes packte die Handgelenke des Mannes und zerrte sie nach oben. »Hände höher. So!« Der Mann fiel mit dem Gesicht gegen die Kirchentür, bevor er wieder Halt fand, die Arme nach oben ausgestreckt. Blut lief aus seiner Nase. Johannes stieß ihn erneut gegen das Holz, und seine Lippe sprang auf. Die Frau und die beiden Knaben gehorchten mit weit aufgerissenen Augen.

»Sag was!«, befahl Johannes.

Die Frau begann mit schriller Stimme zu schreien. »Hochwürden, o Gott ... wir sind's ... wir wollten doch nur nachsehen, ob sich irgendwo noch ein paar Decken finden ... sie haben uns aus dem Haus gezerrt ... o Gott, Hochwürden, helft uns, sie bringen uns um ... meine Kinder ...« Die nackte Frau sank gegen die Tür und begann zu weinen. »Helft uns!«

Von drinnen war die schockierte Stille von Menschen zu hören, die erkennen, dass ihre eigene Sicherheit möglicherweise vom grausamen Tod ihrer Nachbarn abhängt.

»Ich zähle bis drei ...«, sagte Johannes. Er schlenderte zu dem kleineren der beiden Jungen, bückte sich und packte seine Hinterbacken mit der Rechten. Der Junge schrie auf. Johannes zog die Hand zurück und schnupperte daran.

»Eins ...«

Alexandras Blick fand den Wenzels. *Tu etwas!*, schrie sie stumm. Wenzels Gesicht war eine verzerrte Fratze der Hilflosigkeit.

Johannes ließ den Jungen los und stellte sich hinter den Halbwüchsigen. Dessen Nerven versagten, und er begann ebenfalls zu weinen. Johannes zwängte seine Hand grob von hinten in seinen Schritt. Der Halbwüchsige keuchte und wand sich. Johannes schnupperte erneut.

»Zwei ...«

Wenzel machte eine kleine Bewegung, und zwei Musketenläufe richteten sich auf ihn. Seine Augen blitzten. Einer der Männer, die auf ihn zielten, formte stumm mit den Lippen: Bitte ... bitte ... bitte, und seine Augen leuchteten voller Vorfreude.

Johannes trat hinter die Frau. Sie hatte nicht mehr aufgehört zu weinen. Er zog eine der Pistolen aus dem Gürtel und spannte den Hahn. Der Lauf presste sich gegen den Hinterkopf der Frau. Ihre beiden Söhne schrien laut. Ihr Ehemann stöhnte dumpf und murmelte etwas Unverständliches.

Johannes starrte auf seine Rechte, in der er die Waffe hielt. Nach einem Moment des Überlegens streckte er die Linke aus und packte den Hintern der Frau, arbeitete sich in ihren Schritt und begann zu wühlen. Ihr Schluchzen verwandelte sich in Schmerzensschreie. Johannes' Lippen zogen sich von seinen Zähnen zurück.

»Drei ...«, sagte er. Die Waffe schwang herum, er betätigte den Abzug, Funken sprühten, ein Feuerstrahl schoss heraus, der Schuss dröhnte, die weiße Pulverwolke hüllte alles ein. Der Ehemann rutschte am Kirchenportal herunter und fiel in sich zusammen, eine leblose, nackte Gliederpuppe. Wo sein Kopf gewesen war, befand sich ein riesiger, sternförmiger Fleck aus Blut, grauer Masse und Knochensplittern am Kirchenportal. Alexandras Pferd wieherte und scheute. Die beiden Knaben und ihre Mutter brüllten wie am Spieß. Aus der Kirche tönte Antwortgeschrei. Johannes hob die linke Hand und schnupperte daran.

»Jetzt zählt Johannes noch mal bis zwei«, sagte er so gelassen, dass man ihn drinnen kaum gehört haben konnte. Er schnupperte erneut an seiner Hand und leckte sich dann über die Lippen. Seine Gesellen johlten und pfiffen, und für einen kurzen Augenblick schwenkten die meisten der Gewehrläufe, die auf sie zielten, aus.

Es war der Moment, in dem Alexandra sich mit einem Satz in den Sattel ihres Pferdes schwang.

18

DER WAGEN, IN dem sie fuhren, war der, mit dem Andreas die unselige Reise seiner Familie vor Wochen in Prag angetreten hatte; das Pferd, auf dem der Jesuit ritt, war das, welches Melchior auf seinem Marsch mit Wenzel und den anderen sechs Mönchen hierher am Zügel mitgeführt hatte. Agnes musste Pater Silvicola zugestehen, dass er vorhandene Ressourcen zu nutzen wusste. Gleichzeitig gab es ihr zu denken. Der Orden der Societas Jesu war nicht für Armut bekannt, und doch hatte der Pater auf die Ausrüstung seiner Geiseln zurückgegriffen. Was sie ebenfalls beschäftigte, war der Umstand, dass Pater Silvicola sich von einem halben Dutzend Fußsoldaten begleiten ließ, die eindeutig von irgendeinem der vielen stehenden Heere im Reich stammten. Sie waren verlottert und sprachen Sächsisch. Man hätte meinen sollen, dass jemand, der im Auftrag des Ordens handelte, vatikanische Soldaten aus Rom zu seiner Bewachung mit sich führte, so wie man auch hätte meinen sollen, dass er die übliche Taktik der Jesuiten einhielt, überall mindestens zu zweit aufzutauchen. Daraus ließ sich eigentlich nur ein Schluss ziehen ...

»Pater Silvicola?«

Agnes beugte sich halb aus der Kutsche, um den Jesuiten zu rufen. Sie und Karina saßen auf der einen Bank, auf der anderen lag, in warme Decken gehüllt und nach wie vor erschöpft, aber trotz allem auf dem Weg der Besserung, Lýdie. Agnes fühlte noch immer Erstaunen, wenn sie ihre Enkelin betrachtete. Sie hatte genau gewusst, dass Alexandra geplant hatte, der Kleinen den entzündeten Arm abzunehmen, und war zunächst entsetzt gewesen, als sie sich anders entschieden hatte. Agnes hatte anfangs gedacht, dass ihre Tochter am Ende die Nerven nicht besessen hatte, die Operation durchzuführen, und dass sie geglaubt hatte, es werde leichter für alle sein, wenn Lýdie starb, ohne dass sie vorher all die Qual erlitten hätte; denn selbstverständlich wäre ihre Überlebenschance auch nach der Amputation nur gering gewesen.

Doch sie hätte Alexandra besser kennen sollen – ihr ältestes Kind war noch nie den leichten Weg gegangen. So wie Cyprian in ihrem Sohn Melchior wiedergeboren schien, war sie selbst, Agnes, eindeutig in ihrer Tochter Alexandra zu erkennen. Nur Andreas war irgendwie aus der Art geschlagen. Sie hatte mit ihrem Bruder Andrej oft über ihre Eltern gesprochen, die sie nie gekannt hatte, und darüber, was für ein Mensch ihr leiblicher Vater wohl gewesen war (unter der Oberfläche eines selbst ernannten Alchimisten und zwangsweisen Trickbetrügers, Scharlatans und Zechprellers). Andrej hatte nie viel zu ihrer Erkenntnis beisteuern können; er war knapp acht Jahre alt gewesen, als ihre Eltern ermordet worden waren. Aber er war stets der Meinung gewesen, dass Andreas die Studie eines Mannes darstellte, der sein Leben von seinen Ängsten hatte bestimmen lassen und nicht von seinen Träumen.

»Pater Silvicola?«

»He, Pater Arschloch«, sagte Melchior, der zusammen mit Andreas neben der Kutsche herging. »Meine Mutter will was von dir.«

In den paar Tagen seit ihrer Abreise aus Würzburg hatten sich die Rollen gefestigt: Andreas brütete dumpf vor sich hin und ließ erkennen, dass Pater Silvicola ihm nur einmal den Rücken zuzuwenden brauchte, wenn er vom Leben in den Tod finden wollte; Karina war zur ängstlichen Beobachterin geworden, hinter deren Stirn sich offensichtlich die Gedanken jagten, ob ihr Mann demnächst eine Dummheit begehen und ob die Reise ihrer Tochter schaden würde; Melchior hatte für sich die Aufgabe entdeckt, den kalt-höflichen Jesuiten bei jeder Gelegenheit mit Schimpfworten zu bedenken, die Agnes nie zuvor aus seinem Mund gehört hatte; nur sie selbst schien darüber nachzudenken, was sie erwartete, falls Pater Silvicola die Teufelsbibel in die Hände bekam. Mittlerweile ahnte sie, dass er sie hereingelegt hatte. Sein Auftritt in Andreas' Haus hatte sie alle fälschlicherweise glauben lassen, dass er die Macht hatte, sie selbst in Würzburg jederzeit der Hexerei anzuklagen. War er nun mit ihnen unterwegs zu einem Ort, an dem er tatsächlich tun und lassen konnte, was ihm beliebte? Aber wie sollte Alexandra ihn dort finden, wenn sie mit dem Buch zurückkehrte?

Wenn man eins und eins zusammenzählte, war es klar, wohin die Reise führte: Alexandra hinterher, nach Prag.

Aber Prag war eindeutig das Territorium, in dem die Familien Khlesl und Langenfels die Oberhand hatten. Welche Teufelei steckte dahinter, dass der Jesuit dachte, ihrer dort sicherer zu sein als anderswo?

Pater Silvicola ignorierte Melchiors Feindseligkeit und lenkte das Pferd neben die Kutsche. Er war kein sicherer Reiter, das konnte man ihm ansehen, und dass der Gaul die Anwesenheit seines Herrn spürte, dennoch aber von einem anderen geritten wurde, machte dem Jesuiten das Leben nicht leichter. Er starrte sie stumm an. Die Abneigung, die der Mann gegen sie alle empfand, war echt. Agnes fragte sich, womit sie diese erworben hatten. Anfangs hatte sie den Jesuiten mit dem Dominikanerpater Xavier Espinosa verglichen, der ihnen damals, als sie dachte, Cyprian endgültig verloren zu haben, und als die schwarzen Mönche das Feuer in Prag gelegt hatten, das Leben zur Hölle gemacht hatte. Doch Pater Xavier war seiner Aufgabe, die Teufelsbibel zu beschaffen, vollkommen gefühllos nachgekommen, ein Teufel, dessen Feuer kalt brannte. Pater Silvicola hingegen verfolgte ein persönliches Ziel, das sie nicht erkennen konnte. Eines aber war klar: Seine Verachtung gegenüber ihr und ihrer Familie als vermeintliche Hexen war aufgesetzt gewesen, um sein Ziel zu erreichen. Sein tatsächlicher Hass ging tiefer und ließ Agnes' Haut sich kräuseln, sobald sie länger darüber nachdachte.

»Wie sind Sie eigentlich auf Sebastian Wilfing gestoßen?« Wenn es ihn aus dem Gleichgewicht brachte, dass sie ihn höflich anredete, während Melchior so rüde war, wie er nur konnte, ließ er sich das nicht anmerken.

»Er war da – ein Werkzeug Gottes.«

»Eher ein Werkzeug des Teufels, finden Sie nicht?«

»Wie auch immer, er war da.«

»Ich nehme an, er hat sich damals bei den Hexenverbrennungen in Würzburg einen Namen gemacht. Sagten Sie nicht, Sie seien der *advocatus diaboli* bei den Prozessen? War Sebastian Ihr Klient?«

Pater Silvicola schwieg.

»Was wird jetzt aus ihm, wenn Sie bei den Prozessen nicht da sind, um seine Seite zu vertreten?«

»Er ist jenseits der irdischen Gerichtsbarkeit.«

Agnes schwieg eine Weile. Sie war überrascht davon, dass die Erkenntnis aus seinen Worten sie betroffen machte. Es hatte mehr als eine Gelegenheit gegeben, in der sie von Herzen gewünscht hatte, Sebastian möge ... Doch nun mit der Tatsache konfrontiert zu werden ... »Er ist tot?«, brachte sie schließlich hervor.

Peter Silvicola beugte sich herab, um sein Gesicht so nahe wie möglich an die Fensteröffnung des Wagens zu bringen. Das Pferd geriet aus dem Schritt, und er musste eine Hand ausstrecken, um sich am Kutschendach festzuhalten. »Jemanden wie dich dürfte es freuen zu hören, dass er unter Qualen aus der Welt geschieden ist.«

»Ich weiß nicht«, sagte Agnes. »Freut es jemanden wie Sie zu wissen, dass er die Qualen verursacht hat?«

Es war ein Schuss ins Blaue gewesen, aber er hatte getroffen. Die Augen des Jesuiten wurden schmal. Er riss am Zügel, und das Pferd erschrak und drehte sich einmal um sich selbst. Die Soldaten sprangen beiseite, Andreas drückte sich an die Kutsche, nur Melchior wich nicht vom Fleck. Mühsam brachte Pater Silvicola das Pferd wieder in seine Gewalt und lenkte es von der Kutsche weg.

»Warten Sie, Pater Silvicola!«, rief Agnes ihm hinterher. »Sie müssen etwas wissen, was ... das Buch betrifft.«

Er musterte sie über die Schulter. Sie rollte die Augen in Richtung der Soldaten, die wieder in ihre Marschordnung gefunden hatten.

»Warum solltest du es mir verraten wollen?«

»Weil wir Sie umso eher los sind, wenn Sie das Buch ohne Schwierigkeiten an sich bringen können.«

Nach einigen Herzschlägen lenkte er das Pferd wieder längsseits der Kutsche. Er bückte sich. »Sprich.«

»Die Sache ist die ...«, flüsterte Agnes.

»Ich verstehe dich nicht!«

»Wichtig ist, dass *die* mich nicht verstehen!«, sagte Agnes leise und ließ den Blick erneut zu den Soldaten rollen.

Das Gesicht des Jesuiten wurde ausdruckslos, während er nachdachte. Er sah sich um und schien die Köpfe der Soldaten zu zählen. Nachdenklich betrachtete er Andreas und Melchior.

»Du«, sagte er und deutete auf Andreas, »auf die andere Seite der Kutsche. Du«, er deutete auf Melchior, »reih dich ein.« Sein Kopf nickte zu den Soldaten. Es war klar, wen er für den Gefährlicheren der beiden Brüder hielt. Wäre die Situation anders gewesen, hätte Agnes gelächelt. Melchiors Vater war es immer ähnlich ergangen. In Gesellschaft mit einem Löwen, einem Drachen und einer Hundertschaft Dragoner hätte man ihn herausgewinkt und separiert, weil man ihn als die größte Bedrohung empfunden hätte. Melchior ließ sich von den Soldaten in die Mitte nehmen. Pater Silvicola stieg vom Pferd und drückte einem der Soldaten den Zügel in die Hand, dann trottete er neben der Kutsche her.

»Die Teufelsbibel«, raunte Agnes, »wird von sieben schwarzen Mönchen bewacht. Alexandra wird nicht so einfach an sie herankommen!«

Das Lächeln Pater Silvicolas war verächtlich. »Die Kustoden gibt es seit über fünfzig Jahren nicht mehr. Du musst mich für ausgesprochen dumm halten.«

Nein, dachte Agnes. *Eher hältst du mich für dumm, aber dafür bin ich dir geradezu dankbar.* Es gab nicht viele Menschen, die wussten, dass vor fünfzig Jahren der Kreis der Sieben mit dem Tod Bruder Pavels und dem Verschwinden Bruder Buhs zerbrochen worden war. Abt Martin von Braunau hatte den Zirkel nach langem Zögern wieder komplettiert. Abt Wolfgang, sein Nachfolger, hatte ihn jedoch endgültig aufgelöst, im Irrglauben, dass es die Verantwortung Gottes war, die Wege der Menschen zu behüten, und nicht die Verantwortung der Menschen selbst. Von wem auch immer Pater Silvicola seine Informationen hatte – sein Wissen reichte nicht weiter als bis zu dem Umstand, dass Kaiser Rudolf die Teufelsbibel vermeintlich in seine Wunderkammer hatte bringen lassen. Es musste jemand sein, der dem teuflischen Codex nah genug gewesen war, um alle Einzelheiten zu kennen, aber nach den Ereignissen im Kloster von Braunau 1593 den Kontakt zu ihr verloren hatte. Wer konnte das sein? Pater Hernando de Guevara, der auf seiner eigenen Mission wegen der Teufelsbibel gewesen war und am Ende das Zünglein an der Waage dargestellt hatte? Aber der Pater war später zum Kardinal und Großinquisitor aufgestiegen und verstorben, lange bevor dieser junge Jesuit auf die Welt gekommen sein konnte.

»Ich frage mich«, sagte Agnes, »was wohl aus dem Riesen geworden ist – Bruder Buh?«

Über das Gesicht des Jesuiten lief ein Zucken. Sie erschrak, als er mit solcher Wucht gegen die Kutsche schlug, dass der Wagenverschlag aus dem Scharnier sprang. »*Schweig!*«, schrie er sie an.

In ihrer Bestürzung vergaß sie, Melchior zuzunicken, aber er hatte auch so erkannt, dass die Gelegenheit nun da war. Sie sah, wie er plötzlich herumwirbelte und dem Soldaten, der das Pferd am Zügel führte, die Beine wegtrat. Der Mann plumpste zu Boden. Zwei andere Männer versuchten, Melchior zu packen, aber er tauchte unter dem Leib des Pferds hindurch, und sie prallten gegeneinander und gingen in die Knie. Ein dritter legte seine Muskete auf Melchior an, ein vierter kam ihm in den Weg, und der Soldat riss fluchend den Lauf seiner Waffe in die Höhe. Melchior schwang sich in den Sattel und schlug dem Pferd die Fersen in die Flanken, sodass es stieg und den Soldaten, der nach Luft schnappend auf dem Rücken gelegen und die Zügel festgehalten hatte, mit in die Höhe zog. Ein Tritt Melchiors sandte ihn wieder zu Boden, wo die beiden Männer, die zusammengestoßen waren, gerade auf die Beine zu kommen versuchten und erneut umgerissen wurden. Das Pferd machte einen Satz, Melchior schnappte sich die Zügel und sprengte um die Kutsche herum und in das gefrorene Feld hinein.

Agnes hob den Fuß und trat gegen den schwingenden Wagenverschlag. Er traf Pater Silvicola vor den Leib, ließ ihn zurücktaumeln und zu Boden sacken. Aufzuspringen und über die erschrocken aufschreiende Lýdie hinweg auf den offenen Bock des Wagens zu klettern dauerte nur einen Augenblick. Der Soldat, der die beiden Kutschpferde lenkte und versucht hatte, eine Pistole aus dem Gürtel zu ziehen, fuhr herum und gaffte sie an. Sie gab ihm einen Stoß; er verlor den Halt und flog seitlich vom Bock herunter. Die Pistole fiel ihm aus der Hand, und Agnes fluchte, dass sie nicht danach gegriffen hatte. Karina in der Kutsche schrie auf. Agnes angelte nach den Zügeln. Die Kutsche schaukelte.

Sie hatte den Soldaten vergessen, der auf dem Kutschendach zu sitzen pflegte! Er hatte seine Muskete in Anschlag gebracht, der Schuss dröhnte los und hüllte die Kutsche in eine weiße Dampfwolke. Agnes' Herz setzte aus. Melchior, der sich noch keine zwanzig Schritte von der Kutsche entfernt hatte, bäumte sich im Sattel auf. Das Pferd geriet ins Stolpern und fiel dann schwer zu Boden, scheinbar direkt auf Melchior. Karina schrie erneut. Zwei weitere Soldaten kamen mit Pistolen in den Händen um den Wagen herum und rannten auf den Ort zu, wo Pferd und Reiter gefallen waren. Es schien Agnes, als vollzöge sich alles in schrecklicher Langsamkeit und als sähe sie die Wirklichkeit wie von Blitzen unterbrochen, die ihr immer wieder zeigten, wie Melchior vom Einschlag der Kugel fast aus dem Sattel gehoben wurde und das Pferd auf ihn stürzte, und dazwischen die Männer, die auf ihren gefallenen Sohn zurannten. Karinas Schreie hörten sich an, als kämen sie von weit her. Die Kugel musste Melchior durch den Leib gedrungen und das Pferd in den Kopf getroffen haben. Kälte strömte in ihren Leib, als ihr klar wurde, dass ihr hastig ausgedachter und gestern flüsternd mit Melchior besprochener Plan zu seinem Tod geführt hatte. Die Zügel glitten ihr aus den Händen. Aus dem Augenwinkel sah sie, dass Pater Silvicola sich hochgerappelt hatte; er stolperte um die Kutsche herum. Die Soldaten waren bei Melchior angekommen und zielten auf seinen reglosen Körper.

Das Pferd sprang mit einer einzigen Bewegung wieder auf die Beine, mit Melchior im Sattel. Plötzlich war eine der Pistolen, die die Soldaten auf ihn gerichtet hatten, in seiner Hand, während ihr ehemaliger Besitzer davonflog, vom Aufprall des aufspringenden Pferdeleibs davongeschleudert wie eine Puppe. Der Zweite riss seine Waffe hoch, aber das Pferd stieg mit wirbelnden Hufen, etwas hörte sich an wie ein Schlag mit einem Hammer auf eine zerberstende Kiste, und der Soldat überschlug sich nach hinten und blieb liegen. Seine Pistole wirbelte davon.

Das Pferd machte einen Satz auf die Kutsche zu. Agnes

sah Melchiors blitzende Augen und die Pistole am Ende seines ausgestreckten Armes, die zielte ...

»Nein!«, kreischte Karina.

Agnes fuhr auf dem Kutschbock herum. Pater Silvicola lag auf dem Boden vor der Kutsche, Andreas unter sich, einen Arm um seine Kehle geschlungen, mit der anderen Hand die Pistole, die der Wagenlenker verloren hatte, an die Schläfe ihres Sohnes drückend. Andreas' Gesicht war eine hochrote Fratze. Im Bruchteil eines Augenblicks begriff Agnes, dass Andreas sich auf den um die Kutsche herumtaumelnden Jesuiten gestürzt hatte, doch der schlanke Mann war ihrem schwerfälligen Sohn überlegen gewesen und hatte ihn niedergerungen. Und jetzt ...

... Melchiors Züge verzerrten sich. Die Pistole in seiner Faust begann zu zittern. Das Pferd wieherte.

»Ich töte ihn!«, brüllte Pater Silvicola, aus dessen Mund Blut lief.

Die restlichen Soldaten rannten um die Kutsche herum. Agnes sah einen stehen bleiben und eine Muskete auf Melchior richten. Die Pistole in Melchiors Faust ging los, und der Soldat warf sich zu Boden. Hinter ihm spritzte eine Dreck- und Schneefontäne auf. Das Pferd tänzelte einmal um die eigene Achse. Melchiors Gesicht war wie Andreas' eine Maske aus Zorn, und in diesem Moment sahen sie aus wie Zwillingsbrüder.

»Flieh!«, schrie jemand. Agnes erkannte, dass sie es selbst gewesen war.

Das Pferd stieg erneut mit um sich schlagenden Vorderhufen. Der Soldat mit der Muskete sprang auf und brachte seine Waffe wieder in Anschlag. Melchior schleuderte die leer geschossene Pistole weg und sprengte auf die Handvoll Männer zu. Sie brachten sich mit Hechtsprüngen in Sicherheit, der Mann mit der Muskete tauchte erneut in die Ackerfurche. Melchior riss am Zügel, das Pferd wendete in vollem Galopp und sprengte davon. Melchior kippte im selben Moment, in dem die Muskete des Soldaten losging, seitlich aus dem Sattel. Die Kugel verfehlte Pferd und Reiter. Melchior hing einen Augenblick über die Schulter des Pferdes, als würde er zu Boden stürzen, dann sah Agnes, dass er die Pistole des getöteten Soldaten vom Boden aufraffte und sich wieder emporzog. Das Pferd schlug einen Haken, ein weiterer Schuss ging fehl, und dann war Melchior außer Reichweite der Gewehre und galoppierte über das Feld davon, verfolgt von den wütenden Flüchen der Fußsoldaten.

Pater Silvicola richtete den Blick auf Agnes, die nichts anderes tun konnte, als ihn zurückzugeben. Die hellen Augen des Paters waren beinahe blind vor Wut. Sie sah, dass die Faust, die die Waffe gegen Andreas' Schläfe drückte, bebte. Karina schluchzte.

Agnes hob beide Hände. »Bitte ...«, sagte sie.

Die Faust des Jesuiten zuckte wie im Fieber. Andreas keuchte, als der Lauf eine Schramme in seine Schläfe grub.

»Bitte ...«, sagte Agnes erneut. Sie zitterte am ganzen Leib. Vor ihren Augen blitzte immer noch der Anblick Melchiors auf, als sie dachte, man hätte ihn erschossen.

»Bitte ...«, flüsterte sie ein drittes Mal.

Mit schier übermenschlicher Anstrengung hob der Jesuit die Pistole. Andreas ließ den Kopf seufzend sinken. Die Pistole schwang unendlich langsam herum und zielte dann auf Agnes. Sie blickte über die Mündung hinweg in die flackernden Augen Pater Silvicolas, und stärker noch als der Anblick der Waffe, die auf ihren Leib zielte, erschütterte sie die Wut, die sie darin erkannte, die Wut eines Mannes, der nur ein einziges Ziel in seinem Leben kannte und dem sie es beinahe aus den Händen gerissen hätte.

»Wenn es sein muss«, sagte sie und war selbst erstaunt über die Ruhe, die sich über sie senkte, obwohl ihr Zittern immer stärker wurde. »Besser ich als meine Kinder.«

19

ALLES GESCHAH GLEICHZEITIG.

Wenzel, der schrie: »Schützt sie!«

Der kleine Bruder Cestmir, der mit fliegenden Armen und Beinen neben der Flanke von Alexandras Pferd herrannte und sich wie ein Akrobat hinter ihr auf den Gaul schwang. Johannes' Spießgesellen, die sich von ihrer Überraschung erholten, aber nicht wussten, worauf sie schießen sollten: auf die flüchtende Reiterin oder auf ihre Geiseln. Johannes, der herumwirbelte und mit der leer geschossenen Pistole auf Wenzel zielte, das Gesicht eine Grimasse. Die Funken, die vom Radschloss der Pistole wegsprangen, als der Hahn schnappte, und Wenzels unwillkürliches Blinzeln, als sich kein Schuss löste.

Dann brüllten die Gewehre los. Alexandra spürte einen dumpfen Schlag, als Bruder Cestmir gegen ihren Rücken prallte. Ihr Kopf flog herum.

Es war, als ob in dem Halbkreis, mit dem Johannes' Männer die Mönche und die nackte Familie umstellt hatten, ein Gewittersturm losgebrochen wäre. Aus den Läufen der Gewehre zuckten Feuerlanzen, Funken sprühten aus den Pulverpfannen, die schlagartig hervorquellenden Pulverdampfwolken leuchteten brandrot. Wenzels Kapuze war plötzlich zerfetzt, und er fiel auf die Knie und vornüber, kaum anders als der Erschossene, der an der Kirchenpforte heruntergerutscht war. Auf dem weißen Leib der nackten Frau blühten zwei, drei dunkle Sterne auf, und es sah aus, als mache sie einen Satz gegen die Kirchentür. Die beiden Knaben warfen sich zu Boden, die Hände über den Köpfen. Zwei der schwarzen Mönche krümmten sich zusammen und taumelten. Johannes' Hut wirbelte davon, eines seiner Rapiere wurde ihm von der Hüfte gerissen und sprang in Stücke, während die Kugel, die es getroffen hatte, hinter ihm einen faustgroßen

Brocken Putz aus der Kirchenmauer sprengte. Splitter und Fetzen von der Holztür regneten herab. Einer der schwarzen Mönche hing in der Luft, als schwebe er, dann prallte er mit einem der Schützen zusammen, und beide rollten ineinander verkeilt über den Boden. Wenzel lag still in einer dunklen Lache, so als hätte er niemals gelebt.

Alexandras Hand krampfte sich zusammen, um am Zügel zu reißen. Bruder Cestmir packte ihr Handgelenk.

»Weiter!«, schrie er, dann kam ein Schwall Blut aus seinem Mund, und er fiel vom Pferd und überschlug sich auf dem Boden, zwischen seinen Schulterblättern ein klaffendes Loch, und Alexandra wusste, der dumpfe Schmerz war von der Kugel gekommen, die Bruder Cestmirs Körper durchschlagen und sie selbst noch getroffen hatte, ohne sie zu verletzen. Johannes' Männer luden hektisch nach. Sie konnte nicht anders – sie riss das Pferd herum. Es wieherte und rutschte über den gefrorenen Boden der Gasse und kam tänzelnd zum Stehen. Cestmir lag zwei Dutzend Schritte hinter ihr, bereits eins mit den Schatten.

Johannes stand vor dem Kirchenportal, barhäuptig. Ein dünner Faden Blut lief von seiner Stirn über einen Augenwinkel die Wange hinab. Die Kugel, die ihm den Hut vom Kopf gerissen hatte, musste ihn gestreift haben – eine neue Narbe, um sie vorzuzeigen. Es sah aus, als weine er eine blutige Träne. Neben ihm sank die nackte Frau langsam auf die Knie, der Oberkörper blutüberströmt, wo die austretenden Kugeln große Löcher hinterlassen hatten. Ihr Mund arbeitete. Die Knaben kreischten. Aus der Kirche ertönte vielstimmiges Geschrei. Alexandras Blicke saugten sich an der leblosen Gestalt Wenzels fest. Ein Gedanke flog durch ihren Kopf, eine flehentliche Bitte: *Steh auf!*

Johannes machte den Mund auf und schrie. Sein Gesicht verzerrte sich, bis es nichts Menschliches mehr an sich hatte. Er streckte den Arm aus und zielte auf Alexandra. Sein Finger riss den Abzug der Pistole durch – *klick!* Er warf den Kopf in den Nacken und heulte. *Klick! Klick! Klick!* Er holte aus und warf die Pistole nach ihr. Sie schlitterte weit von ihr entfernt über den Boden. Der eine der Mönche, der sich auf den Schützen gestürzt hatte und diesen mit wilden Faustschlägen bearbeitete, wurde von mehreren Männern in die Höhe gerissen und dann mit Schlägen und Tritten wieder zu Boden geschickt. Die blutüberströmte Frau versuchte, auf den Knien zu ihren Söhnen zu rutschen.

Johannes fuhr herum und trat nach ihr. Die Wucht des Tritts ließ sie gegen das Portal fliegen und davon zurückprallen. Sie blieb liegen. Johannes sprang die wenigen Stufen vom Kircheneingang zur Gasse herunter und rannte brüllend auf Alexandra zu. Er sprang über den in seine Kutte verwickelten Leichnam Bruder Cestmirs, und einen irren Moment lang glaubte Alexandra, der kleine Mönch würde eine Hand ausstrecken und den Wahnsinnigen zu Fall bringen. Sie erinnerte sich, wie er zu Agnes gesagt hatte, dass eine Frau wie sie ihn und seine Kameraden sogar in die Hölle schicken könnte und sie würden dem Befehl freudig gehorchen. Tränen schossen ihr in die Augen.

Johannes hatte sie fast erreicht, beide Hände nach ihr ausgestreckt, zu Krallen gekrümmt. Er brüllte, dass ihm der Geifer aus dem Mund flockte.

Sie zerrte das Pferd herum und floh in gestrecktem Galopp in die Gasse. Hinter sich hörte sie das Röhren des Irren und die Flüche seiner Männer, dann wurden die Geräusche vom Echo ihres Galopps verschluckt.

Sie schrie selbst vor Wut und Schmerz, während sie sich über den Hals des Pferdes beugte, damit es noch schneller lief. Vor ihren Augen blitzten Tausende von Bildern auf: ein jugendlicher Wenzel, wie er versuchte, einen Automaten mit der schlüpfrigen Darstellung des Geschlechtsaktes vor ihr zu verbergen, den er im Abfall unterhalb der Prager Burg gefunden hatte; Wenzel, wie sein hoffnungsvolles Gesicht in sich zusammenfiel, als sie ihn bat, wegen Heinrichs von Wallenstein, dem Mann, der ihr Herz zum ersten Mal entflammt hatte, in der königlichen Kanzlei nachzufragen; Wenzel, der einsam weinend vor dem Grab Mikus gekauert hatte, ein paar Tage nach der Beerdigung, ohne Alexandra zu bemerken, die sich lautlos wieder zurückzog, selbst tränenüberströmt. Und dazwischen: Wenzel ... Wenzel ... Wenzel ... sein Lächeln, die Art, wie er die Augenbraue hochzog, genau wie sein Vater, das Blitzen in seinen Augen, als sich ihre Beine um ihn geschlungen hatten und sie hervorgestoßen hatte: Noch ... noch ... gleich ... gleich ...!, während sie schon gespürt hatte, dass eine tosende Brandung ihre Seele davontrug und ihr Leib in Hitze und Kälte gleichermaßen verging.

Nichts war es wert, dass Wenzel dafür auf den dreckigen Stufen einer verkommenen Kirche in einem von Gott verlassenen Nest niedergeschossen wurde wie ein Hund.

Nichts war es wert, dass Wenzel dafür getötet worden war.

Nicht einmal die Sicherheit ihrer eigenen Familie?

Klarer denn je erkannte sie, was für einen schrecklichen Fehler sie gemacht hatte, Wenzel über die wahre Herkunft Mikus anzulügen.

So viele Möglichkeiten ... und jede einzelne davon vertan, verpasst, ignoriert ...

Klarer denn je erkannte sie auch, dass sie Wenzel liebte und dass sie ihn schon immer geliebt hatte.

Ein einzelner Schuss peitschte durch die Nacht und hallte ihr hinterher, ein Schuss, der vor dem Kirchenportal auf jemanden abgefeuert worden war, der sich noch in letzten Zuckungen geregt haben musste.

Das Echo des Knalls zerstörte den letzten Rest von Selbstbeherrschung, die Alexandra aufrechtzuerhalten versucht hatte.

Das Pferd galoppierte in die Nacht jenseits der zerstörten Stadtmauer Grafenwöhrs hinaus, auf seinem Rücken ein heulendes Bündel Mensch, das sich selbst den Tod wünschte und sich gleichzeitig am Leben festklammerte, weil es noch eine Aufgabe zu erfüllen hatte.

20

DER STEINERNE JOHANNES kehrte keuchend aus der Gasse zurück, in die er Alexandra vergeblich hinterhergelaufen war. Er stapfte die paar Stufen zum Kirchenportal hinauf. Seine Augen wanderten von einem zum anderen, die Lippen formten unhörbare Worte, die Hände öffneten und schlossen sich. Seit Atem pfiff. Seine Männer traten einen Schritt zurück; man wusste nie, was geschah, wenn ihr Hauptmann sich in diesem Stadium befand. Selbst die beiden nackten Knaben hatten aufgehört zu schluchzen und sich neben den geschändeten Körpern ihrer Eltern zusammengedrängt.

Vor dem Leichnam des Obermönchs blieb Johannes stehen und starrte darauf hinab. Die Männer fuhren damit fort, ihre Waffen nachzuladen. Sie wussten, was kommen würde. Sie hatten es mehrfach gesehen, wenn jemand Johannes eine echte oder vermeintliche Niederlage zugefügt hatte. Die Sauerei, die nachher auf den Stufen der Kirche zu finden sein würde, würde auch von hundert Tagen Platzregen nicht abgewaschen werden. Die Mönche, die überlebt hatten und mit Rapieren an ihren Kehlen zum Stillhalten gezwungen wurden, würden als Nächste dran sein. Johannes holte mit dem Fuß aus, um dem Leichnam vor ihm einen Tritt zu versetzen.

Der tote Obermönch hob den Kopf, streifte die zerfetzte Kapuze zurück, und die dunkle Lache, in der er gelegen hatte, wurde plötzlich zu dem, was sie in Wirklichkeit war, nämlich Schatten und seine nachtschwarze Kutte, und er sagte: »Was für eine Verschwendung wertvoller Geiseln.«

Johannes' Stiefel schwebte in der Luft über dem Gesicht des Mönchs. Die Männer gafften. Der tote Mönch sagte: »Offenbar hat deine Unverwundbarkeit auf mich abgefärbt. Ich hab das Ding so nah an meinem Ohr vorbeifliegen hören.«

Die Augen Johannes' quollen heraus. »Was sagst du da?«, stöhnte er. »Was sagst du da?«

»Welchen Teil hast du nicht verstanden?«, fragte der Mönch liebenswürdig zurück.

»Aaaaaah!« Johannes holte mit dem Fuß aus. »*Ich bring dich um!*«

Der Stiefel zuckte nach vorn und hielt kurz vor dem Gesicht des Mönchs inne. Fassungslos erkannten die Männer, dass Johannes' Fußgelenk in der Faust des Mönchs steckte. Über das Gesicht ihres Anführers irrlichterten Fratzen, die sie noch nie zuvor darauf gesehen hatten.

»Lösegeld«, sagte Wenzel. »Das willst du doch nicht verschenken.«

Einer der Männer, der seine Muskete schon geladen hatte, sprang an Johannes' Seite, legte auf den Kopf des Obermönchs an und drückte den Abzug. Die anderen wandten die Köpfe ab; jeder von ihnen wusste, wie ekelhaft Gehirnmasse war, die einem aus dieser Entfernung ins Gesicht spritzte. Als das Echo des Knalls durch die Gassen flatterte und sie sich wieder dem Tableau vor dem Kirchenportal zuwandten, lag der qualmende Lauf der Muskete in Johannes' Faust und war in den Himmel gerichtet. Der Schütze blinzelte überrascht.

Johannes blinzelte ebenfalls. Es schien, dass er mit geradezu übermenschlicher Anstrengung versuchte, die Tollwut abzuschütteln und sich auf das zu konzentrieren, was vor ihm auf dem Boden lag und eine Augenbraue hochgezogen hatte.

»Lösegeld?«, krächzte er.

21

DER WAGEN STAND fahrbereit vor der Klosterpforte von Raigern. Andrej von Langenfels zerrte das Zaumzeug des einen Kutschpferdes fest und überprüfte es. Er tat es zum dritten Mal innerhalb der letzten Stunde. Das Pferd wandte den Kopf und warf ihm einen Blick zu, als wolle es sagen: *Wenn du noch einmal an dem Gurt ziehst, tret ich dich durch die Klostermauer.*

Auf der anderen Seite, beim zweiten Pferd, stand Cyprian. Er hatte sich gebückt und strich ihm über die Fesseln. Andrej hätte ihm sagen können, dass es immer noch die gleichen Fesseln waren wie die, die er vor zehn Minuten geprüft hatte. Es war auch immer noch das gleiche Tier. Er bückte sich ebenfalls und spähte unter den Bäuchen der Pferde hindurch. Seine und Cyprians Blicke begegneten sich. Cyprian deutete auf eines der Pferdebeine.

»Ich dachte, ich hätte eine Schwellung gespürt«, sagte er.

»Man kann nicht vorsichtig genug sein«, bestätigte Andrej.

Cyprians Gesicht verschwand, als er sich aufrichtete. Andrej auf seiner Seite tat es ihm gleich. Wieder sahen sie sich an, diesmal über die Kruppen der Pferde hinweg. Andrej unterdrückte den Impuls, das Zaumzeug zum vierten Mal strammzuziehen. Das Pferd beäugte ihn wie einen, dem alles zuzutrauen ist.

»Verdammt«, brummte Cyprian. Er warf die Hände in die Luft. »Also gut, ich ...«

»Meine Herren? Meine Herren!«

Sie drehten sich wie ein Mann um und starrten zum Eingang des Klostergeländes. Die Mannpforte im Tor ging auf, und einer der Benediktiner schlüpfte hindurch. Er hielt etwas zwischen Daumen und Zeigefinger in die Höhe. Es war eine kleine Kapsel, wie man sie Brieftauben ans Bein band. Cyprian grinste breit.

»… hab dir ja gleich gesagt, wir erhalten rechtzeitig Antwort.«

»Wie konnte ich an dir zweifeln«, seufzte Andrej.

»Die Nachricht ist eben angekommen«, keuchte der Mönch. »Direkt aus der Abtei in Banz.«

»Banz?«, echoten die beiden Männer.

»Das ist nördlich von … äh… wie heißt das gleich wieder … Bamberg!« Der Mönch streckte ihnen die Kapsel entgegen. Cyprian pflückte sie ihm aus den Fingern und musterte sie verwirrt. »Bis vor ein paar Jahren war die Abtei ganz verwahrlost, weil der Schwedenkönig seinerzeit den Abt gefangen nehmen ließ. Aber seit der gute Jodokus Weith vor vier Jahren zum Abt ernannt und mit den Regalien belehnt worden ist, und seit er zusammen mit seinem Kellermeister, dem guten Bruder Michael …«

»Schon gut«, sagte Andrej. »Sind Sie sicher, dass die Nachricht für uns ist?«

Der Mönch versuchte, auf eine bestimmte Stelle an der kleinen Kapsel zu deuten. »Dort stehen Ihre Initialen …«

Andrej sah Cyprian von der Seite her an. Cyprian drehte die Kapsel zwischen Daumen und Zeigefinger. Sein Gesicht war finster. »Wer weiß, welche Umwege die Nachricht gemacht hat. Dein Onkel hat sich während seiner Zeit in Rom den ein oder anderen Vertrauten unter den Schweizergardisten gemacht, damit wir nach seinem Tod noch Kontakt in den Vatikan hätten … Vielleicht ist einer davon …«

»Ja, ja, sehr wahrscheinlich«, unterbrach ihn Cyprian. »Von der Alp in den Vatikan und dann in ein fränkisches Kloster. Beeindruckende Karriere.«

Andrej erwiderte nichts. Er wusste, was Cyprian fürchtete. Das Kloster Banz lag nicht weit von Bamberg – und damit in der Nähe von Würzburg. Wenn jemand auf der Reise starb und fern der Heimat begraben wurde, dann war es oft an den nahe gelegenen Klöstern, für die Benachrichtigung der Hinterbliebenen zu sorgen. Die Klöster waren sogar über ihre Ordensgrenzen hinweg seit Hunderten von Jahren durch ein reges Kommunikationsnetz miteinander verbunden – sie waren am besten dafür gerüstet, die Todesbotschaft tatsächlich der Familie der oder des Verstorbenen zu überbringen.

Und Bamberg lag auf der Strecke von Prag nach Würzburg. Agnes und Alexandra mussten auf dem Hin- oder Rückweg dort durchgekommen sein. Agnes war nicht mehr die Jüngste ... eine Reise durch den Winter war sogar für einen jungen Menschen eine Strapaze ... Andrej atmetet tief ein. Plötzlich wurde ihm noch mulmiger, als er daran dachte, dass auch ein Mann in Wenzels Alter nicht gefeit war gegen Seuchen, Verletzungen, Überfälle ...

Cyprian blickte auf. Einmal mehr schien er Andrejs Gedanken erraten zu haben. Er nickte ihm zu, dann nestelte er die Kapsel auf. Der Mönch machte einen langen Hals. Cyprian spähte auf die winzige Papierrolle, dann hielt er sie auf Armeslänge von sich. Er schüttelte den Kopf. Andrej nahm sie ihm ab und versuchte seinerseits sein Glück. Als er die Rolle dabei immer näher an sein Gesicht hielt, grunzte Cyprian mit bitterem Amüsement.

»Haben wir so was jemals lesen können?«, brummte er.

»Kann ich Ihnen helfen?«, fragte der Mönch, der auf den Sandalen wippte vor Neugier.

Andrej händigte ihm die Rolle aus. Der Mönch kniff die Augen zusammen. »Oh ... das ist von Herrn Melchior.«

»Meinem Sohn!?«

Der Mönch las mit sich bewegenden Lippen. Als seine Brauen sich dabei immer weiter zusammenzogen, fühlte Andrej, wie ihm kalt wurde. Er hing an den lautlos lesenden Lippen, als erwarte er von ihnen sein Urteil.

»Wie wär's mit einem Zwischenstand?«, knurrte Cyprian.

Der Mönch blickte auf. Er war blass geworden. »Oh, meine Herren ... oh, meine Herren ...«, stotterte er.

Andrej hielt Cyprians Arm fest, als dieser sich bewegte; zur Hälfte tat er es, weil er das Gefühl hatte, er müsse sich an seinem Freund festhalten. Cyprian ignorierte seine Hand und nahm die Rolle an sich. Andrej sah bestürzt, dass Cyprian zitterte.

»Ein Jesuit hat Ihre Familie gefangen genommen, Herr Khlesl!«, stammelte der Mönch. »Er bringt sie von Würzburg aus nach Osten. Nach Prag, nimmt Herr Melchior an. Herr Melchior hat fliehen können. Er hat diese Nachricht von Banz aus hierhergeschickt ... wir haben natürlich eine Brieftaubenverbindung nach Banz ... äh ... wir sollen die Botschaft nach Prag an Sie beide weiterleiten ... aber Sie sind ja ohnehin hier ...« Der Mönch verstummte unglücklich.

Andrej wollte rufen: Was soll das? Wer ist dieser Jesuit? Was will er? Aber er wusste nur zu gut die Antworten auf diese Fragen und hielt den Mund. Während sie nach dem Jungen gesucht hatten, den der ehemalige Kustode Buh bei sich aufgenommen hatte, hatte der sie längst gefunden. Und was der junge Jesuit wollte, das ahnte Andrej auch. Es ging um das Geheimnis, das er sechzehn Jahre lang gewahrt hatte.

»Was ist mit meinem ... was ist mit dem ehrwürdigen Vater?«, fragte Andrej.

»Er ist schon vorher abgereist. Er wird wohl in einer oder zwei Wochen hier eintreffen. Wollen Sie hier warten, bis ...?«

»Wer ist alles in der Gewalt des Jesuiten?«, unterbrach Cyprian.

»Alle, die in Würzburg waren ... Ihre Gattin, Frau Agnes, Ihr Sohn Andreas, Ihre Schwiegertochter und Ihre Enkelin ...« Der Mönch zuckte mit den Schultern und warf einen hilflosen Blick zu Andrej. »Was sollen wir tun, Herr von Langenfels?«

»Da fehlt doch ...«, begann Andrej.

»Ist das alles?«, stieß Cyprian hervor. »Rücken Sie raus damit, Bruder!«

»Äh ... nein.« Der Mönch räusperte sich. »Aber das ist eine Nachricht, die nicht von Ihrem Sohn kommt, sondern aus anderer Quelle. Sie ist eine Stunde zuvor eingetroffen. Ein schwedisches Heer hat sich von Franken aus in Marsch gesetzt. Es ist in Böhmen einmarschiert.« Der Mönch bekreuzigte sich. »Der Krieg ist zurückgekehrt. Der Herr sei uns allen gnädig.«

Keine Viertelstunde später rollte die Kutsche bereits in Richtung Nordwesten über die Straße. Beide Männer saßen in ihre Mäntel und Decken gehüllt auf dem Kutschbock. Den Wagenlenker hatten sie protestierend und schmollend im Kloster zurückgelassen. Die Fahrgastkabine steckte voller Vorräte; Wenzels Mönche, so verschroben sie zuweilen wirkten, arbeiteten wie eine gut geölte Mechanik zusammen, wenn es darauf ankam. Cyprian hatte Andrej gefragt, ob er lieber hier auf seinen Sohn warten wolle, anstatt mitzukommen. Andrej hatte die Frage keiner Antwort für wert gehalten, und Cyprian hatte sie nicht mehr gestellt. Andrej sah Cyprian von der Seite an. Er konnte erkennen, wie sehr sein Freund sich zusammennehmen musste, damit er die Pferde nicht zu einem rücksichtslosen Galopp antrieb. Sie mussten sich noch eine lange Strecke auf sie verlassen können.

»Vielleicht hätten wir wenigstens abwarten sollen, bis Antwort aus dem Vatikan auf unsere Nachfrage eingetroffen wäre«, sagte Andrej. »Es würde uns helfen, mehr über diesen Jesuiten zu wissen, als wir selbst herausgefunden haben.«

»Ich weiß alles, was ich über ihn wissen muss«, erwiderte Cyprian. »Er hält meine Familie gefangen.«

Über die vielen Jahre ihrer Freundschaft hinweg hatte Andrej festgestellt, dass ihm die Rolle desjenigen zugefallen war, der Fragen stellte, damit Cyprian über seine eigene Schweigsamkeit hinwegfand und darüber zu sprechen begann, was ihn bewegte. Einer von Cyprians versteckten Vorteilen war, dass man einem bulligen Mann wie ihm keine schnellen Gedanken zutraute; in Wahrheit dachte Cyprian schneller als fast jeder Mensch, den Andrej kannte. Seine Eigenart, meistens dann zu schweigen, wenn Worte von ihm erwartet wurden, trug noch dazu bei, dass man seine Intelligenz unterschätzte. Zuweilen aber brauchte sogar jemand wie er einen, der ihn anschubste, damit aus Gedanken Worte wurden und durch das Sprechen in Fluss kamen. Heute jedoch schien der Trick nicht zu funktionieren.

»Melchior hat Alexandra nicht erwähnt«, sagte Andrej.

Cyprian nickte verbissen.

»Wenn ihr etwas zugestoßen wäre, hätte er es uns wissen lassen, oder?«

Cyprian nickte ein zweites Mal.

»Was glaubst du, ist mit ihr los?«

Schulterzucken.

»Und was hat das alles mit dem toten Buh und der Teufelsbibel zu tun?«

Cyprian ließ die Zügel plötzlich auf die Rücken der Pferde klatschen, bis sie doch in Galopp fielen und die Kutsche in halsbrecherischer Geschwindigkeit über die Straße schoss.

»Wir werden es rausfinden!«, brüllte Cyprian über das Rattern der Räder und das Geklapper der Hufe. »Und dann werden Ärsche getreten!«

22

DIE LAGE IN Pilsen hatte sich nicht verbessert, seit Alexandra und Agnes auf der Reise nach Würzburg einen Bogen darum herum gemacht hatten: Die Stadt war, nach Einnahme durch das Ständeheer am Anfang des Krieges, nach Beherbergung des kaiserlichen Heeres zehn Jahre später, nach Kämpfen gegen schwedische Truppen in den Jahren danach, nach einem Pestausbruch und der erst im vergangenen Sommer erfolgten Rückkehr der Kaiserlichen, die Pilsen als Basis für die Schlachten gegen die Schweden unter Wrangel missbraucht hatten, eine Geisterstadt geworden. Der Handel war zusammengebrochen, das einstmals mächtige Brauwesen lag am Boden, die Vorstädte waren alle ein Raub der Flammen geworden, und in Pilsen selbst stand jedes dritte Haus leer. Es sah nicht aus, als würde die Stadt sich in den nächsten hundert Jahren erholen. In den großen Fässern, in denen einst Bier gelagert worden war, hausten Spinnen und Ratten, und der Geruch von schimmelnder Gerste und faulem Malz, den die großen Braugewölbe in die Gassen hinein ausstrahlten, war ekelerregend.

Die Firma *Khlesl, Langenfels, Augustýn & Vlach* hatte in mehrere Brauereien in Pilsen investiert. Die Verluste waren hoch gewesen, und der örtliche Faktor der Firma, Šimon Plachý, der zugleich ein halbes Dutzend weiterer unglücklicher Investoren vertreten hatte, war überzeugt gewesen, dass irgendjemand ihn und seine Klienten bewusst zu ruinieren versucht hatte. Agnes und Alexandra hatten nicht zuletzt seinetwegen darauf verzichtet, in Pilsen zu nächtigen. Er hatte sich schon in der Vergangenheit geradezu fanatisch in seinen Verdacht hineingesteigert, und alleine seine fiebrigen Pläne, wie man die Schuldigen dazu bringen könnte, das verlorene Geld zurückzuzahlen, hätten sie mindestens zwei Tage gekostet. Jetzt blieb Alexandra nichts anderes übrig, als ihn aufzusuchen und um Hilfe zu bitten. Ihr Pferd war am Ende, die Vorräte verbraucht, und sie fühlte sich, als wäre nur noch eine winzige Kleinigkeit vonnöten, dass sie sich auf der Erde zusammenrollte und aufgab. Im Augenblick war es ihr fast egal, ob der Aufenthalt sie Zeit kostete. Was sie mehr als alles andere brauchte, war eine Seele, die trotz der Kriegsgräuel und einer Neigung zum Verfolgungswahn noch ihre Menschlichkeit bewahrt hatte.

Sie fand Šimon im Rathaus, und sie konnte ihm nicht verdenken, dass er sie nicht gleich erkannte – auch sie hätte ihn fast nicht erkannt. Er war vier oder fünf Jahre jünger als sie, sah aber älter aus als ihr Vater. Als sie ihren Namen nannte, sprang er auf, vergoss die mit Wasser gestreckte Tinte über seinen Tisch, verwandelte einen Köcher voller Gänsekiele in umherflatterndes Federngestöber und stieß sich das Knie so an der Sitzbank, dass er den ganzen Tag über humpeln würde. Er schloss Alexandra zu ihrer Überraschung in die Arme, und nach der ersten Schrecksekunde tat die Umarmung so gut, dass sie ihn nicht einmal fragte, wo seine sonstige formelle Zurückhaltung geblieben war.

»Oh, Frau Rytíř, Frau Rytíř ... ich bin so froh, Sie zu sehen ... warum haben Sie nur die Reise von Prag hierhergemacht? ... Sind Sie gesund, geht es Ihnen gut? Ich danke Gott, dass Sie nicht im letzten Sommer hier waren, Kämpfe, sage ich Ihnen, Kämpfe ... so viel Blut, so viel Leid ... Man möchte meinen, dass keine Kraft mehr zum Schmerz in diesem Land steckt, und doch findet sich immer noch weitere Pein ...«

»Was tun Sie denn hier, Šimon? Im Rathaus? Hat man Sie jetzt auch noch zum Bürgermeister ernannt?« Alexandra sah keine Notwendigkeit, ihm gegenüber Offenheit zu zeigen, was ihre wahre Reiseroute betraf.

Šimon lachte unglücklich. »Nein, nein, aber zum Kämmerer. Dafür tauge ich gerade noch: Kämmerer von nicht mehr existierenden Finanzen. Aber vielleicht gelingt es mir, Verträge beim Stadtrat einzubringen, die Ihrem Unternehmen weitergehende Rechte zubilligen und so Ihre Verluste ausgleichen, sobald hier nur wieder alles aufgebaut ist ...«

Er schaute aus dem Fenster und ließ die Schultern sinken. Das Fenster hatte kein Glas und keine Bleifassungen mehr.

Der Boden des Ratssaales war an den Stellen, an denen man gefahrlos Bretter hatte herausreißen können, um sie anderweitig zu verwenden, voller Löcher.

»... *wenn* nur erst wieder alles aufgebaut ist ...«, murmelte er.

»Und?«, fragte Alexandra, um ihn aufzumuntern. »Haben Sie schon herausgefunden, wo der Rat das Silber versteckt hat?«

Er lachte erneut, schnaubend wie ein trauriges Maultier. »Ich tue die Arbeit erst seit zwei Tagen, Frau Rytíř.«

»Ach so. Wollte Ihr Vorgänger nicht mehr?«

»Nein.« Er räusperte sich. »Man könnte sagen, er ist ... abgesprungen.« Šimons Blicke huschten zum Fenster. »Dort hinaus, um genau zu sein.«

Alexandra starrte ihn voller Horror an. Er zuckte mit den Schultern. »Der Krieg holt sich seine Opfer, auf die eine oder andere Weise.«

»Oh, Šimon, es tut mir so leid ...« Sie wusste, dass ihre Augen feucht wurden; nicht wegen des unbekannten Selbstmörders, sondern weil Wenzels Tod plötzlich wieder Raum in ihren Gefühlen beanspruchte. Auch Šimons Augen röteten sich.

»Es ist nicht so, dass er mein Freund gewesen wäre, Sie verstehen ... aber in einer Stadt wie dieser kennen die wenigen, die noch verblieben sind, sich natürlich gut ...« Er schwieg und starrte ins Leere. Alexandra holte ihn mit einem Räuspern zurück in die Gegenwart.

»Šimon, ich brauche Ihre Hilfe. Ich muss so schnell wie möglich weiter ... zurück! ... nach Prag. Ich benötige neue Eisen für mein Pferd, Kleidung, Essen, Trinken – und ein Lager für die Nacht. Ich kann nicht bezahlen, aber die Firma wird dafür geradestehen.«

»O Gott, Frau Rytíř, machen Sie sich wegen der Kosten doch bitte keine Sorgen ... aber Eisen ... hmmm ... alles, was man irgendwie in Waffen verwandeln kann, haben die Truppen von General Holzapfel letzten Sommer requiriert. Wir könnten höchstens ... ja, das wäre eine Möglichkeit: die Handfesseln und Ketten im Gefängnis. Einen Schmied gibt es noch in Pilsen, der könnte sie umarbeiten!«

»Ich glaube nicht, dass der Gefängnisaufseher sich so leicht davon trennen wird.«

»Das werden wir sehen. Als Kämmerer ersetze ich ihm die Kosten, die er mit den Gefangenen hat, da wird er nicht allzu viel Widerspruch einlegen, sonst sehe ich mir nächstens seine Rechnungen genauer an.«

»Ein Stückchen Normalität in all dem Wahnsinn«, seufzte Alexandra.

»Kommen Sie, ich wollte mir sowieso ein Bild von der Lage machen. Bei der Eroberung durch die Mansfeldischen Truppen vor dreißig Jahren sind die Häuser zwischen dem Barfüßerkloster und dem Prager Tor zerstört worden; da befand sich auch das Gefängnis. Die Gegend ist so wüst wie damals; das Gefängnis ist in den Turm des Kleintors verlegt worden, und da befindet es sich immer noch.«

Der Aufseher über das Gefängnis schien gleichzeitig der Turmwart zu sein; im halb entvölkerten Pilsen streckten sich die Behörden nach der Decke. Er war verheiratet und hatte mindestens ein Dutzend Kinder, und man konnte ihm ansehen, dass er schlaflose Nächte hatte, wenn ein neuer Insasse in der Zelle weinte oder um Gnade flehte. Vor allem war er empört darüber, dass Šimon die Höhe seiner Ausgaben rügte. Alexandra hielt die Anschuldigungen ihres alten Geschäftspartners zunächst für Gesprächstaktik, um den Turmwart aufnahmefreudiger zu stimmen für das Ansinnen, ein paar Schellen und Ketten herauszurücken.

»Den alten Vorschriften nach ist es den Gefangenen gestattet, Haferbrei zu essen und ab und zu frische Kleidung zu bekommen!«, sagte der Turmwart, und man konnte förmlich den Zusatz hören: Der *frühere* Kämmerer hätte das gewusst!

»Schau raus zum Fenster, da siehst du die alte Zeit!«, rief Šimon. »Die alte Zeit ist tot! Wenn es so weitergeht, werden die Menschen Verbrechen verüben, um in den Turm zu kommen, weil es ihnen da besser geht als in Freiheit!«

»Der Herr Kämmerer hat vermutlich noch keine Nacht im Stock zugebracht, wenn er so redet«, erwiderte der Turmwart steif.

»Papperlapapp. Die Stadt kann es sich nicht leisten, auch noch den Gottlosen die Wänste zu füllen.«

Alexandra legte Šimon die Hand auf den Arm, um zu verhindern, dass er sich künstlich in Rage redete; dann warf sie einen Blick in sein Gesicht und erkannte bestürzt, dass der Mann nicht versuchte, den Turmwart in eine nachteilige Gesprächsposition zu bringen, sondern dass es ihm ernst war.

»Wie sollen wir so die Zukunft aufbauen?«, fuhr er fort. »Wenn es mit Pilsen wieder bergauf gehen soll, dann ist falsches Mitleid fehl am Platz! Wer sich der Gemeinschaft in einer solchen Situation widersetzt oder ihr schadet, gehört aus ihr ausgeschlossen!«

»Es redet sich leicht, wenn man nicht die ganze Zeit dem Flehen und Stöhnen der Unseligen in den Zellen ausgesetzt ist, während die Kälte darin selbst den Pisstopf einfrieren lässt!«

»Šimon«, sagte Alexandra beunruhigt. »Mitleid ist niemals falsch, und die Zukunft liegt in der Vergebung der Sünden aus der Vergangenheit.« Sie fühlte Bitterkeit darüber, dass ausgerechnet sie, die sich selbst die Vergebung versagte, etwas Derartiges vorbrachte.

»Zukunft ist Aufbau. Man baut nicht auf einem brüchigen Fundament.«

»Für Pilsen ist die Zukunft der *Wieder*aufbau. Und dafür nimmt man die alten Grundmauern her.«

»Da ist was Wahres dran«, bestätigte der Turmwart und schenkte Alexandra ein väterliches Lächeln.

Šimon wandte sich irritiert ab. »Was ist das hier überhaupt für ein Lärm?« Er riss eine Tür auf, hinter der Lachen und Kindergekreisch hörbar geworden war. Sie öffnete sich in einen Raum, der offenbar der Wohnraum für den Turmwart und seine Familie war. Vage Wärme schlug ihnen entgegen, abgestandene Luft und der Geruch von gekochtem Kohl. Alexandra erwartete, dass der neu ernannte Kämmerer sich entschuldigen und die Tür wieder schließen würde, aber stattdessen zogen sich seine Augenbrauen zusammen, und ein Finger streckte sich anklagend aus: »Was-ist-das?«

Der Raum wurde von einer riesigen Bettstatt dominiert, die nicht viel mehr war als ein Holzrahmen, auf dem Strohsäcke und Streu als Matratzen lagen, mit verschiedenerlei Decken überzogen. In einer Ecke befand sich eine Strohschütte, auch sie mit Decken belegt. Davor sprang ein dünnes kleines Kind mit wilden langen Haaren auf und ab und kreischte; andere Kinder tanzten um es herum und warfen sich ein Stück Brot zu, das es vergeblich zu fangen versuchte. Es sah aus wie eines der grausamen Spiele von Kindern, bis die Kleine in der Mitte des Zirkels auf einmal stürzte. Die Kinder brachen das Spiel ab und halfen ihr wieder auf die Beine. Mit einem Gefühl, als sänke Eis in ihren Leib, erkannte Alexandra, dass das kleine Mädchen mit den wilden Haaren eine Fußkette trug, deren anderes Ende an einem Ring in der Mauer neben seinem Schlafplatz befestigt war.

Der Turmwart räusperte sich verlegen. »Das ... äh ... das ist das ... äh ... das Hexenkind.«

»Waaas?«, dehnte Alexandra.

Der Turmwart zuckte mit den Schultern. »Die Kleine ist vor vier Jahren zusammen mit ihrer Mutter zum Tod auf dem Scheiterhaufen verurteilt worden. Aber zu der Zeit waren kaiserliche Beamte und ein paar Jesuiten in der Stadt, und diese haben Einspruch eingelegt, weil sie noch keine zwölf Jahre alt war und daher nicht justifizierbar. Das Urteil wurde ausgesetzt und das Kind zur Haft verurteilt, bis es zur Strafmündigkeit herangewachsen sei.«

»Stimmt«, sagte Šimon. »Ich erinnere mich an den Fall. Aber das ... das ist doch eine völlig verwilderte Kreatur!«

»Na ja«, erklärte der Turmwart, »das ist, was der Kerker aus einem macht.«

Šimon verzog angeekelt den Mund, als die Kinder des Turmwarts begannen, mit dem Mädchen an der Kette zu balgen. Sie waren allesamt blasse, dünne Rotznasen, aber gegen die Zartheit des gefangenen Mädchens wirkten sie wie robuste Bauernlümmel. Alexandra hörte sie lachen und kreischen, mit der überschäumenden, ungetrübten Ausgelassenheit, wie sie nur simple Gemüter an den Tag legten. Unwillkürlich erinnerte sie sich an Isolde, die junge Frau, die von Agnes' ehemaliger Magd in Brünn an Kindes statt angenommen und aufgezogen worden war; auch Isolde hatte dieses unbekümmerte, ahnungsfreie, perlende Gelächter der reinen Unschuld besessen. Der Klumpen Eis, der sich in ihr geformt hatte beim Anblick des gefesselten Kindes, sank noch ein Stück tiefer.

»Was tut das Wesen hier?«

»Das Weib und ich konnten ihr Gejammer wegen der Kälte in der Zelle nicht mehr ertragen. Wir haben vom Rat die Erlaubnis eingeholt, sie über die Wintermonate zu uns zu holen.«

Šimon war fassungslos; noch fassungsloser war Alexandra über das, was aus ihm heraussprudelte: »Ein guter Christ lässt seine Kinder mit so einer schändlichen Hexenbrut zusammen!?«

»Die Kleine ist so unschuldig wie ein Vöglein«, sagte die Frau des Turmwarts, die sich bislang im Hintergrund gehalten hatte. »Sie tut keinem was zuleide; eher muss ich aufpassen, dass unsere Brut hier ihr nicht zu arg zusetzt.« Von den Kindern des Turmwarts kam Protestgeschrei.

»Wie alt ist das Mädchen?«, erkundigte sich Šimon.

Der Turmwart und seine Frau warfen sich einen Blick zu. Alexandra starrte dem Kämmerer ins Gesicht. Sie sah steinerne Entschlossenheit darin. Plötzlich hatte sie das Gefühl, den Mann noch nie zuvor gekannt zu haben. »Hören Sie, Šimon«, sagte sie. »Ich denke, ich komme mit dem Pferd auch so nach Prag. Ich brauche das Eisen nicht. Lassen Sie uns gehen. Ich … ich bin müde, und vielleicht können Sie mir zeigen, wo ich …«

»Ich bedauere, Frau Rytíř, aber das geht vor. Ich habe als Kämmerer Pflichten übernommen. Wenn wir hier für eine rechtskräftig Verurteilte Geld ausgeben, das dem Aufbau der Stadt und den guten Bürgern fehlt, ist das eine ebenso große Sünde wie die, der verfluchten Seele die Reinigung durch das Feuer zu verweigern.«

»Wir wissen nicht, wie alt sie ist«, logen der Turmwart und seine Frau.

»Feuer reinigt nicht, Feuer verzehrt unter den schlimmsten Schmerzen, die man sich vorstellen kann, und was zurückbleibt, ist bittere Asche«, sagte Alexandra.

Šimon musterte sie. Die Kälte in seinem Blick zog ihr Herz zusammen. Ein kleiner Funken Besorgnis flammte in ihr auf, und ihre innere Stimme riet ihr, den Mund zu halten. »Sie ist ein Kind, Šimon«, sagte sie dennoch. *Sie ist so alt wie ein anderes Kind, das ich am Weihnachtstag gerettet habe, obwohl kaum mehr Hoffnung bestand*, fügte sie in Gedanken hinzu. Ein Kind, über dessen Feuertod ebenfalls jemand mitleidlos urteilen wird, wenn du deine Mission nicht erfüllst, sagte ihre verfluchte innere Stimme. Also halt den Mund, bevor sie dich hier noch als Verdächtige festhalten.

»Jemand soll den Richter holen«, sagte Šimon. »Diese Angelegenheit muss geklärt werden.«

Der Richter kam überraschend schnell. Als er verstand, worum es ging, ließ er die Schultern sinken. Ein Blick traf Šimon, der ganz klar zeigte, was der Richter vom Eifer des neuen Kämmerers hielt und dass er in diesem Augenblick Šimons Vorgänger dafür verfluchte, den Freitod gesucht zu haben, wie sich selbst, dass er der Ernennung ausgerechnet dieses Mannes zugestimmt hatte. Man mochte es ihm und den Räten als Feigheit oder als Menschlichkeit auslegen, die Existenz der Gefangenen einfach verdrängt und auf eine natürliche Regelung der Angelegenheit gehofft zu haben (im Gefängnis starb es sich leicht an Auszehrung oder an einer anderen Krankheit), aber nun wurden sie wieder mit dem Problem konfrontiert, und der Richter war alles andere als glücklich darüber.

»So, wie das Kind aussieht«, sagte der Richter, »ist es noch lange keine zwölf Jahre alt.«

»Wahrscheinlich hat es sich nicht recht fortentwickelt mit der Kette am Bein«, sagte Šimon. »Oder der Teufel hat seine Hand im Spiel.«

Der Richter fasste Alexandra ins Auge. »Wer sind Sie?«

»Sie hat mit alldem nichts zu tun«, sagte Šimon. »Exzellenz, der Fall muss in Ordnung gebracht werden.«

Der Richter brummte etwas. Alexandra sah aus dem Augenwinkel, wie bleich der Turmwart und seine Frau geworden waren. Ein flehentlicher Blick traf sie. Unwillkürlich öffnete sie den Mund. Das Kind an der Kette starrte neugierig zu ihr und den beiden Männern herüber, und plötzlich sah sie statt seiner Lýdies Gesicht unter dem verwilderten Haar, Lýdies Gestalt in dem dünnen Hemd, perfiderweise sogar mit den schimmernden Narbenstreifen auf dem Arm, als wolle ihre innere Stimme, die währenddessen beständig flüsterte, dass sie sich heraushalten sollte, ihr in allen Einzelheiten zeigen, was sie riskierte. Sie durfte sich hier nicht aufhalten lassen, schon gar nicht wochenlang durch einen

Prozess wegen der Unterstützung einer der Hexerei überführten Angeklagten.

Šimon war still und nachdenklich, während er und Alexandra darauf warteten, dass der Schmied die Eisen von Alexandras Pferd und dann die Ketten besah, die der Turmwart ihnen mitgegeben hatte in der klaren Hoffnung, dass sich dies irgendwie positiv auf die weitere Entwicklung für seinen unfreiwilligen Schützling auswirken solle. Alexandra war zum Speien übel. Sie hatte ihrer inneren Stimme gehorcht und im Gefängnis geschwiegen. Der Richter hatte schließlich widerwillig befohlen, dass man einen seiner Beisitzer herbeiholen möge, um die Gefangene zu befragen, und zu Alexandras Horror hatte Šimon nicht nur darauf bestanden zu warten, bis der Mann kam, sondern auch noch die ersten Fragen abgewartet. Ob das Kind sich im Klaren sei, dass seine Mutter eine Hexe gewesen sei? Vor Alexandras innerem Auge stand das völlige Unverständnis, mit dem das Mädchen die beiden Richter angeblickt hatte; es stach wie mit Messern in ihr Herz. Ob das Kind sich denn erinnere, dass die Mutter getanzt habe, und zwar mit dem …? Das Kind hatte fröhlich lachend unterbrochen: Oh ja, getanzt hatte die Mutter, und gesungen, mit Blumen im Haar, und wenn die Herren in der Lage wären, es mit der Mutter wieder zusammenzuführen, dann wäre es sooooo dankbar! Dem Turmwart und seiner Frau waren Tränen über die Wangen gelaufen, die Kinderhorde war blass und still gewesen, die Richter hatten sich resignierte Blicke zugeworfen, und Alexandra hatte sich die Hand vor den Mund gepresst, damit sie nicht Šimon und den anderen vor die Füße kotzte.

»Ich frage mich, ob …«, begann Šimon.

Kalte Verachtung stieg in Alexandra hoch. *Deine Reue kommt zu spät, du pflichtbewusstes, bigottes Arschloch*, dachte sie.

»... es nicht noch mehr solche Fälle gibt«, fuhr Šimon fort. »Das Unglück unserer Stadt hat alle nachlässig werden lassen, und wir versündigen uns sowohl vor Gott als auch vor dem Ziel, den alten Glanz Pilsens wiederherzustellen.« Er seufzte und wandte sich an Alexandra: »Ich will Sie damit nicht weiter belasten; Sie sind müde, und ich habe schon gesehen, dass Ihnen das Schicksal der Kreatur nahegeht. Glauben Sie mir, es ist zum Besten für die arme Seele. Suchen wir ein Nachtquartier für Sie; allzu viele gibt es nicht mehr.«

»Ich glaube, ich breche gleich auf«, brachte Alexandra hervor.

»Das können Sie nicht; es wird bald dunkel. Sie können nicht durch die Nacht reiten. Außerdem ...«

Šimon wies auf den Schmied, der soeben das erste von den Hufeisen gelöst hatte und es musterte, ob es zum Einschmelzen und nochmaligem Verwenden taugte. Alexandra verfluchte ihn im Stillen dafür. Ihre Schultern sanken herab.

»Gut«, sagte sie gepresst. »Suchen wir das Quartier. Ich werde mich wohl gleich hinlegen.«

Weil ich dir die Augen auskratze, wenn ich dich noch länger ansehen muss, dachte sie.

»Ich bin so froh, dass ich Ihnen helfen kann, Frau Rytíř«, sagte Šimon und lächelte sein eifriges Lächeln.

In der Dämmerung des nächsten Morgens trieb Alexandra ihr Pferd aus der Stadt hinaus. Sie hatte den Schmied geweckt und in Kauf genommen, vor dem verschlossenen Prager Tor warten zu müssen, bis die Wachen es öffneten. Von Šimon Plachý hatte sie sich nicht verabschiedet; sie hätte seinen Anblick nicht ertragen. Was immer er an Vorräten für sie aufgetrieben hatte, würde er selbst essen dürfen; vielleicht hatte der Herr ein Einsehen, und Šimon erstickte daran. Jedenfalls war es ihr vollkommen egal, was er von ihr dachte. Sie hoffte nur, eine so große Strecke wie möglich zwischen sich und

Pilsen zu bringen, bevor es begann, aber auf dem Weg einen der Hügel hinter der Stadt hinauf erreichte sie der langsame Schlag der Trommeln. Sie zügelte das Pferd und wandte sich im Sattel um.

Die Ruinen um das Barfüßerkloster herum und der fehlende Turm über dem Prager Tor ermöglichten ihr einen freien Blick auf den Marktplatz. Wo der Galgen stand, kauerte jetzt eine niedrige Holzhütte; Alexandra hatte das Hämmern und Sägen bis in die Nacht hinein gehört. Aus der Gasse, die zum Kleintor und damit zum Gefängnis führte, kam eine Prozession winziger Figuren und hielt am Rand des Platzes an. Von der Hütte stieg eine träge Qualmsäule in die Höhe. Die Entfernung war zu groß, um Einzelheiten zu erkennen, aber Alexandra wusste, was das Panorama im Einzelnen verbarg: das Mädchen auf dem Schinderkarren, die langen, verfilzten Haare geschoren, einen sauberen Kittel am Leib, ohne Frage ebenso erstaunt und entzückt wie verwirrt darüber, zum ersten Mal seit vier Jahren wieder im Freien zu sein. Den Turmwart und seine Frau, die neben dem Karren herschritten und der Kleinen heruntergalfen, weil die Ketten, mit denen es am Karren festgeschlossen war, fast ebenso viel wogen wie sie. Die Richter, die in einigem Abstand zur Holzhütte standen und den heutigen Tag verfluchten; eine schüttere Anzahl von Zuschauern, die einen aus Mitleid vor Ort, die anderen, weil selbst die Verbrennung eines unschuldigen Kindes sie dem eigenen Elend für einige Augenblicke entreißen konnte. Alexandra hatte gehört, dass in allen Heeren während des Krieges Jägerbataillone aufgestellt worden waren, die tatsächlich aus ehemaligen Jägern bestanden und die nicht wie andere Fußsoldaten in Reih und Glied dem Tod entgegenschritten, sondern sich in Verstecken verbargen und über erstaunliche Entfernungen hinweg Offiziere, Kanoniere oder Feldherren des Gegners mit einem gezielten Schuss von der Erde hinwegfegten.

Sie wünschte sich, näher an Pilsen zu sein, die Fähigkeiten eines Jägers und eine langläufige Muskete zu besitzen und mit gezielten Schüssen Šimon Plachý, die Richter, die Henkersknechte und die Zuschauer einen nach dem anderen zu erschießen, bis alle flüchteten und das Mädchen gerettet war. Tatsächlich war es auf die Entfernung nicht einmal möglich zu erkennen, ob Šimon überhaupt der Hinrichtung beiwohnte.

Aus der Gruppe der winzigen Spielzeugfiguren zwischen den Spielzeughäusern löste sich eine kleine weiße Gestalt und bewegte sich auf die qualmende Holzhütte zu. Alexandra wusste, womit man sie überredet hatte, allein dorthin zu gehen. Ist dort meine Mutter?, würde das Kind gefragt haben, und jemand würde gesagt haben: Ja, geh nur, bald wirst du bei ihr sein. Die winzige weiße Gestalt bewegte sich immer schneller und begann zu laufen, rannte über den Markplatz, rannte in die Holzhütte hinein, andere Gestalten stürzten hinzu und verrammelten sie und fachten das Feuer an, und mit der üblichen Verzögerung durch die weite Strecke hörte Alexandra, wie der langsame Trommelschlag schneller wurde und den Rhythmus des Todes schlug, in der Absicht, die grässlichen Schreie aus dem Inneren der Hütte zu übertönen. Zwischen dem letzten langsamen und dem ersten schnellen Trommelschlag glaubte sie, einen Ruf auf dem Wind heranwehen zu hören: »Ich komme, Mama!«

Sie begann haltlos zu schluchzen, dann beugte sie sich aus dem Sattel und spie das wenige aus, das sie im Magen hatte. Schließlich schnalzte sie mit den Zügeln und floh, noch immer blind vor Tränen.

23

Kurz vor Eger wurde der Wagen, in dem die Khlesls saßen, von Soldaten angehalten und genötigt, die Straße freizumachen. Pater Silvicola sprach einen der Offiziere an, und Agnes beugte sich aus dem Fenster, um zu erfahren, was vor sich ging.

Sie sah immer noch die Pistolenmündung vor sich. Dass Pater Silvicola nicht abgedrückt hatte, war ein Wunder. Ein beunruhigendes Wunder – wenn er einfach nur ihren Tod gewollt hätte, so hätte er diesen nach Melchiors Flucht haben können. Welche Pläne verfolgte er in Wirklichkeit?

Weiter vorn wurden Kanonen von Gespannen mit vier oder sechs Pferden über die Straße gezerrt. Die Kanonen waren groß und schwer, die Bedienungsmannschaften fluchten, die Pferde wieherten und stemmten sich in die Deichsel. Wäre der Erdboden nicht gefroren gewesen, wären nur die ersten beiden Gespanne vorwärtsgekommen – alle anderen wären im Schlamm versunken. Auch so hinterließ das halbe Dutzend Kanonen einen dunklen, aufgerissenen Streifen in der frostigen Landschaft. Agnes hörte, wie sich ihre Bewacher unterhielten und böse Gesichter in Richtung der Kanonen machten; die ewige Verachtung des Fußsoldaten gegenüber der Artillerie, die sich weit hinter dem Kampfgeschehen in vergleichbarer Sicherheit befindet und von der man auch noch fürchten muss, dass sie ihre Schüsse in die eigenen Reihen setzt, weil schlampig gezielt wird oder weil man die Zielangaben, die weiter vorn mit Wimpeln signalisiert werden, falsch verstanden hat.

Pater Silvicola und der Artillerieoffizier redeten mit heftigen Gesten aufeinander ein; schließlich zog der Jesuit etwas aus seinem Gewand und zeigte es dem Offizier. Dieser riss sich den Hut vom Kopf, schmetterte ihn auf den Boden, trampelte wild fluchend darauf herum, bückte sich, setzte ihn sich wieder auf und stapfte davon. Agnes ließ sich in den Wagen zurückfallen. Von draußen ertönte Wutgebrüll, Rasseln, das aufgebrachte Wiehern von Pferden und der Lärm, den Pferdegespanne mit einer schweren Fracht verursachen, die angehalten und genötigt werden, eine halbwegs feste Straße zu verlassen.

»Was ist los?«, fragte Andreas.

»Ein paar große Kanonen werden aus Eger abgezogen, so wie es aussieht. Unser heiliger Mann hat soeben durchgesetzt, dass die Gespanne *uns* Platz machen und nicht umgekehrt.«

»Ziehen sie sich zurück? Ist der Krieg endgültig vorbei? Vielleicht sind die Verhandlungen in Münster ja endlich zum Abschluss gekommen?«

»Ich glaube nicht, dass das ein Rückzug ist, was da draußen vorgeht.« Agnes wandte sich um, als Pater Silvicolas Gesicht am Wagenfenster erschien. »Es sieht eher so aus, als würde der Krieg noch mal von vorne anfangen. Abziehende Soldaten sind nicht so nervös und hektisch.«

Der Jesuit warf einen ausdruckslosen Blick herein. Agnes gab ihn unbewegt zurück.

»Der Krieg beginnt noch mal von Neuem?«, echote Karina voller Horror. »Du lieber Gott, haben die Menschen denn noch immer nicht genug?«

»Die Menschen schon, nur der Teufel nicht«, erklärte Agnes so laut, dass der Jesuit draußen es hören musste. »Vielleicht weiß Pater Silvicola ja Näheres, wo er doch mit ihm verbündet ist.«

Wie erwartet trat Pater Silvicola an die Kutsche heran und zischte: »Ich bin *nicht* mit dem Teufel im Bunde!«

»Tatsächlich? Nun, du bist zumindest mit General Königsmarck verbündet, was so ziemlich auf das Gleiche rauskommt. Man kann sich etliches zusammenreimen, wenn man sich durch etwas bewegt, was wie der größte Truppenaufmarsch seit der Expedition von Torstenson gegen Böhmen und Mähren aussieht. Wen man auch fragt, jeder sagt, Königsmarck ist der Teufel, sogar seine eigenen Leute. Diese Kanonen werden anderswo gebraucht, vermutlich bei irgendeiner Belagerung, bei der der General nicht vorwärtskommt. Was immer du dir einredest, Söhnchen, du *bist* mit dem Teufel im Bunde. Sollst du *ihm* die Teufelsbibel aushändigen?«

»Ich bin nicht mit dem Teufel im Bunde, und ich bin kein Knecht. Und du weißt gar nichts«, sagte Pater Silvicola. Er stapfte davon. Agnes lehnte sich befriedigt lächelnd zurück.

»Was freut dich so?«, fragte Andreas.

»Dass ich ihn ärgern konnte«, sagte Agnes. »Und dass er keine Ahnung hat, wie viel wir wirklich wissen.«

Andreas musterte sie ratlos. »Und wie viel wissen wir?«

»Gar nichts«, sagte Agnes grinsend. »Insofern haben wir schon mit ihm gleichgezogen.«

Die Kutsche holperte über die ruinierte Straße und schließlich nach Eger hinein. Die Stadt sah aus wie ein großes Heerlager. Falls noch Zivilisten hier lebten, hatten sie sich in ihre Häuser verkrochen. Über der Burg wehten die schwedische Flagge und darunter ein Wimpel, der vermutlich das Wappen des Generals trug. Eger war schon lange im Besitz der Schweden gewesen, aber nach dem, was Agnes bisher gehört hatte, hatten sie dies lediglich mit einer kleinen Garnison in der Burg bewiesen. Nun schien die Anzahl der Soldaten vervielfacht worden zu sein. Sie spitzte die Ohren und vernahm einige sächsische Dialektfetzen. Es mochte die schwedische Flagge sein dort oben auf der Burg, aber dies waren nicht die Truppen der Königin, sondern die von General Königsmarck. Agnes fragte sich, ob die Königin wusste, was hier vor sich ging.

»Ich dachte, im Winter führen die Feldherren keinen Krieg?«, brummte Andreas.

»Zumindest haben solche Burschen wie Wallenstein sich

daran gehalten«, erwiderte Agnes. »Aber der ist schon lange tot. Gute alte Zeiten, nicht wahr?«

Andreas verzog den Mund. »Ich hasse es, wenn du so zynisch bist, Mama.«

Agnes ignorierte ihn. Sie zog die Decken um Lýdie zurecht. »Geht's dir gut, Sternchen?«

Lýdie sah unwillkürlich auf ihren einbandagierten Arm, aber sie lächelte. »Ja, Großmama.« Agnes zwinkerte ihr zu, und das Mädchen zwinkerte zurück.

Andreas sah seine Mutter von der Seite an. »Nanu? Ich dachte, du hast es lieber, wenn sie dich Agnes nennt?«

»Ja«, sagte Agnes. »Aber in der letzten Zeit bin ich einfach zu stolz auf meine Familie, als dass ich die Bezeichnung ›Großmutter‹ missen wollte.«

Andreas berührte unwillkürlich die Stellen in seinem Gesicht, wo sich unter der Haut noch letzte Reste von Blutergüssen zeigten. Die Schramme, die Pater Silvicola ihm mit dem Pistolenlauf beigebracht hatte, hatte sich mit einer dicken Kruste überzogen und war problemlos geheilt. Er räusperte sich.

Der Jesuit brachte sie zu einem beschädigten Gebäude, das Agnes von einem früheren Besuch her kannte – aus der Zeit, als der Krieg sich hauptsächlich in den deutschen Fürstentümern abgespielt hatte und die Heere sich gegeneinander gewandt hatten anstatt gegen Land und Leute. Sie war erstaunt, dass es überhaupt noch stand. Pater Silvicola benahm sich, als gehöre es ihm; er ließ sie von ihren Bewachern eine Treppe hinauf- und in einen Empfangssaal führen, in dem ein Mann vor einem halben Dutzend offener Truhen kniete und in deren Inhalt kramte. Es hörte sich nicht danach an, als seien sie gut gefüllt. Ein Krug Wein stand neben dem Mann und neben dem Krug ein Becher, der umgefallen war. Der Mann seufzte und stützte sich mit beiden Händen an der nächsten Truhe ab. Ohne sich umzudrehen, fragte er: »Noch nicht genug? Wollen Sie diesmal auch noch die Kisten mitnehmen, Hauptmann?«

»Was soll der Unfug?«, erwiderte Pater Silvicola. Der Mann bei den Truhen wandte sich überrascht um.

Agnes war erschrocken, wie heruntergekommen der Ordensmeister der Kreuzherren vom Roten Stern aussah. Da die hiesige Ordenskommende noch gestanden hatte, hatte sie angenommen, der Mann habe sich einigermaßen gut durch die schwedische Besatzung hindurchlaviert. Nun sah sie, dass er nur mehr die hohle Hülle des Menschen war, den sie vor Jahren kennengelernt hatte.

Der Ordensmeister sah von einem zum anderen, dann wanderte sein Blick langsam zu Agnes zurück, als ihm erst mit Verspätung dämmerte, dass er einen Teil der ungebetenen Gäste durchaus kannte. Agnes schüttelte leicht den Kopf und bewegte den Finger vor ihrem Leib hin und her in einer Geste des Verneinens; sie hoffte, dass er es verstand. Unvermittelt sah sie eine Möglichkeit, Pater Silvicola zu entkommen.

»Wer sind Sie denn?«, fragte der Ordensmeister und machte einen kläglichen Versuch, sich aufzuplustern. Er stieß den Weinkrug um und musste den Blickkontakt mit dem Jesuiten unterbrechen, doch es bestand keine Gefahr, dass Wein verschüttet worden wäre. Der Krug war so leer wie der Becher. Er zerstörte den Eindruck des selbstbewussten Hausherrn vollkommen, als er hinzufügte: »Ich dachte, es sei wieder der Hauptmann der schwedischen Garnison, um den Rest des Ordenseigentums auch noch zu stehlen.« Wenigstens hatte er Agnes' stumme Botschaft verstanden.

»Wir sind keine Diebe«, sagte Pater Silvicola. »Wir möchten die Nacht über hierbleiben. Ich brauche einen Raum, wo ich die Gefangenen einschließen kann.«

»Was … was haben die Gefangenen denn angestellt?«

»Das geht Sie nichts an.«

»Sie sind unter meinem Dach, Pater, also geht es mich etwas an«, erwiderte der Ordensmeister mit einem Rest von Würde.

Pater Silvicola trat auf ihn zu und flüsterte ihm etwas ins Ohr. Der Ordensmeister begann zu blinzeln, und seine Gesichtszüge sackten nach unten und offenbarten eine Maske nackter Angst. Er nickte und räusperte sich.

»Also?«, fragte Pater Silvicola.

»Sie ... Sie ... es gibt Kellerräume ... man kann sie verschließen ... und ... und ...«

»Führen Sie uns hinunter.«

»Wir haben ein krankes Kind dabei«, sagte Agnes. »Uns in den Keller zu sperren ist eine Zumutung.«

»Ihr habt auch unter freiem Himmel in der Kutsche geschlafen«, erwiderte Pater Silvicola, ohne sich umzudrehen.

»Wir lassen uns *nicht* in den Keller sperren!«

»Wird's bald?«, wandte sich der Jesuit an den Ordensmeister. »Führen Sie uns in den Keller.«

Agnes versuchte, die Blicke des Ordensmeisters einzufangen, doch es gelang ihr nicht. Die Angst des Mannes war beinahe körperlich zu spüren. Was hatte Pater Silvicola ihm ins Ohr geflüstert?

Trotz ihrer Proteste wurden sie nach unten geführt. Wieder versuchte Agnes, Blickkontakt mit dem Ordensmeister herzustellen, doch seine Augen huschten von links nach rechts und konnten sich an nichts festhalten. Was er als Gefängnis zur Verfügung stellte, waren in Wahrheit die Lagerräume der Ordenskommende im Untergeschoss. Agnes atmete auf; wenigstens würde es halbwegs trocken sein, wenn auch stockdunkel. Der Ordensmeister fummelte mit einem Schlüsselbund herum und ließ ihn fallen. Er bückte sich, versuchte sein Glück von Neuem, und der Schlüsselbund klirrte ein zweites Mal auf den Boden. Pater Silvicola schob sich ungeduldig nach vorn und hob ihn auf.

»Welcher ist es?«, schnappte er.

»Der da...«

Nach einer Pause: »Der ist es *nicht*!«

»Äh ... dann der ...?«

Pater Silvicola schnaubte und steckte nacheinander jeden Schlüssel ins Schloss. Der Ordensmeister drückte sich an ihm vorbei, als schrecke er vor der Nähe des Jesuiten zurück. Die Soldaten, die hinter ihnen die Treppe heruntergekommen waren und den Fluchtweg blockierten, machten höhnische Bemerkungen. Plötzlich fühlte Agnes eine so eiskalte Berührung an der Hand, dass sie unwillkürlich zurückzuckte. Es war wie der Kontakt mit einer Amphibie; einer Amphibie, die zitterte wie Espenlaub und ihr blitzschnell etwas in die Hand drückte. Ihr Kopf flog herum. Der Ordensmeister stand in ihrer Nähe und schaute mit fliegendem Atem zu Boden.

Endlich sperrte einer der Schlüssel. Pater Silvicola betrat den Raum und verlangte nach einer Fackel. Während er sich in der prospektiven Zelle umsah, spähte Agnes vorsichtig in ihre Handfläche.

Der Ordensmeister hatte ihr ein Amulett hineingedrückt. Es sah aus wie eine Münze, doch auf der Münze war ein Kreuz zu sehen und eine Schlange, die sich darum herum wand. Sie schloss die Faust darum. Der Ordensmeister stand so weit von ihr entfernt, wie er nur konnte. Agnes ahnte, dass sein Mut nicht mehr zulassen würde als diese heimliche Übergabe. Sie sah erneut nach – das Medaillon war noch da. Kurz erinnerte sie sich an ein anderes Medaillon, an das, welches die Schwarzen Mönche damals getragen hatten, die ihr nach dem Leben getrachtet hatten. Das Schmuckstück, das sie jetzt in der Hand hielt, wirkte jedoch beruhigend.

Pater Silvicola schien halbwegs zufrieden zu sein mit seiner Inspektion. Die Soldaten trieben sie hinein. Agnes trat beiseite und versuchte, als Letzte dranzukommen, in der Hoffnung, dass sie doch ein Wort mit dem Ordensmeister würde wechseln können, doch zu ihrer Bestürzung sah sie, dass er bereits die Hälfte der Treppe erklommen hatte und regelrecht floh. Sie trat um die Tür herum, um den Abschluss zu machen.

Eine Hand klammerte sich um ihr Handgelenk. Sie fuhr zusammen. Pater Silvicola stand neben ihr. Er machte eine Kopfbewegung, und die Soldaten zogen die Tür zu, ohne dass man sie eingesperrt hätte. Andreas fuhr herum, aber es war zu spät; die Tür fiel ins Schloss. Man hörte ihn von drinnen gegen die Tür hämmern und Flüche ausstoßen.

»Was hat er dir gegeben?«, fragte Pater Silvicola.

Agnes maß ihn mit einem langen Blick und schwieg. Ihr Zorn, dass er es gesehen hatte, obwohl er nicht in ihrer Nähe gestanden hatte, war größer als ihr Erschrecken.

Er packte ihre geschlossene Faust und versuchte sie aufzubiegen. Sie hielt ihm stand. »Du musst mir die Finger brechen, wenn du es sehen willst!«, zischte sie.

»Warum glaubst du, dass ich das nicht tun werde?«

»Weil es dir nicht entspricht.«

Seine Augen verengten sich. Dann ließ er sie los und trat einen Schritt zurück. »Mir nicht«, sagte er. »Das stimmt.« Er winkte dem Anführer der Soldaten. »Ich möchte, dass du ihr die Faust aufschneidest«, sagte er.

Agnes öffnete die Hand und zeigte ihm das Medaillon. Am liebsten hätte sie es ihm ins Gesicht geworfen. Der Soldat zuckte mit den Schultern und steckte sein Messer wieder in den Gürtel.

Pater Silvicola nahm das Schmuckstück und betrachtete es im Schein der Fackel. »Eine Schlange«, murmelte er. »Das Symbol des Teufels. Alles passt zusammen.« Er maß sie mit einem langen Blick, dann warf er das Medaillon in den dunklen Gang, der zu den anderen Lagerräumen führte. Agnes hörte es in der Finsternis davonspringen und über den Boden plinkern.

»Was hast du gegen den Ordensmeister in der Hand?«, fragte sie.

Pater Silvicola schien zuerst nicht antworten zu wollen, doch dann sagte er: »Vor sechzehn Jahren wurde hier eine Frau als Hexe verbrannt. Die Frau war unschuldig. Das Zeugnis eines Mannes brachte sie am Ende auf den Scheiterhaufen, eines Mannes, der bestochen worden war, gegen sie auszusagen. Der ihn bestochen hatte, war damals einer der Richter – der Ordensmeister. Es war ihm viel daran gelegen, dass die Frau starb. Sie war eine Hure, und sie war schwanger. Das Kind war von ihm. Wenn es an die Öffentlichkeit gekommen wäre, wäre es mit seiner Karriere bei den Kreuzherren vorbei gewesen. Der Teufel arbeitet auf viele Weisen, nicht wahr?«

»Woher weißt du das alles?«

»Damals war der Orden der Societas Jesu in die Sache verwickelt. Ich habe Zugang zu allen Geheimakten.«

Agnes gab seinen Blick zurück und wusste plötzlich, dass er log. »Nein«, sagte sie und rief sich in Erinnerung, wie das Gesicht des Ordensmeisters plötzlich verfallen war, als hätte er einen Toten gesehen. »Nein. Du warst damals dabei. Der Ordensmeister hat dich wiedererkannt. Wie lange ist das her? Sechzehn Jahre? Du musst ein Kind gewesen sein ...«

Pater Silvicolas Augen zuckten. Mit einer unbeherrschten Geste riss er die Tür auf. Andreas stand gleich dahinter und rief: »Wehe, ihr habt ihr auch nur ein Haar gekrümmt ...«

»Halt den Mund«, sagten Agnes und Pater Silvicola gleichzeitig. Sie starrten sich an.

»Wir haben das gleiche Ziel«, sagte Agnes leise. »Wir müssen nicht Feinde sein. Ich möchte die Teufelsbibel ebenso wenig in der Welt sehen wie du ...«

»Wir haben nichts gemeinsam, nichts!«, zischte der Jesuit. »Geh hinein zu deiner Brut. Sofort!« Er warf die Fackel hinein. Karina schrie auf und sprang beiseite. Andreas bückte sich und hob sie auf, das Gesicht verzerrt vor hilfloser Wut.

Agnes trat durch die Tür. Andreas kam auf sie zu, doch sie schüttelte den Kopf. Sie musste nachdenken.

Vielleicht zog sie falsche Schlüsse, aber sie war fast sicher, dass nichts um den Jesuiten herum so war, wie sie zuerst gedacht hatte. Er hatte keinen Zugang zu den Geheimakten, wenn es überhaupt welche gab. Er hatte auch keinerlei Unterstützung aus seinem Orden. Er war auf einem privaten Kreuzzug unterwegs. Er war ganz allein.

Und er würde sie alle töten, wenn er die Teufelsbibel erst in Händen hatte.

»Mama?«

»Mir geht's gut«, sagte Agnes und zwang ein Lächeln in ihr Gesicht. »Er wollte mich nur ein wenig erschrecken.«

»Ich bring das Schwein um. Ich geb ihm seine eigene Kutte zu fressen. Ich ...«

»Er trägt eine Soutane, keine Kutte. Jesuiten haben keinen Habit. Und jetzt sei still. Legt euch hin und schlaft. Wer weiß, wann wir wieder ein Dach über den Kopf bekommen.«

»Wie geht es Onkel Melchior?«, piepste Lýdie. »Und Tante Alexandra? Ich wünschte, sie wären bei uns.«

»Ja, das wünschte ich auch«, sagte Agnes und versuchte nicht zu sehen, dass Karina bei der Erwähnung von Melchiors Namen ein Schluchzen unterdrückt hatte und Andreas ihr einen dunklen Blick zugeschossen hatte. »Aber Alexandra geht's gut, Sternchen, glaub mir. Und Onkel Melchior ist vielleicht näher, als wir alle denken.«

Karina sah sie fragend an, aber sie ignorierte sie und setzte sich abseits auf den Boden. Er war kalt und hart, und es half kein bisschen, dass man eine alte Frau war und bereits Enkelkinder hatte. Dennoch gab sie keinen Ton von sich.

Das Medaillon, das ihr der Ordensmeister in die Hand gedrückt hatte, hatte Alexandra gehört. Es stellte nicht den

Teufel dar, sondern das Symbol der Heiler, die Schlange, die sich um den Stab des heidnischen Gottes Asklepios ringelte. Alexandra hatte es vor langen Jahren aus einer Laune heraus Melchior geschenkt. Agnes hatte nie ein zweites Schmuckstück dieser Machart gesehen.

Melchior war hier gewesen und hatte den Ordensmeister gebeten, ihr diese stumme Nachricht zukommen zu lassen.

Sie lächelte in die Dunkelheit. Es war noch längst nicht alles verloren.

24

ALEXANDRA WAR KURZ nach Pilsen von der Straße abgewichen, die durch das Tal der Oberen Mies in einem weiten Bogen in Richtung Prag führte und dem Mäandern des kleinen Flusses folgte. Der Straße zu folgen hätte einen Umweg bedeutet. Diesen Teil Böhmens südwestlich von Prag kannte sie nicht sehr gut; aber nachdem sie die Verwirrung überwunden hatte, dass die Untere Mies und die Beraun nicht zwei verschiedene Flüsse, sondern lediglich unterschiedliche Bezeichnungen desselben Wasserwegs waren, hatte sie den Hinweisen in der einen oder anderen Dorfpfarrei folgen und die Abkürzung über Rockitzan, Maut und Horschowitz in Richtung der Stadt Beraun nehmen können. Jemand hatte ihr gesagt, bei Beraun gäbe es – je nach Wasserstand – eine Fähre wie auch eine Furt über den Fluss. Wahrscheinlich hätte sie die kleine Stadt, die vor den Hussitenkriegen ein mächtiges Dominikanerkloster beherbergt hatte, ohne Schwierigkeiten erreicht – wenn sie nicht bei Königshof angehalten hätte, um dem Pferd eine Pause zu gönnen. Wahrscheinlich wäre sie sonst in den Tod geritten.

Königshof bestand aus einem verlassen wirkenden Schloss und einigen Häusern, die sich darum herum gruppierten.

Die Straße führte hindurch und an einer gedrungenen Kirche vorbei, die sich in einigermaßen gutem Zustand befand, weil sie vermutlich von den Schlossbesitzern für den Gottesdienst benutzt wurde und es im Herrschaftsgebäude selbst keine Kapelle gab. Später sollte Alexandra erfahren, dass der Ort und die ganze Umgebung der Familie Lobkowicz gehörten, und sie erschauerte noch nachträglich. Der ehemalige Reichskanzler Zdenek von Lobkowicz, dessen Amt nun seit zwanzig Jahren Wilhelm Slavata innehatte, war stets ein treuer Verbündeter der Familien Khlesl und Langenfels gewesen, doch für Alexandra verbanden sich mit dem Namen immer das bleiche, engelsgleiche Antlitz seiner Frau Polyxena und die schrecklichen Erlebnisse in Pernstein. Vor der Kirche befand sich eine Gruppe von etwa fünfzig Menschen, die wild durcheinanderredeten. Als Alexandra abstieg und ihr Pferd hinter sich herzog, sah sie, dass vollbeladene Karren herumstanden; auch die Menschen selbst waren aufgepackt, und nicht wenige schienen alle Kleider, die sie besaßen, übereinander angezogen zu haben. Auf einem der Karren saß eine hochschwangere Frau und atmete mühsam. Am jenseitigen Ortsrand muhte, meckerte und gackerte eine unwahrscheinliche Herde aus zwei Kühen, zwei Dutzend Ziegen und einer hektischen Schar Gänse und Hühner. Das Gespräch verstummte, und alle Augen wandten sich Alexandra zu.

»Ich brauche nur etwas Futter und frisches Wasser für mein Pferd«, sagte Alexandra. »Ich kann nicht bezahlen, aber ich kann für Firma *Khlesl, Langenfels, Augustýn & Vlach* in Prag siegeln und dafür sorgen, dass alle Auslagen …«

»Hier finden Sie nichts«, entgegnete ein Mann und schüttelte den Kopf.

Alexandra deutete auf einen der Karren, wo unter Sackleinen und Decken ein Bündel Heu verschnürt war. Der Mann schüttelte den Kopf erneut. »Das brauchen wir selber.«

»Was haben Sie vor? Wollen Sie Ihr Dorf verlassen?«

Die Mienen der Umstehenden wurden plötzlich abweisend. »Wer will das wissen?«

Alexandra hob beide Hände. »Entschuldigen Sie. Ich bin nur hier wegen meines Pferdes.«

Jemand drängelte sich durch die Menge und blieb dann vor Alexandra stehen. Es war ein dünner, grauhäutiger Mann mit weichendem Haaransatz und einer schäbigen Soutane. Er starrte sie unglücklich an.

»Gott zum Gruß, Hochwürden«, sagte Alexandra.

»Gott zum Gruß, meine Tochter. Äh ... protestanisch oder katholisch?«

»Katholisch«, seufzte Alexandra. »Aber was spielt das heutzutage für eine Rolle?«

»Hier spielt es bald 'ne große Rolle«, grollte der Mann, der ihr das Heu verweigert hatte.

Der Pfarrer des Dorfes ließ die Schultern sinken. »Der Teufel ist los«, murmelte jemand. Ein paar von den Frauen verbargen die Gesichter in den Händen.

»Was soll das heißen?«

Der Pfarrer schluckte. Alexandra hatte selten jemand gesehen, der so voller Panik steckte. Der Adamsapfel des Mannes zuckte im Rhythmus des Blinzelns, das seine Augen erfasst hatte. Es war schwer, sich davon nicht anstecken zu lassen. Alexandra spürte, wie ihr Herzschlag sich beschleunigte.

»Die Truppen von General Königsmarck ...«, sagte der Pfarrer schließlich.

»Königsmarck? Aber der ist doch ...«

»Sie sind in Rakonitz. Die Marodeure plündern die ganze Gegend um Prag herum!« Es war eine Frau, und wenn der Pfarrer am Rande der Panik war, dann war sie weit darüber.

»In Rakonitz? Das Heer von Königsmarck liegt doch in Wunsiedel!«

Mehrere Menschen gafften sie an. Alexandra blinzelte. Ihr Herzschlag wurde noch schneller. »Mein Gott«, flüsterte sie.

»Ist das die Teufelei, die Samuel erwartet hat? Ein Angriff auf Prag? Wenn er mit seinem Heer Wunsiedel noch im Dezember verlassen hat und bei Nacht marschiert ist ... über die gefrorenen Felder ... er könnte es geschafft haben, ohne dass es jemand bemerkt hat! Dafür, dass Westböhmen fast menschenleer ist, haben die Soldaten in den Jahren zuvor gesorgt ...«

Sie wurde sich der Blicke bewusst, die an ihr hingen.

»Alle sagen, Königsmarck ist der Teufel selbst«, stöhnte der Pfarrer. »Wollen Sie mit uns kommen, Gnädigste?«

»Nein, ich ... nein, ich muss schnellstens nach Prag. Noch schneller, im Licht dieser Neuigkeiten!« Sie fasste den Pfarrer ins Auge. »Sie wollen Ihre Gemeinde in Sicherheit bringen?«

»Ja ... wenn Gott mir die Kraft dazu gibt!«

Von der Schwangeren auf dem Karren kam ein Keuchen, und der Pfarrer wandte sich um und stürzte zu ihr hinüber. »Wird es denn gehen?«

»Der Herr wird seine Hand über mich halten«, sagte die Frau. Ihre Augen waren riesig, und ihr Gesicht war trotz der Kälte schweißüberströmt. Sie versuchte aufzustehen. Der Pfarrer half ihr auf und wäre dabei fast mit ihr auf den Karren gefallen. Alexandra hatte den Fuß schon im Steigbügel. Ihr Blick wanderte über die Kruppe des Pferdes hinweg auf den Pfarrer und die Schwangere, und was sie in den Augen der Frau sah, ließ es ihr kalt über den Rücken laufen.

»Setzen Sie sie wieder hin!«, sagte sie, noch bevor sie nachdenken konnte. Der Ton ihrer Stimme war so, dass alle Köpfe zu ihr herumruckten und der Pfarrer die Frau zurück auf den Karren sinken ließ. »Ziehen Sie sie bloß nicht noch mal in die Höhe!«

»Aber ... aber ...« Der Pfarrer gestikulierte. Plötzlich fiel Alexandra der Ring auf, der sich um die beiden gebildet hatte. Kein Mann außer dem Pfarrer kam der Frau zu Hilfe. Wut begann in ihr zu kochen. Ein uneheliches Kind! Und allem Dafürhalten nach war der Schweinehund, der es ihr gemacht hatte, hier unter den Gaffern und tat so, als ginge ihn das Ganze nichts an, und sie schwieg, weil sie wusste, dass es ihre Lage nicht verbessern würde, wenn sie mit dem Finger auf den Vater des Kindes zeigte. Dann betrachtete sie das hilflose Geruder des Pfarrers genauer und die Art und Weise, wie alle Umstehenden irgendwo anders hinzublicken versuchten. *O mein Gott*, dachte sie. *Das brauchst du nicht auch noch! Steig auf und reite davon! Wenn du hier nicht zufällig haltgemacht hättest, wüsstest du gar nicht, was vor sich geht.* Noch während sie es dachte, zog sie den Fuß wieder aus dem Steigbügel und schob das Pferd beiseite. Neben der Schwangeren ging sie in die Hocke.

»Seit wann hast du die Wehen?«

Der Pfarrer gurgelte und blubberte, vollkommen überrascht. »Seit dem Mittagsläuten«, sagte die Frau erschöpft.

Alexandra nickte. »Ist es dein Erstes?«

Die Blicke der Frau bohrten sich in die ihren. Sie nickte hektisch. »Werde ich ... werde ich ... sterben?«

»Wir reden hier vom Leben, nicht vom Tod«, sagte Alexandra und legte ihr die Hand auf den Bauch. Ihr Lächeln schmerzte bis in ihr Herz hinein, und für einen kurzen Augenblick hasste sie all die Worte, die Barbora zu ihr gesagt hatte. Die Schwangere war zart, ihre Haut fast durchsichtig, die Adern an den Schläfen pochten; sie war nicht mehr jung, aber sie war unterernährt; keine Brüste, keine Hüften ... und ihr Bauch war gewaltig. »Denk lieber über einen Namen für das Kind nach.«

Alexandras Lächeln fand einen langsam aufscheinenden Widerhall auf dem Gesicht der Frau. »Tobit«, flüsterte sie. »Ich weiß, es wird ein Sohn werden.«

»Ah ja – der Mann, der auf seiner Reise von einem Erzengel beschützt wurde. Wie passend. Nun, Hochwürden ...«, Alexandra sah zu dem Pfarrer auf, »... diese Frau geht nirgendwohin. Sie ist ... äh ...«

Die Lippen des Pfarrers zuckten. »Meine Schwester«, stieß er hervor. »Ich habe sie im Pfarrhaus aufgenommen. Ihr Mann ist ... äh ... ist ... äh ... im Krieg getötet worden.«

Alexandra hielt seine Blicke unverwandt fest. Er wand sich unter ihnen; sein Gesicht war eine einzige flehentliche Bitte. Es war nicht schwer zu erraten, wie die Lage war: Das Leben in der Gemeinde war einsam und eintönig, und zwei Seelen, die nicht wirklich hierherpassten, fanden zwangsläufig zusammen: hier der vermutlich in einem Jesuitenkolleg oder direkt in Prag ausgebildete Pfarrer zwischen den abgearbeiteten Bauern und Knechten, dort die dünne, kraftlose alte Jungfer, die nicht für die Arbeiten taugte, wie sie die anderen Frauen verrichteten. Die Gemeindemitglieder schauten weg, weil ihre Dumpfheit weder gleichbedeutend mit Bosheit war noch so groß, als dass sie nicht geahnt hätten, wie ein derartiger Skandal dem Dorffrieden schaden konnte. Die verwitwete Schwester, die dem alleinstehenden Pfarrer den Haushalt führte und dafür für sich und ihr Kind Unterschlupf unter seinem Dach fand – wäre alles gut gegangen und der Teufel in Gestalt von General Königsmarck nicht im Lande gewesen, hätten sie es spätestens dann, wenn das Kind seine ersten Schritte auf der Dorfstraße getan hätte, alle selbst geglaubt. Dass es keine zwei Menschen auf der Welt geben konnte, die sich weniger ähnlich sahen als der Pfarrer und die schwangere Frau, hätte man nach Kräften übersehen.

»Was soll das heißen: Sie geht nirgendwohin?«, stotterte der Pfarrer.

»Das Kind kommt vermutlich heute Nacht«, sagte Alexandra.

Der Pfarrer machte das Kreuzzeichen. Er war noch grauer geworden. Die Schwangere versuchte, ihm zuzulächeln. Sie hatte Alexandras Hand gepackt und ließ sie nicht mehr los. Ihre Finger waren eiskalte Klammern. Die Leute um sie herum murmelten und sahen sich betroffen an.

»Wie ist Ihr Name, Hochwürden?«

»Biliánová«, stieß der Pfarrer hervor. »Biliánová František.«

Er hatte den Nachnamen zuerst genannt. Wie Alexandra gedacht hatte: ein Jesuitenzögling. Mit einem Ruck wurde ihr bewusst, in welcher Mission sie eigentlich unterwegs war und dass sie es sich nicht leisten konnte, hier zu verweilen. Etwas davon musste sich in ihrem Gesicht widergespiegelt haben, denn in die Augen der Schwangeren trat Panik. Verzweifelt erwiderte Alexandra ihren Händedruck. Am liebsten hätte sie vor Wut und Ratlosigkeit geschrien.

»Ich bin Popelka«, sagte die Schwangere.

Alexandra seufzte. »Ich bin Alexandra. Keine Sorge – es wird alles gut.« Die uralte Lüge schmeckte so schal in ihrem Mund wie ihr Zorn auf die Umstände, die ihr dieses Hindernis in den Weg legten.

Einer der Männer aus dem Dorf trat an den Pfarrer heran. »Hochwürden, bitte ... wir müssen gehen.«

»Können wir sie denn nicht auf dem Karren ziehen?«, flehte der Pfarrer. »Wir würden alle zusammen helfen ... nicht wahr, wir würden doch alle ...?«

Die Männer des Dorfes nickten nach kurzem Zögern.

»Wo wollen Sie denn überhaupt hin?«, fragte Alexandra.

»Zu den Höhlen!« Pfarrer Biliánová zeigte auf einen Höhenrücken, der in einiger Entfernung vom Dorf den Horizont blockierte. Er war von Wald bestanden und wie ein großer, lang gezogener Schatten; an seinem Kamm ragten graue Felsen wie Zähne aus dem Wald hervor. »Dort oben gibt es viele Gänge im Karst! Wer nicht aus der Gegend ist, kennt sie nicht. Früher haben dort einmal Geldfälscher gehaust, aber jetzt ist alles leer. Die Soldaten werden uns niemals finden!«

»Sie bringen sie nie im Leben dort hinauf«, sagte Alexandra.

Der Pfarrer ließ die Schultern sinken. »Aber was soll ich denn tun?«, stöhnte er. Seine Augen wurden feucht.

»Hier bleiben und mir bei der Geburt helfen«, sagte Alexandra forscher, als sie sich fühlte.

»Aber ... aber ... ich muss doch die Gemeinde zu den Höhlen führen.«

»Ihre Schützlinge werden die Höhlen gewiss allein finden, in drei Teufels Namen«, sagte Alexandra heftig. Als sie aufblickte, wuchs ihre Bestürzung noch mehr. Die Dörfler starrten sie an wie jemanden, der gerade befohlen hatte, ihnen alle Habe wegzunehmen und sie nackt in die Felder hinauszutreiben. Einige Frauen begannen zu weinen, eine Alte machte verstohlen das Zeichen gegen den bösen Blick in Alexandras Richtung.

Der Pfarrer beugte sich zu ihr herunter. »Hören Sie«, wisperte er und wirkte zum ersten Mal halbwegs wie ein Mann, »Sie verstehen das nicht. Hier gibt es weit und breit niemanden, der die Führung übernehmen könnte, nur mich. Dieses Dorf hat keinen Bürgermeister, keinen Bauernführer, gar nichts – noch nicht einmal so etwas wie den größten Bauern vor Ort. Das sind bloß arme Schlucker, die all die Jahre über nur von der Residenz der Herren von Lobkowicz gelebt haben. Neben mir war der Schlossverwalter die höchste Autorität, und der Schlossverwalter ist schon vor Jahren geflohen und hat die Diener und alles, was sich tragen ließ, aus dem Schloss mitgenommen. Dass zum letzten Mal jemand von der Herrschaft hier gewesen ist, war noch vor meiner Zeit. Die Leute vertrauen auf mich wie die Schafe auf ihren Hirten.«

»Dann wird es Zeit, dass die Schafe aufblicken«, zischte Alexandra. »Wir beide wissen doch, dass es hier um *Ihr* Kind geht! Wollen Sie es und die Mutter im Stich lassen?«

Das Gesicht des Pfarrers verzog sich in schrecklicher Agonie. Er richtete sich auf und schaute zu seiner Gemeinde hinüber. Was immer diese in seinem Blick sahen, es veranlasste ein paar, auf die Knie zu sinken und in Gebete auszubrechen.

»Hochwürden, Sie müssen mit uns gehen«, flüsterte der Bauer, der vorher schon zum Aufbruch gedrängt hatte.

»Was ist mit Ihnen?«, rief Alexandra. »Sie sind doch bestimmt hier aufgewachsen. Los, übernehmen Sie die Führung! Bringen Sie Ihre Nachbarn in Sicherheit.« Sie war aufgesprungen. Der Bauer wich vor ihr zurück. »Ich brauche den Hochwürden hier. Er muss mir helfen.«

Der Bauer stierte sie an, als hätte sie Griechisch gesprochen. Dann schüttelte er sich und wandte sich wieder an Pfarrer Biliánová. »Bitte, Hochwürden ... ohne Sie sind wir verloren.«

Die Hände des Pfarrers zitterten. Er richtete den Blick in den Himmel. »O Herr, sag mir, was ich tun soll!«, stöhnte er.

Alexandra wies auf Popelka. »Er hat es Ihnen schon gesagt, verdammt noch mal. Er sagt, dass Sie hierbleiben sollen, weil ich Hilfe brauche, um das Kind auf die Welt zu bringen!«

»Bitte, Hochwürden ... die Höhlen. Wir müssen jetzt gehen. Ohne Gottes Beistand sind wir verloren. Sie müssen beten und uns beschützen.«

František Biliánová senkte den Kopf. Er begann zu schluchzen. Alexandra hielt es nicht mehr aus. Mit erhobenen Händen ging sie auf den Bauern los. Er sprang zurück und wäre beinahe auf den Hosenboden gefallen.

»Haut ab!«, schrie sie. »Seid ihr Mäuse? Seid ihr blödes Vieh? Haut ab und versteckt euch in den Höhlen, oder wenn ihr zu dumm dazu seid, dann bleibt hier, und wenn die Soldaten Königsmarcks kommen, verteidigt diesen Misthaufen, auf dem ihr lebt, sonst wird es auch in den nächsten Generationen ein Misthaufen bleiben und niemals eure Heimat!«

Sie wusste, dass sie den Vorschlag mit dem Hierbleiben

nicht hätte machen sollen. Kaum hatte sie es ausgesprochen, sanken noch mehr auf die Knie, und ein großes Geschrei begann: »Vor allen bösen Geistern beschütze uns, o heilige Maria Mutter Gottes, bitte für uns Sünder ...!«

Alexandra stampfte mit dem Fuß auf den Boden. »Ihr Schwachköpfe!«, schrie sie mit höchster Lautstärke. »Wegen Leuten wie euch fällt es den Generälen seit dreißig Jahren leicht, Krieg gegen das Land zu führen!«

Der Pfarrer nahm sie am Arm. »Bitte ... Sie müssen sie verstehen ...« Die Tränen hatten Spuren auf seine grauen Wangen gemalt.

»Fráňa«, sagte Popelka halblaut. »Fráňa ... du darfst nicht zögern meinetwegen. Gott hat dir die Aufgabe gegeben, das Dorf zu retten. Versündige dich nicht meinetwegen.«

»Aber mein Herz ...«, keuchte der Pfarrer.

Popelka lächelte. »Der Herr hat doch für mich gesorgt. Sieh hier ... Alexandra passt auf mich auf. Gott hat sie geschickt, damit du gehen kannst. Und der Erzengel wird auf unseren Sohn aufpassen.«

Der Pfarrer weinte jetzt offen und mit hängenden Armen, als habe er nicht einmal mehr die Kraft, sie nach ihr auszustrecken. »Mein Herz«, wisperte er. »Mein Herz ...«

Alexandra schüttelte den Kopf. Zorn, Widerwillen und Rührung stritten in ihr und machten ihr Gesicht finster. Der Bauer schlug einen weiten Bogen um sie herum und nahm Biliánová an der Hand. »Hochwürden ... wir müssen gehen!«

Biliánová fuhr herum und packte Alexandra an den Schultern. »Ich komme zurück!«, sagte er heiser. »Ich komme zurück. Ich bringe die Leute in Sicherheit, und dann kehre ich zurück ins Dorf und ... und ...«

»Wie lange wird das dauern?«, fragte Alexandra verächtlich.

»Ich weiß nicht ... wenn ich durch die Nacht zurücklaufe ... bis morgen früh ...«

»Beeilen Sie sich«, sagte Alexandra und wandte ihm den Rücken zu. Sie dachte daran, dass sie morgen früh bereits in Prag hätte sein können. Mit einem Schnauben bückte sie sich, um die Deichsel des kleinen Karrens zu ergreifen. »Und bringen Sie frische Ziegenmilch mit. Popelka, halt dich fest ... es geht los. Wir kehren zurück ins Pfarrhaus.«

Noch bevor die Wehen allzu heftig wurden, hatte Alexandra bereits vorgesorgt, so gut es ging. Da die schwedischen Soldaten doch alles plündern würden, wenn sie wirklich hierherkamen, hatte sie ihnen einige Arbeit abgenommen und war selbst durch die Bauernkaten gelaufen auf der Suche nach Decken, einem Kessel und Brennholz. Natürlich hatte sie nichts gefunden. Am Ende hatte sie mithilfe eines Steins den Karren und einen Teil des kargen Mobiliars im Pfarrhaus zerlegt und mit dem Holz ein Feuer angefacht. Statt eines Kessels hatte sie das blecherne Taufbecken aus der Kirche in die Schlafkammer des Pfarrhauses gewuchtet und mit dem Fuß so lange dagegengetreten, bis es unten eine Delle aufwies, die breit genug war, dass es auf dem eisernen Rost über der Feuerstelle stehen konnte. Auf dem Karren waren die wenigen Habseligkeiten Pfarrer Biliánovás gewesen, darunter auch die Bettdecken. Sie hatte Popelka bis auf das Hemd ausgezogen und dann ihren Rock in breite Streifen zerrissen, um die entstehenden Tücher im Wasser zu kochen und dann neben dem Feuer aufzuhängen. Alles in allem hatte sie ihre Vorbereitungen erbärmlich gefunden.

»Es wäre leichter, wenn ich dir den Bauch massieren könnte«, murmelte sie, als sonst nichts mehr zu tun war, als zu warten, dass das Kind sich meldete. »Wenn wir nur etwas Schweineschmalz hätten ...«

»... dann hätten wir es schon lange gegessen«, sagte Popelka.

»Dick auf eine frische Scheibe Brot gestrichen«, sagte Alexandra nach einer Pause.

Popelka lächelte. »Mit einem frischen Krug Bier.«

»Rotwein«, sagte Alexandra. »Biturica.«

»Nä!«, widersprach Popelka. »Bier ist das einzig wahre Getränk.«

Alexandra grinste. »Mein Vater hat ein Fass Biturica im Keller. Wenn du den einmal kostest, trinkst du nie wieder etwas anderes.«

»Und wir haben einmal im Jahr, zum Erntedank, ein Fass Bier aus der ehemaligen Klosterbrauerei in Beraun, da möchtest du dich hineinsetzen und drin ertrinken!«

Sie schauten sich an.

»Ich für meinen Teil würde mich an meiner Schweineschmalzbrotscheibe festklammern und oben treiben«, sagte Alexandra.

»Wenn es das Bier gibt«, erklärte Popelka und wurde plötzlich rot, »wenn es das Bier gibt und das gute Fleisch, dann … dann … furzt Fráňa die ganze Nacht wie ein Ochse!« Sie schlug sich entsetzt die Hand vor den Mund und begann sofort darauf zu kichern. »O Herr im Himmel, wenn er weiß, dass ich das verraten habe, schämt er sich zu Tode!« Sie kicherte noch stärker.

»Ich habe noch nie einen Mann getroffen, der sich seiner Fürze geschämt hätte«, sagte Alexandra. Popelka prustete los. Es war so ansteckend, dass Alexandra in das Lachen einfiel. Sie gackerten eine Weile wie Hühner und wischten sich die Tränen aus den Augen. Popelka rang nach Atem und betrachtete Alexandra. Mit einer eiskalten Hand griff sie nach ihr und hielt sie fest.

»Wer bist du?«, fragte sie. »Erzähl mir von dir. Du bist eine Heilerin, nicht wahr? Warum hilfst du mir und meinem ungeborenen Kind?«

»Weil Gott mich geschickt hat?«, erwiderte Alexandra rau.

Popelka schüttelte lächelnd den Kopf.

Und ehe sie wusste, was ihr geschah, erzählte Alexandra ihr von Miku und Wenzel und von ihrem tiefen Schmerz, und es riss ihr das Herz von Neuem heraus und brach es und heilte es und zugleich den tiefen Riss in ihrer Seele, und am Ende lag sie auf dem Bett und im Arm Popelkas und weinte wie ein Kind, während die Frau, von der sie ahnte, dass nur ein Wunder sie die Nacht würde überleben lassen, ihr Haar streichelte und ein ums andere Mal sagte: »Alles wird gut.«

25

»Alexandra ... es tut so weh ... ich kann nicht mehr ... ich halte es nicht mehr aus ...!«

»Atmen! Atmen! Du musst atmen! So: ein ... aus ... ein ... aus ...«

»Ich kann nicht ... o mein Gott, es zerreißt mich ...«

»Atmen! Lehn dich an mich! Hier, ich sitze hinter dir ... atmen! Ein ... aus ... ein ... aus ...«

»O Goooooott!«

»Jetzt hecheln. Wie ein Hund. Hecheln! Komm, Popelka, du kannst das! Tobit will seine Mutter sehen! Hilf ihm heraus!«

»Es zerreißt mich ...!«

»Du musst drücken. Es tut weh, aber du musst drücken!«

»Es geht nicht! Herr im Himmel, ich halte es nicht aus. Alexandra ... o Gott, Alexandra, hilf mir!«

»Ich helfe dir ja. Einatmen ... ausatmen ... pressen ... einatmen ...«

»O mein *Gooooott*!«

»Schnell, lass mich nach vorne ... lehn dich an die Deckenrollen ... ich muss jetzt nach vorn ...«

»*So viel Bluuuut!*«

»Ich glaube, ich kann das Köpfchen sehen ...«
»Alexandra, ist das *sein* Blut!?«
»Nein!«
»Ist es meins?«
»Das ist ganz normal, Popelka, mach dir keine Sorgen ... ich versuche jetzt etwas ... ich muss dir ein bisschen wehtun ... ich greife hinein ...«
»O Herr im Himmel, o heilige Maria voll der Gnaden ...«
»Popelka, leg die Hände auf deinen Bauch und drück! Vorsichtig ... und das Atmen nicht vergessen ...«
»Alexandra, das viele *Blut*!«
»Wir schaffen das. Einatmen ... ausatmen ... einatmen ... du machst das hervorragend. Einatmen ... ausatmen ...«

26

DIE DÄMMERUNG KROCH zu der kleinen Fensteröffnung herein und ließ das Licht der Kerzen golden werden. Alexandra trat zurück und betrachtete das Kind und neben ihm die Mutter. Ihre Erschöpfung war so groß, dass sie das Gefühl hatte, alles wie durch eine dichte Schicht Werg wahrzunehmen. Von draußen wehte fetter Rauchgeruch herein: die blutigen Bettlaken und Tücher brannten. Alexandras Augen brannten, und als sie ihre Finger betrachtete, erkannte sie, dass trotz allen Waschens immer noch braune Blutränder unter den Nägeln zu sehen waren. Sie drückte sich die Hände ins Kreuz und stolperte langsam um das Bett herum. Eine nach der anderen blies sie die Kerzen aus, die sie in einer Aussparung hinter dem Altar gefunden hatte; Pfarrer Biliánová musste sie vergessen haben, sonst hätte er sie ebenso für die Flucht eingepackt wie alles andere. Pfarrer Biliánová ... Alexandra betrachtete das Kind und seine Mutter erneut. Trotz des grauen Lichts sahen beide Gesichter rosig aus. Sie holte Luft, dann schlich sie auf Zehenspitzen hinaus.

Das Pferd schnaubte und stupste sie mit der Schnauze an. Sie zog die Decke von seinem Rücken und wuchtete stattdessen den Sattel hinauf. Ihre Muskeln schmerzten, und als sie sich bückte, um den Riemen unter dem Leib des Tieres festzuschnallen, wurde ihr schwindlig, und sie musste sich an dem großen, warmen, duftenden Leib festhalten. Sie tätschelte dem Pferd den Hals.

»Gleich«, flüsterte sie. »Gleich sind wir weg.«

Mit den Stiefelspitzen scharrte sie in den glimmenden, nach verbranntem Fleisch riechenden Fetzen der Laken. An ein paar Stellen flammte das Feuer wieder auf und fraß sich in die Reste. Der Geruch verursachte ihr Brechreiz.

Das Pferd schüttelte die Mähne und wieherte.

»Pssst!«, machte Alexandra. Sie legte sich den Finger an die Lippen. Das Pferd glotzte sie an.

Als sie sich in den Sattel schwang, war es ihr, als sei sie hundert Jahre alt und jeder Knochen in ihrem Leib mit Blei ausgegossen und mit Glasscherben ummantelt. Sie ächzte, als sie endlich auf dem Rücken des Pferdes saß.

Das Morgenlicht war jetzt hell genug, sodass sie den dunklen Schatten des fernen Höhenzugs sehen konnte und seine steinernen Zähne. Die Felder rollten in sanften Wellen auf den Höhenzug zu, dort, wo sie von einer ungebrochenen Schneedecke verhüllt waren, wirkten sie im hellen Dämmerungsgrau wie riesige Löcher im Gewebe der Welt. Sie glaubte, in einem davon eine dunkle Linie ausmachen zu können, die sich in der Ferne verlor: die Spur der Flüchtlinge. Man konnte nur hoffen, dass die Höhlen tatsächlich schwer zu finden waren – der Spur zu folgen wäre jedenfalls ein Leichtes für die Soldaten, wenn sie das Dorf erreichten. Die einsame Gestalt, die sie vorhin ganz fern erblickt hatte, dort, wo der letzte Wellenrücken der Felderlandschaft mit dem Morgengrau verschmolz, und die der Fährte in Richtung auf das Dorf zu folgte, schien noch nicht wesentlich näher gekommen zu sein. Doch Alexandra wusste, dass sie schließlich eintreffen würde. Ihre Aufgabe hier war beendet.

Sie schnalzte mit der Zunge, und das Pferd fiel langsam in Schritt und trottete zur anderen Seite des Dorfes hinaus, auf den kleinen Fluss zu, dem die Straße gefolgt war, seit sie gestern Horschowitz verlassen hatte. Am Ortsrand drehte sie sich ein letztes Mal um. Die Häuser lagen stumm und still; die dünne Rauchsäule vor dem Pfarrhaus war von Schwarz zu Grau gewechselt und kaum mehr sichtbar; nur der Geruch hing noch in der Luft.

Die Gestalt war in einem der flachen Täler verschwunden. Bald würde sie am Rücken der auf das Tal folgenden Bodenwelle wieder zu sehen sein, näher diesmal.

Sie zog das Pferd herum und ließ es in Trab fallen.

František Biliánová würde seine Geliebte und sein Kind im Pfarrhaus zweifellos finden. Es würde an ihm sein, sich einen Namen auszudenken; Popelka hatte keinen Jungen, sondern ein Mädchen auf die Welt gebracht.

Es war nicht das Köpfchen gewesen, das sie zwischen Popelkas Beinen gesehen hatte, sondern das andere Ende des kleinen Körpers. Sie hatte versucht, das Kind zu drehen; es hatte sich nicht drehen lassen. Alexandra hatte oft genug bei einer Geburt beigestanden, um zu wissen, dass in einem solchen Fall nur eine Seele gerettet werden konnte – die des Kindes oder die der Mutter. In den vergangenen Fällen war es die Entscheidung des Ehemannes gewesen. Sie hatte kein einziges Mal erlebt, dass der Vater sich für das Kind und gegen die Mutter entschieden hatte. Alexandra hatte stets den Raum verlassen, wenn die erfahrenen Hebammen von ihrem Gespräch mit dem Ehemann zurückgekommen waren und die großen, zuvor sorgsam in ihren Beuteln versteckten Scheren herausgezogen hatten. Es war grauenhaft genug zu wissen, was die Frauen tun mussten. Sie hätte es nicht mit ansehen können. Sie hatte ohnehin auf jedem der ungeborenen Körper das Gesicht Mikus gesehen. Sie war erst wieder in die Schlafkammer der Gebärenden gekommen, als alles vorüber und das tote Kind ein merkwürdiges kleines Bündel war, durch dessen Lumpen das Blut zu sickern begann.

Hier hatte es keinen Ehemann gegeben, der rechtzeitig genug angekommen wäre, um ihn zu fragen. Und selbst wenn er da gewesen wäre – Alexandra hatte gewusst, dass František Biliánovás Seele verloren gewesen wäre, hätte er diese Entscheidung treffen müssen.

Am Ende ist der Arzt ganz allein.

Es stimmte immer und zu jeder Zeit.

Sie hatte gewusst, dass Popelka nicht zu retten war. Alles, was sie hatte tun können, war, ihr etwas von den Schmerzen zu nehmen. Als der Griff, mit dem die Sterbende Alexandras Hand festgehalten hatte, sich plötzlich gelockert und ihr Blick ins Ungewisse gefallen war, hatte Alexandra ihre Skalpelle hervorgeholt und das Kind zur Welt gebracht. Es hatte gelebt, und es würde weiterleben. Wenn František Biliánová die Ziegenmilch nicht vergessen hatte, so wie sie es ihm aufgetragen hatte, hatte es eine Chance. Der Pfarrer würde es zu ihrem Versteck in den Höhlen bringen, und irgendeine von den Frauen aus dem Dorf würde sich seiner annehmen. Alexandra hoffte, dass Biliánová nicht auf den Gedanken kam, die Decke zurückzuschlagen, um Popelkas Körper noch einmal zu betrachten. Es hatte keinen Weg gegeben, die Schnitte zu verstecken.

Sie konnte den Gedanken nicht ertragen, dem Pfarrer in die Augen sehen zu müssen und darin zu lesen, dass er sich die Schuld am Tod seiner Geliebten gab. Tatsächlich hätte es nichts am Ausgang der Tragödie geändert, wenn er geblieben wäre, außer, dass er Abschied hätte nehmen können von ihr. Nun würde er nicht einmal viel Zeit haben, Abschied von dem erkalteten Leichnam zu nehmen, wenn er sein Kind in Sicherheit bringen wollte.

Alexandra hatte das Neugeborene und danach die tote Popelka mit dem heißen Wasser aus dem Taufbecken gesäubert und schließlich den Boden und das Bettgestell geschrubbt, bis nirgendwo mehr Blut zu sehen war. Die Laken und Tücher hatte sie draußen zusammengetragen und in das Feuer geworfen, das sie mit den letzten Resten des Karrens vor dem Pfarrhaus angezündet hatte.

Vielleicht würden die Soldaten kommen. Vielleicht würden sie den Pfarrer hier finden und ihm eine Kugel durch den Kopf schießen und das Kind erschlagen. Vielleicht würden sie fernbleiben, und sein Opfergang wäre umsonst gewesen. Welchen Sinn hatte es, dass die einen lebten und die anderen starben? Welchen Sinn hatte es, die Heilkunst erlernt zu haben und sie nur einsetzen zu können, um die Entscheidung zu treffen, wer sterben musste? Welchen Sinn hatte es, einmal Mutterglück gekannt zu haben, wenn man seinem Kind ins Grab hinein nachschauen musste?

Welchen Sinn hatte es gehabt, hierherzukommen?

Das Pferd trug Alexandra in seinem gemächlichen Trab aus dem Dorf hinaus und die Straße in Richtung Nordosten entlang, Beraun zu. Hinter ihr war der einsame Mann in den Feldern ein Stück näher gekommen; er stapfte beharrlich durch Eis und Schneewehen. Er wusste nicht, dass am Ziel seines Weges die Scherben seines Glücks auf ihn warteten und er den Rest seines Lebens vergeblich versuchen würde, sich selbst zu verzeihen, dass er der Liebe seines Lebens nicht hatte helfen können.

Dass die Rauchsäulen über der Stadt nicht von Kaminen stammten, konnte man von Weitem sehen. In Beraun brannten Häuser. Ein schütterer Flüchtlingsstrom zog Karren hinter sich her aus der Stadt heraus oder schleppte Säcke auf den Rücken. Viele von ihnen gingen barhäuptig und in Fetzen gehüllt, manche sogar barfüßig, nur mit Lumpen an den Füßen. Die Soldaten hatten ihnen sogar die Schuhe weggenommen.

Alexandra hielt das Pferd neben einem Mann an, der Schriftrollen in den Armen und auf der Nase eine Brille trug, deren eines Glas zerbrochen war, während das andere fehlte. Sein Haar war zerzaust, das Gesicht verfärbt, ein Auge zugeschwollen unter einem gerissenen Lid, das eine Blutkruste wie ein dickes schwarzes Mal vom Nasen- bis zum Augenwinkel zog. Was immer er vor dem Zugriff der Soldaten hatte verteidigen wollen, ein paar Fäuste hatten ihn eines Besseren belehrt. Vermutlich konnte er sich noch glücklich schätzen, nur verprügelt worden zu sein.

»Wann sind sie gekommen?«, fragte Alexandra.

Der Mann blieb stehen und blinzelte zu ihr hoch.

»Gestern zur Vesper«, sagte er. »Dreihundert, vierhundert, ich weiß nicht ... alles Soldaten.«

»Kein Tross?« Jedes Heer führte eine große Anzahl von Nichtkombattanten mit sich, von den Quartiermeistern und ihren Gehilfen angefangen bis zu den Familien der Soldaten. Wenn es zu Plünderungen kam, beteiligten sich die Frauen und Kinder der Söldner in der Regel daran. Manchmal führte es dazu, dass ihre Ehemänner und Väter etwas weniger Gewalt anwendeten.

Der Mann schüttelte den Kopf. »Nur Soldaten.«

Ein Expeditionsheer. Es bestätigte das, was Alexandra bereits vermutet hatte. Königsmarck war mit einem Teil seiner Truppen vorangezogen, um den Boden zu bereiten für die große Offensive. Der Rest seines Heeres, langsamer als sein General, würde in den nächsten Tagen heranmarschieren, in ein Land, in dem alle Vorräte und alles, was man brauchen konnte, bereits für seine Soldaten requiriert war. Dann würde Prag in eine tödliche Umklammerung genommen werden, und kein noch so tapferer Ausfall der Garnison würde helfen, die beginnende Not hinter den Mauern zu lindern – denn sie würden nichts finden, das sie mit zurücknehmen konnten.

»Die Sterne haben es angekündigt«, sagte der Mann und drückte seine Rollen an sich. »Die Sterne haben versucht, uns zu warnen, aber wir haben nicht auf sie gehört.«

»Die Sterne, von wegen«, sagte Alexandra. »Selbst die Bauern in der Umgebung wussten schon gestern, dass die Soldaten in der Gegend waren.«

»Die Sterne«, wiederholte der Mann. »Die Sterne wissen alles.« Er warf den Kopf zurück und schenkte Alexandra einen herablassenden Blick aus seinem gesunden Auge. »Sie kennen das Geschick der Welt bis zum Jüngsten Tag.« Er räusperte sich und schritt um das Pferd herum. »Einen guten Tag noch, Gnädigste.«

»Warten Sie!«, rief Alexandra ihm hinterher. »Warum zieht ihr alle in diese Richtung? Ist die Fähre über den Fluss nicht mehr in Betrieb?«

Der Mann machte eine ungewisse Handbewegung, ohne sich umzudrehen.

»Frag die Sterne, du Narr«, brummte Alexandra. Sie trieb das Pferd wieder an.

Die Stadttore waren intakt. Jemand vom Rat schien das Gefühl gehabt zu haben, dass eine Verteidigung von vornherein sinnlos war, und hatte vermutlich mit den Soldaten verhandelt. Ein Lösegeld und offene Tore würden die Gegenleistung dafür gewesen sein, dass die Plünderungen möglichst unblutig und ohne Brandschatzung vor sich gingen. Doch dann hatte sich offenbar jemand gewehrt, eine Frau hatte den Schmuck ihrer Mutter nicht hergeben wollen oder ein Vater zu verhindern versucht, dass ein niederer Offizier seine Tochter im Vorbeigehen vergewaltigte ... Die Dinge waren eskaliert, und die Berauner Bürger hatten das freiwillige Lösegeld ganz umsonst bezahlt. Kanonen schienen nicht eingesetzt worden zu sein, ihren Donner hätte man bis nach Königshof gehört. Doch der Abend und die Nacht waren, bevor Popelkas Schreie sie durchschnitten hatten, still gewesen. Die Schüsse aus den Musketen und Pistolen, das Brüllen derer, denen Partisanen in die Leiber gerammt wurden, und das Keuchen der anderen, denen Rapierklingen die Herzen durchstießen, würden nicht bis nach Königshof geklungen haben. Die Stadt war klein; sie konnte maximal dreimal so viele Einwohner gehabt haben, wie die Marodeure, die sie überfallen hatten, an Köpfen zählten. Zwölfhundert Menschen, hauptsächlich Frauen, Kinder, Zivilisten und Alte, gegen vierhundert abgebrühte Söldner. Es gab keinen Zweifel, auf wessen Seite alle Vorteile gelegen hatten.

In den Gassen lagen Scherben, zertrümmertes Mobiliar, Kleidungsstücke ... da und dort leuchteten gefrorene Blutlachen in dumpfem Rot. Alexandra betrachtete die Verwüstung mit stummem Grimm, bis sie zu der Öffnung in der jenseitigen Stadtmauer kam, hinter der der Fluss und die Fähre darüber lagen. Ihre Augen weiteten sich.

Als die Gewalttaten ausgebrochen waren, schienen mehrere Dutzend Bürger sich in ihrer Panik zur Fähre gewandt zu haben. Die Soldaten hatten sie offenbar verfolgt. Am diesseitigen Ufer lagen die Körper übereinander, Männer, Frauen, Kinder, mit Raureif überzogene, blicklos aufgerissene Augen, in stummen Schreien geöffnete Münder, klaffende Wunden. Die Fähre hing mitten im Wasser an ihrem Tragseil, umgekippt, leise in der sanften Strömung schaukelnd. Man konnte sehen, dass eine der Rollen, durch die das Seil führte, geborsten war. Ob die Soldaten sie zerstört hatten oder ob sie unter dem Gewicht zu vieler Flüchtlinge umgeschlagen war und ihre Fracht in die eisigen Wellen geworfen hatte, ließ sich nicht feststellen. Alexandra starrte sie ratlos an. Dann sah sie, dass am jenseitigen Ufer jemand stand und herüberblickte.

»Die Furt!«, schrie Alexandra zu ihm hinüber. »Wo ist die Furt?«

Der Mann starrte sie reglos an.

»Die Furt!«, brüllte Alexandra. »Ich muss über den Fluss!«

Langsam hob der Mann eine Hand, ohne den Blick von ihr zu nehmen. Sein Mund ging halb auf und blieb offen stehen. Er sagte keinen Ton. Sein Finger deutete auf eine Stelle etwas weiter flussabwärts, außerhalb der Stadtmauern. Alexandra wendete das Pferd. Das Wasser würde mehr als eisig sein, und in dieser Jahreszeit würde es ihr mindestens bis zu den Schenkeln reichen. Es war fraglich, ob sich das Pferd überhaupt auf die Durchquerung einlassen würde, aber sie musste es versuchen. Ihr letzter Blick fiel auf die wild übereinanderliegenden Leichen. Sie schluckte einen Hass hinunter, der so ungeheuer war, dass er sie beinahe erstickte.

Erst als sie längst am anderen Ufer war und vor Kälte in ihrem nassen Rock schlotterte, während sich im Fell des Pferdes Eiszapfen bildeten, wurde ihr klar, dass sie, hätte sie Popelka nicht in der letzten Nacht beigestanden, an diesem Morgen eine der Leichen am Fähranleger gewesen wäre.

28

DAS ERSTE, WAS Cyprian tat, als sie zu Hause in Prag angekommen waren, war, durch die Räume seines großen Heims zu stürmen und nachzusehen, ob irgendjemand aus der Familie anwesend war. Andrej folgte ihm langsamer und beruhigte die Dienstboten, die Cyprians ungestümer Auftritt da und dort aufgeschreckt hatte. Er schien bereits akzeptiert zu haben, was Cyprian nur widerwillig anerkannte: dass die ganze Angelegenheit kein Albtraum war, sondern Wirklichkeit. Cyprian fühlte sich hilflos, und das machte ihn gereizt, und es war eine gute Taktik, türenknallend durch das Haus zu rennen, um ein Ventil für den ohnmächtigen Zorn zu finden.

Am Ende trafen sie sich im Saal. Dieser war stets so etwas Ähnliches wie die Zentrale sowohl für die Firma als auch für die Familie gewesen. Wer Rat suchte, verkroch sich nicht in einem der vielen Zimmer, sondern begab sich in den Saal, entzündete das Feuer im Kamin, dachte über sein Problem nach und vertraute im Übrigen darauf, dass bald irgendjemand kommen würde, mit dem man seine Last teilen konnte. Es war schon vorgekommen, dass Adam Augustýn oder einer seiner Söhne, die allesamt ihren Wohnsitz auf der Kleinseite behalten hatten, zuerst den Saal angesteuert und sich dort niedergesetzt hatten, anstatt auf die Suche nach einem der Partner zu gehen. Einmal hatte Cyprian ihren Brünner Partner Vilém Vlach abends schnarchend vor dem brennenden Kamin gefunden, die nassen Stiefel zum Feuer hin ausgestreckt und das Leder schon gefährlich dampfend. Niemand hätte sagen können, wann Vilém eingetroffen war und ob er nicht vielleicht schon den ganzen Tag da gewesen und über dem vergeblichen Warten, dass jemand ihn im Saal finden möge, eingenickt war. Es war einer jener seltenen Tage gewesen, an denen sich tatsächlich niemand in den großen Raum im ersten Stock des Hauses verirrt hatte, und die Wahrheit war, dass auch Cyprian nicht hineingefunden hätte, wenn er nicht den Schnarchgeräuschen gefolgt wäre.

Andrej lächelte verkniffen. Cyprian ließ sich in einen der Stühle fallen, die um den langen Tisch herum standen.

»So ganz ohne die anderen wirkt es hier ganz schön einsam«, sagte er.

»Wir sind schon öfter hier allein gesessen«, erwiderte Andrej.

»Ja, aber da bestand die Möglichkeit, dass die anderen gleich kommen würden.« Cyprian machte ein verdrossenes Gesicht. »Ich habe diesen Raum noch nie so leer erlebt.«

»Ich schon«, sagte Andrej. »Das war in den Wochen, als wir alle glaubten, du seist tot.«

Cyprian erstarrte. »Verdammt«, sagte er leise.

Andrej reckte sich über den Tisch und legte eine kleine Papierrolle vor Cyprian auf den Tisch. Es war die typische Nachricht einer Brieftaube.

»Wo ist das her?«

»Kommt aus Raigern. Einer unserer Schreiber hat sie mir übergeben. Während du durch das Haus getobt bist.«

Cyprian hielt das winzige Schriftstück auf Armeslänge von sich und kniff die Augen zusammen. »Was steht drin?«

»Es ist die Information, auf die wir gewartet haben. Sie traf nach unserer Abreise aus Raigern dort ein. Wenzels Mönche haben sie an uns weitergeleitet.«

Cyprian kannte seinen Freund gut genug, um zu wissen, dass es keine erfreuliche Nachricht war. Wenn Andrej Zuflucht zu Präliminarien nahm, dann überlegte er gewöhnlich noch, wie er den Inhalt der Botschaft so verpacken konnte, dass sie sich nicht allzu schockierend anhörte.

»Sag's mir ohne die Musik«, seufzte Cyprian.

»Pater Giuffrido Silvicola ist seit einiger Zeit nicht mehr Pater, sondern nur noch Giuffrido Silvicola, S.J. Sämtliche Ämter sind ihm aberkannt worden. Direkte Order vom Pater Generalis in Rom. Dort hat man auch die ganze Zeit mit steigender Ungeduld auf seine Rückkehr gewartet. Unser Freund war als *advocatus diaboli* bei den Prozessen in Würzburg eingesetzt, aber man hat ihn zurückbeordert. Nur dass er nie zurückgekommen ist. Offiziell gilt er als vermisst.«

»Wessen beschuldigt man ihn denn?«

»Das haben unsere Gewährsleute in Rom nicht herausgefunden. Der Orden ist, wenn es sein muss, so undurchlässig wie der Prager Straßenschlamm im Frühling. Aber wenn ich raten soll, würde ich sagen: Ungehorsam. Kaum etwas bedeutet den Jesuiten mehr als die uneingeschränkte Befolgung ihrer Anordnungen.«

»Ungehorsam ...«

»Es geht noch weiter. Offenbar hat Silvicola seine Position als Teufelsadvokat in Würzburg nie abgegeben, weil die Nachricht von seiner Ablösung auch nie dort angekommen ist. Ein römischer Jesuit hätte sie überbringen sollen, ein Mann namens Pater Nobili. Mittlerweile hat man herausgefunden, dass Pater Nobili spurlos verschwunden ist.«

»Tot?«

Andrej zuckte mit den Schultern.

»Würzburg ist sicher groß genug, um den Leichnam eines Jesuiten auf Nimmerwiedersehen verschwinden zu lassen.«

»Pater Nobilis letzter bekannter Aufenthaltsort war nicht Würzburg, sondern Münster.«

»Was? Am Ort der Friedensverhandlungen? Was hat er denn da gesucht?«

Andrej zuckte wieder mit den Schultern.

»Verdammt«, sagte Cyprian noch einmal, diesmal mit Gefühl.

»Il Gesù ist auch erst vor wenigen Tagen auf diese ganze Situation aufmerksam geworden – aufgrund einer Anfrage aus dem Bistum Würzburg, weshalb man den *advocatus diaboli* ohne Ersatz abgezogen habe.«

»Er ist ganz auf sich allein gestellt«, sagte Cyprian. »Wir haben es nicht mit einem Komplott der Societas Jesu zur Erlangung der Teufelsbibel zu tun, sondern mit der Aktion eines einzelnen Mannes.«

»Wie wir uns schon fast gedacht hatten.«

Sie sahen sich lange an. Cyprian stellte fest, dass es schwer war, den Impuls zu unterdrücken, mit den Fingern auf dem Tisch zu trommeln.

»Das ist das Schlimmste, was uns passieren konnte«, sagte Andrej. »Dein Onkel, der alte Kardinal, hat uns ein ganzes Netz an Verbündeten und Informanten hinterlassen, um zu verhindern, dass sich jemals wieder eine kirchliche oder weltliche Organisation an die Teufelsbibel heranmacht – so wie die letzten beiden Male. Er hätte seine Jahre in Rom nicht besser nutzen können.«

»Und wir haben mithilfe der Firma sein Netz noch fleißig ausgebaut.«

»Nur – es nützt uns nichts. Wir haben nicht berücksichtigt, dass ein einzelner, einsamer Verrückter es sich in den Kopf setzen könnte, das Ding an sich zu bringen.« Andrejs Blick wurde starr. »O Gott, im Grunde genommen sind wir mit ihm wieder da, wo alles für uns begonnen hat: 1572, als ein einsamer Verrückter, der zufällig mein Vater war, versucht hat, die Teufelsbibel aus ihrem damaligen Versteck in Podlaschitz zu stehlen!«

»Nur dass wir diesmal auf der anderen Seite stehen.«

Andrejs Gesicht war der wachsende Horror anzusehen. Seine Eltern waren von einem Wahnsinnigen umgebracht worden, zusammen mit einer Gruppe hugenottischer Flüchtlinge, die sich zur falschen Zeit am falschen Ort befunden hatten, einem Wahnsinnigen, dessen einziges Trachten der Schutz der Welt vor dem Erwachen der Teufelsbibel gewesen war. Dieses Ereignis hatte am Anfang einer tragischen Schicksalskette gestanden. Cyprian glaubte zuerst, Andrej würde an das Gespräch denken, das sie auf der Straße nach Eger geführt hatten, das Gespräch, in dem es darum gegangen war, dass sie sich hüten mussten, beim Schutz der Teufelsbibel vor Giuffrido Silvicola genauso zu werden wie damals Abt Martin und die Kustoden. Doch dann wurde ihm klar, dass sein Freund mit seinen Gedanken längst dort angekommen war, wohin Cyprian sich weigerte, ihm zu folgen. Es kam nicht oft vor, dass er davor zurückscheute, eine Situation bis zum Ende zu durchdenken, doch dies war so eine.

Sie konnten Giuffrido Silvicola nicht aufhalten, weil er für die Maschen des Netzes, das sie geknüpft hatten, zu klein war. Er war der perfekte Feind. Alles, was ihnen blieb, war, die Teufelsbibel zu beschützen und die erste Seele zu erschießen, die sich ihr näherte.

Nur dass der ehemalige Jesuitenpater auch für seinen Erfüllungsgehilfen die bestmögliche Besetzung gefunden hatte.

Alexandra, Cyprians Tochter.

Cyprian sprang auf.

»Wir müssen den Statthaltern auf der Burg und dem Rat Bescheid geben, was wir über das schwedische Heer gehört haben«, sagte er. »Die Stadt muss sich auf einen Angriff vorbereiten.«

Genau, dachte er bei sich. *Die Vorbereitung auf die Katastrophe, die zu treffen du dich nicht bis zu Ende zu denken traust.*

Zum ersten Mal in seinem langen Leben lief Cyprian Khlesl vor etwas davon.

29

DIE SCHÖPFUNG WAR so geartet, dass gleiche Pole sich abstießen. Dies galt nur nicht für die Krone der Schöpfung, den Menschen. Wenzel hatte schon des Öfteren festgestellt, dass gleichartige Geister unter ihnen sich eher anzogen, besonders wenn es sich um gleichartig gestörte, böse Geister handelte.

Der Steinerne Johannes und seine Männer wurden nach kurzem Gespräch mit den heruntergekommenen, verrohten Gestalten, die auf dem Gelände des ehemaligen Dominikanerklosters in Eger hausten, wie lang vermisste Brüder begrüßt. Es war Wenzel gelungen, den Irren zu überzeugen, dass der Ordensmeister der Kreuzherren vom Roten Stern Lösegeld für sie bezahlen würde. Der Ordensmeister kannte Wenzel, er würde entweder tatsächlich bezahlen oder ihn und seine Mitbrüder befreien – jedenfalls hatte Wenzel das gedacht, bis sie in Eger angekommen waren und gesehen hatten, dass die Stadt nicht viel mehr war als ein Heerlager. Sein Herz war gesunken, als der vom Steinernen Johannes ausgeschickte Emissär mit der Nachricht zurückgekehrt war, dass die Ordenskommende verwaist und der Ordensmeister nirgends zu finden sei. Johannes hatte die Neuigkeiten nachdenklich aufgenommen und sich aufgemacht, eine Unterkunft in der ruinierten Stadt zu finden, wo sie nicht sofort den Soldaten auffielen und am Ende noch zwangsrekrutiert würden. Er hatte in das alte Kloster gefunden, so wie Fliegen zu einem Leichnam finden.

Die Mönche wurden ins Innere des halbwegs intakten Hauptgebäudes getrieben. Sie waren noch zu fünft. Bruder Cestmir und Bruder Robert waren in Grafenwöhr geblieben, zwei nackte Leichname, denen die Marodeure die Kutten ausgezogen, die Kreuze von den Hälsen gerissen und die Stiefel von den Füßen gezogen hatten. Wenzel hatte nichts dagegen tun können. Tatsächlich hatte er alle Hände voll damit zu tun gehabt zu verhindern, dass Bruder Tadeáš, den eine Kugel in die Seite getroffen hatte, an Ort und Stelle erschlagen wurde wie ein Hund. Bruder Tadeáš klammerte sich wie zum Dank dafür an sein Leben, obwohl seine Wunde ständig nässte und blutete und es ein Wunder war, dass er den Gewaltmarsch von Grafenwöhr hierher überhaupt überstanden hatte. Abgesehen davon und nüchtern betrachtet (was Wenzel angesichts des Todes zweier seiner Mitbrüder und des Zustands von Bruder Tadeáš schwerfiel) waren sie erstaunlich gut weggekommen. Bruder Bonifác, der sich während Alexandras Flucht auf einen der Angreifer gestürzt hatte, hatte ein paar Zähne verloren, und beide Augen waren noch halb zugeschwollen, doch der Rest von ihnen war unverletzt. Wenn man berücksichtigte, dass sie quasi im Kreuzfeuer mehrerer Schusswaffen gestanden hatten, war es ein Wunder. Ein Wunder, das allerdings die bekannte Ansicht bekräftigte, dass Musketen und Pistolen nur in den Händen derer gefährlich waren, die damit Übung hatten. Für die Kreaturen, die sich um Johannes geschart hatten, war es schon eine Sensation, sich die paar Dutzend Handgriffe merken zu können, die nötig waren, um eines der alten Luntenschlossgewehre nachzuladen.

»Ist Johannes nicht gut zu euch?«, fragte der wahnsinnige Hauptmann der Marodeure. »Ein Kloster. Ihr müsst euch doch wie ... zu Hause fühlen.«

Wenzel sah sich um. Er erkannte, dass man sie ins ehemalige Refektorium geführt hatte. Der weite Saal besaß abgesehen von den Fenstern nur einen einzigen Ausgang, und diese waren für eine Flucht nicht geeignet. Bei einem Sprung hinaus wäre man drei Mannslängen weiter unten auf dem Schutt der Nachbargebäude gelandet und hätte sich alle Knochen gebrochen. Das Refektorium konnte mit einem einzigen Mann bewacht werden. Beim Kamin lagen ein umgefallener Thronsessel und daneben ein schmutziges Bündel Fetzen.

»Johannes versucht es morgen noch einmal ... beim Ordensmeister«, sagte der Steinerne Johannes.

»Un' wenn er wieder nich da is', Johannes? Was is' dann, verdammich?«, knurrte einer seiner Männer.

Johannes sah ihn starr an. »Dann verkauft Johannes die Kuttengesichter an die Soldaten«, sagte er. »Das sind alles Protestanten. Die werden einen Tanz mit den Kuttenträgern veranstalten, einen Tanz ... mit der Seilerstochter.«

»Hähähä! He Leute, dann ham unsere schwarzen Freunde hier sogar einmal im Leben 'nen Steifen!«

»Was redst'n für'n Scheiß, die geilen Säcke vögeln doch die ganze Zeit rum!«

»Nee, die wichsen jede Nacht wie die Blöden.«

»Hähähä – na, dann fühl'n sie sich ja erst recht wie daheim, wenn sie baumeln und sich dabei die Kutte vollspritzen.«

Wenzel suchte Johannes' Blick. »Ein Wagnis, sich den Soldaten aufzudrängen. Das Lösegeld wird wenig sein, wenn es überhaupt eines gibt, und das Hängen werdet ihr bestenfalls aus einer Kompanie anderer armer Schweine heraus verfolgen können, die wie ihr zum Dienst gepresst worden sind.«

»Niemand presst den Steinernen Johannes in seinen Dienst«, sagte der Wahnsinnige und sah durch Wenzel hindurch. »Johannes wartet bis morgen, dann … seid ihr ein Fraß für die Ratten.« Er wandte sich ab und ging hinaus. Seine Männer folgten ihm.

»Dass ihr uns gefangen habt, ist ein Glücksfall für euch«, rief Wenzel ihnen hinterher. »Vergeudet euer Glück nicht!«

Für die Bewohner von Grafenwöhr, die sich in die Kirche geflüchtet hatten, war es ebenfalls ein Glücksfall gewesen. Nachdem Johannes verstanden hatte, was Wenzel ihm mitzuteilen hoffte, hatte er seine Pläne geändert und den Abmarsch aus dem kleinen Ort angeordnet. Selbst die beiden Knaben, die weinend neben ihren toten Eltern hockten, waren verschont geblieben, wenn man vom Versuch eines der Männer absah, den Jüngeren der beiden zu vergewaltigen, während die anderen die toten Mönche geplündert hatten. Der Junge hatte schreiend und kreischend um sich geschlagen und den Marodeur so lange von sich fernhalten können, bis Johannes wortlos davongestapft und seinen Männern nichts anderes übrig geblieben war, als ihm zu folgen und Wenzel und die überlebenden Benediktiner vor sich herzutreiben. Der Möchtegern-Vergewaltiger war ihnen nachgelaufen, seinen erigierten Penis noch immer entblößt und sich im Laufen selbst befriedigend. Es war ironischerweise der gewesen, der vorhin von den vermeintlichen nächtlichen Aktivitäten der Mönche gesprochen hatte.

Das Refektorium besaß schon lange keine Tür mehr. Zwei von Johannes' Männern bezogen bei der Türöffnung Stellung. Als Wenzel zu ihnen hinübersah, vollführte der eine die Pantomime eines Mannes, der am Strick zappelt, der andere ballte die Faust vor dem Schritt und machte damit schnelle Bewegungen. Beide grinsten. Wenzel wandte sich ab.

»Schaffen wir Bruder Tadeáš zu dem Sessel dort vorne, damit er sich hinsetzen kann«, sagte er.

»Danke, ehrwürdiger Vater«, ächzte Bruder Tadeáš. »Mir geht es gut. Ich fühle mich nur ein wenig …«

»… durchlöchert«, sagte einer der anderen, aber niemand lachte. Der Anblick der Brüder Cestmir und Robert, wie sie geplündert auf dem Boden lagen, war noch zu frisch in ihrer Erinnerung.

Sie schlurften zum Kamin hinüber.

»Ich wollte, wir hätten etwas, womit wir hier einheizen könnten. Es ist bitterkalt«, murmelte Bruder Bonifác.

»Vielleicht können wir die alten Lumpen verbrennen, es würde wenigstens ein bisschen … o mein Gott … oh, ehrwürdiger Vater …«

Wenzel drängte sich an den anderen vorbei und blickte auf den Lumpenhaufen auf dem Boden. Ein Gesicht starrte daraus hervor. Es war schwer zu sagen, wie lange der Tote schon hier lag – die Kälte hatte ihn konserviert, ob es nun ein Tag oder ein Monat waren. Das Gesicht war schwarz angelaufen, die Augen bereits in die Höhlen zurückgefallen, doch man konnte deutlich erkennen, wie verzerrt die Gesichtszüge noch im Tod waren. Dieser Mann hatte die meisten seiner Sünden gebüßt, bis er hatte sterben können. Sein einer Arm war verdorrt wie der einer Mumie, die vertrocknete Faust schrecklich anzusehen. Er hatte keine Beine. In der halb geöffneten, gesunden Hand sah Wenzel ein kleines Fläschchen.

Als er aufsah, merkte er, dass seine Mitbrüder alle ein paar Schritte zurückgewichen waren.

»Es ist nur ein toter Mann«, sagte Wenzel.

»Der Teufel hat ihn geholt«, flüsterte einer. »Sieh dir sein Gesicht an, ehrwürdiger Vater – und den Arm ... als ob er noch versuchen würde, im Tod abzuschwören ...«

»Der Teufel hat ihn tatsächlich geholt«, sagte Wenzel und ging neben dem Toten in die Hocke. Er hätte selbst nicht sagen können, warum er es tat. Sein Blick fiel auf zwei tote Ratten, die neben dem Leichnam auf dem Boden lagen. Wenn er richtig sah, hatten sie versucht, aus dem weichen Fleisch des Armes nahe der Achsel etwas herauszubeißen. Ihre Körper sahen gebläht aus, die Zähne waren noch im Tode gebleckt, die Zungen hervorgequollen. Er zupfte an einem der Lumpen, mit denen der Mann sich vor der Kälte zu schützen versucht hatte, als er noch am Leben gewesen war, und riss einen Streifen davon ab. Mit ihm als Schutz pflückte er das kleine Fläschchen aus der starren Hand. Seine Augen suchten den Boden ab, und richtig – da war ein kleiner Stopfen, der auf die Öffnung der Flasche passte. Mithilfe des Lumpens hob er auch ihn auf, verkorkte das Fläschchen, umwickelte es zur Hälfte und hielt es dann gegen das trübe Licht von den Fenstern. Ein wenig Flüssigkeit war darin geblieben, Flüssigkeit, die weder gefroren noch verdampft war. Er wickelte den Lumpen ganz darum, riss einen weiteren ab, umwickelte es noch mehr und ließ es zuletzt in seiner Kutte verschwinden. Dabei versuchte er das Gefühl zu unterdrücken, dass er eine schlummernde Schlange in die Tasche geschoben hatte. Als er aufstand, wichen die Mönche noch weiter zurück. Er schüttelte den Kopf. »Damit meine ich«, sagte er ungeduldig, »dass er Gift getrunken hat. Entweder weil es ihm jemand untergeschoben hat oder weil er sich selbst den Tod geben wollte. Und dass er in Schmerzen gestorben ist.«

»Warum hast du das Fläschchen eingesteckt, ehrwürdiger Vater?«

»Man kann nie wissen.«

MELCHIOR KHLESL WURDE klar, dass etwas nicht stimmte, als er die offene Eingangstür sah. Er blickte sich in der fahlen Morgendämmerung um, aber die abseitsgelegene Gasse war menschenleer. Von anderswoher drang der Schritt von Wachen, die ihre letzte Runde machten – weit genug weg. Vorsichtig drückte er die Tür ganz auf, huschte hinein und verschmolz mit der Dunkelheit. Er konnte die Leere des Hauses förmlich hören. Kein Haus, in dem noch jemand lebte, war jemals so still. Vorsichtig stieß er den Atem aus und sah das Dampfwölkchen im vagen Licht schimmern, das von der Türöffnung hereindrang. Und es war auch in keinem Haus, in dem noch jemand lebte, so kalt. Was war geschehen, seit er zum letzten Mal hier gewesen war? Er orientierte sich im Halbdunkel, maß die Schritte bis zur großen Treppe ab, dann schloss er sanft die Eingangstür. Er verzichtete darauf, den Riegel vorzuschieben – sollte eine schnelle Flucht nötig sein, würde ihn der Riegel nur aufhalten. Mit dem Schließen der Tür wurde die Dunkelheit vollkommen. Mit seinem Hut in der Linken wegen der niedriger werdenden Decke des Treppenhauses und mit der Rechten auf dem Griff seines Rapiers schlich er nach oben. Er hörte die Sporen an seinen Stiefeln sanft klingeln und verfluchte sich dafür, dass er sie nicht abgelegt hatte. Aber wie hätte er ahnen sollen, dass er sich hier statt des erwarteten Willkommens hereinschleichen musste wie ein Dieb? Die Treppe gab ein leises Knarzen von sich. Er drückte sich an die Wand, wo die Stufen am stabilsten waren, und schob sich an ihr entlang weiter zum oberen Treppenabsatz. Von den beiden Fenstern, die er nun im Rücken hatte, sickerte die Dämmerung herein. Ein kurzer Flur führte zu einer stirnseitig gelegenen Tür – die Schlafkammer. Die Doppeltür links verbarg den großen Saal, ein Überbleibsel aus früheren Zeiten wie in den meisten Patrizierhäusern, die seit Generationen bewohnt wurden. Rechtsherum ging es zu einer weiteren, nahe bei den Fenstern gelegenen Tür. Hinter ihr lag das Arbeitszimmer. Während die anderen Türen geschlossen waren, stand diese einen Spalt breit offen.

Melchior musterte die Holzbohlen auf dem Boden, seine schweren Stiefel mit den hohen Absätzen, die Sporen. Es half nichts. Wenn er versuchte, das enge, hohe, vom vielen Tragen feuchte Schuhwerk hier auszuziehen, würde er Lärm für drei machen. Er stakte auf Zehenspitzen zum offenen Türspalt und spähte hinein. Einen Augenblick fühlte er sich versucht, den ältesten Trick der Welt anzuwenden und zuerst seinen Hut um die Kante der Tür herumzuschieben, aber er ließ es bleiben. Mittlerweile war er davon überzeugt, dass seine erste Vermutung zutraf: Er war hier völlig allein. Wo waren alle?

Das Arbeitszimmer besaß ein Fenster, das die Zwillingsschwester der beiden Fenster im Gang war. Das Licht reichte, um Einzelheiten zu erkennen: die schwarze, kalte Öffnung des Kamins, wo ein Feuer hätte brennen sollen, die Unordnung auf dem Boden. Zerknüllte Blätter lagen auf dem Tisch. Melchior hielt den Atem an, als er die stumpffarbene Lache sah, die die Hälfte des Tisches bedeckte, dann schnupperte er vorsichtig. Es war kein Blut. Er sah ein tönernes Tintenfass umgekippt dort liegen, wo die Lache ihren Anfang nahm. Ein Gänsekiel klebte in der angetrockneten Tinte fest, aufgebäumt wie ein Schiff, das auf Grund gelaufen ist. Der Stuhl war zurückgeschoben; ein Mantel mit Pelzkragen hing schlampig darüber. Ein mattes Blinken fiel Melchior ins Auge. Auf dem Pelzkragen war eine Brosche angebracht, ein schwarzes Wappen, auf dem sich in Rot ein Malteserkreuz mit einem sechszackigen Stern darunter abhob. Melchior hätte es nicht gebraucht, um in dem Mantel mit dem teuren Kragen die Robe des Ordensmeisters der Kreuzherren vom Roten Stern zu erkennen. Weshalb die Egerer Kommende so unerwartet verlassen war, wo er vor zwei Tagen noch mit dem Ordensmeister gesprochen hatte, machte ihn ratlos. Er betrat die Arbeitsstube, legte den Hut auf eine saubere Stelle des Tisches und sah sich um. Sicher, der Ordensmeister hatte bei Melchiors erstem heimlichen Besuch nicht unbedingt wie ein Mann gewirkt, der die Dinge im Griff hatte. Aber dass er die Kommende im Stich gelassen haben sollte, zusammen mit allen Dienstboten? Der Oberste einer Kommende war wie ein Kapitän auf einem Schiff – sollte die Kommende beispielsweise in Flammen aufgehen, wurde eigentlich erwartet, dass sich nachher bei den Aufräumarbeiten die Leiche des Komturs fand, der bis zuletzt geblieben war. Hatten die Besatzer ihn gefangen genommen? Doch weshalb hätten sie das tun sollen, wenn sie ihn die ganzen Jahre, als die Besatzung nur aus einem kläglichen Häuflein schwedischer Soldaten in der Burg bestand, auch nicht als Gefahr angesehen hatten?

Hatten sie ihn und den kümmerlichen Rest seiner Dienstboten in den Dienst gepresst? Melchior hatte unter anderem dieses Risikos wegen die Stadt verlassen, kaum dass er sein Gespräch mit dem Ordensmeister beendet hatte. Wer sich weigerte, mit den Soldaten zu ziehen, lief Gefahr, an Ort und Stelle aufgeknüpft zu werden. Einige der Egerer Bürger hatten das offensichtlich ebenso wie Melchior erkannt und sich aus der Stadt gestohlen; Melchior hatte sich ihnen angeschlossen, und sie hatten ihn mitgenommen zu einer Reihe von versteckten Rindenkobeln im Wald, die, wie Melchior vermutete, in Friedenszeiten als Unterschlupf für Wilderer gedient hatten (vermutlich den Vätern der jungen Männer, in deren Begleitung er sich befand!). Ein Gutes wenigstens konnte man von Zeiten wie diesen sagen: Es schweißte diejenigen, die darunter litten, unter Umständen näher zusammen. Er hatte es zwei Tage dort ausgehalten, dann war die Ungewissheit zu groß geworden, und er hatte sich zurück nach Eger gestohlen. Er musste wissen, ob Pater Silvicola und seine Gefangenen schon dort angekommen waren – und ob der Ordensmeister mutig genug gewesen war, Melchiors Bitte zu erfüllen und seiner Mutter das Äskulap-Medaillon heimlich zu geben, um ihr damit zu signalisieren, dass es ihm gut ging und dass er in der Nähe war.

Das sich langsam erhellende Arbeitszimmer gab keine Antwort auf Melchiors Fragen. Er stocherte mit dem Kaminbesteck in der Asche und stellte fest, dass sie durch und durch erkaltet war. Hier hatte mindestens seit gestern kein Feuer mehr gebrannt. Er setzte sich in den Stuhl, der hinter dem Tisch stand, und schob ihn näher heran. Dabei schnupperte er am Kragen des Mantels. Er roch nach Schweiß und Wein. Aus dieser Position konnte man erkennen, was sich zuletzt hier abgespielt hatte. Der Ordensmeister hatte versucht, etwas aufzuschreiben. Er musste in Eile gewesen sein, denn die in der Tinte festgeklebte Schreibfeder war über und über voller schwarzer Fingerabdrücke. Der Schreiber hatte sich die Finger bekleckert und nicht die Mühe gemacht, sie sauber zu wischen. Die Papierknäuel lagen auf dem Tisch wie halb geöffnete Fäuste. Melchior hatte noch nie eine solche Verschwendung gesehen. Selbst wenn man sich noch so sehr auf einem Blatt Papier verschrieb, konnte man es immer noch abschaben und dann quer zu den vorherigen Zeilen schreiben. Papier war fast so teuer wie Gold. Er pflückte das am wenigsten zerknüllte und am meisten mit Fingerabdrücken übersäte Knäuel aus seinem erstarrten Tintengrab und öffnete es; es schien ihm der letzte der Fehlversuche zu sein, die den Tisch bedeckten.

Richtig. Eine Handbreit grauenhaft gekritzelten Textes war zu sehen. Er versuchte ihn zu entziffern. Unwillkürlich seufzte er. Latein!

O salutaris hostia, quae caeli pandis hostium, non confundar in aeternum ...

Melchior blickte überrascht auf. Seine Lippen bewegten sich mit dem Versuch, die Übersetzung aus seinem Gedächtnis zu befreien. Wann hatte er diese Worte zuletzt gehört? Bei seiner Kommunion ...? Du lieber Gott, wie lange war das her! Man hatte sie ihnen eingebläut, und der alte Kardinal Melchior hatte sie lächelnd übersetzt, während sein junges Taufkind sich darüber beschwert hatte, etwas nachplappern zu müssen, dessen Sinn es nicht kannte.

Der Du am Kreuz das Heil vollbracht und uns die Himmelstür geöffnet hast ...

... *libera me de morte aeterna!*

... errette mich vom ewigen Tod!

Melchior las weiter, während seine Augenbrauen sich zusammenzogen. Das war nicht mehr der Text des Morgenhymnus!

Confiteor Deo omnipotenti...

Ich gestehe zu Gott dem Allmächtigen ...

... *quia peccavi nimis ...*

... dass ich gesündigt habe ...

... *cogitatione, verbo et opere!*

... in Gedanken, Worten und Werken!

Nil inultum remanebit!

Nichts kann vor der Strafe flüchten!

Das war aus dem Hymnus vom Jüngsten Gericht! Dafür musste Melchior nicht in seiner Erinnerung kramen; er würde die Worte ewig erkennen. Sie waren in der Kirche gesungen worden, als der alte Kardinal Melchior den Trauergottesdienst für Cyprian Khlesl gehalten hatte und der König von Böhmen so unverhofft in die Kirche geplatzt war. Es war ein Lied ... für einen Toten.

Er schob den Stuhl zurück, dass dessen Beine laut über den Boden schrappten. Der letzte Eintrag stach förmlich aus dem Papier hervor, mit verspritzender Tinte geschrieben, das Papier zusammengeknüllt, noch bevor sie trocken war, zwei

Worte, die aussahen wie schwarze Blutspritzer auf einer weißen Wand.

Kyrie eleison!

Herr, erbarme Dich!

Melchior stürzte aus dem Raum und rannte quer über den Flur zu der Tür, hinter der er die Schlafkammer des Ordensmeisters wusste. Er versuchte, sie aufzustoßen. Etwas hinderte ihn daran, als lehne sich jemand von der anderen Seite dagegen. Er warf sich mit der Schulter gegen die Tür. Sie gab plötzlich nach. Er taumelte in den Raum hinein.

Ein schwerer Körper warf sich auf ihn. Melchior krallte sich an ihm fest und versuchte, ihn mit sich zu Boden zu ziehen, aber stattdessen hielt der Unbekannte ihn aufrecht. Dann erkannte er die Wahrheit, und entsetzt ließ er los. Er plumpste auf den Hosenboden und starrte voller Grauen nach oben in das Gesicht seines Angreifers.

Nil inultum remanebit.

Melchior rappelte sich auf. Er schüttelte das Gefühl ab, dass die offenen Augen seine Bewegungen verfolgten. In Wahrheit sahen sie durch alles hindurch, was mit der Welt der Lebenden zu tun hatte, und dem Gesichtsausdruck des Toten nach zu schließen fiel ihr Blick direkt in die Hölle. Melchior blickte nach oben. Der Strick war um einen Eisenhaken geschlungen, der in einem Deckenbalken steckte. Er war kurz. Die Fußspitzen des Erhängten berührten den Boden. Ein umgeworfener Stuhl lag einen Schritt entfernt, so wie er gefallen wäre, wenn jemand auf ihn gestiegen, den Strick befestigt, sich die Schlinge um den Hals gelegt, sie zugezogen und den Stuhl dann mit den Füßen weggezogen hätte. So, wie er gefallen *war*.

Melchior fühlte, wie der Inhalt seines Magens in ihm hochstieg, doch er schluckte ihn hinunter. Er wusste nicht, ob er Mitleid oder Zorn empfinden sollte. Schließlich flüsterte er: »Herr, erbarme Dich«, weil ihm nichts Besseres einfiel als der letzte, gekleckste, verwischte Aufschrei des Ordensmeisters. Er schüttelte den Kopf. Dann wurde ihm bewusst, dass er den Mann nicht so hängen lassen konnte, und sein Magen revoltierte erneut, bis er ihn unter Kontrolle brachte.

Das Rapier war scharf. Melchior wusste, dass sein Vater die Waffe missbilligte. Wenn all die Geschichten über Cyprian Khlesl stimmten, konnte man die Gelegenheiten, an denen er nach einer Waffe gegriffen hatte, um sich selbst oder jemand anders zu verteidigen, an den Fingern einer Hand abzählen. Der Stahl schnitt das Seil durch, und der Körper des Ordensmeisters fiel zu Boden. Melchior schlug das Bett auf, schleifte den Leichnam davor, und mit einiger Anstrengung schaffte er es, ihn auf das Bett zu zerren. Hastig versuchte er die Schmutzstreifen wegzuwischen, die seine Stiefel an dem sauberen Laken hinterlassen hatten. Schließlich faltete er dem Toten die Hände vor dem Leib und zog die Decke über ihn. Ihm die Augen zu schließen oder ihm den tief eingeschnittenen Strick vom Hals zu schneiden, reichten seine Nerven nicht. Er trat zurück und bekreuzigte sich.

Dann drang das Knallen der aufgestoßenen Eingangstür im Erdgeschoss wie ein Kanonenschuss durch die stille, verlassene Ordenskommende, und eine Stimme wurde hörbar: »Hallo, Ehrwürden? Hallo? Is' jemand zu Hause, verdammich?«

31

MELCHIOR WUSSTE SELBST nicht, was ihn auf die Idee gebracht hatte. Als die drei Männer die Stufen hochgeklettert waren und auf dem Treppenabsatz stehen blieben, um sich zu orientieren, rief er schon: »Hierher!« Er saß auf dem Stuhl im Arbeitszimmer des Ordensmeisters, hatte wahllos Pergamente und Blätter auf der besudelten Tischplatte ausgebreitet, sodass von der verschütteten Tinte nichts mehr zu sehen war und der Tisch aussah wie der eines Mannes, dem die Arbeit bis zum Hals steht. Den Mantel des Ordensmeisters hatte er sich über die Schultern geworfen.

Der erste der drei Männer trug nur ein Hemd, das am Kragen weit offen war und die Abdrücke von Rippen unter einer schmutzig gelben Haut offenbarte. Er schlenderte herein mit seinen über dem Oberkörper gekreuzten Ledergurten, dem Rapier, den Pistolen im Gürtel und einem verträumten Lächeln wie der Herr der Welt. Das Waffengehänge an seiner linken Hüfte war leer, als habe er sein zweites Rapier, das dort zweifellos gehangen haben musste, verloren. Sein Blick war von einer so intensiven Ausdruckslosigkeit, dass er Melchior unwillkürlich an den Blick des Selbstmörders erinnerte, der drüben in seiner Schlafkammer unter der Decke lag. Melchior unterdrückte ein Schaudern.

Der zweite Mann trug das übliche Sammelsurium an heruntergekommenen Kleidungsstücken, wie man es bei einem Soldaten oder Wegelagerer erwartete. Er zog den dritten Mann wie einen störrischen Esel am ausgestreckten Arm hinter sich her. Der dritte Mann war in eine schwarze Kutte gekleidet, hielt sich schief und hinkte, als ob er Schmerzen habe. Seine Hände waren gefesselt, und der Rest des Strickes diente dazu, ihn zu führen. Als sein Blick auf Melchior fiel, riss er Augen und Mund auf. Weil er den Abschluss machte, sahen es seine Begleiter nicht. Melchior reagierte blitzschnell. Er lehnte sich in seinem Stuhl zurück mit der Miene eines Mannes, der sich äußerst gestört fühlt.

»Ich bin der Komtur der Kreuzherren vom Roten Stern in Eger«, schnarrte er. »Zweifellos werden Sie mir gleich sagen, wie ich Sie anreden muss.«

Er sagte es mehr zu dem Mönch in der schwarzen Kutte als zu den anderen beiden. Unwillkürlich drehten diese sich um, doch der Mönch hatte sich bereits gefangen und sah mit einer Leidensmiene zu Boden. Der zweite Bewaffnete ruckte an dem Strick, den er in der Faust hielt, und der Mönch stöhnte und verzog das Gesicht. Mittlerweile war Melchior sein Name wieder eingefallen: Bruder Tadeáš. Der zweite Bewaffnete grinste. Dann wandte er sich an Melchior.

»Wann hat man denn so 'nen Grünschnabel zum Komtur ernannt?«, höhnte er.

»Wann hat man denn einem aufgetürmten Mäuseschiss das Reden beigebracht?«, fragte Melchior.

Das Gesicht des zweiten Mannes verzog sich. Melchior beugte sich über den Arbeitstisch, als sei die aufsteigende Wut in den Zügen eines bis an die Zähne bewaffneten Marodeurs die unwichtigste Sache der Welt. »Raus jetzt, ich habe zu tun«, sagte er.

»Johannes ist erstaunt, dass Sie … ganz allein hier sind, Ehrwürden«, sagte der erste Mann.

»Und wer ist Johannes?«, erwiderte Melchior ungnädig.

Der Mann breitete die Arme aus und drehte sich einmal um sich selbst. »Ich bin Johannes«, sagte er. »Johannes. Der Steinerne Johannes!«

»*Johannes!*«, rief der zweite Mann und ballte eine Faust.

»Na schön«, sagte Melchior. »Und ich bin gar nicht allein. Mein treuer Freund weicht mir nicht von der Seite.« Er legte seine Radschlosspistole auf den Tisch und spannte den Hahn. Es klickte vernehmlich.

»Hähähä!«, machte Johannes' Begleiter. »Wir sin' zu zweit.«

»Ihr seid zu dritt«, sagte Melchior, »aber halten wir uns nicht mit den hohen Zahlen auf. Wie viele ihr auch immer seid, du bist der Erste, der sein Hirn von der Wand hinter sich abkratzen kann, wenn du eine Dummheit begehst.«

»Hähähä!«, machte der Mann wieder, aber es hörte sich nicht mehr so sicher an.

»Zwei oder drei«, sagte Johannes. »Tatsächlich ist es der dritte Mann, über den Johannes mit Ihnen reden will.«

»So? Dann lassen Sie den Mann sich setzen. Er sieht aus, als ob er Schmerzen hätte.«

»Er hält es noch ganz gut aus. Solche wie ihn hat Johannes ... noch ein paar.«

Melchior legte beide Handflächen auf den Tisch und holte tief Luft. Dann fasste er Johannes demonstrativ ins Auge. »Wollen Sie mir mitteilen, dass Sie katholische Mönche festhalten?«

»Es sin' Benediktiner, verdammich«, sagte der zweite Mann.

»Wenn du noch einmal dein Maul aufmachst«, sagte Melchior mit einer so gut gespielten kalten Wut, dass der Bewaffnete erschrocken blinzelte, »schieß ich dir eine Kugel in den Schädel, ohne dass du zuvor eine Dummheit zu begehen brauchst.« Er wandte sich an Johannes, ohne eine weitere Reaktion abzuwarten. »Ich gehe davon aus, dass Sie der Anführer einer Truppe von ... nun, Glücksrittern sind.«

»Der Ausdruck gefällt Johannes.«

»Gut! Dann sagen Sie dem Scheißkerl dort, dass ich es ernst meine. Wenn hier geredet wird, dann tue ich das, und außer Ihnen antwortet niemand, ist das klar?«

Die Augen des zweiten Mannes zuckten vor Wut. Johannes schien vage amüsiert, aber er sagte über die Schulter: »Der Ehrwürden hat noch nicht begriffen, dass ... Johannes reden wird. Aber er hat recht damit, dass du den Mund halten sollst. Alles klar?«

»Sicher, Johannes.« Die beiden Worte wurden von verkrampften Kiefern zerbissen.

»Sie wollen mir vermutlich ein Lösegeldangebot machen«, sagte Melchior, um die Oberhand über das Gespräch zu behalten.

Johannes zog die Augenbrauen hoch. »Bravo, Ehrwürden.«

Melchior beugte sich wieder über seine Arbeit. »Sehe ich aus, als ob ich eine Benediktinerkutte trage?« Er hörte förmlich, wie Johannes' Gedanken ins Stocken gerieten, aber er sah nicht auf, sondern tat so, als suche er ein bestimmtes Dokument. Schließlich deutete er auf eines, das Johannes, der an den Tisch getreten war, am nächsten lag. »Das da. Geben Sie her!«

Johannes rührte sich nicht. Melchior sah auf. »Das Blatt da. Nun machen Sie schon!«

Johannes' Blicke huschten von dem Dokument zu Melchiors Gesicht und dann zurück. Dann begannen sie wild im Raum hin und her zu zucken. Melchior seufzte, erhob sich und angelte sich das Blatt selbst. Er hatte keine Ahnung, was darauf stand, aber es kam darauf an, die Komödie weiterzuspielen. Er erwartete jeden Moment, dass Johannes ihn packen würde, und versuchte, die rechte Hand in der Nähe der Pistole zu behalten. Nichts geschah. Man konnte erkennen, dass der Mann vor ihm ein Irrer war. Melchior hatte es geschafft, ihn aus seinem prekären Gleichgewicht zu bringen. Er bemühte sich, den immer panischer werdenden Blick von Bruder Tadeáš zu ignorieren. In seinem Kopf hatte sich ein Plan geformt, kaum dass er gehört hatte, dass der Mönch und seine Brüder in Johannes' Gewalt waren. Wenzel und seine Taktiken! Beinahe fühlte er sich versucht, beiläufig zu fragen, ob Johannes schon vom Elften Gebot gehört habe.

Melchior tat so, als überfliege er das Blatt. Dann hob er den Kopf. »Sind Sie immer noch da?«

»Ich glaube, Sie verstehen nicht«, sagte Johannes mit schwankender Stimme. »Ich kann die Kerle jederzeit ... totschlagen.«

»Wenn Sie sich unbedingt mit zehntausend Benediktinern anlegen wollen, nur zu. Nun gehen Sie mit Gott und nehmen Sie Ihren Krempel mit.« Melchior vollführte eine vage Handbewegung in Richtung der beiden anderen Männer. Aus dem

Augenwinkel konnte er erkennen, dass die Gesichter des zweiten Marodeurs und Bruder Tadeáš' einander glichen: riesige, ungläubig aufgesperrte Augen und Münder.

Johannes stützte sich auf dem Tisch ab und schob den Kopf nach vorn. In seinen Mundwinkeln bildete sich Schaum. Er zitterte so stark, dass Melchior es durch die Tischplatte wahrnahm.

Mit verdrossener Miene beugte Melchior sich vor und tat so, als benötige er ein weiteres Blatt, das zufällig direkt vor Johannes' Händen lag.

»Eine Stunde«, flüsterte Johannes erstickt. »Ich gebe Ihnen eine Stunde. Dann kastriere ich den ersten der Mönche und lass ihn ... an seinem eigenen Schwanz ... ersticken.«

»Eine Stunde«, sagte Melchior blasiert. »Du liebe Güte, was ist schon eine Stunde.« Er wedelte mit der Hand. »Hebt euch hinweg.«

Bruder Tadeáš warf ihm über die Schulter flehentliche Blicke zu, als er dem Zerren des Stricks hinterherstolperte, dem steif hinausstapfenden Johannes und seinem erschütterten Kumpan hinterher. Melchior zwinkerte ihm zu, doch im selben Moment wurde der Benediktiner ruckartig über die Schwelle gezogen. Melchior wusste nicht, ob er das Zwinkern noch mitbekommen hatte. Er wartete, bis er das Knallen der ins Schloss fallenden Eingangstür hörte, dann zählte er im Stillen bis zehn.

32

ALEXANDRA ERREICHTE DIE Weggabelung bei Lipenetz und brachte das Pferd zum Stehen. Der Ort schien noch nicht mitbekommen zu haben, dass der Krieg die Gegend erneut heimsuchte. Die Straße gabelte sich vor der Holzpalisade, die das Dorf umgab; der eine Teil führte durch es hindurch, der andere hinunter zum Bett der Unteren Mies. Sie musterte die Weggabelung und das Wegkreuz, das unvermeidlich dort stand. Einem Impuls folgend, stieg sie ab, kniete vor dem Kreuz nieder und bekreuzigte sich.

»Ich weiß nicht, ob ich recht habe«, murmelte sie. »Vielleicht täusche ich mich, o Herr. Ich wünschte, ich besäße die Gewissheit, das Richtige zu tun, mit der Du in den Tod gegangen bist. Aber ich habe sie nicht.«

Sie stand auf und musterte die Stelle erneut, an der die Straße in zwei unterschiedliche Richtungen weiterlief. Plötzlich hatte sie das Gefühl, dass sie doch wusste, welches der richtige Weg war.

Sie saß wieder auf und trieb das Pferd voran, in die Richtung, in der sich ihrer Überzeugung nach das Geschick ihrer gesamten Familie entscheiden würde.

33

ALS JOHANNES MIT seinem Spießgesellen und Bruder Tadeáš zurückkam, wusste Wenzel, dass etwas schiefgegangen war. Er hatte den unstet umherhuschenden Blick, das Zucken der Gliedmaßen und die verkrampfte Haltung des Wahnsinnigen bereits einmal erlebt – als es Alexandra gelungen war, ihm zu entkommen. Während er im ehemaligen Refektorium auf und ab schritt, bebend und buchstäblich schäumend, versammelte sich eine Handvoll seiner Männer an der Tür und beobachtete ihn nervös. Wenzel umklammerte das eingewickelte Fläschchen in seinem Mantel und fragte sich, ob es ihm zu irgendetwas nützen würde, wenn der Irre die Beherrschung verlor und befahl, sie alle umzubringen. Mit einer Kopfbewegung schickte er zwei seiner Mönche vor, um Bruder Tadeáš zu helfen, der verkrümmt, mit hängendem Kopf und immer noch gefesselten Händen neben seinem

Gefangenenwärter stand. Johannes kam mit ein paar großen Schritten herangestürmt und stieß sie zurück.

»Der bleibt hier!«, schrie er. Er riss so stark an dem Strick, dass Bruder Tadeáš ächzend in die Knie ging. »Mit dem fang ich an!«

»Was glaubst du, was der verdammichte Komtur unternimmt, Johannes?«, fragte der Mann, der sich als Johannes' Leutnant herausgestellt hatte.

»Ich hab ihm eine Stunde gegeben. Eine Stunde!« Der Wahnsinnige stampfte mit dem Fuß auf. »Er wird das Geld ranschaffen, denn sonst«, er warf einen flackernden Blick zu Wenzel hinüber, »geht's dir und … deinen Freunden dreckig, Kuttenarsch! Wenn du mich auf die ganze lange Strecke hierher umsonst gelockt hast …«

Wenzel zog es vor, nichts zu sagen, und ballte die Fäuste angesichts des Zustands von Bruder Tadeáš. Er hatte sich selbst angeboten, als Johannes angekündigt hatte, einen von ihnen als Beweis für die Existenz seiner Geiseln mitzunehmen, aber der Irre war nicht darauf eingegangen. Während er Johannes' Blick zurückgab, wurde ihm bewusst, dass dieser kurz davorstand, genauso überzuschnappen wie in Grafenwöhr. Je öfter Johannes von sich selbst in der ersten Person sprach, desto näher war er einem Tobsuchtsanfall. Man hätte schlaue Dispute darüber führen können, ob es daran lag, dass er nur im Zustand der höchsten Wut bei sich selbst war, oder ob er vielmehr in Wut geriet, wenn er zwischendurch erkannte, was für ein Zerrbild eines menschlichen Geistes er darstellte. Zu spät wurde sich Wenzel bewusst, dass sich etwas von seinen Gedanken in seinem Gesicht widergespiegelt haben musste. Johannes' Miene verzerrte sich. Wenzel senkte die Augen, aber es war genau die falsche Reaktion. Johannes riss eine seiner Pistolen aus dem Gürtel und war mit einem Satz bei Wenzel. Er drückte ihm die Mündung in den Leib.

»Grübel, grübel, grübel!«, schrie er. »Ich sehe doch, wie's in deinem Hirn aussieht, Kuttenträger! Grübel, grübel, grübel! Die ganze Zeit denkst du darüber nach, was du mir antun könntest. Grübel, grübel!« Sein stinkender Atem und ein klebriger Speichelregen wehten Wenzel ins Gesicht. »Du kannst mir nichts antun, Kutte! Ich bin unverwundbar. Du könntest mir die Pistole so wie ich dir an den Bauch halten und abfeuern, und mir würde nichts geschehen! Aber du ...«, er lachte tief in seiner Kehle gehässig auf, »... du bist nicht unverwundbar, Kutte! Wenn ich jetzt abdrücke, hängen dir die Därme zu dem Loch raus, das die Kugel beim Austreten in deinen Rücken reißt. An so was kann man stundenlang vor sich hin krepieren, Kutte.« Johannes blinzelte. »Und ich weiß nicht, was mich davon abhalten sollte, es zu tun.« Sein Lachen wurde lauter, und er spannte den Hahn. Wenzel wurde eiskalt, als er in den Augen des Irren las, dass dieser es ernst meinte.

»Äh, Johannes ... das Lösegeld ...«, wandte einer seiner Männer ein.

»Der Komtur wird für die anderen noch genug zahlen«, sagte Johannes, ohne sich umzudrehen. Seine Blicke bohrten sich in Wenzels Augen. Wenzel konnte nicht anders – er schluckte trocken. Seine Knie waren so weich, dass er sie durchdrücken musste, um stehen zu bleiben. Johannes genoss die Angst, die er in den Zügen seines Opfers sehen konnte. Wenzel wiederum musste nicht nach unten blicken, um zu wissen, dass Johannes' Zeigefinger über dem Abzug gekrümmt war und dass nur noch ein winziges Gramm zusätzlicher Druck genügen würde, um die Pistole losgehen zu lassen. Er spürte die tödliche Kälte sich in seinem Leib ausbreiten, als bestünde die Pistolenmündung aus Frost und würde ihn über und über vereisen.

»BUMM!«, schrie Johannes, und Wenzel zuckte zusammen. Johannes begann lauthals zu lachen. Wenzels Herz stockte und fing dann an zu rasen. Er wusste, dass das Zittern, das ihn nach dem Schreck erfasste, von Johannes ebenso gut wahrgenommen werden konnte wie von ihm selbst.

»Aber … der Kerl is' doch der Obermönch«, sagte Johannes' Leutnant. »Für den kriegen wir sicher mehr als für die anderen Bastarde, verdammich noch mal.«

Langsam, als wären ihre Blicke miteinander verbunden durch den stärksten Leim der Welt, wandte Johannes die Augen ab und spähte über die Schulter zu seinen Männern. Mehr als ein halbes Dutzend standen jetzt beim Eingang des Refektoriums und starrten ihn an. Eigentlich waren sie alle da bis auf die fünf Wachen, die in wechselnden Schichten auf Johannes' Geheiß hin das Ruinenfeld des Klosters sicherten. Johannes war irre, aber er war nicht dumm und schon gar nicht unvorsichtig.

»Warten wir doch die Stunde«, schlug der Leutnant vor. »Wenn der Komtur dann nich' zahlt, können wir sie immer noch kaltmachen und den Scheißer hinter seinem blöden Tisch gleich dazu!«

Johannes schien seine Männer zu mustern. Von seiner Warte aus konnte Wenzel nur dessen abgewandtes Gesicht sehen und die Schlagader an dem dürren Hals, die pochte und zuckte. Der Druck der Pistolenmündung veränderte sich nicht. Wenzels Entsetzen wuchs, als ihm klar wurde, dass der Einspruch des Leutnants ihren Anführer nur noch mehr dazu reizen musste, zu demonstrieren, dass hier nur seine Meinung galt. Er focht gegen den überwältigenden Impuls an, die Augen zu schließen und zu resignieren, nur damit die Todesangst verging.

Von draußen kam ein schriller Schrei. »Johannes! Johannes! O Scheiße, Johannes! Sieh dir das an!«

Nach einer Sekunde Schweigen – sie gehörte zu den längsten Sekunden in Wenzels Leben – brüllte Johannes zurück. »Was ist los?«

»Verdammte Scheiße, du musst sofort kommen!«

Johannes wandte sich um. Sein Blick suchte Wenzels Augen erneut. Der Pistolenlauf wurde so hart in seinen Leib gestoßen, dass er sich krümmte. »Johannes kommt in einer Stunde wieder, Kuttengesicht«, flüsterte der Wahnsinnige und grinste; dann drehte er sich ruckartig um und lief zum Eingang. Seine Männer folgten ihm bis auf die beiden, die die Tür bewachten. Diese warfen sich besorgte Blicke zu. Bruder Tadeáš, der beiseitegestoßen worden war, rappelte sich auf und wankte langsam herüber.

Wenzel blieb stehen. Er wusste, dass seine Mönche ihn alle anstarrten. Das Verlangen, zum Sessel zu stolpern, sich dort hineinfallen zu lassen und das Gesicht in den Händen zu vergraben, war riesig. Er durfte ihm nicht nachgeben. Entschlossen straffte er sich und begegnete ihren Blicken. »Der Mann kann einem wirklich leidtun«, sagte er. »Was ist, worauf wartet ihr? Der Schrei kam von draußen. Lasst uns aus dem Fenster sehen, vielleicht bekommen wir mit, was geschehen ist.«

Die anderen bewegten sich erst, als er an ihnen vorbei zu der Fensterwand geschritten war und dabei noch dem einen oder anderen auf die Schulter geklopft hatte, als seien sie es, die Trost benötigten. Im Refektorium war es eisig, aber die Kälte, die vor den glaslosen Fenstern stand, war dennoch erlösend. Wenzels Hände und Füße waren Eisklumpen, doch sein Gesicht brannte. Er lehnte sich hinaus.

Johannes und seine Spießgesellen standen um einen Steinhaufen herum und gafften. Auf dem Steinhaufen drapiert, und zwar so, als sei es Absicht gewesen, dass man ihn vom Refektorium aus sehen konnte, lag ein Mann. Er hatte die Arme ausgebreitet und die Füße übereinandergeschlagen wie ein Gekreuzigter. Die Steine unter ihm waren rot von Blut. Ein paar von Johannes' Männern bekreuzigten sich.

»Wer ist der Tote?«, flüsterte Bruder Bonifác.

»Eine von Johannes' Wachen«, flüsterte Wenzel zurück.

Unten wandte sich Johannes um und packte den ihm zunächst stehenden Kerl am Kragen. Dieser begann zu gestikulieren. Wenzel konnte seine entsetzte Stimme bis ins Refektorium herauf hören. Er hatte nichts Falsches getan; er hatte nur, gemäß Johannes' Befehl, langsam seine Runde um und durch das Ruinenfeld gezogen und dabei versucht, immer den gleichen Abstand zu seinem Vorder- und Hintermann zu halten. Da das Ruinenfeld riesig war, wusste man, dass man den richtigen Abstand hatte, wenn man weder Vorder- noch Hintermann zu Gesicht bekam. Dann war er um eine Ecke gebogen und hatte ... das da! ... gefunden. Johannes ließ den Kragen des Mannes mit einer angewiderten Geste los.

»Einer weniger von den Mistkerlen«, wisperte Bruder Bonifác, das zerschundene Gesicht zu einer ganz unmönchischen Maske böser Zufriedenheit verzerrt.

Ein zweiter Schrei ertönte von weiter weg. »Johannes! Schnell! Schnell!«

Wenzel schüttelte den Kopf.

»Zwei weniger«, sagte er und zog eine Augenbraue hoch. Er lächelte, als er sah, wie sie ihn angafften. »Das ist das Elfte Gebot, Brüder.«

»Nein«, keuchte Bruder Tadeáš, der sich an die Mauer neben der Fensteröffnung lehnte. Sein Gesicht war bleich und von einem Schweißfilm überzogen, aber er grinste. »Das ist Melchior Khlesl.«

Wenige Minuten später lagen vier tote Männer vor Johannes und dem Rest seiner Truppe. Wenzel ahnte, dass sie alle in der gleichen Weise gefunden worden waren – ausgestreckt wie am Kreuz, geopfert ... von etwas getötet, das sich noch die Zeit nahm, die Leichen entsprechend zu drapieren. Der Aberglaube, der mit jedem Herzschlag mehr von den verwilderten Kerlen Besitz ergriff, drang wie ein schlechter Geruch bis herauf zu den Fenstern des Refektoriums. Der letzte überlebende Rundengänger stand mit kreidebleichem Gesicht abseits und kämpfte offenbar mit der Erkenntnis, dass er nur durch Zufall nicht zu den Kameraden gehörte, die sie von ihren verschiedenen Fundorten hierher hatten tragen müssen.

»Das ist das Werk von Melchior Khlesl?«, flüsterte Bruder Bonifác ungläubig.

»Er hat viel von seinem Vater«, erwiderte Wenzel. »Der friedlichste Mensch auf der Welt, bis er den Eindruck bekommt, dass diejenigen, die ihm am Herzen liegen, in Gefahr sind.«

Unten drehte sich Johannes um und starrte zu den Fenstern herauf. Sein Gesicht verzog sich zu einer Grimasse. Er riss eine Pistole aus dem Gürtel und feuerte. Wenzel und die anderen zuckten zurück. Ein Stück Mauerwerk sprang außen vom Fenstersims ab, und man konnte die Kugel davonjaulen hören. Dann fand der Schuss ein Echo. Wenzel stürzte zurück zum Fenster und konnte gerade noch sehen, wie einer der Männer unten in sich zusammensackte. Vor einem der Fenster weiter vorne im Gebäude, die das Treppenhaus erleuchteten, stand eine weiße Pulverdampfwolke.

»Keiner der vier Toten hatte seine Muskete noch«, flüsterte Wenzel.

Die Männer unten wirbelten herum und rannten um die Ecke, zum Eingang des Gebäudes. Fünf Tote lagen jetzt still dort unten.

Die Mönche verließen hastig ihren Beobachtungsposten. »Zum Kamin, schnell, schnell!«, rief Wenzel hastig und zerrte Bruder Tadeáš hinter sich her. Der Unglückliche war immer noch an den Händen gefesselt. Sie stürzten hinüber. Die zwei Wachen an der Tür drehten sich unschlüssig um ihre eigene Achse. Schließlich richtete einer sein Gewehr auf die Gruppe.

»He, ihr …«, begann er. Dann stolperte er nach vorn und ließ die Waffe fallen. Ein faustgroßer Stein polterte in das Refektorium hinein. Die Augen des Mannes überkreuzten sich, und er fiel auf die Knie und dann vornüber aufs Gesicht. Sein Kumpan wirbelte herum. Ein Schatten flog durch die Tür und prallte in ihn hinein. Das zweite Gewehr fiel zu Boden. Der Schatten und der Wächter rollten ineinander verkrallt über die Steinfliesen. Ehe Wenzel etwas unternehmen konnte, rannte Bruder Bonifác los, warf sich auf den Bauch, schlitterte über den Boden und gelangte mit ausgestreckten Händen bei der Muskete an. Er riss sie an sich und rollte sich damit seitwärts, sprang auf die Füße. Der Schatten hatte sich auf den Rücken gerollt, zerrte den Wächter über sich und zog gleichzeitig die Beine an, rammte ihm die Stiefel in den Leib und stieß ihn von sich. Der Mann prallte mit dem Rücken gegen die Wand neben der Tür und taumelte nach vorn. Der Schatten vollführte noch in der Hocke eine Drehung, und die Füße des Wächters wurden hochgerissen; er fiel wie eine Schildkröte auf den Rücken. Der Schatten war über ihm, griff in seine Haare und hämmerte seinen Kopf auf den Boden. Der Wächter streckte sich aus und rührte sich nicht mehr. Der Schatten machte einen Satz, an dessen Ende er bei Bruder Bonifác anlangte, ihm die Muskete aus den Händen riss, anlegte und feuerte. Der erste von Johannes' Männern, der mit weitem Abstand vor den anderen zur Tür hereingestürmt war, überschlug sich und blieb auf der Türschwelle liegen. Der Pulverdampf hüllte das Geschehen sofort in einen ätzenden Nebel, doch Wenzel konnte sehen, dass der Schatten Bruder Bonifác die leer geschossene Muskete in die Hand drückte und dann das eine Bein des Mannes ergriff, den er soeben erschossen hatte. Plötzlich fand Wenzel sich selbst mitten in der Pulverdampfwolke und sah sich zu, wie er das andere Bein packte.

»Die Waffen!«, schrie er Bruder Bonifác zu. »Nimm die Waffen mit!«

»Und die Bandoliers!«, keuchte der Schatten.

Der Mönch sprang wie ein Hase und sammelte die anderen beiden Musketen ein. Einer der Männer hatte noch eine Pistole im Gürtel – Bonifác brachte sie an sich. Derjenige, den der Stein getroffen hatte, stöhnte und machte eine schwache Bewegung – Bruder Bonifác trat ihm gegen den Kopf, und er lag wieder still. Er riss am Bandolier des Mannes, es löste sich nicht. Bruder Bonifác zog ihm das Messer aus dem Gürtel und trennte den Gurt auf. Dann rannte er neben Wenzel und dem Schatten, die den Erschossenen hinter sich herschleiften, zurück zum Kamin. Es hatte nur ein paar Herzschläge gedauert. Das grün und blau geschlagene Gesicht des Mönchs leuchtete.

»Achtung!«, sagte der Schatten, kniete sich hin, streckte den Arm mit einer Pistole aus und feuerte auf die Tür. Ein Schrei ertönte von dort, dann ein dumpfer Fall. Die neue Pulverdampfwolke verbarg die Sicht auf den Eingang zum Refektorium jetzt vollständig. Der Schatten warf den Sessel um und kauerte sich dahinter zusammen. Er riss die Pulvermaße vom Bandolier des Erschossenen, ohne hinzusehen.

»In den Kamin, ihr alle! Schnell!«, stieß er hervor. »Dort seid ihr vor den Kugeln am sichersten.«

Wenzels Mönche stürzten hinein. Der erste von ihnen bückte sich, um die Leiche des Vergifteten, die sie in den Kamin gelegt hatten, beiseitezuschieben. Wenzel kauerte sich neben dem Schatten hinter den Sessel und riss Bruder Bonifác die Musketen aus den Händen.

»Gib mir das Bandolier, schnell, schnell. Welche Muskete gehört zu diesen Pulvermaßen? Ah, das hier ... los, her damit!« Er warf dem Schatten, der seine Pistole nachlud, eine weitere Muskete zu. »Nimm's. Es gehörte dem hier.« Er wies auf den Erschossenen, dessen Bandolier jetzt leer gepflückt war.

Bruder Bonifác hielt sich an der dritten Waffe fest.

»Das ist 'ne alte Luntenschlossbüchse!«, keuchte der Schatten. »Und die Lunte ist ausgegangen.«

Bruder Bonifác packte den Lauf der Waffe und schwang sie wie einen Knüppel. Der Schatten lächelte. »Na schön. Du kannst mir den Rücken decken, Bonifác.«

»Verlass dich auf mich, Melchior!«

Wenzel und Melchior Khlesl lächelten sich an. Sie nickten einander zu.

»Das hat aber gedauert«, sagte Wenzel.

»Ich wurde aufgehalten«, erwiderte Melchior, richtete sich auf und feuerte auf die Tür. Diesmal schien er nichts getroffen zu haben. Der Pulverdampf reizte in den Lungen und brachte die Ersten zum Husten.

»Was soll der Scheiß?«, ertönte eine Stimme vom Treppenhaus. »Gebt auf, verdammich!«

»Ich hab die Waffen, die die Wachen hatten, zerschlagen«, flüsterte Melchior. »Trotzdem haben die Burschen da draußen immer noch mehr Feuerkraft als wir. Wie viele sind das insgesamt?«

»Diejenigen, die du übrig gelassen hast? Sechs oder sieben, ich habe den Überblick verloren.«

»Ungefähr so viele wie wir.«

»Was is' jetzt?«, ertönte die gereizte Stimme.

»Was ist was?«, schrie Melchior zurück. Wenzel sah ihm ins Gesicht und stellte fest, dass das Grinsen darin sich auf seine eigenen Züge stahl.

»Wie in den alten Zeiten, was?«, raunte Melchior.

»Wir haben so etwas noch nie erlebt«, sagte Wenzel.

»Dann war es ja höchste Zeit«, sagte Melchior.

»Ihr sollt euch ergeben, ihr verdammichten Arschlöcher!«

»Warum?«

Ein paar Herzschläge lang war Stille. Dann ertönte die Stimme von Johannes, und Wenzel wusste genau, wie der

Mann aussah: mit irren Augen, Schaum in den Mundwinkeln und bebenden Gliedmaßen. »ICH BRING EUCH ALLE UUUUUM!«, röhrte er. »Ihr seid TOOOOOT!«

»Das ist vielleicht 'n Exemplar«, sagte Melchior. »Du musst dir deine Freunde sorgfältiger aussuchen.«

»Zu uns kommen immer die, die beladen sind«, erklärte Wenzel. Dann richtete er sich hinter ihrer Deckung auf. »Komm und hol uns!«, schrie er zurück.

Ein Schuss dröhnte. Die Kugel ging mehrere Schritt weit fehl. Eine weiße Wolke quoll zur Türöffnung herein.

»Ich habe gehört, dass die Schlacht bei Lützen ebenfalls im Nebel geschlagen wurde«, sagte Wenzel.

»Und wer hat gewonnen?«

»Keiner. Am Ende waren auf beiden Seiten fast alle tot, einschließlich eines Königs.«

»Gut, dass unter uns kein König ist. Achtung – sie kommen!«

Später dachte Wenzel, dass so wie er sich wohl ein Soldat in der Schlacht fühlen musste. Nicht während jener schrecklichen Minuten, in denen die Linien aufeinander zuschritten, die Kugeln und die Kanonenladungen des Gegners links und rechts die Kameraden davonfegten, blutige Schneisen aus zermalmtem Fleisch und zuckenden Gliedmaßen rissen und Schauer aus Blut und Gedärmen einen durchnässten; sondern wie in jenen Augenblicken, in denen man dem Feind in die Augen sehen konnte und alles sich in einem brüllenden, fluchenden, keuchenden Nahkampf aus Wut und Tobsucht auflöste und dem Wunsch, die Krallen in das Gesicht des Feindes zu schlagen und ihm die Augen herauszureißen. Die Musketen von Johannes' Männern gingen los im mehrfachen Dröhnen eines Sperrfeuers, das die Kugeln im Refektorium herumjaulen ließ, Holzfetzen aus dem Thronsessel hackte und Putzbrocken durch die Luft schleuderte. Dann stürmten die Marodeure mit Gebrüll durch die Tür. Die ersten sprangen nebeneinander durch die Öffnung, prallten zusammen und gegen die Türpfosten, stolperten über den Leichnam ihres Kumpans, den Melchior mit seiner Pistole getroffen hatte, und fielen zu Boden. Die nächsten hinter ihnen setzten über sie hinweg. Wenzel und Melchior hatten auf sie gezielt. Zwei Körper krümmten sich und fielen denen, die hinter ihnen herandrängten, vor die Füße. Dann waren sie heran, immer noch ein halbes Dutzend stark. Der Nahkampf entbrannte, und Wenzels Denken ging unter in der Aufgabe, sich zu wehren, sich zu behaupten ... den Gegner zu vernichten.

Er sah Bonifác mit dem Kolben seines weit geschwungenen Schießprügels ein Gesicht treffen und dieses verschwinden, als der Angreifer sich überschlug und liegen blieb. Er sah den Pulverdampf aus dem Lauf einer Pistole quellen und den Feuerstrahl, der daraus hervordrang, und er sah Bonifác sich zusammenkrümmen und nach vorn fallen. Er sah eine Gestalt auf sich zurennen, das Rapier vorgestreckt, und er wich aus und brachte seine Muskete zwischen die Beine des Angreifers, und sein eigenes Tempo ließ diesen vorwärtstaumeln und in die Kaminöffnung hinein, wo er mit dem Schädel gegen die Wand rannte und zwischen den dort versteckten Mönchen zusammensackte. Er sah ...

... Melchior, der in der Rechten ein Rapier und in der Linken einen Dolch hielt und mit den eleganten Bewegungen eines Tänzers den einen Klingenstoß mit seinem Rapier blockte und mit der Parierstange seines Dolchs die Klinge seines Gegners einfing, sie abbrach und dann mit einer Drehung sein Rapier durch den Leib des Marodeurs stieß ...

... Bruder Bonifác, der nicht getroffen war, sondern sich von Melchior etwas abgeschaut zu haben schien, einen Purzelbaum vorwärts machte und im Hochkommen den Kopf zwischen die Beine eines Angreifers rammte, woraufhin dieser seine Pistole verlor und sich auf dem Boden zu winden begann wie ein Fisch ...

... den Mann, der Johannes zur Kommende begleitet hatte, sich nach der verlorenen Pistole bücken, und wie im Traum hob er die Muskete hoch wie einen Speer und schleuderte sie auf ihn ...

Es war ein Tanz. Es war ein Gemetzel. Schwarze Kutten schwärmten plötzlich an ihm vorbei und warfen sich den Angreifern entgegen. Schreie ertönten. Ein Pistolenschuss und das schrille Jaulen einer Kugel, die nichts getroffen hatte außer Stein. Der Mann, auf den Wenzel seine leer geschossene Muskete geschleudert hatte, wich aus und fuhr herum, richtete die Pistole mit gebleckten Zähnen auf ihn und verschwand dann unter dem gleichzeitigen Aufprall zweier schwarzer Mönche, die ihn umrissen. Die Pistole schlitterte erneut davon.

Es war ein Tanz ... einer der Mönche und einer der Marodeure hatten sich gegenseitig am Hals gepackt und wankten in ihrer tödlichen Umklammerung hin und her wie zu einer unhörbaren Musik. Ein Tanz ... jemand rannte auf Wenzel zu, eine Partisane mit abgeschnittener Stange vorgestreckt, und Wenzel sprang mit einer beinahe traumwandlerischen Behändigkeit beiseite, angelte nach einem Fuß in einem aufgeplatzten alten Stiefel, der Angreifer krachte in den umgefallenen Thronsessel hinein, warf sich herum und begann, um sich zu schlagen ... Wenzel konnte sehen, dass dem Mann die eigene Waffe durch den Unterkiefer in den Schädel gedrungen war, und noch während er hinsah, hörte das Gezappel auf ... ein Tanz, an dem nur einer sich nicht beteiligte ...

Der Steinerne Johannes stand am Fenster, die Pistolen erhoben. Seine Augen leuchteten irr. Plötzlich zuckte eine Hand herum, und ein Schuss löste sich, aber irgendwie hatte der Mönch, der in der gegenseitigen Erdrosselung mit seinem Gegner steckte, sich im letzen Moment herumgedreht, und die Kugel traf den Mann, dessen Hals er umklammert hielt, und dieser prallte gegen ihn und riss sie beide zu Boden. Die zweite Pistole pendelte wie der Kopf einer Schlange hin und her. Johannes' Blicke trafen die Wenzels, und die Faust mit der Pistole schnappte herum, Johannes' Mund öffnete sich in einem wilden Schrei …

Bruder Bonifác stand plötzlich zwischen Wenzel und Johannes. Er hatte die Pistole seines ersten Gegners aufgerafft und zielte. »Der Herr erbarme sich deiner!«, schrie er. Beide Schüsse dröhnten gleichzeitig los. Wenzel spürte etwas an sich vorbeifliegen wie eine zornige Hornisse. Johannes stand da und starrte auf seine Hand, in der die rauchenden Trümmer seiner Pistole steckten. Er öffnete die Faust, aber das Holz war gesplittert und ihm durch die gesamte Handfläche gedrungen, als Bonifác' Kugel sie getroffen hatte; das Wrack der Pistole steckte darin fest und fiel nicht einmal hinunter, als er die Hand schüttelte. Bruder Bonifác versuchte keuchend, die Pistole nachzuladen, erkannte, dass er weder Pulvermaß noch Kugeln hatte, und warf sie nach dem Anführer der Banditen. Sie wirbelte an ihm vorbei zum Fenster hinaus.

»Ich bin der Steinerne Johannes!«, hörte Wenzel den Wahnsinnigen keuchen, und dann, mit einem Unterton des Triumphs: »ICH BIN DER STEINERNE JOHANNES!«

Melchior wurde im Pulverdampf sichtbar, einen Arm ausgestreckt. In seiner Faust steckte eine seiner Pistolen, und sie zielte auf Johannes. Melchior blinzelte nicht. Er drückte ab.

Johannes ließ sich mit einem wilden Auflachen nach hinten fallen. Die Kugel schlug Steinsplitter aus der Mittelsäule des Fensters, vor der sich eben noch Johannes' Körper befunden hatte. Melchior fluchte.

Wenzel stürzte zum Fenster. Es war unfassbar, dass Johannes schon wieder entkommen sollte. Der Teufel …

… der Teufel hatte dem Steinernen Johannes dieses Mal seine Unterstützung versagt.

Johannes lag unterhalb des Fensters auf dem Schutt. Wäre er nach seinem Überschlag rückwärts auf die Beine gekommen, hätte er das Verhängnis vielleicht abwenden können. Aber er war auf dem Rücken gelandet, direkt auf der Kante eines Steins, und dieser hatte ihm das Kreuz gebrochen. Sein Körper lag in einem unmöglichen Winkel verkrümmt über der Kante. Das Hemd färbte sich vorne mit Blut, wo die geborstenen Rippen durch die Haut stachen. Sein Mund öffnete und schloss sich. Seine Augen blinzelten. Wenzel starrte auf ihn hinab. Melchior tauchte neben Wenzel auf und zielte mit seiner Pistole. Wenzel drückte sie nach unten.

Johannes' Augen huschten umher. Seine Gliedmaßen zuckten. Schaum trat ihm aus dem Mund, aber diesmal war er rot vor Blut und lief ihm an beiden Wangen hinunter. Ein krampfhaftes Beben erfasste den ganzen zerbrochenen Körper.

»Herr vergib ihm, er wusste nicht, was er tat«, sagte Wenzel und machte das Kreuzzeichen.

Johannes' Kopf rollte zur Seite. Aus dem Refektorium hinter Wenzel wurde eine einzelne Stimme laut: »Ich geb auf, verdammich, ich geb auf! Quartier! Quartier!«

Wenzels und Melchiors Blicke kreuzten sich.

»Was nützt dir das Elfte Gebot, wenn ich dich dauernd rauspauken muss?«, fragte Melchior. »Langsam glaube ich, ihr habt das wirklich nur erfunden.«

»Danke«, sagte Wenzel und umarmte ihn.

Melchior klopfte ihm auf die Schulter und machte sich los. Er hatte immer noch die Pistole in der Hand. Er legte sie auf das Fenstersims, und dann sah Wenzel, wie seine Hand zu zittern begann und er Mühe hatte, die Finger von der Waffe zu lösen. In seine Augen trat ein wilder Ausdruck, als er sich im Refektorium umsah und der leblosen Gestalten von Johannes' Männern gewahr wurde. Das fahle Licht von draußen spiegelte sich in den dunklen Lachen, in denen ihre Körper lagen. Die Überlebenden pressten die Hände auf ihre Wunden oder hockten mit gesenkten Köpfen da, argwöhnisch betrachtet von den zerzausten Mönchen. Melchior sah auf seine Hände, die schwarz vom Schmauch der abgefeuerten Musketen waren. Sie zitterten immer stärker.

»Ich hab sie einfach ...«, murmelte er. »Ich hab sie einfach ins Visier genommen und ...«

Wenzel fasste ihn am Kinn und hob Melchiors Gesicht. Die Augen des jungen Mannes schwammen. Wenzel sagte nichts. Es gab nichts zu sagen, wenn man einem Menschen gegenüberstand, der langsam begriff, dass er getötet hatte. Melchior hatte es getan, um seine Freunde zu retten. Die Größe der Tat verblasste hinter der Tatsache, dass er Leben genommen, Leben zerstört hatte. Es waren Charaktere wie seiner, die unter der Last dieser Erkenntnis zu zittern begannen, die in der Lage waren, mit dem Töten wieder aufzuhören. Die anderen machten einfach weiter. Die anderen waren Menschen wie die, die sich um den Steinernen Johannes geschart hatten. Melchior schluckte. Wenzel lächelte. Melchiors Brust hob sich in einem krampfhaften Atemzug, mit dem er um seine Fassung kämpfte.

»Papa hätte einen anderen Weg gefunden«, flüsterte er.

»Du bist nicht dein Vater«, sagte Wenzel. »Du bist du. Du hast *deinen* Weg gefunden, und du hast uns alle gerettet. Der Herr hat dich geschickt.«

»Auge um Auge, was?«, schnaubte Melchior bitter. »Was ist mit der anderen Backe?«

Es gab darauf so viele Antworten, dass es in Wirklichkeit keine gab. Wenzel schwieg. Nach einer Weile schüttelte Melchior den Kopf.

»Ich glaube nicht, dass mich der Herr geschickt hat. Tatsächlich bin ich um des Teufels willen hier. Wir brauchen schnelle Pferde, Wenzel. Du weißt das Schlimmste noch nicht.«

34

Zuerst hatte Andrej den Eindruck, dass sie unversehens in eine Seminaristenschule geraten waren, deren Leiter, ein Mann mit schäbiger Priestersoutane, über seinen Schülern präsidierte, die allesamt noch Kinder waren. Dann stellte er fest, dass er und Cyprian, was das anging, auch zu den Kindern gehörten, und die Größenverhältnisse fielen wieder in die richtigen Proportionen zurück: der Mann in der Soutane war ein Riese. Unwillkürlich stieg das Bild des vermodernden Skeletts von Bruder Buh in seinem einsamen Grab in den Wäldern bei Eger vor Andrejs geistigem Auge auf, aber es passte nicht. Der Mann hier war weder so groß noch so mächtig gebaut wie der ehemalige Kustode, und sein Gesicht war fein gemeißelt und nicht eine Ansammlung wuchtiger Granitfelsen, wie es das von Bruder Buh gewesen war.

Einer der anderen Männer war Wilhelm Slavata, der Reichskanzler. Slavata blickte bei ihrem Eintreten auf. Es war zu bezweifeln, dass ihn jetzt noch jemand durch irgendein Fenster würde werfen können, wie es ihm als damaligem königlichem Statthalter mitsamt seinem Kollegen Graf Martinitz und ihrem Schreiber Philipp Fabricius widerfahren war. Um den heutigen Wilhelm Slavata nach draußen zu befördern, hätte es eines Lastkrans bedurft – und einer Fensteröffnung von der Größe eines Stadttors. Der Kanzler saß in sich zusammengesunken da, was bedeutete, sein Kopf ruhte auf einem Kissen mehrerer aufeinanderfolgender Doppelkinne, und sein Wanst umschmeichelte die Kante des Tischs. Slavatas Gesicht nahm die Querfalten, die seine Kinne bildeten, nahtlos auf: der Mund, die feisten Bäckchen, die gefurchte Stirn bildeten ebenfalls scharfe Falten, als drücke das Gewicht des eigenen Specks seine Kontur zusammen. Die Nase war eine Art rundlich roter Störung in diesem parallel gefalteten Kunstwerk, und oben stand ein grauer Schopf auf einem ansonsten kahlen Kopf senkrecht in die Höhe wie der gesträubte Kamm eines Hahns.

»Ah«, sagte Slavata, »die Herren Kaufleute!« Es klang, als habe man Andrej und Cyprian nur gnadenhalber hereingelassen. In Wahrheit hatten beide die nicht unerheblichen Verbindungen der Firma genutzt, um das Treffen zustande zu bringen.

Die anderen Männer rund um den Tisch nickten ihnen schweigend zu: Mikuláš Turek von Rosenthal, der Bürgermeister der Prager Altstadt; Václav Augustin Kavka, der königliche Richter und Bürgermeister der Prager Neustadt; der Prager Erzbischof Ernst Graf von Harrach; General Rudolf Colloredo, der Befehlshaber des kleinen Regiments kaiserlicher Truppen, das in Prag stationiert war, und gleichzeitige Prior der Prager Malteserritter; Francesco Miseroni, der königliche Burgverwalter; und der lange Bursche in der Soutane. Er war der Einzige, der über das ganze Gesicht grinste, und Andrej hatte plötzlich das Gefühl, dass ihm dieses Gesicht nicht unbekannt war.

»Die Herren …«, sagte Slavata und wies mit einer Patschhand auf Andrej und Cyprian, »die Herren … äh …?« Sein katastrophales Namensgedächtnis war legendär.

Erzbischof von Harrach sagte: »Willkommen, Herr Khlesl, Herr von Langenfels. Setzen Sie sich und erzählen Sie.«

»… äh …«, wiederholte Slavata und ließ die Hand dann sinken, als sei die Vorstellung damit ungehindert über die Bühne gegangen.

»Ich glaube, wir kennen uns noch nicht«, sagte Andrej und streckte dem langen Mann in der Soutane die Hand entgegen.

»Natürlich kennen wir ihn«, brummte Cyprian. »Aber er ist ganz schön gewachsen, seit wir ihn das letzte Mal gesehen haben. Wie geht's dem alten Herrn, Jiří?«

»*Pater Plachý*«, betonte Richter Kavka indigniert.

»Lassen Sie nur, Exzellenz«, sagte Pater Plachý, »die Herren Khlesl und Langenfels kennen mich, seit ich ihnen zwischen den Füßen herumgekrabbelt bin.«

»Oh, Sie kennen Pater Arrigia«, sagte Reichskanzler Slavata.

»Ich bin Pater *Plachý*«, erklärte der lange Mann in der Soutane mit Engelsgeduld. »*Oberst Juan* Arrigia ist mein Befehlshaber in der Studentenlegion; ich bin sein Adjutant.« Seine Antwort hatte den geübten Fluss einer Erklärung, die viele Gelegenheiten gehabt hat, wiederholt zu werden. »Und die Herren kennen mich, weil mein Vater Šimon Plachý in Pilsen geschäftliche Verbindungen zu ihnen hat.«

»Jiří Plachý«, sagte Andrej und lächelte. »Natürlich.« Er erwiderte den Händedruck des jungen Paters. »Bist du zu den Jesuiten gegangen?«

Plachý nickte. Man konnte ihm seinen Stolz ansehen.

»Bitte, teilen Sie uns Ihre Informationen mit«, sagte der Erzbischof.

Andrej und Cyprian sahen sich an. Cyprian würde dieser illustren Runde die Wahrheit mit dem Holzhammer beibringen, fürchtete Andrej. Doch vielleicht war dies genau die richtige Methode. Er schwieg. Cyprian seufzte.

»Ein schwedisches Heer unter General Königsmarck nähert sich Prag«, sagte Cyprian. »Sie müssen die Bürger bewaffnen und die Stadt befestigen, sonst überrennen sie uns genau so, wie uns 1620 die Truppen von Tilly und 1635 die Sachsen überrannt haben.«

»Erstens weiß ich längst von diesem ›Heer‹«, sagte Colloredo, »und zweitens waren das damals ganz andere Umstände.«

»Ja«, sagte Cyprian. »Damals wurde Prag eingenommen, ohne dass eine einzige Kugel abgefeuert wurde. Wenn Sie dieses Mal eine Kapitulationsflagge auf der Burg hissen, geschieht nichts anderes, als dass Königsmarck sie mit seiner größten Kanone herunterschießen lässt, und die halbe Burg gleich mit dazu.«

»Das ist gar kein Heer, das sich uns da nähert, sondern ein Häuflein verwilderter Strolche, die westlich und südlich von Prag ein paar Bauernmägde erschrecken. Glauben Sie doch bitte nicht, ich hätte nicht auch meine Informationen.« Colloredo machte eine flatternde Handbewegung. »Händler! Pfffh!«

»Die verwilderten Strolche sind die, die schon vorab fouragieren. Das Haupttheer kommt erst noch.«

Colloredo beäugte Cyprian wie einen, bei dem man es sich zweimal überlegt, ob man sich überhaupt die Mühe machen soll, ihm zu antworten.

»Das Denkmal«, sagte Slavata unvermittelt. »Sie dürfen auf keinen Fall das Denkmal zerstören.«

Aller Augen wandten sich dem Reichskanzler zu. Andrej wollte es nicht tun, aber er konnte nicht anders. »Welches Denkmal?«, fragte er fassungslos.

»Das Denkmal, das ich meiner wunderbaren Rettung durch die Jungfrau Maria wegen habe errichten lassen«, erklärte Slavata. »Graf Martinitz hat auch eines gespendet. Gleich 1621, als der Spuk mit den protestantischen Ständen vorbei war. Wir wollten es fertig bekommen, noch bevor die Mitglieder des Ständedirektoriums hingerichtet wurden, aber die Handwerker waren zu langsam. Wahrscheinlich alles Protestanten ...« Die Stimme des Reichskanzlers verlor sich in der Vergangenheit.

»Die Stadtverteidigung ist hervorragend organisiert«, schnarrte Rudolf Colloredo. »Wir haben einen Verteidigungspunkt beim Kleinseitner Brückenturm, einen beim Altstädter Brückenturm, und wir können sämtliche Boote über die Moldau innerhalb von Minuten für den Feind unbrauchbar machen. Für das Altstädter Tor stehen bewegliche Bollwerke zur Verfügung. Und was die Bewaffnung der Bürger angeht:

Wir haben traditionell insgesamt acht Stadtviertel-Kompanien in Alt- und Neustadt, und«, Colloredo lächelte abfällig, »ich habe weitere Vorsorge getroffen und ...«

»Man hat uns nämlich defenestriert«, sagte Wilhelm Slavata. »Aber die Heilige Jungfrau hat persönlich eingegriffen und uns auf den Schwingen ihres blauen Mantels sanft durch die Lüfte getragen. Deshalb die Denkmäler.«

»... und sechs Kompanien aus den Handwerkszünften und ...«

»Haben Sie das gewusst, Pater Arrigia?«, fragte Slavata. »Ihr Jesuiten habt viel zu wenig Achtung vor der Heiligen Jungfrau, aber ich achte sie höher als alles andere. Ohne sie wäre dieser Leib«, er klopfte sich auf die Wampe und löste damit kleine Wellenbewegungen aus, die die Lagen seiner Kinne sanft erzittern ließen, »damals zu einem *cadaver mortuum* geworden.«

Alle starrten ihn an und bemühten sich, die Fassung zu wahren.

»... und drei Kompanien aus den Pächtern, Mietern und Verwaltern königlichen Besitzes ...«, sagte Colloredo und verstummte dann. Ein längeres Schweigen setzte ein, in dem jeder peinlich vermied, einem der anderen Teilnehmer an dieser Besprechung in die Augen zu sehen, ganz besonders was die Augen von Wilhelm Slavata betraf, die zwischen den Fettpolstern der Wangen und dem Wildwuchs der Augenbrauen heraus in eine Zeit blickten, in der die Gottesmutter Maria noch persönlich behelligt werden konnte, um den Sturz zweier königlicher Statthalter und eines Schreibers auf einen gnädig weichen Misthaufen umzuleiten.

»Sie müssen die Schweden vor den Mauern schlagen«, sagte Cyprian schließlich. »Die ganzen Bürgerkompanien nützen Ihnen nichts. Wenn Sie die Soldaten hereinlassen, werden Plünderungen die Folge sein, gegen die sämtliche Untaten der Passauer Landsknechte 1610 wie Bubenstreiche wirken werden.«

»Deshalb haben wir ja die Verteidigungslinie an der Moldau geplant«, erklärte Colloredo. »Aber davon verstehen Sie nichts.«

»Ich verstehe«, sagte Cyprian mit einem Unterton, der Andrej aufblicken und unter dem Tisch mit seinem eigenen Fuß den Cyprians suchen ließ, damit er zur Not darauftreten und seinen Freund aufhalten konnte, »dass auch diesmal die Kleinseite wieder der Willkür eines feindlichen Heers ausgesetzt werden soll.«

»Die Alt- und Neustadt – *das* ist Prag«, sagte Colloredo.

»Der königliche Burgverwalter wird erfreut sein zu hören, dass die Burg *nicht* in Prag steht, wo sich doch der Hradschin über der Kleinseite erhebt.«

Francesco Miseroni war nicht geneigt, von Cyprian einen Keil zwischen sich und den Befehlshaber der Prager Truppen treiben zu lassen. »Die Burg«, sagte er blasiert, »isse nischt eine Teil von Prag, sondern Prag gehört zu die Burg.«

»Merken Sie sich diesen Spruch, Euer Gnaden, wenn Sie von den ersten schwedischen Soldaten nach dem Weg gefragt werden.«

»*È impertinente*«, sagte Miseroni. »Wer hat diese Herre eingeladen?«

»Diese Herren«, knurrte Erzbischof von Harrach, »haben sich an uns gewandt mit wichtigen Informationen, wenn ich Sie freundlichst daran erinnern darf.«

»Sie haben sogar noch auf uns geschossen, obwohl wir wehrlos am Fuß der Mauer lagen«, erklärte Slavata. »Protestantengesindel – ah! Genauso schlimm wie diese Verräterbande um diesen ... diesen ... Waldstein! Der Mann gehört aufgehängt!«

Wieder trat Schweigen ein. Der Altstädter Bürgermeister, Mikuláš Turek, sagte vorsichtig: »Wallenstein ist seit vierzehn Jahren tot, Exzellenz.«

Slavata grinste. »Und es ist keinen Tag schade um ihn,

keinen Tag. Wussten Sie, dass seine engsten Anhänger verstockt waren bis in den Tod? Ich habe Graf Schaffgotsch drei Stunden lang verhört, und keinen Ton habe ich aus dem Verräter herausgebracht ...«

»Er hat ihn drei Stunden lang foltern lassen«, flüsterte Jiří Plachý in Andrejs Ohr. »Er hat es damit begründet, dass der Graf ohnehin ein toter Mann sei, da brauche man sich keine Zurückhaltung aufzuerlegen. Reichskanzler Slavata ist ein großer Freund meines Ordens, und es gehört sich eigentlich nicht, etwas gegen ihn zu sagen, aber manchmal habe ich den Verdacht, dass die Jungfrau Maria nicht gut genug aufgepasst hat, als sie Herrn Slavata damals zu Boden sinken ließ. Es heißt, er habe sich übel den Kopf gestoßen und sei seitdem nicht mehr der Alte. Und was er da heute zum Besten gibt ... na ja ...« Pater Plachý rollte mit den Augen. »Ich habe das Gefühl, dass er der Situation nicht mehr wirklich gewachsen ist, wenn Sie verstehen.«

»Wieso beraten wir nicht ohne ihn weiter?«, flüsterte Andrej zurück. »Und ohne Colloredo und Miseroni, wenn wir schon dabei sind.«

Plachý schüttelte kaum merklich den Kopf. »Hier geht es nicht darum, ohne die Herren zu *reden*. Es muss ohne die Herren *gehandelt* werden. Gedulden Sie sich.«

»Bis wann?«

»Bis Colloredo einen Vorwand gefunden hat, diese Besprechung zu beenden. Das wird bald der Fall sein. Danach möchte ich Ihnen etwas mitteilen.«

Andrej nickte.

»... und deshalb«, vollendete Slavata den längeren Monolog, der mit dem Schicksal von Graf Schaffgotsch begonnen hatte und den vollständig zu hören Andrej erspart geblieben war, »werden wir auch diesmal über die Feinde des Glaubens triumphieren ...«

Andrej flüsterte Cyprian ins Ohr: »Wenn Colloredo uns

gleich rausschmeißt, dann sei um Himmels willen schön artig und widersprich ihm nicht. Wir verschwenden hier nur unsere Zeit. Pater Plachý will uns etwas mitteilen.«

Cyprian musterte ihn aus dem Augenwinkel. Andrej konnte erkennen, wie wütend sein Freund war. *Bitte*, formte er mit den Lippen.

»... weil die Jungfrau Maria auf unserer Seite ist! Und selbstverständlich die tapferen Kompanien von General Piccolomini und seine Kreuzherren.«

»Colloredo!«, sagte Colloredo. »General *Colloredo*, Exzellenz. Und es sind *Malteserritter*. Aber das bringt mich zu dem Punkt ...«, er erhob sich ruckartig, sodass sein Stuhl laut scharrend nach hinten rutschte, »... an dem ich diese Besprechung für beendet erklären muss. Ich muss mich um die Stadtverteidigung kümmern. Es könnte ja sein, dass die Herren Händler aus ihren Saldos tatsächlich herausgelesen haben, dass sich das gesamte schwedische Volk bewaffnet hat und auf Prag zumarschiert.« Er grinste und verbeugte sich knapp.

»*Touché*«, sagte Miseroni und stand ebenfalls auf.

»Es heißt *Saldi*«, sagte Cyprian. Andrej spürte, wie er versuchte, seinen Fuß unter Andrejs Stiefel hervorzuziehen.

»Sie wissen das sicher am besten«, erklärte Colloredo und stapfte hinaus. Der Burgverwalter folgte ihm, desgleichen die beiden Bürgermeister, wenn auch mit sorgenvollen Mienen. Erzbischof von Harrach verdrehte im Hinausgehen die Augen und machte dann eine knappe Kopfbewegung zu Pater Plachý hin – haltet euch an ihn! Reichskanzler Slavata blieb sitzen und legte den unteren Teil seines Gesichts in neue Quetschfalten, die man als breites Lächeln interpretieren konnte.

»Nun, Pater Arrigia, kann ich noch etwas für Sie tun?«

»Nein, Exzellenz. Herzlichen Dank. Wir werden Sie nicht länger aufhalten.«

»Übermitteln Sie dem Pater Generalis meine Empfehlungen, wenn Sie das nächste Mal in Rom sind.«

»Gewiss, Exzellenz.«

»Sagen Sie ihm, ihr Jesuiten müsst die Jungfrau Maria besser ehren.«

»Er wird sich Ihren Rat zu Herzen nehmen, Exzellenz.«

Slavata nickte Andrej und Cyprian zu, die aufgestanden waren, als Pater Plachý sich erhoben hatte. Andrej stellte fest, dass er dem Jesuiten nur bis zum Kinn reichte, und dabei war er keiner von den Kleinen.

»Meine Herren ... äh ...?«

»Bemühen Sie sich nicht, wir finden hinaus«, sagte Cyprian.

»Gehen Sie das Denkmal ansehen, wenn Sie schon mal hier sind«, empfahl der Reichskanzler.

Als sie draußen in der Antichambre waren, hatte Andrej das Bedürfnis, die Wandvertäfelung zu berühren, um sich zu vergewissern, dass er nicht in einem Albtraum gefangen war. Er hörte, wie Cyprian wütend zischte: »Wir brauchen die Schweden gar nicht, um Prag zu ruinieren. Noch ein paar von der Sorte, wie wir sie eben erlebt haben, und Königsmarcks Truppen sind keine Gefahr mehr, weil sie sich totgelacht haben.«

»Sie dürfen Seine Ehrwürden den Bischof nicht falsch beurteilen«, sagte Pater Plachý. »Wenn er nicht gewesen wäre, hätten sich Colloredo und Miseroni gar nicht erst herabgelassen, zu dieser Besprechung zu kommen. Und die Bürgermeister – nun, Sie werden Ihre Meinung vielleicht revidieren, wenn Sie hören, was ich Ihnen zu sagen habe. Dass die beiden nicht gegen Colloredo und Miseroni reden, bedeutet nicht, dass sie die Ansichten eines militärischen Sturkopfs und eines unfähigen Administrators teilen, dessen Vater schon unter Kaiser Rudolf seine Inkompetenz unter Beweis gestellt hat.« Pater Plachý lächelte. »Es steht gar nicht so schlecht um Prag, Herr Khlesl, selbst wenn General Königsmarck mit zwei weiteren Heeren anrückt.«

»Lassen Sie hören, Pater«, sagte Cyprian.

»Oh ... und was ist aus dem vertrauten Jiří geworden?«

»Die Anrede galt dem Jungen«, sagte Cyprian. »Heute haben wir den Mann kennengelernt, der aus dem Jungen geworden ist.«

Pater Plachý neigte den Kopf. Man konnte ihm ansehen, dass Cyprians Aussage ihn stolz machte.

»Die beiden Bürgermeister haben ohne General Colloredos Wissen vier weitere Kompanien aufgestellt, die aus den Beamten und Bediensteten der Stadt und dem Personal aus den Adelshaushalten bestehen. Außerdem hat der Prager Judenbischof zugesichert, dass seine Leute die Brandwache stellen und die Besatzungen der Stadttore verstärken. Colloredo rechnet auch die Adelsschwadron nicht ein, weil diese sich nicht seinem Befehl unterstellt hat, aber trotzdem kämpfen wird. Erzbischof von Harrach hat allen Geistlichen der Stadt im Voraus Dispens erteilt, im Notfall zu den Waffen greifen zu dürfen, und er hat auf diese Weise drei Züge von Freiwilligen zusammenbekommen, die von Ordensleuten verstärkt werden. Und nicht zuletzt hat sich – unter Führung von Oberst Arrigia und meiner Wenigkeit – eine studentische Freikompanie gebildet. Ganz Prag steht zusammen, Herr Khlesl, auf nie zuvor gekannte Weise! Die Brünner haben es uns vorgemacht, als sie seinerzeit General Torstenson mit einer blutigen Nase heimgeschickt haben. Das können wir Prager auch! Machen Sie sich keine Sorgen.«

»Was ist mit den Stadtbefestigungen? Das Franziskanerkloster ist seit Jahrzehnten ein Schwachpunkt – die Mauern sehen nur dick aus, aber ein kleiner Junge könnte sie mit einer Schaufel zum Einsturz bringen. Und die anderen alten Breschen?«

»Der Abschnitt zwischen Rosstor und Neutor wird ab

morgen früh verstärkt werden. Das Franziskanerkloster ist zu weit ab vom Schuss, aber warum sollten die Schweden ausgerechnet dort versuchen, die Mauer zu überwinden? Sie wissen doch nichts davon, dass sie dort nichts taugt.«

»Hoffen wir, dass es auch so bleibt«, sagte Cyprian. »Hoffen wir's ...«

35

AGNES HATTE VOR sich hin gedöst und erwachte davon, dass die Kutsche anhielt. Seit sie Eger vor zwei Tagen verlassen hatten, war der Wagen pausenlos gerollt. Langsam mussten sie sich Prag nähern. Die Soldaten, die sie bewachten, hatten sich auf diesem letzten Teilstück der Strecke in Schichten auf dem Wagendach zum Schlafen zusammengerollt. Pater Silvicola hatte sich zweimal in die Kutsche geschwungen und beim ersten Mal Karina, beim letzten Mal Andreas gezwungen, nebenherzulaufen. Er hatte seine Gefangenen ignoriert und sich in eine Ecke des Wagens gedrückt, wo er sofort eingeschlafen war. Lýdie hatte er in Ruhe gelassen; Andreas, der ihm eine leere Drohung an den Kopf geworfen hatte, was er mit ihm tun würde, wenn er als Nächstes das Kind zum Aussteigen zwingen würde, war ohne Antwort geblieben. Was immer den Jesuiten trieb, Sadismus war es nicht.

Agnes betrachtete ihn unter halb geschlossenen Lidern hervor. Pater Silvicola schlummerte, in seine Ecke gedrückt, und sah jünger aus denn je. Agnes dachte an die Feinde, die zuvor versucht hatten, sich der Teufelsbibel zu bemächtigen – Pater Xavier, der Dominikaner, der mit kalter Präzision dafür gesorgt hatte, stets Herr der Lage zu sein, und dafür gelogen, betrogen, manipuliert, erpresst und gemordet hatte; das unselige Duo Heinrich von Wallenstein-Dobrowitz und seine persönliche Göttin Diana, die in einem Taumel aus perverser

Lust, gegenseitiger Abhängigkeit und der festen Überzeugung, dass sie des Teufels Werkzeuge waren, eine Blutspur durch Böhmen und Mähren gezogen und beinahe die ganze Familie Khlesl ausgelöscht hatten. Pater Silvicola passte nicht in das Schema. Was er tat, tat er nicht, um sich selbst zu erhöhen, noch, um irgendeine verborgene Perversität zu befriedigen. Im Gegenteil: Mittlerweile war Agnes sicher, dass er glaubte, richtig und anständig zu handeln. Wer war es, der gesagt hatte: Gott schütze uns vor einem ehrlichen Mann? Auf dieser Reise war Agnes bewusst geworden, dass ein Mann wie Pater Silvicola der schlimmste Gegner war, den sie je gehabt hatten. In seiner Welt war *er* derjenige, der in Gottes Auftrag handelte, und Agnes und ihre Lieben betrachtete er als die Anhänger des Teufels.

Außerdem war sie mittlerweile überzeugt, dass er verrückt war. Ein verrückter Fanatiker, der sich als Werkzeug des Herrn verstand – ihr graute.

Dennoch – wenn man es recht bedachte, stand zwischen Pater Silvicola, dem Feind, und Pater Silvicola, dem Verbündeten, nur ein einziges klärendes Gespräch. Und zugleich war klar, dass dieses Gespräch niemals stattfinden würde, denn der Pater würde nicht zuhören. Wäre sie selbst, Agnes, bereit gewesen, Pater Xavier Espinosa zuzuhören, der im Augenblick ihres Triumphs aufgetaucht war und ihren Sieg zunächst in eine monströse Niederlage verwandelt hatte? Oder Bruder Pavel, der Agnes zu ermorden versucht und stattdessen die Frau umgebracht hatte, die Agnes' Freundin hätte werden können und die größte Liebe im Leben von Andrej von Langenfels gewesen war? Oder Heinrich von Wallenstein-Dobrowitz, der für den Augenblick gelebt hatte, in dem er Alexandra töten und mit ihrem letzten Herzschlag seine Lust über ihr ausgießen würde? Sie schüttelte unwillkürlich den Kopf. Dies alles und noch viel mehr sah Pater Silvicola, wann immer er einen der ihren anblickte – egal, ob es sich um sie selbst, um ihre Schwiegertochter Karina oder um ihre Enkelin Lýdie handelte. Nein, ein klärendes Gespräch würde es zwischen ihnen niemals geben können.

Was hat man dir angetan?, flüsterte sie in Gedanken. *Was hat man dir angetan, Kind, dass du es an denen rächen musst, die doch die Einzigen auf der Welt sind, die dich verstehen könnten?*

Sie betrachtete seine Hände. Er hatte sie im Schlummer zu Fäusten geballt. Plötzlich fiel ihr auf, dass die Fäuste etwas umschlossen, etwas Kleines, etwas, das nicht größer war als die Pulvermaße am Bandolier eines Musketiers. Was immer es war, er musste es irgendwo versteckt am Körper getragen und unbewusst hervorgeholt haben. Sie hob den Blick. Es traf sie wie ein Schock, als sie dem seinen begegnete. Seine Augen, zuerst verschleiert, dann übergangslos klar, waren stumpf vor Verachtung. Unwillkürlich sah sie wieder auf seine Hände, doch nun waren sie geöffnet und lagen in seinem Schoß. Was immer er in seinen Fäusten verborgen hatte, er hatte es wieder versteckt, noch bevor er richtig wach gewesen war. Sie stellte fest, dass sie nicht die Nerven hatte, seinem Blick noch einmal zu begegnen.

Stattdessen beugte sie sich zum Wagenfenster hinaus. Andreas stand inmitten der Soldaten, die ihn auf dem Marsch umgeben hatten. Er sah erschöpft aus. Ihr Herz flog ihm zu. Andreas' größte Angst war stets gewesen, die Kontrolle zu verlieren und hilflos zusehen zu müssen, wie die Familie unterging. Seit Pater Silvicola sich ihres Schicksals bemächtigt hatte, waren seine Tage nichts anderes gewesen als ein ständiger Kontrollverlust. Wie jeder Mutter fiel es ihr nicht schwer, unter den Speckschichten, unter den ersten grauen Haarsträhnen, unter den Falten und unter dem Bart des Erwachsenen das Kind zu sehen, das einmal zu ihr aufgesehen hatte mit Augen, in denen die Überzeugung stand, dass sie alles würde in Ordnung bringen können. Und wie jede Mutter fühlte sie den Stich der Erkenntnis, dass auch sie nur ein Mensch war und nicht jeden Schmerz tilgen konnte, der ihre Kinder heimsuchte – und den anderen, noch viel schmerzhafteren Stich, der mit der Frage einherging, wie die Zeit so schnell hatte vergehen und aus dem vertrauensseligen Kind, dem die Welt offenstand, ein ängstlicher, misstrauischer Erwachsener hatte werden können, dem nichts mehr Sorgen machte, als dass die Unwägbarkeit der Welt ihn eines Tages einholen würde.

»Wo sind wir?«, fragte sie.

Andreas machte eine vage Handbewegung. »Nicht mehr weit von Prag entfernt.«

»Warum haben wir angehalten?«

Die Stimme von Pater Silvicola gab die Antwort. »Weil es jetzt ans Abschiednehmen geht.«

Er kletterte an ihr vorbei, öffnete den Verschlag und stieg aus dem Wagen. Der Anführer der kleinen Soldatengruppe gesellte sich zu ihm. Die beiden beratschlagten mit gesenkten Stimmen. Sie spürte Andreas' Blick und gab ihn mit einem Lächeln zurück, das sie nicht in ihrem Herzen fühlte. Warum konnte Cyprian in dieser Lage nicht an ihrer Seite sein?

Der Jesuit drehte sich zum Wagen um. »Alle aussteigen. Auch das Kind«, sagte er knapp.

Agnes spürte die Panik in Karinas Blick. Ihre Schwiegertochter hatte die gleichen Befürchtungen wie sie selbst. Agnes schüttelte den Kopf. »Es ist alles in Ordnung«, sagte sie.

Sie kletterte als Erste nach draußen, half Lýdie, obwohl diese die Kutsche auch allein hätte verlassen können, und trat schließlich zusammen mit ihrer Schwiegertochter und ihrer Enkelin beiseite. Was sich an Panorama eröffnete, sobald sie sich vom Wagen entfernt hatten, war das weit rollende Auf und Ab der Hügel, die von Osten her auf Prag zuliefen und unter einem grauen Himmel ein scharf abgegrenztes Wintermuster zeigten: schneebedeckte Felder, dunkle Waldstücke, hier und dort ein kleines Bündel aus Rauchsäulen, das über einem entfernten Dorf stand. Der Ausblick hatte einen Rahmen, der ihn einfasste: einen alten, vierstempligen Galgen, der seit Jahrzehnten nicht mehr benutzt worden sein konnte. Zwei der Pfosten waren noch übrig und neigten sich zueinander; die oberen Querbalken, in die die Stricke die Kerben eingesägt hatten, deren jede die Erinnerung an einen würdelosen Tod darstellten, waren lange vergangen. Karina begann zu schluchzen; Andreas musste sie stützen.

Pater Silvicolas Soldaten trieben Agnes und die anderen vor den Galgen, und die Stimme in Agnes, die ihr die ganze Zeit über das Gleiche eingeflüstert hatte, was auch Karina zu hören schien, begann zu kreischen. Sie kreischte noch lauter, als Pater Silvicola den Kopf schüttelte und auf sie zeigte. Zwei Soldaten nahmen sie an den Armen und führten sie vor den Jesuiten. Ihre Beine waren wie mit Werg ausgestopft. Aus dem Augenwinkel sah sie, wie die anderen Soldaten sich mit den Musketen im Anschlag um Andreas, Karina und Lýdie aufbauten. Sie konnte die Geräusche um sie herum kaum hören, weil die Stimme in ihrem Inneren so laut schrie.

»Was hast du vor?«, hörte sie sich mit tauben Lippen fragen.

»Unsere gemeinsame Reise ist hier zu Ende. Du kommst mit mir.«

»Und meine ... meine Familie?«

Pater Silvicola schüttelte den Kopf.

»Das wagst du nicht«, krächzte Andreas. Karina begann zu zittern. Lýdie versuchte, nicht zu weinen, und versagte. Die Soldaten musterten ihre Gewehre und dann die drei Menschen, als ginge es darum, Größe, Gewicht und Entfernung richtig einzuschätzen.

»Bitte ...«, sagte Agnes rau. »Was soll ich tun? Soll ich

mich hinknien? Was soll ich tun? Ich tue alles, nur bitte ... hab Gnade.«

Pater Silvicola maß sie mit schief gelegtem Kopf. Agnes raffte ihren Rock und machte Anstalten, vor ihm auf die Knie zu sinken. Ihr Herz schlug so hart, dass mit jedem Pochen Schatten am Rand ihres Gesichtsfeldes zuckten, und sie bildete sich ein, dass sie ein weiteres Pochen hörte, eines, das wie von einem fremden, mächtigen Herzen war, eines, das einen verführte, sich seinem Rhythmus zu überlassen und in seinen Schwingungen aufzugehen. Entsetzt erkannte sie, dass sie einen Hass verspürte, der ihren Körper zusammenzog. Sie wollte die Finger zu Krallen formen und die Eingeweide aus einem warmen, zuckenden Leib reißen – aber nicht aus dem Leib Pater Silvicolas, sondern aus dem des Unbekannten, der vor so vielen hundert Jahren das Buch geschrieben hatte, dessentwegen sie heute, im Matsch der Landstraße, auf Knien um das Leben ihrer Familie flehen musste ...

»Hör auf damit!«, sagte Pater Silvicola scharf. »Hältst du mich für deinesgleichen?«

Das Rattern von Wagenrädern näherte sich, untermalt von Hufgeklapper. Es waren weitere Soldaten mit einem Bauernkarren, dem man ansehen konnte, dass er im Herbst noch Heu und Kuhdung transportiert hatte. Der Wagenlenker musste stehen, weil es keinen Kutschbock gab; er war ein Bauer, der vor Angst zitterte. Erst jetzt sah Agnes, dass der Galgen an einer Kreuzung stand; vier Straßen kamen hier zusammen. Pater Silvicola begrüßte die Soldaten, die mit dem Wagen gekommen waren, mit einem Kopfnicken. Sie unterschieden sich deutlich von denen, die sie bis hierher begleitet hatten; sie waren gut gekleidet, gut genährt und hatten den harten Blick von Männern, denen der Krieg schon lange zum einzigen Lebensinhalt geworden war und die nur deshalb noch immer am Leben waren, weil sie gelernt hatten, dass es darauf ankam, schneller, brutaler und gnadenloser zu sein als ihre Feinde. Selbst die Soldaten, die von Würzberg her mitgekommen waren und denen auf einem belebten Marktplatz niemand auch nur einen alten Apfel hätte anvertrauen mögen, musterten die Neuankömmlinge misstrauisch.

Andreas, Karina und Lýdie wurden ohne viel Aufhebens zu dem Wagen hinübergetrieben und mussten hineinklettern. Der Bauer begann zu flehen, dass man ihn gehen lassen möge, er würde den Wagen gern hierlassen und ihn auch gar nicht mehr zurückhaben wollen; er verstummte, als einer der neuen Soldaten die Hand an den Griff seiner Sattelpistole legte und ihm einen finsteren Blick zuwarf. Langsam wich die Starre, die Agnes ergriffen hatte, und das Verständnis sickerte in ihr Hirn, dass man Andreas und seine Familie nicht neben der Straße erschießen würde. So absurd es war, die erste Regung, die sie Pater Silvicola gegenüber wegen dieser Entwicklung empfand, war Dankbarkeit. Dann begriff sie, dass dies trotzdem bedeutete, dass man sie trennen würde.

»Mama?«, fragte Andreas, und dann, an Pater Silvicola gewandt: »Was hast du mit ihr vor?«

Pater Silvicola ignorierte ihn. Er schwang sich auf eines der reiterlosen Pferde, die die Soldaten mitgeführt hatten. Dann zeigte er auf die Kutsche, in der sie von Würzburg bis hierher gereist waren.

»Steig ein«, sagte er zu Agnes.

»Was soll das werden?«, rief Andreas. »Ich verlange, dass meine Mutter bei uns bleibt!«

Agnes erwiderte den Blick des Jesuiten. Sie sah, wie sich ein Lächeln auf seine Lippen stahl, das in dem Maß wuchs, in dem sie ihr eigenes Gesicht bleich werden fühlte.

»Wohin fahren wir?«, fragte sie, obwohl sie die Antwort wusste.

Pater Silvicola zerrte an seinem Mantel und ergriff dann die Zügel seines Pferdes. Die Soldaten aus Würzburg stapften zu dem Bauernkarren hinüber und kletterten auf ihn hinauf. Andreas und seine Familie rückten zusammen. Agnes wurde noch kälter, als sie sah, wie einer von ihnen Lýdie angrinste. Lýdie drängte sich an ihre Mutter. Der Soldat streckte einen Arm aus und kniff Karina in die Wange. Andreas fuhr auf und erstarrte, als er das Gewehr sah, das auf ihn angelegt wurde. Es war klar, dass hier ein Austausch stattfand; die Männer, die bisher ihre Bedeckung gewesen waren, reisten mit dem Bauernkarren und Andreas' Familie weiter; sie selbst, Agnes, würde nun die Gesellschaft der Elitesoldaten und Pater Silvicolas genießen.

»Dein Sohn und seine Familie fahren zu General Königsmarck«, sagte Pater Silvicola. »Er hat eine Verwendung für sie.«

»Ich werde diesem Teufel nicht mal die Hand reichen!«, rief Andreas.

»Du wirst noch froh sein, ihn um etwas bitten zu können«, sagte der Jesuit.

»Niemals!«

Pater Silvicola zuckte mit den Schultern. Andreas starrte ihn an, dann Agnes. Agnes' Herz krampfte sich zusammen, als sie das hilflose, verzweifelte Jungengesicht unter der schützenden Speckhülle des Erwachsenen wahrnahm. Der vorwitzige Soldat grinste erneut und ließ eine Haarsträhne Lýdies durch seine Finger gleiten.

Andreas suchte Pater Silvicolas Blick. Es gab Agnes einen neuerlichen Stich, als sie die Erkenntnis in seinen Zügen aufdämmern sah. Es war so einfach, einen Mann dazu zu bringen, selbst seinen ärgsten Feind um etwas zu bitten. »Er soll sie in Ruhe lassen!«, krächzte er zuletzt.

Pater Silvicola verkniff sich ein Lächeln. Er warf lediglich dem Soldaten einen Blick zu, und dieser lehnte sich gemütlich zurück. Mittlerweile waren Andreas, Karina und Lýdie auf engstem Raum zusammengepfercht. Lýdie war kalkweiß vor Angst. Einer der Männer gab dem Bauern einen Stoß, und dieser lenkte den Karren herum und zurück auf den Weg, auf dem er gekommen war. Andreas renkte sich den Hals aus, um seiner Mutter noch einen letzten Blick zuwerfen zu können. Agnes versuchte, ihre würgende Angst zu bekämpfen.

»Einsteigen!«, befahl Pater Silvicola.

Sie kletterte in die Kutsche zurück. Es gab kein Entkommen. Was immer sie an Plänen fasste, Pater Silvicola war ihr stets um eine Nasenlänge voraus.

Die Kutsche rollte die Straße entlang, die nach Osten führte, von den Elitesoldaten in die Mitte genommen. Was Agnes betraf, so rollte sie zurück in die Vergangenheit, jenem Tag vor sechsundsiebzig Jahren entgegen, an dem das Blut von zehn unschuldigen Frauen und Kindern die Teufelsbibel aus ihrem jahrhundertealten Schlaf geweckt hatte, jenem Tag, an dem ihre Mutter unter den Axthieben eines Wahnsinnigen gefallen und im Sterben ein Kind zur Welt gebracht hatte.

36

»Ich-muss-sagen«, rief Melchior im abgehackten Rhythmus, den ihr scharfer Galopp ihnen aufzwang, »dass-ich-nicht-gedacht-hätte-dass-ein-Kuttenträger-mir-eines-Tages-zeigt-wie-man-wirklich-reitet!«

»Ich-hatte-ein-gutes-Vorbild!«, rief Wenzel zurück.

»Wen?«

Wenzel zog am Zügel, und sein Pferd begann langsamer zu rennen und fiel schließlich in Trab. Diese unregelmäßige Gangart hasste er am meisten – kaum glaubte man, dass man den Rhythmus der Bewegung durchschaut und sich ihm angepasst hatte, kam eine Unterbrechung des Taktes – vorzugsweise dann, wenn gerade die empfindlichste Stelle des wund gerittenen Sitzfleisches auf den Sattel niedersank und von unten einen Stoß bekam wie einen gewaltigen Fußtritt. Dass Melchior den Eindruck hatte, Wenzel sei ihm im Umgang mit einem Pferd voraus, hatte nichts mit dessen tatsächlicher Geschicklichkeit zu tun. Nach den Nachrichten, die Melchior ihm unterbreitet hatte, hätte er sich auf dem Rücken eines Drachen gehalten bei einem Flug quer durch die Hölle. Dennoch war er froh, dass es jetzt etwas langsamer vorwärtsging. Er fühlte, wie ihm unter der schwarzen Kutte der Schweiß in kleinen Rinnsalen über den Körper rann. Der scharfe Januarwind biss in sein erhitztes Gesicht. Er zerrte sich die Kapuze über den Kopf, die beim Reiten heruntergerutscht war, und wurde sich dann Melchiors Grinsen bewusst.

»Was?«, fragte er.

Melchior machte eine Geste, die das Gesamtkunstwerk Wenzel – Pferd umfasste. »Wenn du jetzt noch eine Sense in der Hand hättest, würdest du aussehen wie der Sensenmann auf seinem schwarzen Ross; allerdings ein Sensenmann, der ins Schwitzen geraten ist.«

Wenzel schielte an seinem Pferd herunter. »Du wolltest den Rappen nicht«, sagte er.

»Ich hatte das Gefühl, er passt farblich besser zu dir.«

»Ich habe schon, seit du deinen ersten Hut gekauft hast, gewusst, dass du ein Ästhet bist.«

»Mir war nicht klar, dass es irgendwo in den benediktinischen Regeln heißt: Lüge so schamlos wie du nur kannst, um an ein Pferd zu kommen.«

»Es waren keine Lügen. Jeder meiner Schuldscheine wird in Raigern eingelöst werden, sobald sein Besitzer dort vorstellig wird.«

»Ich meine eher die Lügen, die du erzählt hast, damit die Leute deine Schuldscheine annehmen.«

»Ach, die«, sagte Wenzel und machte eine wegwerfende Handbewegung. »Na ja ... ich werde bei der Beichte angeben, dass deine Gegenwart mich dazu angestiftet hat.«

»Gern zu Diensten«, erklärte Melchior und tippte an seine Hutkrempe. Dann fragte er: »Wer war dein Vorbild in Bezug auf das Reiten?«

»Deine Mutter«, sagte Wenzel. »Als wir damals nach Pernstein jagten, um deine Schwester zu retten. Ich dachte mir, wenn ich jemals auch nur die Hälfte der Energie aufbringe wie diese Frau, die doppelt so alt ist wie ich, werde ich mich als von Gott gesegnet bezeichnen.«

Melchiors Gesicht wurde ernst. »Geht es ihr gut? Was glaubst du? Und Andreas und seiner Familie?«

»Warum sollte der Jesuit ihnen etwas antun, bevor er am Ziel seiner Wünsche ist? Sie sind der Trumpf in seiner Hand.«

»Und welchen Trumpf haben wir in der Hand?«

»Dass Pater Silvicola nicht weiß, wo das Original der Teufelsbibel wirklich ist.« Wenzel schnalzte mit dem Zügel. »Vorwärts, wir haben genug getrödelt.«

Sein Pferd begann wieder zu galoppieren. Er sah sich nicht um, aber er wusste, dass Melchior am Straßenrand angehalten hatte, weil er unbewusst sein Pferd gezügelt hatte. Er wusste auch, dass Melchior ihm mit offenem Mund hinterherstarrte. Dann hörte er das Hufgetrappel, als sein Freund zu ihm aufschloss. Melchior hatte sich schneller von seiner Überraschung erholt, als Wenzel gedacht hatte.

Wenzel trieb sein Pferd noch schneller an. Melchior hielt mit ihm Schritt. Sie jagten eine Weile nebeneinander über die Straße, Melchior stumm starrend, Wenzel verbissen geradeaus schauend, bis er schließlich aufgab und erneut am Zügel zog. Seufzend erwiderte er Melchiors Blick.

»Du weißt es ja nur aus den Berichten, aber du erinnerst dich sicher, dass wir damals aus Pernstein nur das Original der Teufelsbibel und die drei Seiten gerettet haben, die Filippo Caffarelli herausgerissen hatte.«

Melchior nickte.

»Dein Vater sagte damals, er sei froh, dass niemand wisse, wo die Kopie abgeblieben sei und dass sie seinetwegen auf ewig in irgendeinem Versteck vermodern könne.«

Melchior nickte wieder.

»Nun, in Wahrheit war es für ihn natürlich nicht genug. Nachdem wir uns mit Reichskanzler Lobkowicz geeinigt hatten, haben wir mehrfach dort gesucht – wann immer sich die Möglichkeit ergab, unauffällig nach Brünn zu reisen. Anfangs haben nur dein und mein Vater dort jeden Stein umgedreht; später habe ich ihnen geholfen.«

»Habt ihr sie gefunden?«

Wenzel zuckte mit den Schultern. »An dem Ort, an dem wir von Anfang an hätten suchen sollen.«

Die mehrjährige Suche stieg mit Bildern vor Wenzels innerem Auge auf: die Expeditionen in den verlassenen, halb zerstörten Flügel Pernsteins, in dem die ebenso unheimlichen wie ans Herz gehenden Zeugnisse eines Geistes gehortet wurden, der den Teufel im Gesicht und im Herzen gehabt hatte; die Grabungen unterhalb der Brandruine der Hütte, in der Cyprian gefangen gehalten gewesen war; schließlich die unsägliche Kammer im Untergeschoss des Bergfrieds, wo noch immer die Apparatur stand, mit der Heinrich von Wallenstein-Dobrowitz solche Grausamkeiten begangen hatte und auf der ihn letztlich sein eigenes qualvolles Schicksal ereilt hatte. Die Oberfläche des Mechanismus war noch immer dunkel gewesen, wo das Blut Heinrichs und seiner Opfer sie verfärbt hatte. Wenzel erinnerte sich an den Geistesblitz, den er damals gehabt hatte. Immer wieder hatten Automaten eine Rolle gespielt in dieser Zeit; von den harmlos-bizarren Spielzeugen in Kaiser Rudolfs Wunderkammer bis zu dem ausgeklügelten Mordwerkzeug, zu dem Heinrich den ehemaligen Zugmechanismus der Brücke über den Pernsteiner Burggraben umgebaut hatte. Er erinnerte sich an das hohle Gefühl in seinem Bauch, als er die dunklen Muster auf der Maschine betrachtet und dann nach oben gesehen hatte, wo die verrosteten Ketten leise schwangen, an denen aufgespannt sie Heinrich von Wallenstein-Dobrowitz seinerzeit gefunden hatten ... ein Anblick, als wäre er direkt Heinrichs krankem Gehirn entsprungen, dabei war er zuletzt selbst das Opfer gewesen. Als Wenzel begonnen hatte, mit der Axt auf den Mechanismus einzudreschen, waren sein Vater Andrej und Cyprian Khlesl hereingestürzt. Cyprian hatte Wenzel angestarrt, »Ich will verdammt sein!« gemurmelt, und dann hatten sie gemeinsam die Maschine zerlegt.

»Dort war die Kopie versteckt?«, fragte Melchior ungläubig.

Wenzel nickte. »Ich weiß nicht, was Heinrich von Wallenstein-Dobrowitz damit bezweckte. Vielleicht war es eine Art Rückzugsmöglichkeit, etwas, das er benutzen wollte, um sich damit den Wiedereintritt in ein normales Leben zu erkaufen; vielleicht hoffte ein Teil von ihm bis zuletzt, dass er sich von dem schwarzen Zauber befreien könnte, in dem er sich selbst gefangen hatte. Wer weiß? Jedenfalls – da war die Kopie, und wir wussten, was wir zu tun hatten.«

»Was Papa und der alte Kardinal schon einmal getan hatten!«

»Richtig. Wir tauschten das Original in der Wunderkammer erneut gegen die Kopie aus. Dein Vater hatte die drei Seiten, auf denen der Schlüssel zu dem gesamten Werk zu finden sein soll, natürlich nicht wieder dem Original hinzugefügt, aber niemand von uns hat das Buch jemals studiert. Nicht einmal Kardinal Melchior hat es je gewagt. Keiner wusste, ob das Original ohne die drei Seiten wirklich unschädlich war. Wir wussten nur, dass die Kopie harmlos sein musste. Also brachten wir das Original nach Raigern und ließen die Kopie in der Wunderkammer, damit niemand das Fehlen der Teufelsbibel bemerkte.«

Melchior schwieg eine lange Weile. Als Wenzel gerade wieder sein Pferd antreiben wollte, sagte er: »Und wann immer ich im Scherz fragte, ob ›sie sicher‹ sei, hast du dir gedacht: Der arme Narr, er weiß von gar nichts.«

»Ich habe befürchtet, dass du es so aufnehmen würdest.« Melchiors Wangen hatten sich gerötet. »Eine einfache Prophezeiung, lieber Freund und Vetter!«

Wenzel holte tief Luft und ließ sie wieder entweichen. »Hab ich dir jemals erzählt, wie ich erfahren habe, dass ich in Wahrheit nicht der Sohn von Andrej von Langenfels und Yolanta Melnika bin, sondern ein Bastard, über dessen Herkunft niemand etwas Genaues sagen kann, außer dass er zum Sterben in das Findelhaus der Prager Karmelitinnen abgeschoben worden war?«

Melchior wollte etwas erwidern, aber Wenzel hob die Hand. »Mein Vater hat es mir gestanden, als es damals so aussah, dass Sebastian Wilfing damit Erfolg haben könnte, die Familie zu ruinieren und deine Mutter zur Ehe mit ihm zu zwingen. Ich war Bestandteil eines verrückten Plans, dies zu verhindern, und deine Mutter bestand darauf, dass ich vorher die Wahrheit erfahren müsse, um mich frei entscheiden zu können, ob ich diesen Plan mittragen wolle.«

»Das wusste ich nicht«, sagte Melchior.

»Das Erste, was ich damals dachte, war, dass ich diesen Mann, den ich über zwanzig Jahre lang als meinen Vater betrachtet hatte, niemals wieder anders sehen könnte denn als einen Fremden, der mich zeit meines Lebens angelogen hatte. Warte, ich bin noch nicht fertig. Das Zweite, das ich dachte, war, dass all die Menschen, die ich als meine Familie gesehen hatte, mich verachten müssen, weil sie mir nicht einmal so weit vertrauten, um mir die Wahrheit zu sagen.«

»Vertrauen«, sagte Melchior mit rauer Stimme. »Das ist ein gutes Stichwort.«

»Natürlich ging es nicht um Vertrauen«, erklärte Wenzel. »Es ging darum, dass mein Vater zwanzig Jahre lang unschlüssig war, ob ich die Bürde der Lüge tragen sollte, mit der er gedacht hatte, sein Leben mit Yolanta beginnen zu können; die Bürde der Lüge, die ich, dieser kleine, sterbenskranke, halb verhungerte Wicht in seiner verschissenen Windel und mit seinen blutigen Ekzemen am ganzen Körper, damals war!«

Melchior starrte ihn an. In seinem Gesicht arbeitete es.

»Melchior, mein Freund«, sagte Wenzel sanft. »Mein *Vetter* und Freund! Wir alle wollten, dass du und Andreas irgendwann die ganze Wahrheit erfahren würdet – aber bis dahin solltet ihr die Bürde nicht spüren, die es bedeutet, Wächter dieses verfluchten Buches zu sein. Selbst Alexandra weiß nicht, was mit der Teufelsbibel nach dem Ende der Geschichte in Pernstein geschehen ist. Ihr seid die Erben dieses Wächteramtes, so wie deine Eltern und mein Vater es geerbt haben von den Äbten von Braunau und den Schwarzen Mönchen, und ich bin derjenige, der versucht, die Hand über euch zu halten, wie der alte Kardinal es bei Agnes, Cyprian und meinem Vater getan hat. Aber, Melchior – um ein solches Erbe anzutreten, ist es immer noch früh genug. Ich habe mir mehr als einmal gewünscht, so unwissend wie ihr zu sein.«

Melchior antwortete nichts. Wenzel wich seinem Blick nicht aus. Nach einer ganzen Weile zuckte Melchior mit den Schultern. »Na gut«, sagte er.

»Und das war's?«, fragte Wenzel.

»Ja, das war's. Ich denke, du hast damals an einem härteren Brocken zu kauen gehabt als ich jetzt und bist drüber hinweggekommen. Glaubst du, ich lasse mir auch noch sagen, dass ich länger schmolle als ein Mönch, wenn ich mir schon sagen lassen muss, dass er auf einem Pferd eine bessere Figur abgibt?«

Wenzel schluckte einen Kloß hinunter und streckte Melchior die Hand entgegen. »Wieder Freunde?«

Melchior schüttelte sie. »Nie etwas anderes gewesen. Du

hättest es mir sagen sollen, aber ich verstehe, warum du es nicht getan hast.«

Sie ritten weiter. Wenzel war erleichtert, dass Melchior so vergleichsweise gelassen reagiert hatte; aber bei jedem Seitenblick, den er ihm zuwarf, erkannte er, dass Melchior nachdenklicher geworden war, als er ihn je zuvor erlebt hatte.

Die Pferde scharrten hungrig an der Schneedecke auf dem Feld neben der Straße. Wenzel rüttelte an dem schief stehenden Pfosten des halb verfallenen Galgens und sah sich mit zusammengekniffenen Augen um. Der Ausblick war eintönig, schwarz und weiß unten, grau oben. Er versuchte, seine Ungeduld zu bezwingen, und sagte sich, dass dies jetzt Feindesland war, fest in der Hand des Königsmarck'schen Heeres. Wenn es daran noch Zweifel gegeben hatte, dann waren sie durch den Anblick des Gehöfts ausgeräumt worden, an dem sie gestern Abend vorbeigekommen waren. Sie hatten um etwas Essen und Wasser und ein Dach über dem Kopf bitten wollen, und vielleicht hätte sogar die Möglichkeit bestanden, die Pferde auszutauschen; von Weitem hatte das Gehöft groß und wohlhabend ausgesehen. Aus der Nähe war zu erkennen gewesen, dass der Wohlstand auch den Soldaten Königsmarcks aufgefallen sein musste. Das Feuer war längst verloschen gewesen, doch es hatte noch nach Rauch gerochen. Der Wind hatte ihnen Asche ins Gesicht geweht. Sie hatten die Stelle gefunden, an der die Soldaten ein oder zwei Stück Vieh geschlachtet haben mussten, und die breite Spur quer durch die Felder, auf der sie den Rest der Tiere fortgetrieben hatten. Sie hatten auch die Familie des Bauern, ihn selbst, seine Knechte und seine Mägde gefunden. Statt zu schlafen, hatten sie wortlos ein großes Grab ausgehoben, obwohl es bei dem halb gefrorenen Boden eine Sklavenarbeit gewesen war. Es gab Anblicke, die gehörten unter die Erde, weil sie den Himmel beleidigten.

Melchior kroch in gebückter Haltung an der Straße entlang, die vom Galgen in nordöstlicher Richtung hügelabwärts führte. Der Galgen stand an einer Wegkreuzung. Der andere Arm der Straße führte in südöstlicher Richtung weiter. Die Spuren, die beide Straßenarme aufwühlten, waren halbwegs frisch, nicht älter als von gestern. Melchior richtete sich plötzlich auf, starrte auf etwas in seiner Hand und rannte dann zu Wenzel zurück. Er war außer Atem.

»Ich wusste es!«, sagte er und blickte grimmig zu Wenzel nach oben, der auf dem Podest des Galgens stand. »Ich wusste es!«

Melchior hielt einen kleinen Ring in die Höhe.

»Wem hat er gehört? Lýdie?«

»Karina! Ich sagte doch, ich bin mir sicher, dass die Wagenspuren von der Kutsche stammen, mit der wir aus Würzburg abgereist sind.« Er musterte den Ring in seiner Handfläche. »Karina hat ihn sich abgezogen und fallen lassen als Hinweis, in welche Richtung man sie gebracht hat. Das siehst du doch auch so, oder?«

»Melchior – wenn man ihr etwas angetan hätte, dann hätten wir nicht nur den Ring neben der Straße gefunden, sondern sie selbst.« Über Melchiors Gesicht lief ein Zucken. »Tut mir leid, wenn sich das drastisch anhört; aber denk daran, was wir gestern in jenem Gehöft gefunden haben. Sie sind alle wohlauf. Karina hat nur versucht, ein Zeichen zu geben. Wenn deine Mutter das Äskulap-Medaillon bekommen hat, dann wissen sie alle, dass du in der Nähe bist.«

Melchior zog sich den Handschuh von der Linken mit den Zähnen ab und versuchte, sich den Ring anzustecken. Er passte stramm auf den kleinen Finger. Wenzel beobachtete ihn schweigend. *Es kann gar nicht so viele Probleme geben*, dachte er, *als dass wir nicht noch eines hinzufügen möchten, wenn es um Dinge unseres Herzens geht*. Beinahe wollte er sagen: »Sie ist die Frau deines Bruders!«, aber er hielt den Mund.

»Warum hat sie das getan?«, fragte Melchior. »Das ist doch für keinen von uns eine unbekannte Gegend hier. Es ist völlig klar, dass die Straße nach Nordost nach Prag führt! Welchen anderen Weg hätten sie denn nehmen können?«

»Komm mal zu mir nach oben«, sagte Wenzel und streckte die Hand aus. Melchior ergriff sie und schwang sich neben Wenzel auf das Podest. »Du kannst es nur von hier erkennen. Das dort sind die Spuren des Wagens und einer Gruppe von Fußsoldaten, die von Westen kommen. Hier, direkt unterhalb des Galgens, ist alles zerwühlt – Pferde, Stiefel, Räder. Die Wagenspuren nach Nordosten laufen *auf* einer Fährte, die ebenfalls von Reitern stammt, und so wie der Dreck und die gefrorene Erde weggeflogen sind, von Reitern, die schnell von Nordosten aus hier angekommen sind. Sie sind aber nicht wieder nach Nordosten zurückgeritten. Und jetzt sieh dir das an, die andere Straße, die nach Südosten führt. Dort, eine ganze Strecke hügelabwärts, fächern die Pferdespuren aus und bleiben dann neben der Straße, als hätten die Reiter etwas eskortiert. Und was siehst du auf der Straße, die jetzt nicht mehr von Pferdehufen umgewühlt ist?«

»Wagenspuren«, sagte Melchior. Seine Blicke huschten hin und her. »Die Achsenbreite, die schmalen Räder ... verdammt, das ist die Spur, der wir die ganze Zeit gefolgt sind. Der Wagen aus Würzburg! Aber was ist dann ...«

»Das ist ein anderer Wagen, der nach Prag gefahren ist. *Zurück*gefahren! Von hier oben kannst du noch erkennen, wo er gewendet hat.«

»Und wen hat er transportiert?« Melchior hob unwillkürlich die Linke und musterte den Ring an seinem kleinen Finger.

»Andreas, Karina und Lýdie.«

»Wieso ausgerechnet ... und warum sollte der Jesuit sie getrennt haben? Was ist mit Mama ...?« Er verstummte. Seine Augen wurden schmal, als er sich zu Wenzel umwandte. »Was immer Andreas über die Teufelsbibel weiß, Mama weiß auf jeden Fall mehr. Sie ist Silvicolas wichtigste Geisel. Wohingegen Andreas ...« Er ballte die Hände zu Fäusten. »... wohingegen Andreas Mitglied des Altstädter Magistrats ist, und wen würde ich als General, der eine Stadt belagert, lieber in meiner Gewalt haben als jemanden aus ebendieser Stadt, der mir sagen kann, wo die Schwachpunkte in der Verteidigung sind ...? Verflucht!«

»Und machen wir uns nichts vor«, sagte Wenzel leise. »Andreas wird reden. Er wird Königsmarck alles erzählen, was er weiß, wenn man nur Karina und Lýdie vor ihn hinstellt und ihnen ein Messer an die Kehle hält. Sie sind seine Familie, und er liebt sie über alles.«

»Verflucht! Verflucht, verflucht, verflucht!«

»Wir können nichts dagegen tun«, sagte Wenzel. »Wir können nur hoffen, dass die Prager sich gegen Königsmarck behaupten werden. Dein Vater und meiner dürften längst von ihrer Reise zurückgekehrt sein. Sie werden dem Reichskanzler und General Colloredo schon die Hölle heißmachen, damit sie die Stadt ordentlich verteidigen. Komm – wir haben Wichtigeres zu tun. Und wir müssen uns beeilen. Am Ende treffen meine Brüder mit dem Wagen aus Eger noch eher ein als wir, trotz der Verletzungen.«

Er stieg vom Podest des Galgens hinunter und holte sein Pferd. Erst als er ihm die Eisklumpen aus dem Fell geklaubt und den Sattelgurt fester gezogen hatte, fiel ihm auf, dass Melchior nicht nachgekommen war. Er stand auf dem Podest des Galgens und starrte mit verzerrtem Gesicht nach Nordosten. In Wenzel stieg eine Ahnung auf, die ihn noch mehr frösteln ließ.

»Melchior?«

»Ich komme nicht mit«, sagte Melchior, ohne Wenzel anzusehen. »Ich ... es stimmt, was du gesagt hast – das über das Erbe, das man noch früh genug antritt. Es ist *zu* früh für mich. Die Teufelsbibel ist nicht meine Sache. Sie ist die Sache meiner Eltern und deines Vaters, und irgendwie ist sie die deine und wahrscheinlich auch Alexandras. Aber ich ... und Andreas ... unser Erbe ist unsere Heimat, die Stadt, in der wir leben, die Firma, die Menschen, die von ihr abhängig sind! Kümmere du dich darum, dass die Teufelsbibel nicht in die falschen Hände fällt, mein Freund. Ich gehe meinen Bruder und seine Familie retten und tue alles dafür, dass Prag nicht in die Hände des Teufels fällt.«

»Wenn Pater Silvicola die Teufelsbibel bekommt, bricht über kurz oder lang das Ende der Welt über uns alle herein, nicht nur über Prag.«

»Immer eines nach dem anderen.« Melchior wandte sich Wenzel zu. Sein Lächeln war eine Grimasse, und in seinen Augen standen Tränen. »Sieh zu, dass die Welt gerettet wird, und ich sehe zu, dass noch etwas von der Stadt übrig bleibt, in der wir deinen Sieg feiern wollen.« Die Tränen liefen jetzt seine Wangen hinab. »Und pass auf meine Mutter auf«, flüsterte er.

»Leb wohl, Melchior«, sagte Wenzel, der wusste, wann es vergebliche Mühe war, einen Menschen umzustimmen.

»Ich bevorzuge: auf Wiedersehen!«, erwiderte Melchior.

Sie nickten einander zu. Wenzel kletterte auf sein Pferd und trieb es an. Bevor er den Hügel hinabritt und der Straße nach Südosten folgte, drehte er sich noch einmal um. Melchior war eine düstere Silhouette vor dem grauen Himmel, die nach Nordosten spähte. Der verfallene Galgen reckte seine Pfosten um ihn herum in die Höhe. Wenzel katte kaum jemals ein übleres Vorzeichen gesehen. Plötzlich wusste er, dass es den Tod vorwegnahm. Entweder der jüngste Sohn der Familie Khlesl oder der Propst von Raigern – einer von ihnen würde am Ende sterben.

4. Buch
Podlaschitz

Februar 1648

Die Stunde des Todes ist die Stunde der Wahrheit.
Kristina I. Wasa, Königin von Schweden

1

WENZEL LIESS SICH aus dem Sattel gleiten, noch während das Pferd die letzten Schritte tat, und rannte durch das Außentor des Klosters. Er war überrascht, dass seine Mönche ihm nicht entgegenliefen. Ihr Nachrichtensystem arbeitete sicher so gut wie immer. Sie mussten seit mindestens vierundzwanzig Stunden wissen, dass er kam. Er sprintete durch den Klostervorhof zum zweiten Tor, jeder Schritt ein schmerzhafter Stoß durch all seine Knochen und Muskeln – und in seiner Seele. So wie Melchior sich von der Teufelsbibel abgewendet hatte, um der Angelegenheit seines Herzens zu folgen, so hätte auch Wenzel am liebsten den teuflischen Codex vergessen, um nach Alexandra zu suchen. Doch er hatte dem alten Kardinal und seiner ganzen Familie ein Versprechen gegeben, und er würde es halten!

Die Bibliothek – genau! Dort war sein Ziel. Er riss die Eingangspforte der Basilika am Fuß des Kirchturms auf und stürmte durch seinen Sockel. Noch immer war keiner der Mönche zu sehen. Wer einmal im Kloster gelebt hatte, verlor das Zeitgefühl für die Gebetsstunden nie mehr, und so wusste Wenzel, dass es noch nicht Zeit war für eines der Stundengebete. Wo waren alle? Er versuchte, die aufsteigende Besorgnis zu unterdrücken und gleichzeitig seinem Körper zu befehlen, nicht langsamer zu werden. Mit schlitternden Stiefelsohlen rutschte er auf das Portal zu, das direkt ins Innere der Kirche führte, prallte dröhnend gegen die Türflügel, riss sie auf.

Gesichter starrten ihn an, runde Augen, runde Münder. Ein paar Hände hoben sich zur Abwehr, da und dort wurde das Kreuzzeichen geschlagen, aus einer Faust ragten Zeige- und kleiner Finger abgespreizt gegen ihn. Er erkannte den Bruder Torhüter, den Kellermeister, die anderen beamteten Brüder, die einfachen Mönche, dazwischen die Wegelagerer, auf die sie am Anfang ihrer Reise nach Würzburg gestoßen waren (vor ungefähr hunderttausend Jahren, wie es ihm vorkam) und denen sie, nachdem sie Armbrustbolzen in den Boden gefeuert hatten, befohlen hatten, zur Buße nach Raigern zu gehen. Wie es schien, hatten sie Gefallen am Leben als Gäste in einem Benediktinerkloster gefunden. Wenzel stand keuchend vor der Versammlung. Das Kirchenportal fiel mit einem lauten Knall hinter ihm zu. Mönche und Ex-Banditen zuckten einheitlich zusammen. Wenzel machte einen Schritt auf sie zu, und sie wichen unisono einen Schritt zurück. Es war so still, dass Wenzel glaubte, das Hämmern seines eigenen Herzens als Echo zwischen den Säulen zu hören. Sein Atem keuchte kleine Dampfwölkchen in die Luft. Er starrte sie an. Sie starrten zurück.

»Alle gute Geister lobe Gott die 'erre!«, piepste schließlich eine Stimme irgendwo aus der Meute. »*Mamma mia!*«

»Ich frage das nur ein einziges Mal«, sagte Wenzel. »Was-soll-das?«

Der Torhüter stand plötzlich einen Schritt vor den anderen. Man hatte das Gefühl, dass er weniger vorgetreten als vielmehr geschoben worden war. Sein Gesicht war bleich und mit einem Schweißfilm überzogen. Sein Kinn zitterte.

»Äh …!«, sagte er und schluckte.

Wenzel kniff die Augen zusammen und stemmte die Hände in die Hüften. »Habt ihr vielleicht gedacht, ich sei ein Geist? Ihr habt doch bestimmt seit einem Tag gewusst, dass ich komme!«

Der Torhüter nickte wild. Wenzel musterte ihn näher, dann die Mönche. Auf ihren Gesichtern lagen die Schatten einer ausgefallenen Rasur und unter ihren Augen die Ringe einer schlaflosen Nacht.

»Habt ihr seitdem hier gebetet!?«

»Wir … wir haben tatsächlich gedacht, du … du wärst dein eigener Geist …«, stotterte der Torhüter.

»Und wofür habt ihr gebetet? Dass ich mich in Luft auflöse, bevor ich das Kloster erreiche?«

»Äh ...«, wiederholte der Torhüter.

»Du 'ättest sein könne eine *spirito maligno*«, piepste die Stimme aus der Kongregation im Rücken des Torhüters.

»Bist du das, Giuseppe?«

Die Mönche und die bekehrten Wegelagerer teilten sich wie eine Prise Pfeffer in einem Wasserglas, in das man einen fettigen Finger hineinsteckt. Ein junger Novize stand auf einmal allein in ihrer Mitte. Er sah sich in plötzlicher Panik um, dann begegnete er Wenzels Blick und lächelte das Lächeln des Mannes in der Löwengrube, der hofft, die zwanzig hungrigen Bestien, die auf ihn zustürzen, irgendwie überreden zu können, ihn zu verschonen. »*Possibilmente no?*«, piepste er.

»Giuseppe, wenn ich ein böser Geist wäre, wäre der Erste, den ich holen würde, ein ganz bestimmter Novize aus Rom.«

»*Ahi, mamma mia!*«

Wenzel breitete die Arme aus und drehte sich einmal um sich selbst. »Ich bin es selbst, du lieber Himmel!«, rief er. »Ich bin dreckig, verschwitzt, hungrig, durstig, und ich habe Schwielen am Hintern vom Reiten, aber ich bin kein Geist! Wie kommt ihr bloß auf so etwas?«

»Es hat geheißen, du seist tot ...« Der Torhüter vollbrachte die Heldentat seines Lebens, indem er auf Wenzel zutrat und vor ihm niederkniete. »Verzeih uns Kleingläubigen, ehrwürdiger Vater. Wir waren überzeugt, dass die Nachricht von deinem Tod zuträfe.«

Wenzel zog ihn auf die Beine. Das leise Raunen der Versammlung sagte ihm, dass alle erwartet hatten, seine Hände würden entweder wie die eines Phantoms durch den Torhüter hindurchgleiten oder sie beide würden mit Blitz und Knall und Schwefelgestank zur Hölle fahren. Das Zucken in den Augen des Torhüters bewies, dass auch dieser darauf gefasst gewesen war. Wenzel tätschelte ihm die Wange.

»Gut«, sagte er dann. »Das wäre geklärt. Ich muss ...«

»Ehrwürdiger Vater, wo sind die anderen? Stimmt es, dass sie alle ...?« Der Torhüter schlug die Augen nieder.

Wenzel räusperte sich. »Nein«, sagte er leise. »Nein. Sie kommen nach – mit einem Wagen, aus Eger. Es hat Verluste gegeben ... Es haben nicht alle ...« Er brach ab und holte Luft. Sie starrten ihn immer noch alle an. Wenzel riss sich zusammen.

»Lasst mich durch«, sagte er rau. »Ich muss in die Bibliothek!«

»Warte, ehrwürdiger Vater! Du musst zuerst noch ...«

»Nein. Alles andere kann warten.«

Er stürmte durch die Gasse hindurch, die sich für ihn bildete. Alle Augenpaare hingen an ihm. Er fühlte die Berührungen von den Händen derjenigen, die immer noch nicht sicher waren, ob er nicht doch ein Phantom war, dann eilte er auf der anderen Seite der Kirche hinaus. »Bleibt und betet!«, rief er über die Schulter. »Betet für unser Land und die Menschen darin.«

Er hatte die eine Seite des Kreuzgangs, der sich nach der Kirche anschloss, noch nicht durchschritten, als er sie alle aus der Kirche drängen und ihm nachkommen hörte.

»Ehrwürdiger Vater!«

Erbittert fluchend und sich gleichzeitig dafür bekreuzigend, rannte er die Treppe hinauf in den großen Bibliothekssaal. Er hörte sie hinterhergaloppieren. Die beamteten Brüder wussten, welch düsteren Schatz das Kloster unter all den herrlichen Handschriften, Messbüchern, Lektionaren, Codices und Schriftrollen beherbergte, die zum Teil ein halbes Jahrtausend alt waren und den Rest der gewaltigen Sammlung darstellten, der alle Plünderungen und Brände überstanden hatte; die niederen Brüder und die im Kloster angestellten Laien hatten davon jedoch keine Ahnung. Wenzel wollte, dass es so blieb – aber jetzt die beamteten und die anderen Brüder voneinander zu trennen war ein Ding der Unmöglichkeit. Sie würden alle zusammen in den Bibliothekssaal platzen und seine Mission unmöglich machen, wenn er sie nicht abhängte.

Während er die Stufen hinaufkeuchte, immer zwei auf einmal nehmend, fragte er sich, welche Mission es eigentlich war. Allein der Gedanke daran rief Entsetzen in ihm empor. Das Leben der Khlesls für die Aushändigung der Teufelsbibel? Seit er zum ersten Mal von dem Vermächtnis des Satans erfahren hatte, war ihm klar gewesen, dass es keine höhere Aufgabe gab, als die Welt vor ihm zu schützen; Cyprian oder auch sein eigener Vater hatten mehrfach ihr Leben aufs Spiel gesetzt, um das endgültige Erwachen des teuflischen Codex zu verhindern. Und er, Wenzel von Langenfels ... er war schließlich dazu ausersehen worden, das alte Amt der Kustoden wiederzubeleben. Wenn es einen gab, auf den sich alle verließen, dann ihn! Auch wenn das hieß, dass seine Familie deswegen umgebracht wurde? Aber es war ja gar nicht seine Familie! Er war der Fremde unter ihnen, der Bastard, das Findelkind. Seit er von Melchior Abschied genommen hatte, hatte er sich gefragt, ob Cyprian und Andrej ihn bewusst deshalb ausgewählt hatten, für den Fall, dass es einmal darum gehen sollte, genau diese Entscheidung zu treffen.

Das Leben der Khlesls gegen die Unversehrtheit der Teufelsbibel. Der Tod einer Familie gegen die Rettung der Welt. Wog das Wohl vieler nicht weit mehr als das Wohl einiger weniger?

Würde Cyprian Khlesl zulassen, dass diejenigen, die er sein ganzes Leben lang beschützt hatte, für die Sicherheit der Teufelsbibel starben? Durfte er, Wenzel, es darauf ankommen lassen? So wie er Cyprian einschätzte, war dieser vielleicht schon auf dem Weg hierher, Wenzels leichthin gemachter Bemerkung, dass er und Andrej die Verteidigung Prags organisieren würden, zum Trotz. Und Andrej, Wenzels Vater? Agnes Khlesl war seine Schwester. Auf welcher Seite würde er stehen? Oder war diese Frage überflüssig, weil auch er, Andrej, zugestimmt hatte, dass Wenzel der Bastard, Wenzel der Findling, Wenzel der Fremde die Aufgabe bekommen hatte, die Teufelsbibel zu hüten? Hatten sie alle damit gerechnet, dass ein einzelner Mann eines Tages gegen sie alle stehen würde, weil das gemeinsame Bemühen um den Schutz des Codex sie auf einmal zu Feinden gemacht hatte – und sich gedacht, dass es in diesem Fall leichter fiel, den Außenseiter zu bekämpfen als das eigene Fleisch und Blut?

Und er, Wenzel, hatte geschworen, dass er die Welt vor der Teufelsbibel hüten würde. So lange hatte er sich daran festgehalten, dass dies seine Mission war und der einzige Grund, warum Gott ihn auf die Welt hatte kommen und Andrej von Langenfels zur rechten Zeit im Findelhaus der Karmelitinnen hatte vorbeischauen lassen, damit Wenzels Leben gerettet wurde.

Wenn er etwas im Magen gehabt hätte, hätte er sich übergeben. Wenn er etwas im Magen gehabt hätte, hätte er sich schon auf dem Ritt von der Weggabelung bis hierher nach Raigern mehrfach übergeben. O Gott, die Aufgabe, die er zu erfüllen hatte ...

Er erreichte den Treppenabsatz im Obergeschoss des Klosterbaus und stürmte ohne Zögern weiter. Die Türen der Bibliothek waren geschlossen, aber nicht versperrt. Erneut gerieten seine nassen Stiefelsohlen auf dem Steinboden ins Rutschen, und er donnerte gegen die Türflügel, dass sie in den Angeln ratterten. Er hörte, wie seine Mönche – und unter ihnen die Wegelagerer, sie waren jetzt ein kompakter Haufen, der nur von einem einzigen Gedanken geleitet wurde, nämlich ihren Klostervorsteher einzuholen – die Stufen herauftrabten. Ein Kavallerieangriff konnte nicht anders klingen, ausgenommen, dass inmitten eines solchen niemand ausdauernd schrie: »Ehrwürdiger Vater, so warte doch, du musst noch etwas wissen!«

Wenzel riss an dem einen Türflügel. Er war doch versperrt! Verzweifelt drosch Wenzel auf ihn ein und gab ihm Fußtritte. Er hörte sich brüllen: »Aaaaaaah, geh auf, du vermaledeites ...!«

Der zweite Türflügel schwang lautlos auf. Wenzel hatte es auf der falschen Seite versucht. Sein Puls hämmerte in seinen Schläfen. Er fiel mehr über die Schwelle, als dass er lief, wirbelte herum ...

»Ehrwürdiger Vater, bitte ...!«

Sie näherten sich, eine Horde voller keuchender, besorgter Gesichter. Er schlug die Tür zu und schob die Riegel in Position. Aus der Erfahrung früherer Plünderungen gewitzt, hatte irgendeiner von Wenzels Vorgängern Halterungen für einen schweren Holzbalken anbringen lassen, den man als zusätzlichen Riegel vor die Tür legen konnte. Wenzel wuchtete ihn noch hoch, als die Türen dröhnten und wackelten. Auch die Horde war ins Rutschen geraten, vermutlich auf Wenzels feuchten Trittspuren. Der Riegel schien nichts zu wiegen. Wenzel knallte ihn in seine Halterungen. Draußen rüttelten sie an der Tür. Wenzel stolperte zurück. Er hatte das Gefühl, durch einen engen Strohhalm atmen zu müssen. Seine Knie zitterten.

»Ehrwürdiger Vater, lass uns rein!«

Sie durften nicht wissen, was hier versteckt war. Selbst wenn sie ihn für verrückt hielten – er konnte ihnen nicht sagen, worum es ging. Wenzel fuhr herum und rannte in den Bibliothekssaal hinein. Das Licht von den vier Fenstern an der Stirnseite blendete ihn. Die Bibliothek war so hoch wie zwei Stockwerke, eine Galerie lief in halber Höhe herum, und überall reckten sich die Buchregale in die Höhe. Der Boden war aus Holz, das so dunkelglänzend war, dass sich die Fenster in ihm spiegelten wie in einem Tümpel. An ein paar Stellen bedeckten Teppiche den Boden, Gobelins, die an den Wänden keinen Platz gefunden hatten, weil die Wände für die ungleich wertvolleren Buchregale reserviert waren. Wenzel kam schlitternd zum Stehen und bückte sich, um einen der Teppiche wegzuzerren. Er schien tausend Pfund zu wiegen, aber Wenzels Verfassung verlieh ihm die nötigen Kräfte. Unter dem Teppich wurde eine exakt eingepasste Falltür sichtbar. Sie hatte keinen Griff, keinen Ring, nur eine Messingplatte mit einer Vertiefung. Er steckte den Finger hinein und drückte etwas. Eine Art metallenes Kästchen klickte nach oben. Wenzel suchte in seiner Kutte und zog ein goldenes Kreuz an einer Kette hervor. Er fummelte am Verschluss der Kette, dann errang seine Ungeduld die Oberhand, und er riss die Kette ab. Sie brannte eine Schramme in seinen Nacken, doch er achtete nicht darauf. Er knetete das Kreuz mit fliegenden Fingern, bis etwas schnappte und der lange untere Teil sich ablöste. Er war nur eine Hülle, die einen Schlüssel versteckt hatte. Wenzel erinnerte sich flüchtig daran, dass er die Idee dafür von Kardinal Melchior Khlesl erhalten hatte, dann steckte er den Schlüssel in das kleine Schlüsselloch auf der Oberseite des Kästchens und drehte ihn um. Unterhalb der Falltür erwachte ein Mechanismus zum Leben und schob klickernd und klackernd Riegel beiseite.

Die Falltür öffnete sich mit einem Federschnappen gerade so weit, dass er seine Finger unter den Spalt zwängen und sie hochheben konnte. Sie war schwer mit all den Zahnrädern und Scharnieren an ihrer Unterseite. Aus dem rechteckigen, flachen Schacht im Boden gähnte ihn Schwärze an. Es war die Schwärze eines nachtfarbenen, dicken Tuchs. Er fegte es beiseite. Darunter kam eine Truhe zum Vorschein. Er öffnete den Deckel.

»Du brauchst nicht so zu tun, als würdest du nachsehen«, sagte Alexandras Stimme hinter ihm. »Sie ist nicht da.«

Wenzel richtete sich langsam auf. Plötzlich hatte er das

Gefühl, er habe überhaupt keinen Herzschlag mehr. Noch vor einem Augenblick hatte sein Herz wie rasend geklopft, hatte er sich nichts so sehr gewünscht, wie an Alexandras Seite zu sein. Der Anblick der leeren Truhe in ihrem Versteck tanzte vor seinen Augen. Ihm schien, als fiele er in leeren Raum; zugleich wurde ihm alles klar. »Ich hätte mir denken können, dass du hier sein würdest«, sagte er. »Von wem hätten sie sonst die Nachricht erhalten sollen, dass ich tot sei.«

Er drehte sich um. Alexandra stand vor ihm, nicht weniger verschmutzt und abgerissen als er selbst. Ihre langen schwarzen Locken waren verfilzt, ihr Gesicht voller Schmutzstreifen. Ihre Augen waren gerötet vom Weinen. Er hatte den Eindruck, dass mehr graue Strähnen ihr Haar durchzogen als zu dem Zeitpunkt, da er in der Herberge in Bamberg auf sie getroffen war.

»Hast du sie genommen?«, fragte er.

»In Grafenwöhr dachte ich, ich hätte dich verloren«, flüsterte sie. »Und jetzt bedaure ich, dass es nicht so ist.«

Übergangslos stürzte sie sich auf ihn. Er prallte zurück und trat mit dem Fuß in den offenen Schacht, verlor das Gleichgewicht und fiel auf den Rücken. Sein Kopf knallte auf den Boden und ließ ihn einen funkelnden Sternenwirbel sehen. Kurzzeitig dachte er, er würde ohnmächtig werden. Alexandra kam auf ihm zu liegen und begann, mit den Fäusten auf ihn einzudreschen. Er versuchte die Hände vor das Gesicht zu heben und konnte nicht: Sie kniete auf seinen Oberarmen. Wäre ihre Wut nicht so grenzenlos gewesen, dass ihre wirbelnden Fäuste alles Mögliche trafen, und hätte sie sich darauf konzentriert, ihn zu treffen, hätte sie ihn vermutlich totgeschlagen.

»Wo ist sie?«, schrie sie. »Wo hast du sie versteckt? Welches Spiel spielst du, Wenzel? Willst du verhindern, dass ich meine Familie rette? Ist es das? Hast du mit der schwarzen Kutte auch das schwarze Herz der Kustoden geerbt? Willst du vollenden, was sie vor über fünfzig Jahren nicht vollbracht haben – die Khlesls auslöschen um der Teufelsbibel willen?« Sie schlug ihn auf die Brust, ins Gesicht, auf die Ohren, den Kopf. Die meiste Zeit traf sie den Boden oder sich selbst. »Wo ist sie?«, schrie sie. »Gib sie heraus! Ich hasse dich, Wenzel, ich hasse dich. Wie konnte ich nur jemals glauben, dass ich dich liebe? *Ich hasse dich!*«

Wenzel gelang es, sich herumzuwerfen. Sie schlang die Beine um ihn und ließ sich nicht abschütteln. Jetzt lag er auf ihr. Seine Hände waren frei. Ihre Krallen fuhren nach oben, doch er konnte ihr Handgelenk packen. Ihre andere Hand versetzte ihm einen Faustschlag, bis er auch sie packen konnte. Sie wand sich unter ihm und schrie wie eine Wilde: »Gib mir die Teufelsbibel! Gib sie mir! *Gib sie mir!*«

»Bist du verrückt geworden?«, brüllte er. »Ich habe das verdammte Ding nicht versteckt. Du hast sie aus ihrem Versteck genommen! Woher wusstest du überhaupt …«

Sie versuchte sich loszureißen. Ihr schmutziges Mieder dehnte sich und riss und verlor ein paar Knöpfe. Ein Kreuz an einer Kette rutschte aus ihrem Ausschnitt. Wenzel kannte das Kreuz. Es sah so aus wie seines.

»Agnes!«, sagte er atemlos. »Nur von ihr kannst du …«

Alexandra bäumte sich auf. Er war zu überrascht, um sich halten zu können. Ineinander verkrallt rollten sie über den Boden. Wenzel hörte wie von ferne das Hämmern und das Geschrei der Mönche draußen vor der Bibliothek. Die früheren Plünderungen hatten Wenzels Vorgänger noch etwas gelehrt – keinen zweiten Zugang zur Bibliothek zuzulassen. Er hielt Alexandras Handgelenke umfasst, um sie daran zu hindern, dass sie ihm die Augen auskratzte. Erneut kam sie auf ihm zu liegen. Sie rang darum, sich loszureißen, und er bemühte sich verzweifelt, sie festzuhalten.

»Ja, meine Mutter hat mir den Schlüssel gegeben und mir verraten, dass die Teufelsbibel hier ist!«, schrie Alexandra.

»Wir hatten viel Zeit auf der Reise nach Würzburg, und als wir in Wunsiedel festsaßen, hat sie es mir verraten für den Fall, dass nur eine von uns überleben würde. Als wir flohen, hat sie mir den Schlüssel gegeben. Meine Mutter! Ich lasse nicht zu, dass du sie und die anderen opferst!«

Ihre Finger krümmten sich direkt vor seinen Augen. Er sah ihr verzerrtes Gesicht darüber. Mit einem Aufschrei gelang es ihm, sie nach oben zu drücken und wegzustoßen. Sie fiel zur Seite und rappelte sich sofort wieder auf, um sich erneut auf ihn zu stürzen. Er rollte sich herum und klemmte sie ein. Ihr Rock riss über die ganze Länge, und ihre Schenkel klammerten sich um ihn. Er war nicht darauf gefasst gewesen. Die Anstrengung hatte ihn den Atem ausstoßen lassen, und mit ihren Beinen um den Leib, die ihn festhielten mit der geübten Muskulatur einer Reiterin, konnte er kaum mehr atmen. Er stierte sie an und versuchte, nach Luft zu schnappen.

»Wo hast du sie hingeschafft?«, schrie sie. »Deswegen bist du doch hier – weil du gehofft hast, sie vor uns allen verstecken zu können. Du lässt uns vor die Hunde gehen, nur um das Buch zu schützen!«

»Alexandra«, ächzte er, »wenn ich die Teufelsbibel schon vorher versteckt hätte, warum hätte ich dann die Falltür öffnen sollen? Um eine Komödie für dich zu spielen? Ich wusste doch gar nicht ... dass du hier bist. Ich ... ich ... kriege ... keine ... Luft ... mehr ...!«

»Und was tust du dann hier? Warum bist du gekommen? Du wolltest sie wegschaffen! Gib es zu!«

»Nein«, sagte er und wand sich. Es gab nur eine Möglichkeit – entweder ließ er zu, dass sie ihm Furchen durch das Gesicht zog, oder er verlor vor Atemnot das Bewusstsein. »Nein, Alexandra ... ich wollte ... ich wollte sie ... Pater Silvicola bringen ...« Er ließ eines ihrer Handgelenke los, umklammerte ihren Schenkel dicht oberhalb des Knies und drückte zu. Sie schrie auf. Die Fangschere ihrer Beine lockerte sich. Er drückte ihr Knie hinunter und wand sich heraus, rollte sich zur Seite und fiel auf den Rücken. Er rang nach Luft, seine Rippen knackten. Zu spät fiel ihm ein, dass er seine Deckung aufgegeben hatte, und er hob die Hände vor das Gesicht. Alexandra rappelte sich halb auf und starrte ihn an.

»*Was* wolltest du?«, fragte sie und blinzelte fassungslos.

»Ich wollte dem Jesuiten die Teufelsbibel bringen«, stöhnte Wenzel. »Ich dachte doch, du weißt nicht, dass sie hier ist, und suchst in Prag. Ich wollte deine Familie retten.«

»Aber ... du hast doch ...«

»Ja. Ich habe geschworen, die Teufelsbibel unter allen Umständen zu schützen. Ich wollte meinen Eid brechen. Ich hätte ihn niemals ablegen dürfen. Wenn man die Welt nur dadurch retten kann, dass man die Menschen opfert, die man liebt, dann ist sie es nicht wert.«

Ihr Mund arbeitete. Ihre Hände lagen kraftlos neben ihr. Er packte eine davon, rollte sich herum und küsste sie in die Handfläche. Jede Bewegung ließ seinen Körper schmerzen, als wäre er unter eine Horde durchgehender Stiere geraten.

»Ich liebe dich, Alexandra«, sagte er. »Ich habe nie etwas anderes getan, als dich zu lieben. Du bist mein Leben. Wie konntest du nur einen einzigen Augenblick annehmen, dass ich dir wehtun würde?«

Er erwartete, dass sie sich abwenden würde, wie sie es so oft getan hatte. Als er spürte, wie ihre Hand zuckte, hielt er sie fest und sah zu ihr auf. Das Haar hing ihr in Strähnen ins Gesicht, und sie hatte wieder angefangen zu weinen. Sie war schön ... so schön ...

»Ich liebe dich«, sagte er nochmals.

»Es hat alles keinen Sinn«, flüsterte sie.

»Der Kampf gegen die Teufelsbibel und gegen Kreaturen wie Pater Silvicola?«

»Nein ... deine Liebe zu mir.«

»Du wolltest sagen: *unsere* Liebe.«
»Nein, das wollte ich nicht.«
Er lächelte. »Du hast es doch schon gesagt.«
Sie musterte ihn. Er wünschte sich, aufzustehen, ihr das Haar aus dem Gesicht zu streichen, ihr die Tränen von den Wangen zu wischen, sie in den Arm zu nehmen und festzuhalten und sein restliches Leben nicht mehr loszulassen. Er bewegte sich nicht.
»Wann?«
»Als du versucht hast, mich zu erschlagen. Es war subtil, aber ich bin es gewöhnt, auf Zwischentöne zu hören.«
Der Geist eines Lächelns ließ ihre Lippen zucken. »Du meinst, ich wollte dich ganz subtil erschlagen?«
»Feinfühlig, so wie man dich kennt.«
»Uns trennt zu vieles, Wenzel.«
»Sag mir eines.«
Sie schüttelte den Kopf. »Ich kann nicht.« Sie entzog ihm ihre Hand. »Ich kann nicht.«
»Dann gilt es nicht«, hörte er sich sagen. Er war erstaunt über sich selbst. Ihren Augen war anzusehen, dass sie wirklich daran glaubte, dass etwas Unüberwindbares zwischen ihnen stand. Sie liebte ihn – doch sie würde die Liebe nicht einlösen. Mit dieser Erkenntnis hatte er all die anderen Male zurückgesteckt und ihre Entscheidung akzeptiert. Heute würde er nicht zurückstecken. »Wenn es zwischen uns steht, müssten wir beide es kennen. Anderenfalls ist es ein Hindernis, das *dir* im Weg steht, und es ist *deine* Aufgabe, es zu überwinden. Ich stehe hier und strecke die Hand nach dir aus. Du musst schon näher kommen und sie ergreifen.«
»Du redest dich leicht!«
»Natürlich. Ich habe das Hindernis ja nicht. Ich kann freien Herzens sagen: Ich liebe dich. Ich liebe dich, Alexandra.«
»Gib mir Zeit«, sagte sie, und es war das größte Zugeständ-

nis, das sie ihm je gemacht hatte seit dem Tag vor dreißig Jahren im Burghof in Prag, als sie das Gleiche gesagt hatte. Und Wenzel wusste, dass er es nicht annehmen durfte.

»Nein«, sagte er. »Du hattest genug Zeit.«

Er kam mühsam auf die Beine. Alexandra blieb auf dem Boden kauern. Sie sah zu ihm auf. Er zuckte mit den Schultern.

»Alle Liebe, die ich jemals gefühlt habe, ist gestorben«, wisperte sie.

»Das stimmt nicht.«

»Was weißt du davon?«

»Ich sehe dich an und weiß es.«

Sie ließ den Kopf hängen. Ihre Schultern begannen zu beben. Der Haarvorhang versteckte ihr Gesicht.

»Alexandra – liebst du mich?«

Er wartete auf ihr Kopfschütteln. Es kam nicht. Er wusste, dass dies alles war, was er für den Moment bekommen würde. Und für den Moment – reichte es.

2

ALS WENZEL ZUM Eingang der Bibliothek schlurfte, wurde ihm bewusst, dass das Hämmern von draußen aufgehört hatte. Er hob ächzend den großen Balken aus den Zwingen, schob die Riegel zurück und zog die Tür auf.

Sie standen alle draußen und gafften. Er hatte nie gedacht, dass sich ein Haufen Menschen auf so kleinem Raum zusammendrängen konnte. Der Torhüter stand vor allen anderen, das personifizierte Beispiel der Anführerwahl durch kollektives Nach-vorne-Schieben eines unseligen Gruppenmitglieds. Er hielt einen Kerzenständer als Waffe in der Hand, der ihn vermutlich nach hinten gezogen hätte, wenn er ihn überhaupt über den Kopf hätte heben können. Es wirkte, als brauche Wenzel nur mit dem Fuß auf den Boden zu stampfen und »Buh!« zu rufen, und alle würden kreischend flüchten. Dass sie vor der Bibliothek ausgeharrt hatten, war ihnen unter diesen Umständen doppelt anzurechnen.

»Alle guten Geister …«, begann eine Piepsstimme aus der Mitte der Gruppe.

»Schon gut, schon gut«, sagte Wenzel. »Ich bin es immer noch. Ihr hättet mir sagen sollen, dass Frau Rytíř aus Prag zu Besuch im Kloster weilt.«

»Ich habe es mehrfach versucht«, erklärte der Torhüter. »Aber du …«

»Vergiss es«, sagte Wenzel. »Nicht so wichtig.«

»Was ist denn da drinnen vorgefallen?«, fragte der Torhüter und versuchte, an Wenzels Schulter vorbeizuspähen.

»Nichts«, sagte Wenzel. »Wieso? War etwas?«

»Nein, nein.« Das Kopfschütteln des Torhüters fand seinen Widerhall bei zwei Dutzend Mönchen und einem halben Dutzend ehemaliger Wegelagerer.

Wenzel spürte, dass jemand neben ihn trat – Alexandra. Die Mönche verbeugten sich. Die dick aufgetragene Arglosigkeit in den Gesichtern, die vom Bruder Torhüter bis zu Giuseppe, dem Novizen, genau gleich aussah, machte Wenzel klar, dass seine Mönche größere Halunken waren, als er geahnt hatte. Die Zuneigung zu ihnen schoss so heiß in ihm empor, dass sie die Erinnerung an das Leid aufrührte, das sie erlitten hatten – Bruder Čestmír und Bruder Robert, die in Grafenwöhr gestorben waren, und Bruder Tadeáš, der sich trotz seiner Verwundung klaglos durch alle Strapazen schleppte, die die Gefangenschaft beim Steinernen Johannes ihnen zugemutet hatte … Wenzel musste sich räuspern.

»Sind mein Vater …«, begann Alexandra, die sich die Tränen aus dem Gesicht gewischt und versucht hatte, ihr Haar halbwegs in Ordnung zu bringen.

»… und meiner …«

»... hier gewesen?«

»Natürlich«, erwiderte der Torhüter. »Erst vor Kurzem.«

»Waren sie da in der Bibliothek?«

Die Blicke des Torhüters huschten zwischen Alexandra und Wenzel hin und her. »Äh ... ja ...«

»Allein?«

»*No*«, gab Bruder Giuseppe Laut. »*Per tutto il tempo con me!*«

»Hm! Und sonst?«

Der Torhüter schüttelte den Kopf.

»Und meine Mutter – Agnes Khlesl?«

Der Torhüter schüttelte erneut den Kopf.

Alexandra und Wenzel wechselten einen Seitenblick. »Das lässt nur noch den Schluss zu, dass sie gestohlen worden ist«, murmelte Alexandra. Sie war erneut bleich geworden. Unwillkürlich trat sie einen Schritt zurück in die Bibliothek hinein. Wenzel folgte ihr. Die Mönche draußen machten spitze Ohren, wagten es aber nicht, näher zu treten. »O Gott ... wenn das stimmt ... wann hast du das letzte Mal überprüft, dass das Buch vor Ort ist?«

»Ich habe immer mal wieder das Schloss überprüft, aber du weißt ja selbst, wie es mit dem Codex ist ... je weniger du mit ihm zu tun hast, desto besser. Nicht mal Kardinal Khlesl hat je gewagt, einen Blick hineinzuwerfen. Die Schlüssel sind so kompliziert, dass du einen von ihnen als Vorlage brauchst, um ihn nachmachen zu können – und niemand außer deinem und meinem Vater, deiner Mutter und mir besaß einen. Nicht mal du. Nicht mal deine Brüder. Wäre einer verloren gegangen oder gestohlen worden, hätten wir das sofort gewusst.«

»Der Schmied, der Schloss und Schlüssel ...?«

»War ein Vertrauter von Kardinal Khlesl, der nicht wusste, wofür er beides anfertigte. Und du kanntest den alten Kardinal – der hat einem Menschen erst dann vertraut, wenn er eine schriftliche Bürgschaft von allen Erzengeln vorliegen hatte.«

»Wann genau hast du denn das letzte Mal das Buch selbst gesehen?«

»Das ist ... Jahre her! Jahrzehnte! Als ich meinen Dienst hier im Kloster antrat. Das musst du doch noch wissen. Ihr habt mich alle begleitet ... dein Vater und meiner haben das Buch vor meinen Augen in sein Versteck gelegt und ...«

»Wenzel!« Alexandra packte seinen Arm. In ihren Augen war gleichzeitig Mitleid und Triumph zu lesen. »Wenzel ... sie haben es nie in das Versteck gelegt. Sie haben dich getäuscht. Sie haben alle getäuscht, die glaubten, das Original zu behüten. Reichskanzler Lobkowicz haben sie die Kopie untergejubelt, so wie sie es schon mal mit Kaiser Rudolf gemacht haben, und du ... dich haben sie ein halbes Leben lang auf eine leere Truhe aufpassen lassen.«

Wenzel gaffte sie an. Er hatte keinen Zweifel daran, dass sie die Wahrheit sagte.

»O mein Gott!«, stieß Alexandra hervor. »Ich weiß noch genau, was Papa sagte, als die Geschichte in Pernstein vorüber war. Er sagte ... sie seien jetzt die Wächter der Teufelsbibel. Er, Mama und Onkel Andrej! Und dabei sind sie ihr ganzes Leben lang geblieben ...«

»Es gibt ein Erbe, das man nie spät genug antreten kann«, brummte Wenzel. Er fühlte eine vage Bitterkeit.

»Was?«

»Nichts, nichts. Aber ich verstehe, was du meinst. Weder deine Eltern noch mein Vater sind Menschen, die Verantwortung auf andere Schultern laden, solange sie sie selbst noch tragen können.«

»Aber warum hat Mama dann ... sie hätte es doch wissen müssen ... warum hat sie mir gesagt, die Bibel sei in Raigern, wenn sie in Wahrheit gar nicht hier ...?«

»Was hat sie denn zu dir gesagt? Wörtlich?«

»Meine Güte, ich habe doch ... was seither alles geschehen ist ... ich weiß es nicht ...«

»Denk nach. Du willst mir doch nicht erzählen, dass du dabei nur mal ganz beiläufig zugehört hast!«

»Nein, natürlich nicht. Aber ... warte ... sie sagte ... ja, sie sagte, das Buch sei dort, wo einer von uns dazu auserkoren worden sei, die Bürde auf sich zu nehmen. Ich dachte natürlich, dass dies Raigern sei, weil du doch für uns alle ...«

Wenzel schüttelte den Kopf. Er griff nach Alexandras Schultern. »Nein«, sagte er. »Nein! Du liebe Zeit – deine Mutter ist wirklich eine bemerkenswerte Frau! Selbst als sie dir das Geheimnis verriet, war sie noch so vorsichtig, wie sie nur konnte. Alexandra – Raigern ist nicht der Ort, wo unsere Familien zum ersten Mal die Wächter der Teufelsbibel wurden!«

»Du meinst, sie ist noch in Pernstein? Ich möchte diesen Ort nie wieder ...«

»Nein! Alexandra! Wir müssen viel weiter in die Vergangenheit gehen.« Obwohl er Bitterkeit darüber fühlte, dass man ihn am Ende hintergangen hatte, bewunderte er doch die Entscheidung, die Cyprian, Agnes und Andrej getroffen hatten. »Wir müssen dahin zurückgehen, wo wirklich alles begann – in einem Novembersturm, in einem Graupelschauer, in Gebrüll und Mord und dem Rasen eines Wahnsinnigen und einer Geburt im Matsch eines Klosterhofes, in dem die Blutlachen der Erschlagenen schwammen.«

Alexandra griff sich an den Hals.

»Das ist der Ort, an dem alles begann – an dem ein Abenteurer, der nur halb wusste, was er tat, die Teufelsbibel aus ihrem Jahrhundertschlaf aufweckte und dabei umkam, und wo die Verantwortung auf seine Kinder überging, ohne dass er oder diese es jemals gewollt hätten.«

»Podlaschitz ...«, flüsterte Alexandra. »Aber warum hat meine Mutter mir den Schlüssel gegeben?«

»Weil sie hoffte, dass du, wenn du vor der leeren Truhe hier im Kloster stündest, verstehen würdest, was sie dir sagen wollte. Besser hätte sie das Geheimnis nicht schützen können und es dir trotzdem mitteilen.«

»O Gott ... dieser verfluchte, verfluchte Ort ...«

»Irgendwann muss man sich den Geistern der Vergangenheit stellen. Wir brechen sofort auf.«

»Du willst mich begleiten?«

Wenzel musterte sie. »Natürlich«, stieß er hervor. Wie hatte sie nur etwas anderes glauben können?

Über ihr Gesicht huschten die Gefühle wie Licht und Schatten. Bevor er wusste, was er tat, beugte er sich zu ihr und küsste sie auf den Mund. Ihre Hände fuhren nach oben, um ihn wegzuschieben, doch in ihrer Abwehr war keine Kraft, und dann verkrallten sich ihre Hände mehr in das Vorderteil seiner Kutte, als dass sie ihn von sich stießen, und sie zog ihn zu sich heran. Er drückte sie an sich, und sie presste sich an ihn und umarmte ihn und erwiderte den Kuss mit einer so verzweifelten Wildheit, dass sie seine Lippen gegen seine Zähne quetschte und er fast an ihrer Zunge erstickte. Zu seiner monströsen Beschämung fühlte er, wie sein Glied sich schlagartig versteifte, und zu seiner Scham kam ebenso monströse Verwirrung, als sie ihren Unterleib gegen den seinen presste und er das Zucken fühlte, das durch ihren Körper ging. Gab es einen noch absurderen Zeitpunkt als diesen, von einem Kuss beinahe bis zur Unerträglichkeit erregt zu werden? Aber ... gab es überhaupt einen Zeitpunkt, an dem die Liebe nicht, wenn sie wollte, über alles triumphieren konnte?

Sie lösten sich voneinander. Wenzel hörte ein vielstimmiges Räuspern und ein Füßeschlurfen, und seine Blicke irrten zu seinen Mönchen. Sie hatten sich alle umgewandt und betrachteten die Wände und die Decken des Treppenhauses, als wären die Schätze Salomos in ihnen verbaut. Sein Blick wanderte zurück zu Alexandra. Sie erwiderte ihn mit einer Intensität, die ihm in alle Glieder fuhr.

»Sag irgendwas«, krächzte sie.

»Herr, lass mich sterben, weil es nicht mehr besser werden kann als in diesem Moment«, brachte er hervor.

Ihre Augen liefen über. Als ihr Anblick verschwamm, wusste er, dass die seinen es ihr nachtaten. Er zog sie so ungestüm an sich, dass ihr der Atem ausging und seine lädierten Rippen knackten. Es hätte ewig dauern können. Es dauerte viel zu kurz.

»Wir können nicht hier rumstehen und heulen«, sagte sie und machte sich los. »Wir haben eine Aufgabe.«

Im Stall des Klosters gab es in der Regel ein paar Pferde. Wenzels eigener Gaul war darunter, aber auch Tiere, die dort untergestellt waren, weil man sich auf die Pflege der Mönche verlassen konnte – und selbst das Geld für das Heu über den Winter sparte. Den Mönchen war es recht. Was die Tiere vorne fraßen, gaben sie hinten in Form von Dünger wieder von sich. So war allen geholfen, am meisten den Pferden, und die Rosen an den vier Ecken des Kreuzgangs und die Erdbeeren des Klosters waren in der ganzen Umgebung berühmt. Wenzel warf nur einen Blick auf das Pferd, mit dem Alexandra bis hierhergeritten war, dann suchte er eines von denen aus, die im Kloster ihre Winterpension bezogen. Jetzt war nicht die Zeit für kleinliche Skrupel.

Als sie die Tiere an ihren Zügeln nach draußen zogen, hatten sich Wenzels Mönche vor dem Stall versammelt und musterten sie schweigend. Wenzel musste zweimal hinsehen, bevor er begriff, was anders an ihnen war – sie hatten den dunkelgrauen Benediktinerhabit gegen die nachtschwarzen Kutten ausgetauscht. Was den Bruder Kellermeister betraf, so spannte die seine am Bauch ein wenig; der Stoff musste wohl eingegangen sein.

»Wir kommen natürlich mit«, sagte der Kellermeister, der bemerkt hatte, dass Wenzels Blick an ihm hängen geblieben war.

»Und wohin, wenn ich fragen darf?«

»Keine Ahnung, ehrwürdiger Vater. Sag du es uns.«

Wenzel fühlte die irrwitzige Regung in sich aufsteigen, ihm die Anrede »ehrwürdiger Vater« zu verbieten und laut zu rufen, dass, wenn der Kuss in der Bibliothek wirklich etwas bedeutet hatte, bald ein neuer Propst seine Aufgabe würde übernehmen müssen, weil er in die Welt zurückkehren würde ... doch er beherrschte sich. Eine Aufgabe war erst dann beendet, wenn es dafür nichts mehr zu tun gab, und davon war er noch meilenweit entfernt – meilenweit und einen Blick in die Hölle, die sie alle verschlingen konnte. Seine gute Laune erstarb, aber nicht das Gefühl, hundert Dinge gleichzeitig tun zu wollen. Er spürte noch immer Alexandras Kuss und ihren Körper in seinen Armen, und die Erinnerung durchpulste ihn mit Leben.

»Na gut«, erklärte Wenzel. »Ich sage es euch. Ihr geht brav wieder zurück ins Kloster, zieht die schwarzen Kutten aus und betet für unsere sichere Rückkehr.«

»Mit Verlaub, ehrwürdiger Vater – nein.«

»Das ist Gehorsamsverweigerung.«

»Ja, das ist es wohl.« Nicht einer der Mönche sah auch nur für den Bruchteil eines Augenblicks unsicher aus.

»Es widerspricht eurem Schwur auf die Regel des heiligen Benedikt.«

»Entschuldige, ehrwürdiger Vater, aber es gibt einen Gehorsam, der über das hinausgeht, was in Regeln und Vorschriften steht, und wir sind alle der Meinung, dass es dieser Gehorsam ist, den der Heilige seinen Gefolgsleuten abfordert.«

»Ach ja?«, sagte Wenzel. Er spürte, wie ihm ein Kloß in den Hals stieg, und dachte zugleich: *Ich habe mich immer ge-*

fragt, wie es sein konnte, dass Bruder Pavel, der Beste der Kustoden, damals blindlings in sein Verderben rannte und so viele Menschenleben mit sich nahm. Jetzt weiß ich es. Auch er fühlte einen Gehorsam, der weit über die Regula Benedicti hinausgeht: den Gehorsam der Liebe zu seinem Abt. Und ich weiß jetzt auch, welche Macht diese Liebe hat. Da stehen sie allesamt und warten darauf, mir in den Tod zu folgen. Und mit immer größer werdender Fassungslosigkeit erkannte er, dass zwischen den schwarzen Kutten eine halbe Handvoll zerlumpter Kerle stand und nicht weniger begeistert aussah als die Klosterbrüder. Ein zahnlückiges Gesicht nickte ihm entschlossen zu. Er hatte es zum ersten Mal gesehen, als sein Besitzer ihn aufgefordert hatte, ihm alle Wertsachen und die Kleidung zu übergeben.

»Das geht nicht«, murmelte Wenzel.

»Doch, ehrwürdiger Vater«, sagte der Torhüter fest. »Es geht. Und um deinem nächsten Einwand zuvorzukommen: Dort im Stall stehen genügend Pferde, mit denen wir dir und Frau Rytíř nachfolgen können, selbst wenn wir zu zweit auf einem sitzen müssen.«

»*Eccetto* die Kellermeister«, piepste eine Stimme aus den schwarzen Kutten hervor. »*Troppo pesante.*«

Der Kellermeister wandte sich um. »Ich geb dir gleich ...«

»Brüder«, sagte Wenzel und hatte Mühe, das Schwanken seiner Stimme unter Kontrolle zu halten. »Ich kann das nicht von euch verlangen.«

»Das ist richtig. Du kannst nicht von uns verlangen, dich im Stich zu lassen. Und Frau Rytíř, bitte um Entschuldigung. Und nun lass uns bitte in den Stall, wir müssen die Pferde satteln.«

»Die Pferde sind dem Kloster nur anvertraut ...!«

»Pferde müssen ab und zu bewegt werden. Das tun wir hiermit. Folgt mir, Brüder, immer zwei suchen sich ein Pferd aus.«

»*Eccetto* die ...«

»Ja, ja, schon gut, du Hänfling. Komm du erst in mein Alter ...«

Alexandra, die sich mit ihrem Pferd an seine Seite gesellt hatte, schenkte Wenzel ein schiefes Lächeln. »Ich frage mich, was Mama tun wird, wenn ihr plötzlich zwei Dutzend schwarze Mönche *zu Hilfe* kommen.«

»Sie wird jedem einen Knüppel in die Hand drücken und ihm zeigen, wo er draufhauen muss. Na gut – Brüder, es zählt jede Minute. Wir brechen sofort auf, ihr folgt uns nach.«

»Dann verrätst du uns also, wohin es geht, ehrwürdiger Vater?«

»Podlaschitz!«

»*Mamma mia!*«

»Siehst du, du Hänfling, jetzt machst du dir ins Hemd!«

3

DIE MÖNCHE DONNERTEN mit einer Verspätung von gut einer Stunde zum Tor des Klosters hinaus, dass die Bediensteten und Knechte beiseitesprangen und ihnen mit offenen Mündern nachstarrten. Im selben Augenblick versuchte ein Wagen einzubiegen. Der Lenker, ein Klosterbruder in zerfranster schwarzer Kutte, brachte die scheuenden Maultiere, die den Wagen zogen, mühsam zum Stehen. Er wandte sich um und blickte der davonreitenden Kavalkade hinterher. Aus dem Wageninneren schob sich ein Kopf und folgte dem Blick, dann sahen die beiden Mönche sich an.

»Das waren alle unsere Brüder«, sagte Bruder Bonifác, der auf dem Kutschbock saß.

»Hast du gesehen, welche Kutten sie ...?«, fragte Bruder Daniel.

»Ja, hab ich!«

Die Maultiere schnaubten und stemmten sich gegen die Zügel. Die beiden Mönche starrten der Schnee- und Staubwolke nach und sahen sich dann erneut an. Bruder Daniel zuckte mit den Schultern.

»Was meinen die anderen?«, fragte Bruder Bonifác.

Der Kopf von Bruder Tadeáš zeigte sich neben Bruder Daniel im Wagenfenster. Bruder Tadeáš sah immer noch aus, als müsse man in den nächsten Stunden mit seinem Ableben rechnen, aber er hatte die Kutschfahrt von Eger hierher überstanden, ohne noch schlechter auszusehen.

»Wo wollen die hin?«, krächzte Bruder Tadeáš.

»Keine Ahnung.«

»Hinterher!«, sagte Bruder Tadeáš.

4

»Es ist zu leicht gewesen«, flüsterte Samuel in Ebbas Ohr.

Ebba seufzte. Auch Samuels Männer blickten sich eher misstrauisch um. Sie hatten in einem Gewaltritt die Strecke von Braunau nach Prag zurückgelegt, hatten sich in Prag ein Versteck gesucht, hatten alle möglichen Orte, an die die Teufelsbibel gebracht worden sein konnte, ausgekundschaftet; hatten dann nach tausend betont harmlosen Fragen herausgefunden, dass es in der Prager Burg einen Ort gab, den der berüchtigte Kaiser Rudolf als seine Wunderkammer bezeichnet hatte; hatten nach diesem Strohhalm gegriffen, weil es keinen anderen gab, hatten eine Nacht abgewartet, in der nach einer kurzen Tauperiode und gleich danach einsetzendem Frost dichter Nebel die Stadt einhüllte, hatten mit Seilen und Wurfankern und einer halsbrecherischen Klettertour über die der Stadt abgewandte Seite des Burgfelsens die Mauern erklommen, hatten einen Wachwechsel abgewartet und waren dann in das Labyrinth der Burg eingedrungen, den widersprüchlichen Aussagen folgend, wo die Wunderkammer sich befand, tasteten sich nun durch eine mit jedem Herzschlag beklemmender werdende Finsternis, während ein völlig verängstigter Dienstbote, den sie auf dem Abtritt überrascht hatten und dem Alfred Alfredsson seinen Dolch in den Rücken bohrte, ihnen voranstolperte, seine Hosen mit beiden Händen festhaltend, weil er sie vor Angst nicht mehr zubinden konnte ... und Samuel Brahe fand, es war zu leicht gewesen!

»*Carpe diem*«, flüsterte sie. »Schauen wir, was da drin auf uns wartet.«

Samuel packte ihren Arm. »Ich traue dem Braten nicht. Es sieht zu sehr nach einer Einladung aus ...«

»... um nicht nach einer Falle auszusehen? Wer, glaubst du, sollte uns *hier* erwarten?«

»Ich frage mich, warum wir so einfach eintreten können.«

Sie fühlte seine Blicke und machte eine entschlossene Miene. Samuel hatte darauf bestanden, dass sie sich alle Asche und Fett ins Gesicht schmierten, um mit der Finsternis verschmelzen zu können. Seine Augen funkelten aus dem obersten der dicken schwarzen Schmierstriche heraus, die er sich links und rechts ins Gesicht gewischt hatte wie die Streifen eines Tigers. Sein Gesicht sah bizarr aus, aber sie wusste, dass ihres nicht weniger seltsam wirkte. Ein Teil ihres Herzens hatte Mitleid mit dem Dienstboten, dem sie vorkommen mussten wie Dämonen aus der Hölle, die sich in einer unbekannten Sprache unterhielten und ihn zweifelsohne später auffressen würden.

»Du hast doch gesehen, wie hektisch es in der Stadt zugeht mit Schanzarbeiten und dem Aufbau von Hindernissen. Alles bereitet sich darauf vor, den Angriff Königsmarcks abzuwehren. Die Prager haben weder Zeit noch Soldaten genug, um innerhalb einer befestigten Anlage einen einzelnen Eingang zu bewachen.«

Samuel gab der Tür einen leisen Stoß. Sie schwang lautlos ein paar Zoll weit auf.

»Das meine ich nicht«, knurrte er. »Was ich meine, ist, dass nicht mal *abgesperrt* ist.«

Ebba wandte sich an den Dienstboten und fragte in seiner Sprache: »Ist diese Tür sonst versperrt?«

Der Mann sah sie mit weit aufgerissenen Augen an. Ihr dämmerte, dass er erst an ihrer Stimme gemerkt haben konnte, dass sie eine Frau war. Seine Lippen zuckten in ebenso großer Panik wie Fassungslosigkeit. Seine Welt war vollkommen auf den Kopf gestellt – in der Nacht von schwarz gestreiften Dämonen mitten in der vermeintlich sicheren Burg vom Abtrittloch gezerrt und gezwungen zu werden, die Dämonen zur Wunderkammer zu führen, um dann festzustellen, dass einer davon eine Frau war, die seine Sprache völlig makellos beherrschte ... vermutlich hätte er nicht einmal seinen eigenen Namen fehlerfrei hervorbringen können. Seine Augen zuckten zwischen ihr und Samuels Männern hin und her.

»Wir können hier sitzen und diskutieren bis zum Tagesanbruch und werden es nicht rausfinden«, flüsterte sie. »Ich gehe jetzt rein.«

»Ich komme mit«, sagte Samuel.

Ebba widersprach nicht. Sie wechselten einen Blick. Samuel lockerte den Dolch in seinem Gürtel, gab einem seiner Männer, ohne hinzusehen, seine Pistolen und empfing dafür einen weiteren Dolch. Auch Ebba legte ihre Schusswaffe ab. Wenn sie sie hier abfeuerte, würden sie in wenigen Herzschlägen die ganze Burgbesatzung auf dem Pelz haben, Personalmangel hin oder her.

Samuel deutete auf den Dienstboten und sagte auf Deutsch zu Alfred: »Ihr versteckt euch in der leeren Kammer weiter vorn, an der wir vorbeigekommen sind. Wenn wir nicht in einer Viertelstunde zurück sind, schneidest du ihm den Hals durch und blockierst mit seinem Körper den Zugang.«

Alfred nickte. Der Dienstbote begann zu zittern. Samuel warf einen letzten Blick umher, dann schlüpfte er lautlos zu der offenen Tür hinein. Als Ebba ihm folgte, sah sie, wie Alfred dem Dienstboten zuzwinkerte und beruhigend den Kopf schüttelte. Dann umfing sie die Dunkelheit eines weiten Gewölbes, in dem es selbst Nacht sein würde, wenn draußen der helle Tag anbrach. Die Tür klickte hinter ihr leise ins Schloss, und die Finsternis war vollkommen. Orientierungslosigkeit schoss so schnell in ihr hoch, dass ihr der Atem stockte.

»Pst! Hier!«

Sie hörte ein metallisches Scharren und sah das kurze Aufleuchten eines Lichtkeils. Sie blendete ihre Laterne auf, um den Weg zu Samuels Versteck zu finden. Der Boden knarrte leise. Ihr schien, als seien sie unversehens in eine riesige Höhle eingedrungen. Es gab keinen Zweifel, dass sie die Wunderkammer gefunden hatten. In ihren Eingeweiden fühlte sie das gleiche ungute, hohle Vibrieren, das sie auch im Stollen unterhalb des Klosters in Braunau empfunden hatte, den Wunsch, weit weg von hier zu sein und ebenso dieselbe unwiderstehliche Anziehung, die gleiche düstere Vorahnung, dass sie dabei war, einen Fehler zu begehen. Wenn sie nur gewusst hätte, ob der Fehler darin bestand, der Anziehungskraft zu erliegen oder dem Wunsch stattzugeben, sofort zu fliehen! Was sie noch sicherer machte als ihre eigenen Gefühle, dass sie hier richtig waren, war Samuels Verhalten. Er schien nicht einen Herzschlag lang daran zu zweifeln, dass sie den ehemaligen Hort von Kaiser Rudolfs düsteren Schätzen gefunden hatten, und Ebba hatte gelernt, dass man *seinem* Gefühl auf jeden Fall trauen konnte. Sie sah seine Laterne kurz aufleuchten und war überrascht, wie nahe sie ihm bereits gekommen war, da packte seine Hand sie auch schon und zog sie nach unten. Sie kauerte sich neben ihn und tastete umher. Unter ihrer Hand war der kühle, raue Stein einer Säule.

»Alles klar?«, wisperte er. Sie fühlte seinen Atem im Ohr und roch sein durchgeschwitztes Zeug. Ihr war klar, dass sie nicht viel besser duftete. Seine Nähe und das Kitzeln seines Atems waren gleichzeitig beruhigend und auf vage Weise erregend ... und als sie diesen Gedanken zu Ende gedacht hatte, blitzte eine der vielen Erinnerungen an Königin Kristina auf ... sie lagen nebeneinander im Bett, Kristina presste sich an Ebbas Rücken und wisperte ihr Zärtlichkeiten ins Ohr, während ihre Hände auf Ebbas Brüsten und in ihrem Schoß ihre zärtliche Liebesarbeit verrichteten ...

»Was ist?«, zischte Samuel.

»Nichts«, log sie. »Nichts. Eine Gans ist über mein Grab gelaufen.« Erbittert dachte sie, dass dies der letzte Beweis war, wenn sie einen brauchte, dass dieses Gewölbe mit der Teufelsbibel in Berührung gekommen war – die Erinnerung an Kristinas Liebe hatte sie plötzlich mit Ekel erfüllt. Sie wünschte sich, die Dunkelheit verscheuchen zu können. *Sin lumine pereo*, dachte sie. *Die Beschwörung der Sonnenuhr: Ohne Licht bin ich verloren.*

Samuel horchte in die Dunkelheit. »Wenn da jemand wäre, hätte er uns schon längst die halbe Waffenkammer um die Ohren gehauen«, flüsterte er schließlich. »Sehen wir uns mal um.«

Sie hörte, wie die Abdeckung seiner Laterne zurückschnappte. Der trübe Lichtkeil versickerte in der Dunkelheit, dann traf er auf etwas.

»Ein Schrank«, flüsterte Ebba. Sie wusste nicht, warum sie weiterhin die Stimmen gedämpft hielten, aber es schien angebracht.

»Eher eine Art Regal.« Samuels Lichtschein wanderte weiter. »Und da ist noch eines. Und da ... und da ... was ist denn das ...?«

Sie sah den gelben Schimmer auf etwas tanzen, das sich im ersten Moment ihrem Verständnis entzog, nicht weil das

Licht zu schwach gewesen wäre (das war es), sondern weil der Anblick an sich ... Sie klappte unwillkürlich ihre Laterne auf und leuchtete in die gleiche Richtung.

»O mein Gott!« Der Deckel ihrer Laterne schnappte zurück. Das Abbild tanzte in Fehlfarben vor ihren Augen. Sie hörte ihren eigenen Atem.

»Es ist nur ein Bild«, sagte Samuel.

Ebba öffnete die Blende ihrer Laterne und richtete sie auf das vorherige Ziel, das im ruhigen Licht von Samuels Laterne schimmerte. Sie konnte nicht verhindern, dass ihr eigener Lichtkreis zitterte. Dann holte sie Atem und ließ den Lichtstrahl weiterwandern. »Und es hat Gesellschaft«, sagte sie grimmig.

»So etwas gibt es an allen Königshöfen«, erwiderte Samuel. »Auch in Schweden.«

»Jetzt nicht mehr!«, zischte Ebba.

»Die Frage ist, ob den Unseligen damit ein Gefallen getan ist. Immerhin werden solche wie sie geboren, egal, ob unsere Königin von ihnen fasziniert ist oder nicht. Und ich wage zu behaupten, dass es ihnen besser ginge, wenn sie das Objekt allgemeinen Begaffens am Hof wären.«

»Möchtest du dich den ganzen Tag anstarren und dir sagen lassen, dass du nur gelitten bist, weil du ...«

»... wie ein Monstrum aussiehst? Nun, lieber würde ich mich von der Hofgesellschaft anstarren lassen und ein Dach über dem Kopf und fünf warme Mahlzeiten am Tag haben, anstatt in einem Schinderkarren von Dorf zu Dorf durch Schnee, Eis und Regen gezerrt und trotzdem angestarrt zu werden, allerdings zum Nutzen der Zirkusleute und von Bauern, die mir faules Obst zum Käfig hereinwerfen und mich mit Stöcken piesacken.«

Ebba starrte noch immer die Bilder an. Samuels Lichtkreis war längst weitergewandert, aber sie konnte ihn nicht von den Monstrositäten losreißen. Auf dem ersten war ein

Mann zu sehen, der nackt auf dem Bauch lag. Sein Körper war eine gestaltlose Walze ohne Arme und Beine, und allem Anschein nach war er schon so auf die Welt gekommen. Das Bild daneben zeigte einen Mann in teurer Kleidung, perlenbestickt, mit Ketten, die ihm um den Hals hingen. Das Gesicht war ein zottiger Pelz, aus dem Augen, Nasenlöcher und Lippen schauten, die so rot waren, als habe er Blut geleckt. Sein Grinsen war abscheulich, doch wahrscheinlich war es nur ein Lächeln. Das nächste Bild zeigte eine Frau und zwei Kinder, die ebenso wie der Mann daneben vollkommen behaarte Gesichter hatten ... und haarige Pfoten ... und Haar, das den Kindern unter den Kniebundhosen hervorquoll und der Frau oben aus dem Dekolleté ...

»Ebba!«

Sie schluckte. Vor ihren Augen verschoben sich die Bilder der haarigen Menschen und vermischten sich mit ihrer Erinnerung an Kristina, und plötzlich meinte sie die Berührung von Pelzpfoten an ihren Brüsten zu spüren und eine Pratze mit borstigen Haaren, die sich zwischen ihre Schenkel zwängte ...

»Ebba?«

»Dieses Drecksding ... diese Teufelsbibel ... macht alles kaputt, was gut ist!«, zischte sie und wischte sich mit einer zitternden Hand über den Mund. »Sie gehört vernichtet, sonst nichts. Verbrannt!«

Samuel berührte ihre Hand; sie hätte beinahe aufgeschrien.

»Die ganze Halle hier ist voll mit Zeug«, flüsterte er. »Man hat den Eindruck, dass sich schon viele Leute bedient haben, und trotzdem ist sie noch immer vollgepackt wie das Bett in einer Bauernkate an einem Regentag. Komm weiter. Wenn Königsmarcks Soldaten erst die Stadt überrannt haben, ist der General am Ziel seiner Wünsche.

»Was meinst du damit?«

»Beute!« Samuel machte eine weit ausholende Armbewegung. Wenn man länger hier war, begann man, die Topografie der riesigen Halle zu ahnen: Regale auf Regale, Schränke, Tische, Kästen, Truhen – vollgepackt mit schweigenden Schätzen, Wunderdinge und Ekelhaftes, Kostbarkeiten und Trödel, der schimmernde Zauber von Reichtum und die finstere Magie eines kranken Kaisers, der den Tand der Welt sammelte, um damit die gähnende Leere in seinem Inneren zu füllen, die der Tod von Glaube, Liebe und Hoffnung in seiner Seele hinterlassen hatten. »Königsmarck hat Krieg geführt wie ein wildes Tier, und als solches behandelt ihn jeder von Stand. Herzog Maximilian von Bayern wäre unter den protestantischen Fürsten nicht so unwillkommen wie ihr eigener Feldherr, Graf Christopher von Königsmarck. Wenn er sich aber diese Reichtümer hier aneignet, dann ist er ein ungeheuer vermögendes Tier, und das Erste, was einem der Reichtum schenkt, sind eine starke Anziehungskraft und viele, viele Freunde...«

Sie schlichen weiter vorwärts. Ebbas immer mehr sich an die Dunkelheit gewöhnenden Augen konnten jetzt Formen unterscheiden, matt schimmernde Bilderrahmen, kaum sichtbar blinkende Gefäße aus Glas und Metall. An der Decke hingen die Schatten von ausgestopften Fabeltieren, aus den Bilderrahmen heraus folgten gemalte Augen ihrem Vordringen. Vage Rechtecke flimmerten und schwebten voraus in der Luft; nach ein paar Herzschlägen wurde ihr klar, dass es Fenster waren, die von innen mit Läden verrammelt waren. An den Rändern der Läden drang das schwache Licht von draußen herein und zeichnete in der Finsternis der Wunderkammer trübe geometrische Linien.

Samuel packte sie am Arm und zog sie in die Deckung einer weiteren Säule. Sie wollte etwas sagen, aber er legte ihr den Finger auf die Lippen. Als sie die Laterne aufklappen wollte, hielt er ihre Hand fest. Sie suchte seinen Blick. Er deutete auf etwas. Sie hätte es übersehen. Er schien in der Nacht sehen zu können wie ein Luchs.

»Das riecht immer mehr«, flüsterte Samuel.

Tatsächlich hatte sich der Geruch hier verändert. Vorne hatten Staub, Feuchtigkeit und Alter geherrscht; hier mischte sich eine unterschwellig anklingende Note von Kräutern und Medizin darunter, von Verschwiegenheit und verratenen Träumen, von Zauberei, Heimlichkeit und den Ingredienzien eines in alchimistischen Studien verschwendeten Lebens. Aber das war es nicht, was Samuel meinte.

Weiter vorn war eine Falltür, und sie war aufgeklappt.

Samuel versuchte sich vorwärtszuarbeiten, doch sie hielt ihn fest. »*Ich* gehe«, hauchte sie.

Er schüttelte den Kopf.

»Sei nicht dumm, Rittmeister Brahe«, wisperte sie. »Wenn das eine Falle ist und ich geschnappt werde, kannst du mich leichter herausholen als andersherum. Und sollte dort unten niemand auf der Lauer liegen, ist es egal, wer zuerst geht.«

»Auf meinem Grabstein wird stehen: Er ließ die Frauen vorangehen«, murmelte Samuel.

»Ich sorge dafür, dass darunter eingraviert wird: Er war ein höflicher Mann.«

»Fahr zur Hölle, Euer Gnaden.«

»Solange du mir Rückendeckung gibst ...«

Sie huschte nach vorn, bevor er weiter widersprechen konnte. Vor der Öffnung im Boden hielt sie an, legte sich vorsichtig auf den Bauch und schob sich dann an die Kante heran. Es kostete sie eine beinahe monströse Überwindung, in das Dunkel hineinzuspähen, das sich vor ihr auftat. Einen Augenblick wurde ihr klar, dass derjenige, der sich möglicherweise dort unten versteckt hatte, ihren Umriss würde sehen können, und für einen weiteren Augenblick glaubte sie den kurzen Luftzug zu spüren, der einer Klinge vorauseilte, die nach oben sauste und ihren Hals durchtrennte.

Nichts geschah. Sie fühlte Schwindel und merkte, dass sie aufgehört hatte zu atmen. Hastig schnappte sie nach Luft. Der Kräuter- und Medizingeruch war hier stärker, der Duft von lange eingetrockneten Essenzen, die Ahnung von als magisch empfundenen Zutaten. Sie schloss die Augen und öffnete sie, doch an die Höllendunkelheit dort unten konnten sie sich nicht gewöhnen. All ihre Sinne protestierten, aber es war nicht anders zu machen – sie zerrte die Laterne nach vorn, hielt sie über die Dunkelheit und klappte die Blende auf.

Das Ungeheuer sprang sie an.

5

EBBA ROLLTE SICH beiseite. Sie verlor die Laterne, die klappernd davonrollte und erlosch. Wenn ihr Schock nicht so groß gewesen wäre, hätte sie geschrien. Ein Gewicht fiel auf sie, und sie schlug um sich. Das Gewicht packte ihre Hände und drückte sie nach unten, und ihr wurde klar, dass es Samuel war. Sie bemühte sich, der Panik Herr zu werden. Einen Augenblick lang lauschten beide in die Finsternis. Ebba spürte ihr Herz so hart pochen, dass es gegen Samuels Brust hämmern musste.

»Was hast du gesehen?«, hauchte Samuel.

Langsam wurde Ebba klar, dass Samuel sich nicht über sie geworfen hatte, um sie festzuhalten, sondern um sie zu beschützen. Sie räusperte sich. »Du brauchst keine Angst zu haben vor dem, was einmal auf deinem Grabstein stehen wird«, sagte sie schwach.

Er stützte sich auf die Arme und sah auf sie herunter. Seine Stimme klang, als lächle er. »Geht's wieder?«

Sie nickte. Er rollte sich beiseite und holte ihre Laterne. Mit ein paar Handgriffen öffnete er sie, huschte zur Säule hinüber, holte die seine, entzündete die ihre an seinem Docht.

»Es war ein Monstrum«, sagte sie zu seinem Rücken.

»Gut, dass es brav dort unten bleibt«, erwiderte er, ohne sich umzudrehen. »Sonst kämen wir geradezu in Schwierigkeiten.«

»Samuel Brahe«, sagte sie drohend, »jemand, der eine Frau halb unter sich zerquetscht, weil er wegen nichts glaubt, die Türken greifen an, hat es gerade nötig, so zu reden.«

»Sehen wir nach«, sagte Samuel und gab ihr die Laterne. »Und denk daran: Wir fürchten uns nicht. Es sind die anderen, die sich vor uns fürchten.«

Sie versetzte ihm einen Rippenstoß, dann kauerten sie sich nebeneinander an den Rand des Schachts und leuchteten nach unten. Zu Ebbas Befriedigung erkannte sie, dass Samuel unwillkürlich den Atem anhielt.

Das Monstrum war noch da. Es hatte die Klauen gehoben, seine ledrigen Flügel waren weit gespreizt, und sein hässliches Gesicht war in einem ewigen, stummen Schrei verzerrt. Nadelspitze Zähne waren im aufgerissenen Mund zu sehen. Der vertrocknete Körper einer Mumie endete in einem langen, stachelbewehrten Fischschwanz. Samuel schloss die Blende seiner Laterne.

»Eine Meerjungfrau«, sagte er. »Eine mumifizierte Meerjungfrau, die da unten auf einem Tisch liegt. Zum Teufel mit diesem Horrorkabinett!«

»Das ist eine Fälschung«, sagte Ebba und konnte nicht anders, als an die Porträts der Entstellten weiter vorne zu denken.

Samuel schien ihr nicht wirklich zugehört zu haben. »Hauptsache, dass sie tot ist.«

»Samuel – es ist eine Fälschung! Ich habe solche Dinge schon anderswo gesehen. Wenn du das Machwerk da unten genau untersuchen würdest, könntest du feststellen, aus welchen Teilen es zusammengesetzt ist – der Schwanz eines Thunfischs, der rasierte Körper eines Affen, das Gebiss einer toten Katze ...«

Samuel blickte verdrossen in die Dunkelheit hinunter. Trotz der Situation empfand Ebba unvermittelt Amüsement. Sie hatte noch keine einzige Schwäche an Rittmeister Samuel Brahe entdeckt – bis jetzt. Und ausgerechnet hier, in diesem Hort aus Fälschung und betrogenen Hoffnungen, stellte sich heraus, dass Samuel Brahe ... an die Existenz von Meerjungfrauen glaubte!?

Im nächsten Augenblick bestätigte er ihren Verdacht. »Ich hab mal eine gesehen ... als ich als Junge mit dem Boot unterwegs war. Sie schwamm ganz nahe vorbei ...«

Bevor Ebba es verhindern konnte, sagte sie: »Oder war es Grendels Mutter?«

Er blickte sie mit versteinerter Miene an.

»Es gibt keine Meerjungfrauen«, seufzte sie. »Aber es gibt Jungen mit viel Fantasie, die zu aufrechten Männern heranwachsen.« Samuel antwortete ihr nicht, und nach einem Augenblick fuhr sie fort: »Wenigstens haben wir gesehen, dass wir die richtige Taktik haben. *Ich* steige hinunter, und *du* gibst mir weiter Rückendeckung.«

Samuel leuchtete mit seiner Laterne die enge Leiter an, die in den Raum unterhalb der Wunderkammer führte. Ebba folgte den Sprossen, klappte ihre eigene Blende auf und sah sich um. Die Fratze der gefälschten Meerjungfrau glitt ins Licht und wieder aus ihm hinaus, dann tauchten Destillationsapparate auf, Kolben aus Glas und Röhren aus Kupfer, Spiralen, Brennschalen, Phiolen, Messbecher, unordentlich auf Tische gehäuft, das meiste zerbrochen oder verbogen, als hätte hier einmal ein Kampf stattgefunden, und danach wäre nur hastig aufgeräumt worden. Sie drehte sich einmal um sich selbst und starrte dann erneut in die eingetrockneten Augen der Meerjungfrau. Eine dicke Staubschicht bedeckte das künstliche Monstrum, bedeckte alles hier.

Weiter hinten im Dunkel stand etwas wie eine Gebetskanzel. Eine flache Truhe lag darauf. Sie trat einen Schritt näher und erkannte, dass die Truhe in Wahrheit ein Buch war, das geschlossen auf der Kanzel lag, und die Dimensionen veränderten sich. Der Atem stockte ihr. Das Buch war gigantisch. Der Einband schimmerte geisterhaft matt, metallene Zwingen und Eckenornamente glommen darauf wie die Schatten von Tatzen. Eine Gänsehaut lief ihr über den Körper, als sie plötzlich wieder die haarigen Pfoten auf ihrem Körper zu fühlen glaubte. Sie war am Ziel. Das monströse Buch war die Teufelsbibel.

Sie hatte sich keine Vorstellung gemacht, wie der Codex aussehen würde, doch sicher nicht so, wie er da oben lag, so mächtig, dass sie ihn allein nicht einmal würde anheben können, geschweige denn herunterbringen – aber sie hatte keinerlei Zweifel, dass das Vermächtnis des Satans vor ihr lag.

Kristina, dachte sie, für einen Augenblick voller Triumph. *Kristina! Ich habe sie gefunden ...* und der Triumph wurde Asche in ihrem Herzen, als wie ein Blitz die Vorstellung in ihrem Kopf aufleuchtete, dass Kristina sie bei ihrer Rückkehr in den Arm nehmen und küssen würde ... und wie diese Vorstellung solchen Ekel in ihr erzeugte, dass ihr der Schweiß ausbrach.

Eine Stimme, wie sie sich so klar noch nie hatte vernehmen lassen, fragte in ihrem Kopf: *Willst du das wirklich deiner Königin zum Geschenk machen!?*

Sie wandte sich um, um Samuel zu rufen, da klappte die Blende einer Laterne direkt vor ihr auf, der Lichtschein fiel in ihre Augen und machte sie blind, und jemand sagte: »Ich hatte Besuch erwartet, aber nicht diesen.«

6

EBBA WICH ZURÜCK. Ihre Gedanken waren ein einziger Wirbel. Sie wusste nicht, ob sie Entsetzen, Wut oder Erleichterung darüber verspürte, dass sie kurz vor dem Ziel gescheitert zu sein schien. Vor ihren Augen tanzten Lichtflecke. Mit dem Rücken stieß sie gegen den Eisenkäfig, der sich um die Gebetskanzel wand. Die Laterne senkte sich, und sie blinzelte und versuchte, durch die fehlfarbenen Schemen hindurch etwas zu erkennen. Licht aus der Laterne sickerte über eine bullige Gestalt, die in entspannter Haltung vor ihr stand. Die Gestalt fasste nach vorn, und Ebba fühlte, wie ihr der Dolch und das Rapier aus dem Gürtel gezogen wurden. Beide Waffen fielen zu Boden und wurden außer Reichweite gestoßen. Die Gestalt trat einen Schritt zurück. Ebba sah den Schimmer von weißem Haar.

»Und beim zweiten Blick haben wir eine Frau in Männerkleidung«, sagte die Gestalt. »Die bizarre Atmosphäre hier unten muss ansteckend sein. Können Sie mich verstehen?«

Hinter der Gestalt flammte ein Licht auf, das weiße Haar auf ihrem Kopf leuchtete plötzlich auf, und Samuel sagte: »Die Frage ist: Kannst du mich verstehen, Freundchen? Spreiz die Hände ab, damit ich sie sehen kann! Was du da in deinem Nacken fühlst, ist die Spitze einer ziemlich langen Klinge, und ich bin bekannt dafür, dass meine Hand gern mal zuckt.«

Im Gegenlicht von Samuels Laterne (wie hatte er sich nur lautlos die Leiter herunterstehlen können? Nicht zum ersten Mal war Ebba froh, dass sie auf derselben Seite standen) sah sie, wie das Gesicht des weißhaarigen Mannes sich zu einem Lächeln verzog. Das Licht aus seiner Laterne wanderte seitwärts, als er beide Arme abspreizte. Sie sah seine Augen glitzern.

»Langsam umdrehen«, befahl Samuel.

»Sie sollten etwas gegen das Zucken unternehmen«, sagte eine dritte Männerstimme aus dem Dunkel hinter Samuel. »Jemand könnte sich verletzen. Was *Sie* da an Ihrem Hinterkopf fühlen, ist die Mündung einer Pistole, und da wir im Gegensatz zu Ihnen hierhergehören, wäre es für uns kein Nachteil, wenn das Ding losginge.«

Für einen Moment herrschte Stillstand; Stillstand in Ebbas Gedanken, Stillstand unter den vier Menschen, die in der engen, alten Alchimistenkammer hier unten in der Dunkelheit einer hinter dem anderen standen und sich gegenseitig in Schach hielten. Samuels Laterne blendete sie zu sehr, als dass sie sein Gesicht hätte sehen können, aber die Züge des weißhaarigen Mannes, der vor Ebba stand, konnte sie vage erkennen. Das Lächeln auf seinem Gesicht war fast bedauernd, als wollte es sagen: *Ihr habt euch das so schön ausgedacht, Kinder – es tut uns ehrlich leid, die Spaßverderber spielen zu müssen.*

Dann sagte Alfred Alfredssons Stimme in die Stille und die Dunkelheit hinein in ebenso fast akzentfreiem Deutsch (Ebba hatte immer geahnt, dass in dem Wachtmeister mehr steckte, als er zugab): »Jo! Was für ein schönes Bild. Jetzt recken mal alle miteinander die Hände in die Höhe, damit der alte Alfred aussortieren kann, wer zu ihm gehört und wer nicht.« Und den Abschluss seiner Worte bildete das unmissverständliche Klicken eines gespannten Pistolenhahns.

7

AGNES ÖFFNETE DEN Wagenverschlag und kletterte hinaus, noch bevor einer der Soldaten reagieren konnte. Dann traten ihr zwei in den Weg. Pater Silvicola, der in seinen Mantel gekauert am Feuer saß, blickte auf. Im Seitenlicht der kleinen tanzenden Flammen sah sein Gesicht hohlwangig, müde, jung und verletzlich aus.

»Wir müssen reden«, sagte Agnes.

Der Jesuit musterte sie lange. Schließlich machte er eine Handbewegung, und die Soldaten ließen Agnes durch. »Das ist weit genug«, sagte er, als sie sich auf ein paar Schritte dem Feuer genähert hatte.

»Dein Plan funktioniert nicht«, sagte Agnes. »Wenn Alexandra die Teufelsbibel wirklich an sich bringen kann, wird sie damit nach Würzburg zurückreiten. Und falls du vorhattest, sie vorher in Prag abzufangen, dann solltest du wissen, dass Prag in der anderen Richtung liegt.«

»Ich weiß, wo Prag liegt.«

»Dann verstehe ich nicht, was du vorhast.«

»Die Teufelsbibel ist nicht in Prag«, sagte er. »Du weißt das so gut wie ich.«

»Wenn das so ist, dann hast du eine deiner Geiseln selbst weggeschickt. Nicht sehr klug. Und Andreas und seine Familie bist du auch losgeworden. Wer weiß, wenn genug Zeit vergeht, gehe selbst ich dir am Ende noch verloren?«

»Das kann ich mir nicht vorstellen, da du doch diejenige bist, auf die es mir ankommt.«

»Ich fühle mich geehrt.«

»Im Jahr 1572«, sagte Pater Silvicola, »gab es ein Blutbad. Ich meine nicht die Bluthochzeit in Frankreich, wo die Hugenotten zu Tausenden erschlagen wurden, obwohl ein direkter Zusammenhang besteht. Ich meine den Vorfall im Kloster von Podlaschitz, wo ein wahnsinnig gewordener Mönch zehn Frauen und Kinder tötete, darunter die hochschwangere Gattin eines Diebes, Betrügers und selbst ernannten Alchimisten.«

»Podlaschitz ist eine Ruinenlandschaft«, erwiderte Agnes und versuchte, ihre Bestürzung zu verbergen.

»Heute. Damals nicht. Noch nicht. Podlaschitz war nur noch der Abglanz eines einst mächtigen Klosters, aber seine Mauern standen noch, und in seinen Tiefen wurde etwas behütet, das nie hätte geschaffen werden sollen. Als die Frauen und Kinder – es waren Flüchtlinge aus Frankreich, die bis nach Böhmen zu ihren protestantischen Verwandten geflohen waren – unter den Hieben des Mönchs fielen, brachte die Schwangere, selbst im Sterben liegend, ein Kind zur Welt. Der Abt befahl, das Kind zu töten, aber der damit beauftragte Mönch versagte ihm den Gehorsam. Kommt dir die Geschichte bekannt vor?«

»Eine ungewöhnliche Tragödie«, sagte Agnes, obwohl sie wusste, dass jeder Leugnungsversuch vollkommen vergeblich war. Wenn er so viel wusste, dann kannte er auch den Rest.

»Dieses Kind hat nichts als Unheil gebracht. Es hätte nicht leben sollen, aber dennoch ist es gesund dem Leib einer Sterbenden entsprungen. Es hätte getötet werden sollen, aber es wurde verschont. Es hätte verhungern, verdursten, erfrieren sollen, aber es fand einen Retter. Es hätte im Feuer umkommen sollen, aber es entkam den Flammen.« Der Jesuit atmete schwer, und seine Augen glänzten vor Erregung. »Du hast Unglück über die Menschen gebracht, Agnes Khlesl, nichts als Unglück! Du bist das wahre Kind der Teufelsbibel, und meine Seele und die des Menschen, dem ich mein Leben verdanke, werden erst Ruhe finden, wenn ihr beide vernichtet seid!« Er schien zu erkennen, dass seine Stimme sich überschlagen hatte. Verkrampft fuhr er sich mit der Hand durch das Gesicht.

»Das ist Unfug«, sagte Agnes rau. »Ich war das erste Opfer der Teufelsbibel.«

»Du und dieses Buch, ihr seid eine Verbindung eingegangen. Es lebt durch dich. Solange du atmest, wird auch es atmen. Solange du lebst, wird auch die Erinnerung daran leben. Solange du existierst, wird es in der Welt sein. Ich werde dich auslöschen, und ich werde die Teufelsbibel auslöschen. Ihr werdet beide durchs Feuer gehen, und die Welt wird nachher ein reinerer Ort sein und Frieden möglich.«

»Selbst wenn das wahr wäre – du hast die Teufelsbibel noch nicht.«

»Sie ist in Podlaschitz«, sagte er einfach.

»Du irrst dich«, erwiderte Agnes und fragte sich, woher er seine Informationen hatte.

»In Prag liegt die wertlose, vollkommen harmlose Kopie. Das Original war in Braunau, doch das Kloster von Braunau ist tot. Es gibt keinen anderen Ort, der ähnlich sicher wäre als der, wo sie geschaffen worden ist.«

Es hörte sich nicht plausibel genug an. Er musste eine andere Quelle haben … eine, die beängstigend nah an die Wirklichkeit angelehnt war … eine, die er ihr nicht verraten würde.

»Und Alexandra und …«

»Deine Familie interessiert mich nicht. Sie sind von deinem Fleisch, aber du bist vom Fleisch der Teufelsbibel, und daher ist es dein Ende, das zählt. Dein Sohn Andreas wird getötet werden, sobald er General Königsmarck den Weg nach Prag hinein gezeigt hat. Seine Frau und seine Tochter werden wahrscheinlich verschont und für die Soldaten aufgehoben werden, wenn die menschliche Beute aus der Eroberung Prags nicht … *bessere Exemplare* … einbringt. Was die anderen betrifft – sie kümmern mich nicht. Der General wird Prag einnehmen, und ob sie nachher unter den Gefangenen sind oder unter den Toten oder unter denen, die die Toten beweinen, ist ohne Belang.«

»Ich dachte, du hältst Alexandra für eine Hexe.«

»Sie glaubt, dass ich sie für eine Hexe halte. Sie glaubt, dass ich euch alle für Hexen halte. Wäre das nicht der Fall, wäre sie nicht gegangen. Wir beide wissen, dass es etwas viel Schlimmeres als Hexen gibt.«

Agnes schnaubte. »Du wolltest sie nur aus dem Weg schaffen? Du hattest Angst, dass du mit ihr nicht fertig werden würdest! Töten konntest du sie nicht, jedenfalls nicht in

Würzburg, und später, auf der Strecke, wäre es schwer gewesen, einen kaltblütigen Mord vor den Soldaten zu rechtfertigen. So vertrackt gedacht wie ein Jesuit, Pater. Vor zwanzig Jahren hätte ich noch gesagt, du machst deinem Orden alle Ehre, aber in Wahrheit stellst du eine Beleidigung für ihn dar.«

»Es ist ohne Belang. Ich habe Alexandra aus dem Spiel genommen, das ist alles, was zählt. Was immer du mir an den Kopf wirfst, es rührt mich nicht.«

»Du wirst nicht glücklich werden«, sagte sie. »In dir sind Abt Martin und Bruder Pavel von den Kustoden wiederauferstanden, aber auch sie sind nicht glücklich geworden. Wie sie versuchst du zu morden und sagst dir, alles geschähe nur zum Besten der Welt, aber in Wahrheit bist du es, der auf die Stimme der Teufelsbibel hört, und nicht ich.«

»Ich habe nicht vor zu töten«, sagte Pater Silvicola. »Ich werde auslöschen. Ich habe von Bruder Pavel gehört ... und von Abt Martin. Ich kenne sie besser, als du sie je gekannt hast. Sie haben nicht weit genug gedacht. Wenn die Flammen um dich und die Teufelsbibel herum auflodern, Agnes Khlesl, werde ich neben dir auf dem Scheiterhaufen stehen, und das Feuer wird uns alle drei verzehren.«

Agnes starrte ihn an.

»Ich lebe seit sechzehn Jahren mit geborgter Zeit, Agnes Khlesl. Du hast dein ganzes Leben geborgt. Ich werde diesem ein Ende setzen.«

»Du bist dir deiner Sache zu sicher«, sagte Agnes.

»Niemand wird dir helfen, Agnes«, flüsterte Pater Silvicola. »Keiner ahnt, wo du bist. Du bist ganz allein ...«

Agnes stieg in den Wagen, ohne ihn noch eines Blickes zu würdigen. Er dachte, gut geplant zu haben, aber er hatte sich selbst ausgetrickst. Wo immer er sich seine Informationen zusammengesammelt hatte, er hatte es gründlich getan, und wo er hatte Rückschlüsse ziehen müssen, waren sie glasklar gewesen. Zu klar. Es stimmte, dass in Prag nur noch die Kopie der Teufelsbibel lag, aber es war falsch, das Original in Podlaschitz zu vermuten. Es wäre der Ort gewesen, an dem sie und Cyprian und Andrej die echte Teufelsbibel versteckt hätten, wenn es Raigern nicht gegeben hätte. Wenn es Wenzel nicht gegeben hätte. Die Teufelsbibel war vor Pater Silvicolas Zugriff sicher, ganz gleich, was er wirklich damit vorhatte. Seine Mission war Wahnsinn, doch der Wahnsinn würde in Podlaschitz enden. Die Teufelsbibel würde auch weiterhin sicher bleiben, weil sie Alexandra verraten hatte, dass der Codex in Raigern war. Sie und Wenzel konnten ihn jederzeit von dort wegbringen und ein neues Versteck finden, das nur sie kannten. Andreas und seine Familie waren in den Händen der Soldaten, aber wenn Melchior (und das Medaillon, das ihr der Ordenskomtur in Eger zugespielt hatte, bewies es) sich in der Nähe herumtrieb, dann hatte er mitbekommen, was geschehen war. Melchior war ein findiger Bursche; er würde es bis nach Prag hinein schaffen, und dort waren Cyprian und Andrej, und zu dritt konnten sie etwas aushecken, um Andreas, Karina und Lýdie zu retten. Die Familie war noch nicht verloren, egal, was Pater Silvicola erzählt hatte.

Blieb nur noch sie – das Kind der Teufelsbibel. Sie hatte gehofft, die Worte des Jesuiten von sich fernhalten zu können, aber jetzt, in der kalten Gruft des Wagens, erkannte sie, dass jedes einzelne wie ein Giftpfeil ihre Seele getroffen hatte. Das Schlimmste war, dass sie Zweifel in ihr geweckt hatten; Zweifel, ob sie nicht vielleicht zutrafen. Der alte Kardinal Khlesl, später Cyprian und Andrej, auch Wenzel ... sie alle hatten versucht, das teuflische Ding zu verstehen, das sie hüteten, und hatten in seiner Vergangenheit herumgestochert. Sie hatten nichts gefunden. Es war geschaffen worden, es hatte Staunen hervorgerufen, dann Ehrfurcht, dann Furcht ... und dann war es in den langen Schlaf des Vergessens gefallen, aus dem es geweckt worden war, weil ihr leiblicher Vater, der alte Abenteurer, auf die Suche danach gegangen war. Aber waren es die Bemühungen des alten Langenfels gewesen, die den tiefen Schlaf des Teufelsvermächtnisses beendet hatten, oder das dünne Schreien eines Kindes, das mit dem letzten Atemzug aus einem halb zerstückelten Körper herausgepresst worden war?

Sie starrte blicklos in die Dunkelheit des Wageninneren. Schatten zuckten darin. Sie kamen vom Licht des Feuers, an dem Pater Silvicola sich wärmte. So musste das Feuer der Hölle aussehen – kein Licht, keine Wärme, nur tanzende Finsternis und das Wissen, dass die Aufschrift auf dem Höllentor gerechtfertigt war: Die ihr eintretet, lasst alle Hoffnung fahren!

Verzweiflung regte sich in ihr, so sehr sie sich auch dagegen wehrte. Ihr ganzes Leben war auf die eine oder andere Weise von der Teufelsbibel bestimmt gewesen, und sie ... sie war nicht um ein Jota näher an das Verständnis des Buches herangekommen als damals, als ihre Seele in einem Säugling erwacht war, der greinend in Blut und Schneematsch in einem Klosterhof lag. Sie hatte dieses ganze Leben unbewusst dem Ziel gewidmet, dem Grauen ihrer Geburt die Geborgenheit eines Lebens voller Liebe entgegenzusetzen. Hätte sie nicht eher versuchen sollen, das Geheimnis des Codex zu ergründen? Sie hatte Kardinal Khlesl und Cyprian geglaubt, dass die Teufelsbibel auch die Unschuldigen verführte, wenn man sich auf sie einließ. Hatten sie unrecht gehabt? War Pater Silvicola nicht der Beweis dafür, so wie es ganz zu Anfang auch Abt Martin und Bruder Pavel gewesen waren? Sie hatten die Teufelsbibel nicht gewollt, sie hatten ihr Erwachen gefürchtet, sie hatten die Welt vor ihr schützen wollen – und hatten unsägliche Verbrechen begangen.

Plötzlich war ihr, als blitze ein Funke Verständnis in ihr auf. Wenn Pater Silvicolas Worte die Wahrheit waren, wenn er unbewusst erkannt hatte, wonach sie und ihre Familie all die Jahre versäumt hatten zu suchen ... wenn ihre Geburt tatsächlich mit dem unheiligen Codex verknüpft war ... wenn sie, Agnes Khlesl, der Schlüssel zu seinem Verständnis war ... was besagte es dann?

Agnes stöhnte, als sie merkte, dass der Funke wieder verlosch. Sie ließ sich in das Polster sinken und hüllte sich in ihren Mantel ein, krümmte sich auf der Sitzbank zusammen wie ein kleines Kind und zog die Kapuze über ihren Kopf. In der Schwärze versuchte sie, sich daran zu klammern, dass die Teufelsbibel in Raigern in Sicherheit war und ihre Lieben weit weg von diesem jungen Jesuiten, der sich danach sehnte, Agnes mit ins Feuer zu nehmen, weil er dann die Qual des Feuers, das in ihm brannte, beenden konnte.

Sie war ganz allein. Wenn es jedoch darum ging zu sterben, damit die anderen leben konnten, war das ein Preis, den sie zu zahlen bereit war. In der grauenhaften, ganz und gar hoffnungslosen Angst vor dem Tod, die jetzt von ihr Besitz ergriff, war dies ein kleiner Trost.

8

EIN ODER ZWEI Reisestunden hinter der kleinen, düsteren Gruppe von Pater Silvicola saßen Dragoner um ein Feuer herum, das im Inneren eines Bauernhauses brannte. Die Soldaten hatten mit Stangen einen Teil des Stroh- und Schindeldachs aufgerissen, damit der Rauch abziehen konnte. Es störte sie nicht, dass das Haus danach unbewohnbar war; sie würden es nie mehr wiedersehen. Ob die Bauern, die hier gelebt und offenbar in Panik geflohen waren, jemals wieder zurückkommen würden, war ihnen ebenfalls egal. Die Hälfte von ihnen hatte zehn und mehr Jahre Krieg hinter sich und dabei gelernt, weder an den nächsten Tag noch an den Frieden und schon gar nicht an das eigene Überleben zu glauben. Die andere Hälfte war jung, aber die Veteranen hatten ihnen beigebracht, dass das einzige Credo des Soldaten war, zu akzeptieren, dass er bereits tot war. Wer sich damit abgefunden hatte, konnte seine Pflicht erfüllen – ohne Gnade, ohne Mitleid, ohne Reue.

Einer der Männer hielt eine hölzerne Puppe in der Hand. Sie war ein krudes Ding, von ungeschickten Händen gefertigt, die mit einer Pflugschar besser umgehen konnten als mit einem Schnitzmesser. Die Gliedmaßen der Puppe baumelten herab; sie waren mit kurzen Schnüren am Torso befestigt. Der Kopf war ein unregelmäßiges Ei, gesichtslos; die Haare weitere Schnüre, die von mittlerweile steinhart gewordenem Baumharz auf dem Kopf festgehalten wurden. Jemand hatte die Schnüre mit Pech schwarz zu färben versucht, aber die Zeit hatte sie grau werden lassen. Die Puppe trug ein Gewand aus Stofffetzen. Es sollte anscheinend das Kleid einer Prinzessin oder einer reichen Frau darstellen. Der Soldat spielte gedankenverloren mit der Puppe herum. Sie war unter dem einen der kleinen Bettchen gelegen, die sie zerhackt hatten, um Feuerholz zu gewinnen.

Als er aufsah, bemerkte er, dass die anderen sich anstießen und grinsten. Seine Blicke fielen von ihren spöttischen Gesichtern auf die Puppe in seinen Händen.

»Die anderen Sündfeger bereiten sich jetz' drauf vor, Prag zu überrennen un' sich die Beutel mit dem Gold aus den Dofelmännertempeln vollzustopfen«, brummte einer. »Verdammter Beseff.«

»Gar nich' zu barlen von den Mossen«, sagte ein anderer. »Wenn die Beseffler mit dem Beutelstopfen fertig sin', stopfen sie die Couraschen, wo sie sie erwischen. Ah, Scheiße – Prag soll voll von Wunnenbergen sein!«

»Un' Schreffenbethen so groß wie anderswo Difftelhäuser!«

»Un' Schreffen, die's dir mit dem Giel machen, als wär' dein Schwanz 'n Gitzlin!«

»Un' wir wer'n hier kandirt wie Weißhulme un' könn' dem Gugelfranzen hinterherlaufen, bis er sein Geschäft erledigt hat. Scheiße!«

Der Anführer der Dragoner stapfte herein, ein Hauptmann mit einer Narbe, die sich quer über das Gesicht zog. »Hört auf zu juverbossen, man hört euch quer über'n Terich!«, schnauzte er. »Du, du, du und du – erste Wache. Alcht euch!«

Der Mann mit der Puppe in der Hand stand auf. Er war einer derjenigen, die der Hauptmann zur Wache eingeteilt hatte. Er fühlte den Zorn darauf, dass sie bei der Erstürmung Prags nicht dabei sein konnten, nicht so sehr wie seine Kameraden. Deren Leben als Soldaten drehte sich darum, Beute zu machen. Er selbst war aus einem anderen Grund Soldat geworden; er hatte sich anwerben lassen, weil es der einzige Ausweg schien, dem eigenen Hungertod zu entgehen und seiner Familie einen weiteren Esser zu ersparen. So wie er hatten insgesamt neun junge Männer gedacht, als der Krieg vor einem Jahr durch ihr Dorf gekommen war. Er war als Einziger noch übrig. Wenn der Befehl (der direkt von General Königsmarck gekommen war), einen ganz bestimmten Jesuiten unbemerkt zu verfolgen und ihm ein bisschen auf die Finger zu sehen, weil der General ihn zwar als Verbündeten betrachtete, ihm aber misstraute – wenn dieser Befehl dafür sorgte, dass er und seine Kameraden nicht mit gezücktem Degen gegen eine Stadt anrennen mussten, deren Verteidiger nichts zu verlieren hatten und sich mit Zähnen und Klauen zur Wehr setzen würden ... nun, dann umso besser. Die anderen dachten an Beute; er dachte daran, wieder nach Hause zurückzukehren. Das armselige Leben in ihrem mehrfach geplünderten und von Krankheiten heimgesuchten Dorf war ihm immer als Hölle erschienen; da hatte er die Hölle noch nicht gekannt, die das Soldatenleben bedeutete.

Einen Augenblick zögerte er mit der Puppe in der Hand, weil sie ihn zu sehr an zu Hause erinnerte; dann warf er sie ins Feuer und stapfte hinaus.

Die Puppe blieb in den Flammen liegen, und nach ein paar Augenblicken fing ihr Kleid Feuer, dann ihr Haar, dann brannte der ganze alte Puppenleib und wurde eins mit der Glut, an der die Soldaten sich die Hände wärmten.

9

MELCHIOR HATTE SICH vorsichtig vorwärtsbewegt, und er hatte gut daran getan. Wie vermutet hatten es die Soldaten, die Andreas und seine Familie wegbrachten, nicht besonders eilig gehabt. Der Soldat, das hatte schon Tilly, der Schlächter von Magdeburg, gesagt, muss etwas haben für seine Mühe. Was man meistens haben konnte, war ein sich verzweifelt wehrendes Opfer, das man in einer Gasse zu Boden riss, ihm die Kleider vom Leib fetzte, darauf einschlug, bis es halb besinnungslos die Beine öffnete, oder ihm gleich den Dolch in die Seite rannte, sodass der verblutende Körper nicht mehr genug Kraft hatte, sich zu wehren, und dann ... das Geld und die Preziosen bekamen ohnehin meistens die Offiziere. Warum sollte man sich also beeilen, sich dem Sturm auf Prag anzuschließen, wenn man mit weitaus geringerer Mühe das Gleiche hier haben konnte (und nur durch sechs teilen musste), nämlich eine Gefangene und ihre Tochter? Es kam ja ohnehin nur auf den Kerl an, wenn man richtig verstanden hatte, weil dieser eher als die Weiber wusste, wo man die Stadtmauer am einfachsten durchbrechen konnte ... Melchior schüttelte sich. Es hatte ihn vorwärtsgedrängt, und zugleich hatte er zu vermeiden versucht, den Soldaten unversehens in die Arme zu laufen. Er war die einzige Hoffnung, die Andreas, Karina und Lýdie hatten.

Sie hatten den Wagen in einen der Holzverschläge gefahren, in denen im Sommer und Herbst das Heu gelagert wurde. Von außen war er nicht sichtbar. Auch die Spuren der Räder waren schlecht zu erkennen, weil der Boden auf und neben der Straße zerpflügt war von Pferdehufen. Der Schuppen hatte ein Tor, das weit genug war, um einen Wagen durchzulassen; sie hatten es halb zugezogen und einen Mann mit einer Muskete im Halbdunkel dahinter postiert.

Hätte Melchior seinem innerlichen Drängen nachgegeben und wäre einfach die Straße entlanggeprescht, hätten sie ihn vom Pferd schießen können, noch bevor er merkte, was geschehen war. So aber hatte er oben auf der Hügelkuppe angehalten und den weiteren Verlauf der Straße gemustert und gesehen, dass die Radspuren des Wagens direkt in den Schuppen führten.

Von vorn hätte man sich dem Schuppen nicht nähern können; von hinten war es beinahe einfach. Die Männer waren Soldaten, aber sie hielten sich für unangreifbar und hatten auf eine Rundumsicherung verzichtet. Melchior lag im Schneematsch zwischen den verrottenden Ästen und den Überresten alter Fässer, die auf der Rückseite des Schuppens langsam in den Boden sanken. Die alten Bretter boten genügend Spalten, durch die man spähen konnte. Melchior hielt den Griff seines Rapiers umklammert, dass die Knöchel hervortraten, und machte sich bereit einzugreifen, obwohl er wusste, dass es in dieser Situation Selbstmord war und dies niemandem nützen würde. Er würde es dennoch tun.

Sie machten sich daran, Karina zu vergewaltigen.

Zwei Soldaten kauerten neben ihr und hielten sie fest. Zwei weitere hielten Andreas fest. Der große, schwere Mann kämpfte um seine Freiheit, sodass er und seine Bezwinger hin und her taumelten. Was er zu rufen versuchte, konnte man nicht hören, weil sie ihm einen Knebel in den Mund geschoben hatten. Seine Augen tränten, und sein Gesicht war dunkelrot. Lýdie hockte in einer Ecke und kauerte sich an die Wand, zitternd, mit weit aufgerissenen Augen. Der sechste Soldat war der mit der Muskete, der nach draußen sicherte. Der fünfte, anscheinend der Anführer, kniete vor Karina, grinste über das ganze Gesicht und zupfte an dem Knebel, der in ihrem Mund steckte. Mit der anderen Hand riss er genüsslich einen Knopf nach dem anderen von ihrem Mieder. Es waren teure Knöpfe, es waren viele, und der Soldat hatte es nicht eilig, aber in den nächsten Augenblicken würde das Mieder am Dekolleté auseinanderklaffen, und dann würde er seine Pfote hineinschieben und seine Krallen in ihre Brüste schlagen.

»Ich nehm dir den Knebel raus«, sagte der Soldat beinahe sanft. »Dein Mund soll auch was zu tun kriegen. Aber schreien soll er nich', dein Mund, hast du gehört, weil ich sonst, bevor ich's dir mache, deine Kleine dort drüben vor deinen Augen ficke, und zwar damit.« Er machte eine Kopfbewegung zu der blanken Klinge seines Rapiers, das neben ihm auf dem Boden lag. Karinas Augen waren ebenso blutunterlaufen wie die Andreas', während sie ihn anstarrte, doch im Gegensatz zu ihrem Mann war sie leichenblass. Der Soldat fasste sich in den Schritt und grinste. »Da«, sagte er. »Der is' für dich. Aaaah ... darauf wart ich schon seit Würzburg. Also, abgemacht – ich nehm den Knebel raus, und dann fangen wir an ...«

Melchior spannte sich, da ließ Andreas sich auf einmal nach vorn fallen. Die beiden Männer, die ihn hielten, wurden davon überrascht und stolperten. Andreas warf sich zur Seite, einer der beiden wurde von der Drehung mitgerissen und taumelte über Andreas' Beine, und Andreas fiel auf ihn mit einer letzten Drehung, mit der er dem Soldaten die Schulter in den Leib rannte. Dem Soldaten wurde die Luft aus den Lungen gepresst. Andreas sprang auf und fiel mehr auf Karina und ihre Peiniger zu, als dass er gerannt wäre. Sein zweiter Bewacher kriegte ihn zu fassen, noch während sich sein Kumpan mit verzerrtem Gesicht auf dem Boden zusammenrollte. Er zerrte Andreas herum und versetzte ihm einen Faustschlag. Mehr sah Melchior nicht, weil er ebenfalls aufgesprungen war und den Fuß hob, um die Rückwand einzutreten.

Der schrille Pfiff des Soldaten am Ausgang erreichte ihn gleichzeitig mit dem Geräusch von galoppierenden Pferden. Das Hufgetrappel hielt vor dem Schuppen an. Die Geräusche drin waren erstorben. Melchior presste das Gesicht an eine Spalte. Die Soldaten im Schuppen starrten alle zur Toröffnung. Der Musketier trat einen Schritt zurück, den Gewehrlauf gesenkt. Derjenige, auf den sich Andreas hatte fallen lassen, rappelte sich stöhnend auf. Der andere kniete auf dem gefällten Andreas, eine Faust immer noch erhoben. Schatten bewegten sich vor dem Tor, dann wurde es aufgestoßen, und mehrere Männer mit Hüten, Hutfedern und dem entschlossenen Auftreten junger Offiziere platzten herein.

»Was ist denn hier los?«, schnarrte einer der Neuankömmlinge. »Meldung, ihr verfluchten Kerls!«

Der Anführer der Soldaten stand langsam auf und wandte sich den Neuankömmlingen zu. Deren Blicke fielen auf seinen Schritt. Er drehte Melchior den Rücken zu, doch diesem war klar, dass der Soldat noch nicht einmal seinen Hosenschlitz zugeknöpft hatte.

»Wer will'n das wissen?«, fragte er.

Der Offizier trat vor ihn hin und bekam schmale Augen.

»Was ist das für eine Insubordination?«, bellte er. »Bedeck Er sich gefälligst, die Sau! Nenn Er seinen Rang!«

»Korporal. Un' wer immer Sie sin', Sie ham hier gar nichts zu …«

Der Offizier klatschte dem Soldaten seine Lederhandschuhe ins Gesicht, dass dieser zurückzuckte und beinahe über seine Füße gestolpert wäre. »Er redet, wenn Er gefragt ist!«, brüllte er. »Und dann antwortet Er in ganzen Sätzen!«

Der Soldat wischte sich über das Gesicht. Offiziershandschuhe besaßen Litzen, Borten und Knöpfe. Die Schläge mussten wehgetan haben.

»Nu is' genug«, murmelte er. »Jungs, schnappt euch die Herr'n und …«

Er krümmte sich plötzlich zusammen. Überrascht erkannte Melchior, dass der Offizier das pralle Gemächt des Soldaten gepackt hatte und es erbarmungslos zusammendrückte. Ein Winseln kam aus dem Mund des Soldaten, während seine Knie langsam einknickten.

Der Offizier lockerte seinen erbarmungslosen Griff nicht. »Was glaubst du, wen du vor dir hast, du Sau?«, zischte er. »Was glaubst du? Deine Fresse merke ich mir für die neunschwänzige Katze, sobald wir im Lager sind, und was dann noch von dir übrig ist, lasse ich an deinen Eiern aufhängen, wenn von *denen* nachher noch was übrig ist.« Er drückte noch fester zu. Der Soldat begann zu heulen wie ein Wolf. Ohne die anderen anzusehen, rief der Offizier: »Raus mit euch Gesindel! Der Wagen ist requiriert. Wir mussten ein paar Stück Vieh schlachten, die packen wir drauf. Sind das Gefangene? Hier aus der Gegend? Die werden dem General vorgeführt! Raus, habe ich gesagt!«

Die Soldaten machten einen Bogen um die Begleiter des Offiziers herum und schlurften hinaus. Andreas rollte sich ächzend herum. Der Soldat, dessen edelste Teile im unbarmherzigen Griff des Offiziers steckten, zitterte und winselte. Der Offizier löste den Griff, und der Mann sank vollends auf die Knie. Der Offizier verzog angeekelt das Gesicht und wischte die Hand im Gesicht des Soldaten ab. Dann packte er ihn an den Haaren, zog ihn in die Höhe, gab ihm einen Tritt in den Hintern, dass er der Länge nach auf den Boden schlug, und brüllte mit voller Lautstärke: »Raus, du Drecksau! Ich zähle bis zwei …«

Er zog eine Pistole aus dem Gürtel und spannte sie deutlich vernehmbar. Der Soldat kroch auf allen vieren hinaus, winselnd und stöhnend. Der Offizier steckte die Pistole wieder weg und sah sich angewidert um.

Andreas spuckte den Knebel aus. »Danke …«, stammelte er heiser.

Der Offizier starrte ihn an, dann Karina, die ihr Mieder vor dem Oberkörper zusammenhielt, dann die schluchzende Lýdie in der Ecke.

»*Raus!*«, brüllte er dann. »Meint ihr, das gilt für euch nicht? Zivilistenpack! Wenn ich nicht glaubte, dass ihr von Nutzen sein könntet, würde ich euch auf der Stelle Kugeln in die Schädel jagen! Katholen! Raus, bevor ich's nicht noch tue!« Er griff wieder nach seiner Pistole.

»Du bist tot«, flüsterte Melchior unhörbar. »Zuerst werde ich mich bei dir dafür bedanken, dass du Karina gerettet hast, und dann bist du tot!«

Während die Soldaten den Wagen aus der Scheune zogen, schlich Melchior vorsichtig zur Ecke des Schuppens. Wenn jemand auf die Idee kam, den Schuppen zu umrunden, würde er ohnehin entdeckt werden – da konnte er auch einen Blick riskieren, um festzustellen, mit welchen Neuankömmlingen er es überhaupt zu tun hatte. Als er sich vorwärtsschob, merkte er, dass seine Hände zitterten. Sie taten es nicht aus Angst vor Entdeckung. Wäre der Offizier zwei Herzschläge später eingetroffen, wäre Melchior schon mitten unter den Soldaten gestanden, hätte so viele von ihnen getötet wie nur möglich … und wäre jetzt vermutlich selbst bereits tot. Die Bilder der verängstigten Karina und des grinsenden Soldaten blitzten vor seinem inneren Auge auf. Noch nie zuvor war ihm bewusst gewesen, wie kurz die Zeitspanne zwischen Rettung und Untergang sein konnte.

Er spähte vorsichtig um die Ecke des Schuppens herum. Was hatte der Offizier damit gemeint: ein paar Stück Vieh schlachten müssen?

Dann sah er es und wusste schlagartig zwei Dinge: Die Verteidiger Prags waren verloren, und er hatte die einzige Gelegenheit verpasst, Andreas, Karina und Lýdie zu befreien.

Eine Herde von mindestens zweihundert Rindern, Schweinen, Ziegen und Schafen wälzte sich über die Hügelkuppe. Gänse tönten zwischen ihnen. Die Soldaten, die sich als ihre Treiber betätigten, waren fast genauso viele wie die Tiere. An den Sätteln der Reiter hingen gackernde Trauben von Hühnern, an den Beinen zusammengebunden. Melchior sah, wie die Körper eines halben Dutzends Schweine und Ziegen, die sich vermutlich beim Einfangen etwas gebrochen hatten und getötet worden waren, auf den Wagen geworfen wurden. Die Soldaten mussten alles Vieh zusammengetrieben haben, das sich im Umkreis eines halben Tages um Prag herum noch in den Dörfern hatte finden lassen. Prag war damit von jeglichem noch so kargen Nachschub abgeschnitten. Die Stadtbesatzung hatte versäumt, die Tiere für die Stadt zu requirieren.

Und ihm, Melchior, würde es niemals gelingen, aus einer Schar von fast zweihundert Soldaten die Frau zu befreien, die er liebte, geschweige denn, ihre Tochter und seinen Bruder noch dazu. Er hatte versagt.

10

ANDREAS KHLESL FÜHLTE sich vor Angst und Entsetzen wie gelähmt. Wohin er auch blickte, alles schien ihm vor den Augen zu verschwimmen, und er hatte das Gefühl, er bewege sich wie unter Wasser. Die Bilder aus der Scheune flackerten in seinem Kopf: Karina, die bebend den Soldaten anstierte, der ihr Knopf um Knopf vom Mieder riss, Lýdie, die sich in die Ecke drückte, und die Blicke der anderen Soldaten, die das Mädchen taxierten, als wollten sie sagen: Wenn wir von deiner Mutter genug haben, bist du an der Reihe.

Ihm wurde schlecht, wenn er daran dachte, dass der Königsmarck'sche Offizier in allerletzter Sekunde dazwischengetreten war, und noch schlechter angesichts der Verachtung, die der Offizier ihnen entgegengebracht hatte. Ihre Rettung war tatsächlich nur die Bestrafung des renitenten Korporals gewesen, weiter nichts.

Das letzte Mal hatte er diese Angst empfunden, als er noch ein Junge gewesen war. Er erinnerte sich an die Trauer im Haus, die Ratlosigkeit, die Erstarrung ihrer Mutter, die Hilflosigkeit von Onkel Andrej und wie sich Alexandra, seine große Schwester, Andreas' Idol, immer mehr zurückgezogen hatte. Der Vater war für tot erklärt worden, der fette Sebastian Wilfing hatte sich als Herr im Haus aufgespielt, und was der kleine Andreas empfunden hatte, war völlige Hoffnungslosigkeit und eine würgende Angst davor gewesen, was aus ihnen werden würde. Er hatte daran gedacht, wegzulaufen. Aber wohin? Und sollte er seinen kleinen Bruder Melchior zurücklassen? Aber konnte er ihn mitnehmen? Einmal hatte er ein paar Brocken einer Unterhaltung aufgeschnappt: Onkel Andrej hatte erzählt, wie er als knapp Achtjähriger zur Waise geworden und geflohen war, wie er ein Höllenleben als Gassenjunge in Prag geführt hatte. Damals hatte Andreas noch in seinem Bett gezittert und gewusst, dass Andrejs Schicksal das Schlimmste wäre, was ihm je zustoßen könnte. Wenn er von zu Hause weglief – würde er dann nicht diesem Schicksal in die Arme stolpern? Er hatte sich gefangen gefühlt, ausweglos, vollkommen alleingelassen von allen, deren Hilfe er gebraucht hätte; und als die Mutter ihn und Melchior bei Nacht und Nebel mit dem Ordensritter der Kreuzherren vom Roten Stern weggeschickt hatte, da war er überzeugt gewesen, sie und alle anderen niemals mehr wiederzusehen, abgeschoben worden zu sein, in Sicherheit gebracht vielleicht vor den Machenschaften Sebastians, aber in Wahrheit verraten, verkauft und verloren für immer. Er hatte sich wie tot gefühlt, ein kleiner Junge, dessen Seele in einem fühllos gewordenen Körper steckte und lautlos schrie, dass er alles dafür tun würde, wenn er nur noch einmal, ein einziges Mal, die Chance bekäme, dass alles wieder so würde wie zuvor. Verzweifelt versuchte er sich zu seiner Frau und seiner Tochter umzudrehen, die hinter ihm vorangetrieben wurden, aber er erhielt einen Stoß und stolperte vorwärts.

Die Dinge kamen ihm in den Sinn, die er zu Melchior gesagt hatte. Melchior und Karina ... er hatte das doch nicht selbst geglaubt, oder? Es war ihm einfach so in den Sinn gekommen, während er sich mit Melchior gestritten hatte. Oder hatte etwas im Gesicht seines Bruders es ihm verraten, hatte ihm einen Hinweis gegeben, wie er die vielen kleinen Zeichen zusammenfügen konnte, die für sich allein unwichtig schienen und die sich doch in seinem Gedächtnis eingegraben hatten, damit sich ein Bild ergab? Nein, es war unmöglich ... und doch: Weshalb hatte Melchior ihn geschlagen? Hätte er nicht eher ungläubig lachen sollen? Gott, wie vulgär war er, Andreas, bei diesem Gespräch eigentlich geworden? Er wünschte sich, sich umdrehen und Karina in den Arm nehmen und sich bei ihr entschuldigen zu können, entschuldigen für die Worte, die er zu Melchior gesagt hatte. Es gab keinen Zweifel, dass sie alle ihrem Tod entgegengingen, und er wollte nichts so sehr, als diesen Tod vermeiden und seine Familie retten und Karina festhalten und das Lachen seiner Tochter hören, und was immer vielleicht oder doch nicht zwischen Melchior und Karina gewesen war, war völlig bedeutungslos angesichts der Tatsache, dass sie möglicherweise nie mehr ein Wort miteinander würden wechseln können und sie alle bis zum Morgengrauen einen schrecklichen Tod gestorben wären (oder wünschten, tot zu sein …). Stöhnend drehte er sich nochmals um und erhielt wieder einen Stoß. Wenigstens hatte er einen Blick Karinas einfangen können. Er war so hoffnungslos gewesen, wie er selbst sich fühlte. Lýdie schluchzte, und er begann selbst zu weinen um ihretwillen.

Das Lager Königsmarcks war so weit von Prag entfernt, dass man nicht von einer Belagerung sprechen konnte. Es sah klein und erbärmlich aus. Andreas hatte ein Heer erwartet, dessen Zelte und Schanzen die Fläche einer Stadt bedecken würden, stattdessen sah es aus wie die Vorhut einer Armee … Doch dann schaffte es ein klarer Gedanke durch das Entsetzen, das ihn einhüllte: Es *war* die Vorhut einer Armee! Nur deshalb hatte Königsmarck so schnell marschieren können. Pater Silvicola hatte gemeint, sie würden das Heer einholen, aber tatsächlich war das Heer vor ihnen vor den Mauern Prags angekommen. Und jetzt wartete Königsmarck … wartete auf Verstärkung, um die Stadt belagern zu können. Andreas erinnerte sich, dass die Rede von einem schwedischen General namens Wittenberg gewesen war, bevor sie in Würzburg Station gemacht hatten und alles außer Lýdies Leben unwichtig geworden war. Wittenberg, der ein Heer von drei- oder viertausend Mann befehligte und irgendwo im Reich umherzog. Wenn beide Generäle ihre Truppen vereinten, würde ihr gemeinsames Heer mindestens sechs-, siebentausend Mann umfassen.

Prag hatte nicht die Hälfte davon zur Verteidigung aufzuweisen, und da waren die Kompanien der Zünfte, der Adelshaushalte und die Studentenlegion schon mitgezählt. Plötzlich fühlte Andreas einen winzigen Hoffnungsschimmer. Der General würde ihn als Geisel und als Unterhändler benutzen, daran bestand kein Zweifel. Wenn er aber die Stadt nicht angriff, sondern auf die Vereinigung mit Wittenberg wartete, dann würden Andreas' Dienste nicht sofort benötigt, und das hieß wiederum, dass sie alle drei vorerst sicher waren. Bestimmt würde niemand wagen, Karina und Lýdie ein Leid anzutun, solange er, Andreas, die von ihm erwarteten Dienste nicht erfüllt hatte. Man würde ihn ja bei Laune halten wollen ...

Sie wurden die breite Gasse entlanggetrieben, die durch die Zeltreihen führte. Immer mehr Soldaten liefen zusammen und gafften. Die Tiere machten einen Heidenlärm, übertönt von den Pfiffen der Treiber. Unter den Zuschauern brach erster Beifall aus. Andreas sah Männer auf Krücken, Männer, die schmutzige Verbände trugen, Männer, die bleich und ausgezehrt von einer Krankheit waren; sie alle säumten den Weg, den die erbeutete Herde nahm. Es war klar, dass man die Tiere nicht mitten in der kleinen Zeltstadt unterbringen würde; was hier geschah, war nichts als eine Präsentation, ein Triumphzug, eine Demonstration des Generals, dass er seine Truppen, die er erbarmungslos hergehetzt hatte, nicht nur verpflegen, sondern sogar *gut* verpflegen konnte. Frisches Fleisch ... Milch ... Eier ... in Prag gab es genügend Menschen, die sich solche Genüsse nicht leisten konnten. Nach diesem Machtbeweis würden die Männer den Befehlen des Generals über jede Schanze hinweg folgen ...

... und Andreas erkannte, dass sich ein Fehler in seine hoffnungsvollen Berechnungen eingeschlichen hatte. Wenn Königsmarck tatsächlich auf die Vereinigung mit Wittenberg warten wollte, warum hatte er es nicht an einem Ort getan, den die schwedischen Streitkräfte völlig unter Kontrolle hatten? In Eger, beispielsweise. Oder wenn er schon das Gefühl hatte, seinem Ziel so nahe wie möglich sein zu wollen, warum biwakierte er dann mit seinem kleinen Heer? Wenn sie hier angegriffen wurden, konnten sie sich nur schwer verteidigen. Ein Heer, das man vor Überfällen schützen wollte, hielt man in Bewegung. Warum dann diese Zeltstadt, einen halben Tagesmarsch von Prag entfernt? Wollte der General etwa mit diesem Haufen die Stadt angreifen? Völlig undenkbar ... es hätte nur dann einen Sinn, wenn er nicht in einem Frontalangriff versuchte, die Mauern zu stürmen, sondern sich durch irgendeine Lücke im Verteidigungsring in die Stadt hineinstahl, ein Stadtviertel in Besitz nahm und sich dann dort verschanzte.

Andreas blieb stehen. Er erhielt einen neuen Stoß und wäre beinahe vornübergefallen. Er hätte nicht gedacht, dass es möglich wäre, aber tatsächlich konnte das Grauen, das er empfand, noch gesteigert werden. Er wusste jetzt, welche Rolle ihm in dieser Tragödie zukam.

11

MELCHIOR KAM SICH vor wie in einer Geisterstadt. Prag hatte schon immer eine Atmosphäre besessen, die es einem – besonders bei Nacht – möglich erscheinen ließ, dass Gespenster um eine Ecke kamen oder dass das Geräusch der einsamen Fiedel, das von irgendwoher ans Ohr driftete, tatsächlich die Musik des toten Ritters Dalibor war, zu welcher der Golem tanzte ... Heute jedoch lastete die Schwere noch mehr als sonst auf der Stadt. Prag bereitete sich vor, und es wusste selbst nicht, ob es sich auf den Untergang vorbereitete oder ob seine Geister es noch einmal retten würden. Melchior kauerte sich im Dunkel der Gärten zusammen. Die Umgebung war mehr zu ahnen, als zu sehen, doch hier kannte er sich aus. Durch diese Gärten war er gelaufen, als er noch ein Kind und die Welt weniger kompliziert gewesen war, und die Pfade der Kindheit brennen sich am nachhaltigsten in die Erinnerung ein.

Er schwitzte. Nie hatte er gedacht, dass er in seiner eigenen Stadt einmal durch die Gassen schleichen würde wie ein Dieb. Die Nachtwache durfte ihn nicht schnappen – er war kein Unbekannter in der Stadt, und der Name Khlesl hatte einen hervorragenden Ruf, aber es war zu bezweifeln, dass General Colloredo in der Lage, in der Prag sich befand, darauf Rücksicht nehmen würde. Wer eine Waffe halten konnte, würde die Stadt verteidigen müssen; und das, was Melchior im Augenblick am meisten benötigte, war Bewegungsfreiheit. Er holte Luft und klopfte an den Fensterladen. Das Geräusch dröhnte wie Gewehrschüsse durch die Nacht.

Nach einer Weile hörte er ein Geräusch aus dem Haus. Es war das Klicken eines Pistolenhahns, der gespannt wurde. Er lächelte in sich hinein, drückte sich sicherheitshalber an die Wand neben dem Fenster und klopfte nochmals.

»Wer ist da?«

»Melchior Khlesl!«

»Verdammt!«

Der Fensterladen wurde aufgestoßen. Melchior richtete sich vorsichtig auf. Eine Gestalt in einem langen Hemd, mit langem Haar und einer Pistole in der Hand stand in der Finsternis des Raums. Sie ließ die Pistole langsam sinken.

»Renata«, flüsterte Melchior. »Kann ich reinkommen?«

»Du könntest auch die Tür nehmen. Warum erschreckst du uns so – mitten in der Nacht?«

»Wer weiß, wer alles seine Augen in der Gasse vorne hat. Ich bevorzuge den Hintereingang. Ist das Ding geladen?«

»Worauf du dich verlassen kannst!«

»Wenn du damit in eine andere Richtung zielen könntest …?«

»Allein der Gedanke, dass mir eine Pistole versehentlich losgehen könnte, wäre schon ein Grund, dir eins auf den Pelz zu brennen, mein Junge.« Sie wandte sich halb ab, und Melchior hörte das Klicken, mit dem der Hahn vorsichtig wieder auf die Pfanne gelegt wurde. Er kletterte hinein und zog den Fensterladen hinter sich zu; Dunkelheit fiel ins Innere des Raums. Renata war mehr eine Ahnung in Weiß als eine wirklich sichtbare Gestalt. Sie stand vor ihm und wartete darauf, dass er etwas sagte.

»Hanuš, Filip – ihr könnt jetzt rauskommen!«, rief Melchior.

»Ooooch, verdammt!«, erklärten zwei jugendliche Stimmen unisono aus der Finsternis. »Woher hast du's gewusst, Melchior!?«

»Weil *ich* euch beigebracht habe, wie man sich links und rechts neben einem Fenster in den Schatten versteckt, damit man dem, der reinklettert, zur Not eine aufs Dach geben kann«, sagte Melchior.

Renata wandte sich ab und hantierte in der Finsternis herum. Stahl ratschte über einen Feuerstein, Funken flogen in den Zunderschwamm, und wenige Augenblicke später erglühte der Docht einer Kerze und füllte den Raum mit goldenem Licht. Renata legte die Pistole auf den Tisch. Melchior trat zu ihr und umarmte ihre robuste, grauhaarige Gestalt. Er lächelte sie an. »Du bist keinen Tag älter geworden, seit ich dich zuletzt gesehen habe.«

»Und du keinen Tag klüger.« Sie hielt ihn auf Armeslänge von sich. »Willkommen wie immer im Hause Augustýn, Melchior Khlesl.« Ihr Lächeln erstarb. »Sag mir – was ist los bei euch? Ich mache mir Sorgen.«

Melchior umarmte Hanuš und Filip Augustýn, die jüngsten Söhne von Renata und Adam Augustýn, und klopfte ihnen auf die Schultern. Sie verehrten ihn als Helden, seit sie denken konnten; er wusste nicht, womit er diese Ehre verdient hatte. Er wusste auch nicht, was er getan hatte, dass Renata Augustýn ihn quasi als weiteren Sohn in ihrer umfangreichen Kinderschar betrachtete. Die Freundschaft zwischen den Augustýns und den anderen Partnern der Firma, den Khlesls, den beiden Langenfels und der Familie von Vilém Vlach in Brünn, war stets eng gewesen, aber die Beziehung Renatas zu Melchior hatte von Anfang an etwas Besonderes gehabt. Renatas Zuneigung war ihm umgekehrt ein Kleinod – es bedeutete schon etwas, die volle Sympathie einer Frau zu besitzen, die einmal dem Mann, der sie und ihre Familie mit einem Fingerschnippen hätte vernichten können und dies auch angedroht hatte, die volle Windel eines ihrer Kinder ins Gesicht gedrückt hatte. »Wie siehst du überhaupt aus? Voller Dreck und Schlamm …«

»Sogar dein Hut ist eingesaut«, sagte Filip und bewies damit, dass Melchiors Vorliebe für neue Hüte auch im Haus Augustýn aufgefallen war.

»Ich musste damit aus einem halb zugefrorenen Weiher Wasser schöpfen, damit ich dem Pferd was zu saufen geben konnte.«

»Pfui Teufel«, sagte Hanuš mitfühlend. »Das arme Tier.«

»Renata – wo sind alle? Ich bin heute Nacht über die Mauer geklettert und so schnell ich konnte nach Hause, aber alles war leer. Sogar die Dienstboten …«

»Wer laufen und ein Gewehr halten kann, hat die Kompanien verstärkt, die von den Adelshaushalten aufgestellt wurden. Seit der Feind gesichtet wurde, sind alle Stadtverteidiger in ihren Sammelstellen kaserniert. Die Alten, die Frauen und Kinder sind in den Kirchen. Euer Haus ist nicht das einzige, das leer steht.«

»Aber Papa … und Onkel Andrej … sie müssten längst zurück sein von der Reise!«

Renata legte ihm die Hand auf die Schulter. »Ich weiß es nicht, Melchior. Ich weiß nur, dass irgendetwas nicht stimmt. Wieso hast du dich zur Stadt hereingeschlichen?«

»Wenn ich der Nachtwache in die Hände falle, bin ich schneller ein Angehöriger irgendeiner Kompanie Colloredos, als ich ›Aber nicht doch!‹ sagen kann.«

»Willst du denn die Stadt nicht verteidigen?«

»Selbst wir haben uns einschreiben lassen!«, warf Hanuš ein.

»Ja, als Boten und Waffenträger!«, schnappte Renata. »Kommt bloß nicht auf dumme Gedanken, ihr zwei!«

»Wir sind Angehörige der Studentenlegion von Don Juan Arrigia!«

»Eigentlich befehligt Pater Plachý die Legion, aber er ist zu bescheiden, um es laut zu sagen!«

»Pater Plachý ist ein Riese. Sie nennen ihn den Schwarzen Popen. Er ist schon jetzt ein Held!«

»Die Leute glauben, er kann seine Männer kugelfest machen! Melchior, du musst unbedingt bei uns mitkämpfen ...«

Melchior ließ den Kopf hängen. »Ich kann nicht«, sagte er leise. »Deshalb muss ich mir ja meine Freiheit erhalten. Was immer das jetzt noch nützt ... Renata, wir sind in einer schlimmen Lage! Ich hatte gehofft, mir Unterstützung von zu Hause zu holen, aber jetzt ... ich weiß nicht, was ich tun soll!«

»Was ist denn passiert?«

Melchior begann zu erzählen; er versuchte, sich auf die wesentlichen Dinge zu beschränken, doch dann sprudelte alles aus ihm heraus, selbst der Streit mit Andreas und der Schlag, den er ihm versetzt hatte. Es gelang ihm, Karina aus der Geschichte herauszuhalten, aber der Blick, mit dem die alte Witwe ihn musterte, sagte ihm, dass sie vermutlich ahnte, worum es zwischen Andreas und Melchior in Wahrheit gegangen war.

»Was hattest du denn vor?«, fragte sie, als er zu Ende geredet hatte.

»Ich wollte so viele Männer wie möglich mitnehmen, das Lager Königsmarcks überfallen und Andreas und seine Familie befreien.« Er erzählte nicht, was ihn die Entscheidung gekostet hatte, den Soldaten und ihren Gefangenen nicht einfach zu folgen, sondern das Vernünftige zu tun und Verstärkung zu holen. Er sah an Renatas mitleidigem Gesicht, dass sie es ohnehin wusste.

»Keiner der Kompanieführer und erst recht nicht General Colloredo wird dir auch nur einen einzigen Mann überlassen.«

»Deshalb wollte ich ja zu Hause ...« Melchior ballte die Fäuste. »Dabei wäre es möglich. Ich hatte vor, die gestohlenen Tiere auseinanderzutreiben und das entstehende Chaos zu nutzen. Die Schweden hätten geglaubt, dass es sich um einen Angriff handelt. Keiner hätte doch damit gerechnet, dass es nur um die Gefangenen geht.«

»Gestohlene Tiere?«

»Die Soldaten haben offenbar die ganze Umgebung geplündert und alles, was vier Beine hat und essbar ist, ins Lager getrieben.«

»Verdammt!«, zischte Renata. »Colloredo, dieser Klotz! Der Herr bewahre uns vor Militärs, wenn's um den Krieg geht. Das ganze Vieh hätte in die Stadt gebracht gehört, zusammen mit den Bauern, die da draußen den Schweden hilflos ausgeliefert sind. Jetzt haben wir doppelten Schaden – selbst nichts zu essen, und der Feind schlägt sich den Wanst voll.«

Melchior stierte sie an. Plötzlich packte er sie, umarmte sie, drückte ihr einen Kuss auf die Lippen, schwang sie herum und tanzte mit ihr durch die Stube. »Ja!«, rief er. »Ja! Renata, du hast die besten Ideen! Das ist die Lösung!«

Renata machte sich los. »Bist du verrückt geworden? Hör auf, sonst küsse ich dich zurück, und wer weiß, was daraus noch wird.«

»Mama!«, quiekte Hanuš empört.

»Sei ruhig, Söhnchen«, sagte sie, aber sie lachte. Keuchend strich sie sich die Haare zurück. »Und welche gute Idee habe ich gehabt?«

»Gleich, gleich! Hanuš, Filip – könnt ihr mich zu diesem Pater Plachý führen? Und glaubt ihr, er würde mir zuhören, wenn ich ihm einen Vorschlag unterbreite?«

»Kommt drauf an, welchen«, sagte Filip.

»Den, die Studentenlegion und ihre Mitglieder unsterblich zu machen!«

12

ALEXANDRA WAR NIE in Podlaschitz gewesen. Der Ort sprach sofort zu ihr – er griff ihr ans Herz und presste es zusammen.

Von allen Seiten liefen flache Hügelabhänge auf ein Feld zu, in dem der Teufel seiner Wut freien Lauf gelassen hatte. Ein Bach schnitt durch die Landschaft aus Trümmern, geduckten Hütten und kahlem Geäst hindurch, seine Farbe so schwarz wie altes Blut. Alexandra sagte sich vergeblich, dass der dunkler werdende Himmel für die Farbe des Wassers verantwortlich war; in ihrer Vorstellung verwandelte sich der Bach, sobald er das weite Tal berührte, in etwas, das von der Hölle berührt worden war. Inmitten des Trümmerfeldes ragte das Skelett einer Kirche empor, bröckelnde Außenwände, zwischen denen das Dach eingestürzt war, Turmstümpfe ... ein morscher Knochen, das Mark gnadenlos ausgesaugt vom Hunger der Zeit.

Wenzel neben ihr räusperte sich.

»Es berührt dich auch, oder?«, fragte sie.

Er nickte.

»Bist du schon einmal hier gewesen?«

Er schüttelte den Kopf. »Hier hat alles angefangen«, sagte er nach einer Weile. »In jeder Hinsicht. Hier ist die Teufelsbibel entstanden, hier sind unsere Familien zum ersten Mal damit in Berührung gekommen.«

»Unser Familienfluch«, sagte Alexandra und schnaubte.

Sie sah auf, als Wenzel nicht antwortete. Er betrachtete sie. Dann lächelte er auf eine Weise, dass die Beklemmung, die der Anblick der Trümmerwüste mit ihren wenigen einsamen, gottverlassenen Pächterhütten dazwischen in ihr auslöste, leichter wurde. »Unser Familien*segen*«, sagte er. »Gäbe es ihn nicht, wäre ich im Findelhaus gestorben, und du würdest nicht existieren. Wie sollte es die Welt wert sein, weiter zu bestehen, wenn es unsere Liebe nicht gäbe?«

Er trieb sein Pferd an, und es trabte den Hügel hinunter. Alexandra folgte ihm. »Wollen wir nicht auf die anderen warten?«

»Wir sind geritten wie der Wind«, sagte Wenzel. »Von den anderen hat die Hälfte noch nie auf einem Pferd gesessen. Das dauert, bis die ankommen. Und ich habe verstanden, dass wir keine Zeit zu verlieren haben.«

»Wenzel?«

»Hm?«

»Was, wenn wir sie nicht finden?«

Er antwortete nicht. Sie ließ ihr Pferd neben dem seinen traben. Es kam ihr vor, als könne sie sich nicht mehr an eine Zeit erinnern, zu der sie nicht im Sattel gesessen und atemlos ein Pferd vorangetrieben hatte. Zum ersten Mal, seit sie diese Reise angetreten hatten, hatte sie jedoch die vage Hoffnung, alles könne am Ende gut werden.

»Wenn man mittendrin steht, ist es noch riesiger«, sagte Alexandra.

»Und viel unübersichtlicher«, bestätigte Wenzel.

Er war auf einen Steinhaufen geklettert, aus dem Balken herausragten – ein in sich zusammengefallener Bau, von dem man nicht einmal mehr ahnen konnte, was er einmal gewesen war. »Ich schlage vor, wir fangen bei der Kirche an. Sie und ein Teil des Haupttrakts stehen noch halbwegs aufrecht. Ich kann mir nicht vorstellen, dass dein Vater und meiner die Teufelsbibel unter einem beliebigen Schutthaufen vergraben haben.«

Alexandra betrachtete die Häuser, die am Rand des Trümmerfeldes standen, welches das ehemalige Klosterareal bezeichnete. Sie wurde den Eindruck nicht los, dass sie, grau und verwittert und mit Flechten und Moos überzogen, die Überreste irgendwelcher unheimlicher Tiere waren, die hierhergekrochen, verendet und schließlich versteinert waren. Sie hatte schon andere Ruinenfelder gesehen – alte Gemäuer stürzten immer wieder mal ein oder wurden geschleift, und die Nachbarn nutzten sie dann als Steinbrüche, um ihre eigenen Häuser auszubessern oder zu erweitern oder Mauern zu errichten. Hier war nichts dergleichen geschehen. Wer auch immer früher in den verlassenen Hütten gewohnt hatte, er hatte nicht gewagt, auch nur einen Stein des alten Klosters anzurühren.

»Die Menschen, die hier gelebt haben ... was mag aus ihnen geworden sein?«, fragte Alexandra.

Wenzel, der von seinem Ausguck heruntergeklettert war und sich die Hände an seinem Mantel abwischte, zuckte mit den Schultern.

»Niemand weiß, was aus den Leuten geworden ist, nachdem die Mönche das Kloster verlassen haben und nach Braunau umsiedelten ... nach dem Massaker. Als unsere Väter hierher zurückkehrten, war alles bereits wüst, und die Einzigen, die hier noch vor sich hin vegetierten, waren Aussätzige. Der ganze Landstrich war abgesperrt worden. Vielleicht hat der Aussatz sie alle dahingerafft. Tatsache ist, dass wir hier ganz allein sind.«

»Bist du sicher?« Sie sah sich fröstelnd um.

Die Frage war nicht ängstlich gemeint gewesen, und er schien sie auch nicht so aufgefasst zu haben. »Hier sind nur wir und die Toten«, sagte er.

Zwischen den Steinhaufen führten zum Teil verschüttete Pfade hindurch. Sie folgten den verschlungenen Wegen. Alexandra hatte das Gefühl, dass aus den dunklen Spalten, Höhlen und Klüften in den zusammengesackten Gebäuden

Augen herausspähten und Blicke ihnen folgten, die nichts Menschliches an sich hatten. Die Außenmauern der Kirche erhoben sich über einem unbegehbaren Wust aus Dachbalken, Schindeln und Steinen, der das Kirchenschiff teilweise mannshoch bedeckte. Die gesamte Mauer oberhalb der Fenster musste nach innen gestürzt sein, die oberen Fenstersimse waren verschwunden, die Mauerstücke zwischen den Fenstern griffen wie Krallen in die leere Luft.

Sie blickten durch die weite Öffnung, in der früher das Kirchenportal gewesen sein musste. Wenzel schüttelte den Kopf.

»Wenn das alles runtergekommen ist, nachdem unsere alten Herren die Teufelsbibel hier versteckt haben, dann ist sie besser geschützt als unter dem Hintern des Papstes.«

Alexandra musste gegen ihren Willen lachen. »Wie kommst du denn auf diesen Vergleich?«

»Mir fiel gerade ein, wie Adam Augustýn damals den fetten Sebastian Wilfing genarrt hat mit dem alten Geschäftsbuch, das er in Izabelas Wiege versteckt hatte …«

Alexandra atmete tief ein. »Wir haben Sebastian wiedergetroffen. In Würzburg.« Sie schauderte. »Es gibt Feinde, die laufen einem ein Leben lang nach.«

»Ist er an der ganzen Situation …?«

»Natürlich. Ihm hatten wir doch stets die größten Schwierigkeiten zu verdanken, oder nicht?«

Wenzel wandte sich ab und musterte die verwüstete Kirche. »Da ist eine nahezu freie Stelle. Bringen wir die Pferde hinein und fangen wir hier an. Vielleicht entdecken wir irgendwelche Spuren.«

»Teilen wir uns auf«, schlug Alexandra vor, obwohl ihr der Gedanke, allein auf diesem riesigen Friedhof herumzusuchen, eine Gänsehaut verursachte. »Geteilte Arbeit heißt doppelte Schnelligkeit.«

»Na gut. Aber bleiben wir in Rufweite, ja?«

»Natürlich, ehrwürdiger Vater.«

»Hör auf, mich so zu nennen.«

Sie trat vor ihn hin, nahm seine Hand, und dann küsste sie ihn sanft auf den Mund. »Wir haben noch so viel zu klären«, flüsterte sie.

»Ich habe dir schon gesagt, dass ich ...«

»Später«, sagte sie. »Später, Wenzel. Lass uns diese Geschichte zu Ende bringen!«

»Schön. Ich fange hier an.«

»Ich nehme mir das vor, was vom Haupttrakt des Klosters übrig geblieben ist.«

»Wenn du das Gefühl hast, dass irgendetwas wackelt oder unsicher ist ...«

»... renne ich kreischend hinaus und flehe dich um Hilfe an.«

»Alexandra!«, sagte er, und sie erkannte, dass sie seine Sorge nicht auf die leichte Schulter nehmen durfte.

»Ich passe schon auf mich auf.«

»Ich verlasse mich darauf.«

Der Eingang in den Klosterbau war wie der Eintritt in eine Höhle. Auch hier fehlte die Tür – sie musste aus Holz und daher brennbar gewesen sein. Die Türangeln waren aus der Mauer herausgestemmt worden. Es war ein Beweis, dass hier doch Menschen gelebt hatten – verzweifelte Menschen, deren tägliches Überleben an einem Faden hing. Als Wenzel die Aussätzigen erwähnt hatte, war es ihr wieder eingefallen; die Geschichte, wie ihr Vater und Andrej von Langenfels Freunde geworden waren, hatte sie oft genug gehört. Agnes und Cyprian Khlesl hatten ihre Kinder, so lange es ging, vor dem Wissen um die Teufelsbibel bewahrt. Dann aber hatten die beiden sie in alle Einzelheiten eingeweiht. Und so erinnerte sich Alexandra auch an die Begegnung mit dem Mönch, der in einem Kellerraum unterhalb des Klosters unter den Leprakranken gelebt hatte, der Mönch, den nicht der Aussatz, sondern die eigene Schuld auffraß. Sie streckte den Kopf aus der Türöffnung und spähte zur Kirche hinüber. Dabei hörte sie, wie Wenzel über die Schutthaufen kletterte, um sich einen Überblick über das Kircheninnere zu verschaffen. Er musste die Geschichte ebenso gut kennen wie sie – nur dass seine Erinnerung getrübt war durch die Sorge um sie und die Erleichterung, dass sie nicht verlangt hatte, an seiner Stelle die Kirche zu durchsuchen … die Kirche, die jeden Moment völlig zusammenbrechen konnte, und dann sollte sie lieber über ihm einstürzen als über ihr … Sie lächelte.

Sie tastete sich in den Gang hinein. Erinnerungen an die alte Ruine in Prag schossen in ihr hoch, die einmal der Familie Khlesl gehört hatte, dann Sebastian Wilfing, dann dem alten Kardinal, der sie als Versteck genutzt hatte für eine Truhe mit einem ganz bestimmten Inhalt. Die Erinnerung brachte auch die Bilder der mumifizierten Zwerge mit sich, die in der Truhe gelegen hatten, und die tödlich geschockten Gesichter ihres Vaters, Onkel Andrejs und des alten Kardinals. Sie räusperte sich. Es gab bessere Erinnerungen, um mit ihnen in einen lichtlosen Gang einzudringen.

Nach einigen Herzschlägen merkte sie, dass herabgefallener Schutt den Gang blockierte. Der Boden des Obergeschosses war morsch geworden und heruntergebrochen – eine wirre Masse aus Holzbrettern, Balken und zerfetzten Strohmatten. Sie konnte die Umrisse des Schutts erkennen. Dahinter musste es eine Lichtquelle geben.

»Alexandra?« Wenzels Stimme klang dünn und fern hier drin.

»Alles in Ordnung!«, schrie sie zurück.

»Alexandra?«

Sie schnaubte und tastete sich zum Ausgang zurück. »Mir geht's gut!«, rief sie in Richtung der Kirche.

»Schon was gefunden?«

»Nein! Du?«
»Den Opferstock ...«
»Ist was drin?«
»Jetzt schon. Ich habe was reingetan.«
»Du bist eine Zierde der katholischen Kirche!«
Er erwiderte nichts darauf.
»Wenzel?«
»Ja?«
»Ich kann nicht vernünftig suchen, wenn du alle paar Minuten fragst, ob es mir gut geht.«
»Ah ...«
»Wenn mir etwas zustößt, gebe ich rechtzeitig Bescheid.«
Alexandra konnte ihn seufzen hören, obwohl das Geräusch nicht bis zu ihr trug.

Nachdem sie einige Zeit an dem Hindernis im Gang herumgetastet hatte, fand sie eine Möglichkeit, sich daran vorbeizuzwängen. Dahinter war der Gang wieder frei, und etwas Licht sickerte herein. Sie erkannte, was geschehen war: Der Nebenausgang des Klostergebäudes, der vermutlich in den früheren Kräutergarten führte, war offen, aber der hintere Teil des Dachs war zusammengebrochen und blockierte ihn. Das Tageslicht fand Wege um den Schutthaufen auf der Schwelle herum. Tageslicht ... lange würde es nicht mehr hell sein! Sie schlurfte weiter und stellte fest, dass sie mit ein wenig Anstrengung genügend Steine beiseiteräumen konnte, um den Schutthaufen zu überwinden. Sie kletterte eine halbe Mannshöhe hinauf und spähte durch eines der Löcher hindurch.

Es war nicht der Kräutergarten. Es war ein kleiner Friedhof. Die meisten Grabkreuze waren umgesunken und vermodert, eine kleine Handvoll von Steinmetzen bearbeiteter Grabsteine zeigte, dass der eine oder andere Klostervorsteher hier von Adel gewesen sein und über reichhaltige Finanzmittel verfügt haben musste. Lange vorbei ... das Kloster war nicht mehr, die Grabsteine standen schief, die Namen von Wind und Wetter ausgelöscht und von Flechten überwuchert. *Sic transit gloria mundi*, dachte Alexandra. Der Anblick des ungepflegten Gottesackers ließ sie erneut erschauern. Sie sah die Flanke der Kirche zu ihrer Linken und hörte das Geröll kollern, wo Wenzel einen halbherzigen Versuch unternahm, irgendetwas aus dem Weg zu räumen.

Dann zog ein einzelner Grabstein ihre Aufmerksamkeit auf sich; er schien neuer zu sein als die anderen ... und Tränen traten ihr in die Augen, als sie die Inschrift lesen konnte. Es standen nur zwei Namen auf ihm und eine Jahreszahl, und sie wusste, dass er sich über einem leeren Grab erhob. Die sterblichen Überreste von Andrejs und Agnes' Eltern lagen nicht in einem Grab, sondern waren irgendwo auf dem weiten Klostergelände verscharrt worden, zusammen mit den zehn Frauen und Kindern, die dem wahnsinnig gewordenen Kustoden zum Opfer gefallen waren. Irgendwann mussten Alexandras Onkel und ihre Mutter hierhergekommen sein, um diesen kleinen, unbedeutenden Kenotaph zu errichten. Sie sind tot, aber nicht vergessen, lautete die Botschaft des Grabsteins. Auch wenn sie hier, an diesem von der Welt vergessenen Ort, lagen.

Sie bekreuzigte sich und sprach ein Gebet für die Großeltern, die sie nie gekannt hatte, dann kletterte sie wieder herunter, ratlos.

Als sie sich umdrehte und in den finsteren Gang hineinschaute, war das bisschen Licht in ihrem Rücken und ließ eine Wand aus dem Dunkel hervortreten. Die Wand war nach wenigen Schritten abrupt zu Ende und verschwand in lichtloser Schwärze. Sie hielt den Atem an. Sie wusste, was das bedeutete – die Öffnung eines Treppenschachts in die Tiefe. Die Kellerräume, von denen Cyprian und Andrej gesprochen hatten!

Gleichzeitig hörte sie Stimmen von draußen. Wenzels

Mönche waren endlich angekommen; schneller, als er selbst gedacht hatte. Plötzlich war sie erleichtert, dass sie nicht allein dort hinabsteigen musste. Sie arbeitete sich nach vorn zu der Blockade im Gang, zwängte sich hindurch und begann schon währenddessen, nach den anderen zu rufen.

»Hier ist ein unversehrter Kellerabgang! Ich bin sicher, dass sie dort unten ist. Wenzel! Erinnerst du dich an das alte Haus in Prag und wie der alte Kardinal dort im Keller die Truhe versteckt hatte? Ich glaube, mein Vater und deiner haben es ihm einfach nachgemacht ...« Sie stockte, weil ihr Kleid an etwas hängen geblieben war, und ruckte daran. Eine Hand streckte sich ihr entgegen, und sie nahm sie und ließ sich durch die Enge zerren. »Wir brauchen Schaufeln, damit wir den Durchgang erweitern können. So bekommen wir sie nach draußen. Und Fackeln – oder Laternen. Dort unten ist es so finster wie in der Seele von General Königsmarck.«

»Nirgendwo ist es so finster wie dort, Gnädigste«, sagte eine Stimme, die sie nicht kannte, und mit einem Ruck wurde sie hervor ins Freie gezerrt. Alexandra stolperte und fiel gegen einen Mann, der nach Rauch, Schweiß und Pferd stank. Sie ertastete das Bandolier mit den Pulvermaßen über der Brust, das lederne Koller ... die Kleidung eines Soldaten.

Die Hand, die sie gepackt hatte, ließ sie nicht los. Bevor sie noch etwas sagen konnte, wurde sie weitergezerrt, dem Eingang zu, und ins Freie hinausgeschleift. Erst jetzt kam ihrem vor Schreck wie gelähmten Hirn der Gedanke, sich zu wehren, doch dann sah sie den Ring aus Männern, der den Eingang umstellt hatte, und erstarrte. Sie gafften sie alle an. Die ersten begannen zu grinsen.

»Sie hat gesagt, dort drin sei es so finster wie in der Seele vom General«, sagte der Mann, der ihr Handgelenk festhielt.

Die anderen grölten amüsiert.

Alexandra fühlte ihre Beine zu Wasser werden. Soldaten – wenigstens ein Dutzend! Und noch ein paar weitere, die einzelne Schutthaufen erklommen hatten und sicherten. Es mussten Fouragiertruppen des Königsmarck'schen Heeres sein, sie sprachen sächsisch. Dass sie sich so weit von der Umgebung Prags entfernt hatten ... Oder es waren Deserteure.

Doch darauf kam es nicht an. Ein Dutzend Soldaten – und sie war hier mit Wenzel allein. Selbst wenn die Mönche aus Raigern innerhalb einer Stunde einträfen, würden sie nur zwei Leichen finden, oder eine in einer schwarzen Kutte und etwas anderes, das noch lebte, aber flehentlich um den Tod bat. Ihr Herzschlag drückte ihr den Atem ab.

»Wem gehört 'n der zweite Gaul?«, fragte einer der Männer.

Sie blinzelte verständnislos und noch immer halb betäubt vor Schreck. Dann wurde ihr klar, dass er Wenzels Pferd meinte. Sie konnte sich nur mit Mühe bezwingen, nicht wild umherzustarren. Wenzel war ihnen entkommen. Er musste sich irgendwo in der Nähe versteckt haben. Hier konnte sich eine Hundertschaft verstecken, ohne dass man sie fand. Es gab noch Hoffnung!

Sie drückte die Knie durch und richtete sich auf. »Beide Pferde gehören mir«, sagte sie von oben herab.

»Beide sin' gesattelt, Gnädigste. Wechseln Sie gern beim Reiten durch, oder was?«

Sie sah ihn an. Sie wusste, dass er und seine Männer nur auf ihr »Ja« warteten, um ihr zu prophezeien, dass sie dies in den nächsten Stunden ausgiebig würde üben können. Mit Mühe gelang ihr ein verächtliches Lächeln, das darunter litt, dass ihre Mundwinkel zitterten.

»Un' wer is' Wenzel?«, fragte der Soldat, der sie festhielt.

»Der eine Gaul heißt so«, grunzte einer. »Oder nich'?«

»Ich heiß auch Wenzel«, kicherte ein anderer und spitzte die Lippen wie zu einem Kuss. »Ich lass mich aber nich' reiten, ich reit selbst!« Er bewegte das Becken vor und zurück. Die anderen lachten.

»Un' ich auch!«

»He, Gnädigste, ich bin der einzig wahre Wenzel hier!«

Alexandra fühlte die Kälte, die durch ihren Leib rann und sie auf die Knie sinken und um Gnade bitten lassen wollte. Sie blieb stehen und ballte die Fäuste.

Dann teilte sich der Ring der Soldaten, und Alexandras Mund öffnete sich. Fassungslos stierte sie die schmale, dunkle Gestalt mit dem roten Haarschopf an, die in die Mitte des Kreises trat. Die blauen Augen musterten sie kalt.

»Ich habe dich unterschätzt«, sagte Pater Silvicola. »Und gleichzeitig spielst du mir in die Hände wie mein bestes Werkzeug. Jetzt bin ich sicher, dass die Teufelsbibel hier ist. Du wolltest Schaufeln und Fackeln? Wir haben alles dabei. Eine Fackel werden wir aufheben – für den Scheiterhaufen. Es ist genug Holz da für noch eine Person.«

Er machte eine Kopfbewegung, und zu Alexandras steigendem Entsetzen führten zwei Soldaten Agnes herbei. Sie war zerzaust und schmutzig, aber unversehrt; offenbar hatte niemand ihr etwas getan. Aber das war nicht das Schlimmste. Das Schlimmste war der Ausdruck von Panik, der sich auf Agnes' Gesicht zeigte, als sie Alexandra erblickte. Plötzlich war Alexandra klar, dass ihre Mutter nicht gewusst hatte, dass die Teufelsbibel hier war. Cyprian Khlesl und Andrej von Langenfels mussten auf eigene Faust gehandelt und gedacht haben, dass der Codex umso sicherer war, je weniger Personen von seinem neuen Aufenthalt wussten. Agnes wiederum hatte geglaubt, dass Pater Silvicola auf die falsche Fährte geraten war und dass es letzten Endes nur noch eine Auseinandersetzung zwischen ihm und ihr war. Und nun musste sie nicht nur erkennen, dass der Jesuit tatsächlich am Ziel seiner Wünsche war; auch ihre längst in Sicherheit gewähnte Tochter war erneut seine Gefangene.

13

ZU SEINER ÜBERGROSSEN Überraschung ließ man Andreas und seine Familie zunächst in Ruhe. Tatsächlich schien sich überhaupt niemand mehr um sie zu kümmern, seit der Offizier, der die Viehherde hatte hertreiben lassen, seine Vorgesetzten über sie informiert hatte. General Königsmarck waren sie nicht vorgestellt worden; Andreas glaubte aufgeschnappt zu haben, dass der General nicht im Lager weilte. Er erkannte es als Galgenfrist und war zuerst erleichtert; dann, zu seinem eigenen Erstaunen, wünschte er sich in zunehmendem Maß, dass die Konfrontation endlich stattfinden möge. Er war nie einer gewesen, der ein Ende mit Schrecken einem Schrecken ohne Ende vorgezogen hätte; doch er spürte, dass er mittlerweile an einem Punkt angekommen war, an dem weiteres Hinausschieben des Endes unerträglich wurde.

Zugleich erkannte er, dass die Ignoranz, die die Offiziere des Königsmarck'schen Heers ihnen entgegenbrachten, sich auch darauf erstreckte, wo sie die Nacht verbringen sollten. In einem der Zelte um Aufnahme zu bitten, in denen die Soldaten zu sechst oder mehr schliefen, verbot sich von selbst. Befehle hin oder her, eine Nacht zwischen den Soldaten hätten sie nicht überlebt. Ihm kam eine Idee, als er das Muhen der Kühe hörte, die man mit den anderen Tieren in einem Pferch aus hastig gefällten Bäumen außerhalb des Lagers zusammengetrieben hatte. Er näherte sich mit klopfendem Herzen dem Offizierszelt und sprach einen der Männer an.

»Die Kühe müssen gemolken werden«, sagte er.

»Ach«, machte der Offizier. »Du kennst dich wohl aus, oder?«

»Das nicht, aber ich bin sicher, Sie haben ehemalige Knechte und Bauernsöhne unter Ihren Männern. Fragen Sie die.«

»Brauch ich nicht«, sagte der Offizier. »Tatsächlich wollen die Hornböcke abglyssen. Und weil du so ein schlaues Kerlchen bist, wirst du mit deinen Weibern mithelfen, dass es nicht die ganze Nacht dauert. He, du!«

Ein Soldat, der vorbeigeschlendert war, blieb stehen. »Lieutenant?«

»Bring den Kandirer und seine Mossen zum Pferch. Sie sollen melken helfen.«

Der Soldat nickte, trat zu Karina und klopfte ihr auf den Hintern. »Auf geht's zum Tittengrapschen!«, sagte er und grinste ihr Dekolleté an.

Wie sich herausstellte, war ein Dutzend Männer damit beschäftigt, die Kühe zu melken. Die Ausbeute war ebenso mager wie die Tiere selbst, doch die Kühe drängten sich heran, um das bisschen Milch, das sie hatten, loszuwerden. Andreas und seine Familie wurden ohne große Zeremonie eingeteilt, und zum ersten Mal, seit sie unter die Soldaten gefallen waren, machten diese keine anzüglichen Bemerkungen, sondern nahmen sie beinahe wie Kameraden auf. Der Wachtmeister, der das Umleeren der Milch beaufsichtigte, bemühte sich, in die andere Richtung zu sehen, wenn die Soldaten die euterwarme Milch in gierigen Schlucken aus den Eimern tranken oder sich direkt in den Mund spritzten. Wie es aussah, hatten die Offiziere sämtliche Milch beschlagnahmt; was man nicht direkt vor Ort für sich abzweigte, würde man nie bekommen. Andreas kniete sich vor einer Kuh nieder und zog ratlos an den Zitzen. Die Kuh schaute ihn an und stieß einen beinahe menschlichen Seufzer aus.

»Warum hast du nicht den Mund gehalten?«, flüsterte Karina, die neben ihm bei einer zweiten Kuh ebenso scheiterte.

»Weil wir hier außerhalb des Lagers und damit halbwegs sicher vor den Nachstellungen der Soldaten sind«, flüsterte Andreas. »Ich habe gehofft, dass wir zum Melken eingeteilt werden, wenn ich genügend klugscheiße. Das dauert die halbe Nacht, bis alles fertig ist. Eine halbe Nacht, in der wir in Sicherheit sind. Und den Rest der Nacht bleiben wir einfach hier zwischen den Tieren, dann können wir auch nicht erfrieren.«

»Das geht ja ganz einfach, Mama«, hörten sie Lýdies überraschte Stimme. »Halt still, du Riesenvieh, sonst wirfst du noch den Eimer um!«

Einer der Soldaten kauerte sich neben Andreas vor die Kuh. »Was is', wird das bald was?«

»Es geht nicht«, sagte Andreas und bemühte sich um einen möglichst entschuldigenden Tonfall.

»Mann«, sagte der Soldat. »Hier – packen, kneifen, ziehen! Was is' denn daran so schwer? Stell dich nich' an wie 'n Voppart. Hast du noch nie 'ne Titte in der Hand gehabt?«

»Noch nie eine so große«, sagte Andreas.

Der Soldat prustete und schlug ihm auf die Schulter. Dann rappelte er sich auf und stapfte davon. Andreas versuchte, seine Handgriffe nachzuahmen. Es war, als kneife die Kuh absichtlich das Euter zusammen. Er hörte den Soldaten zu zwei anderen gehen und fing ein paar Fetzen seines Gesprächs auf: »... hab ich gesagt: Hast du noch nie 'ne Titte in der Hand gehabt? Und was sagt der Kümmerer drauf? ...« Die Soldaten brüllten vor Lachen, aber es war nicht das gemeine, höhnische Lachen, das Andreas bisher stets gehört hatte, sondern ... Plötzlich wusste er, dass ihnen heute Nacht von diesen Männern keine Gefahr drohen würde.

Er fing einen Seitenblick Karinas auf. Ihre Augen waren groß vor Angst, aber sie lächelte ihm zu. Er hatte das Gefühl, dass sie ihm seit Jahren nicht mehr so zugelächelt hatte. Unsicher lächelte er zurück.

Ein warmer Strahl schoss zwischen seinen Fingern hervor.

»Es klappt!«, rief er unwillkürlich. »He, es klappt!«

»Habt ihr gehört, ihr Weißhulme?«, schrie einer der Soldaten. »Der Kümmerer hat die Riesentitte bezwungen!«

Sie grölten erneut vor Lachen, und ein paar klatschten Beifall. Andreas holte vorsichtig Luft. Unvermittelt war es nicht anders als an einem der Abende, als er noch jung gewesen war und mit seinen Freunden aus Prag hinaus und zu einem der Dörfer geritten war, wo das Johannisfeuer brannte. Sie hatten sich vorgenommen, mit ihrem eleganten städtischen Auftreten eine Dorfschönheit nach der anderen herumzukriegen, aber am Ende waren sie nur abseits am Feuer gesessen, die stumm warnenden Blicke der Dorfburschen richtig deutend, und hatten sich betrunken und mit den Dörflern gutmütigen Spott ausgetauscht. Das Schöne daran war, dass es bewies, dass auch feindliche Soldaten irgendwie nur Menschen waren. Das Schlimme daran war ebenso, dass es bewies, dass auch feindliche Soldaten irgendwie nur Menschen waren, denn es würde der Tag kommen, an dem man sie töten musste.

Nach einer Weile arbeiteten sie mit den Soldaten Hand in Hand, bis der Wachtmeister kam und sie aus der Herde herauswinkte. Sie folgten ihm. In Andreas kroch erneut die Angst hoch; dann sah er drei Frauen außerhalb des Pferchs stehen. Der Wachtmeister brachte sie zu ihnen.

»Das sin' die Gefangenen, Euer Gnaden«, sagte er und zog den Hut.

Die drei Frauen waren in Gewänder gekleidet, die nicht unpassender hätten sein können – kurze, brokatverzierte Hängemäntel, teure Kleider, mit Perlen bestickt, weite Spitzenkrägen, aufgepuffte Ärmel mit kurzen Manschetten und langen Stoffhandschuhen, die Mieder eng und die weiten, bauschigen Röcke hoch über der Hüfte und über eine Stoffrolle gebunden, wie es die Mode der Adligen in Frankreich befahl. Die Haare waren in Locken gelegt oder hochgesteckt und mit Schleifen und Bändchen verziert; eine der Frauen trug ein Hütchen, das wie die Miniaturausgabe eines Offiziershuts mit einseitig aufgehefteter Krempe und Pfauenfedern aussah. Zwei der Frauen begannen, mit Federfächern vor ihren Nasen herumzuwedeln, während sie Karina und Lýdie in Augenschein nahmen. Die dritte Frau, die mit dem Hütchen, lächelte. Es war ein Lächeln, das Andreas die gleiche Gänsehaut verursachte wie die Drohungen des Korporals heute Nachmittag in der Scheune.

»Ich bin Maria Agathe Gräfin von Leesten«, sagte die Frau mit dem Hütchen. Der Wachtmeister verbeugte sich ein weiteres Mal. Andreas fühlte einen Stoß und verbeugte sich ebenfalls. Aus dem Augenwinkel sah er, wie Karina und Lýdie in einem Knicks zusammensanken, beide mit verwirrten Gesichtern. »Mein Mann ist Christopher Graf Königsmarck, der General. Die beiden Gefangenen kommen mit mir.«

Karina und Lýdie warfen Andreas entsetzte Blicke zu. Die ganze Zeit über hatte er vermeiden können, dass sie getrennt würden. Aber er sah keine Möglichkeit, Widerspruch einzulegen.

»Euer Gnaden sind zu gütig«, stotterte er. »Meine Frau und meine Tochter leiden sehr unter den Strapazen.«

»Ja«, sagte die Gräfin knapp und hielt sich einen Finger geziert unter die Nase, während sie näher trat und Karina und Lýdie genauer betrachtete. Wieder flackerte das Lächeln über ihr Gesicht, und wieder fühlte Andreas eine Gänsehaut. »Ihr Name ist?«

»Karina Khlesl, Euer Gnaden. Dies ist meine Tochter Lýdie.«

Lýdie knickste erneut. Andreas fühlte eine unerklärliche Wut darüber aufsteigen, dass seine Frau und seine Tochter so demütig auftreten mussten.

»Komm Sie mit, Frau Khlesl, und Sie auch, Fräulein. Nur eine ganz gewisse Sorte Frauenzimmer lebt unter den Soldaten, und Sie und Ihre Tochter wollen nicht zu denen gehören, die dem Herrn trotz seiner großen Güte ein Abschaum sind.«

Andreas sah den beiden hinterher, wie sie hinter der Gräfin und ihren Begleiterinnen – vermutlich die Frauen von Königsmarcks höchsten Offizieren – hertrotteten. Die drei Frauen drehten sich nicht einmal zu ihnen um. Andreas biss die Zähne zusammen und unterdrückte seine Wut. Es war immer noch besser, von einer herablassenden Gräfin die Nacht über beherbergt zu werden, als zwischen den Kühen auf dem Boden zu schlafen.

»So?«, sagte der Wachtmeister, und Andreas erkannte zu seinem Schrecken, dass er laut gedacht hatte. Der Wachtmeister aber kniff nur ein Auge zusammen und musterte ihn. »Du hast ja keine Ahnung, du Voppart. Du hast *keine* Ahnung.«

Nach dem Ende des Melkens verschwanden die meisten Soldaten wieder im Lager; ein halbes Dutzend blieb übrig, um das Vieh zu bewachen. Niemand befahl Andreas, irgendwo anders hinzugehen, und so blieb er bei den Wachen. Immer vier von ihnen saßen um ein kleines Feuer herum, während zwei in gegenläufiger Runde den Pferch umkreisten. Es schien, dass die Soldaten ebenso wie Andreas fanden, sie hätten für diese Nacht Glück gehabt. Es dauerte eine Weile, bis Andreas sich genügend Herz fasste, den Männern die Frage zu stellen, die ihm nach der Bemerkung des Wachtmeisters auf der Zunge brannte; wie sich herausstellte, hatten sie ihn jedoch akzeptiert und fühlten sich keineswegs ausspioniert.

»Die Gräfin?«, sagte einer. »Das is' 'ne loe Sontzengeherin, das sag ich dir. Aus der hätte 'ne Gugelfränzin werden sollen, bloß dann wär'n all die anderen Gugelfränzinnen aus der Krax davongelaufen.«

Andreas sah ihn hilflos an. »Was?«, brachte er hervor.

Der Soldat verdrehte die Augen. Ein anderer lachte. »Der Kümmerer!«, sagte er grinsend. »Versteht rein gar nix!«

»Die Gräfin«, sagte der erste Soldat, »ist *une noble mal-*

faisant. Sie wär besser *une nonne* geworden, *seulement* dann wär'n *les autres nonnes* aus der *monastère* abgehauen. *Compris?*«

»Böse? Wieso ist sie böse?«, fragte Andreas und renkte sich unwillkürlich den Hals aus. Wo das Offizierszelt war, hing ein heller Schein über dem Lager. Er konnte sich nur mühsam zurückhalten, aufzuspringen, dorthinzulaufen und zu verlangen, dass man seine Frau und Tochter herausgab.

»Pass auf«, sagte ein dritter Soldat. »Sie hatte mal 'ne Zofe, ja? Die war uns irgendwie zugelaufen, un' die Offiziere ham sie zum General gebracht, un' die Gräfin hat gesagt, sie will die Moß als ihre Magd haben, aber dann hat sie nach 'ner Weile festgestellt, dass sie 'ne Dofelmännin war, un' dann wollt' sie sie bekehr'n, ja?«

»Bekehren? Zum protestantischen Glauben?«

Der Soldat wedelte ungeduldig mit der Hand wie jemand, der sich äußerst konzentriert, um einen Vortrag halbwegs verständlich zu halten, und der keinerlei Unterbrechungen gebrauchen kann. »Aber die Moß wollt' nich' bekehrt wer'n, weil sie sagte, sie hätt' ja schon 'nen Glauben, un' der wär' bitte schön an den Papst und die Heilige Jungfrau auf der Wolke und an siebentausend Heilige und Heiliginnen, un' sie wollt' Ihro Gnaden ja recht treu sein und dienen, aber was andres glauben als das, was ihr der Pfarrer damals im Tempel gepredigt hat, wollt' sie nich'.«

»Das war'n loer Anblick«, brummte einer der Männer.

»Was? Was hat ihr die Gräfin denn getan?«

»Hinter ihr'm Zelt …«, sagte der Soldat. »Wir ham's selber nich' geseh'n, aber die anderen ham's uns erzählt. Hinter ihr'm Zelt ham sie 'nen Pfosten in die Erde gehauen, mit 'ner Kette drum. An der Kette ham sie die Zofe angebunden. Die Gräfin sagte, dass sie jederzeit die Kette loswerden kann, wenn sie sagt, dass die Heilige Jungfrau 'ne Erfindung is' und dass eine, die 'n Schreyling auf die Welt gebracht hat, keine

Wunnerberge – also keine Jungfrau – mehr sein kann, un' dass die Heiligen eigentlich was Heidnisches sin' un' so weiter. Da is' sie dann drangehangen, an der Kette, ja? 'nen ganzen Tag, 'ne ganze Nacht, noch'n Tag ... un' die ganze Zeit hat's geregnet und geregnet. Nach der zweiten Nacht sagte die Zofe, sie würd' jetz' alles glauben, was auch Ihro Gnaden glaubt, aber die Gräfin hat gesagt, das kommt ihr komisch vor un' sie denkt, dass sie lügt, un' dann hat sie sie noch 'ne dritte Nacht dranhängen lassen, bis sie sie endlich wieder reingelassen hat.«

»Du lieber Gott«, sagte Andreas schwach.

»Ja, un'n paar Tage später is' sie dann auch gestorben, weil es war ja März gewesen un' saukalt über Nacht, un' das hat sie am Ende doch nich' ausgehalten.«

»Ham die anderen jedenfalls gesagt.«

»Un' wisst ihr noch, wie sich die ganzen Weiber in diesem Kaff ... wie hieß das noch gleich ... wie sich die ganzen Weiber im Difftelhaus verbarrikadiert ham soll'n un' gesagt ham, sie würden lieber sterben als 'nen anderen Glauben annehmen, un' wie die Gräfin dann, so hat's jedenfalls geheißen, 'ne Fackel ...«

»Es reicht!«, stieß Andreas hervor. »Ich will nichts mehr hören. Bitte!«

Die Soldaten sahen ihn an und zuckten mit den Schultern. »Is'ne Schande«, sagte einer schließlich. »Ihr seid auch Dofelmänner, oder? Deine Alte un' deine Tochter sahen ganz anständig aus. Is'ne Schande.«

14

ALS ANDERE SOLDATEN am nächsten Morgen Andreas mit Tritten aus einem unruhigen, von Albträumen geplagten Erschöpfungsschlummer weckten, stolperte er mit ihnen mit, nicht sicher, ob der böse Traum überhaupt zu Ende war. Wo kamen die Zelte her, die kleinen Feuer, die Männer, die in Reihen nebeneinanderstanden und urinierten oder sich kurzerhand auf den Boden hockten, die Hosen herunterzogen und ihre Därme entleerten? Wo war er? Das Lager sah beinahe unwirklich aus; Morgendunst und der Rauch der nassen Holzfeuer hing darüber, sodass er es wie durch einen Schleier wahrnahm. In seiner barbarischen Rustikalität wirkte es so fern von einem zivilisierten Menschen, als täte man einen Blick in eine andere Welt. Andreas starrte verwirrt umher. Und wo kam der Gestank her? Dann fiel die Erinnerung in sein Herz wie ein schwerer Stein, und er ächzte. Jetzt wusste er wieder, wo er war, und wo der Gestank herkam, wusste er auch: von ihm selbst. Die Kühe hatten sich in der Nachtkälte eng zusammengedrängt, und er hatte sich unter sie gemischt, um nicht zu erfrieren. Der Methangeruch der Kühe war überall, in seinen Kleidern, auf seiner Haut, in seiner Nase, in seinem Mund. Er wollte ausspucken, aber er bekam nicht genügend Speichel zusammen.

Die Sorge um Karina und Lýdie beschleunigte seinen Herzschlag. Seine Bewacher und er stapften auf das Offizierszelt zu. Jetzt fiel ihm auch das kleinere Zelt daneben auf, das den Offiziersfrauen vorbehalten sein musste. Er renkte sich den Hals aus, aber seine Frau und seine Tochter waren nirgends zu sehen, ebenso wenig wie die anderen Frauen. Sah er dort einen Pfosten in die Erde getrieben? Mein Gott, ja, und an seinem oberen Ende war ein eiserner Ring angebracht. Die Soldaten gestern hatten recht gehabt! Er stierte den Pflock an. War der Schnee darum herum nicht aufgewühlt und mit Schlamm durchsetzt, als wäre jemand die ganze Nacht daran gefesselt gewesen und hätte versucht, sich durch Auf- und Abstampfen warm zu halten? Seine Lippen begannen zu zittern. Bedeutete die Stille im Zelt, dass Karina oder Lýdie dort drinnen im Sterben lagen, fiebernd nach einer Nacht in der

Winterkälte im Freien, während die Gräfin neben ihnen saß und fragte, ob nun klar sei, dass die Heilige Jungfrau eine Erfindung der Päpste wäre?

Dann erkannte er, dass der Pfosten zum Anbinden von Pferden diente und der Boden von Hufspuren zerwühlt war ...

»Sieh dir den Kandirer an«, spottete einer seiner Bewacher. Andreas merkte, dass ihm Tränen in die Augen gestiegen waren. Er wischte sich mit dem Handrücken über das Gesicht. Die Mienen der Soldaten waren verächtlich.

Sie führten ihn zu seiner Überraschung um das Offizierszelt herum und weiter zum Lager hinaus. Ganze Gruppen von Soldaten schlenderten in dieselbe Richtung, und diejenigen, die gerade aus den Zelten krochen und die Völkerwanderung sahen, kamen hinterdrein, sich im Gehen die Hosen zubindend oder die Jacken zuknöpfend.

»Wo sind meine Frau und meine Tochter?«, fragte Andreas.

Die Soldaten blickten ihn finster an. Andreas ließ den Kopf hängen.

Weiter vorn ertönte lautes Gelächter. Ein paar Soldaten waren stehen geblieben und betrachteten eine Szene neben einem Zelt: Ein halbes Dutzend Männer wälzte sich wiehernd vor Vergnügen im Schnee, während einer von ihnen mit blankem Hintern gebückt dastand und versuchte, sich mit dem Schneematsch die Kehrseite zu reinigen. Flüche entströmten in einem einzigen, von keinem Atemzug unterbrochenen Wutanfall seinem Mund.

»He, was'n los?«, rief einer von Andreas' Bewachern.

»Der Quiengoffer is' beim Seffeln ausgerutscht un' auf seinen Arsch gefallen, mitten rein in die eigene Scheiße!«

Die beiden Männer begannen zu lachen und riefen dem Unglücklichen ein paar aufmunternde Gemeinheiten zu. Dann gaben sie Andreas einen Stoß, damit er schneller ging.

»Ihr seid hier in Böhmen«, sagte Andreas. »Ihr braucht eine böhmische Latrine.«

»Hä? Was soll'n das sein?«

»Drei Stöcke«, sagte Andreas. »Zwei kurze und ein langer.«

»Hä?«

»Die Kurzen steckst du in die Erde und hältst dich beim Kacken dran fest.«

Die Soldaten grinsten. »Und den Langen?«

»Den brauchst du, um die Bauern zu verscheuchen, die dir den Dünger unterm Hintern wegtragen wollen.«

Die Soldaten platzten heraus und grölten vor Lachen. Einer ging tatsächlich so weit, Andreas auf die Schulter zu schlagen. »Den merk ich mir«, keuchte er.

»Meine Frau und meine Tochter«, sagte Andreas bittend. »Habt ihr wirklich nichts …«

»Nee.« Die beiden schüttelten die Köpfe, doch die Verachtung war aus ihrer Stimme geschwunden. »Du wirst sie wiedersehn, Alter.«

»Meint ihr?«

»Klar. In der Hölle. Wir soll'n dich zum General bringen.«

»In … der … Hölle? Sind sie … ist ihnen …?«

»Keine Ahnung. Aber der Ganhart holt jeden von uns, nich' wahr? Der Teufel, wenn du verstehst.«

Andreas' Lippen bewegten sich.

»Wir sin' da. Jetzt halt die Fresse un' sag dem General schön, was er hör'n will, dann macht er's dir vielleicht gnädig. Nich' so wie dem Seffer da vorn.«

Sie waren durch einen alten Hohlweg zu einer Stelle außerhalb des Lagers gelangt, an der früher einmal eine Wegkreuzung gewesen sein musste oder ein Feldkreuz, die beide längst nicht mehr da waren. Die drei Bäume waren noch da, die gewöhnlich an einer Stelle wie dieser gepflanzt wurden, drei mächtige Linden. Andreas wurde zu einer Gruppe von Offizieren geführt, die grimmige Gesichter machten. Eine weitere Gruppe Männer stand unter einer der Linden, unter ihnen einer, der nur ein Hemd trug und einen Strick um den Hals. Der Strick führte über einen starken Ast einer Linde und auf der anderen Seite wieder herunter, wo er in der Faust eines Soldaten endete. Andreas hörte wüstes Gefluche aus der Gruppe der Offiziere.

»Wo ist die Canaille?«, tobte ein Mann mit rauer Stimme. »Warum sekkiert er das Volk südlich von Prag, wenn er mit seiner verlotterten Bande längst zu mir gestoßen sein sollte?«

»General Wittenberg muss fouragieren, Euer Gnaden, und außerdem verhindert er dadurch, dass keine nennenswerten Feindkräfte dort aufziehen.«

»Feindkräfte? Die Kaiserlichen haben nur noch diese Canaille von Holzapfel als General, der zerreißt kein nasses Blatt! Feindkräfte!«

»General Holzapfel hat letztes Jahr bei Triebl unsere Truppen unter General Wrangel empfindlich geschlagen.«

»Wrangel! Noch so eine Canaille! Der sorgt sich doch mehr darum, seinen tausend Neffen und Cousins die Hälse zu retten, als um den Krieg! Ich weiß, wovon ich rede, Monsieur!«

»Euer Gnaden!« Einer der Offiziere räusperte sich. Die Gruppe teilte sich, und Andreas sah einen hochgewachsenen Mann mit dunkler, teurer Kleidung, einem riesigen Hut mit wallendem Federbusch und dem groben Gesicht eines schweren Trinkers in ihrer Mitte stehen. Ihm gegenüber stand ein weiterer Offizier, dessen Kleidung schmutzbedeckt war; offenbar ein Abgesandter des Generals Wittenberg. Auch General Königsmarck war schmutzig und schlammbespritzt. Beide Männer hatten hochrote Wangen und funkelten sich an. Es war einfach, sich die Situation zusammenzureimen. Königsmarck war entweder gestern Nacht oder noch wahrscheinlicher heute morgen ins Lager zurückgekehrt, und statt der erhofften Verstärkung durch Wittenbergs Heer hatte er nur dessen Kurier mit einem Sack voller Ausreden vorgefunden.

»Und die Kanonen, Monsieur?«, tobte Königsmarck. »Wo sind die Kanonen? Ich habe nur ein paar leichte Stücke; die Kanonen, die ich aus Eger habe abziehen lassen, sind auch noch nicht eingetroffen! Was ist das für eine ungeheure *désordre*! Canaillen, allesamt Canaillen!«

»Euer Gnaden ... ahem ...«, räusperte sich einer der Offiziere.

»Was ist denn mit Ihm, *zut alors*!?«

»Der Gefangene, Euer Gnaden ... Sie wollten ihn sehen. Und außerdem ... wenn ich etwas *modération* raten dürfte ... die Männer ...«

Der Offizier wies rundherum, und Andreas sah, dass sich hier mindestens die Hälfte von Königsmarcks kleinem Heer versammelt haben musste. Die drei Bäume standen in einer Senke, und die leichten Anhöhen rundherum waren bunt vor Soldaten, die stumm beieinanderstanden und lauschten. Andreas hörte jetzt das bekannte Murmeln eines Priesters. Er spähte zu dem Mann mit dem Strick um den Hals hinüber. Dieser stand da, die Augen weit aufgerissen und auf den General und seine Offiziere geheftet, und achtete nicht auf den grau gekleideten Pastor, der ihm aus der Bibel vorlas.

Königsmarck starrte Andreas mit zusammengezogenen Brauen an. Dann trat er ein paar hastige Schritte näher und blieb plötzlich stehen.

»Er stinkt«, sagte er. »Er stinkt nach Vieh. Was ist Er für eine Canaille? Ich dachte, Er sei einer aus dem Rat der Stadt Prag? Was schickt mir diese Canaille von Jesuiten, *zut alors*?«

Andreas fühlte einen Stoß in die Rippen.

»Äh ... ich bin ...«, begann er.

Ein Tritt in die Kniekehle ließ ihn zusammensacken. Ehe er sich versah, kniete er vor dem General. Das Knie, das den Tritt empfangen hatte, tobte in dumpfem Schmerz.

»Jetz' noch mal von vorn«, sagte einer seiner Bewacher.

Königsmarck zog einen seiner Handschuhe aus, und ehe jemand eine Bewegung machen konnte, klatschte er ihn dem Soldaten ins Gesicht. Der Mann taumelte überrascht zurück. Königsmarck setzte ihm nach und schlug weiter zu. Seine Hand zuckte vorwärts und rückwärts durch die Luft. Der Soldat hob beide Hände vors Gesicht, verlor seinen Hut, trampelte rücklings darüber hinweg; Königsmarck verfolgte ihn weiter, keuchend, der Handschuh klatschte, der Atem des Generals flog, von seinem Mund spritzte Speichel, er schlug und schlug und schlug ... Der Soldat setzte sich auf den Hosenboden und krümmte sich dort zusammen und rief: »Quartier, Euer Gnaden, Quartier!«

Königsmarck holte erneut aus, doch dann erstarrte er. Er schwankte über dem Soldaten, schwer atmend. Langsam sank seine erhobene Hand herunter. Dann drehte er sich eckig auf dem Absatz um und stapfte zu Andreas zurück. Den zerknüllten Hut des Soldaten schoss er mit einem Tritt beiseite. Er passierte Andreas, der immer noch kniete, und dieser fühlte sich an der Schulter seines Mantels gepackt und in die Höhe gezerrt, als wöge er nichts. Der General stapfte weiter, Andreas hinter sich herzerrend, bis er wieder inmitten seiner Offiziere stand. Die Offiziere blickten demonstrativ in alle möglichen Richtungen, nur nicht dorthin, wo der geschlagene Soldat immer noch auf dem Boden lag. Königsmarck ließ Andreas los und starrte ihm ins Gesicht. Die Augen des Generals waren blutunterlaufen, seine Gesichtshaut fleckig. Der Bart war mit grauen Strähnen durchschossen und struppig. Königsmarck hob eine Hand – Andreas zuckte zusammen –, doch der General glättete nur die Schulter von Andreas' Mantel.

»Er entschuldigt die Grobheit des Viehs dort«, sagte der General rau. »Er ist doch ein Ratsherr der Stadt Prag, nicht wahr? Der Jesuit ist immer äußerst zuverlässig. Wo hat Er genächtigt, dass Er so stinkt? *Parbleu!*«

Der Gedanke zuckte durch Andreas' Hirn, sein Amt zu leugnen. Doch er hatte eine genaue Vorstellung davon, was der General von ihm wollte, und wenn er angab, keine Ahnung zu haben, würde man entweder ihn foltern oder – noch schlimmer – Karina und Lýdie, und dann …

»Wo, zum Teufel, sind meine Frau und meine Tochter?«, platzte er heraus.

Der General zog eine Augenbraue in die Höhe. Ein Augenlid begann zu zucken. »Wie bitte!?«

»Mit Verlaub, Euer Gnaden, mit Verlaub … ich bin Ratsherr Khlesl aus Prag, und meine Frau und meine Tochter sind zusammen mit mir hierhergebracht worden, und ich weiß nicht, wie es ihnen geht.«

Der General neigte den Kopf und lauschte einem der Offiziere, der ihm etwas ins Ohr flüsterte. Andreas erkannte den Mann, der sie im Schuppen neben der Straße vor dem Korporal und seinen Männern gerettet hatte. Der General setzte ein Lächeln auf, das kaum weniger gänsehauterregend war als das seiner Frau.

»Die Gräfin kümmert sich um sie«, sagte er. »Er verzeiht, dass am Anfang niemand Ihm und Seiner Familie die nötige Gastfreundschaft gewidmet hat. Der Krieg und alles … *il comprend, n'est-ce pas!*«

»Ich … ich danke …«, würgte Andreas hervor.

»Ja, ja, diese Canaille Krieg.« Der General seufzte. Unvermittelt stieß er Andreas einen Finger so hart in die Brust, dass dieser ächzte. »Er weiß, dass seine Stadt verloren ist.«

»Ich … ich …«

»Sie ist verloren«, sagte der General. »Es liegt in Seiner Hand, ob ein neues Magdeburg daraus wird.«

»Aber ... wie bitte ...!?«

»Magdeburg, Mann! Hat Er nichts von Magdeburg gehört?«

»Doch, Euer Gnaden, aber ...«

»Magdeburg hat sich verteidigt. Magdeburg hat das Heer nicht hereinlassen wollen. Die Magdeburger waren Canaillen. Wer im Krieg eine Canaille ist, ist bald eine tote Canaille. Zwanzigtausend tote Canaillen in Magdeburg ... will Er das in Prag erneut erleben?«

»Aber, Euer Gnaden ... Magdeburg war eine protestantische Stadt. Das kaiserliche Heer hat sie dem Erdboden gleichgemacht. Wollen Sie sich tatsächlich mit den Gräueltaten des kaiserlichen Heers gleichsetzen?«

Königsmarck sah ihn an, als zweifle er entweder an seinem eigenen oder Andreas' Verstand. »Was hat das damit zu tun? *La guerre est la guerre ... et la mort est la mort ... ne comprend pas?*«

»Aber ...«

Königsmarck machte eine herrische Handbewegung. »Er ist ein vernünftiger Mann. Er will nicht, dass Prag brennt und tote Kinder in den Gassen liegen. Er wird uns sagen, wo die Mauer am schwächsten ist und wir ohne große Verluste eindringen können.«

Andreas sprach, und voller Überraschung hörte er sich selbst reden: »Euer Gnaden ... Sie sind ein Ehrenmann. Ich bin auch einer. Was würden Sie von mir denken, wenn ich meine Heimatstadt verraten würde? Als ein Ehrenmann zum anderen spreche ich zu Ihnen: Bekriegen Sie Prag, wenn Sie müssen, besiegen Sie uns, wenn das unser Schicksal ist – aber erringen Sie den Sieg nicht durch Verrat. Sie wollen doch nicht in eine Linie gestellt werden mit Herrschaften wie Feldmarschall Tilly oder dem Herzog von Friedland.«

Er sah, wie Königsmarcks Offiziere die Augen aufrissen und den Atem anhielten. Königsmarck starrte ihn an. Dann schüttelte er den Kopf; starrte Andreas erneut an. Öffnete den Mund und schloss ihn wieder.

Ich habe ihn an seinem wunden Punkt erwischt, dachte Andreas ungläubig. Der General räusperte sich und schüttelte erneut den Kopf.

»Nein«, sagte er, »nein. Mit denen will ich nicht in einer Linie stehen.«

Andreas wollte etwas erwidern, doch der General brachte sein Gesicht ganz nahe an seines heran. »Ehrenmänner, Er und ich, eh?«

Königsmarck wandte sich abrupt ab und stieß eine Faust in die Luft. »*Commencez!*«, bellte er.

Trommelschlag setzte so plötzlich ein, dass Andreas zusammenzuckte. Die Offiziere machten eine Kehrtwendung. Andreas hatte den Unseligen mit dem Strick um den Hals, der barfuß und im Hemd im Schnee stand, vollkommen vergessen. Jetzt trat der Mann daneben zu ihm und zog die Schlinge des Stricks zu. Der Verurteilte begann zu jammern und streckte seine gefesselten Hände in Richtung des Generals und seiner Offiziere aus. Der Trommelschlag beschleunigte sich, bis er so schnell schlug wie Andreas' unvermittelt hämmerndes Herz.

»Quartier, Euer Gnaden, Quartier!«, schrie der Verurteilte mit schriller Stimme.

Der Mann neben ihm, offenbar der Henker, verabreichte ihm einen Schlag auf den Hinterkopf. Dann trat er beiseite und packte den Strick. Der Verurteilte kreischte etwas völlig Unverständliches. Der Schnee zwischen seinen Füßen dampfte – seine Blase hatte nachgegeben. Der Henker zog den Strick an, bis er stramm war. Das Geschrei des Todgeweihten wurde abgeschnitten, sein Körper streckte sich, um der plötzlichen Enge der Schlinge entgegenzuwirken. Der Henker warf dem General einen fragenden Blick zu.

»*Doucement*«, sagte der General kaum hörbar. »Der Kerl soll was haben für seine Müh'.«

Die Offiziere lachten über das zynische Zitat. Der Henker nickte. Zwei seiner Helfer traten hinzu und packten den Strick. Dann zogen sie ihn ganz langsam in die Höhe. Der Verurteilte stellte sich auf die Zehenspitzen, sein Körper streckte sich nochmals, seine Füße verloren den Boden und begannen zu baumeln, dann zu strampeln. Andreas starrte sie an, sein Herz wollte vor Entsetzen zerspringen. Seine Hände schmerzten, so sehr ballte er die Fäuste. Er konnte den Blick nicht in das Gesicht des Hängenden heben und wollte es auch nicht tun. Das Strampeln wurde immer wilder. Krächzende Geräusche drangen an Andreas' Ohr. Das Strampeln ging in ein Zucken über, bei dem sich die blaugefrorenen Zehen spreizten. Flüssigkeit flog in dicken Tropfen von den zuckenden Füßen weg. Andreas wollte nicht wissen, was es war. Er spürte den Strick am eigenen Hals, die eigene Atemnot, hatte das Gefühl, wie die Umgebung hinter einem roten Schleier verschwand, als ob in den eigenen Augen die Blutgefäße platzten. Das Krächzen ging in ein Gurgeln über. Die Füße hingen plötzlich still. Dann krümmten sich die Zehen ein, und die Beine zogen sich an bis in Kniehöhe ... blieben in dieser Stellung ... stießen sich in einer letzten, konvulsivischen Zuckung nach unten weg ... der Schnee begann erneut zu dampfen ...

»Voilà«, sagte General Königsmarck. Ein letztes Gurgeln verklang. Über dem gesamten Richtplatz sank eine Stille herab, als wäre die Zeit angehalten worden. Andreas fühlte sich am Kinn gepackt und sein Kopf herumgedreht. Seine Augen zuckten, als sich die Blicke des Generals in sie bohrten.

»Der Mann war ein Deserteur«, sagte der General. »Er hatte einen Befehl, und der lautete, Wache zu gehen. Er hat den Befehl missachtet und versucht, sich abzusetzen. Leider ist er mir direkt in die Hände gelaufen, als ich heute im Morgengrauen ins Lager zurückkehrte. Er ist ein Ehrenmann,

Ratsherr Khlesl? Ich will Ihn nicht dazu zwingen, Seine Ehre zu beschmutzen. Er wird Seine Heimat nicht aus freien Stücken verraten. Er wird einem Befehl folgen, weil Er jetzt als mein Gefangener unter meinem Kommando steht und ich Ihm Befehle erteilen kann. Der Befehl, Ratsherr Khlesl, lautet, dass Er mir die schwache Stelle in der Verteidigung Seiner Stadt mitteilt.« Der General zwang Andreas' Kopf herum, bis dieser wieder den Gehängten anblicken musste. Der Henker und seine Männer hievten ihn höher, sodass er von allen gesehen werden konnte. Ob sein letzter Gedanke dem Umstand gegolten hatte, dass nur ein paar Fingerbreit zwischen seinen Zehenspitzen und dem rettenden Boden gewesen waren? »Komm Er nicht auf den Gedanken, meinen Befehl zu missachten«, flüsterte der General.

Dann ließ er Andreas los und wischte sich die Hand gelassen an seiner Hose ab. »Er stinkt wirklich wie eine Canaille«, sagte er. »Weiß Er, warum ich nicht mit den Herren Tilly und Wallenstein in einer Linie stehen will? Weil sie tot sind, und ich werde leben. Folge Er mir zu meinem Zelt, damit Er mir alles erzählen kann.«

Sie waren noch keine zehn Schritte weit gekommen, als ein Soldat keuchend aus der Richtung des Lagers herbeirannte. »Euer Gnaden!«, schrie er und winkte mit den Armen. »Euer Gnaden!« Ein Reiter folgte ihm, und hinter diesem kamen weitere vier, fünf Männer auf Pferden heran. General Königsmarck kniff die Augen zusammen. Die Offiziere griffen nach ihren Rapieren oder nach den Pistolen, die sie im Gürtel stecken hatten. »Euer Gnaden!«

Der Soldat keuchte und versuchte, eine Meldung zu machen. Sein Atem pfiff. Die Reiter hatten ihre Pferde in ein paar Dutzend Schritten Abstand gezügelt und die Arme seitlich ausgestreckt, um zu zeigen, dass sie keine feindliche Absicht hegten. Die Pferde schäumten, die Gesichter der Reiter waren hochrot. Andreas meinte, ihren Atem bis hierher pfeifen zu hören. Sie mussten gehetzt sein wie die Wahnsinnigen.

»Euer Gnaden ...«, keuchte der Soldat. »Das ist ... haaaahhh! ... das ist ... das sind ...«

»General, lassen Sie mich reden!«, schrie der Anführer der Reiter und hob die Hände über den Kopf, als sich etliche Dutzend Musketen auf ihn richteten. »Zum Henker! Gut Freund! Gut Freund!«

»Wer ist die Canaille?«, murmelte Königsmarck.

Andreas stierte den Reiter an. Als er zu sprechen begonnen hatte, hatte er ihn erkannt.

»Ich bin Oberstleutnant Anošt Ottovalský!«, schrie der Mann. »Ich habe zur Besatzung von General Colloredo gehört. Ich laufe über, Euer Gnaden, ich und meine Männer! Gut Freund!«

»Dreckiger Verräter!«, stieß Andreas unwillkürlich hervor und vergaß, dass er vor wenigen Augenblicken keine andere Wahl gesehen hatte, als selbst zum Verräter zu werden.

Der General warf ihm einen Seitenblick zu. Er grinste. »Kein Ehrenmann, *n'est-ce pas?*«

»Zum Teufel, nein!«

»*Un homme adroit.* Er wird den Krieg überleben.«

»Herr General! Sie dürfen keine Sekunde verlieren! Wir sind geritten wie die Wilden, um ihnen zuvorzukommen. Die Prager machen einen Ausfall! Sammeln Sie Ihre Männer und ...«

Was immer er noch schrie, ging im plötzlichen Gebrüll, Gewieher und einem Höllenfeuer an Musketenschüssen unter, das vom Lager her schallte. Die Offiziere Königsmarcks sahen sich bestürzt an. Ottovalský riss das Pferd herum und sprengte auf die Zelte zu. Die Soldaten, die der Hinrichtung beigewohnt hatten, begannen zu rufen und wild durcheinanderzulaufen. Jegliche Disziplin war innerhalb weniger Herzschläge beim Teufel. Der Lärm im Lager wurde immer lauter,

Pfiffe gellten, das Gebrüll von Tieren ... der Boden begann zu zittern ...

General Königsmarck zog mit beinahe träumerischem Gesichtsausdruck eine Pistole aus dem Gürtel, spannte sie und richtete sie auf Andreas. Andreas starrte ihre Mündung an, aber er sah sie gar nicht.

Karina! Lýdie! Was immer im Lager vor sich ging, die beiden waren mittendrin.

Andreas warf sich herum. Der Schuss aus Königsmarcks Pistole dröhnte im selben Augenblick. Andreas hörte die Kugel an seinem Kopf vorbeifliegen. Er hielt sich nicht damit auf und fühlte nicht einmal Entsetzen, dass ein paar Zoll Abstand sein Leben gerettet hatten, so wie den Gehängten ein paar Zoll Abstand das Leben gekostet hatten. Er rannte den Verrätern aus Prag hinterher, auf das Lager zu. In seinen Gedanken war für nichts Platz außer Karina und Lýdie.

Den Abhang vom Lager herunter donnerten zwei Dutzend Reiter in Rüstungen. Ihr Anführer war ein Riese in schwarzer Soutane, der die Zügel eines gewaltigen Schlachtrosses mit den Zähnen hielt und in jeder Hand eine Pistole hatte. Er feuerte beide ab, warf sie weg und zog zwei neue aus den Sattelholstern, und Andreas hörte den alten böhmischen Schlachtruf: »*Praga! Praga! Smrt Němcum!*«

15

»JEMAND KOMMT«, FLÜSTERTE Alfred Alfredsson und hob die Pistole, die er schon vorher gespannt hatte. »Wenn es nicht Karlsson ist, ist er eine Leiche.« Alfred saß inmitten einer kleinen Kompanie rudimentärer Schneemänner, die er geformt hatte, während sie auf ihren Kundschafter warteten.

Samuel spitzte die Lippen und ahmte den Pfiff des Hakengimpels nach.

»Scheiße«, ertönte die Stimme von Magnus Karlsson. »Du weißt doch, dass ich nicht pfeifen kann, Rittmeister.«

»Hier sind wir«, sagte Samuel ruhig.

Magnus schnürte durch die Dunkelheit herüber und ließ sich neben ihnen in den Schnee fallen. Er trug die Stiefel in der Hand, wickelte die nassen Stoffstreifen, die er um die bloßen Füße trug, ab, steckte sie in die Tasche, nahm wortlos von Alfred Alfredsson seine trockenen Socken wieder entgegen, murmelte etwas davon, dass Kundschaftengehen im Winter eine Zumutung sei, und schlüpfte schließlich in die Stiefel. Dann war er bereit für die Meldung.

»Wie du gedacht hast, Rittmeister«, flüsterte er. »Sächsische Dragoner. Unsere Freunde aus Wunsiedel.«

Samuel nickte. »Königsmarck!«

»Was machen seine Reiter so weit südöstlich von Prag?«, fragte Alfred. »Wenn sie zum Fouragieren unterwegs wären, hätten sie die paar Dörfer zwischen hier und Prag plündern müssen. Sie haben sie aber alle links liegen gelassen.«

»Was tut ihr eigentlich hier?«, fragte Karlsson. »Ihr habt mir einen Heidenschrecken eingejagt. Mit Verlaub, Rittmeister.«

»Wir wollten die Gelegenheit nutzen, uns mal ohne unsere neuen Freunde zu unterhalten«, sagte Samuel. »Ebba kommt auch, sobald sie eine Ausrede gefunden hat, um vom Feuer aufzustehen.«

»Ich bin schon da«, hörten sie Ebba sagen. Sie ließ sich ebenfalls neben ihnen in den Schnee fallen. Mittlerweile fiel es Samuel beinahe schwer, in ihr eine Frau zu sehen. Erst wenn er ihr atemberaubendes Profil musterte, wurde ihm wieder bewusst, dass Ebba, die längst angefangen hatte, mit den Männern zu fluchen, über ihre Zoten zu lachen und Gerd Brandestein einen Fußtritt zu versetzen, wenn dieser im Tiefschlaf furzte wie ein Waldesel, keiner von seinen Männern war. Sie war eine Gräfin, sie war die Geliebte von

Königin Kristina, und sie würde, wenn diese Mission zu einem glücklichen Ende kam, auf Nimmerwiedersehen von ihnen Abschied nehmen. Samuel wusste, dass er sie mehr vermissen würde als manchen der Männer, mit denen er die letzten sechzehn Jahre auf Tod und Verderben zusammengeschweißt gewesen war. Die Småländer hatten sie ebenso ins Herz geschlossen. Was noch an Fremdheit bestanden hatte, war auf dem Ritt von Braunau nach Prag und in den ratlosen Tagen in der Stadt verschwunden. Wenn Ebba sich mitten unter den Männern nackt ausgezogen hätte, hätten sie sich wortlos umgedreht und nicht einmal versucht, einen Blick auf sie zu erhaschen. Nein, mehr noch – sie hätten sie angesehen und gar nicht gemerkt, dass sie kein Kerl, sondern eine der schönsten Frauen war, die Samuel je gekannt hatte.

»Es ist, wie wir vermutet haben – da vorn lagert ein Haufen Dragoner. Von den Spuren her zweihundert.« Samuel sah Magnus an.

Magnus nickte bestätigend. »Zwei Kornette, aber ohne ihre Feldgeistlichen, Profose und Musterschreiber. Keine Schlachtaufstellung – das ist eine Expeditionsgruppe. Ich nehme an, sie haben auch nur einen Hauptmann.«

»Das ist kein Zufall«, erklärte Ebba. »Wenn es stimmt, was Cyprian und Andrej gesagt haben, sind wir nur noch einen Steinwurf von Podlaschitz entfernt.«

»Was hältst du von den beiden?«, fragte Samuel.

Ebba schwieg eine Weile. »Wenn ich nicht glauben würde, dass sie es ehrlich meinen, hätte ich mich nicht von ihnen überreden lassen, uns zusammenzutun. Wir hatten die Oberhand in diesem bizarren Verlies von Wunderkammer in Prag.«

»Na ja«, brummte Alfred, »wenn ich geschossen hätte, dann wäre die halbe Burg zusammengelaufen. Das haben die Burschen natürlich genau gewusst.«

»Sie hätten bloß um Hilfe zu rufen brauchen, dann hätten wir ebenso die Burgbesatzung am Hals gehabt hat. Sie haben es nicht getan. Ganz schön kaltschnäuzig für zwei alte Kerle, die mit Rapieren und Pistolen bedroht werden.«

Samuel sagte: »Der lange Lulatsch hatte nicht mal eine Waffe. Er hat mir seinen verdammten Zeigefinger an den Hinterkopf gehalten!« Er hatte noch immer nicht überwunden, so hereingelegt worden zu sein.

Ebba seufzte. »Ich gehe davon aus, dass ihre Geschichte stimmt. Die zwei haben nicht auf uns gewartet, sondern auf Cyprians Tochter, Alexandra. Und wenn sie uns irgendwie betrügen wollten – wir sind ein Dutzend, sie sind zu zweit, und sie haben uns ein großes Geheimnis verraten: dass das dämliche Buch in Prag nur eine Kopie ist und dass sie das Original in Podlaschitz versteckt haben. Sie haben uns alle Trümpfe in die Hand gegeben.«

»Vielleicht sind sie ja mit den verdammten Dragonern da vorn im Bunde«, sagte Magnus.

»Warum sollten sie dann selbst geraten haben, dass wir einen Kundschafter ausschicken? Wenn die Dragoner zu ihnen gehören, hätten sie abwiegeln müssen.«

»Also vertrauen wir ihnen weiterhin?«

»Was willst du tun, Samuel? Ihnen im Schlaf die Kehlen durchschneiden?«

»Wenn es sein muss ...«

»Unsinn! Was ist mit diesen Dragonern? Können wir sie umgehen?«

»Nicht in diesem Gelände«, sagte Samuel. »Es sei denn, wir machen einen Bogen, der uns ein oder zwei Tage kostet.«

»Es sieht nicht so aus, als würden sie bald weiterziehen«, sagte Magnus Karlsson. »Die biwakieren dort vorne. Wenn du mich fragst – und wenn es richtig ist, dass dort irgendwo Podlaschitz ist –, dann liegen die auf der Lauer.«

»Um jemandem den Zugang nach Podlaschitz zu verwehren oder um jemanden heimlich zu überwachen, der dort drin ist?«

Ebba schnaubte. »Beides wird Cyprian und Andrej nicht gefallen.«

Samuel schwieg. Er hörte, wie die anderen drei im Schnee herumrutschten, weil ihre Hosenböden nass wurden, während sie darauf warteten, dass er etwas sagte.

Schließlich brummte Alfred mit einem ahnungsvollen Unterton: »Rittmeister, du denkst doch nicht, was ich denke, das du denkst!«

»Was denke ich denn?«, fragte Samuel.

Statt einer Antwort ballte Alfred die Faust und stieß sie durch seine Schneemänner-Kompanie hindurch. Es entstand eine Schneise. Samuel sah, wie Ebba die Augenbrauen hochzog und ihr Gesicht sich spannte.

»Morgengrauen«, sagte er, stützte sich auf Magnus' Schulter und stemmte sich in die Höhe. »Morgengrauen ist die beste Tageszeit für einen Überfall.«

»Hast du einen Plan?«, fragte Ebba.

»Rein, drauf, durch«, sagte Samuel.

»Ich liebe deinen Plan«, brummte Alfred.

Sie kehrten einzeln zum Feuer zurück; zuerst Ebba, dann Samuel, Alfred und Magnus. Während die anderen sich in ihre Decken rollten, wechselte Samuel ein paar Worte mit den Wachen und trat dann leise zu den ruhig daliegenden Gestalten von Cyprian Khlesl und Andrej von Langenfels. Im Grunde seines Herzens war er schon beeindruckt, dass die beiden Alten bisher ohne Schwierigkeiten mit den Småländern mitgehalten hatten. Er blickte auf Cyprian hinab. Dieser hatte die Augen geschlossen und schlief ruhig. Von Andrejs Platz war leises Schnarchen zu hören. Samuel sah nachdenklich in den klaren Sternenhimmel hinauf; im Gegensatz zu

Ebba war er durchaus nicht überzeugt, dass sie das Richtige taten.

Plötzlich fühlte er, dass er beobachtet wurde. Er senkte den Blick. Cyprian schaute ihn an.

»Und – sind's Dragoner?«, flüsterte er.

Samuel nickte. »Zweihundert. Wir müssen sie morgen überraschen und mitten durch ihr Lager, sonst kommen wir nicht an ihnen vorbei.« Er versuchte sich seine Überraschung nicht anmerken zu lassen. Er hatte gedacht, Cyprian würde wirklich schlafen.

»Das mit dem Zeigefinger«, ertönte Andrejs Stimme hinter Samuel, und er musste sich beherrschen, um nicht herumzuwirbeln, »verdanken wir übrigens Cyprian. Er hat mich vor Jahren davon überzeugt, dass man Waffen nur dann tragen soll, wenn man sie auch benutzen will.«

Samuel drehte sich um und starrte ihn fassungslos an. Der lange Lulatsch lächelte ihn aus seinen Decken heraus freundlich an. Samuels Blick wechselte zu Cyprian. Auch dieser grinste wie der freundlichste aller Menschen.

Die beiden alten Säcke hatten es geschafft, ihr Gespräch draußen im Schnee zu belauschen, und es war nicht einmal Alfred aufgefallen, der sonst das Gras wachsen hörte! Und alles, was sie zu den Zweifeln anzumerken hatten, die über sie geäußert worden waren, und zu Samuels Drohung, er würde ihnen notfalls die Kehlen durchschneiden, war feiner, freundlicher Spott!

»Gute Nacht!«, sagte Samuel, und er war nicht überrascht, wie barsch es herauskam.

»Gute Nacht«, sagten Cyprian und Andrej fast gleichzeitig.

ANDREJ HATTE NOCH niemals Furcht gehabt, in eine Auseinandersetzung zu gehen, wenn es sich nicht vermeiden ließ. Heute Morgen jedoch klopfte ihm das Herz bis zum Hals. Die Situation kam ihm fast unwirklicher vor als damals, als alle gedacht hatten, Cyprian sei tot, und sich aufgemacht hatten, um eine alte Burg zu stürmen und Alexandra zu retten. Lag es daran, dass er nun ein alter Mann war, der kein vollkommenes Zutrauen mehr in seine körperlichen Fähigkeiten hatte? Oder war das nagende Gefühl, das in seiner Seele saß, so etwas wie eine Todesahnung? Er sagte sich, dass es damit zu tun haben musste, Podlaschitz wiederzusehen, aber er log sich selbst etwas vor. Er hatte Podlaschitz seit jenem November im Jahr 1572, als seine und Agnes' Eltern gestorben waren, dreimal aufgesucht. Keinmal hatte er das Gefühl gehabt, der Tod säße hinter ihm im Sattel.

Die Teufelsbibel war nicht dort, dachte er dann. *Beim ersten Mal bin ich nach Podlaschitz gereist, weil mich die Frau, die ich liebte, dorthingelockt hatte; beim zweiten Mal wollte ich die Ruinen sehen, um mich zu vergewissern, dass nicht alles ein böser Traum gewesen war; und beim dritten Mal suchte ich mit Cyprian ein Versteck für die Teufelsbibel.*

Heute war es zum ersten Mal seit sechsundsiebzig Jahren wieder so, dass die Teufelsbibel sein Kommen dort erwartete.

Sechsundsiebzig Jahre! Drei Viertel eines vollen Jahrhunderts! Andrej hatte das Gefühl, lange, lange über die ihm zugemessene Zeitspanne hinaus gelebt zu haben. War nun der Tag gekommen, an welchem demjenigen, der in dieser Hinsicht etwas zu sagen hatte, dies auch auffiel? Stupste die Schere schon an seinen Lebensfaden, um ihn durchzuschneiden?

Er warf einen unsicheren Blick zu Cyprian hinüber. Sein

Freund zwinkerte ihm zu und grinste. Noch nie hatte Andrej sich so sehr gewünscht, dessen unerschütterlichen Glauben daran zu besitzen, dass irgendwie alles gut wurde.

Es traf ihn wie ein neuerlicher Stich, als er erkannte, dass – ganz leise – der Gedanke in ihm anklopfte, er werde vielleicht bald Yolanta wiedersehen ... Yolanta, die einzige Liebe seines Lebens. Sie war seit sechsundfünfzig Jahren tot. Das Merkwürdige daran war, dass er weder fürchtete, bei ihrem Sturm durch das Lager der Dragoner vom Pferd zu fallen noch erschossen zu werden. Auf eine unheimliche Weise war er sich sicher, dass das Rendezvous mit dem Tod in Podlaschitz stattfinden würde.

»Alles fertig? Los geht's«, flüsterte Samuel Brahe.

Sie marschierten zu Fuß los, die Pferde zogen sie hinterdrein. Jeder hatte Decken oder Kleidungsstücke zerrissen, um die Hufe der Pferde zu umwickeln. Es kam darauf an, so nahe wie möglich an die Dragoner heranzuschleichen, lautlos aufzusitzen, und dann – rein, drauf, durch!

Andrej schüttelte den Kopf. Seit es ihnen gelungen war, die Schweden zu überreden, sich mit ihnen zu verbünden, hatte er den Anführer der kleinen Schar schätzen gelernt. Was er jetzt vorhatte, war jedoch ein Husarenstück; und Andrej hatte den Verdacht, dass ein Streich wie dieser zum ersten Mal in der Geschichte der menschlichen Kriegsführung unter Beteiligung von zwei gesetzten Herrschaften stattfand, von denen einer sein achtzigstes Lebensjahr überschritten hatte und der andere kurz davorstand.

Die Schweden gaben ihm Rätsel auf. Sie wirkten nicht wie Mitglieder eines regulären Truppenteils, sondern hatten eine so vertraute Art, miteinander umzugehen, dass sie wie Freunde, mehr noch, wie eine Familie wirkten. Andrej hatte mitbekommen, dass sie Småländer waren. Warum hatte man ausgerechnet Samuel Brahe und seine Männer ausgesucht, um diese Mission zu erfüllen? Sie wären auf jedem Schlachtfeld und für jeden Feldherrn die Elitetruppe gewesen, die man zurückhielt, um sie im entscheidenden Moment einzusetzen, wenn es galt, den Sieg zu erringen. Samuel und seine Getreuen würden ihn erzwingen, egal, wie die Lage stand. Weshalb verschwendete man sie dann hier mit diesem Geheimauftrag?

Weil sie keine andere Wahl gehabt hatten? Oder weil niemand sonst bereit gewesen war, Befehle von einer Frau entgegenzunehmen, die von über der Hälfte der Männer die Tochter hätte sein können und die sich wie ein Mann kleidete? Anfangs hatte Andrej angenommen, Ebba sei die Geliebte Samuels, dann war ihm klar geworden, dass sie mit keinem der Männer das Lager teilte. Die Småländer behandelten sie wie ihresgleichen. Zusammen stellten sie die unwahrscheinlichste Truppe dar, die man sich nur vorstellen konnte. Dann dachte Andrej daran, wie seine eigene Familie auf einen Außenstehenden wirken musste, und er gab zu, dass sie selbst, was unwahrscheinliche Truppen anging, durchaus mithalten konnten.

»Was gibt's zu lächeln?«, fragte Ebba. Andrej blickte auf. Wie immer hatte sich die alte, unabgesprochene Routine eingestellt, und er und Cyprian waren bis zur Spitze der Truppe aufgerückt, um direkt hinter Samuel und Ebba Sparre zu marschieren. Es bestand keine Frage, dass, sollten Samuel und Ebba beim Sturm durch das Dragonerlager ausfallen, Andrej und Cyprian versuchen würden, den Rest der Truppe herauszuführen.

»Ich wollte, wir hätten uns ein paar Jahrzehnte eher kennengelernt«, sagte Andrej. Es war das Erste, das ihm in den Sinn gekommen war.

»Machst du mir schöne Augen, Andrej von Langenfels?«

Andrej lächelte erneut. »Hätte ich denn eine Chance?«

»Ich bin vergeben«, sagte sie. »Und wenn ich in deine Augen sehe, weiß ich, dass auch du vergeben bist.«

»Seit beinahe sechzig Jahren«, sagte Andrej.

»Wie heißt sie?«

»Yolanta. Sie starb 1592, weil ihr Mörder sie mit Cyprians Frau verwechselte.«

Ebba musterte ihn. »Euer Leben stand stets im Bann der Teufelsbibel, nicht wahr?«

»Nun, die meiste Zeit kam es uns nicht so vor. Jetzt im Rückblick allerdings ...«

»Das Buch ist böse. Ich weiß, dass es böse ist. Es beschmutzt sogar die Erinnerung an meine Liebe zu ...« Sie brach ab.

»Königin Kristina«, sagte Andrej.

Ihre Augen verengten sich. »Haben Samuels Männer geklatscht?«

»Aber nein. Es ist nur so: Du siehst in meine Augen und erkennst, dass mein Herz nur einer einzigen Frau gehört. Ich sehe in deine Augen und weiß, dass du deine Mission nur aus einem einzigen Grund verfolgst: aus Liebe. Liebe zu dem Menschen, der die Teufelsbibel haben will.«

Ebba wandte sich bestürzt ab. Sie erkannte, dass sie den hageren alten Mann unterschätzt hatte. Auf seine Weise war er nicht weniger klarsichtig als Cyprian. Was wäre geschehen, wenn sie sich gegen diese Männer gestellt hätten? Ebba wollte es sich nicht ausmalen.

Samuel hielt an. Noch weiter voraus war nur ein einziger Mann – Magnus Karlsson. Dieser war stehen geblieben und hatte die Hand erhoben. Die geflüsterten Gespräche wurden sofort eingestellt. Es war klar, dass Karlsson den Fleck erreicht hatte, von dem aus er in der Nacht die sächsischen Dragoner ausgespäht hatte. In der graublauen Weite der Morgendämmerung wirkte er klein und verloren; der Schnee und der Himmel hatten die gleiche düstere Farbe, sodass man kaum erkennen konnte, wo der Boden aufhörte und der Himmel anfing. Magnus Karlsson schwebte dazwischen. Andrej blinzelte. Wenn jetzt von irgendwoher ein Schuss gefallen und der einsame Karlsson in sich zusammengesackt wäre, hätte es keine bessere bildliche Metapher für die Verlorenheit eines Menschen im Krieg gegeben.

Samuel drehte sich um.

»Wir rücken bis zu Magnus vor«, flüsterte er. »Gerd, du kommst nach vorn, damit du Magnus sein Pferd übergeben kannst. Alle anderen: Wir sitzen auf, wenn wir Magnus erreicht haben. Wir reiten in geschlossener Formation. Wir bleiben alle zusammen. Wer verwundet wird, versucht sich an seinem Pferd festzuhalten oder an seinem Nebenmann. Wer erschossen wird, hält sich trotzdem fest, auch als Leiche. Das ist ein Befehl, verstanden?«

Die Männer grinsten und vollführten dramatisch exakte Ehrenbezeugungen.

»Alfred, gibt es noch etwas zu sagen?«

»Nur so viel«, sagte der Wachmeister. »Wer sich abknallen lässt, bekommt es mit mir zu tun. Das wünscht ihr euch nicht, nicht mal als Tote.«

»He, Rittmeister – wenn einer von uns plötzlich in eine große Halle reitet, in der es nach Braten und Bier riecht …«

»… dann soll er nicht besorgt sein, weil er sich nämlich in Odins Heldenhalle befindet und tot ist. Jaja, Björn Spirger. Über den hat deine Großmutter schon gelacht. Mach dir keine Hoffnungen – die haben dort noch keinen Platz für dich frei.«

»Die wissen nicht, was sie versäumen«, erwiderte Björn Spirger.

Sie gingen weiter. Andrej musterte die Männer verstohlen. Überall wurden Gurte ein letztes Mal stramm gezogen, Pferde beruhigend getätschelt oder letzte Leckerbissen ausgeteilt, Waffen überprüft, Pistolen gespannt und Musketen in den Sattelholstern gelockert. Wachtmeister Alfredsson hielt einen eisenbeschlagenen Knüppel am ausgestreckten

Arm von sich weg und spähte über seine Länge hinweg, als ermesse er den Drall eines Gewehrs. Ebba knotete das Band, das ihren Hut hielt, fester und wischte sich die Handflächen zum dutzendsten Mal an ihrer Jacke ab.

»Sie sind noch da!«, hauchte Magnus Karlsson und deutete auf eine Stelle weiter vorn, wo der Schnee flachgedrückt war wie von einem Körper, der sich herangerobbt und dann dort Ausguck gehalten hatte. Andrej sah, dass der Hügel eine ausgeprägte Kante besaß. Plötzlich wusste er, wo sie sich befanden. Sie hatten Podlaschitz um ein oder zwei Meilen umgangen und näherten sich von Osten her. Der Hügel senkte sich nach der Kante in eine weite Mulde, danach stieg die Landschaft wieder zu einer weiteren Hügelkuppe an und fiel von dort in einem langen, sanfter werdenden Abhang zu einem Bach ab, der in unregelmäßigen Schleifen durch das von ihm geschaffene Tal plätscherte. An einer dieser Schleifen lag Podlaschitz. Von hier aus kostete es eine halbe Stunde scharfen Galopp, um das ehemalige Kloster zu erreichen. Die Erinnerung an die Beschaffenheit der Umgebung war die des kleinen Andrej, die über sechsundsiebzig Jahre hinweg zu ihm gefunden hatte. Sein Vater hatte wie üblich den Ort, an dem er einen seiner Diebstähle begehen wollte, genau ausgekundschaftet, bevor er Pläne gemacht hatte. Die Erinnerung war dennoch so exakt, dass Andrej keinen Zweifel an ihrer Richtigkeit hatte. Vor allem den Bach hatte er sich gemerkt, weil er damals darüber nachgedacht hatte, wie es wäre, anstelle eines der vergilbten Herbstblätter auf seinen Wellen zu tanzen und weit wegzutreiben von den ehrgeizigen Ideen seines Vaters und der Aufgabe, die ihm darin zugedacht war.

Samuel stellte einen Fuß in den Steigbügel und forderte die anderen mit einem Kopfnicken auf, in die Sättel zu steigen. Andrej zischte: »Warte!«

»Was?« Samuel sah ihn über die Schulter hinweg an, den Fuß noch immer im Steigbügel.

»Das Kloster ist nur noch einen scharfen Ritt von hier entfernt. Wir sind näher dran, als wir denken. Die Dragoner werden uns vermutlich verfolgen. Wenn wir Podlaschitz schnell genug erreichen, können wir uns dort verschanzen und sie auf Abstand halten.«

Samuel wirkte nachdenklich. »Das heißt, wir sollen so wenig wie möglich feuern, damit wir nachher noch Pulver haben, dafür aber so schnell wie möglich reiten.«

»So in etwa ...«

Samuels Blick wanderte zu Cyprian. »Und du bist sicher, dass er sich nicht irrt?«

Cyprian zuckte mit den Schultern. »Frag ihn selbst. Das letzte Mal, als ich an ihm gezweifelt habe, war ungefähr 1592, und ich hatte nicht recht.«

Samuel lachte lautlos. Er deutete auf Andrejs Rechte. »Ist dein Zeigefinger geladen, Andrej von Langenfels?«

Andrej zog die Pistole aus dem Gürtel, die ihm die Schweden gegeben hatten, und ließ sie einmal um den Finger kreisen. Dann steckte er sie wieder weg.

»Wir haben so was tausend Mal gemacht, Männer«, sagte Samuel. »Wir machen es auch heute wieder. Will jemand einen Schlachtruf spendieren? Welchen hatten wir beim letzten Mal?«

»Soweit ich mich erinnere: *Scheeeiiiiißeee!*«, sagte Alfred.

»Der ist gut«, sagte Samuel. »Aufsitzen. Was wir im Leben tun, hat sein Echo in der Ewigkeit.«

Sie donnerten den Hügel hinunter. Der Boden zitterte, die Morgendämmerung erdröhnte. Das Lager der Dragoner war riesig, fünfzig, sechzig Zelte, davor ein Pferch aus gefällten Bäumen für die Pferde. Schnee spritzte, gefrorener Dreck wirbelte um sie herum auf. Die Pferde wieherten grell. Die Gäule der Dragoner antworteten. Das Lager war im Tiefschlaf. An zwei Feuerstellen fuhren Männer aus ihren Decken hoch und starrten ihnen entgegen, anstatt zu ihren Waffen zu greifen. Andrej sah, wie Samuel Brahe die Zügel zwischen die Zähne nahm, sich im Sattel aufrichtete und beide Arme ausstreckte, die Pistolen in den Fäusten. Er fühlte das Gewicht seiner eigenen Waffe in der Hand. Dann bemerkte er Ebba Sparre, die ihrem Pferd die Sporen gab, bis es zu Samuel aufschloss. Keiner der Småländer gab einen Laut von sich. Ihren Schlachtruf schienen sie vergessen zu haben.

Dann waren sie weit genug den Hügel hinuntergekommen, dass der Blick um ein Waldstück herum möglich wurde, und Andrej erkannte, dass wenigstens fünfzig Männer bewaffnet und ausgerüstet an einem zweiten Feuer standen und ihnen entgegenliefen. Sie trugen Musketen; die ersten legten sie bereits an. Magnus Karlsson konnte sie von seinem Posten aus nicht gesehen haben. Allem Dafürhalten nach schlief ein Teil des Lagers tatsächlich noch, aber diese fünfzig Mann waren gar nicht im Lager gewesen, sondern hatten die Nacht genutzt, um ihrerseits das Gelände vor ihnen auszukundschaften. Sie waren eben zurückgekommen und voll einsatzbereit. Sie würden sie alle von den Pferden schießen, noch bevor der Erste der Småländer überhaupt die Grenze des Lagers überschritten hatte.

Andrej sah einen einzelnen Reiter neben ihnen herjagen, eine Gestalt in schwarzer Robe auf einem weißen Pferd, der sie grinsend anblickte. Der Reiter konnte nur grinsen, denn unter seiner Kapuze steckte ein Totenschädel.

Dann wurde Andrej klar, dass der einzelne Reiter in Wahrheit Cyprian auf seinem Grauschimmel war, der sich vom Haufen abgesetzt hatte und in einer schnurgeraden Linie von ihrer Richtung abwich. Am Ende der Linie befand sich der Pferch mit den Pferden.

Ich habe nie einen passenderen Schlachtruf gekannt, dachte Andrej, riss an den Zügeln und jagte seinem Freund hinterher.

17

DER RIESE IN der schwarzen Soutane war Jiří Plachý, der Jesuitenpater und stellvertretende Anführer der Studentenlegion. Andreas warf sich zur Seite, und das Pferd, das unter dem Pater aussah wie ein kleines Maultier, donnerte an ihm vorbei. Die Pistolen Plachýs bellten. Andreas sah, wie sich die Offiziere um General Königsmarck herum in den Schnee warfen. Ein Schuss wirbelte den Hut des Generals davon, der zweite riss eines der steif unterfütterten Schulterstücke seines Kollers weg. Königsmarck zog eine zweite Pistole und zielte in aller Ruhe auf den heranstürmenden Jesuiten. Seine Waffe sprühte Funken, und Plachýs Kapuze flatterte plötzlich in Fetzen hinter ihm her. Keiner der beiden Männer hatte auch nur einen Kratzer abbekommen. Königsmarck trat fluchend einen Schritt nach vorn und riss einem der in Deckung gegangenen Offiziere die Pistole aus dem Gürtel. Plachý raste an ihm vorbei. Der General drehte sich mit ihm und zielte auf den breiten Rücken.

Andreas rollte sich noch weiter herum, als schreiend, johlend und pfeifend weitere Reiter den Hohlweg herunterdonnerten, die Pistolen im Anschlag. Zwei, drei Offiziere sprangen auf und warfen sich über General Königsmarck. Der General ging zwischen ihnen zu Boden, seine Kugel fuhr harmlos in den Himmel. Andreas rappelte sich auf und rannte den Hohlweg hinauf. Er kannte nur ein Ziel: das Zelt, in dem Karina und Lýdie gefangen gehalten wurden.

Im Lager herrschte ein Pandämonium. Wer immer den Ausfall geplant hatte, er hatte es darauf angelegt, das größtmögliche Chaos anzurichten. Oben beim Pferch lagen ein paar reglose Gestalten, während Angreifer von ihren Pferden gesprungen waren und Stricke um die Baumstämme schlangen, die den Pferch bildeten. Das Vieh innerhalb des Pferchs sprang in Panik umher und brüllte. Eine weitere Abteilung der Angreifer galoppierte in breiter Front quer durch das Lager, setzte über Zelte, aus denen Männer krochen, und über Soldaten hinweg, die ihre Musketen fortwarfen, anstatt zu schießen, und mähte eine ganze Schützenlinie nieder, die sich zu formieren versuchte. Als sich weiter vorn eine neue Schützenlinie bildete, zügelten die Angreifer ihre Pferde und rissen sie hart herum, wendeten fast auf der Stelle und sprengten auf einem anderen Pfad der Vernichtung weiter. Die Schützenlinie war plötzlich in eine weiße Wolke eingehüllt, aus der Blitze zuckten; zwei Reiter verschwanden von ihren Pferden, aber ihre Tiere rannten einfach zusammen mit den anderen weiter und trampelten alles nieder, was ihnen in den Weg kam.

Andreas hastete mit fliegendem Atem auf das Offizierszelt zu. Er hörte Kugeln vorbeipfeifen und um ihn herum in den Boden einschlagen. Schnee- und Dreckfontänen spritzten hoch. Die Artilleristen hatten ihre eigenen Zelte etwas erhöht zwischen den Kanonen aufgeschlagen und drehten nun eines der Stücke herum, um damit aufs Lager zielen zu können. Andreas hörte Befehle, sah das hektische Hantieren der Kanoniere und die Bedienungsmannschaft, wie sie die Lafette in die Höhe stemmte, um die Kanone herumzuschwenken, wie sie sie wieder zu Boden plumpsen ließ, die Kanone brüllte auf – doch der Vorhalt war zu groß gewesen, die Kugel prallte mehrere Mannslängen vor den durchs Lager stürmenden Reitern in den Schnee, wirbelte eine Fontäne auf, sprang weiter und riss in einer langen Linie Zelte nieder, bis ihre Wucht verebbte. Schrille Schreie ertönten. Die Kanoniere arbeiteten wie die Wilden, um ihre Waffe ein zweites Mal zu laden, weitere Bedienmannschaften hantierten an den anderen Geschützen herum, doch dann dröhnte auf der gegenüberliegenden Seite ebenfalls eine Kanone, die Kugel sauste über das Lager hinweg und fuhr mit einem gewaltigen Aufspritzen von Dreck in die Erde, und die Kanoniere ließen ihre Stellung im Stich und rannten den Hügel hinauf. Die Angreifer schienen die Kanonen auf der anderen Seite des Lagers in ihre Gewalt gebracht zu haben.

Da vorn war das Offizierszelt. Von allen Richtungen rannten die sächsischen Soldaten jetzt darauf zu, vom Instinkt getrieben, sich im Zentrum ihres Lagers zu sammeln, von der Hoffnung geführt, dass jemand ihnen Befehle geben mochte. Die Ersten fassten sich bereits und bildeten so etwas wie eine Verteidigungsstellung um den Mittelpunkt des Lagers herum. Andreas rannte mit den Soldaten mit. Keiner hielt ihn auf, als er durch den Verteidigungsring hetzte. Der Boden wankte auf einmal und zitterte, ein dumpfes Dröhnen schluckte alle anderen Geräusche. Die Soldaten fluchten, weitere ließen die Waffen fallen und rannten davon.

Andreas stierte im Laufen zum Pferch mit dem Vieh hinauf. Er war niedergerissen. Hinter der Herde und an ihren Flanken jagten Reiter, feuerten ihre Pistolen in die Luft, johlten und pfiffen. Die Herde – in Panik, seit die Schlacht angefangen hatte – drehte durch. Es gab nur ein Ziel – dorthin, wo die Reiter nicht waren. Dass es die Richtung war, in der sich das Lager befand, spielte keine Rolle. Die Angst vor den Reitern war größer. Wie ein einziger riesiger, vielhundertbeiniger Leib wälzten die Tiere sich vom Pferch herunter und ergossen sich über die Zelte. Die Reiter hetzten sie weiter, als wären sie verrückt gewordene Hütehunde. Schafe gerieten unter die Hufe von Kühen, Gänse explodierten in Federgestöber, Schweine überschlugen sich und verschwanden unter stampfenden Beinen, aber die Herde rannte vorwärts, eine Sintflut aus stinkenden, dreckigen Leibern, eine muhende, blökende, brüllende Apokalypse, die nicht einmal reagierte, als ein paar Verwegene die Musketen hochrissen und in sie hineinfeuerten – bevor auch sie unter der Lawine verschwanden, als hätte es sie nie gegeben.

Andreas sprang über die Stricke, mit denen das große Zelt

vertäut war. Er merkte nicht, dass er vor Entsetzen schrie. Das kleinere Zelt der Offiziersfrauen duckte sich dahinter. Die Zeltklappe flog auf, und ein Soldat, offenbar eine Wache für die Sicherheit der Frauen, rannte mit hoch erhobenem Rapier heraus. Andreas stürmte einfach in ihn hinein, riss ihn mit sich, das Rapier wirbelte davon, zweihundert Pfund in Rage und Panik geratenen Kaufmannsleibs prallten auf den Soldaten wie eine mannsgroße Kanonenkugel, und als sie in den Bahnen der Innenzelte, den Kissen, den niedergewalzten Stühlen und zerschmetterten Tischen zur Ruhe kamen, stand der Soldat nicht wieder auf. Andreas sprang auf die Beine. Um ihn herum kreischten Frauen. Blindlings riss er die nächste Zeltplane auf und stürzte hinein.

»Karina? Lýdie?«

»Andreas?«

»Papa!«

Andreas stieß eine Gestalt in Röcken und Taft zurück, die sich kreischend auf ihn stürzte, und nahm den kürzesten Weg in Richtung der Schreie, durch eine weitere Zeltwand hindurch. Karina und Lýdie kauerten auf einem Feldbett. Grafin Maria Agathe stand neben ihnen, das Haar aufgelöst, die Zähne gebleckt, und zielte mit einer Pistole auf Andreas. Er rammte sie mit der Schulter, und sie stürzte über ihre Reisekommode, warf sie um und riss mit ihr den rückwärtigen Teil des Zelts nieder. Ihre Pistole fiel auf den Boden, ohne loszugehen – sie hatte vergessen, den Hahn zu spannen. Andreas, der ohne zu denken funktionierte, nahm sie an sich, wirbelte herum, spannte den Hahn, drückte ab ... ein zweiter Wächter, der hinter ihm hergestürmt war, flog wieder durch die Öffnung hinaus, während der helle Stoff rund um die Öffnung herum plötzlich hellrot gesprenkelt war.

»Karina, Lýdie – kommt! Schnell!«

Die beiden stürzten mit weit aufgerissenen Augen auf ihn zu. Er zog Karina an sich und packte Lýdie um die Hüfte, schleifte sie nach draußen. Lýdie schrie auf, als sie den toten Wächter im Vorzelt liegen sah. Der Boden bockte und schien zu tanzen unter dem Dröhnen, mit dem die Herde draußen vorbeidonnerte. Das Offizierszelt zitterte, schwankte, fiel in sich zusammen. Andreas hörte Klirren und Bersten. Eine Kuh sprang aus dem Chaos heraus, eine Fahne mit dem rotsilbernen Wappen Graf Königsmarcks um die Hörner gewickelt. Eine Ziege schnellte mit wilden Bocksprüngen hinter der Kuh her, auf dem Kopf eine lange schwarze Lockenperücke. Dann stieg ein Pferd mit wirbelnden Hufen direkt vor ihnen in die Höhe, Lýdie schrie erneut auf, zwei weitere Pferde schlugen wild aus und tanzten ebenfalls auf den Hinterbeinen, ihre Zügel in der Faust des Reiters; der Reiter beugte sich zu ihnen herab und brüllte: »Das war ja einfach! Spring auf, Bruderherz, wir werden in Prag gebraucht!«

18

EBBA KONNTE IMMER noch nicht fassen, was geschehen war. Im einen Augenblick waren sie und die anderen in ihr sicheres Verderben galoppiert, hatten quasi schon in die Mündungen der Musketen geblickt, die auf sie gerichtet wurden – und im nächsten hatten sie sich inmitten einer durchgehenden Herde von mindestens hundert Pferden befunden, die über das Lager der Dragoner kam wie der Zorn Gottes, und falls überhaupt ein Schuss auf sie abgefeuert worden war, hatte sie ihn nicht gehört. Auch jetzt waren sie noch ein Teil der Herde, hatten den zweiten Hügelkamm längst überwunden und hielten im Galopp auf die Ruinen von Podlaschitz zu. Hinter ihnen befand sich das Lager, durch das sich ein breiter Streifen der Verwüstung zog und in dem ein Dutzend lebloser Gestalten lag, die den schimpflichsten Tod eines Kavalleristen gestorben waren, nämlich vom eigenen Pferd zertrampelt zu werden. Ebbas Atem flog, ihr Gesicht glühte, ihr Herz raste. Da war Samuel, der immer noch seine Pistolen in den Fäusten hielt und die Zügel hatte fahren lassen. Dort war Alfred, der den Mund weit aufgerissen hatte, und auch wenn Ebba ihn nicht hören konnte, war sie sicher, dass er den Schlachtruf von ihrem letzten Einsatz wieder und wieder brüllte. Da hinten waren die anderen, Magnus, Gerd, Björn, der Rest der Småländer – die Augen riesig oder ein ebenso riesiges Grinsen im Gesicht. Am Rand der Herde hielten Cyprian und Andrej mit, als wären sie junge Männer. Ihr Einfall, die Pferde der Dragoner in Panik zu versetzen und dann als vorwärtsdonnernden, alles zermalmenden Schutzschild zu benutzen, hatte ihnen allen das Leben gerettet.

Da sah sie aus dem Augenwinkel eine Bewegung, vorn bei den Ruinen, die nur noch ein paar Steinwürfe weit entfernt waren. Die Hitze verschwand schlagartig aus ihrem Körper, als sie zwei Soldaten erkannte, die offensichtlich verblüfft auf den Rest der Klostermauer geklettert waren und jetzt Musketen anlegten. Die Pferde teilten sich vor den ersten Trümmern wie ein Wasserfall und galoppierten links und rechts davon. Eine der Musketen spie ihnen einen Feuerstrahl entgegen, und sie warf den Kopf herum und sah Magnus Karlsson vom Rücken seines Pferdes verschwinden. Ihr Atem stockte. Die zweite Muskete spie Feuer und Qualm, aber ihr Schuss jagte in die Wolken, während der Schütze von der Mauer gefegt wurde. Der zweite versuchte zu fliehen und wurde noch im Sprung in den Rücken getroffen. Samuel steckte seine rauchenden Pistolen weg und packte die Zügel seines Pferdes. Magnus kam wieder zum Vorschein und ergriff die Zügel, grinste ihr zu, als wolle er sagen: *Das* war der älteste Trick der Welt!

Ebba blickte nach vorn, gerade noch rechtzeitig, um zu sehen, wie nah sie der Mauer schon gekommen waren, stieß sich ab und warf sich über den Hals des Pferdes, und es setzte mit einem Sprung, der fast wie ein Flug war, über die Steine hinweg und kam auf der anderen Seite schlitternd auf die Hufe, stürmte weiter – sie sah Samuel neben sich, dessen Pferd einen ähnlichen Sprung gemacht hatte, hörte das Wiehern der Dragonerpferde, die entweder in die Trümmer hineinrannten oder rechtzeitig ausweichen konnten – sie hörte das Trommeln der Hufe auf einmal zwischen Schuttbergen widerhallen, sah einen weiteren Soldaten, der vor ihnen herrannte, und zog ihre Pistole, aber er duckte sich seitlich weg, warf sich herum, versuchte eine Partisane nach oben zu richten, um ihr Pferd aufzuspießen, und flog nach hinten wie von einer unsichtbaren Faust getroffen. Die Partisane klapperte zu Boden – Andrej war plötzlich neben ihr, seine Pistole qualmend –, und dann waren sie auf einem halbwegs freien Platz vor der Ruine der Kirche und dem in sich zusammengesackten Hauptbau des Klosters und konnten die Pferde gerade noch zügeln.

Vor der Kirche standen weitere Soldaten, ein Jesuit und zwei Frauen und starrten sie an.

19

GENERAL KÖNIGSMARCK HATTE einen Wutanfall. Sein Gebrüll hätte den Lärm der Viehherde, die sein Lager verwüstet hatte, mühelos übertönt. Er schrie die Offiziere an, weil sie ihn daran gehindert hatten, den riesigen Pater vom Pferd zu schießen, die Wachtmeister, weil sie es nicht geschafft hatten, Ordnung in die Mannschaften zu bringen, und die Soldaten, entweder weil sie tot im Matsch lagen oder weil sie noch lebten und die Flucht der Viehherde nicht unterbunden hatten. Dazwischen schrie er die Zofe seiner Frau an, die versuchte, ihre zerschmetterten Habseligkeiten zusammenzusuchen, und mit ihrem Geklapper seine Tirade störte. Gräfin Maria Agathe stand mit zusammengekniffenen Lippen ein paar Schritte hinter ihrem Mann und demonstrierte erbitterte Fassungslosigkeit angesichts des Unfassbaren, nämlich dass ein Haufen von knapp drei Dutzend Prager Studenten das Königsmarck'sche Heer düpiert hatte. Links und rechts des aufgewühlten Streifens Erde, der die Spur der Viehherde darstellte, stapften Soldaten herum und zogen verbogene Ausrüstungsgegenstände, zerfetzte Kleidung und zerbrochene Waffen aus dem Dreck. Das Zelt der Offiziersfrauen stand windschief. An die Querstange des zentralen Zeltmastes klammerte sich ein Huhn; von der Zeltbahn direkt darunter rann der unmissverständliche Beweis, dass das Huhn vor Schreck ein Ei gelegt hatte. In den Überresten des Offizierszelts lag eine tote Sau, die in vollem Lauf gegen eine Kleidertruhe gerannt war und dies nicht überlebt hatte. Die Kleidertruhe war zerborsten und hatte ihren Inhalt über die Sau ausgeschüttet, und diese lag nun da mit einem Mantel über dem Leib und einem Federhut auf dem Kopf, sodass die Ähnlichkeit mit einem schlafenden Wachtmeister frappant war und die Soldaten dazu verleitete, feixend vor ihr zu salutieren und nach Befehlen zu fragen. Über allem hingen Qualm, eine Staubsäule und der Geruch von zweihundert Stück Vieh.

»Ich dachte, ich sollte hier ein Heer verstärken, aber es sieht eher so aus, als müsste ich es restaurieren«, sagte eine gedehnte Stimme auf Französisch.

Der General verschluckte sich in seiner Rede und drehte sich langsam um. Die Offiziere, die seinen Gesichtsausdruck von anderen Gelegenheiten her kannten, traten wie ein Mann zurück und duckten sich. Neben dem Wrack des Offizierszeltes stand ein prächtig gekleideter Mann, der eben seine Handschuhe auszog. In einiger Entfernung von ihm hatten sich weitere Neuankömmlinge postiert und hielten ihre Pferde an den Zügeln fest; einer von ihnen führte zwei Tiere.

»General Wittenberg«, sagte Königsmarck zwischen den Zähnen. »*Un plaisir, mon camarade.*«

»Was ist denn hier passiert?«, fragte Wittenberg.

»Etwas«, sagte Königsmarck mit belegter Stimme, »das die Prager bitter büßen werden. Sind Sie abmarschbereit, Kamerad? Dann brechen wir auf. Wir marschieren die Nacht durch und stehen morgen vor Prag. Die Stadt wird fallen, und dann werden sie für diese Unverschämtheit bezahlen.« Er drehte sich um und brüllte seine Offiziere an: »Habt ihr gehört? Sie werden bezahlen. *Bezahlen!*«

20

INNERHALB VON ZWEI Herzschlägen war die Situation vor der Ruine der Kirche entschieden – und gerann zur Tragödie.

Einer der Soldaten riss die Muskete nach oben, doch Alfreds Knüppel wirbelte bereits durch die Luft und fällte ihn. Ein zweiter versuchte davonzurennen, doch zwei Pistolen knallten gleichzeitig los, und als der Pulverdampf sich verzogen hatte, lag der Mann fluchend am Boden und hielt sich ein Bein und die Seite. Cyprian und Andrej glitten von den Pferden. Die Hähne an den noch nicht abgefeuerten Pistolen der Småländer klickten, ihre Läufe richteten sich auf die restlichen Soldaten, und diese spreizten die Arme seitlich ab und ließen fallen, was sie an Waffen trugen. Ein breites Lächeln huschte über das Gesicht der älteren Frau, als sie sich Cyprian und Andrej zuwandte ...

... und der Jesuit bückte sich, bekam eine der Pistolen zu fassen, die seine Männer weggeworfen hatten, spannte den Hahn, richtete ihn auf die Frau ... sie drehte sich zu ihm um, als zucke eine Ahnung durch ihr Bewusstsein ...

Samuel hörte Cyprians Aufschrei: »NEEEEIIN!«

Die Pistole spuckte Feuer und Qualm. Die Frau flog nach hinten, als hätte sie einen Tritt in den Leib bekommen. Die zweite Frau wirbelte herum. Samuel, dessen Herz angesichts der plötzlichen Entwicklung ausgesetzt hatte, spürte einen beinahe körperlichen Stoß, als er sie erkannte. Er sah Ebbas Bewegung aus dem Augenwinkel; sie riss die Pistole aus ihrem eigenen Sattelholster und schlug sie auf den Jesuiten an, und Samuel schaffte es im letzten Moment, den Lauf nach oben zu dreschen. Der Schuss löste sich in den Himmel. Ohne Samuels Eingreifen hätte Ebba die Frau in den Rücken geschossen … die Frau, mit der Samuel in den Ruinen von Wunsiedel eine halbe Stunde menschlicher Wärme erfahren hatte zu einem Zeitpunkt, als er gedacht hatte, jegliche Hoffnung sei in ihm gestorben – die Frau, die sich wie eine Furie auf den Jesuiten stürzte, der die Pistole hatte sinken lassen, als sei er über sich selbst verwundert. Ihre Fäuste trafen sein Gesicht, und er stolperte rückwärts. Samuel sah seinen Kopf hin und her zucken von der Gewalt der Schläge, die ihn trafen. Er brachte nicht einmal die Hände nach oben. Ein Knie schoss nach oben und traf dort, wo es auch einem Jesuiten wehtat, und er ging mit einem Keuchen zu Boden und rollte sich zusammen, und ein Stiefel hob sich, um zuzutreten und seinen Schädel zu einem blutigen Brei zu zermalmen. Andrej rannte in sie hinein, umfasste sie mit den Armen und trug sie ein paar Schritte weiter. Sie wehrte sich wie verrückt. Ebba starrte voller Horror auf die Szene und auf ihre Pistole, dann ließ sie die Waffe fallen, als habe sie sich verbrannt. Einer der Soldaten nutzte die Aufregung und griff nach einer weggeworfenen Muskete.

Samuel wusste nicht, wie er vom Pferd gekommen war. Sein Fuß trat auf den Lauf der Muskete, die Finger des Soldaten wurden eingeklemmt, sein Kopf schnappte hoch, und sein Gesicht wurde lang vor Schmerz und Schreck; Samuel trat ihn gegen die Schulter, dass er nach hinten flog und hart auf den Boden prallte. Gedankenschnell raffte er die Muskete an sich – es war ein modernes Radschlossgewehr – und richtete es auf die Handvoll anderer Soldaten. Sie hatten sich nicht gerührt; auch ihre Blicke hingen an der niedergeschossenen Frau, die Cyprian auf seinen Schoß gezogen hatte, und hoben sich dann zu Samuel, und er konnte in ihnen die völlige Gewissheit lesen, dass sie nun alle getötet würden.

Der Jesuit krümmte sich stöhnend auf dem Boden.

Samuel starrte auf Cyprian und die Frau hinab, die Frau, von der er mittlerweile wusste, dass sie Agnes hieß und Cyprians Frau war, die Frau, der er in Wunsiedel zum Spaß einen Heiratsantrag gemacht hatte und die ebenso im Spaß geantwortet hatte, dass sie so einen wie ihn schon zu Hause habe. Da hatte er Cyprian noch nicht gekannt; jetzt tat er es und fühlte einen plötzlichen Schmerz, als ihm bewusst wurde, wie groß das Kompliment in Wahrheit gewesen war, das sie ihm gemacht hatte. Er sah, mit welcher Schnelligkeit die Farbe aus ihrem Gesicht wich; er hatte dies zu oft gesehen, um sich falsche Hoffnungen zu machen: bei Kameraden, die tödlich verwundet vor einem lagen.

Die andere Frau musste demnach Cyprians Tochter sein. Sie schrie und strampelte; Andrej war mit ihr auf den Boden gesunken und hielt sie fest, Tränen liefen über sein entsetztes Gesicht.

Die Småländer trieben die Soldaten an die Kirchenwand. Alle hatten jetzt die Hände krampfhaft erhoben und starrten sie mit verzerrten Gesichtern an. Sie erwarteten den Tod. Samuel sah die steinernen Mienen seiner Männer und wusste, dass sie dem Befehl folgen würden, die Soldaten erbarmungslos abzuknallen, wenn er ihn gab. Alfred stapfte herbei, bückte sich nach dem stöhnenden Jesuiten, hob ihn hoch, als wäre er ein Kind, trug ihn zu seinen Kumpanen hinüber und warf ihn ihnen vor die Füße. Der Jesuit schrie auf, als er auf den harten Boden prallte. Seine Männer starrten auf ihn hinab. Keiner fasste ihn an.

»Lass mich zu ihr!«, schrie Alexandra und schlug mit den Fäusten um sich. »Lass mich zu ihr!«

Cyprian presste eine Hand auf Agnes' Leib. Als er sie hob, war sie rot vor Blut. Er hob den Blick und sah Samuel an, und Samuel wusste, dass noch niemand zuvor Cyprian Khlesl so erbärmlich hilflos gesehen hatte wie in diesem Moment.

Agnes schlug die Augen auf. Ihre Blicke fielen auf Samuel. Sie schien ihn sofort wiederzuerkennen. Er nickte und schluckte trocken. Ihre Augen irrten ab zu Cyprians Gesicht, und das Lächeln von vorhin breitete sich wieder auf ihrem Gesicht aus.

»Mein Lieber«, flüsterte sie und versuchte eine Hand zu heben. »Es tut mir so leid, dass wir dich zu Weihnachten so im Stich gelassen haben.« Ihre Hand fiel wieder herab.

Cyprian begann zu weinen. Alexandra kreischte: »*Lass mich looooos!*«

»Lass sie los«, hörte er sich selbst zu Andrej sagen. »Sie kann heilen, du Narr!«

Alexandra stolperte heran und fiel neben ihrer Mutter auf die Knie. Agnes' Augenlider flatterten. Alexandras Hände zitterten; sie versuchte, ihren Vater zu berühren, dessen Kopf auf Agnes' Schulter gesunken war, und konnte es nicht. Sie versuchte, die Hand ihrer Mutter in die eigene zu nehmen, und brachte es nicht fertig. Ihr ganzer Körper begann zu beben, und ihr Gesicht wurde kalkweiß. Ihre Augen waren wie verlöschende Kohlen in ihrem Gesicht. Sie schwankte. Ihr Kopf hob sich, und ihre Blicke zuckten zwischen den Småländern hin und her, von denen die einen betroffen dastanden, während die anderen die Gefangenen auf die Knie zwangen und zu fesseln begannen.

Ihr Blick blieb an Samuel hängen. Er kauerte sich neben

ihr nieder und legte die Arme um sie, und sie sank in sich zusammen und begann zu schluchzen.

»Reiß dich zusammen«, sagte er. »Wegen so einer Situation bist du Heilerin geworden.«

Sie antwortete nicht. Er glaubte zu wissen, was in ihr vorging.

»Manche kannst du retten, manche verlierst du«, sagte er, und die Tränen stiegen nun auch ihm in die Augen. Er hatte so viele gerettet, aber den einen, dessen Leben ihm anvertraut gewesen war, hatte er nicht zurückholen können. Seine Stimme klang rau, als er weitersprach: »Du weißt vorher nicht, wie es ausgehen wird. Du weißt nur, dass du den Kampf immer wieder von Neuem führen musst.«

Sie schüttelte schluchzend den Kopf. Ihr ganzer Körper zuckte. Er packte sie an den Schultern und hielt sie auf Armeslänge von sich. Ihr Gesicht war unsichtbar hinter dem Vorhang ihres Haars. Er schüttelte sie. Hinter Alexandra sah er Ebba stehen, die ihn mit einem merkwürdigen Gesichtsausdruck betrachtete, als hätte sie ihn nie zuvor gesehen.

»Kämpfe, Alexandra!«, schrie er. Die Frau in seinen Händen zuckte zusammen. »Kämpfe! Deine Mutter hat es verdient!«

Alexandra stierte ihn an. Dann blickte sie wild um sich. Cyprian, so bleich wie der Tod, nickte ihr zu. Andrej, der herangekrochen war und an Agnes' anderer Seite kauerte, nickte ebenfalls. Alexandra erschauerte.

»Nur du kannst es«, sagte Cyprian kaum hörbar. »Du weißt, wie sehr ich deine Mutter liebe. Ich lege ihr Leben in deine Hände.«

»O Gott, Papa ...«, stöhnte Alexandra.

Cyprian lächelte unter Tränen. »Ich wüsste keine besseren.«

»Alexandra«, hauchte Agnes. »Fang endlich an. Wofür hat man eine Ärztin im Haus, wenn man sich um alles selber kümmern muss?«

Alexandra begann erneut zu weinen, doch dann ballte sie die Fäuste und tat einen tiefen, tiefen Atemzug. Sie streckte die Hand aus, und Cyprian hob die seine von Agnes' Wunde. Agnes' Kleid war nass und dunkel von Blut. Alexandra packte eine Naht mit beiden Händen und riss sie auf. Samuel sah Agnes' Seite und das Loch darin, aus dem in schwachen Stößen Blut quoll. Alexandra schob die Hand unter den Leib ihrer Mutter, und Agnes begann zu ächzen und biss sich auf die Lippen. Die Hand kam triefend vor Blut wieder zum Vorschein.

»Die Kugel ist hindurchgegangen«, sagte Alexandra. Ihre Stimme schwankte. Sie räusperte sich, und einen schwindelerregenden Moment sah es aus, als würde sie die Nerven erneut verlieren. Doch dann straffte sie sich. »In der Kirche stehen zwei Pferde«, sagte sie fest. »Das mit dem silberbeschlagenen Zaumzeug ist meines. Ich brauche die Tasche, die am Sattel festgeschnallt ist. Schnell!«

Samuel stand auf, packte Magnus Karlsson am Kragen und wiederholte Alexandras Worte auf Schwedisch. Magnus spurtete los. Samuels Blicke begegneten wieder denen Ebbas. Ihre Wangenmuskeln spielten.

Agnes' Augenlider flatterten. Alexandra tätschelte grob ihre Wange. Agnes riss die Augen auf.

»Als wir zu dieser Reise aufgebrochen sind«, sagte Alexandra, »hast du mir versprochen, dass du mir assistieren würdest, wenn die Lage ernst würde. Jetzt kannst du dein Versprechen einlösen, Mama! Reiß dich zusammen. Du darfst nicht ohnmächtig werden.«

»Mein Versprechen ... galt ... für Lýdie«, lallte Agnes.

»Papperlapapp. Ein Versprechen, das man als Heiler gibt, gilt für alle. *Reiß dich zusammen!*«

»Deine ... Tochter ... wird ... aufmüpfig ...«, ächzte Agnes.

»Das hat sie von dir«, sagte Cyprian.

Magnus Karlsson schlitterte mit der Tasche heran. Alexandra riss sie ihm aus der Hand und öffnete sie. Magnus wollte einen Schritt zurücktreten, doch sie packte sein Handgelenk, deutete auf einen zusammengeknüllten Ballen aus Leinentüchern und machte mit beiden Händen eine Pantomime, als zerreiße sie etwas. Magnus zog eines der Tücher heraus und teilte es mit seinen Pranken in zwei ungleiche Hälften, als wäre es nasses Papier. Alexandra nickte ihm aufmunternd zu. Magnus fuhr fort, die Tücher in schmäler werdende Streifen zu zerreißen.

Samuel trat einen Schritt zurück und wandte sich um. Ebba stand neben ihm. Er nahm sie am Arm und führte sie von der Szene weg. Ebba schüttelte sich, als erwache sie aus einem Traum.

»Im einen Moment Triumph, im nächsten Asche«, sagte sie erschüttert.

Samuel stapfte ihr wortlos voran, bis er zu der Stelle kam, an der sie in die Ruinenlandschaft eingedrungen waren. Jetzt konnte er sehen, dass dort einmal ein Teil der Klostermauer gestanden haben musste. Sie war umgesunken, als wäre sie es leid gewesen, eine Ruinenlandschaft zu begrenzen. Samuel stieg hinauf und spähte in das Feld hinaus. Es kam ihm selbst unglaublich vor, dass die Sonne noch immer tief stand. Über dem zerwühlten Schnee vor dem ehemaligen Kloster lag ein rötlicher Schimmer wie von versickertem Blut. Zwei, drei ungesattelte Pferde stapften ziellos in der Weite herum.

»Die anderen Gäule sind in alle Winde zerstreut«, sagte Samuel. »Das dauert bis zum Abend, bis die Dragoner sie wieder eingefangen haben. Dann werden sie versuchen rauszukriegen, wie viele wir tatsächlich sind. Und morgen früh ...«

»... fallen sie über uns her«, sagte Ebba. »Du siehst keine andere Chance, oder?«

Samuel sagte nichts.

»Werden wir sie uns vom Hals halten können?«

»Zweihundert Dragoner?« Samuel schüttelte den Kopf. »Gegen eine solche Anzahl sind auch die Småländischen Reiter machtlos. Noch dazu, wenn die Dragoner eine Mordswut im Bauch haben.«

»Wir sind hier aber gut verschanzt ...«

Samuel hatte Alfred kommen hören, noch bevor dieser den Mund aufmachte. Ebba hatte ihn offenbar nicht gehört und fuhr erschrocken herum.

»Viel zu groß, Euer Gnaden«, sagte er leichthin. »Wenn es nur ein einziges Gebäude wäre, dann würden wir es halten, bis die Hölle zufriert oder die Habsburger einen vernünftigen Kaiser hervorbringen. Aber dieses riesige Gebiet können wir nicht verteidigen. Wir können höchstens ...«

Samuel nickte. »Das wird ihnen für eine Weile zu denken geben.«

»Nicht genug, allerdings.«

»Ach was. Vielleicht wollen die auch bloß ihre Ruhe und ziehen ab, wenn wir genügend rumgeknallt haben.«

»Habe ich schon erwähnt, dass ich eigentlich der Sohn des Bergkönigs bin, Rittmeister?«

Ebba stampfte wütend mit dem Fuß auf. »Hört auf mit diesem blöden Getue! Ich bin es leid, dass Männer ständig müde Scherze machen müssen, wenn ihnen der Arsch auf Grundeis geht!«

Samuel und Alfred starrten sie an.

»Und außerdem hasse ich es, wenn mir nicht erklärt wird, was in euren Köpfen vorgeht!«

Samuel deutete auf die Mauerüberreste, auf denen sie standen. »Wir können hier sechs oder sieben Mann postieren mit den meisten Gewehren, die wir haben. Wenn die Männer schnell genug ihre Position wechseln und feuern, wird es aussehen, als läge hier weit über ein Dutzend in Deckung. Die anderen verteilen sich auf den Steinhaufen hier und hier und dort drüben und nehmen sich die vor, die trotz allem über die Mauer gelangen. Auch das wird so wirken, als seien wir viel mehr Leute, als wir tatsächlich haben. Vielleicht können wir auf diese Weise ihren ersten Angriff zurückschlagen.«

»Und dann?«, fragte Ebba.

»Kommen sie ein zweites Mal«, antwortete Samuel.

»Haben wir überhaupt eine Chance?«

»Nö«, sagte Alfred.

»Dann werden sie uns allen den Garaus machen?«

»Jo«, sagte Alfred.

»Es sei denn, es geschieht irgendwie ein Wunder«, knurrte Samuel. »Wenn wir sicher wären, dass der Teufel gern nach Schweden umsiedeln will, könnten wir ihn um Hilfe anrufen, weil er ohne uns nie dorthinkommen wird, aber ich fürchte, er mag's gern ein wenig südlicher.«

»Und alle Wunder, auf die wir vielleicht ein Anrecht hätten, wird Alexandra brauchen, wenn sie ihre Mutter retten will.« Ebba schüttelte den Kopf. Samuel konnte sehen, dass sie zum ersten Mal auf dieser Mission Todesangst verspürte.

»He, Kopf hoch«, sagte Alfred. »Es gibt schlimmere Situationen als diese hier.«

»Tatsächlich? Und welche, Wachtmeister?«

»Morgen früh, wenn sie über uns herfallen«, sagte Alfred fröhlich. »Euer Gnaden.«

21

Bei Anbruch der Nacht war Agnes Khlesl immer noch am Leben. Noch unbegreiflicher als das aber schien Ebba die Energie, mit der Cyprian Khlesl sich daran beteiligt hatte, ihre Verteidigung vorzubereiten. Es konnte keinen Zweifel daran geben, dass Agnes seine andere Hälfte war und dass ihr Verlust ihn umbringen würde, und doch hatte er mit den

Männern Gewehre gereinigt, geladen, Pulvermaße aufgefüllt, Kugeln gegossen und Steine geschleppt. Er hätte sein Vertrauen in seine Tochter mit Worten nicht besser ausdrücken können als durch die Tatsache, dass er Agnes' Seite immer wieder verließ, um sich nützlich zu machen. Wenn er ging, kam sein Schwager Andrej und kauerte neben seiner besinnungslosen Schwester. Ebba, die bisher nur für ihre geliebte Königin gelebt und kaum einen Gedanken an ein anderes menschliches Wesen verschwendet hatte, fühlte Neid auf diese Freundschaft – und Neid auf die Kraft, die Cyprian unter Beweis stellte. Sie selbst wäre, hätte sich Kristina an der Schwelle zwischen Leben und Tod befunden, ein hilflos schluchzendes Wrack gewesen, das man zu nichts gebrauchen konnte. Ziellos strich sie in der Ruinenlandschaft umher, von ihrer eigenen Angst vor dem morgigen Tag auf den Beinen gehalten, wanderte von den Gefangenen, die man in einer Ecke der Kirche untergebracht hatte und bewachen ließ, zu den Positionen an der ehemaligen Mauer und zurück in den halbwegs intakten Teil des Klosterbaus, in dem Agnes lag. Sie ahnte nicht, dass weder die Småländer noch die Khlesls erkannten, dass blanke Furcht sie umtrieb; alle unterstellten ihr, sie kümmere sich ebenso emsig um das Wohlergehen der Männer und um die Funktionstüchtigkeit ihrer Verteidigung wie ein Feldherr.

Irgendwann setzte Samuel sich zu Alexandra und sah ihr zu, wie sie in mühsam erwärmtem Wasser die blutigen Tücher auswusch.

»Ich habe gehört, du bist nicht allein hierhergekommen«, sagte er nach einer Weile.

Alexandra nickte und biss sich auf die Lippen. »Ich weiß nicht, wohin Wenzel verschwunden ist. Zuerst dachte ich, die Soldaten von Pater Silvicola hätten ihn gekriegt, doch er scheint entkommen zu sein.«

»Glaubst du, er ist abgehauen?«

Alexandra warf ihm einen scharfen Seitenblick zu. Samuel hob die Hände. »Es war nur eine Frage!«

»Eine überflüssige!«

»Na gut.«

Eine Weile sah er ihr wieder zu, wie sie die Tuchstreifen wusch. Als sie nicht mehr wusste, wohin mit den nassen Lappen, zog er sein Rapier aus der Scheide, legte es sich quer über die Knie und hängte die Streifen daran. Sie beobachtete ihn dabei und lächelte plötzlich. Er lächelte zurück.

»So trocknen die Småländer ihre Socken«, sagte er.

»Ich wusste gar nicht, dass die Småländer schon so etwas wie Socken kennen.«

»Wir haben sie eingeführt, als wir das Menschenfressen aufgegeben haben. Das war … warte mal … welchen Monat haben wir jetzt?«

»Ich wusste auch nicht, dass ihr das Menschenfressen schon hinter euch habt.«

»Du willst immer das letzte Wort haben, stimmt's?«

»Nein«, sagte Alexandra und wirkte betroffen.

»Jener Wenzel, der dich herbegleitet hat – ist das der Wenzel, dessen Namen du … als wir …?«

Sie räusperte sich. »Es ist ganz schlechter Stil, eine Frau so etwas zu fragen.«

»In einer Nacht wie dieser gibt es keinen schlechten Stil.«

»In der Nacht, bevor wir alle sterben, meinst du?«

»In der Nacht, in der wir alle Brüder und Schwestern sind, weil wir morgen zusammenstehen müssen.«

»Geheimnis gegen Geheimnis?«, fragte sie nach einer längeren Pause.

Samuel nickte.

»Es ist jener Wenzel, den ich liebe, seit ich ein Kind war, aber es immer geleugnet habe. Es ist jener Wenzel, der mir die Treue gehalten hat, obwohl ich ihn zurückgestoßen und gedemütigt und ihm einen Mann vorgezogen habe, der mich auf die grässlichste Weise ermorden wollte, um seinen Wahn zu befriedigen. Jener Wenzel, der mich persönlich aus den Händen dieses Mannes gerettet hat und dabei beinahe gestorben wäre. Jener Wenzel, der erst dann erfuhr, dass er ein Findelkind war und dass sein Vater ihn über zwanzig Jahre lang über seine Herkunft angelogen hatte, als die Familie ihn brauchte und meine Mutter Onkel Andrej zwang, ihm die Wahrheit zu sagen. Jener Wenzel, mit dem ich eine einzige lange, leidenschaftliche Nacht verbracht habe, den ich danach erneut zurückwies und dem ich nie gestand, dass das Kind, das unter dem Namen meines Ehemannes aufwuchs, in Wahrheit seines war – das Kind, das ich beerdigt habe und an dessen Grab ich Wenzel eines Tages weinend überraschte, weil *mein* Kummer *ihn* überwältigte –; Wenzel, dem ich selbst da nicht mitteilen konnte, dass er um sein eigen Fleisch und Blut weinte. Jener Wenzel, der einen heiligen Schwur getan hatte, der sein Leben bestimmen sollte, und diesen ohne Bedenken brach, als er keine andere Möglichkeit sah, um mir zu helfen. Jener Wenzel ... jener Wenzel ist das ... an dem ich mich mehr versündigt habe als an jedem anderen Menschen und der sich trotzdem nur eines vom Schicksal erhofft: dass unsere Liebe sich diesmal erfüllen kann.«

Samuel hob die Hand und nahm mit dem Finger eine der Tränen auf, die aus ihren Augen gelaufen waren. Er betrachtete sie im düsteren Schein des kleinen Feuers, dann wischte er sie zärtlich mit der anderen Hand ab, als wünsche er sich, Alexandras Leid und ihre Trauer mit der gleichen sanften Handbewegung wegwischen zu können.

»Hört sich an wie ein Glückspilz, jener Wenzel«, sagte er schließlich.

»Welches Geheimnis verrätst du mir, Samuel Brahe?«, fragte sie.

»Such dir eines aus.«

»Was hast du getan, dass du und deine Männer zu Verfemten geworden sind?«

An seinem Schweigen erkannte sie, dass er gehofft hatte, genau danach nicht gefragt zu werden.

Sie hatten Pater Silvicola von seinen Männern abgesondert und ebenso gefesselt wie die anderen. Cyprian hockte vor ihm auf den Fersen und betrachtete ihn ruhig. Nach einer Weile schlug der Jesuit die Augen auf. Cyprian hatte gewusst, dass er nicht geschlafen hatte. Ein brennender Blick traf ihn, ein Blick, der so voller Hass und zugleich voller Qual war, dass Cyprian unwillkürlich Luft holte.

»Wenn ich sagen würde, in dir hat das Böse ein williges Werkzeug gefunden, dann würden mir alle recht geben, die dich kennen«, sagte Cyprian.

»Ist das Kind der Teufelsbibel tot?«, fragte Pater Silvicola.

»Nenn ihren Namen«, sagte Cyprian, und so wie er es sagte, drang es selbst bis zu Giuffrido Silvicola durch.

»Agnes«, sagte der Jesuit.

»Agnes«, wiederholte Cyprian. »Agnes Khlesl. Meine Frau.«

Pater Silvicolas Wangenmuskeln spielten. Er hielt dem Blick Cyprians stand, aber er begann sich unruhig zu bewegen.

»Sie lebt«, sagte Cyprian zuletzt. »Alexandra hat sie gerettet.«

Pater Silvicola stieß den Atem aus. Er kniff die Lippen zusammen, ein Mann, der das Gefühl hatte, wegen eines winzigen Versäumnisses einen großen Plan zu Fall gebracht zu haben.

»Ich würde fragen: Warum?, aber ich weiß die Antwort«, erklärte Cyprian.

»Du weißt nichts!«

»O doch ... Gottfried, der aus dem Wald kam: Ich weiß fast alles.«

Pater Silvicola war zusammengezuckt. Sein Blick wurde eisig. Er schwieg.

»Ich glaube nicht, dass der Jesuit, der dich damals am Todestag von Bruder Buh gerettet hat, wollte, dass so etwas aus dir wird.«

Die Fassungslosigkeit auf seinem Gesicht ließ Pater Silvicola zum ersten Mal so jung erscheinen, wie er in Wirklichkeit war. Cyprian lächelte kalt. »Oder sollte ich sagen: Bruder Petr? Wie hat er sich wohl selbst genannt, nachdem es Bruder Pavel nicht mehr gab? Er war schwer zu verstehen, nicht wahr?«

»Woher ...«

»Vor sechsundfünfzig Jahren zogen zwei Mönche aus, um die Welt zu retten. Sie haben ihre Mission nicht erfüllt, denn die Welt kann man nicht retten, indem man Morde begeht. Einer von ihnen war Bruder Pavel, vermutlich der brillanteste Kopf, den der Benediktinerorden in den letzten zweihundert Jahren gehabt hat; der andere war Bruder Petr, den alle Buh nannten, der die Kraft eines Stiers hatte und ein Riese war und das Herz eines Kindes besaß. Aber letztlich hatte auch Bruder Pavel das Herz eines Kindes, voller Glaube daran, dass er das Richtige tat. Ihr Abt hat sie beide verraten, indem er sie losschickte. Ihre Mission begann in Braunau, aber eigentlich nahm sie hier ihren Anfang – in diesem Kloster, mit der Tat eines Wahnsinnigen, die der Abt ausgelöst hatte, weil er eine jahrhundertealte Bruderschaft missbrauchte, und als er Pavel und Buh auf den Weg schickte, versuchte er immer noch, den Fehler von damals wiedergutzumachen. Bruder Pavel wiederum hat Bruder Buh verraten, indem er zuließ, dass dieser in die Morde verwickelt wurde. Und heute, fast ein ganzes Menschenleben später, ist Buh immer noch der, der verraten wird.«

»Ich ...«, begann Pater Silvicola, dann schwieg er. In seinem Gesicht arbeitete es.

Cyprian richtete sich auf.

»Es gibt einen Unterschied zwischen Bruder Pavel und dir«, sagte er. »Bruder Pavel hat das, was er getan hat, aus Liebe getan. Du tust es aus Hass.«

»Ich beende das, was vor so vielen Jahren hätte beendet werden sollen!«

»Nein. Mit Hass lässt sich eine Geschichte nie beenden. Dazu braucht es Verständnis, Vergebung ... und Hoffnung.«

»Nicht, wenn es um den Teufel und sein Vermächtnis geht!«

»Gerade wenn es um den Teufel geht. Wer brauchte mehr Vergebung als ein gefallener Engel, und wer bedürfte mehr der Hoffnung als derjenige, der Gottes Gesicht hat sehen dürfen und dann von Seiner Seite verbannt worden ist?«

Cyprian stapfte aus der Kirche hinaus.

»Du führst die Worte des Teufels in deinem Mund!«, schrie Pater Silvicola ihm hinterher. Cyprian antwortete nicht.

Pater Silvicola ließ sich zurückfallen. Plötzlich wünschte er, dass er es in der Kapelle des Lazaretts in Würzburg doch darauf hätte ankommen lassen und sich der Giftprobe unterzogen hätte. Dann hätte er Cyprian mit voller Überzeugung antworten können, dass Gott auf seiner, Giuffrido Silvicolas, Seite war.

Konnte er es jetzt etwa nicht sagen?

Was hinderte ihn daran, Cyprian hinterherzurufen: Ich bin der Auserwählte des Herrn und vollbringe, woran ihr gescheitert seid?

Er holte Luft ...

... und ließ sie wieder entweichen.

Mit großen, angstvollen Augen starrte er in die Dunkelheit.

»Wir hatten unser Nachtlager auf offenem Feld aufgeschlagen, südöstlich von Lützen« erzählte Samuel. »Die Kaiserlichen unter Wallenstein lagerten uns fast gegenüber, nordwestlich der Straße zwischen Lützen und einem Ort namens Markranstädt ...« Er schnaubte und schüttelte den Kopf.

»Was man sich alles merken kann. Ich weiß nicht mehr alle Namen der Kameraden, die bei Lützen gefallen sind, aber an dieses bedeutungslose Kaff kann ich mich erinnern!«

Doch nicht nur die Erinnerung an den Ortsnamen kroch in Samuels Hirn; noch während er sprach, fühlte er wieder die neblig feuchte Novemberluft, wie sie bis unter seine Kleidung drang, hörte die verhaltenen Gespräche zwischen den Männern während des Kugelgießens, das stete Schippen der Pioniere hüben wie drüben, die Schanzen aufwarfen und Stellungen für die Kanonen aushoben, das Klinkern des Zaumzeugs, wenn die Pferde ihre Köpfe schüttelten ... sah die Feuer des kaiserlichen Heers drüben auf der anderen Seite der Straße ... fühlte die Siegesgewissheit, die sie alle beseelte, die Überzeugung, dass ihre Mission eine gute war und der Krieg, den sie führten, ein gerechter, empfand den Stolz, nicht nur Mitglied eines Heeres zu sein, das der große Gustav Adolf führte, sondern mehr noch zu seinem Leibregiment zu gehören, seiner Elite, den Männern, denen er sein Leben anvertraute: den Småländischen Reitern.

»Wir dachten gar nicht darüber nach, dass es schlimm ausgehen könnte«, sagte er. »Der Gedanke hatte überhaupt keinen Raum. Wir waren nicht besoffen von unserem Erfolg, aber wir hielten ihn für gegeben.«

»Ihr habt euch geirrt«, sagte Alexandra.

Samuel nickte. »Blutig geirrt.«

Gustav Adolf hatte die Kaiserlichen überraschen wollen, doch es war ihm nicht gelungen. Samuel erinnerte sich an den massigen König in seinem Hirschlederkoller, wie er vor dem Offizierszelt auf- und abschritt und erwog, ob er sein

Heer gegen die in den Straßengräben und den Gärten vor der Stadt gut verschanzten Truppen Wallensteins führen sollte. Dann waren die Kundschafter zurückgekommen und hatten ein paar Bauern mitgebracht, die bereitwillig Auskunft gaben, dass die Kaiserlichen den Schweden unterlegen seien, weil die acht Regimenter des Generals Pappenheim, die Wallenstein leichtsinnig vorgeschickt hatte, noch nicht wieder am Ort des Geschehens eingetroffen waren. Gustav Adolf hatte gelächelt. Auch dieses Mal würde der Sieg wieder ihm gehören, Disziplin gegen Verrohung, Geschlossenheit und Einigkeit gegen die Eifersüchteleien unter den kaiserlichen Befehlshabern, Befreiungswille gegen Unterdrückung.

Um Mitternacht wurde es ruhig auf beiden Seiten.

»Niemand hat einen Sonnenaufgang wirklich erlebt, wenn er ihn nicht am Morgen einer Schlacht gesehen hat«, sagte Samuel. »Du wirst Zeuge bei der Geburt eines neuen Tages und machst dich mit dem Gedanken vertraut, dass du seinen Abend vielleicht nicht erleben wirst; dass es der letzte Sonnenaufgang überhaupt sein könnte, den du erlebst. Wenn du Pinsel und Farbe dabeihättest, könntest du ihn malen, und es würde ein Meisterwerk werden, weil du alles mit einer solchen Klarheit und Deutlichkeit siehst wie nie zuvor in deinem Leben. Die meisten fangen genau in diesem Moment zu beten an, und sie beten nicht: Herr, lass mich überleben!, oder: Herr, lenk die Kugeln von mir ab! Sie beten: Herr, lass mich noch einen weiteren Morgen sehen, ich wusste bis heute nicht, wie wunderschön deine Schöpfung ist! Doch dann stieg Nebel aus den Äckern und den Bachläufen auf, wurde immer dichter und dichter, der Glanz des Sonnenaufgangs erlosch, und das Licht wurde fahl ...«

Wallensteins Truppen hatten die nahe Stadt in Brand gesteckt. Der Rauch stand dicht über dem Boden und erschwerte die Sicht noch mehr. Innerhalb der Zeit, die es brauchte, um den Feldgottesdienst abzuhalten und die Stellungen zu beziehen, war das schwedische Heer in einer Nebelsuppe gefangen, in der die Männer keine drei Mannslängen weit sehen konnten. Es schien, als tauche der König, der auf seinem Pferd vor der Front Spalier ritt und seine Truppen anfeuerte, aus dem Nichts auf, und ehe man noch drei Worte von ihm gehört hatte, verschwand er wieder in der Düsternis, was noch viel erschreckender war. Geräusche, die der Nebenmann machte, klangen gedämpft, dafür konnte man hören, wenn drüben in den feindlichen Linien jemand hustete.

Die Småländischen Reiter standen auf dem rechten Flügel unter dem direkten Befehl von König Gustav Adolf und Oberst Torsten Stalhandske. Der linke Flügel war ebenfalls Reiterei unter Herzog Bernhard von Sachsen. Die Infanterie befand sich in der Mitte, neunzehntausend Mann unter dem Befehl von Samuels Onkel, General Nils Brahe, davon keine viertausend Schweden, der Rest Söldner aus Deutschland und Schottland. Das Zahlenverhältnis stand wegen des Fehlens der Pappenheimer'schen Regimenter zuungusten der Kaiserlichen, und insgesamt schien die kaiserliche Sache unter einem schlechten Stern zu stehen – ihr Feldherr, Herzog Albrecht von Wallenstein, musste in der Sänfte getragen werden, während König Gustav Adolf unentwegt auf seinem Pferd vor und zwischen den Reihen unterwegs war und wirkte, als könne er es mit zehn Feinden auf einmal aufnehmen. Die Soldaten waren ungeduldig, sie wollten endlich anfangen. Und dennoch ... einige Männer hatten ein schlechtes Gefühl, unter ihnen Samuel.

»Der verdammte Nebel«, murmelte er. »Es war der verdammte Nebel.«

König Gustav Adolf, der so kurzsichtig war, dass er im Nebel fast blind sein musste, tauchte plötzlich unter den Småländern auf und grinste sie an, bis Samuel sein Pferd vorwärtsdrängte und sich dem König zu erkennen gab.

Der Nebel lichtet sich, Rittmeister, sagte der König. *Gott mit uns, oder?*

Majestät, ich kenne solche Nebel. Selbst wenn er aufzureißen scheint, kann er sich innerhalb von Minuten doch wieder zuziehen, und wenn die Schlacht dann in vollem Gang ist und man auf sechs Schritt Freund und Feind nicht mehr auseinanderhalten kann, dann wird das hier ein Gemetzel.

Er ist immer so besorgt, Rittmeister.

Nicht um meinetwillen, Majestät.

Schon gut, schon gut. Mach Er sich keine Sorgen mehr. Uns kann doch nichts geschehen, solange Er und seine treuen Småländer an Unserer Seite sind.

»Da hatte er recht«, sagte Samuel und starrte ins Leere. »O Gott, da hatte er recht.«

Vor dem Mittag hatte sich der Nebel so weit gehoben, dass Gustav Adolf das Zeichen zum Angriff gab.

»Die Kaiserlichen haben gewartet«, sagte Samuel. »Was konnten sie anderes tun, zahlenmäßig unterlegen, wie sie waren. Und dennoch habe ich mich danach oft gefragt ... habe ich mich gefragt, ob Wallenstein nicht vielleicht hauptsächlich deshalb abgewartet hat, weil er wegen des Nebels unschlüssig war und ahnte, dass es sich jeden Moment wieder zuziehen konnte. Aber wir ... wir griffen an ...!«

Er bemerkte nicht, dass er die Faust geballt hatte, und er bemerkte auch nicht, dass Alexandra ihre Hand daraufgelegt hatte. Er balancierte das Rapier mit den nassen Tuchstreifen noch immer auf seinen Knien, aber es störte ihn nicht. Er war zurückgekehrt zu dem Tag und an den Ort, wo sich alles für ihn änderte, an denen sein Leben zerbrach und nie mehr geheilt wurde, wo Rittmeister Brahe starb und Samuel Brahe der Verräter geboren wurde.

»Zunächst rückte die Infanterie vor ... die Kaiserlichen feuerten aus allen Rohren, und ihre Kanonen nahmen den linken Flügel mit der Reiterei Herzog Bernhards unter Beschuss ... aber die Fußtruppen konnten die Straße überqueren. Dort im Straßengraben hingen sie dann fest, unter Feuer von den kaiserlichen Linien, beinahe deckungslos den Kugeln preisgegeben. Wir bekamen endlich den Befehl, einzugreifen ... die Småländischen Reiter waren vorneweg, die Östergötländer hinterdrein, und in der Mitte eine Schar Dragoner, unter ihnen Stückmeister und Kanoniere, die sich auf den Pferderücken festklammerten und ihre Kameraden verfluchten, die an unseren eigenen Kanonen hatten bleiben dürfen, während sie mitten in das Kampfgeschehen gehetzt wurden ... wir formten einen Keil und sprengten die Front der Kaiserlichen auseinander, und als wir hinter den feindlichen Linien waren, hatten wir noch nicht einmal Verwundete, denn die Kaiserlichen hatten sich voll und ganz darauf konzentriert, unsere Fußsoldaten zusammenzuschießen. Ein Reiterangriff, der gut koordiniert ist, kommt wie der Zorn Gottes über die Infanterie. Wir konnten sehen, wie die kaiserlichen Soldaten aus den Gräben getrieben wurden und vor unserer Reiterei herliefen und in Stücke gehauen oder niedergetrampelt wurden; erst eines, dann immer mehr feindliche Geschütze wurden von ihren Mannschaften aufgegeben, und die Dragoner nahmen sie in Besitz, ließen die Stückmeister und Kanoniere bei ihnen zurück, rückten weiter vor, während die Kanonen der Kaiserlichen sich nun gegen diese richteten. Die ganze Frontlinie Wallensteins brach im Verlauf von noch nicht einmal einer Stunde zusammen ... und wir schauten zu, Alfred Alfredsson war dabei, Magnus Karlsson, Gerd Brandestein, fast alle, die heute hier mit dabei sind ... wir hatten einen Ring um den König geformt, die Gesichter nach außen, die Gewehre im Anschlag, und der König zappelte und schrie und gab Befehle aus und ließ Signale setzen und sprang förmlich auf dem Pferderücken auf und ab vor Erregung ... Wir wünschten uns nichts so sehr, als dass eine feindliche Schwadron bis hierher vorstoßen würde, damit wir sie töten konnten, um den König zu verteidigen, und sterben konnten, während wir sein Leben schützten – so trunken waren wir von seiner Aufregung und wie sich die Schlacht entwickelte! Und dann erschien auf einmal General Pappenheim auf dem Schlachtfeld.«

Pappenheims zweitausend kroatische Reiter stürmten in den Kampf, ausgeruht, zornig und voller Blutdurst. Sie griffen sofort die Östergötländer an, und als dort Verwirrung entstand, jagten auch noch Piccolominis Kürassiere heran. Aus der wilden Jagd der schwedischen Reiterattacke wurde auf einmal ein hektischer Kampf ums Überleben, während zwei überlegene feindliche Abteilungen sie in die Zange nahmen und zwischen sich aufrieben. Die Fußsoldaten, die sich aus dem Graben gewagt hatten, während die Reiter die kaiserlichen Schützen beschäftigten, wurden wieder unter Feuer genommen, und als sie in den Graben zurückflüchteten, fielen weitere kroatische Reiter über sie her.

»Der König sah es als Erster – Pappenheims Überraschungsangriff hatte eine Lücke innerhalb unserer Front geschaffen, eine Lücke, durch die ein beherzter Sturmangriff der Kaiserlichen ihre Soldaten bis ins Zentrum unserer Schlachtordnung getragen hätte. Wallenstein muss es auch gesehen haben ... seine Soldaten rafften sich zu einem Gegenangriff auf, und nun war auch die Infanterie zwischen zwei feindlichen Kräften eingeschlossen, den kroatischen Reitern auf der einen und der kaiserlichen Infanterie auf der anderen Seite. Sie hielten stand ... hielten stand ... hielten stand ... aber unsere Reiterei drohte unterzugehen! Das Småländische Regiment hatte Oberst Fredrik Stenbock verloren, die Östergötländer Major Lennard Nilson – die beiden befehlshabenden Offiziere! Kannst du dir vorstellen, wie du dich fühlst, wenn du deine Freunde da unten sterben siehst, und du kannst nichts tun ... du musst auf deinem Posten bleiben, das Leben deines Königs bewachen, aber du hast einen klaren Ausblick auf das Schlachtfeld, und inmitten der Qualmwolken und der Dreckfontänen von den Kaloneneinschlägen und dem Dampf und dem Rauch siehst du immer mehr Pferde mit leeren Sätteln über das Schlachtfeld flüchten, Sätteln, in denen eben noch deine Kameraden gesessen haben, die Besten der Besten …?«

Alexandra packte seine Faust und bog seine Finger auf. Ihr standen Tränen in den Augen, so fest hatte er ihre Hand gedrückt. Er merkte es nicht einmal.

»Der König erkannte, dass wir die Schlacht verlieren würden, wenn die Reiterei unterging. Er gab seinem Pferd die Sporen und preschte auf den Teil des Getümmels zu, in dem unsere Kameraden niedergehauen wurden. Er wollte sich selbst an die Spitze setzen, wollte sie da herausführen, neu gruppieren … vielleicht wollte er sich auch nur Überblick verschaffen, weil er mit seinen schwachen Augen von seiner Position aus nichts mehr erkennen konnte. Es kam, wie einige von uns erwartet hatten, es war weit nach dem Mittag, und der Nebel begann wieder zu sinken …«

Er schwieg. Als die Pause zu lang wurde, schaute Alexandra auf. Samuels Gesicht war so bleich, dass es auch in der Dunkelheit erkennbar war. Seine Lippen bewegten sich. Seine Augen starrten irgendwohin, wo Schlachtenlärm tobte und Freunde fielen und ein König einen tollkühnen Ritt wagte, um seine Männer zu retten und mit ihnen sein Schlachtenglück. Er zitterte.

»Samuel?«

»Ich habe zu lange gewartet«, murmelte er. »Später hat es geheißen, wir wären zu feige gewesen, dem König zu folgen. Zu feige! Wir wären zu jeder Stunde unseres Dienstes lachend für ihn gestorben. Aber ich habe zu lange gewartet …«

»Worauf, Samuel? Worauf?«

»Ich starrte auf das Schlachtfeld, auf die reiterlosen Tiere, auf den Lärm und das Geschrei … auf die Männer, die aus den Sätteln fielen und liegen blieben, auf diejenigen, die sich unter ihren erschossenen Pferden hervorarbeiteten und aufgespießt wurden, auf die, die mit erhobenen Händen in ihrem eigenen Blut knieten und denen aus nächster Nähe in den Kopf geschossen wurde ... ich konnte mich nicht bewegen ... ich merkte erst, dass der König davongaloppiert war, als er schon auf dem halben Weg mitten in das Schlachthaus war, in das sich der Kampf verwandelt hatte. Ich raste ihm hinterher. Ich dachte nicht einmal daran, die Männer mitzunehmen, aber Alfred ... Alfred sammelte sie und folgte mir auf dem Fuß. Was für ein bizarres Bild müssen wir abgegeben haben – der König an der Spitze, stumm und verbissen und darauf aus, die Katastrophe abzuwenden ... hinter ihm der kleine Leublfing, sein Page, und sein Leibknecht Anders Jönsson, die verzweifelt versuchten, zu ihm aufzuschließen ... ich mit weitem Abstand dahinter, brüllend und winkend, damit er umkehrte ... und meine Männer zuletzt, ebenfalls brüllend, dass ich auf sie warten solle. Der Nebel verdichtete sich so schnell, dass er direkt aus der Luft herauszuquellen schien, und vermischte sich mit dem Pulverdampf ... Es war, als ritte man in eine Wand hinein. Ich verlor den König aus den Augen, aber ich wusste, in welcher Richtung unsere Reiterei um ihr Leben kämpfte, und ich nahm an, dass er ebenfalls dorthin reiten würde. Dann war ich plötzlich inmitten meiner Männer, die mich irgendwie eingeholt hatten, und ich wandte mich ihnen zu, um ihnen den Befehl zum Ausschwärmen zu geben, und sah fremde Gestalten, die mich ebenso überrascht anstarrten wie ich sie. Es waren nicht Alfred und die anderen, es waren kaiserliche Kürassiere, gepanzert wie Automaten, nicht mehr menschenähnlich in ihren schwarzen Rüstungen ... und für ein paar irrwitzige Herzschläge hetzten wir nebeneinander her, ich, der einsame småländische Rittmeister, der schon ahnte, dass er seinen König im Stich gelassen hatte, und zwei Dutzend Kaiserliche.

Dann sah ich einen von ihnen im Galopp eine Sattelpistole hervorziehen und auf mich anlegen ... und ich begann im selben Augenblick zu schweben, zu fliegen ... alles war auf einmal hell, alles war auf einmal still, vollkommen still ...«

Eine Träne lief seine Wange hinunter. Seine Hand knetete Alexandras Finger.

»Sie fanden mich, als die Schlacht vorüber war. Eine Kanonenkugel war direkt zwischen mir und den kaiserlichen Reitern eingeschlagen, eine Kugel, von der ich bis heute nicht weiß, welche Seite sie abgefeuert hat. Sie prallte vom Boden zurück und traf mein Pferd, zerriss es in Fetzen, ohne dass ich auch nur einen Kratzer davongetragen hätte. Ich wurde davongeschleudert, und als ich aufschlug, verlor ich das Bewusstsein. Ich musste mir nachträglich zusammenreimen und erfragen, was geschehen war; ich hatte nichts davon mitbekommen. Es war ohnehin ein Wunder, dass sie mich überhaupt fanden. Alfred zog mich unter einem Haufen Toter heraus; so voller Blut und Fleischfetzen von meinem Pferd, wie ich war, muss ich auf jeden anderen mausetot gewirkt haben. Die Toten waren unsere Reiter. Ich hatte sie erreicht; ich werde niemals wissen, wie es mir gelungen war – nur, dass ich zu spät war. Sie waren alle gefallen.«

»Und der König?«

»Er kam nie dort an, wo er hingewollt hatte. Ich nehme an, dass die Reiter, neben denen ich herritt, nur die Nachhut einer größeren Schwadron waren, die zwischen den König und uns geraten waren. Der König, Leublfing und Jönsson waren plötzlich von allen abgeschnitten und von Feinden umgeben. Ich glaube nicht, dass die Kürassiere wussten, wen sie vor sich hatten, nur, dass er zum Feind gehörte. Ich glaube auch nicht, dass ihm klar war, wo er sich befand. Er war so kurzsichtig und der Nebel wieder so dick, dass er nur Reiter auf Pferden gesehen haben muss, und wie hätte er auch annehmen sollen, dass wir ihn alle im Stich gelassen hatten, dass wir ihn allein auf die Seite des Feindes hatten reiten lassen ... Wir waren doch immer um ihn herum gewesen, seit wir aus unserer Heimat aufgebrochen waren ...«

»Samuel ...«

Samuel zog die Nase hoch und wischte sich über die Augen. Er räusperte sich. »Leublfings und Jönssons Leichen fanden sich nicht weit von der Stelle entfernt, an der mich die Kanonenkugel getroffen hatte, buchstäblich in Stücke gehauen. Dort müssen die ersten Kugeln den König getroffen haben. Leublfing und Jönsson hatten nicht einmal ihre Pistolen abgefeuert – ich glaube, sie haben versucht, den König im Sattel zu halten und ihn und sein Pferd aus dem Getümmel herauszuzerren. Doch als sie fielen, glitt auch der König aus dem Sattel, sein Stiefel blieb im Steigbügel hängen, und sein Pferd, das mehrfach verwundet und verrückt vor Schmerz und Panik war, raste über das Schlachtfeld davon und schleifte ihn hinter sich. O Gott, Alexandra, diese gespenstische Vorstellung – der König, schwer verwundet, blutend, halb besinnungslos im eigenen Steigbügel verhängt, an sein durchgehendes Pferd gefesselt, in irrem Tempo durch die Kämpfenden geschleift... wer das gesehen hat, muss geglaubt haben, das Ende sei gekommen und der tote König reite ihnen voran in die Hölle, mit beiden Armen winkend, dass sie ihm nachfolgen sollten ...«

»Wie endete es?«, fragte Alexandra und hielt Samuels freie Faust fest, mit der er sich auf das Bein schlug, ohne es zu merken.

»Irgendwann muss der König liegen geblieben sein. Das Pferd rannte weiter, und je mehr es sahen, reiterlos, wahnsinnig geworden, desto mehr verbreitete sich die Kunde, dass etwas Schreckliches geschehen sei ... dass der König tot sein müsse. Doch wenn die Kaiserlichen geglaubt hatten, dies würde die Schlacht beenden, hatten sie sich getäuscht. Jetzt hieß es: Rache für unseren König! Herzog Bernhard schaffte es, die Artillerie umzugruppieren, und in ihrem Schutz rückte die Infanterie endlich vor, drang in die kaiserlichen Stellungen ein. General Pappenheim wurde von Kugeln tödlich getroffen. Wenn die Nacht nicht hereingebrochen wäre, hätten wir alle Kaiserlichen massakriert. So konnte Wallenstein sich im Schutz der Dunkelheit mit seinen Truppen absetzen; wen er zurückließ, ob verwundet oder unversehrt, der wurde niedergemacht. In der Nacht fand man schließlich den Leichnam des Königs, halbnackt ausgezogen von Plünderern, beinahe unkenntlich wegen seiner vielen Wunden ... zu diesem Zeitpunkt galten die Småländischen Reiter schon als die Verräter und die Feiglinge, derentwegen König Gustav Adolf gefallen war. Wahrscheinlich hätte ich es selbst geglaubt, wenn ich einer von den anderen gewesen wäre: Die Kameraden, die in die Schlacht geritten waren, waren alle gefallen, aber wir, die wir zum Schutz des Königs zurückgeblieben waren, hatten keinen Kratzer abbekommen. Die Ersten von uns wurden aufgehängt, noch während der Leichnam des Königs in seinem Zelt gewaschen wurde ... dann jedoch trat Herzog Bernhard dazwischen und hielt die Hinrichtung auf, und von diesem Augenblick an waren wir die Verfemten, die die Todeskommandos übernahmen, um zu büßen, was nie abgebüßt werden konnte ... Samuels Gespenster ...« Er weinte jetzt offen. »O mein Gott, was habe ich dem König angetan ... was habe ich meinen Männern angetan ... mit diesem einen, kleinen Moment des Entsetzens, als ich nicht wie ein Soldat handelte und das Leben des größten schwedischen Königs verspielte, den es je gegeben hat ...«

Er verbarg das Gesicht in den Händen und schluchzte, und Alexandra zog ihn zu sich heran und hielt ihn fest und flüsterte ihm ins Ohr, dass er nicht dafür verantwortlich gewesen sei – wissend, dass sie ihn damit nicht heilen konnte, aber der Stimme der alten Barbora folgend, die erklärte, dass ein Heiler nicht aufhörte zu hoffen, bis es zu spät war.

Ebba hatte sich schließlich an die Seite der besinnungslosen Agnes gesetzt, die alte Frau betrachtet und zugleich mit halbem Ohr den Worten Samuels gelauscht, die sich diesem ein Dutzend Schritte von ihr entfernt entrangen. Als Alexandra ihn in den Arm nahm und Ebba sein Schluchzen hörte, begann sie ebenfalls zu weinen. Ihre Seele hungerte so sehr danach, ebenfalls in den Arm genommen zu werden, dass sie die Arme um sich schlang und sich vor und zurück wiegte, während die Tränen aus ihren Augen liefen.

»Weshalb all die Trauer?«, flüsterte Agnes.

Ebba riss die Augen auf und starrte sie an. Agnes musterte sie mit großen schwarzen Augen.

»Ich habe solche Angst«, flüsterte Ebba. »Ich wollte die Teufelsbibel nach Schweden bringen und sie Kristina zum Geschenk machen, und jetzt weiß ich nicht, was ich tun soll. Löse ich mein Versprechen ein, stelle ich mich gegen euch, und selbst wenn ich gewinne, weiß ich nicht, was aus Kristina wird, wenn sie die Teufelsbibel erst besitzt. Was wird das Buch aus ihr machen? Sie hat keine Ahnung, was die Teufelsbibel wirklich vermag. Wir in Schweden tun uns schwer damit, an die körperliche Präsenz des Teufels zu glauben. Sie hält das Buch für ein Wunder und eine Art wissenschaftliches Kleinod. *Timeo danaos et dona ferentes* – selbst wenn das Geschenk aus Liebe gegeben wird. Werde ich meiner Königin Schrecken und Leid mit nach Hause bringen?«

»Wenn du sie nicht nach Schweden bringst …«

»… und wir das hier trotzdem überleben? Dann werde ich ihr Vertrauen enttäuschen, und vielleicht wird unsere Liebe darunter leiden. Auf jeden Fall werde ich leiden, und ich werde mein Versprechen gebrochen haben. Was immer ich tue, auf mich wartet Schmerz.«

»Das größte Geschenk der Liebe ist zugleich sein teuerster Preis«, sagte Agnes. »Der Preis der Liebe ist man immer selbst.«

IRGENDWANN ZWISCHEN DER dunkelsten Stunde und der Morgendämmerung war Ebba zu den Verteidigungsstellungen an der umgestürzten Mauer gekrochen und hatte sich neben drei säuberlich aufgereihten Musketen zusammengekauert. Zwei davon waren Radschlossgewehre, eines eine altmodische Luntenmuskete. Das Feuerzeug lag ordentlich daneben, zusammen mit einer Ersatzlunte. Die Kugeln für alle drei Gewehre bildeten ordentliche Häufchen – drei verschiedene Kaliber, der Gott des Krieges machte es ihnen nicht unbedingt leicht. Es war dieser ordentliche Anblick, der sie erneut zittern ließ. Beim Ritt durch das Dragonerlager hatte sie bei Weitem keine solche Angst verspürt – sie hatte keine Zeit zum Nachdenken gehabt. Tapferkeit, erkannte sie, war nicht nur der Sieg über die Angst, sondern auch die Abwesenheit von Zeit, sich über sein Schicksal Gedanken machen zu können. Sie tastete nach der Pistole in ihrem Gürtel. Ein neuer Gedanke meldete sich, der in seiner erbarmungslosen Kühle beruhigend war und zugleich ihren Magen hob. *Du wirst die Pistole nicht abfeuern*, sagte der Gedanke. *Ihr habt keine Chance gegen zweihundert Dragoner, das ist dir doch hoffentlich klar. Wenn sie eure Stellungen überrennen, und du lebst noch, und sie stellen fest, dass du eine Frau bist ... heb dir die Kugel in der Pistole auf, ja?*

»O Gott«, flüsterte sie. »O Herr im Himmel, rette uns.« Und der kühle Gedanke, der in ihrem Kopf herumschwamm, ließ sie hinzufügen: »Und lass mich nicht versagen in der Schlacht.« Sie unterdrückte ein Schluchzen. Sie war so stolz darauf gewesen, zu den Männern gehört zu haben. Was hatten die letzten Stunden aus ihr gemacht?

»Pst!«, machte eine Stimme. Sie drehte sich um und erspähte, zwanzig Schritte entfernt, Magnus Karlsson. Der Reiter hatte sich so eng an die Mauerreste gedrückt und in seinen Mantel gewickelt, dass sie ihn nicht gesehen hatte. Seine Augen glitzerten von irgendeinem Licht, das ansonsten nicht sichtbar war. Einer der glitzernden Punkte verschwand kurzfristig – er hatte ihr zugezwinkert. »Gebetet wie ein wahrer Soldat«, flüsterte Magnus. »Respekt, Euer Gnaden. Der richtige Wortlaut ist aber: O Herr, lass mich keinen Scheiß bauen, und wenn doch, mach, dass die anderen es nicht merken.«

Ebba musste trotz ihrer Angst lächeln.

»Ebba«, sagte sie. »Alle nennen mich Ebba, Magnus Karlsson. Warum nennst du mich hartnäckig Euer Gnaden?«

Magnus schwieg eine Weile. »Erlaubnis, frei zu sprechen, Euer Gnaden?«, fragte er dann.

»Oh, bitte …«

Magnus räusperte sich. »Wenn ich dich Ebba nennen würde, würde ich versuchen, dich zu küssen, Euer Gnaden. Ich habe noch nie einen Kameraden geküsst, und schon gar nicht einen meiner Offiziere, und es wäre mir peinlich, jetzt damit anzufangen.«

Ebba wusste nicht, was sie darauf antworten sollte. Magnus schien auch gar keine Antwort erwartet zu haben. Sie stellte sich vor, wie sein Gesicht puterrot geworden war bei seinem Geständnis, und sie wusste nicht, was sie mehr bewegte: sein Eingeständnis, dass sie ihm gefiel, oder die Bezeichnung »Kamerad«. Sie hörte, wie er sich wieder in seinen Mantel hüllte, und wandte sich ab. *Was hättest du getan, wenn es Samuel gewesen wäre, der dir dies gestanden hätte?*, fragte der kühle Gedanke, nur dass es gar nicht mehr der kühle Gedanke war, sondern ein anderer, der ebenfalls keine Angst vor der Schlacht hatte, und stattdessen etwas wollte – eine Berührung, einen Kuss … eine hastige, heftige, brünstige, ganz und gar tierische Paarung. Das plötzliche Verlangen machte sie atemlos. Samuel? Ein Mann …!? Sie hatte gehört, dass in den Nächten vor einer Schlacht die Männer vor den Zelten der Lagerhuren Schlange standen, es sich aber nicht vorstellen können. Und jetzt …? Verlangte das Gleichgewicht, das alles in der Schwebe hielt, dass dem nahen Tod der heftigste Ausdruck des Lebens entgegengestellt wurde, den es gab – die Vereinigung zweier Menschen im Liebesakt? Aber dann krochen ihre Gedanken weiter, krochen zu Kristina, und die alte, brennende Liebe erfüllte ihr Herz, und beinahe fühlte sie, wie der muskulöse Körper sich an den ihren drückte, fühlte die Küsse auf ihrem Hals, ihren Brüsten, krallte ihre Finger in Kristinas Haar, spürte ihre Lippen weiter nach unten wandern, dorthin, wo die Küsse glühende Dolchstöße der Lust durch ihren Leib sandten und ihr Gehirn zu einem Turnierplatz explodierender Gefühle reduzierte …

»Hallo? Euer Gnaden?«

Ebba blinzelte, fassungslos, wie schnell ihre Gefühle sie aus der Wirklichkeit davongetragen hatten. Sie wandte sich Magnus zu und war noch fassungsloser, als sie merkte, dass sie so feucht geworden war wie nur jemals im Bett mit ihrer Geliebten.

»Ja?«

»Böse, Euer Gnaden?«

»Nein«, flüsterte sie zärtlich. »Nein, Kamerad.«

»Gut.«

»Magnus Karlsson?«

»Ja, Euer Gnaden?«

»Erinnere mich daran, dass ich dir einen Kuss gebe, wenn ich das hier überlebe.«

»Gerne, Euer Gnaden.«

»Magnus? Ich weiß nicht, was ich tun soll, wenn sie angreifen.«

Sie hörte das Geräusch, mit dem er sich aus dem Mantel schälte, ihn sich über die Schultern warf und zu ihr herüberkroch. »Weißt du, wie du die Gewehre laden musst, Euer Gnaden?«

»Ja.«

»Sie werden in breiter Linie angreifen, das ist die übliche Taktik. Der Rittmeister wird uns die Feuerbefehle geben. Wir schießen, wenn sie unter fünfzig Mannslängen herangekommen sind; aus Erfahrung dürfte dann die Hälfte unserer Kugeln irgendetwas treffen. Wir zielen auf die Pferde, da ist die Trefferwahrscheinlichkeit noch mal höher, und es genügt, sie zu Fall zu bringen. Ein Reiter, der sich in vollem Galopp mit seinem Gaul überschlägt, steht nachher nicht wieder auf. Wir feuern zwei unserer Waffen ab. Danach feuert die zweite Linie, die hinter uns auf den Schutthaufen. Sie schießen nur einmal, damit sie noch jeder zwei Schuss übrig haben, wenn der Feind die Mauer überwindet. Zwischenzeitlich laden wir wieder eines der abgefeuerten Gewehre nach und geben wieder jeder zwei Schuss ab. Wenn das die Kerle nicht überzeugt, dass hier mindestens ein halbes Heer verschanzt ist, dann weiß ich auch nicht.«

Ebba nickte. Die Lust war wieder verschwunden, nur der kühle Gedanke war geblieben, der sie daran erinnerte, dass sie ihre Pistole nicht abfeuern durfte. Das Zittern überfiel ihren Körper erneut.

»Ist dir kalt, Euer Gnaden?«

»Nein«, sagte sie, weil sie nicht die Kraft hatte zu lügen.

»Mir auch nicht.«

»Magnus?«

»Ja?«

»Uns allen ist klar, dass die Soldaten von Graf Königsmarck eigentlich Verbündete von uns Schweden sind?«

»Wir sind erstens keine Schweden, sondern Samuels Gespenster«, sagte Magnus. »Und zweitens sind sie sicher sauer auf uns, weil wir ihre Pferde auseinandergesprengt haben.«

Ebba nickte. »Ich wollte es nur gesagt haben.«

Sie spürte sein Gesicht dicht an dem ihren und seine Blicke, die auf ihr ruhten. »Ich denke an dein Versprechen«, sagte er schließlich. Dann wandte er sich ab und kroch wieder zurück zu seiner Stellung. Ebba umklammerte den Griff ihrer Pistole und versuchte, die Erinnerung an Kristina heraufzubeschwören, aber es ging nicht. Wo vorhin noch Feuer in ihrem Schoß gewesen war, war nur noch eiskalte Nässe.

Dann musste sie trotz allem eingeschlafen sein, weil sie davon erwachte, dass jemand sie an der Schulter rüttelte. Sie spürte ein dumpfes Vibrieren in ihrem Leib und sah schlaftrunken auf. »Magnus?«

»Ich bin es, Samuel. Ebba – ich möchte, dass du deine Stellung in der Kirche beziehst, bei Cyprian und Andrej. Sie sind die dritte Linie.«

Ebba setzte sich auf. Er zog die Hand zurück, doch sie hielt ihn fest. Langsam klärten ihre Augen sich. Sie fragte sich, ob er und Alexandra die Nacht genutzt hatten, um das Gleichgewicht zwischen Leben und Tod herzustellen, und wusste plötzlich mit absoluter Sicherheit, dass sie es schon einmal getan hatten, obwohl sie sich nicht vorstellen konnte, wann und unter welchen Umständen das gewesen sein könnte. Doch so schnell die Frage in ihrem Hirn aufblitzte, so schnell fand sie selbst die Antwort darauf: Nein. Samuel würde den Rest der Nacht damit zugebracht haben, mit Cyprian, Andrej und Alfred zu planen, wie sie ihre Haut so teuer wie möglich verkaufen konnten.

»Vergiss es«, sagte sie. »Ich habe diesen Platz und diese drei Gewehre von Herzen liebgewonnen.«

»Es ist mein Platz«, sagte er.

»Du hast keinen Platz in der Linie. Du bist unser Feldherr. Führ uns in die Schlacht und lass sie uns gewinnen, Caesar.«

Er sah auf sie hinab, das Gesicht verkniffen. Sie konnte nicht anders; sie packte ihn um den Nacken, zog ihn zu sich herab und küsste ihn auf den Mund. Das Vibrieren in ihrem Körper wurde immer stärker. »Mach dir keine falschen Hoffnungen«, sagte sie dann, während er noch verblüfft dem

Kuss nachschmeckte. »Ich habe nur gehört, dass es üblich ist unter Kameraden, sich vor der Schlacht zu küssen.«

»So? Das ist mir neu.«

»Vielleicht ist es ja auch ein Missverständnis. Und nun – irgendwelche Befehle, Rittmeister?«

Er nickte und deutete über die Mauer. »Ja, Reiter Sparre. Zeig's ihnen.«

23

Giuffrido Silvicola hatte sich im Laufe der Nacht beruhigt. Wenn Gott nicht gewollt hätte, dass er sich auf diese Mission begab, dann hätte er ihn schon in der Kirche von Sankt Burkard in Würzburg aufgehalten. Gott hatte es nicht getan; ihn nochmals zu einer Entscheidung herauszufordern wäre Blasphemie gewesen. Und dass Gott auf seiner Seite war, erwies sich auch jetzt. Er hatte den Gesprächsfetzen gelauscht, die an sein Ohr gedrungen waren, und verstanden, dass die Soldaten, die mit Cyprian Khlesl und Andrej von Langenfels gekommen waren, sich auf einen Angriff von Dragonern vorbereiteten. Er hatte eine Ahnung, wer diese Dragoner geschickt hatte. Königsmarck vertraute niemandem außer sich selbst, warum sollte er da bei einem Jesuiten eine Ausnahme machen, auch wenn dieser ihm die Mittel dafür in die Hand gegeben hatte, Prag zu erobern (Prag, diese Stadt, von der der alte Einsiedler nur mit Entsetzen und der Gewissheit gesprochen hatte, dass sie ein Tummelplatz für böse Magie und Teufelsanbetung war)? Er würde ihm die Dragoner hinterhergeschickt haben, um ihm auf die Finger zu sehen – und vor allem, um herauszufinden, was es so Wichtiges zu entdecken gab dort, wo der Jesuit hinwollte. Giuffrido kannte die Beweggründe Königsmarcks wahrscheinlich besser als dieser selbst – der General mochte glauben, er unternahm seine Expedition gegen Prag, um die Verhandlungsbedingungen für die schwedische Krone zu verbessern, doch in Wahrheit ging es ihm darum, als der letzte der großen Feldherren reich aus dem Krieg hervorzugehen. Und wenn er tatsächlich überzeugt war, dass er seinen Feldzug aus taktischen Gründen unternahm, so würde seine Frau zumindest wissen, was die Wahrheit war. Giuffrido lächelte verächtlich in die Dunkelheit. Betrachtete man es ganz genau, so wusste keiner der beiden, dass als allerletzte Wahrheit die Zerstörung der Teufelsbibel und die Auslöschung der Familie, die sie so lange geschützt hatte, hinter all dem standen.

Wie auch immer: Gott hatte ihm in Königsmarcks Soldaten Hilfe geschickt, und er, Giuffrido Silvicola, musste seinen Teil dazu tun, damit diese Hilfe nicht umsonst blieb. Vor einer Stunde hatte er damit angefangen, seine Handgelenke in den Lederbändern, die sie gefesselt hielten, aneinanderzureiben. Mittlerweile waren beide Handgelenke wund, und die Lederbänder waren nass von seinem Blut und glitschig. Wenn er geduldig weiterarbeite, würde er sie bald abstreifen können ...

Der eine der Soldaten, den sie ihnen als Aufpasser zugeteilt hatten, drehte sich um und musterte ihn. Giuffrido gab seinen Blick unbewegt zurück. Nach einer Weile wandte der Soldat sich ab. Giuffridos Blicke saugten sich an der Muskete fest, die neben ihm lag. Zwei freie Hände waren alles, was er brauchte.

Der alte Einsiedler würde stolz auf ihn sein.

Petr.

Bruder Buh.

Selbst als sie ihn mit ihren Knüppeln angegriffen hatten, hatte er keinen von ihnen getötet, obwohl er sie mit einer Hand hätte erschlagen können. Er hatte sie nur durch die Gegend geworfen. Er hatte kein einziges Leben genommen.

Die Muskete würde das eine Leben nehmen, das auszulöschen er gestern versagt hatte.

Bruder Buh würde stolz auf ihn sein.

Würde er das?

Giuffrido blinzelte in die Dunkelheit. Gott war mit ihm. Er tat das Richtige. Bruder Buh würde stolz auf ihn sein.

Er fuhr fort damit, das rohe Fleisch an seinen Handgelenken gegeneinanderzureiben.

24

EBBA SPÄHTE ÜBER die Mauer. Jetzt wusste sie, was das Vibrieren in ihrem Leib bedeutete – es war das entfernte Dröhnen der Hufe von zweihundert Dragonern, die den Hügel herabdonnerten und in breiter Front auf das Kloster einschwenkten. Ihr wurde kälter, als ihr jemals während ihrer Nachtwache gewesen war, und die Kälte senkte sich noch tiefer in sie, als sie erkannte, was hinter einem Gespann von vier Pferden herholperte: eine Protze – und daran angehängt eine Kanone. Noch während sie das Gespann anstarrte, schwenkte es herum; die Räder der aufgeprotzten Kanone zogen Furchen in den verschneiten Acker, dann blieb das Gespann stehen. Das Rohr der Kanone schien direkt auf sie zu zeigen. Die Kanoniere sprangen von den Pferden, hängten die Kanone ab und entluden Pulver und Kugeln aus der Protze. Die Reiter galoppierten bis zum Fuß des Hügels und zügelten dann ihre Pferde. Das Dröhnen verklang. Ebba sah die Pferdeleiber dampfen und die Tiere nervös mit den Hufen scharren. Es schien, als zöge sich die Reihe der Soldaten von einem Ende ihres Blickfelds zum anderen.

»Jeder weiß, was er zu tun hat«, hörte sie die Stimme Samuels. »Lasst sie rankommen, Freunde.«

Sie konnte nicht anders, als zu den Dragonern hinauszustarren. Sie war sicher, dass sie keines der Gewehre würde anheben können, so schwach fühlte sie sich.

Es war ein Anblick, von dem sie nie geglaubt hatte, dass sie ihn eines Tages sehen würde – den Anblick des Feindes, wie er sich bereit machte, über sie hinwegzustürmen. Die Helme der Dragoner blinkten matt, ihre Lederkoller wirkten von ferne wie Rüstungen. Sie sah Bewegung in der langen Reihe; die Reiter bezogen Position, und sie nahmen sich die Zeit, es so exakt zu tun wie beim Drill. Sie schienen absolut sicher zu sein, wem der Tag am Ende gehören würde. Noch während Ebba hinausblickte, quoll plötzlich Pulverdampf aus der Kanone und ein Feuerstrahl, und das Dröhnen des Schusses rollte über sie hinweg. Weit vor der Mauer stob eine Schneefontäne in die Höhe und in rascher Folge zwei, drei weitere in gerader Linie, bis der Schwung der Kugel aufgebraucht war und sie im Boden stecken blieb, noch immer so weit von ihnen entfernt, dass Kugeln aus ihren Musketen sie nicht einmal erreicht hätten. Hoffnung flackerte in ihr auf, dass die Kanone zu wenig Reichweite haben könnte. Die Pferde der Dragoner waren bei dem Schuss nicht einmal zusammengezuckt. Die Reihe am anderen Ende der weiten Ebene vor dem ehemaligen Kloster wankte nicht.

»Das könnt ihr besser«, hörte sie Magnus murmeln.

Die Kanoniere hantierten hastig an ihrem Geschütz herum, klein wie Ameisen, die versuchen, eine große Beute in ihren Haufen zu schleppen. Samuel rief: »Ganz ruhig bleiben, Leute. Das dauert noch eine Weile, bis die treffen! Sollen wir ihnen mal ein Ziel anbieten – was meint ihr, Männer?«

Sie drehte sich zu ihm um. Er stand auf halber Höhe auf einem der Schutthaufen und fummelte unter seiner Jacke herum. Dann zog er etwas Gelb-Rotes heraus; von der Spitze des Schutthaufens kletterte Gerd Brandestein herunter und nahm es in Empfang. Sie sah erst jetzt, dass Brandestein eine der Partisanen, die sie den Soldaten des Jesuiten abgenommen hatten, aufrecht zwischen zwei Steinen eingeklemmt hatte. Er band das gelb-rote Tuch, das Samuel ihm gegeben hatte, schnell daran fest, sodass es in der schwachen Morgenbrise leicht flatterte. Es war der rote Löwe auf goldenem Grund, das Wappen Smålands. Auf der anderen Seite der Ebene herrschte verblüffte Stille. Dann nestelte Samuel ein weiteres Tuch hervor, und Brandestein befestigte es noch über dem Småländer Löwen. Es war eine einfache blaue Fahne, zerschlissen, durchlöchert, voller Flecken, von denen Ebba ahnte, dass es Blut war. Die Stille drüben wurde noch tiefer, dann hörte sie plötzlich Pfiffe, Gebrüll und Flüche, die die Reihe der Dragoner auf und ab liefen wie Feuer und ihr Herz zusammenkrampften. Samuels Männer antworteten mit Schweigen. Sie verstand – der dünne Chor, den ihr Antwortgebrüll ergeben hätte, hätte dem Feind verraten, wie wenige sie tatsächlich waren.

»An die Fahne des Småländischen Regiments erinnern sie sich alle«, hörte sie Björn Spirger knurren. Sie sah zu ihm hinüber. Er war an ihrer anderen Seite postiert und spähte durch ein Loch zwischen den Steinen. »Sieh sie dir an. Das wollen Reiter sein? Pah ... typisch Dragoner. Halb Mensch, halb Vieh. Haben nicht mal ihre Gäule im Griff. Der rechte Flügel – ein einziger Sauhaufen. Mann, Wachtmeister, zieh die Leute weiter auseinander, sonst verhaken sich die Pferde, wenn sie lospreschen.«

»Bei den Dragonern heißt das Feldwebel«, brummte Alfred Alfredsson, der ebenso wie Samuel ständig ihre Verteidigungslinie abschritt. Er trug zwei Musketen über der Schulter und schleppte Feldflaschen, so viele er tragen konnte. »Komm nicht noch mal auf den Gedanken, einen ehrenwerten Kavalleriewachtmeister mit so einem Lümmel von Dragonerfeldwebel zu verwechseln.«

»Wird nicht wieder geschehen, Wachtmeister!«

Die Kanone dröhnte erneut los. Der Schuss passierte ihre Stellung mit einem unheimlichen Flattern und Pfeifen und schlug irgendwo weit hinten in das Ruinenfeld ein. Steine und Staub wirbelten auf. Ein Schutthaufen rutschte in sich zusammen.

»Nur zu«, sagte Spirger. »Hier kann es ein bisschen Aufräumen gebrauchen.«

Von den Dragonern kamen weiterhin Pfiffe und Gebrüll, zweifellos, damit sie zurückbrüllten und so ihre Stärke preisgaben. Den Dragonern konnte nicht klar sein, wie viele sie waren. Ihr Sturm durch das Lager war von deren eigenen Pferden gedeckt gewesen. Ebba fragte sich, ob sie deshalb zögerten, den Angriff zu beginnen.

Samuel rief: »Vordere Linie – denkt dran: Feuer erst eröffnen, wenn sie so nahe sind, dass uns ihr Mundgeruch erreicht. Zwei Schüsse, dann kommt die zweite Linie!«

Ebba hantierte mit gefühllosen Fingern an ihrer Pistole herum. Ihr wurde bewusst, dass sie kurz davorstand, sich selbst in den Leib zu schießen, wenn sie so weitermachte. Sie zog die Waffe heraus und legte sie neben sich. Dann, nach kurzem Nachdenken, zog sie sie näher zu sich heran. Ihr schien, als wäre die Pistole so etwas wie ein Lebensretter, obwohl sie ihr Leben beenden sollte, wenn es nicht anders ging. Sie sah zu Björn Spirger hinüber, der immer noch durch das Loch spähte und die unfähigen Unteroffiziere auf dem rechten Flügel der Dragoner verfluchte; dann zu Magnus Karlsson, der eben einen Talisman an einer Halskette aus der Jacke hervorzog, ihn küsste und dann wieder einsteckte. Jemand tippte sie auf die Schulter. Es war Alfred.

»Durstig?« Er hielt ihr eine Feldflasche hin.

Ebba war überrascht, wie durstig sie tatsächlich war. Sie setzte die Flasche an und schien nicht mehr aufhören können zu trinken. Das schale, eiskalte Wasser – aufgetauter Schnee, ohne Zweifel mit einem hochprozentigen Dreckanteil – rann ihre Kehle hinunter und schien den Durst eher noch zu vergrößern. Mit tränenden Augen und schmerzenden Zähnen reichte sie die Flasche zurück. Sie hatte das Gefühl, sie hätte sie austrinken können und hätte sich immer noch ausgedörrt gefühlt. Alfred lächelte sie an. Zum ersten Mal fiel ihr auf, dass sein kurz geschorenes Haar an den Schläfen mit Grau durchsetzt war und dass ein Netz von Falten um seine Augen lag.

»Das ist vor jeder Schlacht so, Kindchen«, sagte er sanft. »Vorher kann man nicht genug trinken, und nachher kann man nicht genug kotzen.«

»Ich stehe meinen Mann!«, sagte Ebba schwach.

»Natürlich, Kindchen, natürlich. He, Reiter Spirger, du hast schon wieder ›Wachmeister‹ gesagt. Ich lass dich strammstehen, bis deine Käsefüße Wurzeln schlagen!«

»Achtung jetzt!«, rief Samuel. Er war wieder auf den Schutthaufen geklettert, von dem die Fahne mit dem Småländer Wappen und ihre ehemalige Regimentsfahne wehten. Er hatte den Hut abgenommen und auf den Boden gelegt, die Pistolen waren in seinen beiden Fäusten, und sein Rapier steckte mit der Spitze voran zwischen zwei Steinen.

Der Knall der Kanone erreichte Ebbas Ohren erneut. Sie hörte und fühlte den dumpfen Einschlag der Kugel in den Boden und gleich darauf einen weiteren, als sie zum zweiten Mal aufprallte, dann wackelte die Mauer, hinter deren Überresten sie lag, vom Einschlag des Geschosses. Entsetzt presste sie sich gegen die Steinbrocken. Splitter und Dreck regneten herab. Ihr Herz hämmerte so sehr, dass es ihr den Atem abdrückte.

»Der nächste geht wieder höher«, rief Samuel. »Dann dürften sie sich eingeschossen haben. Die sind gar nicht schlecht, die Hunde!«

Es schien Ebba, als sei das Geschrei drüben leiser geworden. Sie hob den Kopf und spähte über ihre Deckung hinweg. Sie sah, dass die Männer in der Mitte der Reihe ihre Degen zogen; der linke und der rechte Flügel wanden sich aus den Gurten ihrer kurzläufigen Karabiner und hängten sie sich anders über die Schulter, sodass sie mit einer Hand feuern konnten. Es war klar, dass der Angriff kurz bevorstand.

»O Gott«, hörte sie sich flüstern. Sie hatte nicht gedacht, dass ihre Panik noch größer werden könnte. »O Gott ...«

»Angriffsformation wie bei der Infanterie«, kritisierte Björn Spirger. »Piken in der Mitte, Musketiere links und rechts. Ein Dragoner wird einfach kein Kavallerist.«

Die Reihe zog sich weiter auseinander. Der linke und rechte Flügel rückten weiter vor, um aus der langen, geraden Linie eine Sichel zu formen.

»Dein Zentrum«, sagte Björn Spirger. »Halt dein Zentrum zurück, du Versager, sonst fällt dir dein ganzer rechter Flügel auseinander.«

Ebba hörte den Mann, der nach Björn Spirger in Deckung lag, etwas brummen, und Björn sagte: »Wenn sie uns schon angreifen müssen, will ich wenigstens, dass sie es anständig tun.«

Sie zwang sich, den Blick von den sich zum Angriff vorbereitenden Männern abzuwenden, und sah ein letztes Mal zu Samuel auf. Er stand aufrecht und wirkte, als wisse er schon jetzt, dass sie glorreich siegen würden. Auf einmal verstand sie, wie es sein konnte, dass Männer einem Anführer in den verheerendsten Kugelhagel und durch die Feuer der Hölle folgten – wenn er ein wahrer *Anführer* war.

Der Knall des Kanonenschusses erreichte sie erneut. Sie sah Samuel von seinem Beobachtungsposten herunterspringen und »Köpfe runter!« brüllen. Hektisch warf sie sich herum. Samuel ging neben ihr in Deckung und legte einen Arm um sie, drückte ihren Kopf mit einer Hand gegen den Boden. Die Kugel sauste mit ihrem grausigen Flattergeräusch über sie hinweg, dann gab es einen ohrenbetäubenden Knall, ein Schock lief durch die Erde, und Steinbrocken prasselten überall herunter, trafen Ebba schmerzhaft auf die Beine und auf den Rücken. Staub wallte auf und ließ sie fast ersticken.

Sie hob hustend den Kopf und tastete blind um sich, bis sie den Kolben ihrer Pistole in die Finger bekam. Sie klammerte sich daran wie ein Ertrinkender an einen Ast.

Samuel hatte sich bereits wieder aufgesetzt. Ebba wischte sich den Staub aus den Augen. Von dem Schutthaufen, auf dem Samuel eben noch gestanden war, fehlte der obere Teil. Eine dichte Staubwolke hing darüber. Ihre improvisierte Schlachtfahne stand schief, das Småländer Wappen hatte sich losgerissen und lag zwischen den Steinen, und nur die kleine blaue Regimentsfahne hatte dem Kanoneneinschlag getrotzt. Der Griff von Samuels Rapier wippte leise vor und zurück.

»Gerd!«, schrie Samuel. Seine Stimme klang wie durch eine dicke Schicht Decken. Ebbas Ohren schmerzten.

»Bin noch da, Rittmeister«, ertönte Gerd Brandesteins Stimme. »Die treffen doch nix, die Trottel.«

Samuel klopfte Ebba auf die Schulter. »Es geht los«, sagte er. »Sie kommen.« Er hastete zurück zu seinem Posten auf dem Schutthügel.

Über das Klingen in ihren Ohren vernahm Ebba den rasenden Schlag von Trommeln, dann ging er unter im Dröhnen der Hufe von zweihundert Pferden, die allesamt losgaloppierten. Ihr Zwerchfell begann zu beben, und ihr wurde so schlecht, dass sie sich an der Mauer festhalten musste. Undeutlich hörte sie Björn Spirger rufen: »Trompeten, Mann! Ordentliche Kavallerie hat einen Trompeter!« Sie stierte zu Samuel hoch, der sich den Hut aufsetzte und die Hähne seiner Pistolen spannte. Sie starrte hinaus.

Das Feld zwischen der Klosterruine und dem Hügel schien zu beben. Die Formation der heranstürmenden Dragoner war wie eine monströse Hand, die sich nach ihnen ausstreckte, und der Schnee und Dreck, die hochwirbelten, ließen den Hintergrund verschwimmen und undeutlich werden, als käme mit den Reitern das Ende der Welt heran. Sie sah, dass die Reiter im Zentrum ihre Degenklingen an die Schultern gelegt hatten; die Läufe der Karabiner am linken und rechten Flügel ragten in die Luft. Die Kanone brüllte auf, und drei Schutthaufen weit im hinteren Teil des Ruinenfeldes explodierten hintereinander, bis die Kugel im vierten stecken blieb.

»Lasst sie rankommen!«, brüllte Samuel. »Auf den Feuerbefehl warten!«

Wir sind tot, dachte Ebba wie betäubt. Die Reiter näherten sich mit einer Geschwindigkeit, die ihr geradezu teuflisch erschien. Es war nicht, als ob die Dragoner auf sie zustürmten, sondern als ob das ganze Kloster mit seinen Verteidigern von einer Riesenfaust den Angreifern entgegengerückt wurde. Schon ließen sich Einzelheiten erkennen – flatternde Federbüsche an den metallenen Helmen, unterschiedliche Jackenfarben, blitzende Beschläge am Zaumzeug der Pferde. Ebbas Mund war so trocken, dass sie nicht schlucken konnte. Sie erinnerte sich an Erzählungen von heldenhaften Siegen der Kavallerie, wie die Männer einfach über den Feind hinweggeritten waren, ihn in den Boden gestampft hatten …

»Ziel aufnehmen!«, brüllte Samuel.

Die Dragoner rasten heran, zweihundert Mannslängen entfernt, hundertfünfzig, hundert, die Degenklingen noch immer gegen die Schultern gepresst, die Karabinerläufe erhoben. Sie ritten jetzt in einer perfekten Reihe, und Björn Spirger schrie: »Na endlich!«

Das Donnern der Hufe war wie das Dröhnen der See bei Sturm, der Boden schüttelte sich. Ein plötzlicher Aufschrei, und die Degenspitzen kamen herunter und zeigten nach vorn, die Karabinerläufe schwangen herab und zielten auf sie. Die Reiter in der Mitte beugten sich über die Hälse ihrer Pferde und streckten Degenklingen voraus, ihre Gesichter verzerrte helle Flecke unter den grauen Helmen. Die Pferde beschleunigten nochmals, die ganze Linie schien einen Satz zu machen. Ebbas Hände klammerten sich um das Luntenschlossgewehr, dessen Lauf sie über den Rand ihrer Deckung geschoben hatte. Sie wusste, sie würde diesen Griff nie lösen können, würde nie die Lunte nehmen und auf die Zündpfanne drücken können. Der rechte und der linke Flügel der Dragoner lösten ihre Karabiner aus, und plötzlich war die Luft erfüllt vom Jaulen der Kugeln und dem Sirren der Splitter, die sie aus den Steinen schlugen.

Samuel schrie: »Erste Linie: Feuer!«

Die Salve dröhnte in einer gewaltigen Dampfwolke los, spuckte Feuer und einen Hagel aus Blei gegen die heranstürmenden Dragoner. Es hielt sie nicht auf. Pferde überschlugen sich, Männer wurden aus den Sätteln gefegt. Ebba bemerkte plötzlich, dass sie die erste der beiden Radschlossmusketen in den Händen hielt und dass das Luntenschlossgewehr mit rauchendem Lauf neben ihr lag. Sie musste es abgefeuert haben, ohne es zu merken. Sie wusste nicht, ob sie getroffen hatte. Sie sah die Reiter über den Lauf der Muskete herankommen wie einen Brecher, so nahe, dass sie sie mit der Hand berühren zu können glaubte, wenn sie sie ausstreckte. Sie sah den breiten Brustkorb eines Pferdes, den über den weit ausgreifenden Vorderbeinen tanzenden Brustgurt, die geblähten Nüstern, die rollenden Augen – ihre Muskete dröhnte los, und mit ihr die Waffen der anderen. Die zweite Salve! Sie warf die Muskete weg, versuchte durch den Rauch zu sehen und erkannte nichts. Pferd und Reiter, auf die sie gezielt hatten, waren verschwunden, als hätte es sie nie gegeben. Die Angriffswelle teilte sich vor der Mauer auf und raste nach links und rechts an ihr entlang, und sie erkannte, dass Samuel noch für eine Überraschung gesorgt hatte: an den Enden ihrer kurzen, kümmerlichen Linie quollen plötzlich weitere Pulverdampfwolken auf, als die Schützen, die dort in Deckung lagen und bisher nicht gefeuert hatten, auf die ersten Reiter in den beiden Kolonnen zielten und abdrückten.

Körper flogen durch die Luft, Pferde schrien, die Nachfolger ritten in die Niedergeschossenen hinein, die beiden Wellen kamen ins Stocken. Direkt vor ihnen war eine um sich schlagende, sich windende Masse aus Leibern und Hufen. Noch während Ebba sie anstarrte, kamen einzelne Soldaten aus dieser Masse hervor, schwangen ihre Degen oder ihre Pistolen, brüllend und fluchend, sprangen und kletterten über die eingestürzte Mauer hinweg auf sie zu. Sie hörte Samuels Befehl: »Zweite Linie: Feuer!«, und sah, wie die Soldaten von den Beinen geholt wurden, wie sie zurückprallten und zwischen ihre vorrückenden Kameraden stürzten, wie sie nach hinten fielen und sich zwischen den Steinen zu winden begannen. Die anderen rannten weiter, rannten scheinbar direkt auf sie zu, geschwungene Degen, brüllende Mäuler ... jeder Gedanke an den Fangschuss für sich selbst zerstob, und sie riss die Pistole an sich und feuerte in das Gesicht hinein, das ihr am nächsten war, das schon direkt über ihr zu sein schien. Ein zweiter Soldat hechtete auf sie zu, riss sie zu Boden, sie klammerte sich an der Pistole fest, prallte auf die Steine und sah Funken vor den Augen, bäumte sich auf und schüttelte den Angreifer ab, versuchte auf die Beine zu kommen, bevor er es tat, und sah seinen Kopf explodieren. Sein Körper zuckte wie der eines Fischs auf dem Strand. Ihr Blick flog zu Samuel, der seine rauchende Pistole fallen ließ und brüllte: »Erste Linie: Feuer!«

Sie stürzte zurück zu ihrer dritten Muskete, aber es war zu spät, sie abzufeuern. Der nächste Dragoner war direkt über ihr, er holte mit dem Degen aus, sie brachte die Muskete in die Höhe und wehrte die Klinge damit ab und fiel von der Wucht des Schlags wieder zu Boden. Er sprang brüllend über sie hinweg und rannte blindlings in Björn Spirger hinein, der herumfuhr und feuerte. Ebba spürte warme Nässe im Gesicht und an den Händen; der Dragoner rollte ihr vor die Füße und starrte sie mit weit offenen Augen an, in denen kein Leben mehr war. Überall entlang ihrer Linie krachten Schüsse.

»Feuer halten!«, brüllte Samuel mit sich überschlagender Stimme. »Feuer halten! Wer kann, soll nachladen! Schnell!«

Die Dragoner flohen über die Mauer zurück und rannten ins Feld hinaus. Ebbas Blicke flogen hin und her. Ein halbes Dutzend Angreifer lag innerhalb der Mauer; bis auf einen regte sich keiner mehr, aber dieser eine schleppte sich mit den Händen vorwärts, die Beine nachschleifend. Sein Mund stand offen, und das Gesicht war kalkweiß, und hinter sich zog er eine breite Blutspur her. Niemand beachtete ihn, auch dann nicht, als er sich schließlich auf den Rücken rollte, die Hände um die aufgerissene Bauchdecke krampfte und abgehackt zu stöhnen begann. Sie sah ihre Pistole auf dem Boden liegen und nahm sie hastig an sich.

»Sie ziehen sich zurück!«, schrie jemand.

»Nein«, brüllte Samuel. »Sie schwenken wieder ein! Erste Linie feuerbereit!«

Ebba stöhnte vor Entsetzen, als sie das Manöver sah, das die Dragoner draußen vollführten. Die beiden Angriffslinien waren von der Mauer abgeschwenkt und in zwei weiten Bogen in die Mitte des Feldes zurückgekehrt, wo sie aufeinandertrafen. Ihre Toten und Verwundeten lagen hauptsächlich vor der Mauer, sodass Ebba sie nicht sehen konnte; wenn man die Reiter draußen auf dem Feld betrachtete, die sich neu formierten, wirkte es jedoch, als hätten sie keinerlei Verluste. Die Reihe formte sich erneut, rückte aber nicht vor. Ebba war die Erste, die verstand, weshalb.

»Kanone!«, schrie sie in den Feuerstrahl hinein, den die ferne Kanone ausspuckte. »Kanone ...!«

Sie krümmte sich hinter der Mauer zusammen. Die Kugel schlug mit einem gewaltigen Aufspritzen von Schnee und Schlamm direkt vor der Mauer ein, sprang weiter, streifte die Steine, zerplatzte und prasselte als Schrapnell direkt hinter

Ebba in den Schutthaufen, den Samuel als Kommandohügel benutzt hatte. Sie schrie auf und rollte sich herum. Die blaue Regimentsfahne bestand nur noch aus kleinen Fetzen. Samuels Rapier war verschwunden. Der Hügel war voller rauchender Pockennarben. Dazwischen lagen die Fetzen von Samuels Hut und daneben etwas, bei dessen Anblick sich Ebbas Magen umdrehte und sie hustend das Wasser auswürgte, das ihren einzigen Mageninhalt darstellte. Ihr Blut dröhnte in ihren Ohren, doch ihre Hände nahmen das Zittern des Bodens wahr. Die Dragoner stürmten erneut heran. Ebba hatte nur Augen für die blutige Masse zwischen den Steinen, die die volle Wucht des Schrapnells abbekommen haben musste. Samuels Hutfedern taumelten durch die Luft. Dann stolperte Samuel seitlich um den Schutthaufen herum, aus der Nase blutend und voller Staub, und sie verstand, dass er es doch noch geschafft hatte, sich aus der Schusslinie zu bringen.

»Erste Linie Feuerbefehl abwarten!«, krächzte er. Er taumelte den Schutthaufen hinauf, starrte das an, was von Gerd Brandestein übrig geblieben war, dann bückte er sich, nahm die Muskete an sich, die daneben lag, musterte den zerborstenen Gewehrkolben, packte die Waffe wie einen Knüppel und hob seine zweite Pistole.

»Erste Linie …!«

Die Dragoner galoppierten erneut heran. Nur die wenigsten von ihnen hatten es geschafft, ihre Karabiner nachzuladen. Die ersten Schüsse, die sich lösten, waren harmlos und pfiffen über die Verteidiger hinweg, ohne Schaden anzurichten. Die zweite Salve saß präziser, sie wirbelte Steinsplitter auf und sandte jaulende Querschläger durch die Luft.

»So sieht das schon besser aus!«, hörte sie Björn Spirger schreien. »Jetzt gefällt mir das! Rechte Flanke ausgerichtet! Endlich sieht das aus wie Kavallerie …«

Plötzlich taumelte er zurück, die Muskete erhoben. Er starrte Ebba an, dann an sich hinunter, und sie sah das große gezackte Loch mitten in seiner Brust. Sein hässliches Gesicht erstarrte in einer Grimasse der Überraschung. Seine Arme streckten sich aus, als wolle er seine Waffe Ebba anbieten. Er fiel nach vorn. Ebba begann zu schreien.

»Erste Linie ...!«

Die Dragoner schienen direkt vor der Mauer zu sein, ein heranrasender Wall aus Leibern. Ein warmer Luftstoß eilte ihnen voraus, der nach Schweiß und Pulver und Pferdescheiße roch ...

Jemand schlitterte neben Ebba in Deckung, riss dem toten Björn Spirger die Muskete aus den Händen und legte sie an. Es war Alfred Alfredsson.

»... Feuer!«

Fast alle Småländer schienen es geschafft zu haben, wenigstens eine Waffe nachzuladen. Die Schüsse donnerten. Alfreds Muskete spie Feuer und Qualm. Verspätet riss auch Ebba ihre Muskete hoch.

Der Angriff brandete wie die Welle einer Springflut gegen die Mauer, und wie eine solche bäumte er sich davor auf und brach über ihr zusammen. Pferde wieherten, Männer schrien. Der Lärm war ungeheuerlich, und der Anblick war es auch. Es war wie eine einzige wuselnde, wimmelnde Masse aus Leibern. Der Lauf von Ebbas Waffe zuckte hin und her – sie wusste nicht, worauf sie schießen sollte. Sie sah einzelne Gestalten sich aus dem Chaos lösen, Männer, die auf die Beine kamen, Pferde, die sich aufrappelten und über die Steine sprangen ...

»Sie überrennen die Schanzen!«

»Zweite Linie – Feuer!«

Ebba hörte die zweite Salve der zweiten Linie an sich vorbeisausen, sah Männer zurückgestoßen werden und Pferde zusammensacken, aber die Angreifer waren zu viele. Die ersten fielen auf ein Knie, legten ihre Karabiner an und feuerten zurück.

»Wir können uns nicht halten!«

»Zurück in die Kirche! Zurück in die Kirche!«

»Zweite Linie ...!«

Ebba taumelte in die Höhe, in einer Hand die immer noch nicht abgefeuerte Pistole, in der anderen die geladene Muskete. Alfred sprang zu ihr herüber, packte sie um die Mitte und wirbelte sie herum, zerrte sie die ersten Schritte mit sich. Aus dem Augenwinkel sah sie Magnus Karlsson, der sich auf dem Boden wand und mit beiden Händen seinen Hals umklammert hielt, während das Blut in hellroten Stößen zwischen seinen Fingern hervorquoll. Alfred stellte ihr ein Bein, und zusammen mit ihm prallte sie auf den Boden. Die Pistole schlitterte davon.

»... Feuer!«

Die dritte Salve der zweiten Linie fegte über ihre Köpfe hinweg und mähte die ersten Dragoner nieder, die auf ihrer Seite der Mauer heruntersprangen. Alfred zerrte sie wieder in die Höhe. Sie rannten an Samuel vorbei, der seine zweite Pistole abfeuerte und dann mit Brandesteins zerborstener Muskete als Knüppel von dem Schutthaufen heruntersprang. Ebba wollte anhalten.

»Weiter! Zur Kirche!«, keuchte Samuel. »Alfred, dein Leben für ihres!«

»Rittmeister!«, brüllte Alfred und schleppte sie weiter.

»Nein!«, schrie Ebba. »Nein, Samuel. Komm mit!«

Er blickte sie an, dann fuhr er herum und stürzte sich den Dragonern entgegen. Der Vorderste von ihnen schwang den Degen, Samuel unterlief ihn und knallte ihm die Muskete von hinten gegen den Kopf. Er drehte sich einmal herum und trat einem anderen Angreifer in den Leib. Die überlebenden Småländer kamen aus ihren Deckungen und stürzten sich ebenfalls in den Nahkampf. Ebba riss sich los und rannte Alfred davon, Samuel hinterher.

»Ebba!«, brüllte Alfred.

Samuel drehte sich um und übersah einen Dragoner, der mit ihm zusammenprallte. Samuel ging zu Boden und verlor seinen Prügel. Der Dragoner taumelte, fing sich und hob den Degen, um ihn Samuel durch den Leib zu rennen.

Ebba hob, ohne nachzudenken, ihre Pistole mit dem letzten, rettenden Schuss und drückte ab. Der Dragoner flog nach hinten. Samuel sprang wieder auf die Beine und schnappte sich seinen Degen.

Alfred schlang den Arm von hinten um Ebba und hob sie einfach in die Höhe.

»Lass mich!«, schrie sie und strampelte. »Lass mich!«

»Bring sie weg!«, schrie Samuel.

Dann rollte erneut der Donner des abgefeuerten Geschützes heran, und einen Lidschlag später schlug die Kugel vor der Mauer ein, direkt dort, wo das Gedränge am dichtesten war und die Dragoner übereinanderkletterten, um die Mauer zu erstürmen. Blut und Materie prasselten überall hernieder. Das Dröhnen von Hufen erschallte erneut, und in einem weit ausholenden Bogen jagte eine Schar Reiter heran, die direkt aus der Hölle gekommen sein musste.

25

»Sie überrennen die Schanzen ...«

Es war so schwer, sich aus dem Traum zu befreien. Die Wirklichkeit dröhnte heran mit wildem Gebrüll und Flüchen und Schüssen und vermischte sich mit dem Rest des Traums. Das Buch war fertig. Er hatte triumphiert. Das Gleichgewicht hatte triumphiert. Er hatte den Abt überzeugt, dass er Hilfe brauchte und dass sie nur auf eine mögliche Weise geleistet werden konnte. Wissen gegen Torheit, Schuld gegen Unschuld ... die jungen Novizen hatten die Teile neu geschrieben, bei denen er versagt hatte, und jung und unausgebildet wie sie waren, hatten sie noch keinen eigenen Stil entwickelt. Sie hatten seine Versalien, seine Minuskeln kopiert, unverdrossen und ohne von ihnen abzuweichen. Nun sah das Buch so aus, wie er es beabsichtigt hatte: aus einem Guss ... aus einer Hand.

Er blätterte durch die Seiten. Sie waren schwer, riesige Bogen aus Pergament. Er konnte den Text überfliegen, so gut kannte er ihn. Alles, was es zu wissen gab, alles, was gelehrte Männer irgendwann aufgeschrieben und er gelesen hatte ... dazwischen das Alte und das Neue Testament, das Wort Gottes, welches das Wissen aufwog ... Gleichgewicht ... die Welt strebte nach dem Gleichgewicht, und er hatte es hier, in diesem Buch, das die Welt umfasste, erschaffen ... Er spürte sein Herz pochen und auch den Schmerz, der seit Wochen in seinem Leib wühlte, aber er konnte ihn ignorieren. *Tetelestai*, dachte er: Es ist vollbracht.

Er legte Seite um Seite um, stapelte sie mit einem Gefühl der Ehrfurcht übereinander. Die Buchbinder würden später die Pergamente an den Rändern zuschneiden, die Buchdeckel anbringen. Er hatte die Arbeit vollbracht, sie würden sie vollenden.

Die leeren Seiten, die er bewusst frei gelassen hatte, weil danach das Sündenbekenntnis kam und er das Gefühl gehabt hatte, dass der Tat die Nicht-Tat entgegengestellt werden müsse ...

... die beiden großen Bilder, die danach kamen, ebenfalls im Gleichgewicht; selbst die, die nicht lesen konnten, würden es verstehen ...

... die *Cronica Bohemorum*, abgeschrieben von Cosmas von Prag ...

... die Regeln des heiligen Benedikt, die beschrieben, wie ein Mönchsorden dafür sorgen konnte, dass von ihm das Equilibrium ausging ...

Er stutzte.

Er las den Text.

Er starrte auf das Blatt.

Sein Herz begann noch heftiger zu pochen, und der Schmerz in seinem Leib nahm zu, bildete Fasern aus, griff mit langen Tentakeln um sich. Er spürte, wie sich seine linke Hand verkrampfte, wie sein Arm Feuer fing. Er ächzte.

Dieser Text stammte nicht von ihm! Wer hatte ihn geschrieben? O Gott, er nahm seine Idee auf und führte sie *ad absurdum* ... er stellte das ganze Buch infrage ... wer hatte das geschrieben? Der Teufel ... der Teufel selbst musste sich unter die Schüler gemischt und einem eingegeben haben, dies zu schreiben ... der Teufel hasste das Gleichgewicht!

Der Schmerz war unerträglich, schnürte ihm die Luft ab. Er versuchte aufzustehen, aber er konnte sich nicht auf den Beinen halten. Seine ganze linke Seite schien gelähmt zu sein, schien in eisigen Flammen zu stehen. Flammen ... er erinnerte sich wieder an die Brüder, die er in der brennenden Bibliothek eingeschlossen hatte, weil das Wissen *sein* gewesen war, *seines* ganz allein, weil sie es ihm wegnehmen und er es nicht hatte teilen wollen ... o Herr im Himmel, und nun verbrannte er selbst in einer innerlichen Flamme ... er schrie und hörte sich selbst wie durch eine dicke Wand. Das Gleichgewicht war gestört, die Aussage des Buches verdreht, seine Buße war umsonst, seine Sühne wirkungslos ... er schrie und schrie, er hörte die Schritte draußen, hörte sie an den Riegeln herumhantieren ... er hatte ein paar der gigantischen Pergamentbogen bei seinem Sturz vom Tisch gewischt, und einer lag direkt vor seinen Augen ... eine Seite mit einem Bild, das grinsende Gesicht eines Ungeheuers ... der Teufel ... er fasste mit seinen erhobenen Krallen heraus und griff nach ihm ...

Er schrie!

Er hörte sie draußen gegen die Tür hämmern, während sie mit den Riegeln kämpften.

Er schrie.
Er starb ...

»Sie überrennen die Schanzen ...«
Agnes hob den Kopf. Ihr ganzer Leib brannte wie Feuer. Sie vernahm das Knattern der Schüsse, aber jetzt, nachdem sie wach geworden war, hörte es sich entfernt und unwichtig an. Der Traum klammerte sich an ihr fest und sie sich an ihm. Sie hatte das Gefühl, sie brauche sich nur umzudrehen und hinter ihr stünde die spektrale Gestalt eines Mönchs, des Mannes, der vor über vierhundert Jahren das Wissen der Welt hatte niederschreiben wollen und den Schlüssel zu ihrer Vernichtung geschaffen hatte.

Gleichgewicht, flüsterte etwas.

Flüsterte er.

Flüsterte *er*? Hatte etwas von ihm, etwas, das hier zurückgeblieben war und die Zeiten überdauert hatte, zu ihr gesprochen in ihrem Fiebertraum? Oder war es nicht vielmehr so, dass sie zu viel wusste von diesem unheiligen Buch und es an diesem Ort ganz natürlich war, wenn es in ihre Träume eindrang?

Dunkel und Hell, Hass und Liebe, Schöpfung und Vernichtung ...

Chaos und Ordnung.

Die riesige Gestalt des Teufels auf der einen Seite und die göttliche Stadt auf der anderen.

Die Bilder stürzten so schnell auf sie ein, dass sie Mühe hatte, sie zu erkennen. Eine andere Erinnerung versuchte sich in den Vordergrund zu schieben, eine Erinnerung, die wichtig war, eine Erinnerung, die eine Frage beantwortete ... die letzte, die sie gehört hatte, bevor der Schuss gefallen war und sie in ein Zwischenreich gestoßen hatte, in dem der Schmerz regierte.

Wo ...?

Hatten sie die Bilder immer falsch gedeutet? Waren es nicht Gegensätze, sondern Ergänzungen? Konnte es Helligkeit geben ohne das Dunkel? Musste nicht etwas vernichtet werden, wenn etwas Neues entstehen sollte?

Die andere Erinnerung meldete sich so kraftvoll, dass Agnes einen Augenblick lang überzeugt war, Alexandra säße neben ihr.

Ich bin sicher, dass sie hier ist. Wer weiß, wie oft Onkel Andrej und Papa hier gewesen sind, wenn wir dachten, sie seien auf Reisen? Onkel Andrej hat sogar einen Grabstein in dem alten, vergessenen Friedhof für ... für eure Eltern aufgestellt.

Wo ...?

Wo war die Teufelsbibel? Einen halben Tag und eine ganze Nacht lang hatten die Männer von Pater Silvicola die Ruinen auf den Kopf gestellt. Sie hatten jeden Winkel des Kellergewölbes durchsucht. Die Teufelsbibel war nirgends zu finden gewesen. Dann waren wie durch ein Wunder die Soldaten gekommen, und Cyprian und Andrej ... und der Schuss ...

Sie hörte die Schüsse und dazwischen Einschläge von Kanonenkugeln. Es war noch immer so weit weg ... alles war weit weg, was nicht die Teufelsbibel betraf.

Agnes kam schwankend auf die Beine und torkelte zu einem der halb verschütteten Seitenausgänge der Kirche, der zu dem alten Friedhof führte.

26

BIS SIE PRAG erreichten, hatten Andreas und Karina Khlesl jeder ein Pferd für sich – die Verluste der Studentenlegion, die unter der Führung von Pater Plachý und Melchior Khlesl den Ausfall gewagt und das Lager Königsmarcks überfallen hatten, waren schwer gewesen. Von den zweihundert Stück Vieh, die Königsmarcks Truppen geraubt hatten, besaßen sie noch fünfzig, zuzüglich eine Anzahl Ziegen und Schweine, die gestorben waren oder getötet werden mussten und die quer über den Sätteln etlicher Reiter lagen. Für die Prager war es weniger als ein Tropfen auf den heißen Stein; die Tiere waren von Anfang an nicht gut genährt gewesen, und der wilde Viehtreck zurück in die Stadt hatte ihren Zustand nicht verbessert. Dennoch wurden die Rückkehrer empfangen, als hätten sie die Stadt befreit. Selbst General Rudolf Colloredo, der sich am Tag vor dem Aufbruch der Freiwilligen bei den Beratungen heiser geschrien und versucht hatte, den Ausfall zu verhindern, grinste säuerlich. Lýdie saß halb ohnmächtig vor Andreas auf dem Pferd, und Andreas schien froh, dass sich die meiste Aufmerksamkeit auf den baumlangen Jesuitenpater konzentrierte; über sein Gesicht liefen Tränen der Dankbarkeit, dass sie alle wieder hier waren.

Melchior hielt sich nicht mit Feierlichkeiten auf.

»Wir ... haben ... das ganze Heer ... Königsmarcks auf den Fersen ...«, keuchte er. »Und ich ... ich glaube ... ich habe noch ein weiteres Heer gesehen, das sich ... das sich dem Lager des Generals genähert hat.« Er versuchte, zu Atem zu kommen. Bis sie die kümmerliche Herde durch das Tor getrieben hatten, war er unermüdlich an allen Seiten des Trecks gewesen, hatte zusammen mit den Reitern der Studentenlegion Flüchtlinge eingefangen oder nach allen Seiten gesichert. Keiner hatte gewusst, ob und wie viele berittene Truppen unter Königsmarcks Heer waren und ob sie den Treck nicht verfolgten. »Wir haben die ganze ... die ganze Nacht gebraucht, um die Tiere hierherzutreiben. Sie können nicht weit entfernt sein, sie haben keinen nennenswerten Tross ... sie sind schnell und beweglich, auch zu Fuß ... und sie haben nichts in der Gegend übrig gelassen, das sie noch aufhalten könnte.«

Colloredo nickte. »Wir treffen uns in einer halben Stunde am Altstädter Tor«, sagte er. Offenbar hatte Melchiors Husarenstück ihm halbwegs Achtung eingeflößt. »Bringen Sie Ihre Familienmitglieder nach Hause.« Colloredo nickte Andreas zu. »Ratsherr. Schön, Sie wieder hier zu haben. Wir haben Sie vermisst.«

Andreas war noch immer wie betäubt, als Melchior ihn und die anderen nach Hause eskortierte. Er brachte sie nach oben, erwehrte sich der Umarmungen und Küsse des Hauspersonals und leitete die Willkommensbeteuerungen auf Andreas, Karina und Lýdie um. Er fühlte einen Hunger, als könnte er ein Pferd allein verspeisen. Als er die Handschuhe auszog und seine Hände betrachtete, sah er sie zittern. Er hatte den Gedanken, dass sie den Ausfall nicht nur überlebt, sondern mit einem derartig grandiosen Erfolg abgeschlossen hatten, noch gar nicht zur Gänze an sich herangelassen; er schob ihn weiter auf. Erst musste der Kampf um Prag geschlagen werden, um festzustellen, wer am Ende der Sieger war.

Er polterte ins Erdgeschoss hinab und platzte in die Küche. Die Mägde knicksten mit geröteten Wangen.

»Sagt mir, dass ihr was zu essen habt!«, brachte er hervor. Sie kicherten, dann fielen sie übereinander in ihrem Bemühen, ihm Würste und Brotscheiben aufzudrängen. Kurz befiel Melchior ein schlechtes Gewissen; wenn die Stadt belagert würde, würden sie später jeden einzelnen Bissen brauchen, und die Armen hungerten wahrscheinlich schon jetzt. Aber bis dahin würden diese Würste und dieses Brot verdorben sein! Er biss hinein und verschluckte sich, als Andreas hereinstürmte. Wie es schien, hatte er sich wieder gefangen. Er starrte von Melchiors Gesicht zu den Würsten in seinen Händen, dann griff er zu, riss ein paar davon ab und stopfte sie sich in den Mund. Seine Augen begannen zu tränen.

»Guten Appetit, Bruderherz«, sagte Melchior.

Andreas würgte, dann schluckte er den Brocken herunter. Melchior fiel jetzt erst auf, dass sein Bruder noch immer seine verschmutzte Kleidung und die Stiefel trug. Er deutete fragend darauf.

»Wir müssen sofort los«, sagte Andreas und nahm ihm die Würste weg. »Essen können wir später auch noch. Ich muss Colloredo etwas mitteilen.«

»Was? Sag es mir, dann kannst du hier …«

»Das ist *meine* Stadt«, sagte Andreas. »Wenn es darum geht, sie zu verteidigen, will ich vorn mit dabei sein und wissen, was passiert. Kommst du jetzt, oder willst du in meiner Küche stehen bleiben und meine Würste fressen, während wir anderen Königsmarck in die Flucht schlagen?«

»Das sind zur Hälfte meine Küche und meine Würste«, hörte Melchior sich sagen.

Andreas packte Melchiors Hut und stülpte ihm das zerknautschte Ding auf den Kopf. »Beeil dich.«

Melchior folgte seinem Bruder aus der Küche hinaus und vor das Haus. Ein Stallknecht hielt zwei frische Pferde bereit. Karina stand in der Gasse, auch sie noch so zerzaust, wie sie angekommen waren. Sie strich Melchior über die Wange. Dann umarmte sie Andreas und küsste ihn. »Kommt heil wieder, ihr beide«, flüsterte sie.

Melchior starrte sie an, während Andreas sie ebenfalls umarmte und küsste. Ohne dass jemand ein Wort zu sagen brauchte, wusste er, dass etwas zu Ende gegangen war. Er fühlte einen Stich im Herzen, der ihm fast die Luft nahm.

Andreas schwang sich aufs Pferd und sprengte davon, ohne auf ihn zu warten. Melchior folgte ihm, doch im Davonreiten drehte er sich noch einmal um. Karina hatte die Hand gehoben und winkte. Sie schickte ihnen eine Kusshand nach. Er erwiderte sie nicht. Er wusste, dass sie nicht ihm galt.

»Was?«, schrie Colloredo. »Das kann nicht sein. Oberstleutnant Ottovalský ist mit seinen Männern unterwegs nach Pilsen, um die kaiserliche Garnison dort zu Hilfe zu holen.«

»Das hat er vielleicht gesagt«, erklärte Andreas. »Tatsache ist, dass ich gesehen und gehört habe, wie er sich Königsmarck angedient hat.«

Colloredo erblasste. Seine Augen blinzelten ratlos.

»Wie gut kennt Ottovalský die Verteidigungsanlagen der Stadt, Herr General?«

Colloredo zog ein Gesicht. »So gut wie Sie, Ratsherr. Was soll die Frage?«

»Das habe ich befürchtet. Königsmarck wollte mich zwingen, ihm die Schwachstelle der Befestigung zu verraten. Ottovalský wird es freiwillig tun.«

»Die Bresche beim Kapuzinerkloster, oben auf dem Hradschin!«, stieß Colloredo hervor. »Mein Gott, dort ist nur die kleine Besatzung des Strahover Tors postiert. Wir müssen sie verst…«

Der Rest seines Satzes ging in plötzlichem Glockengeläut unter. Der ganze Altstädter Brückenturm schien zu erdröhnen. Sie stürzten zum Fenster. Vor den Mauern der Stadt stand eine riesige Staubwolke, und unter ihr waren die bunten Farben der Uniformen und das blitzende Metall von Waffen und Rüstungen zu sehen.

»Das ist Wittenberg«, stieß Andreas hervor. »Gott sei uns gnädig. Ich ahne, wo sich Königsmarcks Männer befinden.«

Colloredo bewies, dass ein alter Militär wenigstens in Krisenzeiten nützlich war. »Folgen Sie mir! Wir müssen sofort zum Strahover Tor!« Er polterte die Treppe hinunter, Melchior und Andreas auf dem Fuße. Noch im Treppenhaus brüllte er: »Ich brauche einen Musketierzug. Einen Musketierzug!«

Jiří Plachý erwartete sie unten beim Ausgang des Turms. Auch er war noch mit dem Schmutz bedeckt, den er beim Ausfall gegen das Königsmark'sche Lager aufgesammelt hatte. »Ihre Soldaten sind alle beim Schanzen, General«, sagte er. »Ich habe eine Kompanie der Studentenlegion abmarschbereit. Wohin?«

Melchior klopfte ihm auf die Schulter und rannte über die Brücke, dem General nach. »Immer hinterher!«, schrie er.

Bis sie beim Strahover Tor ankamen, war ihre Kompanie über die halbe Kleinseite auseinandergezogen. Die Abteilung war über hundert Mann stark, und viele davon lagen entlang des Weges und kotzten von ihrem rasenden Lauf; andere taumelten vor Erschöpfung. Der Weg über die Brücke und zum Burgberg hinauf war lang und steil. Melchior schnappte krampfhaft nach Luft und dachte, dass Andreas im nächsten Moment tot umfallen würde. Seine Gestalt war deutlich schmaler geworden durch die Strapazen, aber er war es gewöhnt, im Sitzen zu arbeiten; er war tiefrot im Gesicht und japste. Voraus sahen sie das Tor und die Soldaten, die es bewachten. Einige drehten sich um und blickten ihnen entgegen.

»Es scheint alles in Ordnung ...«, begann Colloredo und verstummte.

Die Soldaten wuchteten die großen Balken aus den Zwingen und begannen damit, das Tor zu öffnen. »Halt!«, schrie er. Gleichzeitig erkannte Melchior voller Schrecken, dass das, was er für einen Haufen Decken und Mäntel gehalten hatte, in Wirklichkeit die ermordete Torwache war, die Ottovalský und seine Männer vermutlich völlig arglos empfangen hatte, da der Oberstleutnant ein bekannter Offizier war und vom Strahover Tor aus niemand hatte sehen können, dass er durch die versteckte Bresche beim Kapuzinerkloster gekommen war.

Der General rannte vorwärts. »Halt! Ihr Wahnsinnigen ...«

Die Soldaten rissen Musketen an die Wangen und schossen. Melchior und Andreas warfen sich zu Boden. Weiter vorn stürzte der General und rollte über das Pflaster.

»Ottovalský!«, brüllte Andreas außer sich. »Du elender Scheißkerl!«

Die Antwort war ein Schuss, der Funken vom Pflaster springen ließ. Andreas fluchte. Melchior sah, dass der General den Kopf hob und sich schüttelte. Die Musketiere vorn beim Tor luden nach. Die Torflügel schwangen langsam auf. Hinter sich hörte er das Geschrei und das Fluchen der Studentenlegion, die grüppchenweise eintraf und zurückschoss. Kugeln summten auf einmal durch die Luft. Vorne kurbelten sie wie wild am Tormechanismus.

Melchior sprang auf, lief gebückt zu General Colloredo hinüber und zerrte an ihm.

»Lassen Sie mich los!«, brüllte der General. »Ich bin nicht getroffen!«

Das erste Dutzend der Musketiere aus der Studentenlegion formte eine Reihe und schoss eine Salve ab. Von den Mauern des Tors sprangen Steinbrocken ab, Holzsplitter wirbelten durch die Luft. Zwei der Soldaten vorne wurden umgerissen, aber das Tor war bereits einen Spalt offen, sodass ein Mensch sich hindurchzwängen konnte. General Colloredo kam auf die Beine und rannte neben Melchior her um die nächste Hausecke. Schüsse pfiffen ihnen hinterher. Das Tor schwang noch weiter auf, und eine brüllende Horde drang herein, schießend, fluchend und Partisanen und Rapiere schwingend. Andreas rannte im Zickzack durch den Kugelhagel und kam keuchend bei Melchior und Colloredo an. Die zweite Salve der Studenten riss einige der Angreifer um, aber auch in der Schützenreihe fielen die Ersten und wanden sich auf dem Pflaster.

»Ich kenne die Farben!«, schrie Andreas. »Das ist Königsmarck.«

»Wie viele Männer hat er?«, brüllte Colloredo zurück.

»Zweitausend mindestens ...«

Der General wurde noch bleicher. »Wir sind erledigt.«

Die Angreifer quollen durch das Tor. Einige rannten bereits auf den Mauerkranz, um von dort aus eine bessere Feuerposition zu haben. Musketiere bildeten jetzt gestaffelte Schützenreihen und feuerten auf die Verteidiger der Studentenlegion, von denen der Großteil immer noch völlig außer Atem auf dem Kampfplatz ankam. Innerhalb weniger Augenblicke sah Melchior wenigstens ein Dutzend fallen. Die jungen Männer handelten so, wie es der Drill ihnen eingegeben hatte, aber gegen eine Übermacht in der freien Gasse war es genau die falsche Taktik. Melchior stöhnte. Er wusste nicht, wo Jiří Plachý abgeblieben war; es war klar zu sehen, dass die Studentenkompanie binnen weniger Minuten ausgelöscht sein würde, wenn nicht jemand etwas unternahm. Als er dies zu Ende gedacht hatte, stand er bereits mitten in der Gasse.

»Auseinander!«, brüllte er. »Löst die Karrés auf! Versteckt euch!« Kugeln sprangen links und rechts von ihm vom Pflaster hoch. Der Hut wurde ihm vom Kopf gerissen. Er versuchte zur Seite zu springen, fühlte einen Schlag gegen den Fuß und stürzte zu Boden. »Häuserkampf!«, schrie er. »Nehmt sie aus den Häusern heraus unter Feuer! Haltet sie auf dem Torplatz auf!« Er rollte sich herum. Sein Hut machte einen Satz auf ihn zu, als ihn eine erneute Kugel traf. Der Federbusch explodierte und verteilte einen gaukelnden Regen aus zerfetzten Federn. Melchior griff nach seinem Hut, sprang auf und rannte ein paar Schritte. Die Studenten hatten ihn verstanden und liefen in alle Richtungen auseinander, warfen sich hinter Hausecken, Mauervorsprünge und in Durchgänge. Türen wurden eingetreten. Im Obergeschoss eines Hauses splitterte Glas, ein langer Lauf schob sich heraus. Melchior hechtete nach vorn, machte eine Rolle und landete zwischen den Beinen eines Musketiers, der mit ihm zusammen zu Boden ging. Mehrere Kugeln schlugen Putz von der Mauerecke, die ihre Deckung war.

Der Lauf, der sich aus dem Fenster schob, entpuppte sich als der einer monströsen, altertümlichen Arkebuse. Melchior rappelte sich auf und sah fassungslos ein zahnloses Gesicht unter einem Kranz dünner weißer Haare, das hinter der Arkebuse sichtbar wurde. Die Hakenbüchse löste mit einem Krach aus, dass man meinen konnte, jemand habe eine Kanone abgefeuert. Eine Qualmwolke, groß wie eine Kutsche, quoll aus dem Fenster und hüllte das Haus ein. Vorn beim Tor warfen sich die Schützen zu Boden. Der obere Teil eines Gebüschs etliche Dutzend Schritt neben dem Tor flog in die Luft, Blätter und Zweige prasselten nieder.

»Scheiße!«, krächzte der Besitzer des Schießprügels und verschwand hinter der Fensterbrüstung, zweifellos um sein Monstrum nachzuladen. Putz stäubte rund um die Fensteröffnung auf, als die Angreifer darauf feuerten. Man konnte den alten Mann höhnisch lachen hören.

»Großer Gott!«, sagte der Schütze, bei dem Melchior in Deckung gegangen war, mit offenem Mund.

Melchior spähte um die Ecke und zog den Kopf sofort wieder zurück. Kugeln pfiffen ihm um die Ohren. Die Angreifer waren weiter vorgerückt. In wenigen Schritten würden sie selbst die Deckung der ersten Häuser erreicht haben. Er sah hilflos über die Gasse zu Andreas und Colloredo hinüber. Der General sprang auf und ab vor Wut und brüllte etwas, das keiner verstand. Dann pflanzte sich der Ruf fort.

»Rückzug! Rückzug zur Brücke!«

»Nein!«, schrie Melchior. Er winkte mit den Armen, aber der General beachtete ihn nicht. »Wir dürfen die Kleinseite nicht einfach so aufgeben!«

Die Arkebuse schob sich wieder aus dem Fenster und dröhnte. Der Qualm lag mittlerweile in der Gasse wie Morgennebel. Diesmal sprang der größere Teil einer Hausecke vorne beim Torplatz ab. Brocken regneten herab, und die beiden Studenten, die sich dort verschanzt hatten, traten fluchend den Rückzug an.

»Ääääh …!«, krächzte der Alte und ging wieder in Deckung.

»Wenn der so weitermacht, ist er der beste Schütze, den der Gegner hat!«, brüllte der Musketier neben Melchior.

»Rückzug! Alles hinunter zum Fluss!«

»Nein!«, schrie Melchior. »Nein! Zum Teufel! Gott, wieso hört der Narr mich nicht?«

»Kann ich helfen?«, fragte eine tiefe Stimme. Melchior fuhr herum. Pater Plachýs lange Gestalt türmte sich über ihm auf. Der Jesuit war schweißgebadet, und seine Soutane war zerrissen. In seinen Pranken hielt er zwei Musketen, die genauso aussahen wie die, die Königsmarcks Musketiere verwendeten. Wie er sie erbeutet hatte, war Melchior ein Rätsel.

»Colloredo befiehlt die Männer zurück«, stieß Melchior hervor. »Wir können die Kleinseite nicht preisgeben! Wir dürfen Königsmarck nicht ein paar Tausend Leute vorwerfen, mit denen er machen kann, was er will. Wir brauchen kein neues 1610!«

»Was schlägst du vor?«

»Die Männer sollen sich bis zur Burg zurückziehen. In den Gärten können sie sich eine Weile verschanzen und den Feind aufhalten, da wird die Gasse enger. Mein Bruder und ich versuchen, so viele Leute wie möglich aus den Häusern zu holen und zum Fluss hinunterzutreiben.«

»Gute Idee!«

»Und wie bringen wir sie dem General bei?«

»Lass das meine Sorge sein.« Plachý drückte Melchior die Musketen in die Arme. »Gebt mir Deckung.«

Das Unglaublichste war nicht, dass Pater Plachý mit geraffter Soutane in den Kugelhagel hinausstürzte und seine lange Gestalt, die ein Blinder nicht hätte verfehlen können, dem konzentrierten Feuer preisgab, das ihm entgegenschlug. Melchior und der Mann neben ihm feuerten in Richtung Tor, aber vermutlich merkten die Angreifer gar nicht, dass auf sie geschossen wurde. Pater Plachý tanzte durch die Einschläge.

Es war auch nicht das Unglaublichste, dass er völlig unverletzt drüben ankam.

Das Unglaublichste war, dass er zehn Herzschläge später wieder den Rückweg antrat, durch das Feuer hüpfend wie ein zu groß geratener Junge, der versucht, auf keine Ritze zwischen den Pflastersteinen zu treten, und keuchend in Melchiors Deckung ankam, um zu sagen: »Der General ist einverstanden.« Dann klopfte er sich den Staub aus der Soutane, nahm Melchior die beiden Musketen ab und verschwand, um die Neuigkeiten weiterzugeben.

Die Arkebuse donnerte zum dritten Mal los. Der Wetterhahn auf dem Strahover Turm sprang in die Höhe, polterte das Dach herunter und fiel dann zwischen den Angreifern auf den Boden, die auseinandersprítzten.

»JaaahaaaaHAAAA!«, keckerte der Alte hinter seinem Fenster. »Fresst Scheiße, ihr Bastarde!«

Die Studentenkompanie tauchte aus ihren Deckungen auf und lief auf die Gasse hinaus. Sie feuerten ihre Musketen auf die Eindringlinge ab und rannten dann zur Burg. Melchior hastete mit ihnen, als er sah, wie auch Andreas und der General sich von ihrer Hausecke lösten und zu laufen begannen. Sie trafen außer Schussweite zusammen. Andreas wurde langsamer. Melchior schob ihn vor sich her.

»Lauf!«, schrie er. »Lauf! Wir haben keine Zeit zu verlieren!«

Andreas nickte. General Colloredo wurde langsamer. »Viel Glück!«, schrie er.

Pater Plachý tauchte neben ihm auf. »Nein, General!«, schrie er. »Verschwinden Sie von hier. Organisieren Sie die Verteidigung der Altstadt! Wir halten sie hier auf, solange wir können.«

Colloredo nickte. Inzwischen waren überall Fenster und Türen geöffnet, Menschen schrien aus den Fenstern, rannten auf die Gasse hinaus oder drückten sich in Hauseingänge und kreischten. Die ersten Waffen wurden sichtbar, offenbar versteckt seit den Tagen der Passauer Landsknechte. Auch die Kleinseitner selbst hatten keine Lust, erneut kampflos den Gräueltaten der Soldaten ausgeliefert zu sein.

»Lasst alles stehen und liegen!«, schrien Melchior und Andreas. »Nehmt nur eure Familien! Ihr könnt sie nicht aufhalten. Kommt! Rettet euch über die Brücke.«

Zuerst reagierten die Menschen nicht. Noch nie hatte jemand die armen Kleinseitner eingeladen, auf der reichen Altstadtseite Schutz zu suchen. Doch der Anblick von General Colloredo, der schmutzbedeckt und mit zerrissenem Gewand neben Melchior und Andreas herlief und die Anweisung wiederholte, weckte sie auf. Als sie das Ende der steilen Gasse erreicht hatten, die vom Burgberg herabführte, rannten bereits Dutzende von Männern, Frauen und Kindern hinter und vor ihnen her, während andere sich mit grimmigen Gesichtern und ihren antiken Schießprügeln auf den Weg nach oben machten, um die Studentenkompanie zu unterstützen. Jetzt waren es schon Hunderte. Sie schwärmten zum Fuß der Brücke, stauten sich vor dem Kleinseitner Tor, wo die Wachsoldaten sich anschickten, auf sie zu schießen, bis sie den General unter ihnen erblickten. Die Tore wurden geöffnet, und die Menschen rannten auf die Brücke hinaus. Der Türmer signalisierte hektisch mit Flaggen zum Altstädter Tor hinüber, und auch dort öffneten sich die Torflügel. Andreas, Melchior und Colloredo blieben keuchend stehen.

»Wir können sie nicht alle retten«, stöhnte Andreas.

»Nein, aber wir können mehr als gar keinen retten, anders als bisher«, keuchte Melchior. »General, selbst wenn wir aufgeben müssen und Königsmarck die Stadt plündert, haben wir gewonnen. Noch nie zuvor haben die beiden Hälften Prags so zusammengestanden!«

Colloredo nickte. Er war so außer Atem, dass er nichts

sagen konnte. Zugleich blitzten seine Augen. Er deutete zum Kleinseitner Brückenturm; stöhnend arbeiteten sie sich die Treppe hinauf bis zur Aussichtsplattform. Die Kleinseite lag vor ihnen, die Gassen schwarz vor Menschen ... und oben bei den Gärten blitzte und zuckte das Musketenfeuer. Es war unübersehbar, dass die Qualmwolke herunterwanderte. Die Studenten wurden zurückgedrängt.

»Wenn der Feind erst in der Gasse ist, haben sie keine Chance mehr«, ächzte Colloredo. »Dann müssen sie rennen oder sterben.«

Im nächsten Moment brach das Musketenfeuer oben zusammen.

»Jetzt rennen sie«, sagte Andreas grimmig.

Colloredo fuhr herum. Der Hauptmann, der die Turmwache befehligte, starrte ihn mit hervortretenden Augen an.

»Postieren Sie die Hälfte Ihrer Männer auf dem Turmkranz, der zur Kleinseite zeigt«, schnappte Colloredo. »Die andere Hälfte folgt mir!«

»Wohin?«, stöhnte der Hauptmann.

»Wir gehen der Studentenkompanie ein wenig entgegen«, grinste der General. »Sie haben so lästiges Zeug, das ihnen hinterherläuft, da wollen wir ihnen ein bisschen Luft verschaffen.«

Er fragte nicht, ob Melchior und Andreas mitkamen, und sie fragten nicht, ob sie ihn begleiten durften. Zusammen mit der Turmwache kämpften und drängten sie sich gegen den Strom der Flüchtenden, bis sie bei dem Platz ankamen, in den die Gasse von der Burg herunter mündete.

»In die Hauseingänge! Verschanzt euch!«, schrie der General.

Melchior und Andreas drückten sich zusammen in einen Durchgang. Andreas hielt sich keuchend an der Muskete fest, die die Soldaten ihm in die Hand gedrückt hatten.

»Kannst du damit umgehen?«, fragte Melchior.

»Nein!«

»Hervorragend. Was ist dein Plan?«

»Ich lese ihnen einen Kaufvertrag mit der Orientalischen Handelsgesellschaft vor und langweile sie damit zu Tode!«

Sie sahen sich an.

»Es tut mir leid, dass ich dich ein Arschloch genannt habe«, sagte Melchior.

»Es tut mir leid, was ich über dich und Karina gesagt habe«, sagte Andreas zur gleichen Zeit.

Sie sahen sich wieder an. Andreas grinste plötzlich.

»Sie kommen!«, rief General Colloredo. »Sie kommen!«

Königsmarcks Soldaten waren nicht darauf vorbereitet, dass ihnen Widerstand entgegenschlug. Sie hatten die Studenten vor sich hergetrieben und brüllten triumphierend, als sie auf dem Platz ankamen und ihn verstopft mit Flüchtlingen vorfanden. Die ersten hoben die Musketen, um wahllos in die Menge zu schießen.

»Feuer!«, schrie Colloredo.

Zwanzig Musketen dröhnten los. Die Menschen auf dem Platz warfen sich schreiend zu Boden. Die erste Reihe der auf den Platz herausstürzenden Angreifer wurde von den Beinen gefegt, als sei eine Sense durch sie hindurchgefahren. Die Studenten drehten sich um, und diejenigen, deren Musketen noch geladen waren, schlossen sich dem Feuer an. Gebrüll und Geschrei ertönte. Die Angreifer wichen zurück. Die Menschen auf dem Platz rappelten sich auf und flohen in die Seitengassen. Sie würden es nie mehr schaffen, über die Brücke zu gelangen. Innerhalb weniger Herzschläge war der Platz leer, während in der Gasse, die direkt zur Brücke führte, Angstgebrüll, Gedränge und panisches Geschiebe herrschten. Melchior stellte fest, dass Andreas seine Muskete noch nicht abgefeuert hatte.

»Worauf wartest ...«, begann er, da trat Andreas hinter der

Deckung hervor, stellte sich mitten in die Gasse, legte an und drückte ab. Ein Fensterladen an einem Haus an der Mündung der Gasse von der Burg herunter zersplitterte, aber der Musketier, der den Lauf seiner Waffe um die Ecke geschoben hatte, zuckte zurück, und sein eigener Schuss ging fehl. Die Überlebenden der Studentenkompanie schlossen sich den Flüchtlingen an. Colloredo trieb seine Männer ebenfalls zurück.

»Wir kommen niemals über die Brücke!«, schrie Melchior.

Colloredo schüttelte den Kopf. Sie folgten ihm zum Ufer hinunter. Auf der Moldau tanzten bereits einige Boote und ruderten hektisch hinüber, andere Boote wurden von der Turmbesatzung mit Äxten zerstört. Andreas, Melchior und Colloredo sprangen in ein heiles Boot und stemmten sich in die Ruder. Die Brücke war noch immer voller Menschen, aber der Strom wurde dünner. Colloredo starrte sie mit großen Augen an.

»Ich will verdammt sein«, sagte er schließlich, »ich will verdammt sein. Wie viele haben wir über die Brücke gebracht, glauben Sie?«

»Ein paar Hundert«, sagte Melchior. »Einen Bruchteil nur der Kleinseitner, aber einen Bruchteil, der etwas bedeutet.«

»Jemand gibt uns vom Altstädter Turm herunter Zeichen«, sagte Andreas.

Colloredo studierte die Signale. Melchior sah, dass oben auf der Burg ebenfalls signalisiert wurde. Er fragte sich, ob die Signale von der Burgbesatzung oder vom Feind kamen. Colloredo gab ihm die Antwort.

»Die Burg ist in Feindeshand«, sagte er ruhig. »Königsmarck hat Bischof von Harrach, Francesco Miseroni, Wilhelm Slavata, alle Domherren und das gesamte Kloster Strahov gefangen genommen. Er bietet Verhandlungen oder die Köpfe der Gefangenen in einem Korb an. Was haben Sie vorhin gesagt von einem Sieg, den wir trotz einer möglichen Niederlage erzielt haben, Herr Khlesl? Nun, diesen Sieg haben wir jetzt errungen. Hiermit ist Prag gefallen.«

27

IM ERSTEN AUGENBLICK dachte Agnes, dass sie in einen anderen Traum geglitten sei. Cyprian, Andrej und Alexandra standen vor einem Grab, Andrej mit einem rostigen, schartigen Spaten in der Hand. Vor ihnen standen Männer, einer hielt eine Muskete im Anschlag. Es waren die Männer von ... Pater Silvicola! Sie blieb stehen, als wäre sie gegen eine Wand geprallt. Ihre Knie drohten nachzugeben, und das Pochen ihrer Wunde verstärkte sich. Der Lärm der Schlacht bei der Mauer schien plötzlich weit weg zu sein.

Pater Silvicola drehte sich um. Er schien nicht überrascht, sie hier zu sehen.

»Sie liegt in dem Grab«, sagte er. »Dem leeren Grab des Mannes, der seine Frau und beinahe auch seine beiden Kinder opferte, um die Teufelsbibel zu stehlen. Ich hätte es mir denken können. Ihr wolltet sie ausgraben und anderswo verstecken. Ich bin euch zuvorgekommen. Gott ist euch zuvorgekommen. Am Ende triumphiert das Gute über die Schliche des Teufels.« Er nickte dem Soldaten mit der Muskete zu und deutete auf Agnes. »Machen wir ein Ende. Erschieß sie.«

Der Soldat hob die Muskete und schwenkte den Lauf herum. Pater Silvicola biss sich auf die Lippen und starrte Agnes an.

Und Cyprian stand nach einer fließenden Bewegung, die niemand ganz nachvollziehen konnte und in der es einen Lidschlag lang schien, als hätte man einen viel jüngeren Cyprian vor Augen, hinter dem Jesuiten, einen Arm um seinen Hals und den anderen Unterarm hinter seinen Nacken gepresst, und er sagte: »Wirf das Gewehr weg, oder ich breche ihm den Hals.«

28

DER SOLDAT ZÖGERTE. Seine Blicke huschten zwischen Agnes, Cyprian und Pater Silvicola hin und her. Er senkte die Muskete.

»Erschieß ... sie ...«, brachte Pater Silvicola hervor. »Ich ... befehle ... es ...«

Der Soldat hob die Muskete. Andrej machte einen Schritt nach vorn. Sein Spaten wirbelte durch die Luft und grub sich mit seiner messerscharfen, schartigen Schneide in die Brust des Soldaten. Der Soldat stolperte zurück und sah an sich hinab. Sein Mund öffnete sich, die Hände gaben die Muskete frei; sie fiel in den Schnee. Er packte den Spatenstiel, als wolle er ihn herausziehen. Alexandra stürzte nach vorn und hob die Muskete auf. Die anderen Soldaten wichen zurück. Der Mann mit dem Spaten in der Brust fiel auf die Knie, kippte seitlich um, machte schwache Bewegungen mit den Beinen und krallte sich mit den Fingern in den Schnee.

Alexandra zielte auf die Soldaten, die Augen wild.

Der Mann auf dem Boden ächzte, dann sackte sein Kopf zur Seite.

Ein Schuss peitschte direkt neben Agnes durch die Stille.

29

DER VOLLTREFFER IN die Reihen der Dragoner ließ ihren Angriff kurz stocken. Die Männer, die dem Einschlag am nächsten gestanden hatten, troffen vom Blut ihrer Kameraden. Schmerzensgeheul hub an. Alfred starrte ungläubig auf das Desaster. Samuel entriss dem nächsten Gegner den Degen und drängte ihn gegen die Mauer zurück. Für einen Moment sah es so aus, als würden sie die Dragoner wider Erwarten über die Mauer zurückwerfen.

»Die schwarzen Reiter!«, schrie Ebba.

Sie fegten heran wie Phantome, schwarz von den kapuzenverhüllten Köpfen bis zu den Stiefeln. Jeder von ihnen trug einen kurzläufigen Karabiner, ähnlich denen, die auch die Dragoner mit sich führten. Sie zerrten sie im Reiten von den Schultern und legten sie an.

Dann feuerten sie.

Samuel stürzte nach vorn, aber Ebba erkannte, dass er nicht getroffen worden war. Auch die anderen Småländer hatten sich in Deckung geworfen. Die Schüsse schlugen in die Mauer ein, wirbelten Staub und Funken auf. Die Dragoner warfen sich ebenfalls auf die Bäuche. Die Kavalkade donnerte vorbei und vollführte eine Wendung, kam zurück. Die ersten Dragoner tauchten wieder aus der Deckung auf und warfen sich auf die Småländer. Die schwarzen Schemen zerstreuten sich in einem blitzschnellen Manöver, ritten einzeln oder in Paaren weiter. Immer mehr Dragoner kamen über die Mauer. Ebba sah Samuel unter mehreren Angreifern zu Boden gehen. Die Schemen näherten sich der Mauer, und nun wurde klar, was sie vorhatten – sie wollten das Kloster stürmen. Samuel befreite sich von seinen Angreifern, wirbelte herum und stand auf einmal Rücken an Rücken mit einem seiner Männer. Sie hörte Alfred ächzen, weil er nicht eingreifen konnte. Die Schatten glitten von den Pferderücken.

»Was ist das?«, stöhnte Ebba.

»Ich weiß es nicht«, sagte Alfred, der bleich geworden war. »Alle Teufel der Hölle.« Bevor sie sich von ihm losreißen konnte, packte er sie noch fester und schleppte sie weiter. Sie zappelte erneut.

»Lass mich los!«

Er zerrte sie um eine Ecke. Sie wusste, es war Samuels Wunsch, dass sie aus der Schusslinie gebracht wurde, wusste, dass sie ihm dieses eine Mal nicht vorangehen würde ... wusste, dass sie ihm stattdessen folgen würde, und zwar in den Tod, wenn die Småländer der Invasion unterlagen und es ihr und den anderen nicht gelang, die Kirche zu verteidigen. Der kühle Gedanke, der seit dem Beginn der Schlacht stumm gewesen war, meldete sich wieder und sagte: *Widersetz dich nicht!*

Sie begann zu laufen, und Alfred ließ sie los. Ihr Herz brach bei dem Gedanken, Samuel und den Rest der Männer im Stich zu lassen. Sie schaute über die Schulter zurück, und das Letzte, was sie sah, bevor sie um eine Ecke bogen, waren die schwarzen Schatten, die über die Mauer schwärmten und den Småländern in den Rücken fielen. Und draußen auf dem Feld eine unübersehbare Menge Soldaten zu Pferde, über denen Fahnen und Wimpel wehten und die in vollem Galopp auf die Mauer zuhielten.

Die Dragoner hatten Verstärkung bekommen.

Sie waren verloren.

Sie rannten.

Ebba hörte Hufgetrappel hinter sich und schaute sich in Panik um.

Einer der schwarzen Teufel verfolgte sie. Sein Pferd schlitterte über den Boden und durch die Gassen zwischen den Schutthaufen. Es wieherte grell. Sein gesichtsloser Reiter schwang einen Karabiner. Er donnerte auf sie zu. Im nächsten Augenblick war er fast über ihnen.

Alfred stieß Ebba zur Seite, und sie fiel zwischen die Steine und schrie auf vor Schmerz. Sie sah Alfred sich abrollen und mit seiner Keule in der Hand wieder auf die Beine kommen, doch als er herumfuhr, um dem Pferd die Beine wegzuschlagen, zwang der Reiter es in einen Sprung, und es segelte über Alfreds Schlag hinweg. Der Wachtmeister geriet von seinem eigenen Schwung ins Taumeln. Das Pferd landete auf den Vorderhufen und schlitterte wieder. Der Reiter kämpfte mit den Zügeln. Dabei rutschte ihm die Kapuze vom Kopf. Die abergläubische Lähmung fiel von Ebba ab, als sie erkannte, dass auch er nur ein Mensch war; ein Mensch, der gegen eine Kugel nicht gefeit sein würde. Sie rappelte sich auf und rannte auf ihn zu. Das Pferd drehte sich einmal um die eigene Achse und stieg. Sie hörte den Reiter fluchen. Im Laufen brachte sie die Muskete zum Anschlag. Das Pferd machte einen Satz und sprengte durch die Gasse davon. Ebba verfolgte es. Die Gassen durch die Schuttberge waren so willkürlich und gewunden, dass das Pferd nur unter Schwierigkeiten vorwärtskam. Ebba holte auf. Ein ausreichend langes gerades Stück würde ihr reichen, um die Muskete an die Wange zu reißen und abzudrücken und den Reiter vom Pferd zu holen. Plötzlich wünschte sie sich nichts mehr, als ihn vom Pferd stürzen zu sehen, zu wissen, dass ihre Kugel in seinem Kopf steckte. In ihrer Erinnerung sah sie erneut, wie die Schatten sich auf die Småländer stürzten, sah die Verstärkung herandonnern. Sie hörte Alfred hinter sich keuchen. Sie würde die Teufelsbibel nicht nach Schweden bringen, sie würde Kristina nie mehr wiedersehen, sie würde heute hier sterben wie alle anderen, aber es war nebensächlich. Sie wollte nur noch den schwarzen Reiter erschießen und sich dann ihrem Schicksal ergeben.

Um die nächste Biegung ... da war der freie Platz vor der Kirchenruine. Der Reiter zog an den Zügeln und sprang aus dem Sattel, noch bevor das Pferd angehalten hatte. Ebba blieb stehen, und obwohl sie fast erstickte, hielt sie die Luft an und zielte.

Zwei Dinge hielten sie im letzten Augenblick davon ab, den Abzug zu betätigen und den schwarzen Reiter zu erschießen:

Der einzelne Schuss, der plötzlich von irgendwo hinter

der Außenmauer der Kirche zu hören war. Und der Aufschrei, mit dem der schwarze Reiter durch das Kirchenportal stürmte, ohne sich umzudrehen: »Alexandra!«

30

CYPRIAN LIESS SILVICOLA los und trat einen Schritt zurück. Der Pater taumelte und drehte sich langsam um. Sein Arm hob sich. In seiner Faust steckte eine rauchende Pistole. Cyprian setzte sich schwer in den Schnee, mit einem verblüfften Gesichtsausdruck.

Wenzel nahm all dies auf, als er in den Innenhof mit dem alten Friedhof platzte. Er sah seinen Vater, der wie erstarrt schien, er sah Alexandra, die mit einer Muskete auf eine Handvoll Soldaten zielte, aber den Kopf herumgedreht hatte und voller Entsetzen zu Cyprian und Pater Silvicola starrte. Er sah Agnes, die schwankend im Schnee stand. Er sah den Jesuiten die Pistole heben, das Gesicht verzerrt zu einer Fratze, auf Agnes zielen, den Hahn spannen und abdrücken.

KLICK!

Der Jesuit begann zu heulen wie ein Wolf.

KLICK!

Wenzel rannte in ihn hinein, den Karabiner vorgestreckt. Der Kolben traf Pater Silvicola ins Gesicht. Er fühlte, wie etwas unter dem Aufprall brach. Der Jesuit flog nach hinten wie eine Stoffpuppe und blieb liegen. Aus einer Hand fiel ihm die Pistole, aus der anderen zwei kleine Fläschchen, die er in der Faust gehalten haben musste wie einen Talisman. Die Soldaten wichen vor Wenzel an die Wand zurück und hoben die Hände über den Kopf. Der Erste von ihnen sank auf die Knie. »Quartier!«, flüsterte er panisch. »Quartier!«

Alexandra ließ die Muskete fallen und stürzte zu Cyprian, der sich mit einer Hand abstützte. Agnes war auf alle viere gefallen und kroch zu ihm hin. Andrej war immer noch wie erstarrt. Wenzel klaubte die Muskete auf und zielte mit beiden Waffen auf die Soldaten. Einer nach dem anderen knieten sie sich in den Schnee und hoben die Arme über die Köpfe. Pater Silvicola lag stöhnend auf einem der alten Gräber, halb besinnungslos. Mit einem Entsetzen, das seine Beine beinahe in Wasser verwandelte, sah Wenzel, wie sich der Vorderteil von Cyprians Hemd rötete.

»O Gott, Papa«, schluchzte Alexandra und hob das nasse Hemd hoch. Sie schrie auf.

Eine junge Frau in zerfetzter Männerkleidung und ein Soldat stürzten herein. Sie stutzten. Wenzel schwenkte eine seiner Waffen herum und richtete sie auf sie. Er wusste nicht, ob er würde abdrücken können. Die Gewehre schienen auf einmal Tonnen zu wiegen. Die junge Frau machte Anstalten, auf ihn zu zielen, dann sank ihre Muskete nach unten, und ihr Gesicht wurde bleich angesichts des auf dem Boden sitzenden Cyprian. Der Soldat in ihrer Begleitung pflückte die Muskete aus ihren Händen, machte sich ein Bild von der Lage und stapfte dann zu Wenzel hinüber. Der Lauf seiner Muskete war auf die auf dem Boden knienden Soldaten gerichtet. Er nickte Wenzel zu und streckte eine Hand aus. Wenzel drückte ihm wie in Trance seinen Karabiner hinein. Irgendeine Art der Verständigung fand zwischen ihnen statt, als sie sich in die Augen blickten, deren Inhalt Wenzel nicht klar wurde, aber er drehte sich um und überließ die Gefangenen dem Soldaten und schleppte sich zu der Stelle, an der Cyprian lag.

Cyprian hatte sich im Schnee ausgestreckt. Alexandra hatte sein Hemd aufgerissen und versuchte mit flatternden Händen die Blutung zu stillen. Cyprian war so bleich, wie Wenzel ihn nie gesehen hatte. Seine Lippen hatte keine Farbe mehr, und seine Haut hatte die gleiche Weiße wie sein Haar. Er zitterte. Wenzel riss sich den schwarzen Mantel von den

Schultern und versuchte, ihn unter Cyprians Körper zu stopfen. Als er die Hände zurückzog, trieften sie von Blut. Der Schnee begann sich rot zu färben. Cyprian lag inmitten einer sich weitenden Blüte seines eigenen Blutes.

»Papa!«, schrie Alexandra.

Cyprian umklammerte eine von Agnes' Händen. Sie sahen sich an. Agnes' Züge leuchteten voller Liebe, obwohl Tränen ihre Wangen hinunterliefen.

»He«, flüsterte Cyprian. »Gönnt es mir. Bis jetzt haben sich immer andere vor die Waffen geworfen, die auf meine Lieben abgefeuert wurden ... du, Andrej ... und du, Wenzel ... Ich war auch mal an der Reihe ...«

Wenzel spürte, wie sein Vater neben ihm auf die Knie sank und sich mit einer zitternden Hand an seiner Schulter festhielt.

»Da ... seid ihr ... alle«, flüsterte Cyprian. Er versuchte sie anzulächeln. Wenzel sah, dass Blut in seinem Mund war. Cyprian schluckte es hinunter. Er kämpfte um Atem.

»Es gibt zwei Möglichkeiten«, hörte Wenzel den Soldaten sagen, der mit der jungen Frau hereingekommen war. Diese stand immer noch da und betrachtete die Szene auf dem Boden voller Entsetzen. »Wir können uns nicht um Gefangene kümmern. Entweder ihr schwört mir auf der Stelle Treue und helft uns, die Kirche zu verteidigen, oder ich töte euch.«

»Agnes ...«, sagte Cyprian. »Agnes ... endlich habe ich tun können, wozu ich auf der Welt war. Hör auf zu weinen. Ich bin ein glücklicher Mann.«

Wenzel stand auf. Er sah auf Cyprian hinab, auf Agnes, die schluchzte, auf Alexandra, die stöhnend versuchte, das aus Cyprians grässlicher Wunde pumpende Blut zu stillen, auf seinen Vater, der weinte und Cyprians andere Hand hielt. Plötzlich fühlte er so stark wie nie zuvor, dass er ein Fremder war. Wenzel, der Findling, würde immer Wenzel, der Findling, bleiben. Wenzel liebte Andrej, der ihm ein Leben lang der Vater gewesen war, und er verehrte Cyprian mit einer Intensität, die der Liebe zu Andrej beinahe gleichkam, aber jetzt ... jetzt war er ...

Er trat schnell zurück, bevor ihn seine Gefühle überwältigten. Er erkannte, dass er immer noch die Muskete in der Hand hatte, mit der Alexandra die Soldaten in Schach gehalten hatte. Seine Blicke begegneten denen der jungen Frau. Ihre Augen zuckten.

»Meine Mönche ...«, sagte er, »meine Mönche ... haben versucht, Ihre Freunde zu retten. Der Kampf ist vorüber. Das Regiment, das vor Podlaschitz aufgezogen ist, ist ein kaiserliches. Sie haben Königsmarcks Dragoner entwaffnet. Der Pater Generalis ist persönlich aus Rom gekommen, um diese Geschichte zu beenden. Die Soldaten hat ihm der päpstliche Nuntius, Monsignore Chigi, zur Verfügung gestellt. Sie stammen aus einem Eliteregiment, das die Friedensverhandlungen in Münster beschützt. Wir sind auf sie gestoßen und haben sie hergeführt.«

»Ihre Mönche ...?«, stammelte sie. »Die schwarzen ... Schatten ...? Ich verstehe ... gar nichts ...«

»Gehen Sie hinaus zu Ihren Freunden«, sagte er. »Der Kampf ist vorbei.« Er reichte ihr die Muskete. »Nehmen Sie sie.« Er sagte nicht, dass er sich plötzlich beschmutzt fühlte von der Waffe in seiner Hand. Zu seiner Überraschung nahm sie sie nicht entgegen. Er legte sie in den Schnee.

»Was hör ich da von vorbei?«, fragte der Soldat, der die Gefangenen bewachte. »Ist das wahr?«

Wenzel nickte. Er fühlte die ruhige Musterung des Mannes.

»Hör mal, mein Freund«, sagte der Soldat. »Ich treibe mich schon eine Weile in diesem riesigen Irrenhaus rum. Es gibt eine Geschichte von Schwarzen Mönchen, denen man besser nicht in die Hände fallen sollte, und von einem Elften Gebot ...«

Wenzel nickte. »Das habe ich auch gehört.«

Der Mann musterte ihn erneut von Kopf bis Fuß. Er hob fragend die Augenbrauen.

»Alles gelogen«, sagte Wenzel.

Der Mann nickte. Er klemmte die Muskete aus seiner Rechten in die Armbeuge der Linken und hielt ihm die Hand hin. »Ich bin Alfred.« Dann wandte er sich an die Gefangenen. »Raus mit euch. Draußen Aufstellung nehmen. Sieht so aus, als hättet ihr Glück gehabt, ihr Schweinehunde.« Sein Blick fiel auf die junge Frau in der Männerkleidung. »Komm, Euer Gnaden«, sagte er. »Gehen wir dahin, wo wir hingehören.«

Als Alfred an Cyprian und den anderen vorbeikam, blieb er stehen. Alexandra wandte sich tränenüberströmt zu ihm um. Cyprian richtete einen flatternden Blick auf Alfred; mit einem jähen Aufwallen von Schmerz erkannte Wenzel, dass es so wirkte, als sei Cyprian bereits in den Schnee gesunken, als hole sich die Erde, was ihr nun endgültig gehörte. Alfred salutierte. Cyprian lächelte schwach.

»Sag ... deinem Hauptmann ... dass ich ihn gern früher ... gekannt hätte«, wisperte Cyprian.

»Rittmeister«, erwiderte Alfred leise. »Hauptmann heißt es nur bei den verdammten Fußtruppen.« Er salutierte erneut, nahm die junge Frau am Arm und führte sie hinaus.

Wenzel wandte sich um, als er Pater Silvicola stöhnen hörte. Er kauerte sich neben ihm nieder, nahm die Pistole und schleuderte sie beiseite, ohne ihr nachzusehen. Dann nahm er die beiden Fläschchen und sah sie nachdenklich an. Schließlich packte er den Mann am Kragen, schleifte ihn zur Mauer des eingestürzten Klosterbaus und lehnte ihn dagegen. Pater Silvicola stöhnte erneut. Sein Gesicht war geschwollen, aus der Nase und dem Mund tröpfelte Blut. Seine Augenlider flatterten. Wenzel fühlte den überwältigenden Impuls, den Stiefel zu heben und ihn zu Tode zu treten, und gleich darauf, wie sich sein Magen umdrehte, weil er schon den Fuß gehoben hatte.

»Wenzel!«, sagte Andrej. Wenzel drehte sich zu ihm um.

»Wenzel ...«, hörte er Cyprian flüstern. »Was treibst du dich ... da hinten rum ...? Du gehörst ... hierher.«

Es war der eine Satz, der Wenzels Fassung vollkommen zerstörte. Plötzlich schossen die Tränen in seine Augen, und eine Stimme in ihm heulte auf: *Er kann nicht sterben! Wir haben ihn bereits einmal verloren geglaubt, und er ist wiedergekommen. Er wird auch jetzt wiederkommen. Er kann nicht sterben!*

»Alexandra«, sagte Cyprian. »Hör auf. Ich möchte, dass ... du mir zuhörst. Ihr alle ... ich ... ich habe viele Fehler gemacht in meinem Leben, und ich habe gute Dinge getan ... es ist alles nichtig ... es zählt alles nichts gegen die Tatsache ... die Tatsache, dass es euch gibt ... wenn ich nichts anderes in meinem Leben vollbracht hätte als das ...«

Andrej senkte den Kopf. Er wusste, er wäre seit über sechzig Jahren tot, wenn Cyprian und sein Onkel nicht Kaiser Rudolf samt seinem Leibarzt nach Braunau geschafft hätten, wo Doktor Guarinoni verhindert hatte, dass Andrej an dem Armbrustbolzen starb, den er für Agnes aufgefangen hatte.

Alexandra begann erneut zu schluchzen. Sie erinnerte sich daran, wie ihr Vater sich einem um zwanzig Jahre jüngeren Mann in einem ungerechten Kampf gestellt hatte, um ihr Leben zu retten.

Wenzel starrte auf Cyprian hinunter. Andrej hatte ihn als todkranken Säugling aus dem Findelhaus geholt, aber ohne Cyprian wäre er wieder dorthin zurückgekehrt, erneut zur Waise geworden, und seine zarten Kinderknochen würden jetzt mit Hunderten anderen in einer kalkgefüllten Grube am Ufer der Moldau liegen.

»Das hab ich gut hingekriegt, finde ich«, sagte Cyprian. »Darauf ... bin ich ... stolz ... Wenzel ... ich weiß, du hast dich immer als Fremder gefühlt ... du musst wissen, dass sonst niemand das gefühlt hat. Es gehört zu dir und macht dich zu dem, was du bist ... aber sei versichert ... für mich warst du immer, als wärst du mein eigen Fleisch und Blut ...«

Wenzel presste die Lippen zusammen, aber er konnte den Tränenfluss nicht aufhalten. »Ich weiß es doch, Cyprian«, wisperte er heiser. »Da, wo es drauf ankommt ...«, er deutete auf sein Herz, »wusste ich es immer.«

»Agnes«, sagte Cyprian, und dann sagte er eine Weile gar nichts mehr, weil er nach Atem ringen musste. Nun sickerte ein dünner Blutfaden aus seinem Mundwinkel. Agnes, Andrej und Wenzel versuchten gleichzeitig, ihn wegzuwischen. Ihre Hände stießen zusammen. Andrej krümmte sich zusammen und begann zu schluchzen.

»Agnes ...«, wiederholte Cyprian. Sein Brustkorb hob und senkte sich krampfhaft. »Weißt du noch ... Virginia ...? Wir sind ... wir sind nie ... dorthingekommen in unser ... unser gelobtes Land. Jetzt gehe ich vor dir in ein anderes Land ... das Land jenseits ... der Grenze. Ich warte dort ... warte dort ... auf dich. Agnes, meine Liebste ... nur deinet... deinetwegen ... habe ich gelebt.«

Er lächelte und blickte Agnes an. Wenzel konnte nichts mehr sehen. Er wischte sich die Tränen aus den Augen. Cyprian lächelte noch immer, aber er blickte niemanden mehr an. Wenzel sank in den Schnee. Er wartete darauf, dass Cyprian noch einmal sprechen würde, und wusste zugleich, dass er seine Stimme nie mehr hören würde.

Alexandra kam mit einem wilden Schrei auf die Beine. Sie stolperte und fiel der Länge nach in den Schnee, zerrte die Muskete an sich und kroch, immer noch schreiend wie eine Wahnsinnige, auf die stöhnende Gestalt von Pater Silvicola zu. Die Muskete schleppte sie hinter sich her. Dann knickte sie ein, als hätten ihre Arme keine Kraft mehr, sie auf allen vieren zu halten. Sie zog und zerrte, und dann war die Muskete in ihren Händen und auf Pater Silvicola gerichtet. Die Mündung war keine zwei Ellen weit von seinem Kopf entfernt. Alexandras Finger krümmte sich um den Abzug. Sie hörte auf zu schreien. Ihre Augen waren weit aufgerissen. Pater Silvicolas Lider flatterten, dann klärte sich sein Blick halbwegs, und er starrte in die Mündung.

»Väterchen?«, sagte er mit einer Stimme, die sich wie die eines kleinen Jungen anhörte. »Väterchen, steh aus dem Schnee auf, es ist so kalt ...« Sein Blick klärte sich vollends, und er verstummte. Seine Brauen zogen sich zusammen. Seine linke Hand zuckte, als würde sie sich um etwas krampfen. Trotz der drohenden Mündung fuhr er mit der Hand in die Tasche seiner Soutane und schien erleichtert, als er die Fläschchen fand.

»Ich ... bring ... dich ... um ...«, stöhnte Alexandra. Ihr Finger zitterte am Abzug. Pater Silvicolas Blicke ließen die Mündung der Muskete los und schauten ihr in die Augen. »Ich ... töte ... dich ...!«

»*Nein!*«, sagte Agnes laut und klar.

Alexandra fuhr zusammen. Ihre Augen begannen zu zucken.

»*Leg die Waffe weg, Alexandra!*«, donnerte Agnes.

»O Gott, Mama ...«

»LEG SIE WEG!«

»Ich ... kann nicht. Ich töte ... das ... Schwein ...«

»Ist dies das Bild, das du vor deinen Augen sehen willst, wenn du dich an den Abschied von deinem Vater erinnerst? Wie Pater Silvicolas Kopf auseinanderplatzt?«

Alexandra begann zu zittern. »Was? Was?«

»Leg die Waffe weg, Kind.«

»Aber ...«

»Ich vergebe ihm, Alexandra. Ich vergebe ihm. Ich war

es, die er die ganze Zeit über vernichten wollte. Es ist meine Sache. Ich vergebe ihm.«

»Aber Papa ...« Alexandra begann so bitterlich zu weinen, dass der Gewehrlauf auf und ab tanzte. »Aber Papa ... o Gott, Papaaaaa ... es tut so weh ...«

Wenzel, der an Alexandra herangekrochen war, packte die Muskete und zog den Lauf nach oben. Aber Alexandra hatte keine Kraft mehr, den Abzug zu betätigen. Sie ließ sich das Gewehr widerstandslos aus der Hand nehmen, fiel zur Seite und rollte sich zusammen. Ihr Schluchzen war ein heiseres Schreien, jeder einzelne Laut schnitt in Wenzels Herz. Pater Silvicolas Gesicht verzerrte sich.

Agnes hatte sich über Cyprians Körper aufgerichtet. Sie blickte dem Jesuiten in die Augen. »Ich vergebe dir«, sagte sie fest. »Heute und hier endet alles, aber nicht mit dem Tod. Der Tod ist nur eine Unterbrechung. Das wahre Ende ist die Vergebung. Ich vergebe dir, Giuffrido Silvicola.«

»Du kannst mir nicht vergeben!«, schrie der Jesuit, und zu seiner Bestürzung sah Wenzel Tränen in seinen Augen. Seine Stimme schnappte über, und er kam schwankend auf die Beine. »Du kannst es nicht. Nur Gott kann vergeben, aber nicht du! Du ... du Kind des Teufels ... ich verfluche dich. Ich verfluche dich. Du kannst nicht vergeben! Ich verfl...«

Wenzels Faust traf ihn zwischen die Augen, und er prallte mit dem Rücken gegen die Mauer und rutschte daran hinunter. Seine Augen verdrehten sich. Wenzel bückte sich und packte ihn am Kragen.

»Doch«, hörte er Agnes leise sagen. »Ich kann vergeben. So hat Gott die Menschen geschaffen. Wir sind fähig zu verfluchen, und wir sind fähig zu vergeben. Es liegt in unserer Entscheidung. Das ist das Gleichgewicht.«

Wenzel lud sich den widerstandslosen Jesuiten auf die Schulter.

»Ich bringe ihn in die Kirche. Er beschmutzt diesen Ort.«
»Er ist nur ein Kind«, sagte Agnes. Ihre Stimme brach.
»Ein Kind dieses Krieges. Nichts weiter.«

Wenzel sah sie an. Ihre Blicke verloren sich im Nirgendwo, aber ihr Gesichtsausdruck war gefasst. Er stapfte mit seiner Last hinaus.

31

ALS EBBA UND Alfred bei der Mauer ankamen, war der Kampf tatsächlich vorbei. Die Dragoner wurden draußen vor der Mauer zusammengetrieben. Sie ließen die Köpfe hängen und gaben ihre Waffen ab. Auf dieser Seite der Mauer waren die schwarzen Mönche damit beschäftigt, zwischen den reglosen Gestalten umherzugehen, Augen zuzudrücken und Gebete zu wispern. Eine Handvoll Jesuiten in ihren typischen Soutanen und Hüten unterstützte sie dabei. Einige Dragoner legten die Leichen, über die schon das Kreuz geschlagen worden war, in eine Reihe. Die meisten von ihnen waren andere Dragoner, aber Ebba sah auch drei, vier schwarze Roben darunter, und ... und ...

»Herr im Himmel«, flüsterte Alfred und blieb stehen, als sei er gegen eine Wand gelaufen.

Ebba hätte jedes einzelne Gesicht der Småländer von Weitem erkannt, so vertraut waren sie ihr mittlerweile. Sie lagen alle in einer Reihe, Magnus Karlsson, Björn Spirger, die anderen. Unter der Fahne mit dem Småländer Wappen lag der zerfetzte Leichnam Gerd Brandesteins, den jemand von dem Schutthaufen heruntergeholt haben musste. Sie konnte nicht weitergehen. Wo war ...

Dann sah sie Samuel. Er saß gegen die Mauer gelehnt da, die Beine ausgestreckt. In den Händen hielt er den zerrissenen Rest der blauen Fahne. Ihr Herz tat einen Sprung, und beinahe hätte sie einen Freudenschrei ausgestoßen. Sie stolperte zu ihm hinüber und sank neben ihm auf die Knie.

Samuel drehte den Kopf. Er blinzelte müde.

»O Gott, was habe ich getan?«, flüsterte sie. »O Gott, Samuel, was habe ich getan?«

»Was du tun musstest, nehme ich an«, sagte Samuel. Seine Stimme war ungebrochen, aber leise.

»Wir hätten nicht hier sein müssen. Wir hätten die Dragoner ignorieren und umkehren können.«

»Du wolltest doch die Teufelsbibel für die Königin haben ...«

»Wir hätten die Kopie an uns nehmen können. Wie hätte Kristina den Unterschied merken sollen?«

»*Du* hättest den Unterschied gekannt!«

»Ich hätte damit leben können.«

»Wenn wir vor den Dragonern den Schwanz eingezogen hätten, hätten wir Agnes und Alexandra nicht befreien können.«

Alfred kniete sich neben ihr nieder und legte die Faust ans Herz. »Hallo, Samuel«, sagte er.

»He, Alfred. Die Småländer haben's allen gezeigt, nicht wahr?«

»Wie immer, Rittmeister.« Alfreds Faust zitterte.

»Hat es sich wenigstens rentiert, Alfred?«

»Sie sind alle in Sicherheit. Bis auf einen.« Alfred räusperte sich und räusperte sich noch ein zweites Mal. »Cyprian Khlesl ... hat's erwischt.«

Samuel schwieg lange. »Ich werde ihn bald wiedersehen«, murmelte er dann.

Ebba stierte ihn an. Langsam erkannte sie, was die alte Regimentsfahne und der Dreck und das Blut der feindlichen Soldaten, mit dem Samuel von oben bis unten bespritzt war, verborgen hatten und was Alfred natürlich sofort erkannt hatte. Ihr Herz blieb stehen. Ihr Blick suchte in Alfreds Gesicht nach einem Hinweis, dass ihre Angst unbegründet war, aber was sie dort erkennen konnte ... ihr wurde so kalt, dass ihre Zähne aufeinanderschlugen.

»Die Ewigkeit soll lang sein«, sagte Samuel. »Ich werde Cyprian Småländisch beibringen. Er war irgendwie einer von uns, da sollte er unsere Sprache sprechen können.«

Ebba begann zu schluchzen. »Nein«, flüsterte sie fast unhörbar. »Nein. Nein. Nein ...«

Samuel tätschelte ihre Wange. Sein Körper bäumte sich plötzlich auf und zuckte, aber auf seinem Gesicht war ein Lächeln. Er hustete und sprühte hellrote Blutstropfen. Dann sank er wieder zurück.

»Hör auf zu weinen, Euer Gnaden«, sagte er sanft. »Warum gönnst du den Småländern nicht, dass sie ihre Ehre wiederhergestellt haben?«

»Ehre!«, schrie sie. »Was willst du mit deiner Ehre? Du kannst dir nichts davon kaufen, schon gar nicht das Leben! Und Gerd Brandestein nicht und Magnus Karlsson nicht und Björn Spirger nicht und keiner von den anderen! Sie haben ihre Ehre, aber stattdessen hätten sie ihr Leben haben können!« Samuels Gesicht verschwamm vor ihren Augen, und mit wilder Zärtlichkeit packte sie seine Hand und presste sie an ihre Wange. »Mir wäre der lebende Samuel ohne Ehre lieber gewesen als der ehrenhafte tote Rittmeister Brahe!« Sie begann so heftig zu weinen, dass ihr Körper sich zusammenkrümmte. In ihrem Inneren tobte ein Kampf, der ihr das Herz zerriss. Sie hatte gedacht, sie würde es nie verwinden, wenn sie Königin Kristina verlieren würde. Nun erkannte sie, dass auch noch ein anderer Abschied unerträglich war. Sie hatte nie Brüder gehabt. Und doch hatte sie die besten Brüder der Welt an ihrer Seite gehabt – für ein paar kurze, kostbare Wochen. Dass sie ihnen das geschenkt hatte, wonach es sie am meisten verlangt hatte – dass sie ihnen die Gelegenheit verschafft hatte, ihre

Ehre wieder herzustellen –, machte ihren Schmerz nur noch schlimmer. Ebba Sparre weinte um Samuel Brahe und die Småländischen Reiter und darum, dass sie nie wieder einen Tag erleben würde, an dem ihr dieser Verlust nicht bewusst war.

Nach einer Weile bemerkte sie, dass seine Hand aufgehört hatte, sie zu streicheln. Sie wischte sich die Tränen mit dem Ärmel aus den Augen. Dann legte sie Samuels Hand sanft auf seine Brust, nahm die andere und faltete sie ineinander. Suchend sah sie sich um. Alfred reichte ihr eine von Samuels Pistolen, auch er blind vor Trauer. Gemeinsam drückten sie Samuel die Waffe in die leblosen Hände. Samuel schien sie immer noch anzulächeln. Sie streckte die Hand aus, um ihm die Augen zu schließen, doch dann packte die Trauer um seinen Tod sie erneut so stark, dass sie die Stirn gegen seine Stirn presste und ihren Kummer in seine gelassenen Züge schluchzte. Schließlich holte sie Luft, beugte sich zu ihm hinab und küsste ihn einmal auf jedes Augenlid. Danach waren seine Augen geschlossen, und sie dachte daran, dass dies der erste Kuss aus Liebe gewesen war, den sie außer ihrem Vater je einem Mann gegeben hatte.

Ein Schatten fiel über sie. Sie sah zu einem hochgewachsenen, dünnen alten Mann in der Kleidung eines Jesuiten auf. Ein feines silbernes Kreuz hing um seinen Hals.

»Es tut mir leid«, sagte er auf Latein. »Es tut mir leid. Ich beweine den Verlust von so vielen Leben. Es tut mir leid. Es ist meine Schuld.«

Sie nickte ihm verständnislos zu. Er nickte zurück und schritt davon, in Richtung auf die Kirchenruine zu. Einige weitere Jesuiten folgten ihm, und zwei Soldaten mit Karabinern im Anschlag. Ebba sah sich um und gewahrte den Blick eines der schwarzen Mönche, der nicht weit neben einem seiner toten Brüder hockte. Der Mönch hielt sich schief, als habe er eine alte Verletzung in der Seite, die ihn plagte, und er war so blass und dünn, dass er wirkte, als würde er sich jeden Moment neben den Toten legen und ihm Gesellschaft in der Hölle leisten.

»Wer war das?«, flüsterte sie.

»Das ist Vincenzo Carafa«, erwiderte der Mönch. »Der Pater Generalis der Societas Jesu. Der Generaloberst der Jesuiten.«

Sie schüttelte den Kopf. Der Jesuit hätte ihr kaum gleichgültiger sein können, und doch ...

»Warum hat er gesagt, er sei an allem schuld?«

Der schwarze Mönch zuckte mit den Schultern.

Ebba rappelte sich auf und blickte zu den gefallenen Småländern. Dann fasste sie sich ein Herz und schritt zu ihnen hinüber. Bei der Leiche von Magnus Karlsson blieb sie stehen, kniete sich nieder und beugte sich über ihn. Sie küsste ihn auf die Stirn. »Ich hab's dir versprochen, Magnus«, sagte sie leise. »Leb wohl, Kamerad.«

Sie wandte sich um zu Alfred, der wie ein Häufchen Elend neben dem toten Samuel kauerte.

»Holz«, sagte sie. »Wir brauchen Holz.«

»Wozu?«, fragte Alfred und schniefte.

Sie deutete auf Samuel und die anderen.

»Hier sind große Småländer gestorben«, sagte sie. »Ein großer Småländer geht nicht ohne Feuer von dieser Erde. Such mir Holz, Alfred Alfredsson, wir müssen Odin ein Zeichen geben, dass er Platz machen soll in seiner großen Halle.« Ein Kloß verschloss ihr die Kehle, und sie begann erneut zu weinen. Rasch schlug sie das Kreuzzeichen. »Und Gott im Himmel und allen Engeln, dass er die tapfersten Seelen aufnehmen soll, die ich je gekannt habe.«

32

PATER SILVICOLA KAM in der Ruine der alten Klosterkirche wieder zu sich. Die Erinnerung holte ihn sofort ein. Er war geschlagen. Er hatte versagt. Und was das Schlimmste war ... *sie ... sie* hatte ihm vergeben! Wie konnte der Teufel einem vergeben, wenn man selbst im Auftrag Gottes handelte, um Vergeltung zu üben? Oder hatte er alles missverstanden?

»Väterchen?«, fragte er mit dünner Stimme in die leere Hülle der Kirche hinein. »Väterchen? Ich wollte doch nur zu Ende bringen, was dir nicht gelungen ist. Väterchen?«

Er bekam keine Antwort. Dann fiel ihm ein, wo die Antwort liegen würde. Er tastete in seiner Tasche nach den beiden Fläschchen. Mit zitternden Händen holte er sie heraus und stellte sie auf einen Stein. Die kleinen Becher hatte er verloren, aber das spielte keine Rolle. Er würde einfach aus der Flasche trinken. Er starrte das Fläschchen mit dem kleinen Zeichen an, das das Gift signalisierte. Langsam schloss er die Augen und begann, die Fläschchen auf dem Stein so lange gegeneinander auszuwechseln, bis er nicht mehr wusste, auf welcher Seite welcher Behälter stand. Mit noch immer geschlossenen Augen legte er die Hände in den Schoß und atmete tief aus und ein. Seine Furcht vor der Probe war immer groß gewesen, aber dieses Mal war sie kaum zu überwinden. Erneut wünschte er sich, er hätte sich ihr doch unterzogen, bevor er in Würzburg aufgebrochen war. Seine Lippen zitterten, und die geschlossenen Lider bebten. Schließlich tastete er sich vorwärts, bekam eines der Fläschchen zu fassen, entkorkte es, schüttete sich den Inhalt in den Mund und schluckte ihn hinunter. Dann feuerte er das Fläschchen irgendwohin. Er hörte es aufschlagen und zerbrechen. Seine Hand fand das zweite Fläschchen, und ohne hinzusehen, warf er auch dieses zu Boden, wo es zerschellte. Zuletzt öffnete er die Augen.

Er prallte zurück.

Wenzel von Langenfels stand vor ihm. Er hatte einen Fuß auf den Stein gestellt, auf dem Pater Silvicola die Fläschchen aufgereiht hatte, und stützte sich darauf.

»Ich dachte mir schon, dass du wieder Gott die Verantwortung dafür überlassen würdest«, sagte Wenzel.

Ein Krampf schoss wie eine Feuerlanze durch Pater Silvicolas Eingeweide. Sein Mund öffnete sich. Grauen überkam ihn, gefolgt von einem zweiten Krampf. Er hätte nicht gedacht, dass es so schlimm ...

Hilflos fiel er auf die Seite und krampfte sich zusammen. In Wahrheit hatte er nicht einmal gedacht, dass er das Fläschchen mit dem Gift erwischen würde. Herr im Himmel! Warum!? Hieß das, dass er ... dass er ... *unrecht* gehabt hatte? Ein Schleier schob sich vor seine Augen. O Gott, er verbrannte! Er versuchte zu schreien und konnte es nicht. Der Schleier hob sich, und er blickte Wenzel an, der jetzt über ihm aufragte wie der Tod selbst mit seiner schwarzen Kutte und der schwarzen Kapuze. Wenzel bewegte die Finger wie ein Taschenspieler; plötzlich hielt er ein Fläschchen in der Hand, das ebenso aussah wie die anderen. Pater Silvicolas Augen weiteten sich. Schaum trat aus seinem Mund.

»Das habe ich bei einem Toten in Eger gefunden«, sagte Wenzel. »Als ich die Fläschchen in deiner Tasche sah, erinnerte ich mich wieder daran. Ich dachte mir schon, dass es vielleicht dir gehört hat.«

Wenzel drehte das Fläschchen. Es war offen. Ein einziger Tropfen glitzerte kurz an der Mündung des Flaschenhalses, fiel zu Boden. Ein Krampf streckte Pater Silvicolas Körper und krümmte zugleich all seine Gliedmaßen. Sein Atem pfiff. Noch immer konnte er nicht schreien.

»Was noch drin war, habe ich, nachdem ich dich hierhergetragen hatte, in die beiden Behälter geträpfelt, die in deiner Tasche waren.« Wenzel nahm den Fuß vom Stein und trat vor Pater Silvicola hin. Der Jesuit konnte Andrejs Sohn nicht mehr richtig sehen, weil ein neuer Krampf seinen Hinterkopf gegen den Boden schlagen ließ. Seine Fersen schrammten über die Steine.

Wenzel ließ das Fläschchen fallen. Es traf Pater Silvicola auf die Brust, ohne dass er es gespürt hätte, prallte ab und rollte auf den Kirchenboden. Pater Silvicolas Körper bog sich durch.

»Du hättest es von Anfang so machen sollen, dann hättest du uns allen viel Kummer erspart«, sagte Wenzel. »Gott sei deiner Seele gnädig.«

Er schritt davon. Pater Silvicola wälzte sich herum und streckte die Hand nach ihm aus. Der Schmerz war unbeschreiblich. Seine Beine zappelten, der Schaum vor seinem Mund färbte sich rot. Das Tageslicht fiel durch das alte, zerstörte Kirchenportal herein und hüllte Wenzel in einen schimmernden Saum. Pater Silvicola glaubte plötzlich eine Gestalt sich aus diesem Halo lösen zu sehen, die ebenfalls eine schwarze Kutte trug, eine hochgewachsene Gestalt, einen Riesen.

Väterchen?, dachte er.

Der Riese trat vor ihn und schaute auf ihn hinab. Seine Züge waren lang vor Kummer, und er schüttelte den Kopf.

Ich habe es falsch verstanden, Väterchen, dachte Pater Silvicola. *Vergib mir.*

Die Züge des Riesen glätteten sich. Er bückte sich und hob ihn auf und trug ihn davon, und es war wie damals, als er den kleinen Jungen aufgehoben und davongetragen und in Sicherheit gebracht hatte vor den Soldaten.

Vergib mir, dachte Pater Silvicola.

Dir ist v... v... vergeben, sagte der Riese.

Pater Silvicola schloss die Augen. Es war gut.

WENZEL STAND DRAUSSEN im Tageslicht und atmete tief durch. Um ihn herum drehte sich alles. Er sah den Pater Generalis herankommen, und kurzfristig überfiel ihn Fassungslosigkeit, wie die Dinge sich entwickelt hatten, seit er es geschafft hatte, aus dem Ruinenfeld zu entkommen, bevor die Männer von Pater Silvicola ihn fanden. Er hatte Alexandra zurücklassen müssen, aber ihm war klar gewesen, dass es die einzige Möglichkeit darstellte, ihr zu helfen. In der Hoffnung, auf seine Mönche zu stoßen, um mit ihnen gemeinsam ihre Befreiung zu planen, war er in die Richtung gerannt, aus der sie kommen mussten, war fast irre geworden, weil er sie nirgends sehen konnte. Es hatte ein paar Stunden gedauert, dann waren sie endlich eingetroffen, bis an die Zähne bewaffnet mit neuen, einwandfreien Karabinern. Die Waffen waren in einem Versteck gewesen, das die ehemaligen Wegelagerer ihnen gezeigt hatten; sie waren die Beute eines Überfalls auf einen Waffenschmied gewesen, der sich mit seiner Fracht durch ihr Gebiet gewagt hatte. Das Finden des Verstecks und das Ausgraben der Waffen hatten einige Zeit in Anspruch genommen. Der Anführer der Wegelagerer und drei weitere seiner Männer hatten den völlig erschöpften Wenzel angegrinst; sie hatten in schwarzen Kutten gesteckt wie alle anderen, und Wenzel hatte, am Ende seiner Kräfte, hervorgestoßen: *Na, Kuttengesicht?* Die Wegelagerer hatten gestrahlt. Dann war das Strahlen erloschen, und Wenzel hatte sich umgedreht und festgestellt, dass sie von Soldaten umstellt waren, und all seine Hoffnung war zu Asche geworden.

Die Soldaten waren die gewesen, die Fabio Chigi dem Pater Generalis mitgegeben hatte.

»Ist er da drin?«, fragte Vincenzo Carafa.

Wenzel nickte.

Der Pater Generalis betrat die Kirche. Als seine Männer ihm folgen wollten, hielt er sie zurück. »Würdest du mich begleiten, ehrwürdiger Vater?«

Wenzel nickte erneut und folgte dem alten Jesuiten in die Kirche. Der Leichnam von Pater Silvicola lag in ausgestreckter Haltung dort, wo Wenzel ihn im Todeskampf verlassen hatte. Es schien fast, als sei er am Ende ohne Schmerzen hinübergegangen. Wenzel stellte erstaunt fest, dass es ihn erleichterte.

»Er ist tot«, sagte der Pater Generalis ohne große Überraschung in der Stimme.

Wenzel nickte zum dritten Mal.

Der Jesuitengeneral sah auf den Toten hinab. Er seufzte.

»Ich bin schuld«, sagte er, »und dennoch, was hätte ich tun sollen? Wenn ich ihn damals den Soldaten und den Leuten aus dem Dorf überlassen hätte, hätten sie ihn entweder erschlagen wie den alten Einsiedler oder verbrannt wie die Unselige, die sie als Hexe angeklagt hatten. Ich fühlte mich verpflichtet, sein Leben zu retten. Wie viel Leid hat diese eine Tat ausgelöst, von der ich dachte, sie sei eine gute ...«

»Du konntest nicht anders handeln, Exzellenz«, sagte Wenzel. »Wenn wir stets wüssten, was unsere Taten auslösen ...«

»Es sieht aus, als hätte er seinen Frieden gefunden. Ich habe ihn so lange beobachtet; er war mir immer nahe, auch als ich in Rom durch die Ränge hindurch aufstieg. Aber ich habe ihn nie so entspannt gesehen.«

»Im Tod lassen wir all unsere Sorgen hinter uns«, sagte Wenzel, aber er wusste, dass es nicht stimmte. Er hatte Tote gesehen, deren Gesichter verzerrt gewesen waren wie Fratzen. Pater Silvicolas Gesicht wirkte beinahe wie das eines Knaben. Der Schaum war zu roten Streifen getrocknet, die links und rechts seine Wangen bedeckten, doch es war der Zug um die Augen, der seinen Frieden verriet.

»So viele Seelen verloren«, murmelte der Pater Generalis.

»Und die eine oder andere gewonnen«, erwiderte Wenzel. »Denk an die Mutter Oberin in Würzburg, die sich bei dir selbst angezeigt und dich und deine Männer auf die Spur gesetzt hat, die euch hierherführte – gerade im richtigen Moment, wie ich bemerken möchte. Die ganzen Jahre über hat sie ihre Schuld mit sich getragen; nun ist sie durch ihr Geständnis erlöst.«

»Sie wird den Rest ihres Lebens in selbst gewählter Isolation verbringen.«

»Ihre Seele ist dennoch von der Schuld befreit.«

»Ich werde einen Brief an Monsignore Chigi in Münster schreiben, dass er das Richtige getan hat. Wenn er sich damit zufriedengegeben hätte, dass Pater Nobili die Stadt verlassen hat, und nicht stattdessen nachgeforscht und schließlich die Mörder aufgetrieben hätte, dann wüssten wir ebenfalls nichts. Dass er uns geschrieben hat, hat uns erst gezeigt, dass wir nicht abwarten durften, bis Pater Silvicola von allein dem Rückruf folgte, sondern etwas unternehmen mussten.«

»Ich lasse dich jetzt allein, Exzellenz«, sagte Wenzel. »Ich möchte zu meiner Familie. Wir müssen von einer großen Seele Abschied nehmen.«

Der Pater Generalis nickte und schüttelte ihm die Hand. Wenzel verließ ihn. Statt durch das Seitenportal zum Friedhof hinauszutreten, marschierte er jedoch in den baufälligen Klosterbau hinein, zwängte sich an den Trümmern des Dachs vorbei und kletterte in das Kellergewölbe hinunter. Er hatte dort etwas vorbereitet.

Als er wieder nach oben kam, hatte er die schwarze Kutte ausgezogen und trug ein Hemd, eine Jacke, einen Mantel, Hosen und Stiefel. Die Kleidung kam ihm so fremd vor, als hätte er zeit seines Lebens nichts anderes als den Klosterhabit getragen. Er musterte den Hut mit den Federn. Melchior würde er gefallen. Dann stülpte er sich ihn auf den Kopf, und seine Tonsur war verborgen. So angezogen, stapfte er auf die Öffnung zu, die zum Friedhof hinausführte. Er empfand eine Art poetischen Zirkelschlusses, hier, wo alles angefangen hatte, die schwarze Kutte zurückzulassen und selbst ein neues Leben zu beginnen. Die Brüder würden untröstlich sein, aber der Bruder Torhüter würde einen würdigen Nachfolger abgeben. Alles würde gut werden.

Er trat hinaus. Helles Licht umfing ihn.

Epilog

1648

1

Prag hatte sich ergeben. Prag öffnete sich dem Feind. Prag wurde geplündert.

Drei Tage lang ließ General Königsmarck den Soldaten ihren Willen. Um die zweihundert Menschen kamen ums Leben. Es hätten leicht zweitausend sein können, zwanzigtausend. Tagelang fuhren die Wagen allein mit dem Anteil, den der General für sich beanspruchte, aus den Toren hinaus. Schmuck, Juwelen, Medaillen, Geld, ganze Bibliotheken, Statuen, Automaten, falsche Meerjungfrauen und echte Michelangelos, wertlose Spieluhren und unschätzbare Kleinode, Dokumente mit den Siegeln der ersten Kaiser des Heiligen Römischen Reichs und die Reliquien von Heiligen ... alles wurde aus Prag hinausgeschafft. Die Kunstkammer Kaiser Rudolfs war leer bis auf Scherben und die eine oder andere verwesende Menschenkonserve, die selbst den Soldaten zu grässlich gewesen war.

Als General Königsmarck nach einigen Wochen die Stadt wieder verließ, war er Generalfeldmarschall und ein fantastisch reicher Mann. Von den Adligen, die ihn zuvor geschnitten hatten, bekam er Einladungen, ihren Zirkeln beizutreten; er gab Häuser in Auftrag, die er nie bewohnte, sondern die nur dazu dienten, seinen Reichtümern ein Dach über dem Kopf zu geben und sie auszustellen.

Und dennoch ... Prag war unterlegen, aber Prag hatte gewonnen. Bewohner, die ihre geplünderten Häuser verlassen mussten, fanden plötzlich Nachbarn, die sie aufnahmen. Kindern, die ihre Eltern verloren hatten, wurde angeboten, in andere Familien aufgenommen zu werden; Eltern, die ihre Kinder verloren hatten, wurden von Menschen getröstet, die sie nie zuvor gesehen hatten. Etwas von der Atmosphäre schien sogar auf die Besatzer abzufärben; nach den ersten drei Tagen gingen die Übergriffe gegen die Zivilbevölkerung schlagartig zurück.

Prag, die Goldene Stadt, war gefallen.

Prag, der Wohnort von vierzigtausend Menschen, war plötzlich mehr als das geworden: eine Heimat.

Die letzte große Aktion des Krieges war vorbei.

Der Frühling taute den Schnee. Kinderlachen war zu hören.

Die Zeit der Hoffnung war gekommen.

2

EIN STEIFER WESTLICHER Wind trieb das kleine Schiff über die Wellen. Alfred Alfredsson hing über der Reling und kotzte sich die Seele aus dem Leib. Zwischen den Anfällen versicherte er Ebba, dass es ihm auf der Herreise auch nicht besser ergangen sei und dass kein Grund zur Beunruhigung bestünde und es natürlich für einen Abkömmling der großen Wikinger eine Schande war, seekrank zu werden, aber es würde gleich vorbei sein und ... uaaaargh ...!

Ebba hörte ihm nur mit halbem Ohr zu. Sie betrachtete die große Reisetruhe mit den Ketten davor. Ein Buch lag darin, ein Buch, das sie in Podlaschitz aus einem ansonsten leeren Grab gehoben hatten. Die Bilder zogen vor ihren inneren Augen vorbei – die Toten, die sie in der Kirchenruine aufgebahrt hatten, die untröstliche Alexandra, der gebrochene Andrej, die in stiller Trauer alles organisierende Agnes und der vom Mönch zu einem gut aussehenden Zivilisten veränderte Wenzel, ohne den Alexandra vermutlich nie aus ihrer Verzweiflung herausgefunden hätte ... und später die in hellen Flammen stehenden Scheiterhaufen, die die Körper von Samuel Brahe, Magnus Karlsson, Björn Spirger, Gerd Brandestein und der anderen Småländer auf die jahrhundertealte Art und Weise verzehrten, mit der von Kriegern Abschied genommen wurde ... und den von Cyprian Khlesl, sodass tatsächlich die Aussicht bestand, dass Samuel ihn drüben, im Land jenseits der Grenze, traf und ihm Småländisch beibrachte, die Sprache der Helden ... Dazu das unbewegte Gesicht Vincenzo Carafas, der dieser heidnischen Zeremonie sichtlich nichts abgewinnen konnte, aber weise war und schwieg ...

Sie fragte sich, ob sie jemals herausbekommen würde, in welchem Auftrag die beiden Jesuiten, die Kristina eingeredet hatten, dass sie die Teufelsbibel besitzen müsse, wirklich gehandelt hatten, Brieftauben waren hin und her geflogen, nachdem Vincenzo Carafa geschworen hatte, nichts damit zu tun zu haben. Die Relaiskette, über die die Jesuiten Informationen ausgetauscht und Befehle empfangen hatten, brach schon nach wenigen Stationen zusammen, als eine alte Mühle, die man ihnen genannt hatte, sich als nichts weiter als ein leeres Gemäuer entpuppte, in dem sich allerdings ein paar Taubenfedern fanden. Ebba hatte von Wenzel erfahren, wer Kardinal Melchior Khlesl gewesen war, und als Wenzel halb im Scherz gesagt hatte, die Relaiskette würde wahrscheinlich irgendwo in der Hölle enden, wo der alte Kardinal in einem Kessel saß und immer noch darüber wachte, dass kein Unfug mit der Teufelsbibel getrieben wurde, da hatte sie nicht gelacht. Sie glaubte nicht daran, dass die Toten noch in die Angelegenheiten der Lebenden eingreifen konnten, aber Organisationen überdauerten die Lebenszeit der Sterblichen, und nach allem, was sie gehört hatte, war Kardinal Khlesl jemand gewesen, der haltbarere Netze spinnen konnte als die geschickteste Spinne der Welt.

Sie betrachtete wieder die Truhe mit dem Buch. Kristina würde sie mit Ehrungen überhäufen, und sie, Ebba, würde dafür sorgen, dass die Familien der gefallenen Småländer nie wieder Not leiden müssten. War es das wert gewesen? Wert, dass ein Dutzend guter Männer ihre Ehre im Tod wiedererlangt hatte? Sie lächelte in sich hinein. Ihr war klar, was

Samuel und jeder Einzelne dieser Männer antworten würde. Sie wusste nicht, wie die Antwort ausfallen würde, wenn man Cyprian Khlesl fragte. Vermutlich würde er die Schultern zucken und sagen, dass er das getan hatte, wozu er auf die Welt gekommen war. Sie selbst war mittlerweile überzeugt, dass jeder Mensch nur dazu auf die Welt kam, um zu leben, zu lieben und in Frieden zu Gott heimkehren zu können.

Alfred plumpste neben ihr auf das Deck nieder und stöhnte. »Ich hab das Essen von fünf Tagen ausgekotzt«, sagte er. »Ich hatte aber nur das von drei Tagen drin. Wie soll das weitergehen?«

»Gar nicht«, sagte sie. »Du wirst weiterkotzen, bis du nur noch ein leerer Hautschlauch bist, und den werden sie dann bei dir zu Hause über den Kamin hängen und allen Besuchern zeigen.«

Alfred wies auf die Truhe. »Glaubst du, dass es stimmt?«

»Was?«

»Das mit den drei Seiten, die offensichtlich rausgerissen waren. Dass sie schon vor mindestens hundert Jahren verloren gingen und keiner weiß, wo sie hingekommen sind.«

»Warum hätte Agnes mich anlügen sollen?«, fragte Ebba zurück und wusste, dass Agnes sie angelogen hatte, so wie Agnes gewusst hatte, dass sie, Ebba, es wusste. Kristina würde es nicht merken, hatte sie bei ihrem letzten Gespräch zu Samuel gesagt. Richtig, aber Ebba würde es merken. Sie merkte es wirklich. Sie fuhr nach Hause mit dem Schatz, den ihre Königin sich von ihr gewünscht hatte, aber sie würde sie betrügen. Es würde nie wieder so sein wie zuvor.

Doch hätte sie einen Schatz mit nach Hause bringen sollen, von dem sie fürchtete, dass er seine Empfängerin vernichten würde?

Der Preis seiner Liebe war man selbst.

3

OLAF BENGTSSON HATTE den Namen des Kaffs nicht verstanden, und er war ihm auch herzlich egal. Es hatte keinen Namen verdient. Es war nur ein Pickel am Arsch der Welt. Das Bier war gut, allerdings. Und das dunkeläugige Reh, das sich vor den Fässern herumdrückte und ihm freundliche Blicke zuwarf, war es sogar wert, dass man ein wenig länger hierblieb. Länger als die Kameraden, die bereits gestern abgezogen waren und ihn, Olaf Bengtsson, Rittmeister des Regiments Uppland, nach Aufteilung der Beute hier zurückgelassen hatten. Reiterregiment Uppland, ha! Drei Kronen auf rotem Grund! Sie hatten alle miteinander keine Kronen erbeutet. Ihnen war das geblieben, was die hohen Offiziere und die verdammten Plünderer aus Königsmarcks Heer übrig gelassen hatten.

»... alle meine Söhne verloren, Herr«, seufzte der Herbergswirt. »Und mein Weib. Verdammter Krieg. Wir waren immer Protestanten, Herr, und haben Ihrem König mit Birkenzweigen zugewunken ... was haben wir davon gehabt? Aber was habt ihr Soldaten vom Krieg gehabt, wenn man ehrlich sein will, Herr?« Zuerst hatte Olaf es als Vorteil empfunden, dass der Herbergswirt sich zu ihm gesetzt hatte; da stieg die Aussicht auf ein paar Becher geschenkten Biers. In dieser Hinsicht hatte der Wirt ihn nicht enttäuscht, dennoch war das Bier teuer bezahlt: Seit Stunden hörte er sich nun dieses Gejammer an, das sich alle zwanzig Minuten wiederholte – selber Inhalt, selber jammervoller Tonfall, nur die Worte variierten. Nicht viel, um ehrlich zu sein.

Das Lächeln des Rehs bei den Fässern lenkte ihn ab. Das Reh war die Tochter des Herbergswirts. Erstaunlich, dass so eine Dörrpflaume solch eine Schönheit hervorgebracht hatte.

»... die Herberge habe ich von meinem Vater geerbt, und

der hat sie von seinem Vater ... und wem soll ich sie vererben, Herr, wenn alle Söhne im Krieg geblieben sind? Ich bin ein alter Mann ...«

»Ich zeig dir was«, sagte Olaf und stand ruckartig auf. »Komm mit raus.«

Der Herbergswirt folgte ihm händeringend in den Stall. Ein Teil von Olafs Beute waren die fünf Pferde, die er mitgenommen hatte; allerdings war er mit fünf anderen Pferden in den Krieg gezogen, wie es sich für einen Offizier gehörte, und so war der Gewinn nicht wirklich groß. Eines der Tiere musste außerdem als Packpferd herhalten, um den Rest der Beute zu transportieren. Die Beute war in Lederlappen und Decken verpackt. Olaf wickelte sie umständlich aus. Der Herbergswirt trat mit hervorquellenden Augen näher.

»Was ist denn das?«, flüsterte er. »Es ist riesig ... was mag das wert sein?«

»Keine Ahnung. Kannst du lesen?«

»Nein.«

»Ich auch nicht. Welchen Wert hat ein Buch für einen Mann, wenn er nicht lesen kann?«

»Es ist schön. Und so riesengroß ...«, sagte der Herbergswirt, vollkommen fasziniert. »Ich habe so etwas noch nie gesehen.«

»Ich hab's einem Idioten abgetauscht, der aus Königsmarcks Heer stammte und dem es zu schwer zu transportieren war, weil er ein dämlicher Infanterist war. Möchtest du es haben?«

»Ja!«, rief der Herbergswirt, bevor er nachdenken konnte. Dann endlich setzte sein gesundes Misstrauen ein. »Äh ... für welche Gegenleistung?«

»Ich will deine Tochter ficken«, sagte Olaf platt. Der erfolgversprechendste Weg zum Ziel war immer der direkte – alte Kavalleristenregel.

»Äääh ...!?«

»Und sie will es auch. Ich könnte sie heute Nacht ohne deine Erlaubnis ficken, und sie würde sich nicht wehren, aber ich hab den ganzen Krieg lang versucht, anständig zu bleiben, da will ich jetzt nicht damit anfangen, ein Schwein zu sein. Was hältst du davon?«
»Aber ...«
»Schlag ein!«
Am Ende schlug der Herbergswirt ein.

Olaf wusste nicht, wer wem einen Gefallen getan hatte. Das Buch war schwer, unhandlich und irgendwie unheimlich mit der verdammten Zeichnung vom Teufel darin. Er war froh, es los zu sein. Und die Nacht mit der Herbergstochter war phänomenal, einzigartig, leidenschaftlich gewesen. Er wusste es nicht, als er sich am nächsten Morgen verabschiedete, genauso wenig wie sie oder ihr Vater, aber er hatte seinen Samen in sie gepflanzt, und es würde ein Junge daraus werden, den der Herbergswirt nach einigem Gejammer und Geschrei wegen des Skandals als seinen rechtmäßigen Enkel annehmen, erziehen und zu seinem Erben einsetzen würde, ganz so, wie er es sich sehnlichst gewünscht hatte.

Das riesige Buch, das zur Zeugung des Kindes geführt hatte, blieb versteckt auf dem Dachboden der Herberge, und nur manchmal schlich der Wirt hinauf und betrachtete es heimlich. Bis an sein Lebensende sollte er daran glauben, dass der vermeintliche schwedische Soldat in Wahrheit ein Engel gewesen war, der ihm auf Umwegen den Wunsch nach einem Erben erfüllt hatte. Weil er es glaubte, glaubte auch der Junge daran und wurde zu einem guten, geachteten und gerechten Mann, denn es ist nicht möglich, ein böser Mensch zu werden, wenn man überzeugt ist, dass ein Engel einen gezeugt hat.

4

IRGENDWO ... IRGENDWO IN den weiten, rollenden Hügeln Böhmens, über die der Frühling gehaucht hatte ...

Ein kleiner Wagen mit nur einem Pferd davor. Zwei Menschen standen abseits des Wagens mitten in einem Feld, ein Mann und eine Frau. Die Brise spielte mit ihrem Haar. Beide waren groß, langgliedrig ... und alt. Von Weitem konnte man sehen, dass sie Geschwister waren.

»Hier?«, fragte Andrej zweifelnd.

»Hier«, sagte Agnes.

»Weshalb?«

»Der Platz hätte ihm gefallen.«

Sie öffneten einen Behälter und warteten, bis die Brise sich stärker erhob. Schließlich drehten sie den Behälter um. Asche wehte heraus, bildete kurz eine glitzernde Wolke um ihre Köpfe und verwehte dann.

»Auf Wiedersehen, Cyprian«, sagte Agnes. Sie wischte sich eine Träne von der Wange. »Auf Wiedersehen.«

Andrej kämpfte mit seiner Fassung. »Mach's gut, mein Freund«, brachte er schließlich hervor. »Es gab keinen besseren als dich.«

»Das hätte er nicht gern gehört«, sagte Agnes mit dem Hauch eines Lächelns.

»Dennoch stimmt es.«

Sie betrachteten das Blütenmeer über den Hügeln, das sich vor ihnen in der Brise wiegte. Wenn sein Anblick allein nicht schon als Beweis gedient hätte, dass das Leben nach dem langen Winter zurückgekehrt war, dann hätte es der Geruch vermocht, den der sanfte Wind herantrieb: menschlicher und tierischer Dung. Die Bauern bestellten ihre Felder wieder. Keiner der beiden brauchte auszusprechen, dass, wenn es auch nur einer verdient hätte, dieses Erwachen noch einmal spüren zu dürfen, Cyprian es gewesen wäre.

»Wollen wir wieder in die Kutsche steigen?«, fragte Andrej. »Du bist noch immer schwach ...«

Agnes warf ihrem Bruder einen Seitenblick zu. Er hob die Hände und lächelte scheu. »Entschuldige ... ich soll nicht die Glucke spielen.« Sie erwiderte sein Lächeln.

»Du bist sicher, dass die drei Seiten wirklich verloren gegangen sind?«, fragte Andrej.

Agnes zuckte mit den Schultern. »Ja. Warum?«

»Weil ich es dir nicht glaube, Schwesterherz.«

Agnes seufzte. »Als ich in Podlaschitz zwischen Tod und Sterben lag, träumte ich von dem Mann, der die Teufelsbibel geschaffen hat. Er glaubte daran, dass Gottes Schöpfung das Gleichgewicht sei: Schönheit gibt es nur im Vergleich mit dem Hässlichen, Leben gibt es nicht ohne Tod ... beides hat jeweils seine Berechtigung. Wenn es zu viel Schatten gibt, erfriert die Welt. Wenn es zu viel Licht gibt, verbrennt sie.«

»Ich dachte immer, die Ansammlung von Wissen sei sein einziger Antrieb gewesen.«

»Vielleicht hat er so begonnen, bis er erkannte, dass Wissen allein nicht für das Gleichgewicht sorgt. Wenn mein Traum mir die Wahrheit zeigte, dann war er am Ende überzeugt, die Aufgabe von uns Menschen liege in der Erhaltung des Gleichgewichts. Deshalb hat Gott uns drei Fähigkeiten gegeben, die sonst kein anderes Lebewesen hat: den Glauben, die Liebe und die Hoffnung. Sie sind unsere Waffen im Kampf um das Gleichgewicht. Das wollte er uns mit der Teufelsbibel sagen. Er zeigte es uns in Zeichen, wie es für seine Zeit üblich war. Das Bild des Teufels gegen das der göttlichen Stadt, die wissenschaftlichen Texte gegen die voller Glauben, die einheitliche, gleichmäßige Schrift ... und die Größe des Buches, weil er seine Erkenntnis für die größte hielt, die es gibt.«

»Aber wie konnte daraus die Teufelsbibel werden?«

»Weil er in seinen letzten Momenten überzeugt war, aus

Versehen ein Monstrum erschaffen zu haben. Er hatte sich von den jungen Novizen, die im Kloster lebten, helfen lassen, das Buch fertigzustellen. Einer von ihnen muss etwas missverstanden haben – oder der Mönch selbst glaubte, missverstanden worden zu sein ... Er fand einen Text, der nach seiner Meinung alles umdrehte, was er beabsichtigt hatte. Wer ihn las, zog daraus den Schluss, dass das Gleichgewicht erkämpft werden müsse, dass es nicht der Ausgleich zwischen Licht und Schatten sei, sondern nur durch die Ausrottung des Bösen erlangt werden könne, dass alles vernichtet werden müsse, was anders ist, dass das Gleichgewicht nicht die Balance der Vielfältigkeit ist, sondern die Einheit.«

Agnes fühlte wieder das Entsetzen des Mönchs, das auch sie in ihrem Traum gepackt hatte. Sie bemühte sich, Andrej nicht merken zu lassen, wie mächtig die Erinnerung daran immer noch war.

»Was immer er getan hat, er hat dieses Buch als seine persönliche Sühne empfunden, und als er dachte, es sei pervertiert worden, brach er zusammen. Vielleicht konnte er den anderen Mönchen noch etwas zuflüstern, bevor er starb. Ich weiß es nicht. Er muss überzeugt gewesen sein, dass der Teufel sich in sein Werk eingemischt hatte, um es zu verderben. Letztlich ist er an drei Dingen gescheitert: Er hatte nicht genug Liebe in sich, um zu vertrauen, dass die Liebe immer gewinnen wird, nicht genug Glauben an die Kraft seiner eigenen Erkenntnis – und daraus folgend keine Hoffnung auf die Zukunft.«

»Aber es gibt so viele Menschen, die ebenso schwach sind ...«

»Und deshalb ist die Teufelsbibel am Ende tatsächlich das Vermächtnis des Satans. Der Kampf gegen die Andersartigkeit – das ist in Wahrheit der Krieg, den das Gute gegen das Böse zu führen glaubt, ohne zu merken, dass es dadurch selbst das Böse geworden ist. Bis wir Menschen dies nicht überwunden haben, sollte niemand das Original der Teufelsbibel in die Hände bekommen.«

»Aber wir haben sie Ebba Sparre mitgegeben für die Königin von Schweden.«

»Sicher, doch ich habe natürlich die drei Seiten mit der Textstelle ...« Agnes verstummte und starrte ihren Bruder an.

»Haaa-rumph«, machte Andrej und grinste.

»Steig ein, großer Bruder«, sagte Agnes. »Steig ein, bevor ich mich vergesse.«

Die Kutsche fuhr wieder an, durch die weiten, rollenden Hügel Böhmens. Agnes schaute aus dem Fenster und bildete sich ein, in der Luft um sie herum immer noch das Glitzern der Asche wahrzunehmen. Der Wind flüsterte, die Blumen bildeten Muster. Es war leicht, sich einzubilden, in dem Flüstern eine ehemals vertraute Stimme zu hören, aus den sich ständig verändernden Mustern Bilder herauszusehen ... ein Augenzwinkern ... ein Lächeln ...

Cyprian war Agnes' andere Hälfte gewesen. Nun war ein Loch in ihrem Herzen, so groß wie die Welt, aber auch Cyprians Tod hatte nicht vermocht, aus ihr wieder jenen unvollständigen, angstvollen Menschen zu machen, der sie gewesen war, bevor ihre Liebe sich erfüllt hatte.

Das war sein Geschenk an sie gewesen. Auch er hatte den Preis seiner Liebe bezahlt.

Agnes blickte hinaus, auf die Hügel, auf die Blumen, auf die Gestalt gewordene Hoffnung.

Auf Wiedersehen, Cyprian, dachte sie.

5

FRANTIŠEK BILIÁNOVÁ SASS im Pfarrhaus und starrte die Wand an. Er konnte sich kaum erinnern, ob es einmal eine Zeit gegeben hatte, in der er nicht die Wand angestarrt hatte.

Ihm war, als ob es für ihn nur noch diese Wand gäbe und hinter der Wand keine Welt.

Das Kind lag in der Wiege und starrte ebenfalls. Es starrte ihn an. Er konnte seinem Blick nicht begegnen. Wann immer er es versuchte, dachte er: Deinetwegen ist Popelka gestorben. Dann kam der Gedanke: Du bist alles, was mir von Popelka geblieben ist. Und dann überwältigte ihn der Kummer, weil er *ihr* Gesicht sah, wenn er in das des Kindes blickte.

Es war zu viel für einen Mann. Er liebte dieses Kind mit jeder Faser seines Herzens. Und er wusste, dass er verrückt würde, wenn es noch ein paar Tage länger in seiner Nähe war.

Er starrte die Wand an.

»Ich gehe dann, Hochwürden«, sagte eine Stimme. Er drehte sich nicht um, sondern nickte nur. Nicken war eine Kraftanstrengung. Alles in ihm wollte den Kopf schütteln: darüber, was aus ihm geworden war, darüber, wie sehr Gott ihn gestraft hatte, darüber, was denn nun sein Platz in der Welt war, darüber, ob es überhaupt noch einen Platz für ihn auf der Welt gab.

Die Frauen des Dorfes wechselten sich ab dabei, sich um das Kind zu kümmern. Wer selbst ein Neugeborenes hatte, kam zum Stillen. Wer einen Lumpen übrig hatte, brachte ihn vorbei, um das Kind hineinzuwickeln. Wer eine Stunde Zeit übrig hatte, setzte sich vor die Wiege, schaukelte sie und sang dem Kind vor. Die Wiege war das Geschenk einer Familie, die inbrünstig hoffte, dass sie keine weiteren Kinder mehr bekämen und Gott den Hinweis verstünde, wenn sie die Wiege verschenkten. Alles in allem reichte es gerade aus, um das Kind am Leben zu erhalten. Das Merkwürdige daran war: Dem Kind schien es zu genügen. Mit dem Wenigen, das es bekam, gedieh es. Es schrie kaum, außer wenn es großen Hunger hatte oder wirkliche Beschwerden. Ansonsten schien es zu warten. Pfarrer Biliánová wusste nicht, worauf. Er wusste auch nicht, worauf er selbst wartete. Wenn jemand ihm gesagt hätte, dass am Ende seines Wartens der Tod stand, hätte es ihm kaum etwas ausgemacht. Wenn ihm jemand sagte, dass am Ende seines Wartens ein neuer Tag beginnen und die Sonne wieder scheinen würde, glaubte er es nicht. Die Dorfbewohner sagten es ihm wieder und wieder. Er reagierte nicht mehr darauf. Wer in seinem Schmerz erstickt, der glaubt nicht, dass jemand anderer diesen Schmerz nachvollziehen kann, geschweige denn ihn selbst schon durchlitten hat. Viele von den Dorfbewohnern waren mit dem Schmerz vertraut, aber Pfarrer Biliánová sprach ihnen dieses Wissen ab. Wer leidet, kann sich nicht vorstellen, dass noch jemand so leidet wie er.

Er hörte die Schritte den kleinen Raum durchmessen und zur Tür poltern. Die Tür öffnete sich. Die Tür schloss sich. Er und das Kind waren allein. Oder besser gesagt: Er war allein, und dann war da noch das Kind. Er hätte nicht sagen können, welche von den Frauen hier gewesen war. Hinter seinen Augen brannten die Tränen. Er ließ ihnen freien Lauf. Das Kind blickte ihn unverwandt an.

Es gab einen Laut von sich. Es hörte sich an wie das Glucksen, das es machte, wenn jemand in sein Blickfeld trat und zufällig den Augenblick erwischt hatte, kurz bevor es aus Hunger zu schreien begann.

Pfarrer Biliánová blickte auf. Niemand war im Raum. Die Wiege bewegte sich sachte, als kleine, dünne Ärmchen in der Luft herumfuhren. Es war die ruckartige, ungezielte Bewegung, die er schon öfter gesehen hatte, wenn eine der Frauen kam und ihrerseits die Arme ausstreckte, um das Kind herauszunehmen. Langsam stand der Pfarrer auf. Das Kind gluckste und krähte. Er schlurfte an die Wiege heran und starrte hinein. Das Kind sah an ihm vorbei. Es sah immer an ihm vorbei, aber heute wirkte es, als ob …

Er wirbelte herum. Niemand stand hinter ihm. Seine Nackenhaare stellten sich auf. Das Kind gluckste erneut.

Eine Faust pochte an die Eingangstür, und Pfarrer Biliánová schrie vor Schreck auf. Das Kind zuckte zusammen. Der Pfarrer sah auf seine Hände hinab. Sie zitterten. Er fuhr sich durch das Haar. Die Faust pochte ein zweites Mal an die Tür.

»Geh weg«, flüsterte er, ohne dass er es bemerkte.

»Hochwürden?« Es war die Stimme eines Mannes. Er kannte sie nicht. »Hochwürden? Pfarrer Biliánová? Sind Sie zu Hause?«

Der Weg zur Tür war lang. František Biliánová ging, als hätte er Eisenketten an den Füßen. Er öffnete die Tür. Das Tageslicht blendete ihn, die Sonne schien ihn im ersten Moment zu verbrennen. Plötzlich fiel ihm ein, dass er schon seit Tagen nicht mehr draußen gewesen sein musste, geistesabwesende Gänge auf den Abtritt ausgenommen. Er hatte nicht einmal aus dem Fenster gesehen, oder wenn, dann hatte er nichts wahrgenommen. Die Felder rund um Königshof waren dort, wo sie brachlagen oder Wintergetreide gesät worden war, von einem grünen Hauch überzogen. Vögel sangen. Er hatte nicht mehr gewusst, wie laut Vögel singen konnten, wenn sie erkannt hatten, dass der Frühling nun endgültig da war. Der Gesang schnitt in sein Herz.

Vor dem Pfarrhaus standen ein Mann und eine Frau. Er kannte sie nicht. Er blinzelte ins Licht und dachte, dass seine Gesichtsmuskeln erstarrt wären, so schwerfällig kamen sie dem Befehl nach, die Augen zusammenzukneifen. Nach einigen Herzschlägen wurde ihm bewusst, dass er etwas sagen musste.

»Und?«

»Ich hoffe, wir stören Sie nicht«, sagte der Mann.

»Es ist nur ein Besuch«, sagte die Frau.

Pfarrer Biliánová spähte an ihnen vorbei. Auf der Dorfstraße neben dem Pfarrhaus stand eine Kutsche.

»Wir möchten ... äh ... wir möchten die Kleine sehen«, sagte die Frau. »Geht es ihr gut?«

»Das Kind?«, wiederholte der Pfarrer mit brüchiger Stimme. »Sie möchten das Kind sehen!?«

»Ja. Wenn es möglich ist. Wir führen nichts Böses im Schilde.«

Wie betäubt trat Pfarrer Biliánová einen Schritt zurück. Das Paar folgte ihm und trat ein. Der Mann lächelte ihm freundlich zu. Die Frau hatte Tränen in den Augen, aber auch sie lächelte. Etwas fasste in František Biliánovás Hirn und entzündete dort einen Funken und etwas anderes in seine Seele und zupfte dort eine Saite. Er blinzelte so langsam wie eine Eule.

»Ist das dort die Wiege? Darf ich ...? Ooh ...« Die Frau verstummte, als sie vor der Wiege stand. Pfarrer Biliánová sah die dünnen Ärmchen seines Kindes durch die Luft wedeln und hörte das Glucksen. Er warf dem Mann einen hilflosen Seitenblick zu, aber dieser wischte sich mit dem Handrücken eine Träne von der Wange. Der Pfarrer wandte sich wieder der Frau zu, doch sie hatte die Hände vor das Gesicht geschlagen und weinte lautlos. Als das Bild vor seinen Augen verschwamm, merkte František Biliánová, dass auch er zu weinen begonnen hatte.

»Du bist ...«, stammelte er, weil mit den Tränen die Erinnerung wiedergekommen war, »du bist ...«

»Ich konnte ihr nicht helfen«, schluchzte sie. »Ich konnte ihr nicht helfen. Ich habe jahrelang gelernt, um solch eine Situation in den Griff zu bekommen, und ich konnte ihr nicht helfen. Es war ein Wunder, dass das Kind überlebte.«

»Du hast ...«, stotterte Pfarrer Biliánová.

»Ich brachte es nicht fertig, dir ins Gesicht zu sehen. Ich habe gewartet, bis ich dich von fern über die Felder stapfen sah, dann bin ich gegangen. Ich hätte bleiben und deinen Schmerz teilen sollen, aber ich fürchtete, es würde mich zerbrechen. Ich bin geflohen. Ich habe mich an dir versündigt. Ich bitte dich um Verzeihung.«

Pfarrer Biliánová stakte auf tauben Beinen vorwärts. Sie ließ die Hände sinken und hob ihm das Gesicht entgegen. Er starrte sie an.

»Hat sie ... hat sie noch was ...?«

»Sie hat an dich gedacht. Und sie hat dabei gelacht. Sie war glücklich.«

Er merkte erst, dass er in sich zusammengesunken war, als er sich nach vorn beugte und mit dem Kopf an die Wiege stieß. Ein Schmerz, der schlimmer war als jeder andere, den er zuvor empfunden hatte, schnitt ihm durch den Leib, riss die Wunde auf, fuhr in sein Herz und zerschmetterte das verkrümmte, verkrampfte, verhärtete, vernarbte Selbst, das sich in seinem Inneren versteckte, in tausend Scherben. Er begann zu weinen, rau und mit tiefen, zerrissenen Schluchzern.

»Popelka«, stöhnte er. »Ich vermisse dich so. Popelka ...«

Nach einer Weile stellte er fest, dass er aufhören konnte zu weinen. Er fühlte sich wie jemand, der von wirbelnden Schwertklingen zerhackt worden ist. Er fühlte sich wie jemand, der von Schwertklingen zerhackt worden ist und es *überlebt* hat. Die Frau, die Popelkas Hand bei ihrem letzten Atemzug gehalten und sein Kind auf die Welt gebracht hatte, kauerte neben ihm.

»Ich glaube, ich habe dir nie meinen Namen genannt«, sagte sie. »Ich bin Alexandra von Langenfels. Das ist mein Mann – Wenzel von Langenfels.«

Der Mann mit dem grau durchschossenen roten Haarschopf nickte ihm zu.

František Biliánová hörte sich selbst zu, wie er hervorsprudelte: »Das Kind ... mein Gott, das Kind ... was kann ich ihm schon geben? Welche Zukunft hat es denn hier? Die

Kleine hat eine Mutter verdient, einen Vater ... ich kann das nicht. Ich sehe viel zu viel von Popelka in ihr. Ich könnte ihr nie unbefangen entgegentreten. O Gott ... es wird mir das Herz brechen, sie gehen zu sehen, aber es wird ihr irgendwann das Herz brechen, wenn sie bleiben muss! Ich wünschte, jemand würde sich ihrer annehmen ...«

Alexandra von Langenfels und ihr Mann wechselten einen Blick.

»Darüber wollten wir mit dir sprechen«, sagte sie. »Fráňa ... wie heißt die Kleine?«

»Ich habe mal von etwas gehört ...«, stotterte František Biliánová, »von einem Land ... drüben, in der Neuen Welt ... wo die Menschen hingehen, die alles hinter sich lassen und von vorne anfangen wollen. Es heißt ... es heißt ... Virginia. Ich habe die Kleine Virginia getauft.«

Alexandra und Wenzel wechselten einen erneuten Blick. Alexandra begann wieder zu weinen.

»Virginia«, sagte sie. »Virginia.« Sie nickte langsam. František fühlte, wie sie seine Hand drückte. »So steckt in jedem Ende ein neuer Anfang.«

NACHWORT

Was soll man über einen Krieg noch schreiben, über dessen Grauen andere schon so viel gesagt haben – von seinen Teilnehmern, wie Peter Hagendorf und Hans Jakob von Grimmelshausen, bis hin zu Ricarda Huch, deren historisches Standardwerk über den Dreißigjährigen Krieg noch immer seinesgleichen sucht? Über einen bewaffneten Konflikt, der ein ganzes Menschenalter dauerte, von seinen Befehlshabern mit unglaublichem Zynismus nach der Devise geführt wurde, dass der »Krieg den Krieg ernähren« müsse, und der am Ende fast alle seine Protagonisten verschlungen hatte. Kriege sind Katastrophen, aber keine Naturphänomene. Sie werden von Menschen gemacht. Deshalb kann man eine Geschichte über den Krieg auch nur aus der Perspektive der Menschen erzählen, die in ihn hineingeraten.

Als ich DIE TEUFELSBIBEL schrieb, ahnte ich noch nicht, dass die Geschichte des Codex Gigas sich über drei Bücher hinweg erstrecken würde. Dann aber erkannte ich, dass der letzte Band der Trilogie am Ende des Dreißigjährigen Krieges spielen müsse. Diese dramaturgische Notwendigkeit liegt für mich zum einen darin begründet, dass eines der Schlüsseljahre für den Codex Gigas das Jahr 1648 ist; zum anderen im Aufbau meiner Geschichte selbst, deren erster Teil mit Liebe, deren zweiter mit dem Glauben und deren dritter Teil mit Hoffnung zu tun hat. Wann braucht man mehr Hoffnung als am Ende eines Krieges? Also befasste ich mich mit dieser schrecklichen Zeit. Einen Bruchteil dessen, was ich aus meiner Lektüre und aus vielen Gesprächen mit Historikern und Archivaren herausdestilliert habe, haben Sie in den Seiten, die vor diesem Nachwort liegen, erfahren können. Glauben Sie mir, wenn ich Ihnen sage, dass die Grausamkeiten nicht erfunden sind. Was den Dreißigjährigen Krieg betrifft, kann kein Autor sich so große Gemeinheiten ausdenken, wie sie in

Wahrheit begangen wurden; und jeder, der eine Geschichte verfassen würde, in der die Menschen aus fanatischem Aberglauben unschuldige Frauen und Kinder auf den Scheiterhaufen ihrer Städte verbrennen, während draußen die Belagerungsheere die Stadtmauern in Stücke schießen, würde als unrealistischer Effekthascher bezeichnet. Und doch ist es genau so geschehen.

***

Im Zentrum der ERBIN DER TEUFELSBIBEL stehen die Hexenverbrennungen der Jahre 1623–1631 in Würzburg. Lassen Sie mich kurz den Autor Hans-Jürgen Wolf aus seinem Buch »Geschichte der Hexenprozesse« zitieren: »Mit unglaublicher Grausamkeit lässt der Würzburger Fürstbischof Adolf von Ehrenberg Kinder und Jugendliche richten. (...) Bei den Sammelhinrichtungen stoßen wir auf Kinder von sieben, zwölf und vierzehn Jahren.« Eine Liste in der *Bibliotheca sive acta et scripta magica* gibt Aufschluss über die Opfer. Wortwörtlich heißt es da, säuberlich sortiert unter den Rubriken »Erster Brandt« bis »Neunundzwanzigster Brandt« unter anderem: »Ein fremd Mägdlein von zwölf Jahren. Ein klein Mägdlein von neun oder zehn Jahren. Ein geringeres, ihr Schwesterlein. (...) Des David Croten Knab von zwölf Jahren in der andern Schule. Des Fürsten Kochs zwey Söhnlein, einer von vierzehn Jahren, der ander von zehn Jahr aus der ersten Schule. Zween Knaben im Spital. Des Raths-Vogts klein Söhnlein.« Die Auflistung trägt das Datum vom 16. Februar 1629 und endet mit der stolzen Anmerkung: »Bisher aber noch viel unterschiedliche Brandte gethan worden.« Die Gesamtzahl der unter Adolf von Ehrenberg in seinem Verantwortungsbereich ermordeten Personen (ich vermeide bewusst den Terminus »Hinrichtung«) soll etwa neunhundert betragen; erst der Tod des Fürstbischofs und die Eroberung Würzburgs

1631 durch König Gustav Adolf setzen dem Wahnsinn ein Ende. Falls Sie glauben sollten, dass ich die Verbrennungsöfen erfunden habe, um damit eine Analogie zur jüngeren Geschichte Deutschlands zu schaffen: leider nein ...

Die gleichzeitig unter dem Regime des Bamberger Fürstbischofs Johann Georg Freiherr von Dornheim erfolgten Hexenprozesse waren von ähnlicher Grausamkeit. Ein Zitat aus dem Biographisch-Bibliographischen Kirchenlexikon: »Bamberg wurde zum Synonym für die Folter. Selbst auf dem Weg zur Hinrichtung wurden die verurteilten ›Hexen‹ noch gequält. Manchen wurde kurz vor dem Scheiterhaufen die rechte Hand abgeschlagen, oder es wurden glühende Eisennadeln durch die Brüste getrieben.« Da der Fürstbischof die Vermögen der Ermordeten für sich konfiszierte und sie zugleich dazu benutzte, die politische Opposition auszuschalten, dürften wir Alexandra verstehen können, die nicht weiß, wen von beiden – den Fürstbischof von Würzburg oder den von Bamberg – sie für widerlicher hält. Immerhin erreichten die Opfer des Bambergers nicht ganz die schwindelerregende Zahl seines Würzburger Kollegen; allerdings hat er noch 300 unschuldig zu Tode gequälte Menschen auf dem Gewissen. Sein Ende im Exil habe ich wahrheitsgetreu geschildert.

Stellvertretend für alle Einzelschicksale, die in meiner Geschichte keinen Platz fanden, habe ich den Tod von Anna Morgin und den des kleinen Mädchens in Pilsen geschildert.

Die Beschreibung des Prozesses und der Hinrichtung der Anna Morgin stammen aus einer Bußpredigt des Clemens von Burghausen, veröffentlicht im Rottenburger Jahrbuch für Kirchengeschichte 2001. Ich habe mir ein paar kleine Freiheiten bei meiner Adaption dieser Tragödie für DIE ERBIN DER TEUFELSBIBEL herausgenommen; die wahre Anna Morgin starb ihren grauenhaften Tod in Wahrheit in der Stadt Villingen im Jahr 1641, und ihr Geliebter Caspar war nicht der Verräter, als den ich ihn geschildert habe, sondern wurde genauso wie Anna selbst ermordet. In der historischen Realität gelang Anna auch keine noch so kurze Flucht aus den Fängen der Justiz. Ansonsten habe ich die Umstände ihres Prozesses und ihres Endes wahrheitsgetreu erzählt. Bis heute ist die Frage nach Annas scheinbarem Tod – einmal im Gefängnis sowie nach dem ersten Versuch, sie zu verbrennen – noch immer ungeklärt. Anna selbst konnte auch keine wirkliche Erklärung beisteuern; in den Gerichtsprotokollen finden wir die Schilderung einer Art Nahtoderlebnis, in dem Anna von Gott, Jesus Christus und der Gottesmutter Maria wegen ihrer Unbußfertigkeit hart gescholten und aufgefordert wird, in ihren Körper zurückzukehren und ihre Verstrickung in die Hexerei zu beichten; dann würde ihrer Seele Gnade widerfahren. Dies ist umso erschütternder, weil wir ja wissen, dass Anna vollkommen unschuldig war. Mich hat dieser Protokolleintrag zum Verrat Caspars an seiner ehemaligen Gefährtin inspiriert.

Die Geschichte des kleinen Mädchens in Pilsen basiert auf einer Episode in Ricarda Huchs »Der Dreißigjährige Krieg«. Sie spielte sich in Wahrheit in Aachen im Jahr 1649 ab und hat vermutlich den Justizmord an der dreizehnjährigen Tochter von fahrenden Leuten als Ursprung, von dem auch Hans Siemons in »Hexenwahn im Grenzland Aachen« berichtet.

Eifrige Leser der Literatur über den Dreißigjährigen Krieg werden bemerkt haben, dass ich über diese Rückgriffe auf bestehende Texte hinaus mehr als einmal zitiert habe. Natürlich basieren der Prolog und auch die Charakterisierung von Pater Silvicola als Bauernjunge auf den ersten Kapiteln des *Simplicissimus* von Hans-Jakob Christoffel von Grimmelshausen, bis hin zur Rettung des Simplicius durch einen Eremiten, wenngleich Grimmelshausen eine andere Dramaturgie zum Einsatz gebracht hat. Das ist meine persönliche Verbeugung vor dem gewaltigsten aller Romane über den Dreißigjährigen Krieg.

Alexandras Erlebnis in Pilsen findet sich wie bereits gesagt bei Ricarda Huch, ebenso das Drama, das sich in Königshof abspielt, wenngleich ich in diesem Fall sehr große dramaturgische Veränderungen vorgenommen habe. Die Geschichte des (in Wahrheit protestantischen) Pfarrers, der seine Dorfgemeinschaft in Sicherheit bringt und dafür seine hochschwangere Frau zurücklässt, nur um sie und das neugeborene Kind bei seiner Rückkehr tot vorzufinden, gehört zu den für mich ergreifendsten menschlichen Schicksalen des ganzen Konflikts. Auch der Charakter des »Steinernen Johannes« kommt bei Ricarda Huch vor, allerdings in anderem Zusammenhang. Ich habe mir die Freiheit genommen, ihn im Vergleich zur Schilderung bei Frau Huch deutlich zu überhöhen.

Samuel Brahes Reminiszenz an die Kameradschaft im Småländischen Regiment hat Peter Hagendorf in seinen »Lebenserinnerungen an die Eroberung Magdeburgs« vorgelebt. Fabio Chigis Klagen über das karge Leben als päpstlicher Botschafter in Deutschland sind Zitate aus seinen Briefen, die unter anderem im Neulateinischen Jahrbuch 8/2006 veröffentlicht worden sind.

Wie in den beiden Vorgängerromanen spielen auch hier wieder historische Persönlichkeiten wichtige Rollen – Päpste, Könige und Kaiser, aber auch Personen, die in der Zeitgeschichte weniger nachhaltig hervorgetreten sind. So hat es, um nur zwei dramaturgisch prominente Beispiele zu nennen, Ebba Sparre ebenso gegeben wie General Königsmarck. Wie immer habe ich mich sehr bemüht, alle historischen Personen so zu charakterisieren, wie sie mir in diversen historischen Quellen begegnet sind.

Ebba Larsdotter Sparre, geboren 1629, gestorben 1662, war mit Sicherheit die intimste Freundin der jungen Königin Kristina am schwedischen Hof. Ihre Person taucht sogar in der berühmten Verfilmung von Kristinas Leben mit Greta Garbo aus dem Jahr 1933 auf. Ob sie und Kristina tatsächlich ein Liebespaar waren, ist umstritten, je nachdem, welchen Geschlechts der sich mit Ebbas Leben befassende Historiker ist. Die weiblichen Historiker geben in der Regel der Liebespaar-Theorie den Vorzug, die Herren bemühen sich tapfer um eine andere Erklärung, warum Kristina und Ebba nachweislich das Bett miteinander teilten. Der Grund dafür erschließt sich mir nicht so ganz, es sei denn, wir müssen hier männlichen Chauvinismus unterstellen. ... Auch nach Kristinas Demission als schwedischer König (Kristina hat sich nie als »Königin« bezeichnen lassen, was uns zu denken geben sollte und was ich im Roman allerdings unterschlagen habe, weil es unverständlich gewesen wäre) riss der Kontakt zwischen ihr und der mittlerweile mit Jakob de la Gardie verheirateten Ebba nie ab. In einem ihrer Briefe an Ebba schrieb die in Rom exilierte Kristina unter anderem: »Ich bin dazu verurteilt, dich immer zu lieben, dich immer zu verehren und niemals wiederzusehen ...« Die Anrede »Belle«, die Kristina für Ebba im Roman verwendet, ist historisch verbrieft.

General Hans Christopher von Königsmarck, geboren 1600, gestorben 1663, stammte aus altem märkischem Kleinadel und stand zu Anfang des Dreißigjährigen Krieges zunächst in kaiserlichen Diensten, wechselte aber dann zu den Schweden über. Ab 1636 tat er sich als erfolgreicher Feldherr hervor, der alle seine Schlachten gewann und überall, wo er auftauchte, erbarmungslose Verheerungen anrichtete. Er befehligte die letzte große Unternehmung des Krieges, die Eroberung Prags im Juli 1648, die ihm Beute von umgerechnet etwa 1,5 Milliarden Euro einbrachte, einschließlich der Plünderung der Rudolfinischen Wunderkammer in der Prager Burg. Angeblich handelte er, was diesen größten Kunstraub der Geschichte angeht, auf Befehl Kristinas. Mich hat diese Theorie nicht zuletzt erst zum Hauptplot des vorliegenden Romans gebracht, da es den ein oder anderen Historiker gibt, der Kristina unterstellt, es in Wahrheit hauptsächlich auf die in der Wunderkammer verwahrte Teufelsbibel abgesehen zu haben. Nach dem Ende des Krieges wurde Königsmarck dank seines Vermögens in die sogenannte Fruchtbringende Gesellschaft aufgenommen, eine Vereinigung einflussreicher, großteils dem Adel entstammender Männer aus den deutschen Fürstentümern, die 1617 gegründet wurde und als Ziel die Rettung und Reinerhaltung der deutschen Sprache hatte (ja, ja, diese Bemühungen gibt es nicht erst seit der Invasion des Denglischen ...!). Die Mitglieder erhielten als Gesellschaftsnamen einen Begriff, der häufig aus der Pflanzenwelt stammte. Graf Königsmarcks Emblem war das des Fünffingerkrauts – von daher auch das Losungswort, das Alexandras und Agnes' unwillkommene Eskorte vor Wunsiedel benutzt. Da man davon ausgehen kann, dass die Aufnahmeanträge und ihre Genehmigung sich sicher eine Weile hinzogen, muss es nicht zwangsläufig historisch falsch sein, dass Königsmarck das Fünffingerkraut schon im Dezember 1647 als Parole benutzte.

Falls Sie sich gefragt haben, was die Krankheit »Nervenfieber«, die Alexandra so sehr traumatisiert hat, eigentlich sein soll: Das ist der gute alte Typhus, bekannt und gefürchtet seit dem Altertum. Seinen modernen Namen hat er erst im 18. Jahrhundert erhalten, weswegen ich die altertümliche Bezeichnung verwendet habe, obwohl sie sich in meinen Ohren nicht ganz so gefährlich anhört wie die heutige.

Das Rezept, mit dessen Aufzählung Pater Silvicola Alexandra vorwirft, eine Hexe zu sein, stammt aus Richard Kieckhefers »Magie in der Volkstradition des Mittelalters«. Schlangenkraut ist eine der volkstümlichen Bezeichnungen für den Echten Alant, eine seit alters beliebte Heilpflanze, die Vipernzunge ist auch als Zahnlilie bekannt und spielt vor allem in der esoterischen Anwendung der Kräutermedizin auch heute noch eine große Rolle; Bischofswurz (Betonica officinalis) wird ebenfalls in der Kräuterkunde als wirksam gegen Entzündungen beschrieben. Den Anfang von Pater Silvicolas Rede werden diejenigen, die wie ich in der Schule mit Althochdeutsch konfrontiert wurden, als Zitat aus den Merseburger Zaubersprüchen identifiziert haben.

Für alle Leser aus Bamberg: Das Haus zum Blauen Löwen, in dem Alexandra und Wenzel nach ihrer Abreise aus Würzburg wieder aufeinandertreffen, ist selbstverständlich das »Schlenkerla«. Die von mir etwas vereinfachte Chronik des Hauses stammt von der Homepage der Gaststätte, deren kulinarisches Angebot ich übrigens durchaus empfehlen kann.

Der Äskulapstab als Symbol für den Heilberuf gewinnt erst im 16. Jahrhundert in Mitteleuropa an Bedeutung. Insofern ist es nicht ganz unwahrscheinlich, dass Pater Silvicola die doppelte Bedeutung des Schlangensymbols verwendet, um Agnes zu erklären, dies sei einer der Beweise dafür, wie verderbt die Familien Khlesl und Langenfels seien.

»Der Kerl soll was haben für seine Müh'!« Dieser Ausspruch General Königsmarcks bei der Hinrichtung des Deserteurs ist tatsächlich auch ein Zitat. Andreas Khlesl hat das richtig erkannt. Es stammt von Tserclaes Graf von Tilly, dem allerkatholischsten aller kaiserlichen Feldherren, der in jeder Stadt, die von seinen Truppen gestürmt wurde, persönlich dafür sorgte, dass die Kirchen nicht beschädigt wurden. Die Menschen in diesen Städten waren ihm weniger wichtig. Tilly war verantwortlich für die Eroberung Magdeburgs und die sich daran anschließenden grauenhaften Übergriffe des kaiserlichen Heers. Sein Nimbus als ritterlicher Feldherr, der ihm selbst mehr wert war als alle Kriegsbeute, war danach für immer zerstört. Er versuchte hinterher dem ungestümen Pappenheim die Schuld daran in die Schuhe zu schieben, doch tatsächlich ist bekannt, dass, als das Wüten der Soldaten zu arg wurde, seine eigenen Offiziere bei ihm um Gnade für die Bewohner der Stadt nachsuchten. Tilly ließ sie abblitzen mit der Antwort: »Der Soldat muss etwas haben für seine Müh'.«

Im Roman ist mehrfach von den Heeren und deren Tross die Rede. Tatsächlich wissen wir, dass die Logistik dieses Trosses den Befehlshabern im Dreißigjährigen Krieg oft mehr Sorgen machte als die Soldaten selbst. Neben den üblichen »Etappenhengsten« eines Heeres bestand er zum Großteil aus Dienern – in Tillys Heer zum Beispiel kamen fünf Diener auf einen Leutnant und bis zu achtzehn auf einen Obristen; häufte die Beute sich an, hielten die Offiziere sich Diener als Packesel. Auch die Kanoniere zählten zum Tross; sie waren gemietete Mechaniker, die samt ihrem Stückmeister, den Pferdeknechten sowie den Familien und Dienern der Offiziere eine geschlossene, vom Heer gesonderte, jedoch für dieses wesentliche Einheit bildeten. Des Weiteren kamen Bauernmädchen hinzu, die aus ihrer Heimat verschleppt und zur Prostitution gezwungen wurden, wegen des Lösegeldes entführte und dann nicht weiter beachtete Bürger, außerdem Hausierer, Schwindler, Quacksalber, Vagabunden und nicht zuletzt die Frauen und Kinder der einfachen Soldaten. Die im Roman geschilderten Erlebnisse von Andreas Khlesl und seinen Lieben im Heerlager Königsmarcks einschließlich der Bekanntschaft mit General Königsmarcks unheimlicher Gattin versuchen dies zu illustrieren.

Die Bilder, die Ebba und Samuel in der Wunderkammer in Prag sehen, dürften manchem vielleicht nicht unbekannt sein. Der missgebildete nackte Mann hängt im Schloss Ambras in Tirol, und da ein großer Teil des Ambras'schen Bestandes ursprünglich aus der Prager Wunderkammer kommt, ist die Verbindung, die ich in meinem Roman angedeutet habe, nicht völlig unwahrscheinlich. In Wahrheit besitzt der Mann auf dem Bild verkümmerte Arme und Beine; ich habe eine dramatische Überspitzung gewählt und hatte dabei eine Einstellung aus dem Uralt-Horrorschinken »Freaks« im Kopf, in der tatsächlich ein lebender Torso vorkommt. Die Porträts der an Hypertrichose leidenden Familie basieren auf dem Schicksal des Pedro Gonzales, der im 16./17. Jahrhundert zunächst am französischen Königshof lebte und dann zusammen mit seiner (normalen) Frau und seinen Kindern von Fürstentum zu Fürstentum weitergereicht wurde. Ein Bild des Pedro Gonzales findet sich wiederum in Schloss Ambras, wo er und seine Familie möglicherweise eine Weile lebten. Samuels Sicht auf das Schicksal dieser mit körperlichen Deformationen geborenen Menschen wird von den meisten Historikern geteilt, auch wenn wir Heutigen die grausige Faszination und Sensationsgier nicht mehr nachvollziehen können, mit der die Mächtigen damals sich mit missgebildeten Menschen umgaben.

Mehrfach habe ich Zitate aus der damaligen Soldatensprache verwendet, und zwar immer dann, wenn es um die verrohte Soldateska des Dreißigjährigen Krieges ging. Sie stammen aus den Werken von Grimmelshausen und Moscherosch, und hier kommt die Übersetzung:

Iltis = Knecht, aber auch: Büttel
Holderkauz = Huhn
Alch dich! = verschwinde!
Flick = Knabe
Moß = Mädchen, Frau, Dirne (von dt. »Mutze« = Vulva)
Dofelmänner = Katholiken
Grillen = Protestanten
Courasche = Vagina
Hornböcke = Kühe
Rauling = sehr kleines Kind
Schreyling = Neugeborenes

Weißhulm = Dummkopf, einfältiger Mensch
Caval = Pferd
Schmalkachel = jemand, der üble Reden führt
Sündfeger = Totschläger
Beseff = Beschiss, Betrug
barlen = reden
kandiren = ein schlechtes Geschäft machen, beim Geschäft betrogen werden
Wunnenberge = hübsche Jungfrau
Gugelfranz = Mönch
Schreffenbeth = Hurenhaus
Schreffe = Hure
Difftelhaus = Kirche
Giel = Mund
Gitzlin = Stück Brot
juverbossen = fluchen
Terich = Land
Voppart = Narr
Glyß = Milch
Sontzengeher = verdorbener Edelmann
loe = falsch, böse
Krax = Kloster
Quiengoffer = Hundschläger, grober Kerl (auch Schimpfwort)
seffeln = Notdurft verrichten

Wer meine Romane kennt, weiß, dass ich kein Freund künstlich rustikal gefärbter Dialoge bin à la »Meiner Treu, Gevatter, was ficht Euch an? Lasset hören ein Handsgeklapper und habet Freude!« (ja, ich bin von dem einen oder anderen Mittelaltermarkt, den ich besucht habe, traumatisiert). Im vorliegenden Fall aber schien es mir geraten, mit den originalen Begriffen zu hantieren; erstens, weil sie anders als »Handsgeklapper« tatsächlich original sind, zweitens, weil ich damit herausstellen konnte, dass jeder Soldat in seiner eigenen Welt lebt, die sich bei fortschreitender Dauer eines Krieges dem Begriffsvermögen eines Zivilisten bis zur völligen Verständnislosigkeit entzieht.

In diesem Zusammenhang liefere ich gleich noch eine Übersetzung: Wenzels Kloster Raigern ein kleines Stück außerhalb der Stadt Brünn (Brno) heißt heute Rajhrad. Das Kloster gilt seit einigen Jahren als die Hüterin des tschechischen Schrifttums, was mich natürlich auf die Idee brachte, es auch mit der Behütung der Teufelsbibel in Verbindung zu bringen. Da ich die Geschichte des Codex Gigas schon mehrfach erzählt habe, möchte ich sie hier nicht noch einmal wiederholen; so viel sei aber gesagt, dass die Verbindung des größten und rätselhaftesten Manuskripts der Welt mit Rajhrad ausschließlich meiner Fantasie entsprungen ist.

Die Eroberung Prags durch das Heer Königsmarcks und die Vorbereitungen dazu im Sommer 1648 habe ich so wahrheitsgetreu wie möglich geschildert, die Vorgänge aber etwas vereinfacht und von ihrem zeitlichen Ablauf her zusammengezogen. Der Verrat von Oberstleutnant Anošt Ottovalský, die Niederlage der Verteidiger auf der Kleinseite und der tapfere Widerstand der Altstädter und Neustädter, die in ungewöhnlich hoher Zahl durch Bürger- und Studentenmilizen verstärkt wurden, sind historisch belegt. Eine herausragende Gestalt war dabei der Jesuitenpater Jiří Plachý, der Sohn des Pilsener Stadtschreibers Šimon Plachý, der von den schwedischen Angreifern den Kriegsnamen »Schwarzer Pope« erhielt. Zdenek Hojda zitiert in seinem Artikel »Der Kampf um Prag« 1648 eine Beschreibung des Jesuiten: »Dieser mit seiner Körperlänge herausragende Mann (er übertraf drei Ellen) zerstreute den fliehenden Feind, indem er akademische Freiwillige zu den Waffen rief […]. Die Schweden bekannten, keinen anderen so gefürchtet zu haben wie gerade jenen Schwarzen Popen.«

Quellen

Herzog, Urs: Anna Morgin. Hinrichtung und Erlösung einer barocken Malefiz-Persohn. Zur Bußpredigt des Clemens von Burghausen OFM Cap (1693-1732); Rottenburger Jahrbuch für Kirchengeschichte 2010.

Grimmelshausen, Hans Jakob Christoffel von: Der abenteuerliche Simplicissimus, Neuer Kaiser Verlag 1986.

Hartmut Dietz; Beispiele der Soldatensprache in Johann Michael Moscheroschs »Wunderliche und warhafftige Gesichte Philanders von Sittewald«, Erstausgabe ca. 1650, Straßburg. Im Internet: www.physiologus.de.

Georges Duby (Hrsg.): Geschichte der Frauen, Fischer 1997.

Philippe Ariès (Hrsg.): Geschichte des privaten Lebens, Fischer 1993.

Richard van Dülmen: Kultur und Alltag in der frühen Neuzeit, C. H. Beck 1995.

Ricarda Huch: Der Dreißigjährige Krieg, Insel 1974.

Peter Milger: Gegen Land und Leute, C. Bertelsmann 1998.

Zdenek Hojda: Der Kampf um Prag 1648 und das Ende des Dreißigjährigen Krieges. In: Ausstellungskatalog der 26. Europaratsausstellung »1648 – Krieg und Frieden in Europa«, 1998.

DANKESCHÖN

Meiner Familie – weil mir beim Schreiben dieser Geschichte wieder einmal bewusst geworden ist, wie viel ihr mir bedeutet.

Meinen Freunden, die immer genau zur richtigen Zeit mit Kuchen und Kaffee oder Kinokarten oder einer Flasche Wein aufgekreuzt sind, um mich ins wahre Leben zurückzuholen.

Meiner Agentin Anke Vogel, die im Dickicht von Plots, Nebenhandlungen und Wendepunkten immer die Machete zur Hand hatte.

Meiner Textredakteurin Angela Kuepper, deren kritische Begeisterung für diese Geschichte mir geholfen hat, bei der Überarbeitung all das im Text freizulegen, was ich beim ersten Schreiben eigentlich hatte sagen wollen.

Den Mitarbeiterinnen und Mitarbeitern – und ich darf sagen: Freunden! – bei der Verlagsgruppe Lübbe, die sich für den Erfolg meiner Bücher einsetzen und es lächelnd ertragen, wenn ich vor lauter Lust am Formulieren eine halbe Seite E-Mail verfasse, wo ein einziger Satz genügt hätte; und erst recht meinem Verleger Stefan Lübbe und seiner Frau, die immer noch eine gute Idee haben, was meine Buchprojekte betrifft.

Meinen Probelesern Sabine Stangl, Angela Seidl, Thomas Schuster, Thomas Link und vor allem Toni Greim, der mir nicht nur literarisch, sondern auch akustisch zur Seite stand und sich geduldig meine Auswahl an Hintergrundmusik für meine Lesungen anhörte (Toni, ich hab mich dann doch für den allerersten Komponisten entschieden!).

Meinem Verleger in Tschechien, Dr. Josef Ströbinger, seiner Familie und seinen Mitarbeitern für die tolle Unterstützung während meiner Recherchereise durch Böhmen und Mähren und dafür, dass sie mir das Kloster Rajhrad (Raigern) vorgestellt haben.

Dr. Norbert Kandler vom Diözesanarchiv Würzburg, der mich hinsichtlich der kirchenpolitischen Gegebenheiten der Stadt im Jahr 1648 erleuchtete.

Ariane Uebber von Lantana Film, die mich beim Drehen des Trailers für die geplante Teufelsbibel-TV-Dokumentation auf ein paar Ideen für die vorliegende Geschichte brachte, und Michael Gullick und Dr. Jan Frolik, deren Interviewbeiträge für diesen Trailer mein Wissen über die Teufelsbibel und das Kloster von Podlazice vertieften.

Sascha Priester und seinen Mitarbeiterinnen und Mitarbeitern bei P.M.History, die mir während der Arbeit an diesem Buch ein ganz neues Betätigungsfeld eröffneten und damit das Hirn durchpusteten.

Urszula Pawlik, mit der ich auf der Buchmesse in Frankfurt ein langes Gespräch über Qualität in der belletristischen Literatur führen konnte, das mich darin bestärkte, auf dem richtigen Weg zu sein.

Und – das wissen Sie natürlich, liebe Leserinnen und Leser, aber ich sage es immer wieder gerne – an Sie, weil Sie mir die Treue gehalten oder mich gerade neu entdeckt haben und mir die Ehre gaben, Ihnen für die Dauer dieses Buches eine Geschichte erzählen zu dürfen.